MOLIÈRE
OU LA VIE DE
JEAN-BAPTISTE
POQUELIN

DU MÊME AUTEUR

Molière par lui-même
Seuil, « Écrivains de toujours », 1957

Dictionnaire du théâtre français
contemporain
Larousse, 1976

Les Signes et les Songes
Seuil, 1976

Le Théâtre à bout de souffle
Seuil, 1979

Samuel Beckett
Belfond, 1983

Le T.E.P. : un théâtre dans la cité
Beba, 1987

Jean Vilar, qui êtes-vous ?
La Manufacture, 1987

La Planète des clowns
La Manufacture, 1988

Toulouse-Lautrec
La Manufacture, 1990

Alfred Simon

MOLIÈRE OU LA VIE DE JEAN-BAPTISTE POQUELIN

BIOGRAPHIE

Éditions du Seuil

La première édition de ce livre a paru à La Manufacture en 1988 sous le titre *Molière, une vie*

TEXTE INTÉGRAL

ISBN 2-02-025990-7
(ISBN 2-7377-0054-X, 1re publication)

Sommaire

Avant-propos

La charrette de l'Illustre-Théâtre a quitté la grand-ville sous le ciel bas des débâcles, chargée de spectres blafards. Elle y revient douze ans plus tard, ragaillardie, aux lèvres et dans l'œil de ses occupants la morgue de ceux qui ont pris une première revanche, qui ont à livrer un ultime combat, le plus dur, mais qui sont désormais sûrs de leur affaire. Treize ans ont à nouveau passé, un pitre blême vomit du sang sur son plastron blanc en plein théâtre, seul avec les siens et son public de la ville, loin du carnaval monarchique dont un Florentin aux dents longues a réussi à le faire écarter. Entre-temps, il s'est choisi auteur et quelques-unes de ses trente-trois comédies ont porté l'art du théâtre à l'un de ses sommets. L'Illustre-Théâtre est mort dans les décombres de 1644, mais Molière n'en a jamais fini avec la randonnée de sa charrette fantôme ni avec la parade de son bouffon familier, l'Illustre Sganarelle. Vie et mort de l'Illustre Sganarelle, tel aurait pu être le titre de ce livre. L'art de Molière prend naissance dans l'immémoriale parade des bouffons.

La vie et la mort de Molière sont inhérentes à ce que l'histoire du théâtre a de plus essentiel. S'il est, sans réserve, le plus universel de nos écrivains, il le doit au rayonnement originel d'un art dont il domine l'histoire en compagnie de Shakespeare. Or, par son incorruptibilité même, le texte de Molière consacre pour la tradition occidentale la primauté de l'écriture sur le jeu, du texte sur le spectacle, sur ce qu'il y a de spécifiquement théâtral au théâtre, selon le mot d'Artaud. Pourtant, Molière lui-même a bien affirmé haut et clair que les pièces n'étaient faites que pour être jouées !

Nous voici au cœur du débat sur les rapports entre la vie et l'œuvre qui empoisonne la tâche du biographe. Il ne s'agit jamais d'expliquer l'œuvre par la vie, ni celle-ci par celle-là, seulement de constater avec Aragon le parallélisme de deux processus, dont l'un se reflète dans l'écriture, l'autre dans la biographie. Le char des comédiens chemine aux confins de ces deux routes parallèles, une roue dans l'une, une roue dans l'autre. Le théâtre est à la fois toute la vie de Molière et toute son œuvre. Comment atteindre ce qu'il y a de plus précieux en lui, la part d'éternel qui revient à l'écrivain, la part d'éphémère qui appartient au comédien, au comédien Molière qui a créé les rôles, à ceux qui les reprennent de génération en génération depuis trois siècles ?

Il est des écrivains, parmi les plus grands, Montaigne, La Fontaine, Rousseau, à propos desquels le critique est contraint d'emblée de constater que, banalisés par le collège, ils ne touchent plus qu'une infime minorité du public adulte. Molière ne court pas ce risque. On le joue dans le monde entier et, du spectateur au lecteur, le pas est assez aisé à franchir pour que son texte élargisse sans cesse son public. Pourtant, malgré les apparences, Molière est mal connu. La réalité de l'homme disparaît tantôt dans la légende du Grand Siècle, tantôt dans la gloire de son œuvre. Tout biographe sait d'expérience que la première partie de sa vie se réduit à une succession d'anecdotes sentimentales, à moins de faire place à une anthropologie historique de l'enfance, de la vie quotidienne, de l'urbanisme parisien, de la culture populaire, de tout ce qui illumine le magnifique début du film d'Ariane Mnouchkine (1978), alors qu'après 1660 la biographie de Molière se confond avec la genèse de ses comédies, l'étude de leur fonctionnement, l'histoire de ses luttes. On doit cette situation ambiguë à une absence surprenante de preuves, de certitudes, de documents irréfutables. Nul espoir ne subsiste aujourd'hui de sonder un jour le secret de la vie et de la personnalité de Molière par quelque journal intime, des mémoires d'outre-tombe, une correspondance. Les grands moliéristes de la fin du siècle dernier ont pour longtemps fixé les éléments de base de la biographie par un travail patient de recherche sur le milieu familial, le milieu professionnel, le milieu social de Molière. L'étude attentive des archives paroissiales, le dépouillement minutieux des contrats de comédiens et d'artisans, des actes d'état civil, de tous les actes notariaux répertoriés, a fait reculer la légende et avancer l'histoire. Jusque-là, la biographie de Molière relevait avant tout d'une sorte de tradition orale : aux souvenirs du Patron, évoqués devant ses compagnons entre deux répétitions, étaient venus s'adjoindre des potins de salon, des ragots de coulisse dont les premiers biographes, du vivant même de Molière, les Donneau de Visé, Le Boulanger de Chalussay, l'auteur de *La*

Fameuse Comédienne, La Grange lui-même, avaient nourri leur discours. Bref, tous les éléments d'une légende que la dévotion et la malveillance étaient venues tour à tour dorer ou ternir à l'excès.

Cent Ans de recherches sur Molière, c'est le titre du livre extraordinaire où, il y a un quart de siècle, deux érudites, une Française, Madeleine Jurgens, et une Américaine, Elizabeth Maxfield-Miller, ont réuni et analysé cet ensemble de documents, bible de tous ceux qui ont vocation de faire mieux connaître le plus grand génie comique de tous les temps. Il a été complété par la suite par un non moins remarquable *Recueil de textes et documents du XVIIe siècle relatifs à Molière*, de Georges Mongrédien, auteur par ailleurs d'une des meilleures biographies existantes. Contrairement à ce qu'on aurait pu craindre, c'est un Molière vivant et humain qui apparaît sur fond de jargon notarial. Tout un décor se met en place. L'auteur du *Misanthrope* marche dans les rues de sa ville, multiplie les rencontres, traite des marchés, participe aux débats de son temps. Nous savons désormais de source sûre que Molière a longuement travaillé à *Dom Juan*, que les Poquelin et les Béjart se connaissaient de longue date, que Madeleine et Jean-Baptiste ont su gérer leurs affaires personnelles avec adresse. Par contre, aucune révélation bouleversante, aucune remise en cause fondamentale. Le sensationnel a presque toujours fait long feu : la naissance d'Armande garde son mystère. Mieux connue, la vie de Molière ne remet pas en question par elle-même notre connaissance de l'œuvre. Il nous reste à interroger celle-ci sans relâche, elle est l'essentiel. Le texte de Molière est inépuisable. Ses comédies n'en finissent pas de dire ce qu'elles ont à dire, de siècle en siècle, sur le théâtre de l'homme et du monde, sur la vision comique de l'homme, sur la condition humaine, et sur Molière lui-même. Nous ne savons pas et nous ne saurons jamais ce que Molière a pu mettre de sa propre vie dans son théâtre, mais il a mené un combat qui est part inhérente de ce théâtre, et l'étude de sa vie nous renseigne sur ce combat.

Récemment, sous l'empire de la mode, on a voulu couper l'œuvre de la vie. D'un côté des biographies sentimentales et anecdotiques, rien qui se puisse comparer aux grands travaux de Jean Orieux et de Jean Lacouture sur d'autres créateurs classiques et modernes. D'autre part, un pullulement d'essais universitaires plus ou moins habilement marqués par l'esprit thématique, structuraliste, sémioticien de la nouvelle critique. Dès le début des années 50, Antoine Adam, dont le demi-volume consacré à Molière dans sa monumentale *Histoire de la littérature française du XVIIe siècle* reste un modèle, dénonçait la stagnation des études molièresques en France. Depuis, quelques essais importants ont paru, presque toujours écrits par des universitaires franco-américains, Jacques Guicharnaud, René Hubert, Marcel Gurvith, Gérard Defaux.

A la veille de cette rupture entre l'esprit de la biographie historique et l'esprit critique de l'essai, deux livres destinés au « grand public » ont fait date, l'un de Ramon Fernandez en 1930, l'autre de Pierre Brisson en 1942. Ils tentaient de saisir d'un seul mouvement l'œuvre et la vie. Epuisés depuis longtemps, ils n'ont pas été remplacés. Une réédition récente du livre de Ramon Fernandez a même été une révélation pour beaucoup. Ayant jadis écrit un petit ouvrage dans lequel plusieurs générations de lycéens sont venues à la rencontre d'un Molière qu'ils ne trouvaient pas dans leurs manuels, j'ai désiré renouer avec l'esprit de ces livres, suivre pas à pas l'itinéraire existentiel de Molière, son cheminement théâtral, sa démarche d'écrivain, sans mépriser la charge symbolique de ces images d'Epinal de la légende que les grands moliéristes du passé ont trop discréditées, par excès de méfiance. Il fallait aussi tenir compte de ce dépoussiérage de l'œuvre que les grands metteurs en scène, de Copeau à Jouvet, puis de Vilar à Vitez, ont su pousser jusqu'à la provocation libératrice, depuis trois quarts de siècle. Esquisser enfin cette anthropologie théâtrale dont l'histoire et l'œuvre de Molière sont porteuses.

Le résultat, le voici. Un livre à cheval sur la vie et le théâtre, sur le double paradoxe de l'homme existentiel et de l'homme acteur. Un destin, dont le théâtre est la clef. Il ne s'agit peut-être pas seulement de théâtre sur les planches. Le char des comédiens parcourt les routes du temps, s'échoue dans ce cul-de-sac, la scène, où meurt Molière, auteur aux prises avec ses personnages, acteur affronté à ses rôles, auteur-acteur possédé par ses doubles. Un jeu de la vie et de la mort, que Molière a joué jusqu'à la mort qui fait de lui un vivant éternel, au tombeau mallarméen de ses livres, au foyer vital de la scène.

1

Baptiste des enfances

La maison des Singes

Le vieillard et l'enfant

La ville des villes

Les misères de la France

Paris-Molière, Paris-théâtre

L'âge d'or de la farce

L'école des bouffons

Baptiste-des-Parades

Grand jeu initiatique

La maison des Singes

Plein de grondements et de stridences, l'opéra wagnérien tourne le dos à la comédie du tapissier royal où font parade valets à souquenille, bourgeois à pourpoint fourré, médecins à chapeau pointu et pédants à petit collet. Pourtant, le grand musicien allemand et l'illustre comique français, du moins son ombre, se sont bien rencontrés dans une rue du vieux Paris. En 1839, Wagner débarqua à Paris, à bout de ressources, et vint s'installer pour trois mois dans une maison du quartier des Halles, sise au débouché de la rue Sauval et de la rue Saint-Honoré. En déposant son barda au pied de la bâtisse, savait-il qu'elle occupait la place d'une autre maison, très ancienne et très célèbre, détruite trente-sept ans plus tôt et connue sous le nom de maison des Singes, à cause d'un poteau d'angle qui représentait un arbre livré aux ébats d'une clique simienne ? Construite tout juste trois siècles plus tôt, cette maison s'ouvrait par-derrière sur une courette équipée d'un puits. Wagner a-t-il appris par la plaque apposée au mur du nouvel immeuble que Molière était né et avait grandi là, à deux pas du pont Neuf, à mi-chemin entre le Louvre et Notre-Dame ? Les historiens de Paris ne nous le disent pas, ni ce qu'il éprouva en l'apprenant. Passant poussé par le hasard au seuil de cette histoire, Richard Wagner a déjà disparu !

La véritable histoire commence avec le cri du nouveau-né dans la maison des Singes, typique du Paris d'alors, avec son rez-de-chaussée et ses trois étages.

L'accouchement s'était fait selon la coutume en position assise sur une chaise obstétricale à siège évidé. La sage-femme assise devant la parturiente avait besogné de la main gauche tandis que de la main droite elle soulevait décemment les jupes maternelles.

L'événement eut lieu dans la grande pièce du premier étage, garnie d'une table de noyer à sept colonnes, décorée d'une tapisserie, de cinq tableaux et d'un miroir de Venise, dans le grand lit, de noyer aussi, à pente de serge verte et couverture de parade. Intérieur cossu de marchand tapissier, pourvu d'une charge de tapissier ordinaire du roi, honorifique, lucrative et héréditaire. Le logis des Poquelin ressemble à ceux de tous leurs contemporains, fussent-ils de condition élevée. On y respire le confort plutôt que le faste. Tamisée par les carreaux des étroites fenêtres, la lumière caresse en sourdine les tapisseries de Beauvais, à ramages verts sur fond noir, fait luire doucement les cuivres de la cuisine. Nul Vermeer de Delft n'a capté cette douceur. Aucun Rembrandt, aucun Frans Hals pour nous faire connaître la trogne de ces honorables bourgeois qui pratiquaient aussi les rondes de nuit et les conseils de régents. Les paysans de Le Nain ont ce regard d'éternité, ce regard sur la vie et la mort... pas les bourgeois. Il était réservé à notre héros d'animer en tableaux vivants sa classe d'origine.

Les historiens modernes cherchent la racine de cette bourgeoisie-là parmi les petits capitalistes de bourgade et de village où se sont recrutés à la fin du XVIe siècle les premiers rassembleurs de terre, plus obscurs, mais non moins efficaces que les grands aventuriers de la banque et du négoce. Ils se sont spécialement intéressés au cas d'un certain Jean Poquelin, le bisaïeul, exemple admirable de cette activité capitaliste des bourgeois à la campagne. Ce marchand drapier, mort en 1572, est bourgeois, échevin et receveur des deniers de la ville de Beauvais. Vivant des bénéfices de sa boutique, sise entre la cathédrale et le marché, il est en outre gros propriétaire rural, exploitant les bois qu'il possède. Il vend autant de bois que de drap. Mais ce n'est pas tout. On a calculé que son activité de prêteur sur gages touchait les petits marchands, fermiers, manouvriers de cent vingt-quatre villes, bourgs et villages du Beauvaisis. Il prend place entre ces bourgeois riches et ces petits usuriers qui font du XVIe siècle « un siècle de parvenus » (F. Braudel), dont l'activité est en train de changer le visage de la France. Ils achètent les terres de la noblesse ruinée par les guerres et les dépenses somptuaires, plus souvent encore celles des paysans, tenanciers, puis métayers de terres dont ils n'ont pu, faute de numéraire, garder la propriété. En ce premier tiers du XVIIe siècle, où naît dans le quartier des Halles l'arrière-petit-fils de ce bourgeois picard, dont les descendants, au cours d'une ascension continue, ont fini par gagner la capitale, on voit s'édifier sur les décombres de la féodalité la France monarchique et bourgeoise. Parallèlement, les légistes bourgeois trouvent à la notion d'Etat le double avantage d'asseoir le pouvoir du monarque et de légitimer le commerce de l'argent, auquel leur classe doit sa puissance. Une nouvelle mentalité se crée, qui voit dans la terre non plus un terroir à vivre, mais un terrain à exploiter. Le bourgeois est d'abord un propriétaire. Il ne se contente plus de détenir l'usage traditionnel, comme le seigneur féodal ; il revendique en outre la propriété exclusive des biens dont il a fait le but de son existence. Désormais, la bourgeoisie française se révèle à elle-même et aux autres, le bourgeois restant un type ambigu dont le théâtre de Molière va refléter l'ambivalence. Son sens indéniable des affaires s'accompagne de méthodes plutôt routinières. Sa recherche du gain est limitée par le besoin de sécurité et de prestige. Enfin, il nous surprend en alliant le goût de la spéculation abstraite au soin des intérêts matériels. Il suffit de le regarder vivre pour comprendre pourquoi, à aucun moment de son histoire, la France n'a été au centre de l'« économie-monde ».

Tous ces traits se dessinent dans le digne échevin beauvaisien dont un fils — un Jean déjà — vint s'établir à Paris vers 1590 comme marchand tapissier, à l'enseigne de « L'Image de sainte Véronique », près du cimetière des Innocents. C'est l'aîné des dix enfants que lui avait donnés la fille d'un violon du roi, encore un Jean, qui habitait la maison des Singes, après avoir épousé une Marie Cressé de vingt-six ans, elle aussi fille et petite-fille de marchand tapissier. Et voici qu'un nouveau Jean — on prit l'habitude de le nommer Jean-Baptiste pour le distinguer d'un de ses frères — venait au monde à l'ombre de Saint-Eustache, en ce 13 ou 14 janvier 1622 (il est baptisé le 15 sous le nom de Jean Pouguelin !), bien emmitouflé dans sa généalogie, encadré par trois générations de marchands tapissiers dont la réussite se trouvait scellée par la charge de « tapissier ordinaire du roi ». Le père Poquelin, vingt-cinq ans, n'allait pas tarder à racheter cette charge à son frère Nicolas, actuel titulaire, afin de la transmettre en temps voulu à son aîné. Nul ne doutait en effet que celui-ci ne prît un jour la succession de son père. Il aurait alors le privilège de faire le lit du roi au pied, le premier valet de chambre s'occupant de la tête. Tapissiers du roi de père en fils. La lignée des Poquelin s'annonçait durable. Nulle faille pour le rêve, pour la fantaisie, rien qui pût donner à craindre un quelconque dévergondage artistique, seulement du solide... Ah ! si, pourtant : cette grand-mère paternelle, fille d'un violon du roi... La musique et la cour... Un signe à peine perceptible, un léger poudroiement de gloire au-dessus du berceau. Si quelqu'un y pensa, ce fut beaucoup plus tard, le jour où le jeune Jean-Baptiste fit part aux siens de la voie scandaleuse où il voulait s'engager.

Le vieillard et l'enfant

Il faut bien évoquer maintenant le légendaire aïeul maternel, le grand-père Cressé. En dépit des racontars, il a bien existé. Il possédait une maison de campagne dans la grand-rue du village de Saint-Ouen, dont il gardait une chambre à la disposition de sa fille et de son gendre. Marchand tapissier en ville, propriétaire terrien à la campagne. Le dimanche, et souvent pour de longues périodes, surtout lorsqu'il se fut retiré des affaires, il traversait Paris à pied, à cheval, en voiture, et gagnait sa résidence champêtre où il se retrouvait, manant parmi les manants, paysan mêlé aux laboureurs, maraîchers, vignerons. Le reste du temps, badaud de Paris, flâneur des rues et des ruelles où il baguenaudait en compagnie du gamin, son préféré. Il aimait Jean-Baptiste. Il aimait le théâtre. Il en rendit fou le gamin. Qu'y a-t-il d'invraisemblable à cela ? J'entends Molière en personne raconter, des années plus tard, à qui voulait l'écouter entre deux répétitions, comment le goût du théâtre lui était venu grâce à ce pépé d'exception.

En ce temps-là, un public de théâtre se constitue, lentement mais sûrement, peu nombreux mais passionné. Ils sont quelques milliers de bourgeois, marchands comme Louis Cressé, à prendre des sortes d'abonnements pour l'Hôtel de Bourgogne, où le doyen des Confrères de la Passion, encore un tapissier, dispose d'une loge. Ils s'y rendent en groupe, de préférence sans les femmes. Au moment de la querelle de *L'Ecole des femmes*, ils sont quarante ou cinquante marchands de la rue Saint-Denis qui assistent aux premières représentations de toutes les pièces nouvelles, louant des loges pour leurs femmes, se contentant du parterre pour eux.

C'est aussi le temps où un sentiment nouveau, le sentiment de l'enfance, apparu au siècle précédent, se développe au point d'irriter certains grincheux, gens de robe et d'Eglise, qui voient dans les enfants des créatures de Dieu à morigéner sans cesse pour leur bien, et non des joujoux vivants avec qui mignoter. Louis Cressé a très tôt disputé aux femmes le plaisir de mignoter avec ce petit Jean-Baptiste, dès que celui-ci cessa d'être cette minuscule momie emmaillotée serré, ce nourrisson ligoté de la tête aux pieds, incapable de réagir aux cajoleries et pareil au nouveau-né divin de Georges de La Tour. Vers cinq ans, Jean-Baptiste, jusque-là habillé en fille, est sorti de la petite enfance. C'est alors, avec ce bout d'homme à pourpoint et chausses, que Louis Cressé a commencé à pratiquer l'art d'être grand-père.

Le vieillard et l'enfant s'avancent de concert sur un terrain qu'ils ne connaissent pas, dans une ville-labyrinthe. Où est le Minotaure ? Où est le destin ? La sagesse du vieillard sait qu'elle ne sait presque rien, que de ce presque rien de grandes choses sortiront peut-être, que l'enfant, incapable de faire la distinction entre son être et son désir, entre son désir et l'objet de celui-ci, peut trouver là sa première chance, sa première grâce. Puisque cette vie et cette œuvre, si miraculeuses en apparence, n'ont pu sortir de rien, il y aurait beaucoup à apprendre pour nous de ces premiers pas malhabiles de Molière dans sa vie, dans sa ville, sur le théâtre du monde, parmi les êtres et les choses.

La ville des villes

C'est par cette périphrase que les étrangers désignent Paris. Mais la ville que son blason figure en nef d'argent sur fond d'azur évoque davantage une barcasse enlisée dans la gadoue qui laisserait apparaître par-dessus bord un amas de dômes, de flèches, de frontons, comparable au bric-à-brac doré des manèges quand la roulotte brinquebale à l'entrée des villages. Ainsi en va-t-il de ces villes anciennes construites trop vite par des fils de nomades mal sédentarisés, impuissantes à évacuer leurs déchets et qui s'érigent peu à peu sur des entassements de morts et d'ordures. Tel est ce Paris où notre héros fait ses premiers pas. Un invraisemblable imbroglio de fiefs, de paroisses, de quartiers où grouille une population de cinq cent mille âmes auxquelles il faut ajouter trente mille étrangers et provinciaux de passage, entassés dans des dizaines de maisons, des centaines de garnis et d'hôtelleries. Six cents rues sillonnent la capitale de la France. Une dizaine en tout mesurent de cinq à huit mètres de large. Autour de celles-ci, rayonnent et s'entrecroisent, formant d'inextricables nœuds et d'insondables labyrinthes, ruelles tortueuses et culs-de-sac putrides. Quelques places médiocres et carrefours étriqués ne peuvent suffire à assainir une atmosphère chargée de vapeurs excrémentielles et de miasmes marécageux et qui défie toute description. Cette puanteur émane de la boue qui recouvre le sol, subtil mélange de crottin animal, de résidus organiques, de gravois apportés des chantiers, de la fange des ruisseaux où croupissent les déjections des éviers et des latrines, tout cela pétri sous les roues des multiples véhicules et sous les sabots d'innombrables bêtes de somme. La place de Grève, cœur de la vie parisienne, est un lac de boue. Même au Louvre, chaque matin, des bataillons de domestiques procèdent au nettoyage de la cour intérieure infectée de vase, d'urine, de crottin. La voirie n'y peut mais. Seul remède, le pavage, qui progresse rue par rue, en commençant par les voies passantes et commerçantes. Même ainsi, la « crotte » parisienne résiste au lavage et au balayage. Le promeneur endimanché pour quelque assemblée du beau monde est soudain souillé de la tête aux pieds au passage d'un cavalier lancé au galop. Boue en hiver, poussière en été, le Parisien ne perd jamais de vue son *memento mori*. Afin de s'en protéger un peu, plutôt que pour gagner du temps, les gentilshommes vont à cheval, les juristes et les médecins à dos de mule, les bourgeois se font porter aux endroits stratégiques par des crocheteurs. Apportées d'Angleterre, les chaises couvertes se multiplièrent à partir de 1639. Quand les carrosses firent leur apparition, leur succès fut immédiat, mais ils eurent pour premier résultat d'augmenter les embarras de Paris qui devinrent aussi célèbres que sa crotte.

Au long de ces rues qui épousent le tracé sinueux des anciens sentiers de campagne, les maisons cahotent de guingois sous leurs combles difformes et leurs énormes blocs de cheminées à tétons, titubant comme des ivrognes et bombant un ventre prêt à lâcher à la rue sa tripaille humaine. Depuis des siècles, on les construisait de bois et de torchis. On commence à employer la pierre et de nouveaux règlements leur interdisent d'avoir désormais pignon sur rue. Pour l'essentiel, le Paris médiéval est toujours en place et le restera jusqu'à Balzac, avec ses rues étroites, sinueuses et montantes, bardées de hautes maisons sans soleil, où la population s'entasse, où se juxtaposent toutes les conditions sociales, où grouille une humanité qui échappe à la fois à l'isolement individuel et à la massification moderne. En de nombreux quartiers, les taudis voisinent avec les hôtels de luxe. Les occupants des uns et des autres empruntent les mêmes boyaux tortueux et puants. Les ordonnances de police ont beau se succéder, les commerçants n'en ont cure. Ils ajoutent aux encombrements par leurs éventaires que protègent de monstrueux auvents de bois. Des milliers d'enseignes gigantesques pourfendent le ciel, déclenchent au moindre souffle un charivari de crécelles et de cymbales, un tohu-bohu de formes et de couleurs. Chaque jour, la ville hisse son pavois de fête amplifié par le vacarme des cent clochers dont Paris s'enorgueillit et qui, d'heure en heure, de l'aube au crépuscule, s'en donnent à cœur joie. Faut-il donc s'étonner que Paris ait gagné par le monde cette réputation de gaieté ? D'aucuns peuvent bien la trouver factice, ils passent pour de mauvais coucheurs. La misère de la ville n'a d'égale que sa splendeur. Même en lambeaux, un drapeau de rêve claque au vent. Même décrépit, un masque de gloire rit au soleil. Paris-Molière se met en place. Car Molière est un des rares aborigènes de la république des arts parisienne.

Au moindre événement, au moindre trouble, les nouvelles parcourent au galop le quai et le fleuve peuplé de centaines de barques, sur les ponts bordés de maisons, dans les petites rues voisines, si étroites qu'en tendant les bras, le piéton touche les deux parois. Entre petites gens qui se connaissent et se voient à toute heure du jour, l'émotion monte aisément. Aux artisans, bateleurs, portefaix, poissards et poissardes, accourent se joindre les sans-travail, les cherche-fortune, les lèche-trottoir, les flâneurs du pont Neuf, les dormeurs de la belle étoile. Les barricades s'élèvent jusqu'au voisinage du Palais-Royal. Alors, on tend des chaînes à chaque extrémité des rues. Il en fut ainsi le 28 août 1648 quand la reine mère fit arrêter le trop populaire conseiller Broussel, prélude à la Fronde. A cette date, Molière a déjà quitté Paris avec les débris de l'Illustre-Théâtre.

Les misères de la France

Jean-Baptiste atteignait à peine sa dixième année que sa mère avait déjà mis au monde six enfants, quatre garçons et deux filles. Deux étaient morts en bas âge, sa sœur Marie à cinq ans quand lui-même en avait huit, son frère Louis à dix ans quand il en avait onze. Un jour de mai 1632, sa mère Marie Cressé s'éteignit à son tour. Elle avait trente ans. Son père se remaria presque aussitôt avec une certaine Catherine Fleurette, qui mourut trois ans plus tard en donnant le jour à une petite fille qui lui survécut quelques jours. Le garçon de dix ans avait perdu son grand-père paternel la même année que son frère Louis. Tant de deuils en série ! La mort a-t-elle hanté la maison des Poquelin, héritière des grandes dynasties tragiques ? Leur sort est, hélas, tout à fait ordinaire en ces temps où un enfant sur quatre meurt avant son premier anniversaire, où l'espérance de vie ne dépasse pas vingt-cinq ans, où « comme le cimetière est au centre du village, la mort est au centre de la vie » (Pierre Goubert). La camarde ne se laisse pas facilement oublier. La chronique des Poquelin suit de près le schéma popularisé par les historiens : enfants mort-nés, jeune mère meurtrie à l'accouchement, le veuf se remarie et oublie. Curé, magister et fossoyeur enterrent à tarif réduit les « petits corps » ; la famille se dérange à peine pour la circonstance. La mort d'un cheval ou un orage de grêle semblent de plus grands malheurs. Poquelin a-t-il si vite oublié la douce Marie ? Louis Cressé a-t-il réellement continué de fréquenter son ancien gendre remarié, et poursuivi l'initiation au théâtre de son préféré ? Nous n'en savons strictement rien, ni quel fut le chagrin de l'enfant à la mort de sa mère. Il ne s'est confié à personne. Rien n'en a passé dans son théâtre, si ce n'est peut-être la lourde absence de la mère dans ses grandes comédies.

La mort prend alors trois visages d'apocalypse : la peste, la famine et la guerre. La peste rôde partout avant 1660. Et, en 1660, on gardait encore en mémoire les famines des années trente. Au cours des guerres, surtout à partir de 1636, les bandes soldatesques ravageaient les campagnes presque régulièrement. C'est peut-être pour cette raison que toutes les régions ne furent pas touchées pareillement, ou que les contemporains aguerris y étaient moins sensibles que nous, le fait est que, selon les historiens d'aujourd'hui, le retour périodique et quasi rituel des catastrophes n'a jamais fait de la France ce royaume désolé, cette terre dévastée dont la vision était nécessaire jadis à une certaine bonne conscience républicaine de gauche, confortée par une gravure de Jacques Callot, un tableau de Le Nain, un exercice de style de La Bruyère, mal analysés. Ainsi s'expliquent peut-être certains silences du théâtre de Molière sur lesquels nous aurons à revenir. A Paris, les plus menacés étaient les ouvriers, encore très minoritaires, dont la misère, mieux connue que celle des paysans, était peut-être, en dépit des apparences, moins cruelle. Les secours en ville étaient plus anciens et mieux organisés qu'à la campagne, surtout depuis l'extension récente des hôpitaux dont la finalité première ne fut jamais l'enfermement des pauvres. Les malheurs ouvriers, chômage et cherté des prix, survenaient presque toujours en même temps. Alors entassés dans leurs taudis, s'alimentant de déchets, secourus par quelques médecins et quelques prêtres, les ouvriers mouraient par milliers, comme des animaux, contribuant ainsi à la solution de la crise, écrit froidement le meilleur historien de cette époque, Pierre Goubert. Quelques misérables en train d'agoniser dans la neige, trois cadavres déjà roidis par la mort et le froid à enjamber, n'empêchaient pas, le soir des Rois, la servante des Poquelin d'acheter ses plus belles couronnes de carton doré au marchand ambulant.

Les historiens modernes insistent presque tous sur la « crise du XVIIe siècle » qui commence aux alentours de 1600 et s'oppose en Europe à l'expansion du

XVIe siècle. Elle semble néanmoins avoir été moins sensible pour le peuple de France qui reste et restera longtemps une énorme masse paysanne. Les prix français n'ont cessé de monter doucement de 1600 à 1650. Les draperies de Picardie, de Champagne et de Beauvaisis étaient en plein essor. C'est l'âge d'or de la rente foncière. Le Beauvaisis se couvre de nouveaux châteaux, le Languedoc de nouvelles églises. On construit des collèges, des quais, des ponts, des remparts, des moulins, des bergeries en toutes régions de France. C'est le pays le plus peuplé d'Europe et sa population est la plus riche. Il apparaît pourtant que neuf sujets du roi, surtout des paysans, travaillent dur et vivent chichement, pour permettre au dixième de se livrer en paix aux affaires, à la guerre, à la prière, au plaisir, ou tout bonnement à l'oisiveté. A cette minorité de privilégiés appartiennent presque toute la noblesse, presque tout le clergé et toute la bourgeoisie.

Cette dernière, on la connaît mal. Elle comprend la noblesse de robe, les fermiers généraux, les grands et les petits financiers, les chefs d'industrie, les gros commerçants, les armateurs de flottes marines ou fluviales, les maîtres ouvriers, les fabricants, les boutiquiers qui ont obtenu de l'échevinage des lettres de bourgeoisie à cause de leur bonne réputation et de leur fortune solide. On voit qu'en dépit de son aisance, la famille des Poquelin se situe plutôt vers le bas de l'échelle, bien moins haut qu'un Orgon ou un Jourdain. Depuis des temps très anciens, la bourgeoisie administre Paris par l'intermédiaire du prévôt des marchands assisté de ses quatre échevins. Ils assurent le ravitaillement quotidien de la capitale, surveillent la libre navigabilité des voies d'eau, font démolir les immeubles insalubres, ouvrir des rues, des places, des promenades nouvelles, construire des quais et des ponts, multiplier les fontaines, restaurer les remparts et surtout assurer la garde de la capitale en tout temps et sa défense en temps de guerre. Ils ne disposent pour ces dernières tâches que de trois cents archers, petits bourgeois plus aptes à la parade qu'à la police, presque tous cabaretiers en dehors de leur service.

Jean-Baptiste traverse, avec l'insouciance de l'enfance et l'égotisme de l'adolescence, un moment capital de l'histoire de France, que domine un grand problème politique, un problème de pouvoir. Il avait deux ans lorsque Richelieu était entré au Conseil du roi (1624), entreprenant aussitôt, avec le soutien constant du jeune Louis XIII, d'asseoir un pouvoir autoritaire d'abord destiné à mater les grands du royaume groupés dans le parti dévot autour de Marie de Médicis et dans le parti espagnol dont Anne d'Autriche devint bientôt l'âme. Les deux partis se recoupaient. Nommé par le roi principal ministre d'Etat (21 novembre 1629), cardinal depuis 1622, Richelieu devint duc et pair peu après que la journée des dupes (11 novembre 1630) eut consommé la défaite de la reine mère, du parti dévot, de Gaston d'Orléans, frère cadet du roi. Les troubles de la famille royale, cette lutte engagée par la mère et le frère du roi contre le cardinal-ministre, passionnent la rue. L'opinion publique n'aime guère Richelieu dont chaque succès politique se solde par une augmentation d'impôt. Ne déclare-t-il pas en 1625 : « On sait bien que les Français ne connaissent plus la valeur de l'or quand leur roi en a besoin ; cette vertu naturelle est propre à la nation française comme lui appartiennent en propre la valeur et le courage pour défendre sa réputation et les Etats des princes, ses amis et ses alliés » ?

Désireux pourtant de se concilier l'opinion, le gouvernement donne licence aux crieurs de vendre sur le pont Neuf les textes rédigés par le cardinal ou par le roi en réponse aux accusations portées contre le premier par ses ennemis. Des pamphlétaires s'en mêlent, des poètes « affidés » au cardinal interviennent pour justifier la politique du roi et de son ministre, pourfendre (déjà) les dévots, fustiger les grands, dénoncer les intrigues de l'étranger. Des juristes justifient dans leurs traités l'absolutisme monarchique. Le besoin d'une information aussi proche que possible de l'actualité se fait sentir, besoin auquel *Le Mercure françois*, créé en 1611, ne suffit pas. Le médecin Théophraste Renaudot, bien placé au centre d'un réseau de nouvelles grâce au bureau de consultations gratuites qu'il vient d'ouvrir, a l'idée de les réunir et de les publier toutes les semaines. Un jour de mai 1631, le grand-père Cressé, toujours à l'affût des nouveautés, arriva tout excité, brandissant le premier numéro de la fameuse *Gazette* qu'il venait d'acheter sur le pont Neuf. Donnant le premier exemple, souvent repris par la suite, d'une mainmise de l'Etat sur les moyens d'information, Richelieu y rédigeait lui-même des articles de politique générale, le roi se réservant les comptes rendus, remarquables de clarté et de précision, des opérations militaires, des réceptions d'ambassadeurs, des entrevues politiques.

Paris-Molière, Paris-théâtre

La maison de Jean Poquelin fait face au pilori des Halles où sont exposés les condamnés. Elle est proche de la Croix du Trahoir où stationnent les porteurs de chaises, où ont lieu les exécutions capitales. Jean-Baptiste grandit au cœur du vieux Paris. Les commodités de la vie et les châtiments publics sont voisins. Non loin de là, s'ouvrent la petite et la grande rue de la Friperie, qu'on nomme aussi rue de la Juiverie, noms qui parlent d'eux-mêmes. Très commerçant, ce quartier exhibe des boutiques réputées, l'épicier Francœur, le parfumeur Maurice, le baigneur Prud'homme. Leur clientèle loge dans les environs immédiats. Dans la seule rue Saint-Honoré, se dressent les hôtels de Soissons, de Brion, de Montbaron, de Sourdis, de Brissac, d'Epernon, de Schomberg. Quelques-uns de ces titres seront mêlés à la gloire future du gamin qui, pour l'heure, joue à saute-ruisseau, renifle aux éventaires, tressaille au spectacle de la rue.

En quelques minutes de marche, on parvient au pont Neuf. Et chaque fois, plusieurs fois par jour, pour le jeune habitant des Halles devenu collégien de Clermont sur l'autre rive, c'est l'enchantement. Commencé sous Henri III qui voulait, des fenêtres du Louvre, voir de loin défiler et venir à lui processions et cortèges, inauguré cinq ans avant sa mort par Henri IV qui avait voulu en faire, selon un de ses historiographes, un « terrain de jeu démocratique », le pont Neuf avait dix-sept ans à la naissance de Jean-Baptiste. Il continue de surgir dans l'imaginaire collectif en sa blanche nouveauté. Par quel prodige est-il devenu, à peine ouvert, le cœur de l'animation de l'ancien Paris ? Délaissant le carreau des Halles, le charnier des Saints-Innocents et la galerie mercière du Palais-Royal qui, en l'absence de places à l'italienne, jouaient ce rôle depuis des siècles, marchands ambulants, bouquetières, arracheurs de dents et bateleurs affluèrent en la nouvelle merveille. Bientôt complété par la place Dauphine, le pont Neuf inaugure une scénographie urbaine à la française, rivale de l'italienne. Le piéton de Paris, le flâneur des deux rives, rengaine aux lèvres, y déambule sur les pas de François Villon, comme le suivront à la trace les promeneurs enchantés, de Balzac à Prévert. Paris-Molière, Paris-théâtre. Au temps où il fait ainsi ses premiers pas au côté d'un vieillard qui sut l'éveiller au merveilleux de la grand-ville, la fête achevait de s'y mettre en place, favorisée par le fabuleux espace ainsi ouvert d'une rive à l'autre, dégagé pour la première fois de toute construction, avec ses insolites demi-lunes de pierre déjà prêtes à accueillir les boutiques de marchands. De là, le bon roi Henri offre à tout venant « Paris sa grand-ville » au prix d'une chanson qu'Alceste osera préférer à tous les airs de cour. Tout petit, Molière a contemplé un fantomatique cheval de bronze sans cavalier, caracolant immobile sur la petite place centrale reliée à la Dauphine. Et c'est un grand gars de quatorze ans qui vit un beau jour le royal cavalier, le Vert Galant jusque-là absent, prendre place sur sa monture.

Pourquoi la prostitution aux Halles et la chanson au pont Neuf ? Pratiquement, la chanson de rue apparaît en même temps que le pont Neuf dans le paysage parisien. A la fin du siècle dernier, on appelait encore pont-neuf toute chanson triviale coulée dans le vieux moule des Larifla et Landerirette. C'est justement à l'aube du Grand Siècle que les chanteurs du pont Neuf gagnent leur renommée encore vivante de nos jours.

L'aveugle à la vielle, le laquais en grève au violon, le gueux de Callot à la flûte et au tambourin, l'homme-orchestre, le superius qui chante en soprano, le contratenor affublé d'un baudrier et d'une hallebarde, l'idiot surnommé Orlando de Lassus, le fifre de Bacchus, Georges l'Altéré, le Bel Apollon, Guillaume de Limoges dit le Gaillard boiteux. Tous portraiturés par les imagiers du temps. La foule saisit à demi-mot les moindres allusions aux événements scabreux, au ridicule des personnages connus. Le pont Neuf a tout mis en chansons, le public et le privé, l'héroïque et l'infamant, le sublime et le scandaleux. « Gare qu'aux carrefours on ne vous tympanise », lance Chrysalde à Arnolphe en guise d'avertissement. Un prince italien, revenu au pays comme on part en exil, concluait tous les rapports de ses courriers de France par la question : « E la canzona ? » Les poètes crottés alimentaient les chanteurs de rimes en couplets qu'ils adaptaient aux innombrables airs de cour et airs à boire des musiciens à la mode. Quelques pauvres diables d'auteurs chantaient leurs propres œuvres déguisés pour gagner leur pitance. La plupart les soldaient à bon compte aux ménestrels de la Samaritaine. D'un bout à l'autre du pont, d'un bord à l'autre de Paris, on se livrait une concurrence sans merci. Au pont Saint-Michel, au pont au Double, à la Grève, à la Vallée de la Misère, au carrefour Guillery, à la porte Baudet, de l'aurore au crépuscule, retentissaient sur tous les tons, accompagnés à la vielle, au violon, au tambourin, les voix des crieurs de complaintes, célébrant l'événement ou le scandale du jour et débitant pour six blancs la brochure bleue de leur répertoire sous leurs grands parapluies.

Les farceurs de plein vent ne tardèrent pas eux-mêmes à joindre la chanson à leurs jeux habituels. Ceux-là opéraient toujours en équipe et, en ce début de siècle, on les vit proliférer jusqu'à encombrer rues et carrefours. Théâtre de tréteaux, de rue, de foire, c'est la même chose en ces années où tout semble commencer. Et pour des siècles, le théâtre populaire se résume dans la parade de plein air. Mais l'apothéose a toujours lieu au pont Neuf. A l'approche du soir, s'allument un à un les pots à feu au bout de leurs hampes obliques plantées de part et d'autre des estrades devant la tenture du fond, projetant l'ombre géante des charlatans et des bouffons sur le ciel de Paris rouge et noir. La flamme fuligineuse des torches se tord dans le vent. Les lanternes des passants se balancent mollement au rythme de la marche, dans le tintamarre des parades et le vacarme des boniments. Les voix des stentors en furie, le rire niais des balourds, la salve volcanique des tambours et des cymbales, une grimace de pitre, un saut d'acrobate, un coup de pied au cul, entrevus dans un halo de lumière jaune sur fond de ciel rougeoyant. La foule agglutinée tourne sur elle-même, liquide et fluviale, saoule de sa propre rumeur. Perdus dans la masse, les coupe-bourses sont à l'œuvre et les cris rageurs des dévalisés déchirent l'air par intervalles. Entre les deux berges déjà sombres du fleuve, le pont semble une fantasmagorie lumineuse, immobile et suspendue entre les rives du temps. La nuit venue, les saltimbanques rangent leur matériel, les badauds se hâtent de gagner leur domicile, les lumières s'éteignent. La ville entière devient un antre obscur et le pont Neuf le lieu le plus redouté de tout Paris, royaume des mauvais drôles qui détroussent et qui tuent, les « frères de la Samaritaine », les « chevaliers de la Courte Epée ». De temps à autre, un noctambule terrifié traverse en courant, bien en son milieu, le vaste pont désert, naguère peuplé de mille enchantements.

Les farceurs font parade, parfois pour leur propre compte et pour le divertissement de la foule rassemblée, plus souvent au service de celui qu'on appelle opérateur, triacleur, charlatan, selon un éventail de spécialités qui vont de l'arrache-dents à la vente de l'orviétan, médicament miracle. Dans le tohu-bohu de la fête, dominant le vacarme et le tourbillon par l'éclat de ses musiques et de ses couleurs, la parade assure le regroupement, la dispersion, la rotation du public qui, avant de s'en aller, dépose plus ou moins spontanément son écot. Souplesse du corps, volubilité de la parole, expressivité des grimaces et don inné de l'improvisation, tels sont les traits du farceur. Le premier, par la date et par le prestige, de ces cabotins prodigieux qui donnèrent alors à la farce française un éclat sans égal, fut Tabarin. Il porte un nom de parade signalé un peu partout à la fin du XVIe siècle. Il y eut même un Tabarino dans la troupe de Juan Ganassa qui introduisit la commedia dell'arte en France en 1570. Mais c'est un Lorrain, Antoine Girard, qui rendit à jamais illustres le nom et le personnage en montant en 1618 sur un tréteau de la place Dauphine pour faire équipe avec l'opérateur Mondor. L'année où Molière est né, 1622, devenu immensément populaire et détesté des femmes, dit-on, dont les maris ne rentraient plus à la maison, il fit paraître le fameux recueil de ses « Farces tabariniques ». Et Jean-Baptiste eut tout juste le temps de l'apercevoir, trop petit peut-être pour apprécier, puisque Tabarin quitta Paris en 1625, puis abandonna le théâtre en 1650. Ainsi Jean-Baptiste a-t-il vu le jour sous le signe du bouffon à longue barbe, à larges pantalons, à veste verte comme le tabar, ce mantelet auquel il doit son nom, coiffé d'un immense chapeau rouge qu'il pétrissait avec des mines irrésistibles. Tabarin prend un air stupide pour poser à Mondor une question incongrue où il est le plus souvent question de cul et de merde. La réponse du maître, hautement pédante et vaguement humaniste, est aussitôt tournée en ridicule par la contre-réponse du pitre qui ne respecte rien. Avant de quitter la place Dauphine devenue trop petite, jetons un dernier regard sur ces cavaliers et leurs rosses, ces portefaix et leur charge, ces soubrettes à cottes, ces valets à souquenilles, ces soldats, ces écoliers, ces tire-laine, tout ce petit peuple vu de dos qui fait face au tréteau enchanté, à la tapisserie bariolée, aux musiciens de l'air, au charlatan du temps, au pitre obscène, au baladin de rêve. Et remarquons au milieu d'eux ce bonhomme de trois ans juché sur les épaules du grand-père. Regarde de tous tes yeux, Jean-Baptiste. Tu as déjà la clef de la parade !

Tabarin présente la quintessence du comique populaire, ayant fait carrière sur les tréteaux de plein vent, alors que tous les autres farceurs cherchèrent abri, dès qu'ils le purent, dans les théâtres. Quand ils avaient épuisé leur succès à Paris, ils allaient parcourir les foires de France et de Navarre. Ainsi fit Tabarin avant de se retirer dans un château et de trouver la mort dans une partie de chasse, victime des hobereaux du voisinage. Ainsi firent un autre opérateur, Jean Farine, au masque blême, et son compère, plus fameux que lui, Bruscambille. Ce duo trôna longtemps sur le pont au Change parmi les boutiques. Jean Farine débitait ses drogues et Bruscambille ses calembredaines. Ils finirent par entrer tous les deux à l'Hôtel de Bourgogne où, jusqu'en 1634, Bruscambille, pitre lettré, fut chargé de haranguer le public en prologue et en intermède, dans un mélange de latin de cuisine et de patois de tréteaux. Il y a des gens d'armes ivres, des portefaix, des seigneurs en goguette, des écoliers chahuteurs, des athées qui choisissent les loges de l'hôtel pour y débiter leurs théories. Tous adorent se faire houspiller par Bruscambille enfariné et armé d'un fouet. Bruscambille n'y va pas de main morte. Si connue que soit sa harangue, elle mérite d'être citée ici. On n'a pas trouvé de meilleur témoignage sur le public de théâtre en cette première moitié du siècle où Jean-Baptiste Poquelin, dit Molière, rencontre son destin.

« Je vous dis que vous avez grand tort, mais grand tort, de venir depuis vos maisons jusques ici pour y montrer l'impatience accoutumée, c'est-à-dire pour n'être à peine entrés que, dès la porte, vous criez à gorge dépaquetée : Commencez ! commencez ! Nous avons bien eu la patience de vous attendre à la porte, d'aussi bon cœur pour le moins que vous l'avez présenté, de vous préparer un beau théâtre, une belle pièce qui sort de la forge et est encore toute chaude ! Mais vous, plus impatients que la même impatience, ne nous donnez pas le loisir de commencer.

« A-t-on commencé ! C'est pis qu'antan. L'un tousse, l'autre crache, l'autre pète, l'autre rit, l'autre gratte son cul. Il n'est pas jusqu'à messieurs les pages et laquais qui n'y veuillent mettre leur nez, tantôt faisant intervenir des gourmades réciproques, maintenant à faire pleuvoir des pierres sur ceux qui n'en peuvent mais... »

Parvenus à l'autre bout du pont Neuf sur la rive gauche, le vieillard et l'enfant n'ont plus qu'à parcourir un lacis de rues étroites pour gagner cet autre haut lieu de la bouffonnerie française, la foire Saint-Germain, la grande foire de la période du carnaval qui s'ouvrait le 3 février et fermait la veille des Rameaux. Née au temps des croisades, elle tenait peut-être de celles-ci son allure de souk oriental. C'était la plus prestigieuse des foires parisiennes, l'autre, la foire Saint-Laurent, se tenant beaucoup plus au nord, sur la rive droite, près de l'église Saint-Laurent, du 28 juin au 30 septembre. Au temps de l'affaire Tartuffe, Molière devait assister à la naissance de la foire Saint-Ovide, aux Capucines. Les deux compères, mêlés à des milliers de badauds, accédaient à la foire, située sur l'emplacement de l'actuel marché Saint-Germain (amputé des deux tiers de sa surface en 1900) par la rue de la Foire, qui s'appelle aujourd'hui rue Mabillon. La charpente des halles qui l'abritaient fit longtemps l'admiration des connaisseurs. Instinctivement, le visiteur levait la tête vers cet entrecroisement, cet enchevêtrement de poutres maîtresses, de solives et de madriers en tout genre qui allaient se perdre dans une pénombre de forêt pétrifiée. Cette architecture de bois et de pierre avait remplacé le caravansérail d'échoppes bâtardes où, pendant des siècles, marchands, chalands et badauds s'étaient mêlés dans la paille et la boue. Ces halles recouvraient neuf grandes rues tirées au cordeau et coupées à angle droit par des rues secondaires qui portaient des noms de province ou de métier. Ce quadrillage délimitait vingt-quatre quartiers capables d'abriter cent quarante magasins ou loges dont chacune comportait une boutique au rez-de-chaussée et une chambre à l'étage. Louées à l'année, ces loges servaient de magasin aux commerçants dans l'intervalle des foires.

La foire est une ville dans la ville, une île de merveilleux et d'enchantement exotique, lieu du vacarme et du bariolage, dont toutes les odeurs se mêlent, évoquant les pays lointains et les civilisations inconnues. Théâtre vivant, fête ininterrompue, capharnaüm de l'étrange. Marchands, charlatans, opérateurs de tout acabit s'y assemblent. Elle autorise même la présence d'ouvriers sans maîtrise qui ont le droit, en cette occasion, d'exposer leurs fabrications sans crainte d'être inquiétés par les corporations. Le centre appartenait aux commerçants patentés. Sur le pourtour, entre les loges couvertes et le mur d'enceinte à ciel ouvert, s'installaient les spectacles les plus divers : restaurateurs et limonadiers, acrobates et jongleurs.

L'abbé de Saint-Germain-des-Prés, propriétaire des lieux, louait de petits théâtres aux bateleurs. C'est seulement à la fin du siècle, après la mort de Molière, que se multiplièrent les célèbres théâtres de la foire avec leurs curieux balcons de bois sur lesquels on donnait la parade. Cependant, dès avant 1650, les bateleurs étaient devenus les rois du pavé forain. En grandissant, Jean-Baptiste a vu croître leur vogue. D'abord, les tours de passe-passe, puis les danseurs sur échasses, les danseurs de cordes, les montreurs d'animaux, les marionnettistes. Scarron a magnifiquement célébré l'extraordinaire tohu-bohu de la foire, où règne Arlequin, le grand amuse-coquin, dans la crotte et les embarras de voitures, au bruit des sifflets, flûtes, flageolets, cornets, hautbois, musettes. Alors apparurent les acteurs parlants sur leurs tréteaux, depuis le simple valet de parade comme Tabarin jusqu'aux compagnies de commedia dell'arte. La médecine foraine y concurrençait la médecine officielle et, à ce jeu, les Italiens se taillèrent une belle réputation. Parmi les plus illustres, il signor Hieronymo Ferranti d'Orvieto, dit l'Orviétan. Et le non moins célèbre Melchisedech Barry qui a peut-être engagé notre Jean-Baptiste après la déconfiture de l'Illustre-Théâtre. Tous vendaient, sous des noms et des apparences divers, les mêmes produits, mithridates, baumes, huiles, racines, orviétans et curatifs de toutes sortes. Tous semblaient savoir par cœur le dit de l'herberie du pauvre Rutebeuf. A la foire se fait l'unité du théâtre et de la vie, du commerce et de la fête, l'apothéose de la consommation sous toutes ses formes, et d'abord celle du manger et du boire gargantuesques. Les parades éclatent en fanfare, les bagarres et les duels explosent au moindre prétexte, les tire-laine et les péripatéticiennes rôdent, Henri III y vient flâner en compagnie de ses mignons, Henri IV y quête quelques deniers au jeu. Depuis un siècle, les Egyptiennes y disent la bonne aventure. Parmi elles, une certaine Zerbinette. Molière enfant s'est nourri de la foire d'où sont sortis l'opéra-comique, le ballet romantique, le cirque moderne, le boulevard.

L'école des bouffons

Quelques jours avant la naissance de Molière, un illustre trio de farceurs, qui avait débuté des années plus tôt, faisait son entrée à l'Hôtel de Bourgogne dont il éclipsa la troupe tragique pour longtemps. La légende s'obstine à voir en eux trois garçons boulangers fous de l'ancienne farce gauloise dont ils décidèrent un jour d'enrayer le déclin. Henri Legrand dit Turlupin, Hugues Gueru dit Gaultier-Garguille, Robert Guérin dit Gros Guillaume. Et parce que ces pitres jouaient aussi la tragédie, ils prirent d'autres sobriquets pour célébrer Thalie : Belleville, Fléchelles et Lafleur. Curieusement, les vieux farceurs semblent avoir incarné le génie comique de la France mieux que les œuvres comiques elles-mêmes. Car le théâtre de ce temps-là est d'abord un théâtre d'acteurs. Les onze années qui séparent leur entrée à l'Hôtel de Bourgogne et la dislocation du trio, provoquée par la mort de Gaultier-Garguille, marquent l'apogée de la farce française traditionnelle. Pour deux sols six deniers, chaque jour après le repas de midi, les "escholiers" venaient « se rigoler » durant une heure aux facéties des trois bouffons. Turlupin, valet rusé ou mari jaloux, dont le masque et le costume rappelaient ceux de Brighella ; Gaultier-Garguille, vieillard lubrique ou pédant ridicule, long comme un jour sans pain, vêtu de noir, disloqué comme une marionnette, dont la silhouette ressemblait à Pantalon ; Gros Guillaume enfin, rond comme une barrique, enfariné comme Pierrot, obscène et stupide à souhait, qui s'habillait en femme et servait de commère à Turlupin. L'agile Turlupin, bavard intarissable, servait de lien entre un mastodonte immobile et muet et un vieux croulant, tortillard et glapissant. Gros Guillaume enraciné dans le terroir, les deux autres marqués par les Italiens.

Isabelle d'Este confesse s'être ennuyée toute sa vie aux pièces latines et italiennes données à la cour de Florence, et follement divertie aux intermèdes chantés et dansés par les bateleurs. Le passage de ces divertissements aux véritables jeux d'acteurs se fit graduellement. Cependant, le théâtre aristocratique de la Renaissance se montra incapable de susciter en Italie un seul dramaturge important aussi bien que d'inventer une forme originale. L'expression la plus forte du génie théâtral italien naquit à l'autre bord. Tandis que princes et poètes donnaient de pâles imitations de Plaute et de Térence dans les merveilleuses scénographies de Palladio et de ses pairs, l'authentique théâtre italien, la vraie participation de la péninsule au siècle d'or du théâtre européen, naissait sur les places publiques. Encouragé par les rires et les applaudissements d'un public populaire, il toucha les cours, fut le favori des grands, devint le principal divertissement des cours royales. C'est la *commedia dell'arte all improviso*, dont le nom indique qu'une importante mutation venait d'intervenir au royaume du théâtre : cette commedia était l'affaire d'un corps de professionnels dont les membres se consacraient à temps plein au théâtre et se distinguaient des amateurs ou des acteurs d'occasion qui participaient aux spectacles de cour. Ces acteurs et ces actrices (les femmes s'intégrèrent dès le début et pour la première fois à ce théâtre) venaient des troupes de saltimbanques, héritières des jongleurs médiévaux. On les recrutait dans les différentes régions et principautés de l'Italie d'où ils apportaient les costumes locaux, les dialectes et les détails dont l'ensemble donnera son caractère neuf à cette création unique du théâtre italien, la *commedia dell'arte all improviso*, avec ses deux originalités essentielles, le masque et l'improvisation. Un texte fameux de Grazzini, daté des environs de 1545, contient la première allusion aux personnages de la commedia dell'arte. Plusieurs troupes s'étaient déjà organisées et presque toutes les cours possédaient leurs compagnies d'acteurs improvisateurs. Le grand monde et le bas peuple partageaient le même engouement pour Arlequin, Pantalon, le Docteur, le Capitan, maîtres du rire. Toute compagnie importante devait posséder encore sa jeune première, *prima donna innamorata*, et son jeune premier, choisis pour leur grâce et jouant sans masque. Tout cela s'est fait graduellement mais on est frappé par la rapidité du mouvement. Dès 1548, la troupe de Juan Ganassa joue à Lyon. En 1570, les comédiens italiens sont à Paris. C'est l'apogée. Les troupes italiennes ne furent jamais stables. Leur histoire se confond avec celle de leurs éclatements et de leurs regroupements. Bien que dès 1580, des esprits chagrins fissent profession de regretter l'âge d'or des débuts, la commedia dell'arte allait, pendant plus de deux siècles, déchaîner sur toute l'Europe une fête aux chatoiements infinis, un feu d'artifice aux figures sans cesse renaissantes, dont l'apogée se situa en France, devenue sa seconde patrie. Les rapports de la commedia avec la France dominent en un sens son histoire, posant un double problème d'influence, celle des Italiens sur les comédiens français, Molière avant tout, et inversement celle de la France sur la commedia dell'arte. Sur ces deux points, le problème est complexe. Les intégristes de la culture populaire (selon eux, elle aurait permis aux masses populaires de contester le pouvoir établi) soutiennent que la commedia dell'arte s'est condamnée à mort en se coupant de son terroir d'origine. Et certes, on peut, on doit même s'interroger sur ce point. Mais c'est un fait que, sans l'exil qu'elle vécut comme un triomphe et une apothéose, elle eût disparu sans laisser de trace, un siècle plus tôt au moins. Cette fabuleuse époque de la commedia vernaculaire, on peut tout lui faire dire parce qu'on n'en sait presque rien. Un fantasme, un mythe ! Tout ce que l'on sait de sûr de la commedia dell'arte date de l'exil. C'est aux XVIIe et XVIIIe siècles qu'elle a donné ses plus grands acteurs, les Tiberio Fiorelli et Domenico Biancolelli qui ont immortalisé Scaramouche et Arlequin. Ces deux-là furent les contemporains et les amis de Molière. A ce moment-là, il serait abusif de parler de folklorisation, comme cela se produira au XIXe siècle pour les danses populaires. La commedia a changé de nature en restant créatrice et vivante. Elle se définit par son déracinement qui l'élève, avec ses masques et ses jeux, au niveau d'une métaphore du monde. Incapable en Italie de résoudre la crise du théâtre de la Renaissance, elle a répandu en Europe un art de l'acteur dont ont profité des génies comme Shakespeare et Molière. Surtout ce dernier. Plusieurs des meilleurs spécialistes italiens du théâtre pensent que la plus haute justification de la commedia dell'arte est d'avoir donné un élan décisif au génie de Molière.

Avant tout, il ne fait aucun doute que l'engouement général pour les Italiens, à leur arrivée en France sous Catherine de Médicis, est à l'origine de l'extraordinaire renaissance de la farce française, dont le jeune Molière a vécu la montée puis le déclin. C'est tout le problème de la tradition comique et de l'enracinement de Molière dans cette tradition qui est en jeu. A partir de 1480, le comique a pris dans les mystères une place grandissante, souvent étrangère à l'action, et la farce est devenue une concurrente sérieuse pour le théâtre sacré. Avec son admirable faculté d'intégrer à son projet les créations de la culture populaire, l'Eglise a laissé entrer dans le tissu des mystères ces jeux farcesques du comique populaire dont la créativité fut au XVe siècle stupéfiante. Répandue en France, imitée en Angleterre et en Italie, la farce française a profité de la longue vogue ininterrompue de Maître Pathelin. Quand il est le mieux intégré aux mystères, le comique farcesque est lié à certains personnages, les diables, les gens de métier, les paysans, les soudards, les bourreaux, les infirmes, aveugles, sourds et paralytiques. Les épisodes où ces personnages apparaissent sont soutenus par une verve comique, drue, réaliste, qui a valu aux mystères les foudres du Parlement de Paris (1548). D'autres parlements lui emboîtèrent le pas. Le théâtre médiéval tout entier était condamné. Cependant, le théâtre sérieux et le théâtre comique ont connu des sorts différents. Les poètes de la Pléiade et les premiers auteurs tragiques furent unanimes à mépriser le théâtre des mystères. De ce côté, la rupture avec le Moyen Age fut complète. Le mot mystère lui-même disparut du vocabulaire théâtral. Il fallut bien pourtant, tardivement et en province plus qu'à Paris, prendre en compte la nostalgie, dans la majeure partie de la population, des grandes liturgies théâtrales qui avaient animé leur vie urbaine. On vit alors apparaître une forme de tragédie hybride plus proche des derniers mystères que des tragédies savantes de la Renaissance. Surtout, les parlements avaient épargné la farce dans leurs décrets d'interdiction et celle-ci eut raison des dédains de l'école de 1550. Farce et comédie ont coexisté de Jodelle à Molière. La farce avait mieux résisté que le mystère à la concurrence des nouveaux genres dramatiques, comédie et tragédie. Déjà, bien des comédies imprimées dans les quarante dernières années du XVIe siècle attestent un regain d'intérêt pour la farce, dont elles portent la marque. Fidèles à l'ancien théâtre, les Confrères de la Passion, propriétaires de l'Hôtel de Bourgogne, donnaient des farces en spectacle à la suite de la comédie ou de la tragédie.

Ainsi, le succès de la farce, à la cour comme à la ville, au cours des trente premières années du siècle, ne fut pas un phénomène subit. L'enfance de Jean-Baptiste en fut imprégnée.

Cependant, le succès immédiat de la commedia dell'arte, avec son rythme endiablé et son comique « gestueux », semble avoir fait jouer un déclic décisif et contribua au triomphe des farceurs de l'Hôtel de Bourgogne vers 1620. Au cœur du fameux trio s'est faite la synthèse, indispensable à l'éclosion du génie moliéresque, entre le comique gaulois, médiéval, paysan, qui domine en Gros Guillaume l'enfariné, et le comique italien qui a le plus marqué les personnages de Turlupin-Brighella et de Gaultier-Garguille-Pantalon. Le très précieux recueil Fossard, dont les quarante-sept gravures en taille-douce furent exécutées en France sous Henri III, montre que les comédiens français et italiens ont souvent travaillé ensemble. A deux reprises, Valleran le Conte signa des contrats avec une troupe italienne. On a vu qu'Antoine Girard avait repris le nom de son prédécesseur italien, Tabarino, et sa femme Francisquina était Italienne. En 1600, la troupe des Gelosi, subventionnée par Henri IV, avait passé un accord pour jouer en alternance à l'Hôtel de Bourgogne. En 1621, répondant à l'appel de Marie de Médicis, les Fedeli succèdent aux Gelosi et restent deux ans de suite, jouant avec succès sur des scenarii dont la foire s'inspira sur l'heure. Or, les Gros Guillaume, Turlupin, Gaultier-Garguille, Bruscambille, Guillot-Gorju, Jodelet et consorts ne furent pas de plats imitateurs. Longtemps éclipsés au regard des historiens par les acteurs italiens, on admet aujourd'hui que ceux-ci les considéraient comme leurs pairs. Une osmose s'est produite entre le jeu français et le jeu italien à partir d'un point commun qui pourrait bien être que les uns et les autres portent plus (les Français) ou moins (les Italiens) la marque de l'héritage médiéval, où le « badin » annonce le zani, où le « sot » improvise déjà à la manière d'Arlequin. Turlupin et Gaultier-Garguille jouaient sous le masque (marque italienne), Gros Guillaume était enfariné (marque folklorique). Sous l'influence des Italiens, en effet, les Français adoptèrent, sans le rendre systématique, l'usage du masque qui semble avoir été peu utilisé au Moyen Age. Ils pratiquaient aussi l'improvisation, sans en faire le principe de leur art, essentiellement lié à l'écrit : la comparaison entre les recueils de scenarii italiens et le livre des farces tabariniques parle d'elle-même. Enfin, les farceurs français s'inspirèrent de la gesticulation des acteurs italiens, danseurs, acrobates et musiciens, mais ils gardèrent leur originalité. Leur souvenir est lié à leur faconde plus qu'à leur mimique. Il s'agit d'une vieille tendance moyenâgeuse que ni la Renaissance ni l'influence italienne n'entamèrent. Baratin est l'anagramme de Tabarin, même si le mot date de notre époque. La grande différence entre farceurs de France et Italiens, souvent donnée comme une faiblesse des premiers, réside dans le fait que leur *type* s'est épuisé dans le moment vécu du jeu. Aucun n'a survécu à son créateur. Tout tient dans les méthodes de travail, elles-mêmes liées à un processus historique. Selon Gustave Attinger, les acteurs italiens prenaient leur rang dans le cadre d'un spectacle fortement organisé où le type s'épanouissait largement aux dépens de l'acteur qui s'effaçait devant lui, fût-il une vedette de premier plan. C'est le principe même du canevas qui n'est toujours, après tout, qu'une sorte de résumé, scène par scène, d'une intrigue plus ou moins complexe mais complète. Au lieu que la farce française reste toujours très proche de ses tréteaux d'origine. A force de jouer le même rôle, l'acteur crée un type, mais celui-ci est tellement lié à son jeu propre qu'il meurt avec lui. Molière hésitera entre les deux méthodes, s'identifiant à Sganarelle au point d'en faire un type, puis le larguant soudain pour entrer dans la diversité de la grande comédie.

Il est certain aussi que la farce a tiré profit du statut inférieur où la comédie a été maintenue longtemps en France. Jamais la comédie savante n'y a connu la faveur de la *commedia erudita* en Italie. A la veille de l'entrée en scène de Molière, l'abbé d'Aubignac exagère à peine en écrivant dans sa *Pratique du théâtre* : « La comédie est longtemps demeurée parmi nous, non seulement dans la bassesse mais dans l'infamie. » La tradition comique s'est nourrie d'une série de rivalités entre la farce et la comédie, entre la farce française et la comédie italienne, et, à l'intérieur de celle-ci, entre la *commedia erudita* et la commedia dell'arte. Pendant la Renaissance, les comédies étaient jouées en latin pour un public d'humanistes, en italien à la cour, et en français à la ville pour un public bourgeois et populaire auquel ne dédaignaient pas de se mêler les gens de qualité. Sous Henri IV, le retour de la paix provoqua un extraordinaire essor de l'activité théâtrale, pratiquement réduite à néant pendant les guerres de Religion. Ce renouveau bénéficia définitivement au théâtre d'expression française qui avait pris beaucoup de retard sur son homologue italien. A l'inverse de chez nos voisins, la comédie avait moins prospéré que la tragédie. Aucune n'a approché le succès de librairie des *Juives* de Robert Garnier. C'est peut-être dû à la rareté des cours royales. La France avait eu la première cour d'Europe, mais elle était la seule, alors que l'Italie s'était nourrie de la rivalité permanente entre Florence, Venise et Rome. De plus, à la cour de France, la comédie subissait la concurrence des ballets, des mascarades, des carrousels et, bien sûr, de la commedia dell'arte. La cour lui préfère le ballet et le peuple la farce. Pendant près d'un siècle, de 1550 à 1630, de Jodelle à Corneille, les lettrés ont tenu la comédie pour un genre inférieur. Molière aura fort à faire pour remonter le courant.

Baptiste-des-Parades

1625. Il a trois ans. Juché sur les épaules du grand-père, il contemple la parade. Tabarin triture son grand chapeau de feutre rouge et lui donne des formes obscènes ou grotesques. Comme tous les spectateurs, il rit de voir le bouffon émerger d'une fosse d'aisance couvert de merde, tandis que Mondor se bouche le nez.

1630. Huit ans. Toutes les semaines, le grand-père Cressé l'accompagne à l'Hôtel de Bourgogne. Il ne comprend pas grand-chose aux tragédies, mais la splendeur des costumes, l'outrance des maquillages, la diction des acteurs qui se situe à la limite de la déclamation et du chant, le mettent en extase. Il attend surtout les intermèdes de Bruscambille avec impatience. Et plus encore, la farce des trois compères qui va terminer le spectacle.

1635. Treize ans. Tabarin, Bruscambille, Turlupin et ses deux complices ont disparu. L'âge des bouffons touche à sa fin. Une nouvelle salle s'ouvre dans un jeu de paume du quartier du Marais. Le chef de la troupe,

Montdory, vient d'engager Julien Bedeau dit Jodelet, dernier des grands farceurs, âgé de quarante ans, enfariné comme Gros Guillaume, spécialiste depuis vingt ans des valets fripons. Il a traîné sa bosse de jeu de paume en jeu de paume, puis à l'Hôtel de Bourgogne, avant de s'installer pour longtemps dans ce nouveau théâtre.

L'année 1629 avait marqué un moment important dans l'histoire du théâtre en France. Cette année-là, l'ancienne troupe de Valleran le Conte, dirigée à présent par Robert Guérin (alias Gros Guillaume !) se fixa à l'Hôtel de Bourgogne et une autre troupe venue de Rouen fit ses débuts dans un jeu de paume du Marais avec la première comédie d'un jeune auteur rencontré dans la capitale normande. *Mélite* fut un franc succès qui fit de Corneille l'auteur attitré de la nouvelle troupe qu'animait désormais Guillaume des Gilberts alias Montdory. Fidèle au nouveau quartier du Marais, la troupe de Montdory y déménagea trois fois avant de s'installer pour toujours dans un jeu de paume de la rue Vieille-du-Temple. Pour la plus grande joie des amis du théâtre, Paris disposait désormais d'une seconde salle, grande et belle, où les onze membres de la troupe, parmi lesquels Jodelet et son frère l'Espy, créèrent les cinq premières comédies de Corneille. Elles formaient une « série », chacune se passant dans un décor de Paris, différent chaque fois. Elles répondaient ainsi, d'une manière originale quoiqu'un peu naïve, à une des fonctions essentielles du théâtre : représenter le monde. Les mauvaises langues ne manquèrent pas d'insinuer que tous les quartiers de Paris allaient y passer, de la Samaritaine à la place aux Veaux. Au lieu de cela, Pierre Corneille, pour la première fois mais non la dernière, remit tout en question au risque de déconcerter son public. On connaît le résultat. Dans les derniers jours de 1636, à moins que ce ne soit dans les premiers de 1637, Louis Cressé et son petit-fils allumèrent des lanternes avant de s'enfoncer dans la brume d'une fin d'après-midi hivernale. Des halos jaunâtres bouillonnaient autour des rares lumignons de rue. A présent, l'adolescent aidait à son tour le vieillard aux passages difficiles. Il fallut aux deux promeneurs un bon quart d'heure de marche pour gagner la rue Vieille-du-Temple. Bientôt, ils distinguèrent le musicien qui battait tambour à l'entrée de la salle où se bousculaient des silhouettes incertaines. Et c'est ainsi sans doute que Jean-Baptiste Poquelin, sous qui Molière perçait peut-être, eut comme tous les autres spectateurs les yeux de Rodrigue pour Chimène. L'âge des bouffons se termine, celui des héros commence. Jean-Baptiste s'est choisi héros avant de se choisir comédien. Sous peu, il se choisira comédien pour jouer les héros.

Grand jeu initiatique

Le grand-père, lorgnant l'adolescent en extase, sut qu'il pouvait mourir en paix, ce qu'il fit l'année suivante. Exit Louis Cressé, initiateur et patriarche. Pourtant, l'œuvre vraiment initiatique n'est peut-être pas *Le Cid*, mais une autre pièce, jouée quelques mois plus tôt, et que l'auteur lui-même considérait comme un monstre. *L'Illusion comique* a beau être, avec *La Tempête* et *La vie est un songe*, le fleuron de la théâtralité baroque, ni le public ni la critique française ne l'ont reconnue pour telle. Elle a pourtant connu récemment une véritable apothéose, grâce à l'un de nos grands magiciens du théâtre, Georgio Strehler. Trois images inoubliables. Dès la première scène, la pièce prend ce caractère initiatique qui ne l'abandonnera plus. Le père parcourt l'allée centrale de la salle entre deux rangs de spectateurs sur lesquels tombe de la coupole dorée une lueur spectrale. Il se dirige à tâtons vers le lieu enténébré, grotte de Prospero, scène d'illusion, que Corneille évoque d'une manière saisissante : « Et cette large bouche est un mur invisible. » Toute entrée en scène par la « gueule d'Hellequin » est une transgression. Pridamant, d'ailleurs, n'en franchira jamais le seuil, isolé entre le premier rang du public et la rampe. Bientôt, la nuit du plateau engendre une forme confuse, inquiétante, longue silhouette noire qui ondule et tête d'ivoire glabre qui flotte dans l'ombre vaporeuse. Le magicien Alcandre parle. Sa voix meurt dans les coulisses de la nuit. Comme la première rougeur de l'aurore, se découpe sur l'horizon pâle une silhouette de gallinacé à la Callot, le Matamore. Dans la mise en scène de Strehler, le même acteur joue les deux rôles. Le jeu de l'illusion culmine dans la métamorphose. Alcandre devient Matamore, le temps d'enlever un manteau et de se couvrir d'un masque. Au quatrième acte, Corneille escamote son capitan avec désinvolture ; devant le public, le pantin s'écroule, son masque tombe, révélant le visage tragique de l'acteur sans rôle, du magicien sans prestige. Premier paradoxe de « ce monstre », le Matamore entre de force dans une intrigue qui ne le concerne pas. D'autant moins que le jeune Corneille se vantait d'avoir réussi dans ses comédies à faire rire sans recourir aux vieilles ficelles bouffonnes, parmi lesquelles il citait justement le capitan. Et le voilà qui introduit le Matamore pour complaire à Bellerose, nouveau directeur du Marais, qui cherchait un beau rôle pour Bellemore, spécialiste de ce personnage, dont c'étaient les débuts dans la troupe. Or, une fois en scène, Matamore prend toute la place : que serait *L'Illusion comique* sans lui ? Pièce kaléidoscopique, récit picaresque, mélange des genres, ruptures de ton, intermittences du cœur. Jusqu'aux poncifs de la théâtralité baroque : la grotte, le palais, la prison. Malgré une richesse thématique et une subtilité rhétorique étonnantes, l'intrigue érotique, qui fait de ce Corneille-là un précurseur de Marivaux, ne saurait suffire à provoquer cet ébranlement d'où naissent les fêtes théâtrales. L'élément de démesure, la part vraiment géniale de cette œuvre réside ailleurs, dans les jeux de l'amour et du théâtre, du réel et de l'illusion, dont cet art érotique est le reflet et Alcandre le héraut. A lui seul, le Matamore fait de la pièce tout entière ce qu'il est lui-même, une « hyperbole incarnée » du théâtre. Il vient du théâtre, il y retourne. La commedia dell'arte ne dit pas tout de lui. Corneille écrit *L'Illusion* juste avant *Le Cid* ; peut-être même y a-t-il eu un temps concomitant aux deux pièces. Corneille donne donc, presque en même temps, la version tragique et la version carnavalesque de son héros en train de naître. Matamore parle comme Don Diègue, comme Horace, comme Auguste : « Tu connais ma bravoure, éprouve ma clémence. » Mieux, il parle comme Condé, célébré par Boileau trente ans plus tard : « Le seul bruit de mon nom fait tomber les murailles, / Défait les escadrons et gagne les batailles… »

L'emphase comique du Matamore retourne contre soi le discours du Grand Siècle sur lui-même. *L'Illusion* est construite sur un schéma ternaire : quête, évocation, réconciliation. Mais le troisième temps reste en suspens à l'intérieur de l'évocation. Clindor ne rejoint pas en personne son père sur la scène. Il reste au niveau des images.

En proie au vertige de l'irréalité du monde, l'esprit baroque oscille entre deux métaphores primordiales. La vie est un songe, dit Prospero. Le monde est un théâtre, dit Alcandre. Songe et théâtre sont les deux faces du miroir de l'illusion. Tout est illusion dans *L'Illusion*. On n'y sait quand le théâtre commence et quand il finit. Au cours de la représentation, le père a perdu son fils trois fois. Il l'a chassé comme voyou, assisté à sa déchéance de valet, puis à sa mort tragique. Il ne le retrouve enfin que pour le perdre encore : « Mon fils comédien ! » Tout son système de valeurs s'écroule. Du début à la fin de la pièce, nous regardons Pridamant qui regarde son fils en train de jouer ses différents rôles sur le théâtre du monde. Au dernier acte, il ne sait pas, et nous pas davantage, qu'il regarde un acteur en train de jouer sur une scène de théâtre. Quand a-t-il commencé de jouer ? Le sait-il lui-même ? Pendant trois actes, fut-il autre chose que le serviteur d'une pure hyperbole théâtrale ? Valet de comédie, oui, mais alors le bouffon était le maître. Dans *Dom Juan*, Molière inversera le couple.

Un théâtre qui n'en finit pas de se rendre invisible à force de se refléter en lui-même. Clindor en prison se dessine en mots le cérémonial d'une mort suppliciée qui n'aura pas lieu. Comme toujours, le théâtre sur le théâtre tend vers une absence de théâtre. Dans la mise en scène de Strehler, le père finit par rejoindre le fils dans sa réalité, non d'individu privé, mais d'acteur, au-delà de la pièce, pendant les applaudissements du public, le reconnaissant de loin sur la scène, accédant à celle-ci pour l'embrasser, prenant le public à témoin de sa joie et de sa fierté. Héros picaresque, Clindor s'est cherché lui-même en de multiples aventures, qui sont autant de « formes ». Tour à tour charlatan du pont Neuf, montreur de singes savants, chanteur de la Samaritaine, fournisseur de Gaultier-Garguille et de Gros Guillaume, entre le pont Neuf et la foire Saint-Germain. Aux portes du théâtre... Au terme de ses métamorphoses, le théâtre lui permet enfin de se réaliser, recréant en le régénérant le système de valeurs de son père, bourgeois riche et honorable. Par le théâtre, il devient plus riche et plus honorable que son père. Comme Corneille, que le triomphe du *Cid* va sous peu consacrer au sommet de l'échelle sociale bourgeoise. Comme Molière. En 1635, Jean-Baptiste Poquelin a treize ans. C'est une des dernières fois qu'il va au théâtre avec son grand-père. Dans sept ans, il annoncera à son bourgeois de père l'ahurissante nouvelle : il sera comédien. Rupture, déconfiture, errance, gloire et réconciliation. *L'Illusion* ou l'initiation à la vie et au théâtre, à la vie par le théâtre. Une enfance chargée de signes. Les années d'apprentissage de Jean-Baptiste Poquelin, dit Molière.

2

Baptiste des deux rives

Poquelin père et fils

Le souffleur

Chez les jésuites

Les amitiés philosophiques

Le libertin et l'érudit

Le malin génie

Poquelin père et fils

La tradition invente Molière après coup. A partir d'éléments biographiques plus ou moins fiables, de données orales dont certaines remontent peut-être, sûrement même, à Molière en personne, la tradition crée un héros conforme au personnage, un être prédestiné. Elle y est encouragée par la pénurie de documents. Le registre de la paroisse Saint-Eustache consignant l'acte de baptême du 15 janvier 1622, les lettres de provision pour la charge de tapissier du roi en faveur de Jean-Baptiste Poquelin qui prêta serment à quinze ans, le 18 décembre 1637, c'est tout jusqu'à cette année 1643, six ans plus tard, où Jean-Baptiste signe quittance à son père d'une somme de six cent trente livres représentant à la fois sa part sur la succession de sa mère et une avance « d'hoirie future » de son père. Pour couronner le tout, cette autre signature de Molière sur le contrat de société de l'Illustre-Théâtre, le 30 juin 1643, où « le dit Poquelin », « rue de Thorigny, paroisse Saint-Gervais » est cité en troisième position après « le dit Beys » et « le dit Clarin ». C'est peu, vraiment peu. Encore faut-il préciser que les originaux de ces actes ont aujourd'hui disparu. Si bien que nous n'avons aucune preuve matérielle de l'existence de Molière jusqu'à ces deux quittances rédigées et signées par lui dans la région de Pézenas en 1650 et 1656 et conservées aux archives de l'Hérault. De l'enfance, de l'adolescence de Molière, de ses études, ce que l'on sait avec certitude se réduit à trois fois rien. On n'a même pas la preuve écrite de son inscription au collège. Mais la tradition est intarissable et se plaît à brouiller les pistes en les multipliant. D'abord, elle veut que le génie soit à la fois le fils de ses œuvres et le favori des dieux. Il porte sur son front sa divine origine. Il est donc entendu que le masque du boutiquier colle à la peau du pauvre Jean Poquelin I, ce minable, cet abruti, ce grippe-sou ! En réalité, il faut imaginer celui-ci dans sa propre splendeur de tapissier royal, de décorateur des demeures princières, surveillant ses ateliers et se rendant au Louvre remplir son office, flanqué de deux valets. On nous le montrera pourtant incapable de rien comprendre aux prédispositions de son surdoué de gamin. « Ces bonnes gens n'ayant pas de sentiments qui dussent les engager à destiner leurs enfants à des occupations plus élevées... » écrit par exemple Grimarest. Ce discours méprisant donne à entendre que les études de son aîné furent le cadet des soucis du bonhomme Poquelin. Décidé à lui transmettre sa succession, il l'aurait même gardé à la maison jusqu'à quatorze ans. Or, il est sûr que Jean-Baptiste savait au moins lire et écrire à son entrée au collège. Il a donc suivi la voie ordinaire des garçons de son âge et de sa classe. Ceux de la noblesse et de la grande bourgeoisie recevaient les soins d'un précepteur à domicile qui leur apprenait les rudiments jusqu'au moment où ils étaient en âge d'entrer, soit au collège pour des études humanistes, soit à l'académie pour la carrière des armes, soit de rejoindre directement les armées en campagne, leur brevet de lieutenant en poche à quatorze ans.

Les enfants des autres classes allaient aux célèbres « petites écoles » ou écoles paroissiales. L'enseignement primaire relève exclusivement du clergé qui en fait un outil de propagande au service de la Contre-Réforme catholique. Il y a des petites écoles jusque dans les villages les plus reculés, les unes payantes, les autres gratuites réservées aux pauvres et animées par les congrégations charitables. Les maîtresses sont toujours des religieuses, mais les maîtres sont des laïcs, nommés par l'assemblée de paroisse, confirmés par l'intendant local, révocables à tout moment par l'évêque. Considéré comme un auxiliaire du curé, le maître d'école cumule ses fonctions avec celles de chantre, de sacristain, ce qui ne l'empêche pas de tenir les registres paroissiaux et d'être encore, à l'occasion, fossoyeur, chirurgien, tonnelier ou souffleur de théâtre ! On le recrute avant tout pour sa voix et sa mission enseignante est toujours subordonnée à sa fonction de chantre. Il n'a reçu aucune formation spéciale pour enseigner. Il donne la première place au catéchisme, à l'écriture sainte, mettant l'accent sur l'enfer et ses diables. Après plusieurs années d'études primaires, l'enfant sait tout juste lire (un latin qu'il ne comprend pas !), compter avec les doigts, rabâcher les quatrains moraux de Pibrac en vers de mirliton et, à l'occasion, quelques principes élémentaires de la « civilité puérile et honnête ». Peut-on s'étonner, dans ces conditions, que les trois quarts de la population masculine et les neuf dixièmes des femmes fussent des illettrés totaux dans la France d'alors ?

Telle est la toile de fond, aujourd'hui bien connue des historiens, devant laquelle Jean-Baptiste Poquelin joue son rôle d'écolier. Ecolier, il le restera jusqu'à la fin de ses études puisque ce mot est synonyme d'étudiant. La tradition, alors en train de se constituer en légende, s'attache à donner un sens plus personnel à ces années préparatoires, à montrer le destin à l'œuvre dans l'aventure du génie. L'un nous annonce que le garçon fut confié par son père à un « maître d'écriture » qui tenait peut-être pension. L'autre précise le nom de ce bonhomme, Georges Pinel, celui-là même dont la signature figure en toutes petites lettres sur le contrat d'association de l'Illustre-Théâtre, suggérant que l'élève et le maître étaient restés fidèles l'un à l'autre au point de se retrouver pour la grande aventure. En cette circonstance, on verra Georges Pinel jouer, toujours selon la légende, un rôle inattendu mais plein de sens quant à la cristallisation du mythe. Sachons seulement pour l'instant qu'on le dit savant latiniste déchu par l'alcool. Le malin génie m'indique qu'il était aussi souffleur de l'Hôtel de Bourgogne. C'est donc par le trou du souffleur que le message du théâtre entre dans la vie de Molière. Toujours est-il qu'à sept ans, ou bien à neuf si ce n'est à quatorze, puisque les versions varient, Molière entre au collège. En vérité, les biographes récents pensent que dès 1629, on l'avait inscrit au collège de Clermont, peut-être même en classe de cinquième, les bonnes leçons de Georges Pinel lui ayant permis de sauter la sixième.

Dans la jeunesse de Molière, en effet, on fixait encore la fin de la première enfance à cinq ou six ans. Tout au long du XVIIe siècle se poursuit le mouvement qui, depuis le XVe, ouvre le collège, jadis réservé à une minorité de clercs lettrés, à un nombre croissant de laïcs, nobles et bourgeois, mais aussi à des familles populaires. Le cas de Molière, fils de moyenne bourgeoisie, montre que la fréquentation scolaire brise en partie la barrière des classes. On trouve de nombreux petits bourgeois dans les écoles populaires et des fils d'artisans ou de paysans dans les petites classes des collèges. C'est par le primaire et par la petite bourgeoisie que s'opère ce brassage. Il est vrai qu'une balustrade dorée sépare, au fond de la classe, les fils de nobles des roturiers. Si Molière a eu le prince de Conti pour condisciple, il n'a guère eu l'occasion de frayer avec lui. Selon l'historien Philippe Ariès, un autre fait concourt à cette uniformisation relative de la population scolaire. L'enfance est considérée par les pédagogues comme une infirmité que peut seule amender une discipline rigoureuse, fondée sur trois principes répressifs qui furent largement mis en application : la surveillance constante, la délation systématique et les punitions corporelles. C'est donc l'enfance tout entière et de toutes conditions qui est rabaissée au niveau des classes inférieures auxquelles on réservait jadis le châtiment du fouet et autres conduites humiliantes devenues le lot de tous au collège. Le système des classes isolées avec leurs professeurs dans des salles spéciales a fini par s'imposer, mais on reste attentif au degré plus qu'à l'âge et, au moment où Molière entre au collège, la classe n'a pas l'homogénéité démographique que nous lui connaissons. Audelà des petites classes, le mélange archaïque des âges persiste et persistera jusqu'à la fin du XVIIIe siècle. Des enfants de dix à quatorze ans, des adolescents de quinze à dix-huit ans, des jeunes hommes de dix-neuf à vingt-cinq ans fréquentaient couramment les mêmes classes. L'usage veut qu'on aille à l'école quand on le peut, très tôt ou très tard. On comprend donc que, malgré la différence d'âge, Molière et le prince de Conti aient pu suivre la même classe.

Nous ne saurons jamais si Jean-Baptiste est vraiment resté à la maison jusqu'à quatorze ans. Que le marchand tapissier ait été un adepte convaincu de la formation sur le tas, qu'il ait songé à préparer son fils le plus tôt possible à ses futures responsabilités, qu'il ait éprouvé une certaine méfiance pour les bavardages magistraux et livresques, quoi d'étonnant ? On peut imaginer son inquiétude, son impatience même, à voir le garçon si peu empressé au travail, toujours plongé dans les livres latins de maître Pinel, dans les maudites brochures de colportage de Louis Cressé ; étranger au plaisir de palper les étoffes, faire jouer les reflets précieux et les teintes rares, renifler les odeurs de tissu, de bois, de colle, de peinture. A moins que ce théâtre des sens n'ait au contraire plongé le jeune garçon dans une rêverie qui, aux yeux du bourgeois, n'avait manifestement rien à voir avec la saine gestion d'une maison sérieuse.

Chez les jésuites

Louis Cressé attira le premier l'attention de la famille sur le comportement insolite de Jean-Baptiste qui s'isolait peu à peu dans sa différence, sur la fascination des images et des idées, sur ses dons de mime triste et l'espèce de transe où le plongeaient tantôt le simple spectacle de la rue, tantôt la pénombre enchantée de l'Hôtel de Bourgogne. Il savait par cœur des tirades entières des tragédies de Garnier, de Jodelle, de Hardy, de Du Ryer. Après tout, il était le petit-fils d'une fille de violoniste ! Aux premiers mots du vieil homme qu'il tolérait chez lui en souvenir de sa première femme, Poquelin père se dressa, rouge de colère, et gronda : « Si on vous écoutait, on en ferait un baladin ! » Lui-même avait adoré sa mère et en son for intérieur il s'en voulut de cette rudesse, injurieuse pour la mémoire de la saltimbanque défunte. Il n'était pourtant pas prêt à renoncer à son rêve de transmettre à son aîné le marteau d'argent et le clou d'or, orgueil de la famille. Ne venait-il pas de racheter à son frère cadet l'office de tapissier et de valet de chambre du roi ? Fine mouche, Louis Cressé comprit que le bonhomme était partagé, qu'en le poussant trop fort on risquait de renforcer sa résistance. Premier surpris, il n'avait jamais envisagé de faire de Jean-Baptiste un comédien et d'ailleurs le jeune garçon n'avait jamais rien laissé percer d'une telle intention au cours de leurs conversations pleines de questions et de silences plus intenses que les mots eux-mêmes. A présent, le grand-père se rendait compte qu'une telle perspective était loin de lui déplaire et des phrases rêveuses de Jean-Baptiste, fêtes de nuages et de châteaux, lui revinrent en mémoire. Il entreprit donc d'obtenir du tapissier un délai pour commencer, à charge pour Jean-Baptiste de le changer en chance de sa vie. Louis Cressé fit donc voir à son gendre que la fonction de tapissier élevait désormais ses meilleurs titulaires dans l'échelle sociale, que la fréquentation des grands où elle les introduisait obligeait à briller par le bel esprit autant que par le savoir professionnel, qu'un homme comme lui se devait de donner à son héritier la meilleure éducation possible. Bref, autant pour avoir la paix que parce qu'il ne voyait rien d'autre à faire pour l'instant et surtout parce qu'il ne voulait pas voir son grand benêt d'aîné trop malheureux, Jean Poquelin revêtit son plus bel habit de serge brune et se mit en mesure d'inscrire Jean-Baptiste dans le meilleur collège de Paris. Eh oui ! Sa décision prise, le tapissier eut à cœur de bien faire les choses. Le collège de Clermont, du nom du donateur Guillaume Duprat, évêque de Clermont, ne devait devenir qu'après la mort de Molière collège Louis-le-Grand et fondation royale. Vers 1630, il comptait dix-huit cents élèves et passait pour le plus fameux de ces collèges par lesquels jésuites et oratoriens concurrençaient l'université depuis un demi-siècle. Son succès excitait même l'aigreur de la Sorbonne qui refusa toujours de conférer les grades académiques de philosophie et de théologie aux candidats issus de ce collège. Les jésuites enseignèrent à Jean-Baptiste le latin, le grec, la rhétorique. Ils lui apprirent aussi la doctrine et la pratique de la vie chrétienne.

Entre tous, les collèges jésuites se distinguèrent par une plus grande tolérance pour le théâtre, considéré par eux comme un outil éducatif. Si deux des trois grands dramaturges classiques, Corneille et Molière, ont fait leurs études chez eux, ce n'est peut-être pas un hasard. Et si Jean-Baptiste eut quelque chance d'échanger des idées avec le futur prince de Conti, ce fut, plutôt que sur les bancs de la classe, au cours des répétitions de quelques-unes des représentations tragiques qui jalonnaient l'année scolaire.

A travers les siècles, les pères jésuites ont toujours marqué pour la vie tous ceux qui passèrent entre leurs mains, dussent-ils par la suite prendre des positions contraires aux leçons reçues sur les bancs du collège. On aimerait connaître quelques-uns des maîtres de Molière et savoir lequel d'entre eux a pu marquer son esprit ou toucher son âme. Les grands collèges religieux ont initié des générations de jeunes aux splendeurs de la musique et de la liturgie sacrées en recrutant parmi les élèves les choristes et les desservants qui permettaient à leurs offices de rivaliser avec ceux des cathédrales. Enfant de chœur et acteur des spectacles de fêtes, Molière a pu acquérir là, dès sa jeunesse, le sens du cérémonial et du rite, quitte à les renvoyer plus tard à leurs doubles parodiques des comédies-ballets. On peut admettre qu'il a vécu la foi de son enfance dans une ambiance d'humanisme chrétien « très libéralement humaniste et très authentiquement chrétien » selon l'expression de Jean Calvet. L'ancien recteur de l'Institut catholique ajoute qu'il y gagna le respect des grands problèmes et une aptitude à comprendre les solutions que la religion propose pour eux. *Tartuffe* s'enracine dans une authentique culture religieuse.

Les amitiés philosophiques

C'est pourtant d'un autre bord que Molière fut marqué du signe qui devait donner un sens à sa vie. Vers la fin de ses années au collège, il accède à l'âge adulte. Pour un jeune homme de sa condition, en ce temps très particulier, ce passage signifie avant tout une initiation à la vie intellectuelle. La première moitié du XVIIe siècle est le lieu d'un grand débat d'idées, le foisonnement et la liberté d'allure font mieux ressortir le conformisme et la pauvreté idéologiques du fameux Grand Siècle qui pour la tradition commence en 1660. Les deux plus grands penseurs français de tous les temps, Descartes et Pascal, appartiennent à cette première époque, même si leurs idées n'ont eu leur plein effet que plus tard. Le génie de ces révolutionnaires de la pensée nourrit autant leur époque qu'ils se nourrissaient d'elle.

En juin 1637 paraît à Leyde, en Hollande, sans nom d'auteur, *Le Discours de la méthode*, écrit par René Descartes en français et suivi de trois essais scientifiques qui seuls ont retenu alors l'attention des savants. C'est donc rêverie vaine que d'imaginer Jean-Baptiste, tout juste âgé de quinze ans, dévorant goulûment le mince opuscule, en discutant avec ses camarades, même si on le dit épris de philosophie au point d'émerveiller son entourage. Il en fut autrement quatre ans plus tard quand parurent en latin, mais à Paris, *Les Méditations sur la philosophie première*. Cette édition contenait six séries d'objections faites par tous les grands esprits européens, avec les réponses de Descartes. Pierre Gassendi était l'auteur de la quatrième série d'objections. C'est un moment où la vie de Jean-Baptiste se complique et s'enrichit. Il vient de rencontrer Madeleine Béjart, il a son projet de théâtre en tête, il vient enfin de s'intégrer à un groupe d'amis, dont il a connu quelques-uns sur les bancs du collège et d'autres seront ses compagnons de route jusqu'au bout. Il aura autant d'influence sur eux qu'eux sur lui. Or, ces jeunes amis sont liés à Gassendi et, par eux, Gassendi est lié à Molière. Si l'on admet aujourd'hui que Molière ne peut avoir été l'élève de Gassendi au collège, on tient par contre pour établi qu'il a eu avec l'illustre philosophe des relations privilégiées. C'est entre 1640 et 1643, donc au moment où Gassendi rédigeait ses objections à Descartes, qu'Antoine Adam situe leur rencontre. En 1644, Descartes, qui habitait en Hollande par souci de sauvegarder sa liberté d'esprit, fit même, de mai à novembre, un long séjour à Paris au cours duquel il ne fut pas sans rencontrer son adversaire, entouré de ses disciples peut-être ! J'imagine ce Molière de vingt-deux ans, assistant tout éperdu d'admiration au débat de ces deux grands esprits. Lequel est le plus rigoureux, le plus radical, le plus exigeant des deux à ses yeux ? Lequel préfigure Philinte et lequel Alceste, ces deux bourreaux qui commencent à lutter en lui, au plus profond de lui ? Au-delà du jeu, du geste et du masque, rien ne donne plus le sens du théâtre à l'homme occidental que le débat d'idées — parlé, joué, vécu — qui oppose deux grands esprits, dans ces mises en scène spontanées dont la vie sociale à certaines époques a le secret (Paris rive gauche, de 1930 à 1950). Deux présences, deux forces, deux acteurs de soi. Descartes fit un autre voyage en France en 1647 pour se réconcilier avec Gassendi, mais Molière errait déjà par les provinces avec ses tréteaux de fortune.

En fait, Gassendi tiendrait une place très modeste dans l'histoire des idées, n'était sa participation au débat cartésien et son irruption dans la carrière de Molière. Sans entrer dans le détail de controverses oiseuses, résumons les faits tels qu'ils sont à peu près établis aujourd'hui. Quand, en 1628, le chanoine théologal de Digne, ancien régent du collège d'Aix-en-Provence, vint enseigner au Collège de France, il fut d'abord hébergé par son ami Luillier, magistrat et esprit libre. Celui-ci avait un bâtard, Claude Chapelle, dont il confia l'éducation à son savant ami. Au collège, Jean-Baptiste Poquelin fut le condisciple de Chapelle qui avait quatre ans de moins que lui, et de François Bernier qui en avait deux de plus, ces différences d'âge entre condisciples n'ayant rien d'anormal, on l'a vu.

Entre ces trois garçons naquit l'amitié d'une vie. Bernier devait s'illustrer plus tard par des récits de voyage qui font date dans la littérature anthropologique. Quant à Chapelle, il resta un bon à rien pittoresque et inoffensif que Molière finit par recueillir dans sa maison d'Auteuil. On ne sait si c'est Chapelle qui présenta Molière à Gassendi dont il était l'élève, ou Bernier qui en était devenu le secrétaire. Toujours est-il que Pierre Gassendi semble s'être tout de suite intéressé à ce garçon intelligent qui montrait un intérêt évident pour la philosophie. Jean-Baptiste s'intégra aisément à ce petit groupe dont faisaient encore partie Charles Coypeau d'Assoucy qui ne s'intitulait pas encore empereur du burlesque et Cyrano de Bergerac, leur aîné à tous, trop habitué à tirer le diable par la queue. Ils connaissaient tous Tristan l'Hermite, rendu célèbre par ses poèmes et devenu le rival de Corneille depuis le succès récent de la *Marianne*. Il convient d'ajouter à ces noms ceux de La Mothe Le Vayer fils et de Scarron.

Le libertin et l'érudit

Quelle est l'importance de tout cela, dira-t-on, et Molière, homme de théâtre, que devient-il ? C'est que Pierre Gassendi apparaît comme le maître à penser, l'initiateur intellectuel de ces jeunes hommes. Avec ce groupe d'amitié, les libertins font leur entrée sur le théâtre où Molière joue son destin. Molière est, sinon l'un d'eux, du moins un compagnon de route, mieux un camarade, un frère. Il ne les reniera jamais. Si *Tartuffe* et *Dom Juan* gardent pour nous un tel mystère, si leur fondement demeure si énigmatique, c'est que, faute de constance dans la recherche ou par suite de certains manques documentaires, nous ne parvenons pas à retrouver la clef de leur implication dans un milieu social où Molière a intensément vécu au temps de ses vingt ans, qu'il n'a cessé de fréquenter ensuite. Ce fait a une tout autre portée que la brouille passagère avec un père bougon engoncé dans ses soucis de boutiquier !

Un libertin, leur maître à tous, ce doux Pierre Gassendi qui n'a jamais omis, fût-ce un jour, de dire son bréviaire et qui ne buvait pas d'alcool de peur de prendre feu ? Sans doute, et contraint par sa fonction d'exposer une philosophie officielle qu'il savait fausse et sans craindre les sanctions qui pouvaient à tout moment se substituer à une tolérance de surface, Gassendi enseignait dans le privé un pyrrhonisme radical à la Montaigne qui mettait en cause le dogme d'une raison universelle, fondée en Dieu, identique à lui. Toutes les opinions, répétait-il et tous les libertins après lui sans craindre la platitude des lieux communs, sont le produit de la coutume et il n'y a en physique aucune vérité, ni en morale aucune loi universelle. La contradiction est plus apparente que réelle entre l'épicurisme conservateur qu'il adopta après 1630 et le pyrrhonisme de ses premières œuvres. On retrouverait la même contradiction chez la plupart des membres de son groupe, y compris, à bien chercher, chez Molière. Gassendi est sincère quand il croit libérer la vraie philosophie et la vraie religion en sapant les fondements du rationalisme chrétien, ce *Quaerens intellectum* que Descartes habillait de neuf, quand bien même il ne nous apprend nulle part quelle est exactement la religion à laquelle il adhère. Quand Molière le rencontre, Gassendi vit comme un sage, modeste et souriant, vénéré de son entourage, manifestant à la fois son attachement à l'essentiel de la foi chrétienne et son scepticisme à l'endroit des superstitions parmi lesquelles il rangeait certains dogmes. Le problème est de savoir si Molière est plus proche de cet homme sage et modéré, ou du groupe turbulent qui l'entoure, et dans lequel figurent des impies à peine masqués.

Bien que certains fussent encore vivants, elle paraissait lointaine la kermesse colorée des premiers libertins qui s'étaient manifestés autour des années 1595-1600, alors que la France se remettait à peine des luttes fratricides qui l'avaient ensanglantée. Le concile de Trente venait alors de déclencher le mouvement spirituel le plus important des temps modernes. Trop tard pour réconcilier les chrétiens entre eux. Contre les formalistes qui s'appuyaient sur le rite, les protestants sur la foi, les humanistes sur la sagesse, la Contre-Réforme entreprenait de fonder le christianisme sur l'amour, avec le double souci de l'intégrer à la vie quotidienne des personnes et des Etats et d'affirmer hautement l'autorité sociale de l'Eglise. Dans cette entreprise gigantesque où la charité la plus ardente fit corps avec l'intolérance la plus répressive sous le couvert de sauver les âmes, des esprits libres affectèrent de ne voir que « tyrannie et moinerie » (Somaize). La naissance du courant libertin est donc une riposte des esprits libres — intellectuels, artistes, nobles — à la Contre-Réforme et, en même temps, elle s'identifie au renouvellement des formes poétiques auquel on assiste dans les premières années du siècle. Théophile de Viau, Saint-Amant, Tristan l'Hermite sont à la fois les meilleurs poètes et les provocateurs les plus audacieux de leur temps, protégés par de grands seigneurs qui leur assuraient la belle vie et une impunité qui pourtant ne résiste guère à l'acharnement de quelques « bons pères », les jésuites Garasse et Voisin, comme le prouve le fatal procès du malheureux Théophile en 1623. Sa condamnation mit fin à cette première vague de libertinage dont l'irréligion agressive sentait le fagot, auquel Théophile n'échappa que pour mourir d'épuisement après deux ans d'emprisonnement. Ces premiers libertins affichaient sans vergogne leur rage de vivre, leur appétit de jouissance, leurs mœurs sans entraves, leurs amours sans préjugés. Ils ne manquèrent nulle occasion de défier une religion dont le nom seul évoquait pour eux le spectre odieux du fanatisme. Anticléricaux plus encore qu'antireligieux. Le plus hardi de tous fut Jacques Vallée des Barreaux, le beau des Barreaux, ami de cœur de Théophile, qui mourut à plus de soixante-dix ans, un an après Molière, fidèle aux idées et aux défis de sa jeunesse. Le nombre des libertins oscilla constamment entre vingt mille et cinquante mille, selon les estimations de leurs ennemis. On pouvait les rencontrer dans les tavernes en vogue, telle la Pomme de Pin, rue de la Juiverie, à deux pas de la maison des Singes ; ou chez Cormier, rue des Fossés-Saint-Jacques ; ou encore à la Fosse aux Lions, chez la célèbre Mère Coiffier, au Marais. Ils s'attablaient autour d'un pot de clairet, fumant de longues pipes en terre qui firent tomber l'usage du tabac sous la malédiction des dévots, dévorant cochonnailles et poulardes, de préférence le vendredi. Ce libertinage tapageur ne survécut pas à la mise en place du régime autoritaire qui, à partir de 1624, livra le haut du pavé au parti dévot. Un autre, moins voyant, lui succéda, celui de certains lettrés, la majorité d'entre eux semble-t-il, qui se réunissaient pour de doctes débats où le non-conformisme des idées donnait le ton. La plus célèbre de ces académies privées, celle autour de qui s'organisa la libre pensée des années quarante, se réunissait chaque jour en fin d'après-midi, en la demeure des deux frères Dupuy, hauts magistrats de leur métier. Le rayonnement de l'académie Putéane devait durer jusqu'à leur mort, après 1650. On ne sait si Jean-Baptiste y mit jamais les pieds. La moyenne d'âge y était nettement supérieure au sien. Ces messieurs étaient des notables : Guy Patin était doyen de la faculté de médecine ; Gassendi enseignait au Collège de France ; La Mothe Le Vayer devint précepteur du dauphin. Les deux derniers comptèrent, on le sait, parmi les relations personnelles, intimes même, du jeune Molière.

Le malin génie

Curieux personnages ! Héritiers d'Erasme et de Scaliger dont les portraits ornent leurs chambres, ils se réunissent pour discuter de textes antiques, d'ouvrages érudits, de récits de voyages. Mais ils s'intéressent aussi à la philosophie, à la science nouvelle, à la science de la nature. C'est à l'académie Putéane que l'avocat Diodati révèle l'œuvre de Galilée à Gassendi, que Ménage conçoit l'idée de son dictionnaire étymologique, que l'abbé d'Aubignac pose les bases du dogme classique.

Alors, où finit l'érudition, où commence le libertinage ? Dans le fait que les érudits demandent d'abord à la culture antique une leçon de liberté. Ils admirent pardessus tout Lucrèce et Sénèque, mais divergent sur les conclusions à tirer de cette admiration. Les uns adoptent l'athéisme de ces auteurs comme fondement de leur propre pensée, les autres rejettent cet athéisme sur les « machiavélistes » qu'ils veulent disqualifier, leur propre humanisme se fondant sur la primauté du droit sur le fait, de la loi sur la force. Ils portent volontiers leurs regards vers Venise et la Hollande, « seuls lieux de l'Europe où il y a encore quelque reste de liberté » (Somaize). Ainsi se dessine un premier clivage entre eux. Le libertinage érudit est à la fois lié au passé par son attachement à la tradition humaniste et tourné vers l'avenir par l'intérêt qu'il porte aux sciences de la nature. S'il a carrément fermé sa porte à la scolastique universitaire, il l'a à peine entrebâillée à Descartes, d'abord admiré pour son audace, mais vite repoussé pour son rationalisme dogmatique, sa croyance chimérique en un homme idéal, créé à l'image de Dieu, doué d'une raison souveraine, identique à lui-même dans tous les temps et dans tous les lieux. Or, le gassendisme a au contraire pénétré la génération qui entre dans la vie intellectuelle entre 1630 et 1640 de la certitude opposée que l'homme est un être essentiellement « ondoyant et divers ». Cette génération noue ensemble l'amour de la liberté, le sens de la relativité, l'étude historique et sociologique de l'homme, le refus de la métaphysique, la méfiance à l'égard du sentiment, la confiance dans l'expérience, la méthode et la règle, dans une idée modeste de l'homme peu favorable au lyrisme, au collectif, au sacré, au mystère sous toutes ses formes.

Mais ces hommes savants n'ont nulle intention de troubler l'ordre public. Ils sont au contraire partisans d'un pouvoir autoritaire et fort. La Mothe Le Vayer travaille pour Richelieu, Naudé pour Mazarin, allant jusqu'à justifier la Saint-Barthélemy au nom de la raison d'Etat.

Ces héros du « libertinage critique » n'ont ni le goût du martyre, ni la soif du scandale. Ils ont trop le mépris du « populaire », ils n'estiment pas assez les hommes pour prendre des risques et braver ouvertement les préjugés. Ils ont déjà la sérénité, la prudence, le scepticisme amer de Philinte face à Alceste, fanfaron de la vertu, face à Don Juan, fanfaron du vice. Ils ont le sentiment très vif des folies et des contradictions de l'esprit humain, de l'écoulement des choses, de la ruine des Etats, des religions, des systèmes. Ils sont en partie responsables du pessimisme moral du Grand Siècle.

C'est sur le problème religieux qu'ils divergent le plus. Tous défendent la libre pensée et dénoncent les progrès des « moines », mais tous n'ont pas la même attitude devant l'orthodoxie religieuse. Quelques-uns vont jusqu'à l'athéisme radical, la plupart se considèrent comme de bons catholiques, s'efforçant, comme Nicolas Bourdon, de fonder un humanisme chrétien, d'atteindre une foi épurée de toute superstition, comme Guy Patin, de réconcilier catholiques et protestants comme Grotius, d'accepter aveuglément une religion nationale gallicane comme Chapelain. De plus en plus centrale apparaît l'opposition qui se forme, à l'intérieur des cercles humanistes, entre une conception chrétienne et une conception païenne de la vie. Les uns font du christianisme une philosophie morale où la tradition compte plus que le dogme, les maximes de l'Evangile plus que les décrets du concile. Politiquement, ceux-là s'appuient sur le respect de l'homme, la primauté du droit qu'ils trouvent dans l'Evangile. Ils prennent le parti d'Erasme contre Machiavel. Les autres, pleinement détachés du christianisme, comme Naudé, subordonnent au contraire la morale à la politique et réduisent la vertu aux dimensions d'une sagesse prudente. Tous se réconcilient néanmoins dans une commune opposition aux fous de Dieu, aux fanatiques de l'amour divin et de l'autorité ecclésiale, aux grands réformateurs spirituels de cette première moitié du siècle, les Vincent de Paul, Olier, Bérulle, Saint-Cyran dont les élans de mysticisme et la charité de feu, qui passait par la volonté de briser l'homme en l'homme et de le soumettre à l'exigence de la loi, devenaient pur fanatisme aux yeux de ces esprits méfiants et pondérés.

Nous les retrouverons tous sur la route de Molière, les uns et les autres des deux bords. Mais c'est bien maintenant, aux alentours de ses vingt ans, qu'a lieu la rencontre. A les regarder vivre à l'heure où il se choisit lui-même, à regarder le masque qui le regarde, en son théâtre mental encore, à se voir ainsi voyant et vu, Molière esquisse l'unité impossible de l'hypocrite et du provocateur, du dévot et du libertin, personnage contradictoire dont on ne finit jamais de soupçonner l'unité indifférenciée en tout croyant que sa mission apostolique pousse à se montrer et à se dire, à proclamer sa vérité en imposant sa différence comme modèle universel. Ainsi, le dernier mot ne sera jamais dit. On peut admettre la bonne foi de ces « humanistes chrétiens » dont l'existence prouve « combien les meilleurs esprits étaient à cette époque éloignés à la fois du libertinage et du catholicisme ultramontain » (Antoine Adam). On peut aussi les soupçonner d'hypocrisie et de lâcheté et les imaginer peu soucieux de se faire remarquer, vivant dans l'ombre et la mauvaise conscience, courbant docilement l'échine sous la règle commune avec l'espoir qu'à force de répéter des usages vides de sens, ils réussiront « à réconcilier ces deux parts d'eux-mêmes qui s'entre-déchirent si cruellement : la pensée et l'attitude, l'être et le paraître » (Maurice Lever).

« On ne voit pas les cœurs. » Ni Molière ni ses amis n'ont rien laissé transparaître de ce qu'ils pensaient réellement. Ils ont presque tous sauvé la face en mourant chrétiennement. La liberté d'esprit était leur idéal. Ils se sont voulus intellectuels et écrivains au sens moderne du mot. L'écrivain indépendant, ils l'appelaient philosophe, en l'honneur du grec. Il ne doit jamais briguer les honneurs (ils ne furent ni tous ni toujours fidèles à cette exigence). En des termes étrangement proches de nos nouveaux philosophes, Guez de Balzac vouait au mépris ceux qui « ayant l'âme d'un rebelle rendent les soumissions d'un esclave ». Leur sens de la liberté les poussait parfois à tout critiquer et à tout contredire. Le même Guez de Balzac se félicitait ironiquement d'avoir reçu pour une de ses œuvres « les applaudissements d'une compagnie qui s'assemble deux fois le jour pour siffler toute la France ».

Mais, selon eux, la liberté ne peut être qu'intérieure. Elle exclut le défi et la provocation. Elle ne se défend contre la tyrannie que par le secret. A l'instar de Descartes, leur frère ennemi, les érudits s'avancent masqués.

L'un des plus complexes et des plus intéressants fut La Mothe Le Vayer. Il est aussi le seul à nous offrir la preuve objective d'un lien effectif entre Molière et les libertins. Cet ami de Molière, qui était son aîné, fit le quatrième de la Tétrade dont les trois autres partenaires étaient Gassendi, Diodati et Naudé. Malgré son ascendant et son prestige, ses amis le soupçonnèrent d'hypocrisie et de lâcheté. Il fit tout pour devenir précepteur du dauphin et entrer à l'Académie française.

Dans ses dialogues pyrrhoniens, il alla au-delà des lieux communs dont ses confrères étaient familiers. On devine à demi-mot que, frappé par les découvertes de Copernic, il tend à assigner aux sciences de la nature comme aux sciences religieuses la tâche de « sauver les apparences » dans un monde où l'absurde affleure sans cesse et menace de tout emporter. L'esprit est saisi de vertige et, de son propre aveu, l'aboutissement de son enquête est une sceptique chrétienne, un pyrrhonisme qui ne laisse à l'esprit d'autre issue que l'acte de foi. Cet ami de Molière n'avait ni le génie ni le courage nécessaires pour aller au bout d'une démarche qui annonce celle de Pascal et anticipe de loin sur celle de Kierkegaard et même de Maurice Clavel. La Mothe Le Vayer a, comme eux, senti le sens du monde et la réalité du réel ébranlés par le souffle de l'absurdité universelle. Il a reconnu la proximité du démon invisible, l'Ariel impitoyable, ce malin génie que Descartes feignait de prendre pour une simple hypothèse de travail, une fiction philosophique : « Je supposerai donc qu'il y a non point un vrai dieu, qui est la souveraine source de vérité, mais un certain mauvais génie, non moins rusé et trompeur que puissant, qui a employé toute son industrie à me tromper. Je penserai que le ciel, l'air, la terre, les couleurs, les figures, les sons et toutes les choses extérieures que nous voyons ne sont que des illusions et tromperies dont il se sert pour surprendre ma crédulité. » L'essence du théâtre, le génie du comique et l'être du fourbe fourbissime sont contenus dans ces quelques lignes. Ses adversaires l'ont bien compris. Le libertinage est dans l'essence même du théâtre.

3

L'Illustre-Théâtre

Madeleine

Les Béjart

La débâcle

Madeleine

En 1642, Jean-Baptiste Poquelin vient d'avoir vingt ans. D'avril à juillet, cette année-là, Louis XIII, Richelieu et la cour se rendirent à Narbonne et entreprirent de remettre en ordre une région gravement perturbée par les intrigues de Gaston d'Orléans. Ce séjour fut marqué par un des coups de théâtre à sensation de notre histoire, la conspiration de Cinq-Mars. Certains chroniqueurs plus ou moins bien informés ont voulu mêler Molière à cette affaire. Grimarest se contente de noter que le père de Jean-Baptiste, touché par l'âge, se fit remplacer par son fils dans la suite royale dont il devait faire partie à titre de tapissier. Il aurait en somme voulu le préparer à sa future charge. D'autres ont été jusqu'à imaginer que le valet de chambre, prénommé Jean-Baptiste, qui tenta de cacher le favori du roi traqué par la police, n'était autre que Molière ! La coïncidence est si inattendue et si ancienne qu'on se demande bien pourquoi on serait allé l'inventer de toutes pièces ! C'est ici que les choses se corsent. Il paraît qu'une troupe de comédiens accompagnait le roi et dans cette troupe, une certaine Madeleine Béjart ! De là à conclure que le jeune homme ne s'était soumis si facilement à la volonté paternelle que parce qu'il souhaitait rejoindre la personne de son cœur ! Ainsi, le mythe de l'homme-théâtre s'enrichit d'une péripétie et d'un thème à forte charge symbolique qu'aucun document irréfutable ne vient ni confirmer ni contredire. Tout cela relève de la tradition orale. Et pourquoi celle-ci ne remonterait-elle pas à Molière lui-même ? La famille des Béjart entre dans l'histoire de celui-ci pour changer sa vie en destin. On ne doute guère aujourd'hui que Jean-Baptiste l'ait connue de bonne heure, ni qu'il ait noué des liens avec ce clan de bohèmes fous de théâtre. Il a déjà décidé d'être comédien et s'il est vrai qu'il se soit rendu à Narbonne, ce ne peut être que pour y rejoindre la belle rousse, de quatre ans son aînée. Environ neuf mois après ce voyage, naîtra une petite fille, la mystérieuse Menou, la trop célèbre Armande, en des circonstances propres à alimenter les controverses futures. Joseph Béjart, le père, était huissier des Eaux et Forêts à la Table de marbre de Paris. Il se disait aussi écuyer et sieur de Belleville, ce qui, selon Antoine Adam, sent son comédien. Sa femme, Marie Hervé, lui avait donné au moins dix enfants dont quatre vivaient encore, sans compter cette Menou dont on ne sait toujours pas à coup sûr si elle était fille ou sœur de Madeleine... Madeleine était l'aînée. Joseph Béjart passe pour avoir été un mari falot, Marie Hervé gouvernant la maison d'une poigne de fer, pas trop regardante sur les moyens, soucieuse de bonnes « protections » pour ses filles, *mamma* sans défaut. A dix-huit ans, Madeleine s'était fait un nom au théâtre, avait obtenu son émancipation, acheté une maison rue de Thorigny, trouvé enfin un protecteur glorieux en la personne d'Esprit de Remon de Mormoiron, baron de Modène. Ce curieux personnage, né en 1608, fut page, puis chambellan de Gaston d'Orléans. Lors de la Fronde, il entra dans le parti du duc de Guise où il se compromit à jamais. En compagnie du frère du roi, il complota, se débaucha. Les deux compères fréquentaient les comédiennes du théâtre du Marais où Madeleine jouait de petits rôles après avoir acquis un certain renom en province. C'est ainsi qu'elle devint la maîtresse du comte de Modène dont elle eut une fille, peut-être deux. Après la bataille de la Marfée près de Sedan (1641) qui consomma la déconfiture de Gaston d'Orléans, il se retira dans la région d'Avignon. Complètement ruiné, il fut hébergé par Madeleine qui veilla sur lui jusqu'à sa mort, plus attachée à lui qu'à Molière, semble-t-il. Pour l'heure, en 1642, elle avait rompu momentanément avec son protecteur et s'était amourachée de ce blanc-bec, au grand dam de Marie Hervé.

Les amours de Molière et de Madeleine furent sans doute ardentes et brèves. Une brave et fidèle amitié leur succéda. Ce fut peut-être un puceau de vingt ans que la belle rousse de vingt-quatre ans initia aux jeux de l'amour et du théâtre, dans sa loge, devant son miroir, dans l'odeur des maquillages et le froissement des costumes déposés. Goethe l'a suggéré dans *Les Années d'apprentissage de Wilhelm Meister*. Dès le début de leur liaison, Madeleine entreprit de fortifier en la contrôlant la passion qui le dévorait, de changer les rêves en projets et les projets en actes. Molière n'en demandait pas plus. Il n'avait rien d'un velléitaire. Il en donna suffisamment de preuves. Mais le regard de lucidité qu'il posa toute sa vie sur les hommes et sur le monde l'exposait aux crises intérieures, aux mises en question radicales. On a souvent insisté sur la tristesse tragique qui imprègne les portraits de son ami Mignard, petit-maître à qui le visage de Molière a donné du génie. Ils ont la profondeur des autoportraits les plus célèbres. Molière avait grand besoin de cette femme de tête bien en chair, généreuse de son corps, les pieds sur terre, qui écrivait des tragédies, remaniait au besoin celles des autres, dont Rotrou ne dédaignait pas d'imprimer l'éloge en vers qu'elle lui avait envoyé. Elle fut en somme quelque chose comme la Madeleine Renaud de ce Baptiste contemplateur que le monde risquait de blesser plus souvent qu'à son tour sans lui savoir gré de l'avoir fait rire. Quand elle s'éteignit, Molière renonça à vivre. Il mit un an, jour pour jour, à mourir, quittant directement le théâtre pour l'outre-scène où il la retrouva. Le destin, cher public !

Où et quand eut lieu la première rencontre, et dans quelles circonstances ? Fut-ce à Orléans, pendant le carnaval, comme l'a suggéré Ariane Mnouchkine pour la beauté de la chose ? Ou plutôt dans ce vieux Paris dont ils ont toujours habité l'un et l'autre le même quartier ? De la rue Saint-Honoré où Madeleine habitait encore en 1640, à quelques pas de la boutique du tapissier, non loin de l'Hôtel de Bourgogne, à la rue de Thorigny où elle était domiciliée trois ans plus tard, tout près du théâtre du Marais, à proximité de sa famille. D'un domicile à l'autre, vingt minutes de marche. L'itinéraire enchanté frôle le pont Neuf et ses tréteaux, longe la Seine et ses bateaux, contourne le Châtelet et sa prison, traverse la place de Grève. Ou bien par Saint-Eustache, l'Hôtel de Bourgogne et le lacis des petites rues, on gagne la place Royale et le théâtre du Marais où Madeleine a pu participer à la création du *Cid*, six ans auparavant.

Il ne fait aucun doute aujourd'hui que les deux familles avaient des relations communes depuis longtemps. On peut même dire que sur ce point la réalité passe la légende, puisqu'une certaine Philippe Lenormand, qui avait bien failli devenir la belle-fille de Madeleine Béjart, emprunta en 1637 cent livres à Louis Cressé. C'est le premier pont entre Molière et sa vocation. Il a quinze ans.

Tallemant des Réaux se trompe ouvertement, quinze ans après les événements, alors que Molière se préparait à rentrer à Paris, quand il affirme qu'un garçon nommé Molière « quitta les bancs de la Sorbonne pour suivre la comédienne en campagne avant de l'épouser », puis que celui-ci n'a jamais fréquenté la Sorbonne ni épousé Madeleine. Jean-Baptiste et la famille Béjart rentrèrent, semble-t-il, en même temps à Paris au début de 1643, après une absence de plusieurs mois. Ayant fait savoir à son père qu'il entendait renoncer au barreau comme à la charge de tapissier et se consacrer à la comédie, le jeune homme dut se retrouver seul sur le pavé tout neuf de Paris sans ressources ni appui. Il se vit même réduit à offrir ses services au charlatan Melchisedech Barry, célèbre ménétrier et opérateur du pont Neuf. Le Boulanger de Chalussay n'a pu tout inventer de l'étrange récit qu'il met dans la bouche de Barry dans son *Elomire hypocondre* (1670). Seul rival digne de l'illustrissime Hieronymo Ferranti d'Orvieto, dit l'Orviétan, Barry engageait un aide pour expérimenter sur lui-même et en présence du public le venin de vipère. Six gaillards avaient déjà trouvé la mort à ce jeu. On pense que Jean-Baptiste n'a pas eu à prendre place dans cette parade sauvage. Les Béjart lui offrirent un abri et Marie Hervé, qui n'avait pas vu d'un bon œil son aînée rompre avec un riche protecteur pour vivre avec ce rêveur sans le sou, finit par le traiter comme son propre fils. Au moment de signer le contrat de l'Illustre-Théâtre, Jean-Baptiste Poquelin était domicilié lui aussi rue de Thorigny. Car on en était là. Au lieu de le laisser jouer au dangereux métier de « mangeur de vipère », les Béjart l'invitaient à entrer dans la troupe qu'ils étaient sur le point de créer. Depuis des mois, on s'agitait fort dans la demeure de la place Royale. On ne sait rien des allées et venues de Madeleine, seulement sa rupture avec Modène, sa liaison avec Jean-Baptiste. Quelque chose se trame qui sent son entreprise aventureuse, rupture sinon avec l'ordre, du moins avec le confort de la tradition. Jean-Baptiste, installé chez les Béjart, rend de multiples visites à la maison des Singes, ornée de son enseigne familière. D'orageuses discussions débutent dans la pénombre de l'appartement au premier étage, désormais orphelin de toute présence maternelle, se poursuivent dans l'escalier qui relie le logement à la boutique, sous le regard courroucé de la servante La Forest, se terminent dans l'odeur de colle et de bois de l'atelier, au milieu des carcasses de fauteuils et des coupes d'étoffes. Ainsi, le pire est arrivé, ce que Poquelin père redoutait le plus : son aîné fait la mauvaise tête, prend le chemin de la rébellion. Il déclare tout net qu'il ne sera ni notaire, ni avocat, pas même savant, encore bien moins marchand tapissier. De la survivance de la charge, il n'a cure. Il s'est mis avec une comédienne.

Car telle est la lubie de ce grand entêté, faire la comédie, monter sur les tréteaux, courir les routes comme un bohémien ! Il ne parle que de coulisses et de loges. Le pauvre homme est d'autant plus marri qu'il n'a plus aucune femme à qui se confier. Il aime bien son Jean-Baptiste et il voudrait surtout l'empêcher de faire une bêtise irrémédiable, dont il est sûr et certain qu'il la regrettera plus tard. Car il voit bien tout ce qu'il y a de vraiment Poquelin dans ce grand dadais (pas si grand, au fait !). S'il a continué de recevoir chez lui le vieux Louis Cressé après la mort de sa première femme, c'est que le vieillard s'entendait mieux que quiconque avec Jean-Baptiste. Toutes leurs promenades à deux dans Paris, leurs échanges furtifs de regards et de sourires, leurs conciliabules insupportables ! Poquelin avait souvent rudoyé le vieux : vous lui mettez de mauvaises idées en tête avec ces histoires de comédie. Et qu'est-ce que c'est que cette mode du théâtre qui se répand jusque chez les commerçants ?

Pendant ce temps, le projet de troupe avançait chez les Béjart. S'agissait-il seulement, comme l'affirme Grimarest, de bourgeois amateurs, il y en avait beaucoup alors, qui décidaient de sauter le pas du théâtre professionnel ? Il y avait des années que Madeleine au moins faisait carrière. Survint la mort de Joseph Béjart, le père. Au lieu de tourner court, il semble que l'entreprise repartit de plus belle, comme si Marie Hervé, épaulée par Madeleine, en eût été l'âme. Elle avait hypothéqué lourdement la maison de la rue de la Perle au Marais, pour trouver les fonds nécessaires. Mais ce n'était pas suffisant. Est-ce alors qu'il fut question de l'héritage Poquelin ? Le fils du tapissier a-t-il offert sa participation aux Béjart, ou ceux-ci lui ont-ils proposé d'entrer dans leur bande. N'en faisait-il pas déjà partie ? A titre d'amant seulement ou à celui de partenaire déjà ? Que de questions destinées à rester sans réponses ! Les chances sont aujourd'hui presque nulles de découvrir un document propre à éclairer d'un jour nouveau et net les débuts de la vocation théâtrale de Molière. Si le texte était tout, il y aurait là moindre mal. Mais voilà, comment atteindre Molière l'acteur, qui semble avoir été le plus grand de son temps, et ce prodigieux chef de troupe sans lequel rien n'eût été possible ? C'est trop facile de dire : seule l'œuvre compte, et de confondre l'œuvre avec le texte écrit. Nous venons à peine de le rencontrer et déjà Molière nous échappe. Il disparaît entre les lignes du texte et ce que nous savons de l'acteur ne fait pas le poids, ne le fera jamais, devant tout ce que le texte nous dit et a encore à nous dire.

A cheval sur la bohème et la bourgeoisie, sur les amateurs et les professionnels, les Béjart ne peuvent passer pour des enfants de la balle, face à un fils de famille qu'ils auraient voulu épater en le grugeant. Et devant eux, Jean-Baptiste n'est pas ce benêt, amoureux transi d'une théâtreuse de tournée qu'il aurait prise pour Thalie en personne. Tout, au contraire, donne à penser que, même jeune et novice, Molière a impressionné ses proches et leur a communiqué la certitude de son génie, quel que fût leur âge, leur origine sociale, leur fonction. Quant à lui, il aima les Béjart, il leur fut fidèle comme ils lui furent fidèles. Ces demi-marginaux, plus cultivés qu'il ne semble, décidèrent une fois pour toutes de mettre leur esprit de corps et leur astuce au service du plus grand d'entre eux, avant même que son génie eût atteint son apogée grâce à l'écriture, quand il était encore un des leurs, un comédien, leur égal, leur ami, leur frère de malaventure avant d'être leur compagnon de gloire et de fortune...

Dans son désarroi, Jean Poquelin eut recours aux expédients de n'importe quel père dans sa situation. Il demanda à monsieur le curé de sermonner le jeune homme, cela ne servit à rien. La légende va plus loin. Elle cherche la vérité, du moins une vérité autre, dans ce que l'on appelle le mensonge. Selon elle, c'est à Georges Pinel, l'ancien maître d'école, que Poquelin père a demandé ce service, en remerciement d'un prêt de cent soixante-douze livres fait naguère. En outre, étant lui-même souffleur de théâtre, il saurait parler en connaissance de cause, pensait naïvement le bourgeois. Par malheur, cela ne servit encore à rien, l'élève fut plus persuasif que le maître. Quand il redescendit, non seulement Georges Pinel n'avait pas découragé le jeune homme, mais il s'était laissé embrigader dans la bande à Jean-Baptiste. Le fait est qu'il apposa quelques jours plus tard, comme il a été rapporté plus haut, sa signature au contrat de fondation de l'Illustre-Théâtre. Ce paraphe seul, le sixième de la liste, si inattendu, suffirait à authentifier la légende. Précisons immédiatement que Georges Pinel vécut en compagnie de Molière la brève aventure de l'Illustre-Théâtre, et qu'il n'eut plus jamais l'occasion de travailler avec lui après la débâcle. Il persévéra pourtant et l'historien du théâtre reconnaît sa silhouette fugitive çà et là, au cours des années cinquante, dans une bande de comédiens plus ou moins misérable dont il lui est arrivé une ou deux fois d'être le chef, image d'Epinal, vertige de la mémoire, légende dorée du théâtre dont l'or n'en finit pas de passer.

Tout était consommé ou presque. La majorité légale étant à vingt-cinq ans et Jean-Baptiste étant âgé de vingt et un ans, Poquelin père aurait pu s'opposer à sa volonté. Il ne l'a pas fait. Il aurait pu le maudire et le chasser avec tous les honneurs du mélodrame. C'est Jean-Baptiste qui est parti, les mains dans les poches. Les ponts n'ont jamais été rompus entre le père et le fils. Ils sont même parvenus à un arrangement, le vieux luttant sou par sou (d'où l'identification abusive du père à Harpagon) pour sauver les meubles (comment lui donner tort ?), remettant pour finir à son fils six cent trente livres sur les cinq mille de son héritage à venir, la succession de la mère et en plus une avance sur sa propre succession. Par le même acte écrit et notarié, Jean-Baptiste renonçait à la survivance de la charge tout en gardant le titre qu'il devait perdre au bénéfice de son frère vers 1657, pour le récupérer définitivement à la mort de celui-ci, trois ans plus tard. Ces six cent trente livres-là fournirent le capital indispensable au lancement de l'entreprise. Elles s'ajoutèrent aux économies de Madeleine et aux fonds de tiroir raclés par Marie Hervé qui avait la foi du charbonnier, et dont la confiance ne se démentit pas.

Le 16 juin 1643 donc, dans la maison de la veuve Béjart, fut signé l'acte de constitution de l'Illustre-Théâtre, en présence de deux notaires. Si l'on en croit la préface de Lagrange et Vinot (1682), la troupe était formée « d'enfants de famille ». Le Boulanger de Chalussay a essayé, lui, d'accréditer l'image d'un ramassis de gueux sur lequel Jean-Baptiste se serait rabattu après s'être fait siffler avec une première troupe dont on n'a aucune trace. Les uns et les autres exagèrent. Les dix signataires étaient de condition modeste mais honorable. Outre

Jean-Baptiste et les trois membres de la famille Béjart, Joseph, Madeleine, Geneviève (Marie Hervé n'en était pas, Louis vint plus tard), on trouve le frère d'une comédienne du Marais, G. Clérin, une fille de menuisier (Madeleine Melingre), un maître écrivain (G. Pinel), la fille d'un commis du greffe (Catherine des Urlis), un clerc de procureur (Nicolas Bonnenfant). Un seul comédien déjà connu, Denys Beys, frère du poète ivrogne Charles Beys, ami de Scarron, avec lequel on l'a parfois confondu. Il était précisé dans le contrat que les dix comédiens s'unissaient et se liaient ensemble volontairement après s'être mis d'accord sur les articles essentiels « pour l'exercice de la comédie, afin de conservation de leur troupe sous le nom de l'Illustre-Théâtre ». Il n'y est pas question d'un chef. Les troupes de théâtre constituaient des isolats démocratiques dans une société fortement hiérarchisée. Les comédiens élisaient leur chef et ils lui signifiaient son congé quand son autorité était contestée : la plupart du temps, il rentrait dans le rang et restait dans la troupe. A ses débuts, l'Illustre-Théâtre fut dirigé non par Molière mais par Madeleine Béjart et Denys Beys. Le contrat spécifiait encore que Clérin, Poquelin et Joseph Béjart choisissaient alternativement les héros, donc se partageaient les premiers rôles. Madeleine pouvait choisir les siens en toute liberté. Les pièces nouvelles étaient distribuées (« disposées » dit le texte) par l'auteur, les autres distribuées par la troupe « à la pluralité des voix ».

La débâcle

L'aventure de l'Illustre-Théâtre a duré de septembre 1643 à août 1645. Pas tout à fait deux ans. Commencée dans l'enthousiasme, elle se termina en déroute. Peut-être Antoine Adam a-t-il raison d'écrire que l'échec fut rapide et complet et de déplorer cette lamentable histoire. De tels désastres étaient courants et celui de l'Illustre-Théâtre ne fut ni le plus rapide ni le plus complet de tous. On voudrait comprendre, repérer la faille. Malgré la bravade de son nom, la troupe ne semble pas avoir visé au-dessus de ses moyens. Certes, l'argent a commencé de manquer aussitôt. Les noms connus aussi. Mais surtout, ce n'était pas une petite affaire pour une jeune compagnie que de tenter de trouver sa place entre les deux théâtres patentés de Paris, l'Hôtel de Bourgogne et le Marais, alors que d'autres tentaient comme eux leur chance au même moment, dont on n'a pas conservé trace.

Il n'y avait pas d'autre solution pour eux que de louer un jeu de paume aménagé en théâtre. La première salle à l'italienne de Paris sera la salle construite pour la Comédie-Française en 1680, rue des Fossés-Saint-Germain, aujourd'hui rue de l'Ancienne-Comédie. Dans les deux ans de sa brève aventure, l'Illustre-Théâtre occupa successivement deux jeux de paume : les Métayers, du nom des deux frères propriétaires, situé près de la porte de Nesle sur la rive gauche, puis la Croix Noire sur l'autre rive, entre le port Saint-Paul et la place Royale, aujourd'hui quai des Célestins. Le jeu de paume, si souvent évoqué à propos de l'odyssée moliéresque, a joué un rôle quasi mythique dans l'histoire du théâtre français, comme la fosse aux ours dans la Londres élisabéthaine, le corral dans l'Espagne du Siècle d'or. Déjà, Gargantua jouait à la balle, à la paume, à la pile trigone au jeu de paume de Bracque, place de l'Estrapade. A l'apparition de la raquette et du filet, on commença à construire des salles spécialisées : un quadrilatère de murs sur lesquels les balles venaient ricocher, un espace de plein jour ouvert entre la crête des murs et le toit à double pente. Les voyageurs ont noté à la fin du XVIe siècle qu'il y avait plus de jeux de paume en France que dans tout le reste de la chrétienté — un par village, deux ou trois par bourgade, cent vingt à Paris au début du règne de Louis XIII, très beaux et bien équipés —, qui faisaient vivre sept mille personnes. Tout naturellement, en province comme dans la capitale, ces salles se transformaient en théâtres quand les troupes ambulantes n'en trouvaient pas de disponibles. Le chef signait avec le maître paumier un bail à durée limitée, trois ans pour les Métayers. Des contrats étaient passés avec les corps de métier locaux, charpentiers et menuisiers, qui se chargeaient de faire les aménagements nécessaires, le plateau à un bout du local, d'un mur à l'autre, une série de loges pour le public le long des trois autres murs, le public du parterre restant debout. Cet espace rectangulaire, long et étroit, a imposé son modèle ingrat aux premiers constructeurs de théâtres, ceux de l'Hôtel de Bourgogne ; il aggrava le caractère frontal du théâtre français à ses débuts. Le jeu de paume est lié à la phase archaïque du théâtre français, à la période héroïque de la vie des jeunes troupes : Molière jeune en a fait l'amère expérience. Aux Métayers, on construisit une salle longue de dix-huit mètres, une scène de neuf mètres, une arrière-scène de quatre mètres, le tout ayant douze mètres de large et autant de haut, bref des dimensions très modestes. Le parquet était en pierre et les murs étaient peints en noir comme c'était la coutume. Il fallait tout faire. La bâtisse étant en mauvais état, le propriétaire s'engagea à la remettre en ordre pour l'hiver suivant, où devait avoir lieu l'ouverture. En revanche, il exigea que le loyer soit payé d'avance et que Marie Hervé donne sa caution, au prix d'une hypothèque de plus. En attendant la fin des travaux, impatients de débuter, les compagnons de l'Illustre-Théâtre allèrent faire l'ouverture de la foire Saint-Romain à Rouen. A leur retour, ils trouvèrent les travaux très avancés, la scène construite, sa machinerie de bois montée, les loges aménagées. Trois jours avant l'ouverture, on s'aperçut que le sol devant le théâtre ne rendait guère aisé l'accès des carrosses. On demanda donc à un certain Léonard Aubry de l'aplanir et de le paver. Léonard Aubry se prit d'amitié pour les jeunes baladins et sa fidélité ne devait plus se démentir. Puis, ce fut le grand soir ! Le 1er janvier 1644, l'Illustre-Théâtre ouvrit ses portes. Enfin le rêve prenait corps. Je ne sais si l'hiver fut particulièrement rude cette année-là et si le temps fut en partie responsable de ce qui se passa ensuite. De nos jours, les vagues de froid vident les théâtres.

De la tragédie qu'ils jouèrent ce jour-là, nul n'a noté le titre ni le nom de l'auteur. Seul subsista le souvenir d'un échec cuisant. En réalité, on ne sait pas grand-chose, rien de sûr en tout cas, de ce qui s'est passé. Certains ont voulu minimiser le désastre, faisant valoir que les débuts d'une nouvelle troupe avaient forcément piqué l'attention des amateurs de comédie ; d'autres insistent sur l'incendie qui détruisit opportunément, quinze jours après cette première soirée, le vieux théâtre du Marais, débarrassant pour un temps les nouveaux venus d'un dangereux rival. Mauvaises raisons et arguments bizarres ! Force est de constater que tout alla de mal en pis. On avait dû s'endetter encore, engager quatre musiciens, une comédienne de plus, un auteur maison, Nicolas Desfontaines, dont le seul titre de gloire est d'avoir donné le privilège de ses pièces à l'Illustre-Théâtre. Malheureusement, elles ne faisaient pas recette. Six mois après leurs débuts, les comédiens étaient ruinés. Par une sorte de fuite en avant, ils continuèrent de s'endetter, engageant un danseur rouennais, Denis Mallet. Le contrat d'engagement marque une date importante. Jean-Baptiste y apposa sa signature pour la première fois en tant que chef de la troupe et, pour la première fois aussi, du nom de Molière, ce nom qui continue d'intriguer. A-t-il pris le nom d'une localité du Sud-Ouest ou celui d'un ami d'enfance devenu danseur ? Est-ce vrai que toute sa vie il refusa de répondre à ceux qui lui posaient la question ? Qu'en serait-il aujourd'hui de son théâtre si Molière ne s'était pas appelé Molière ? Un nom qui, dans le monde entier, sonne français sur un air de chanson populaire, Paris-Molière, Paris-théâtre.

Pour l'instant, les affaires du jeune comédien de vingt-deux ans que ses camarades viennent d'élire chef de la troupe, oui, ses affaires vont mal, très mal. C'est presque un vilain tour qu'on vient de lui jouer. Il essaie bien de créer un répertoire, tâche capitale pour une troupe qui commence. Outre les quatre tragédies de Nicolas Desfontaines déjà nommé, on joua celles de Magnon, de Du Ryer, de Corneille aussi sans doute. Tout un tragique baroque et flamboyant dans le goût de l'époque qui mériterait une étude aussi originale et profonde que celle de W. Benjamin sur le drame baroque allemand. Il y eut surtout cette magnifique *Mort de Sénèque* de Tristan l'Hermite, où Madeleine Béjart remporta un de ses plus beaux succès dans le rôle d'Epicharis. Tristan l'Hermite aimait bien la troupe. Il fit son possible pour l'aider. C'est grâce à lui qu'elle eut sa part d'une distribution de costumes faite par le duc de Guise. Grâce à lui encore, elle obtint la protection de Gaston d'Orléans. Pourtant, la situation devenait un peu plus intenable chaque jour. Un nouvel article du contrat précisa que les frais personnels ne seraient plus remboursés. Alors qu'on engageait un nouveau, les anciens commencèrent à partir, Joseph Béjart, Catherine des Urlis, Nicolas Bonnenfant. A leur décharge, disons qu'on ne connaît pas leurs raisons. Mais ce n'est jamais gai de s'obstiner sur un bateau qui prend l'eau. Et voici qui n'était pas fait pour arranger les choses. Le curé Olier, grand mystique mais fanatique dangereux, curé de la paroisse Saint-Sulpice où était implanté l'Illustre-Théâtre, tonnait contre les comédiens, interdisait la fréquentation des théâtres sous peine de damnation éternelle. On n'a jamais pu faire la preuve qu'il s'en prenait particulièrement à Molière. Il n'importe, celui-ci ne savait plus où donner de la tête. Déjà il se demandait s'ils avaient eu raison de s'installer sur la rive gauche, les théâtres étant traditionnellement sur l'autre rive. La diatribe du curé Olier le décida peut-être à regagner l'autre rive. On dénonça le bail des Métayers. On démonta le matériel pour le transporter dans un autre jeu de paume, la Croix Noire, près du couvent de l'Ave Maria, sur l'actuel quai des Célestins. Il fallut emprunter de nouveau, hypothéquer encore ce qui pouvait l'être, et surtout se mettre à la merci d'un certain Pommier qui s'arrogea toute l'administration du théâtre. Et tout cela pour rien. Le public ne vint pas davantage. Trois mois plus tard, Molière était de nouveau aux abois. Il finit par engager deux malheureux rubans de théâtre que le prêteur ne réussit pas à vendre pour se rembourser. Il devait d'énormes sommes à Pommier. Mais c'est pour deux factures dérisoires impayées à son marchand de chandelles, cent quarante-deux livres en tout, qu'il fut conduit au début d'août 1644 au Châtelet et jeté au cachot. Il y serait resté des mois, des années peut-être à cause de l'acharnement de Pommier contre lui, si le bon paveur Léonard Aubry n'avait versé une caution. Dans cette lamentable histoire, il y eut un génie du mal, Pommier, et un ange tutélaire, Aubry, qui permit même à son fils d'épouser Geneviève Béjart. Ce fut le seul sujet de consolation pour Molière, quand, sorti de prison, il retrouva Madeleine et la maison du Marais, maudissant Paris et les Parisiens, mais plus décidé que jamais à jouer la comédie, songeant déjà à prendre un jour sa revanche sur cette ville monstrueuse et sublime, mais pour l'instant se demandant par quel bout commencer. Dans toute cette affaire, son tapissier de père n'avait pas bougé le petit doigt, trop heureux de le voir manger de la vache enragée comme tous les enfants désobéissants, punis tôt ou tard.

4

Les tréteaux de Pézenas

Passages

Le prince

Comédiens en voyage

Les misères du temps

La farce

L'acteur-auteur

Le retour

Passages

Au début du mois d'août 1645, le paveur Léonard Aubry bailla caution pour le paiement de quarante livres par semaine pendant deux mois à François Pommier. Jean-Baptiste Poquelin dit Molière retrouva sa liberté. Ce même mois, Jean-Baptiste et Madeleine donnèrent leur garde-robe de comédiens en gage d'un prêt de cinq cent vingt-sept livres avec paiement immédiat de quatre mois d'intérêts à une certaine Antoinette Simony. A l'échéance du 18 décembre, Molière avait quitté Paris et Madeleine Béjart le rejoignit avant le 21 janvier suivant. Puis c'est le trou noir. Aucune trace de Molière pendant plus de deux ans. La période qui va d'août 1645 à avril 1648 est la plus secrète de toute sa vie. On est certain qu'il a quitté Paris, mais on ne sait ni quand exactement, ni dans quelles circonstances, ni où il est, ni ce qu'il fait. On a parlé d'un voyage en Italie, le seul que Molière aurait fait à l'étranger. Il entre dans l'anonymat des comédiens de campagne. Il se perd dans le silence et l'oubli. Un certain Molière meurt jeune. La fin de l'Illustre-Théâtre lui a fait subir la mort symbolique des rites de passage. La jeunesse de Molière prend fin quand il coupe les ponts avec Paris-la grand-ville, le monde des adultes, non intronisé au théâtre, qu'il a voulu affronter trop tôt. Il s'enfonce dans la nuit solitaire des provinces comme le futur chaman dans la forêt où il doit mourir à lui-même pour renaître homme nouveau. Nouveau départ. Retour à l'origine. Voyage en soi. Celui que nous avons à peine eu le temps d'entrevoir ne reviendra jamais. Un autre a pris sa place.

Il n'est pas seul. Madeleine l'accompagne. C'est elle qu'on repère en premier, quelque part dans le Sud-Ouest, à Bordeaux sans doute, voyageant sur les mots, à la limite de la lisibilité, aux frontières du silence. A ses côtés, Molière invisible, dévoré par la distance. Dans la préface de sa tragédie *Josaphat*, datée du 12 octobre 1646, Magnon, un auteur de l'Illustre-Théâtre, remercie le duc d'Epernon d'avoir accueilli « la plus malheureuse et la plus méritante comédienne de France ». Il s'agit, nul n'en doute aujourd'hui, de la Belle Rousse. Elle fait partie désormais des comédiens du duc d'Epernon. La troupe a pour directeur Charles Dufresne, avec lequel elle a joué jadis. Curieusement, Magnon ne mentionne pas Molière, l'ancien chef de l'Illustre-Théâtre, tout de même ! Son tour vient enfin, deux ans plus tard, à Nantes, le 23 avril 1648. Un procès-verbal des délibérations à l'hôtel de ville, document des archives municipales, nous apprend que Molière a précédé la troupe de quelques heures, avec mission d'obtenir l'autorisation de jouer dans la bonne ville de Nantes. Autorisation refusée, ou plutôt différée pour cause de maladie du gouverneur, M. de la Meilleraye. On avisera après sa guérison. Trois semaines plus tard, la troupe reçoit la permission de jouer, d'abord au bénéfice de l'hôpital, le lendemain seulement pour son propre compte. Telle est l'émouvante preuve que Molière a émergé du silence et s'est joint à une troupe de comédiens de campagne. A Paris, son bourgeois de père a signé une promesse de payer à Léonard Aubry la dette de son fils si celui-ci ne le faisait pas (veille de Noël 1646). Le même Jean II Poquelin conforte son statut de bourgeois en s'inscrivant sur la liste des jurés et gardes des marchands tapissiers parisiens (mai 1647). La troupe de Dufresne sillonne tout le sud-ouest de la France. On trouve sa trace à Toulouse, Carcassonne, Albi où elle tombe en pleine visite de monseigneur le comte d'Aubignoux, gouverneur général de Languedoc. Les comédiens se voient allouer cinq cents livres pour s'être dérangés inutilement « avec leurs hardes et leurs meubles ». Dufresne signe la quittance avec Pierre Réveillon et René Berthelot dit du Parc. Molière n'est pas mentionné avant la mission de Nantes déjà évoquée. La troupe est remontée vers la Loire et Dufresne a loué le jeu de paume de Fontenay-le-Comte pour vingt et un jours à compter du 15 juin 1648. A la date du 23 avril, le texte des archives dit : « Ce jour-là est venu au bureau le sieur de Morlière (*sic*), l'un des comédiens du sieur Dufresne. » Plusieurs fois, sur les documents de ce temps-là, on trouve le nom de Molière ainsi orthographié, ou estropié, comme si l'alchimie verbale qui devait l'engendrer n'était pas encore achevée. C'est à Nantes encore que la troupe de Dufresne se trouva en concurrence avec un joueur de marionnettes italien qui lui vola une partie de son public. Après cet épisode, on fit route vers Poitiers où le pauvre Dufresne enterra sa femme, puis on redescendit sur Toulouse où la troupe reçut la modique somme de soixante-quinze livres pour jouer en l'honneur du lieutenant général en visite. A Paris, Jean Poquelin paya la dette de son fils à Léonard Aubry (juin). En octobre, Dufresne loua le salon de l'hôtel-Dieu de Vienne. La vie de tournée en ce temps-là n'a guère à envier à celle de notre époque ! A Vienne, Molière se lia avec Pierre Boissat dit Boissat l'Esprit, ami de Tristan l'Hermite, de Théophile de Viau et de Saint-Amant. Le biographe de Boissat l'Esprit affirme que dès cette époque Molière écrivait des comédies, ce qui est peu probable. En tout cas, Boissat l'Esprit, ami des libertins, recevait Molière à sa table et son biographe Chorier est l'auteur d'une œuvre libertine, *Aloysia*, dont Molière s'est peut-être souvenu pour les entretiens de Tartuffe avec Elmire. Un mois plus tard, on retrouve la troupe à Poitiers où Molière, venu demander l'autorisation de jouer deux mois dans la ville, essuie un refus « attendu la misère du temps et la cherté des blés ».

Le duc d'Epernon accueille régulièrement les comédiens dans son château de Cadillac. En février 1650, sur ordre du gouverneur, le jeu de paume d'Agen est aménagé en théâtre pour eux. On retrouve la troupe à Toulouse puis à Pézenas. Dans cette ville, le 17 décembre de la même année, Molière, qui signe Molière, donne quittance des quatre mille livres qui viennent d'être « ordonnées aux comédiens par messieurs des états ». Telle est la première des quelques signatures qui constituent les seuls manuscrits de Molière parvenus jusqu'à nous. Nous connaissons en effet son écriture, non par un journal intime, mais par cet obscur reçu et celui qu'il signa trois mois plus tard à Paris en quittance de six cent trente livres à son père.

Alors se produisit un événement décisif pour la vie des comédiens et pour la carrière de Molière. Le duc d'Epernon cessa de protéger la troupe dont Molière prit la direction. Il y a sans nul doute un lien entre les deux faits. La Fronde avait éclaté deux ans plus tôt. Les troubles avaient gagné la province. Epernon tomba en disgrâce et dut quitter la Guyenne. Il abandonna ses comédiens. On connaît moins bien les circonstances dans lesquelles Molière prit la succession de Dufresne. La tradition veut que la défection du duc ait profondément affecté Dufresne, si près de la mort de sa femme, le laissant sans courage et la troupe en plein désarroi. Sur les instances de Dufresne lui-même, Molière reprit les rênes des mains de son camarade défaillant qui rentra dans le rang sans quitter la troupe. Le nouveau chef sut gagner la confiance et la protection des dignitaires du Languedoc et bientôt celle du nouveau gouverneur, le prince de Conti. La troupe, qui était bien bas pendant l'été 1650, reparut en pleine forme aux états du Languedoc d'octobre 1650 à janvier 1651. Elle déplaça son champ d'action vers le Sud-Est, la vallée du Rhône, avec deux pôles, Lyon, le vrai port d'attache, et Pézenas pour l'hiver.

Le prince

Diverses rencontres ont marqué ces pérégrinations, certaines riches d'expériences. C'est en 1653 que Molière et ses compagnons prirent le nom du prince de Conti dans des circonstances romanesques où la maîtresse du prince et un charlatan du nom de Cormier jouèrent un grand rôle, après que le secrétaire de Conti, Cosnac, avec la complicité du poète Sarrazin, eut réussi à faire venir « la troupe de Molière et de la Béjart » qui croisait dans les environs et à la retenir au château de la Grange près de Pézenas, où résidait le prince. Par un voisin, l'abbé Voisin, nous savons que ce dernier s'était entouré d'une cour de beaux esprits et qu'il « conférait souvent avec le chef de la troupe, qui est le plus habile comédien de France, de ce que leur art a de plus excellent et de plus charmant ». Toute cette aventure est archiconnue. Tout prince du sang qu'il fût, Armand de Bourbon, prince de Conti, frère du Grand Condé, ne doit qu'à ses liens avec Molière d'être entré dans la grande histoire. L'imaginaire du temps a multiplié à plaisir les rencontres prédestinées des deux hommes, à partir de deux faits incontestables, le prince fut le protecteur enthousiaste de Molière avant de devenir son ennemi fanatique et de se livrer à une des plus retentissantes attaques publiques contre le théâtre et les comédiens. Donc, la rumeur mêle habilement réalité et fiction dans une série de coïncidences éloquentes, l'amitié de deux adolescents sur les bancs du collège, celle de deux humanistes dans les allées du parc de la Grange. D'autres encore, comme la présence d'un des modèles principaux de Tartuffe, Gabriel Roquette, dans l'entourage du prince. Et surtout celui-ci mimant en personne, sous le regard du « contemplateur », la métamorphose du libertin en dévot. Sans faire figure parmi les héros du libertinage flamboyant, Armand de Bourbon, gnome disgracié et séduisant, mêla très tôt les élans mystiques et les tentations libertines. La rumeur l'accusa même d'avoir été l'amant de sa sœur, cette tête folle de Longueville, dans l'ombre de qui il vécut longtemps, jaloux de son frère jusqu'à entrer en lutte dans la Fronde contre le parti du roi, dont Condé était encore. De fait, une partie de l'opinion mit sa conversion en doute, pareille métamorphose du personnage ne pouvant être comprise que de ceux qui ont à la fois le sens du plaisir et celui du sacré. Molière avait-il l'un et l'autre ? En tout cas, l'épisode de Pézenas a une forte charge symbolique.

Comédiens en voyage

Douze ans à tourner à travers la France ! Elles sont ainsi une quinzaine de troupes qui pérégrinaient en permanence, deux cents pour tout le siècle, mille comédiens français en tout. Celle de Molière est la seule qu'on puisse suivre de ville en ville, parce qu'elle a laissé plus de traces que les autres, en tout cas des traces plus voyantes. Mais quelle réussite ! On a trop vite fait de fixer les errances de Molière dans un Callot misérabiliste en noir et blanc, marche sans fin de la charrette sous un ciel d'hiver où pointent les lances de théâtre et les chapeaux à plumes des histrions harassés. « Les pauvres gueux pleins de malaventures. » Le Boulanger de Chalussay a tout fait pour renforcer l'image d'un Elomire travaillé par « le soin de la soupe dont il fallait remplir vos ventres et le mien ». Que, sur un sanglot long de crincrin verlainien, entre en surimpression dans cette image la mort du pauvre Matamore dans *Le Capitaine Fracasse* et l'on voit l'aile noire du guignon de Baudelaire battre sur « les yeux appesantis par le morne regret des chimères absentes ».

Alors que Molière et ses compagnons allaient de ville en ville, Scarron écrivit son *Roman comique* entre 1651 et 1657. Ils s'étaient connus quinze ans plus tôt. Peut-être se sont-ils écrit, Molière contant à l'infirme les menus incidents de ses voyages, l'arrivée dans les auberges, les cheminements lents, les tracasseries des notables du lieu, gens de robe et gens d'Eglise.

Mais, après tout, la vie dans la troupe de Dufresne ne devait pas être si misérable. Il est vrai que les protecteurs, criblés de dettes, se sont fait plus d'une fois tirer l'oreille pour payer la pension promise. Molière en fit l'expérience avec le prince de Conti. Les états payaient mieux, faisaient appel aux comédiens lors de leurs assises annuelles. Il y eut un mauvais moment à passer quand Epernon abandonna la troupe, un autre quand Conti passa aux dévots. Bien secondé par les Béjart, Molière sut chaque fois redresser la barre. En ces années décisives, il découvrit sa double vocation de bouffon et de dramaturge, renforçant son emprise sur la bande. Les affaires étaient prospères, à en juger par les comptes de Madeleine qui, la même année, prêta trois mille deux cents livres à un receveur des tailles de Montélimar et plaça dix mille livres en rentes sur la province de Languedoc.

Selon Chappuzeau, presque tous les comédiens du XVIIe siècle ont appris leur métier dans les troupes de campagne et c'est parmi elles que les théâtres parisiens recrutaient leur personnel. Le temps est révolu où elles engageaient au pair des apprentis pour les former. Désormais, les enfants des comédiens font leurs débuts très jeunes au sein des compagnies qui sont plutôt des bandes d'amis, voire de parents. Néanmoins, l'instabilité est la loi, la clause de dédit se réduit le plus souvent à une clause de style. On signait les contrats à Paris, où les gens du voyage tenaient un véritable marché du travail à la faveur du relâche de carême. On signait pour un an, d'un carême à l'autre. Le contrat précisait que le choix des pièces à monter et celui des villes à visiter seraient fixés à la pluralité des voix. L'esprit de la démocratie présidait à la vie des compagnies : « Ils veulent tous être égaux et se nomment camarades », écrit Chappuzeau. Le chef est seulement le premier parmi ses pairs. Il a une part des bénéfices comme les autres. Il est propriétaire des décors, mais les costumes sont l'affaire de chacun.

La vie de tournée n'a pas que des charmes, on le sait bien ! Les déplacements sont toute une histoire. Il y a le voiturier avec qui on passe contrat, les chariots sur lesquels s'entassent coffres, hardes, toiles et châssis, les femmes et la marmaille juchées au sommet de ce bric-à-brac. Quand on joue pour un grand ou pour les états, ils assurent le transport des personnes et du matériel, les femmes ont parfois droit à un carrosse, c'est la grande vie. Les jeunes premiers, La Grange et La Thorillière, sur le tard, bons cavaliers, jouent les mousquetaires et galopent en avant afin de tout préparer. On joue dans des lieux de fortune. Aucune ville de province ne possède de vrai théâtre. On utilise un jeu de paume comme à Agen, un salon de l'hôtel-Dieu comme à Vienne, la salle haute de l'hôtel de ville à Agen encore, les places publiques à la belle saison. Chez les grands, on joue dans la salle des gardes, s'il y en a une, sinon on se contente d'une chambre. Des tapisseries, des paquets de chandelles, des sièges meublent la scène improvisée. Entre décor de théâtre et décor de la vie, la différence n'est pas nette. La somptuosité théâtrale éclate surtout dans la garde-robe des acteurs. Cosnac dit que la troupe de Molière surpassa celle de Cormier « soit par la bonté des acteurs, soit par la magnificence des costumes ». Il semble mettre sur le même plan le talent des comédiens et les nippes !

Les voyages sont lents, fatigants, périlleux. Il faut deux jours pour parcourir les vingt-cinq kilomètres qui séparent Pézenas de Béziers dans une mauvaise patache tirée par deux rosses, avec une petite escorte de gendarmes du prince. Une circulation nomade intense sillonne ainsi les routes où l'on croise parfois la caravane royale qui emmène avec elle une troupe de comédiens. Celle-là est privilégiée. Les autres voyagent à leurs risques et périls, transportant leurs maigres fortunes. On craint la boue, les ornières, le passage des gués, les inondations, les chutes de pierres et les bandits de grand chemin. Les chars s'enlisent, versent, cassent leurs essieux, perdent une roue. La pluie, la neige, le vent tourmentent les bâches sous lesquelles grelotte la marmaille. A l'horizon, sous le ciel bas de l'hiver, dans le bleu implacable de la canicule, pointent les clochers de villages, surgissent les tours, les flèches, les remparts des cités lointaines. Ils passent les hameaux, traversent les bourgs, font étape dans les villes où se tiennent des états, où séjourne une garnison, où a lieu une visite princière. Il leur arrive de tomber en pleine fête, en plein carnaval. Bannières et girandoles bruissent au-dessus de leur tête. Le vacarme, le bariolage, le grouillement les enchantent. Ils vont dresser leur théâtre au meilleur emplacement de la plus belle place. Ils croisent d'autres troupes, des marionnettistes, des bateleurs, des opérateurs, des Allemands, des Espagnols, des Anglais, les Italiens avec leurs masques, les Provençaux avec leur dialecte occitan, tous rivaux, tous frères. Ils couchent parfois dans le foin des granges. Cela arrive à d'autres qu'eux, et pas seulement des comédiens, ni même des roturiers, moins souvent d'ailleurs par pénurie d'argent que par absence d'hôtellerie dans les environs ou par manque de place dans celle-ci. Ainsi, le convoi du théâtre brinquebale parmi les réjouissances, les troubles, les malheurs du temps. Il traverse des pays en proie à la guerre, à la famine, à la peste. Les fanatiques s'agitent, le théâtre est leur cible et les comédiens en vadrouille les rencontrent fréquemment en travers de leur route. Longtemps avant d'entreprendre la conversion du prince de Conti, un disciple de Monsieur Vincent, Pavillon, évêque d'Aleth depuis 1637, résolut de réformer tout le Sud-Est et de lutter contre l'impiété, l'immoralité, le libertinage des idées et des mœurs. Aux alentours de 1650, un de ses zélateurs, ancien soudard du nom de Montaigu, arriva à Narbonne au moment où une troupe de comédiens (était-ce celle de Molière ?) montait ses tréteaux en plein air. Montaigu alla s'agenouiller à l'autre bout de la place et se mit à prier ostensiblement. La foule s'amassa autour de lui, laissant là les baladins qui durent déguerpir.

Les routes de France étaient sillonnées par d'autres illustres randonneurs solitaires, chanteurs de rues exilés du vieux Paris, gloires du pont Neuf poursuivies par la vindicte du cardinal. Ils croisaient quelque part entre Dijon et Avignon, guettant au bord d'une route la charrette ou le carrosse qui les prendrait en charge, eux et leur barda. Tel Philippot, dit le Savoyard, dit l'Orphée du pont Neuf, que d'Assoucy rencontra sur la Saône du côté de Dijon. Parlons plutôt de lui, Charles Coypeau d'Assoucy, dit l'Empereur du burlesque, que Jean-Baptiste connaissait déjà pour l'avoir rencontré souvent avec Chapelle, Cyrano et les autres, chez son ami Bernier. La troupe le recueillit au bord d'une route au cours de l'année 1655, avec sa guitare et son page, car le joyeux drille ne pouvait se passer de la présence à ses côtés d'un ou deux jeunes et jolis garçons voués à le servir en tous ses désirs qu'il avait divers et pervers. D'Assoucy vadrouillait par là sans le sou, après s'être fait dérober l'âne qui transportait son seul bien, un coffre bourré de calembredaines et bardé d'instruments de musique. Il commença par descendre le Rhône en bac jusqu'à Avignon avec ses nouveaux compagnons, puis, au lieu de passer les Alpes pour gagner Turin comme il en avait fait le projet, il se laissa vivre trois mois en partageant tout avec eux, si tant est qu'il eût quoi que ce soit à mettre en partage. A vrai dire, il vécut en bon parasite. Celui-là, loin de les prendre pour un ramassis de gueux, se vanta d'avoir passé « trois mois à Lyon parmi les jeux, la comédie et les festins ». Molière lui passait tout pour sa bonne humeur, mais les autres n'appréciaient guère cette langue de vipère qui en racontait des vertes et des pas mûres sur tout le monde. C'est par lui qu'ils apprirent la mort de Descartes en Suède, la déconfiture de *Pertharite* qui ternit à jamais la gloire de Corneille, les démêlés de Pascal avec les jésuites, l'introduction du café à Paris. Ce curieux bonhomme nous a laissé le seul témoignage direct et vivant sur celui qui cheminait par monts et par vaux vers son destin de gloire. Lui menait sa vie de patachon, courant les tripots et s'y faisant voler au jeu par une gent hébraïque. Ce héros picaresque suivit la troupe jusqu'à Pézenas, traité en parent plutôt qu'en ami par ces gens qui, selon ses propres mots, étaient de vrais princes et pas seulement des princes de théâtre. Plus tard, d'Assoucy devait se brouiller avec Molière comme avec tant d'autres. Il porta alors sur son ex-ami un jugement extraordinairement perspicace : « Il fut autrefois mon amy et je crois qu'il le serait encore si ses excellentes qualités lui pouvaient permettre d'aimer autre que lui-même. » On reconnaît là sa mauvaise langue, mais de quel grand artiste n'importe quel raté à la d'Assoucy n'eût-il pas pu en dire autant ? Molière est de taille à se défendre tout seul. Et s'il ne le fait pas, c'est que le trait de d'Assoucy porte et lui plaît par sa justesse, même s'il fait mal.

Les misères du temps

Entre 1649 et 1652, quatre étés pourris provoquèrent des famines épouvantables dans tout le royaume. La Fronde battait son plein. Des hordes soldatesques rançonnaient, violaient, pillaient sur leur passage. Il arriva aux pauvres gens des campagnes de se mettre à quatre pattes pour manger des racines et de l'herbe. La correspondance de saint Vincent de Paul fait état de cas d'anthropophagie. La caravane du théâtre croisait peut-être par là. Au sommet des chars, les grands yeux des enfants n'en finissaient pas de s'ouvrir sur des spectacles de désolation. La montée brutale des prix, la levée d'impôts nouveaux, les nouvelles alarmantes plus ou moins vraies déclenchaient des turbulences populaires qui, si les nobles en prenaient la direction, se changeaient en véritables révoltes. Selon les historiens modernes, le XVIIe siècle est le centre de gravité des soulèvements populaires. Au temps où Molière circulait dans tout le Midi, on relève des troubles à Montpellier en 1645, peu de temps avant son passage, et la révolte des Pitauds de Gascogne en 1648, alors que la troupe remontait vers la Loire. On ne peut jamais prouver que Molière fut témoin direct de ces troubles et de ces calamités. Sauf une fois, comme nous l'avons noté.

Le 8 novembre 1649, le maire de Poitiers refusa une autorisation de jouer dans sa bonne ville « attendu les misères du temps et la cherté des blés ». Cinq petits mots plus éloquents qu'une grande période. Une étude quelque peu serrée des dates et des lieux indique que les comédiens passaient non loin de l'endroit concerné ou bien s'y trouvaient peu avant ou peu après les événements. On peut en déduire qu'il est impossible qu'en douze ans Molière n'ait pas côtoyé des catastrophes, des spectacles, des misères intolérables. Quelle fut alors sa réaction ? Qu'ont-ils fait, lui et ses camarades ? Qu'ont-ils dit dans les lettres qu'ils ont dû écrire ? Nous n'en savons rien. Tandis que les historiens ont éclairé ces versants de l'histoire, le silence et la nuit pèsent sur la caravane du théâtre. L'explication repose d'abord dans la disparition des écrits personnels de Molière, sur laquelle nous n'avons pas à revenir. Il n'y a plus rien à apprendre de ce côté. Restent ses pièces. Les paysans et les provinciaux y sont là pour faire rire. A Pézenas, dans la boutique du barbier Gely, « le contemplateur » passait des heures, dit-on, à regarder vivre les gens. A table il faisait rire les gens du Languedoc en imitant ceux du Vaucluse, et à Avignon il mettait en joie une tablée de Provençaux en imitant les ploucs du Languedoc. Dans la comédie de Molière, les types populaires sont matière à ridicule, rien d'autre. Pas question de souligner la dignité et la souffrance. Seulement faire rire à leurs dépens. Tout le XVIIe siècle pense ainsi. C'est déjà une performance pour Molière d'avoir réussi à pousser jusqu'au grotesque des types de la cour et de la ville, les marquis et les bourgeois. En contrepartie, le peuple ne peut lui offrir qu'une réserve de personnages grotesques. Nulle trace dans ses pièces de critique sociale ou économique, nul examen des fondements politiques de la vie. On est loin du célèbre morceau de La Bruyère sur « certains animaux farouches ». Au temps de Molière, l'esthétique classique récuse le réalisme du quotidien, sous sa forme biologique, libidinale, sociale et politique. Les grands textes protestataires de Vauban, Boisguilbert et Fénelon éclateront bien plus tard, vingt ans après la mort de Molière, lors de la grande famine de 1693-1695. Molière ne fait pas exception.

La farce

Aux populations que terrifie en permanence la menace des trois fléaux, le spectre de la famine, les embrasements de la guerre, les miasmes de l'épidémie, Molière se contente d'offrir le faux luxe de la comédie et surtout les tréteaux de la farce. C'est en province qu'il prit l'habitude de terminer la représentation par une farce, selon la coutume de l'Hôtel de Bourgogne au début du siècle. « Aujourd'hui, la farce est abolie », déclarait Scarron en 1657. Juste au moment où Molière la ressuscitait en province où elle n'était jamais morte, et se préparait à recréer son joyeux chambardement en plein Louvre, sur des tréteaux de foire ! On est sûr aujourd'hui que Molière a construit en province la réputation de sa troupe sur ces « petits divertissements ». Nous connaissons quelques titres, une dizaine dans les registres de La Grange et de La Thorillière, puisqu'on devait en maintenir la tradition jusqu'en 1664 : *Le Docteur amoureux*, *Les Trois Docteurs rivaux*, *Le Maître d'école*, *Gros René écolier.* Les frères Parfaict en citent d'autres : *Gorgibus dans le sac*, *Le Grand Benêt de fils*, *Le Fagoteux*, *La*

Casaque. Deux seulement d'entre eux sont parvenus jusqu'à nous, *La Jalousie du barbouillé* et *Le Médecin volant*, dont les textes, en possession de Jean-Baptiste Rousseau en 1731, furent redécouverts et publiés par Viollet-le-Duc en 1819, intégrés enfin aux œuvres complètes en 1845. On a contesté longtemps l'authenticité de ces deux pochades parce qu'aux yeux des doctes, elles n'ajoutaient rien à la gloire de leur auteur. Une telle pudibonderie ne date pas d'hier. Dès 1682, La Grange, le fidèle, le bras droit, se croyait obligé d'avertir les lecteurs que Molière avait résolu « de les supprimer lorsqu'il se fut proposé pour but dans toutes ses pièces d'obliger les hommes à se corriger de leurs défauts ». Toujours cette crainte de voir Alceste s'encanailler dans le sac de Scapin, et ce souci bien-pensant de présenter Sganarelle en pape de la culture et en père-la-vertu ! Gueule enfarinée, pied au cul, et tant pis pour l'Académie française, rugit le pitre ! Grand merci à ceux qui nous ont réappris ce Molière-là, Jacques Copeau, Louis Jouvet, Léon Chancerel et récemment cette jeune troupe américaine qui joua *Le Médecin volant* comme une foire Saint-Germain revisitée par Buster Keaton.

Pourtant c'est bien Molière qui a refusé de les rédiger complètement ou de les publier de son vivant ! Peut-être craignait-il qu'élevées à la dignité de l'écriture, elles ne nuisissent à ses comédies les plus hautes ? Peut-être aussi sentait-il en son for intérieur qu'elles ne lui appartenaient pas vraiment, à lui, mais à une sorte de fonds commun ? On a retrouvé des scenarii de commedia dell'arte qui leur ressemblaient. On s'accorde pour attribuer à Molière la paternité des farces où interviennent les personnages de Gorgibus, Gros René, Villebrequin, Sganarelle. Gorgibus est le premier masque du bourgeois. Il reviendra dans *Les Précieuses* et dans *Le Cocu imaginaire*, après quoi il disparaît. On ne connaît pas le premier titulaire du rôle. Mais Gros René désigne René du Parc. Sous Villebrequin, on reconnaît Edme Villequin alias de Brie. Avec Sganarelle, Molière inaugure un long compagnonnage. Ce personnage va lui valoir la réputation de « premier farceur de France ». Molière semble avoir inventé son nom, cherchant peut-être à le rapprocher de l'italien, Polichinelle, Brighelle. Il est donc sur le point de se donner un personnage fixe, de créer un type, un masque. En vérité le masque n'engendre pas de soi le type. Sganarelle est le masque, le type c'est le Bourgeois. Pour aller au bout du Bourgeois, il faudra lâcher Sganarelle un jour. Il saura éviter le piège où la commedia dell'arte, son grand modèle, s'est prise en cédant à la tentation de ses deux formidables démons, le masque et l'improvisation. Molière aussi a joué Sganarelle sous le masque et en partie par improvisation. Mais pour atteindre la vérité même du comique, il s'évadera de la farce sans la renier. De *La Jalousie du barbouillé*, il tirera plus tard *George Dandin*. Du *Médecin volant*, il tirera *L'Amour médecin* et *Le Médecin malgré lui*. Telle est la fécondité de ces farces sommaires, élémentaires, c'est-à-dire fondamentales, primordiales. Par la farce, où l'acteur invente lui-même son personnage, l'homme-théâtre, sur le point de se lancer dans l'étrange entreprise, « remonte aux principes et à l'origine de son art », comme l'écrit excellemment Chamfort.

L'acteur-auteur

La période qui va de l'été 1653 au début 1655 est aussi riche en faits d'intérêt que sa chronologie est imprécise. Molière séjourne alors principalement à Lyon. En 1652 il avait fait à Paris un voyage qui a suscité bien des commentaires. On a supposé qu'il était venu régler les dettes de l'Illustre-Théâtre. Seule cette libération lui aurait donné le droit de prendre la direction de la troupe. Simple hypothèse ! Revenu à Lyon, il tomba sur la parade d'un opérateur italien, Jacomo de Gorla. Sur le tréteau, une éblouissante créature, funambule et danseuse, se livrait à des exercices pleins de difficulté et de grâce. Dans ses cabrioles, écrit un contemporain, « on voyait ses jambes et partie de ses cuisses par le moyen d'une jupe fendue des deux côtés, avec des bas de soie attachés au haut d'une petite culotte ». Engagée sur-le-champ, l'acrobate aux allures de vamp, la belle Marquise de Gorla, fille du charlatan, devint la du Parc en épousant René Berthelot, dit Gros René, qui faisait déjà partie de la troupe. Elle y rejoignit Catherine Leclerc dite de Brie, engagée dès 1650 et devenue femme d'Edme Villequin dit de Brie. Désormais, et pour longtemps, Madeleine Béjart, Marquise du Parc et Catherine de Brie se partagèrent les rôles vedettes féminins en se partageant plus ou moins aussi les faveurs du patron... Jusqu'au jour où une certaine Menou, que l'on n'avait pas vue grandir, devenue Armande, leur souffla les uns et les autres !

A Lyon, la ville la plus secrète et la plus fascinante de France, Molière s'initia à la tradition vivante du théâtre. La ville avait possédé un théâtre dès 1538 et s'était acquis dans ce domaine comme en d'autres une réelle autonomie par rapport à la capitale. Elle avait reçu avant Paris les Italiens, en 1513. Un siècle et demi plus tard, on y gardait encore le souvenir des funérailles triomphales d'Isabelle Andréini, vedette des Gelosi, morte en couches à son passage à Lyon en 1604. Partout à Lyon, Molière retrouvait la trace des Italiens. On le sent fasciné par eux, par leur gestuelle et leur mimique. Au moment d'écrire ses propres pièces, il choisit le modèle de la commedia dell'arte de préférence à la comédie espagnole, alors en vogue. La comédie italienne va l'aider à libérer la comédie de la littérature, lui procure une mythologie populaire infiniment plus vivante et plus réelle que la mythologie savante à laquelle la tragédie était soumise. Il subordonne la phrase à la mimique, insère la parole dans les rythmes du corps, l'invention théâtrale prend corps en scène par le jeu spontané de l'acteur. Molière fut le premier à faire passer la dynamique du corps dans l'écriture, à inscrire le jeu dans le texte, à faire de chaque mot un geste.

Au moment du carnaval de 1655, la troupe de Molière se trouvait à Pézenas. Elle se rendit à Montpellier pour créer devant les princes le ballet des *Incompatibles*. Il était dansé par les comédiens de Molière, par des bourgeois huppés et par des gentilshommes. Malgré ses vers de mirliton, cette œuvre de circonstance, véritable jeu de société, figure parmi les œuvres possibles de Molière. Selon Ramon Fernandez, son titre conviendrait même à l'ensemble du théâtre moliéresque puisque le comique du personnage vient toujours de ce qu'il prétend marier les incompatibles. Telle est la révélation au moment où Molière naît à lui-même, où il achève son passage à l'âge d'homme et devient auteur. Rentré à Lyon, au cours de cette même année, il y donne la première représentation de sa première pièce *L'Etourdi*. Il en a pris le sujet à une comédie de l'Italien Nicolo Barbieri, qui jouait sous le masque du vieillard Beltrame dans la troupe du duc de Mantoue, animée par G.B. Andréini dit Lelio et Francesco Gasrali dit Scapin, qui avait fait les délices de la cour et de la ville en 1624 et 1625. Puis la troupe du duc de Mantoue, qu'on appelait aussi les Accesi, exerça sous la direction de l'Arlequin Tristan Martinelli une prépondérance qui prit fin à la guerre de succession du duché de Mantoue et au sac de la ville en 1630. Beltrame aussi avait joué à Lyon. Il était mort en 1641. Mais *L'Inavvertito* fut joué à Paris en 1654, en l'absence de Molière, et publié en 1656, après la création de *L'Etourdi*. La confrontation entre les deux pièces permet de saisir la pensée de Molière au moment où sa création s'élabore. C'est déjà une succession de « fourberies » dans laquelle le fourbe se nomme Scappino, valet de Fulvio, fils de Pantalon, l'autre vieillard est Beltrame. Ici encore, Molière sacrifie tout élément romanesque au dynamisme de l'action. Il supprime tout ce qui n'est pas jeu, action, comique immédiat, mais c'est au détriment du caractère de plusieurs personnages importants, surtout de Lélie, plus falot que Fulvio, et de Truffaldin, plus insignifiant que Mezzetino.

L'Etourdi est une performance : on se demande quel comédien pourrait, de nos jours, jouer en une seule séance, comme le faisait Molière, *Le Cocu imaginaire* après *L'Etourdi*. Il exalte l'acteur derrière le personnage. Il a déjà en tête de prendre sa revanche sur le fiasco de l'Illustre-Théâtre par un retour triomphal dans la capitale. Il vient d'apprendre sans gaieté de cœur qu'il a le don de faire rire les gens en alliant la truculence des vieux farceurs du pont Neuf (Somaize ne va pas tarder à le surnommer premier farceur de France), la pétulance des Italiens et ce halo de fantaisie triste qui n'appartient qu'à lui. Sous la marionnette, il fait voir l'homme. Ce Mascarille-là répond à un appel profond du comédien en lui. Précédant le bourgeois benêt et l'hypocondre tourmenté, surgit le fourbe qui, sous couleur de servir les amours d'un blondin, change le monde en théâtre, la vie en comédie, exerçant sur les êtres et sur les choses une domination qui contredit sa condition de serviteur. Il hante la scène, n'a pas le temps de souffler, occupe trente-cinq scènes sur quarante-sept, doit à chaque instant inventer la comédie. Cette force de l'acteur correspond à une faiblesse de l'auteur. Juxtaposées et interchangeables, truffées de lazzi, les scènes se prêtent à des numéros d'acteur où, par la tirade, la pantomime, le déguisement, Molière met sa verve en état de délire. Comique à fleur de masque. Il ne traverse pas les apparences, il glisse, il rebondit sur elles. Il multiplie les numéros d'élocution, en les soulignant par des pastiches de défis cornéliens. Mascarille est mû par la même excitation du moi que le fameux héros, excitation qui le pousse à triompher de l'inertie des objets, de la sottise des individus, des pesanteurs du sort. Il appartient à la race élue qui « a reçu du ciel les fourbes en partage ». Ses pareils à deux fois ne se font pas connaître. Il entend l'appel de la gloire : « L'honneur, ô Mascarille, est une belle chose. » Il aime les obstacles : « Plus l'obstacle est puissant, plus on connaît de gloire. » Il a son débat augustien : « Taisez-vous, ma bonté, cessez votre entretien. » Non content de parodier le héros cornélien, il le représente dans un univers dont le comique échappe à la médiocrité morale. L'étourderie de Lélie et la ruse de Mascarille sont deux forces du destin en concurrence. Voyons « qui l'emportera de ce diable ou de nous ». Seulement il en fait trop et finit par étourdir tout le monde. Et d'abord l'insignifiant Lélie, dominé par son valet, commettant bévue sur bévue pour s'affirmer. Dans le théâtre de Molière, l'égalité des partenaires n'existe pas. Dans le couple du maître et du valet, la rivalité tourne pour ainsi dire toujours à l'avantage du valet, meneur de jeu de la comédie. Seul le couple Don Juan et Sganarelle inversera le rapport, restituant la maîtrise au maître. En 1655, la farce française est morte. A Paris comme à Lyon, les Italiens sont les maîtres du rire. C'est à eux qu'avec aplomb, mais non sans maladresse, Molière dédie son premier essai. Mais le fourbe n'entrera pas dans le jeu profond de l'auteur-acteur. Il escamote la réalité humaine à laquelle il échappe lui-même, montreur dépossédé de soi par ses marionnettes. Nous admirons certes la faconde de Mascarille, qui faisait la joie de Victor Hugo. Mais quand l'un le proclame « fourbe fourbissime », ou quand lui-même prend la pose statuaire du *Fourbum imperator*, on ne peut s'empêcher de guetter, à l'autre bout de la coulisse d'en face, l'approche ironique de Scapin. Molière a encore une longue route à parcourir, et en même temps, une course à livrer contre le temps. Désormais, l'homme pressé n'a plus une minute à perdre.

Quelques mois plus tard, au cours de l'année 1656, dans *Le Dépit amoureux*, Molière donna sa chance à l'élément romanesque qu'il avait soigneusement évacué de *L'Etourdi*. Il affirmait là avec force sa fidélité à la comédie d'intrigue italienne, contre le goût du public pour la comédie espagnole dont les auteurs multipliaient depuis quinze ans les adaptations à peine déguisées. Il s'était inspiré de *L'Interesse* de Nicolo Secchi. D'instinct, il tentait de satisfaire le public de province qui réclamait aussi bien les vieilles farces à la française que les comédies d'intrigue à la Rotrou. Enlèvements et substitutions d'enfants, pirateries barbaresques, voyages prolongés créent les pires imbroglios. Un frère amoureux de sa sœur, un garçon qui ne sait pas qu'il est une fille et qui aime le prétendant de sa sœur, la cassette, le bijou, la croix de ma mère et toutes sortes de *dei ex machina* remettent tout en ordre pour satisfaire public et morale. Molière pousse le jeu du travesti avec la même audace que Shakespeare dans *La Nuit des rois* et Marivaux dans *Le Triomphe de l'amour*. Seuls Mascarille et Gros René lorgnent du côté du Gracioso espagnol plutôt que vers le zani italien. Mascarille en particulier a perdu l'imaginative et la subtilité de son *alter ego*, celui de *L'Etourdi*. Il annonce Sosie et Molière a laissé le rôle à Gros René, plus tard à Jodelet. On ne joue plus guère *Le Dépit amoureux*, on a même abandonné le montage en deux actes réalisé au siècle dernier avec les scènes de dépit qui ont donné leur nom à la pièce, et dont on ne souligne jamais assez que le génie de Molière s'y manifeste et s'y épanouit pour la première fois.

C'est vers cette époque que se forgea le mythe du Contemplateur : le bouffon sérieux, le pitre sans joie, la mâle gaieté de Molière, l'insondable tristesse du farceur. On nous l'a trop rabâché : quand on sort d'en rire on devrait en pleurer. Justement on se hâte de rire, très fort. Non, ce Molière-là n'est pas encore né. *L'Etourdi* n'est pas *Tartuffe*, le fourbe n'est pas l'imposteur. La mise au monde de ce Molière-là, ce jeu dans le miroir, demandera encore plusieurs années. Molière n'a pas encore trente-cinq ans et c'est déjà tard, pas trop tard, mais presque... Molière n'a rien du génie précoce. Lui-même guette la métamorphose, se regarde naître, contemple son entrée sur la scène de la comédie humaine. Et même, il a besoin de se regarder voir. Un autre miroir. Il entre en peinture. Soudain, les portraits de Molière apparaissent, se multiplient, foisonnent. A Montpellier, il rencontre Sébastien Bourdon. Puis à Avignon, Pierre et Nicolas Mignard. Molière en roi de théâtre et à visage découvert. Couronne de laurier, coiffé de la perruque. Le miroir des eaux calmes en son regard. La lèvre épaisse, jouisseuse et désabusée, sous la moustache. Entre Pierre Mignard et lui se noue l'amitié de toute une vie.

Les comédiens de la troupe assistèrent avec émerveillement à la métamorphose de leur chef. Le succès de ces deux premières comédies augurait bien de l'avenir. Ils se rendaient compte que Jean-Baptiste avait un plus grand ascendant sur le public sous la souquenille du bouffon que sous la pourpre des rois, même s'il se réservait obstinément les grands premiers rôles tragiques. Ils crurent comprendre qu'il acceptait mieux son destin comique à partir du moment où il recevait la double, la triple reconnaissance du public, comme acteur et comme auteur de ses propres comédies. Il eût été bien difficile de ne pas se flatter des jugements que Paris commençait à porter sur ces lointains provinciaux. L'un proclamait Molière « premier farceur de France » (Somaize). L'autre (Chappuzeau), célébrant « Lyon dans son lustre », parlait avec enthousiasme de cette troupe qui « tout ambulatoire qu'elle est vaut bien celle de l'Hôtel de Bourgogne qui demeure en place ».

Or, Molière allait sortir définitivement de son cocon en perdant la faveur du prince de Conti. Les manœuvres de l'évêque Pavillon avaient réussi, le prince se convertit au jansénisme, tourna le dos à tous les plaisirs, renonça aux femmes et au théâtre pour devenir un des membres les plus rigoristes de la compagnie du Saint-Sacrement. Avant de décider que Conti a servi de modèle à Tartuffe, persuadons-nous que Molière n'a jamais connu son appartenance à la fameuse confrérie, interdite donc clandestine. Molière et ses amis ne furent pas sans remarquer le changement d'attitude du prince à leur égard, dans son entourage et sur toute l'étendue de ses états. En février 1656, il décida de se rendre à Paris et enjoignit aux comédiens d'aller l'attendre à Bordeaux.

A son retour eut lieu la rupture. On n'en connaît pas bien les circonstances, car l'affaire en soi était minime. L'année suivante, en mai 1657, la troupe est revenue à Lyon, le prince aussi ; ce dernier écrit dans une lettre à l'abbé de Ciron la fameuse petite phrase : « Il y a des comédiens ici qui portaient mon nom autrefois. Je leur ai fait dire de le quitter et vous croyez bien que je n'ai garde de les aller voir. » Une amitié est morte. Une troupe de comédiens a perdu son protecteur. Moralement, le coup est rude. Matériellement, le prince payait mal. En revanche, la réputation et la prospérité de la troupe sont solidement établies. Elle traîne encore quelque temps au sud de la Loire, se partageant entre Lyon et Pézenas d'où elle rayonne sur Béziers, Montpellier, Nîmes, Avignon. En juin, juillet, août 1657, on la trouve à Dijon. Elle semble avoir des démêlés avec les municipalités à Dijon, Béziers, Grenoble, une affaire de billets de faveur trop généreusement distribués, une représentation de nuit donnée sans autorisation, un refus de payer le droit des pauvres, un affichage illicite. La troupe est encore à Lyon le 10 janvier 1658 où elle enterre un enfant des du Parc. Elle passe le carnaval à Grenoble. Mais le Grand Retour est amorcé.

Retour au bercail, nouveau départ dans un théâtre de Paris, nouvelle aventure, c'est la joie et le trac pour tous. On remonte par étapes vers la capitale que l'on contourne par le sud pour s'installer à Rouen en mai. On prend son temps. On doit bien faire les choses. Pas question d'échouer une seconde fois. Il faut trois jours pour aller en coche de Rouen à Paris. Madeleine et Jean-Baptiste font ce trajet plusieurs fois. Les deux vieux camarades ne voient pas les choses tout à fait de la même façon. Sur le conseil de Thomas Corneille, Madeleine a noué des contacts avec le théâtre du Marais dont les affaires vont mal. Une association permettrait aux nouveaux venus de disposer à leurs débuts d'un vrai théâtre en état de marche, à la réputation flatteuse. Jean-Baptiste, lui, veut prendre le risque d'une revanche éclatante. Il y a du Rastignac en lui. En prenant congé à Pézenas[1], Cosnac, le secrétaire du prince, qui s'était attaché à lui, lui avait recommandé de venir le voir dès son retour à Paris. Cosnac arracha à Monsieur, frère du roi, la promesse de prendre la nouvelle troupe

1. A Pézenas, en 1656, mourut Pierre Réveillon de Châteauneuf. Sa femme, Marie Bret, était morte avant lui. Il laissait quatre enfants parmi lesquels la plus jeune fille, Catherine, à laquelle Molière et ses amis semblent s'être attachés. Pierre Réveillon et sa femme faisaient partie de la troupe depuis au moins 1647. Molière s'engagea en son for intérieur à veiller sur la destinée des enfants de son vieux compagnon. Discrète mais fidèle, sa protection ne devait plus se relâcher et le patronyme de Réveillon devait se trouver mêlé à la vie de la troupe, au-delà même de la mort de Molière.

sous sa protection. Molière, émoustillé, poussa l'audace et finit par obtenir ce qu'il désirait, débuter au Louvre devant le roi.

En attendant, on jouait à Rouen, au jeu de paume des Braques, où, le 6 juin, un comédien fut blessé au cours d'une bagarre provoquée par des valets. Les deux frères Corneille, Pierre et Thomas, fréquentaient assidûment le théâtre, les comédiens, les comédiennes surtout. Episode bien connu et qui a laissé des traces dans l'histoire de la poésie française. Le grand Corneille, amoureux transi et poète génial, fit sa cour à Marquise du Parc. Quand elle se joignit à la troupe pour gagner le lieu de la présence royale, il lui remit le petit poème qu'il venait de composer sur un mode ronsardien, ces délicates *Stances à Marquise* que la belle comédienne lut à demi-voix, bercée par les cahots de la route.

Les bagages avaient été chargés sur un des bateaux naviguant sur la Seine, peut-être *La Belle Image* dont le capitaine s'appelait... Gorgibus. Les comédiens et les comédiennes remontèrent la vallée de la Seine par le service des coches et carrosses des sieurs Dupré et Arthus à qui Vincent de Paul et ses compagnies charitables en avaient concédé le bail. Parcourant les derniers kilomètres de sa route initiatique, Jean-Baptiste Poquelin avait le sentiment plus fort que jamais de faire route vers l'inconnu. A nous deux, Paris ! Ses camarades, les enfants sans souci de la scène provinciale, étaient tout à la joie de retrouver bientôt la grand-ville aux sortilèges, son bruit et ses odeurs, sa crotte et sa splendeur, ses bouffons et ses princes de tragédie ! Les années d'apprentissage prenaient fin. Les tours de Notre-Dame se profilèrent au loin. Ils retrouvèrent leurs bagages au quai de l'Ecole où *La Belle Image* avait accosté.

5

Les Bourbonnais

Au Louvre

Les Précieuses ridicules

Jodelet n'est plus à la mode

Ratabonnade

Au Louvre

Depuis le mois de mai, ils savaient qu'ils passeraient l'hiver à Paris. Grâce à Madeleine, le bail avec le théâtre du Marais était prêt. Jean-Baptiste faisait jouer ses relations, son vieil ami Tristan l'Hermite, La Mothe Le Vayer, nommé récemment précepteur du dauphin, peut-être aussi Cosnac, en souvenir de Pézenas. A chaque voyage, Poquelin père autorisait Madeleine à loger chez lui. Plus question de brouille entre eux. Alors, survint l'heureuse nouvelle : Monsieur, frère du roi, prenait la troupe sous sa protection, promettait même une pension de trois cents livres (qu'il ne paya jamais). On avait à peine eu le temps de se faire à cette nouvelle qu'une autre arriva : Monsieur avait convaincu le roi son frère de faire débuter ses nouveaux protégés au Louvre.

Ces débuts mémorables eurent lieu le 24 octobre dans la salle des Gardes ou salle des Cariatides. De nos jours, la *Vénus de Milo* y est exposée. Ceux qui aiment le théâtre éprouvent chaque fois à évoquer cette soirée un peu du frémissement qui s'empara de la troupe à l'approche du grand jour. C'est un peu le théâtre lui-même qui commence là. Le surintendant des menus plaisirs et son garde-meuble avaient monté un théâtre provisoire selon les règles de l'époque. Enfin, la troupe de Molière fit ses débuts « devant leurs majestés et toute la cour ». La Grange, qui n'en était pas, nous a tout raconté. Le roi, au premier rang, entouré de Monsieur et des deux reines, les courtisans derrière lui et, debout contre le mur du fond, le petit monde en émoi de l'Hôtel de Bourgogne, ces messieurs-dames les grands comédiens, venus savourer l'échec probable de leurs petits camarades. *Nicomède* laissa de glace le roi et avec lui, bien sûr, la cour. Molière alors supplia le monarque « d'avoir pour agréable qu'il lui donnât un de ces petits divertissements qui lui avaient acquis quelque réputation et dont il régalait les provinces ». Molière n'avait pu faire autrement que jouer une tragédie en premier. Sur ce terrain-là, il se savait battu d'avance. Etait-il décidé dès le commencement à finir par une de ces farces que l'Hôtel de Bourgogne avait depuis longtemps rayées de ses affiches rouges ? Ou bien, après l'accueil glacial réservé à *Nicomède*, poussé peut-être par ses camarades, dont Dufresne, a-t-il voulu jouer son va-tout et forcer la faveur royale par ce « petit divertissement ». Bien enlevée par son chef, la troupe se donna à fond et joua la farce du *Docteur amoureux* comme aux beaux jours de Pézenas. Chaque pirouette était saluée d'un rire. Molière croyait même distinguer celui de Louis XIV qui se déboutonnait de plus en plus sous l'œil éberlué de Monsieur. A peine lancé le dernier lazzi, les bravos crépitèrent, le brouhaha monta, c'était un triomphe. Même les Italiens n'avaient pas remporté un tel succès de rire depuis longtemps.

La troupe devint donc célèbre du jour au lendemain. Mais aussi elle était marquée pour longtemps. Molière lui-même s'était fait petit devant l'Hôtel de Bourgogne, parlant au roi de ces « excellents originaux dont ils n'étaient que de très faibles copies ». Il avait proclamé d'avance la supériorité de l'Hôtel, du moins dans le genre élevé, allant au-devant des critiques comme Chapelain, qui devaient parler de sa scurrilité, évoquant par ce vieux mot son sens immodéré de la farce. Le roi signifia sur-le-champ sa faveur en donnant aux nouveaux venus la jouissance du théâtre du Petit-Bourbon. Il ne restait plus qu'à résilier le bail du Marais. Jean-Baptiste et les Béjart étaient les seuls survivants de la déconfiture de l'Illustre-Théâtre. Pour eux, quelle belle revanche !

En arrivant à Paris, ils s'installèrent le plus près possible du Louvre, tout naturellement. Sur le quai de l'Ecole, qui prolongeait le quai du Louvre, à la hauteur de l'église Saint-Germain-l'Auxerrois, à quelque trente ou quarante mètres de l'actuelle place de l'Ecole, se dressait l'hôtellerie *A l'image Saint-Germain*, la seule de ce quai réservé au commerce du menu bois et du blé, ainsi qu'à de rares habitations bourgeoises entourées de leurs jardins. Une partie de la troupe a dû loger plusieurs mois dans cette hôtellerie. Voilà donc Molière et ses camarades installés à deux pas de leur lieu de travail. Le plus beau théâtre de Paris, disent certains. Molière n'est pas loin de penser comme eux. Son théâtre ! Enfin, un théâtre à Paris, presque une dépendance du Louvre !

Donc Molière contemple de loin ce carré de bâtiments situé le long de la Seine, entre le vieux Louvre et Saint-Germain-l'Auxerrois, sur l'emplacement actuel du jardin de l'Infante, en partie sur celui de la future colonnade. On y décèle encore les traces des armoiries du Connétable, effacées ou barbouillées en jaune après sa trahison sous François 1er. Selon un contemporain, la grande salle était « la plus large [seize mètres], la plus longue [trente-six mètres] et la plus haute » de tout le royaume. Elle avait belle allure avec, à l'une de ses extrémités, son demi-rond de quatorze mètres de profondeur sur sept mètres cinquante de large, sa voûte semée de fleurs de lys, son pourtour orné de colonnes doriques, d'arcades, de niches. Dans la première moitié du siècle, elle avait servi aux fêtes princières, on y avait donné des ballets de cour mémorables (1615), les états généraux y avaient tenu leurs assises pour la dernière fois avant la Révolution (1645). On l'avait aménagée en théâtre avec une scène au carré de seize mètres d'ouverture, le double de l'Hôtel de Bourgogne, autant de profondeur, deux balcons latéraux superposés divisés en loges, une loggia à balcons au-dessus de l'ouverture. C'est là qu'en 1645, Torelli avait mis en scène le premier opéra italien, *La Finta Pazza*, après l'avoir équipée de machines à contrepoids et du premier rideau de scène connu, « une grande nuée qui cachait toute la scène afin que les spectateurs ne vissent rien avant le temps nécessaire ». Cinq ans plus tard, on y présenta l'*Andromède* de Corneille, pièce à machines mise en musique par notre d'Assoucy. Cette salle avait donc servi de berceau à la fois à l'opéra italien et à l'opéra français. Voilà le lieu où Molière allait travailler à demeure pendant presque deux ans, du 2 novembre 1658 au 1er octobre 1660. Il y trouva les Italiens installés bien avant lui, la troupe de Scaramouche ayant été logée au Petit-Bourbon à son retour en France en 1653. Molière dut même lui verser une indemnité de mille cinq cents livres et se contenter des jours extraordinaires, lundi, mardi, jeudi, samedi, par opposition aux jours ordinaires, dimanche, mercredi, vendredi, que les Italiens, prioritaires, s'étaient réservés. Imaginons Molière habitant l'Image Saint-Germain au milieu d'une cohue bourdonnante où les Béjart, rejoints par Marie Hervé, se chamaillent avec tout le monde, les de Brie, les du Parc, et le brave Dufresne toujours sur la brèche. Au théâtre, ils retrouvaient les Italiens, guère en reste de criailleries.

Ils ne perdirent pas de temps. Dès le début du mois de novembre, Molière afficha avec succès d'abord *L'Etourdi*, puis *Le Dépit* qu'il présenta comme des nouveautés, malgré les quelques représentations données en province. Le public venait régulièrement. Mais les officiels se taisaient. Ni *La Gazette*, que Renaudot, mort en 1653, ne dirigeait plus, ni *La Muse historique* de Loret n'avaient mentionné les débuts au Louvre et au Petit-Bourbon. Les comédiens n'en revenaient pas. Que restait-il de la soirée triomphale au Louvre ? Molière soupçonna l'Hôtel de Bourgogne de tramer contre lui une conspiration du silence. La troupe traversa des jours difficiles. Molière s'obstinait à présenter des tragédies, parce que c'était le genre le plus élevé, et à y jouer les rois, parce qu'il croyait à son avenir de tragédien. *Héraclius, Rodogune, Pompée, Cinna*, rien que des demi-échecs. Le public réclamait des farces, fêtait les comédies, surtout celles de l'auteur, deux en tout pour l'instant ! Au relâche de Pâques 1659, il y eut du remue-ménage. Charles Dufresne se retira à Argentan. Il devait y vivre une longue retraite et mourir oublié sept ans après Molière. A leur tour, les du Parc annoncèrent qu'ils passaient au théâtre du Marais. Pas tout à fait surpris, mais certainement atterré, Molière ne fit rien pour les retenir. La crise couvait depuis longtemps. Des disputes de femmes éclataient sans cesse entre la de Brie, la du Parc et la Béjart qui se partageaient à la fois les faveurs du patron et les beaux rôles dans les pièces. Surtout, René Berthelot était très fier de son personnage de Gros René, pilier de la farce, qu'il sentit menacé le jour où le patron annonça l'arrivée prochaine de Jodelet. L'entrée du vieux bouffon dans la troupe n'eût peut-être pas suffi à compenser la perte des du Parc, si Molière n'avait eu la certitude de faire une bonne affaire en engageant deux jeunes premiers, Hector Varlet dit La Grange et Philibert Gassot dit du Croisy, tous les deux âgés de vingt ans. Qui pouvait se douter alors que les futurs interprètes de Don Juan et de Tartuffe, et peut-être un peu de leurs personnages avec eux, venaient de faire leur entrée dans la troupe et dans l'imaginaire du théâtre ? Molière accorda tout de suite sa confiance à La Grange, honnête homme, un peu trop raisonnable, excellent comédien, mais non monstre sacré, et bientôt bras droit du patron qui appréciait sa retenue et son art d'écouter. A peine introduit, La Grange commença à tenir, pour lui-même, le fameux registre où, pendant quatorze ans, il consigna jour après jour la vie de la troupe, les pièces, les recettes et tous les incidents notables. Aujourd'hui encore, c'est le seul document sérieux que nous possédions sur Molière. Pour l'instant, tout le monde continuait de loger pêle-mêle à l'hôtellerie du Quai de l'Ecole. C'est là que Molière signa en mai le document qui liquidait la dette de deux cent quatre-vingt-onze livres contractée envers une certaine Jeanne Levé, au temps de l'Illustre-

Théâtre. Là aussi, que le 25 du même mois, mourut à cinquante et un ans l'infortuné Joseph Béjart. Les traces de l'Illustre-Théâtre s'effaçaient les unes après les autres. Trois mois après la mort de son aîné, Marie Hervé loua pour trois ans une des vastes demeures bourgeoises du quai de l'Ecole, deux corps de logis qui hébergèrent désormais Molière et la majorité de ses compagnons. Il se confirmait que le triomphe du *Docteur amoureux* devant le roi n'avait pas trouvé son répondant au Petit-Bourbon, malgré le succès de *L'Etourdi* et du *Dépit*. Pour les juges officiels, académiciens, écrivains pensionnés, gazettistes patentés, l'Hôtel restait la seule troupe royale.

Les deux autres théâtres défendaient jalousement leur monopole, décidés à éliminer toute vraie concurrence. Les protecteurs eux-mêmes n'étaient pas à toute épreuve. Monsieur faisait jouer chez lui la troupe rivale en présence du roi. En revanche, Molière joua en mai deux farces, dont *Le Médecin volant*, au Louvre, et ses bouffonneries rivalisèrent avec celles de Scaramouche. Les Italiens étant repartis en Italie, Molière se réserva désormais les jours ordinaires au Petit-Bourbon.

Les Précieuses ridicules

Pour redresser la situation, il se prépara à frapper un grand coup. Grimarest prétend que *Les Précieuses ridicules* avaient été jouées « pendant longtemps en province ». Mais La Grange est formel sur la nouveauté de la pièce qui fut représentée pour la première fois à Paris le 18 novembre 1658. Molière l'a bien écrite après son retour dans la capitale. L'eût-il commencée en province qu'il dut la refondre complètement à partir du moment où il fit le projet de la jouer avec Julien Bedeau dit Jodelet, dernier farceur à la mode, qui avait alors dépassé la soixantaine. A-t-il engagé Jodelet afin de pouvoir jouer *Les Précieuses*, ou bien l'engagement de l'Enfariné a-t-il donné le coup de pouce décisif à la comédie en cours ? Il y a peu de chances qu'on puisse apporter un jour à cette question une réponse précise et ferme. Toutefois, il n'est pas besoin d'être grand clerc pour sentir que tout Molière, directeur-auteur-comédien, est engagé dans l'alchimie théâtrale de cette farce de haute volée. Pour la première et la dernière fois, il tente de donner corps à une équipe de bouffons, dans la tradition des farceurs du pont Neuf, de l'ancienne commedia dell'arte, à la manière des tréteaux de Tabarin, du fameux trio de l'Hôtel, de Laurel et Hardy, des Marx Brothers, des Fratellini, de tous ces bouffons qui cheminent et gambadent sur la parade du temps par deux ou par trois. Ni le duo Gros René et Mascarille au début ni vers la fin l'équipe Scapin et Sylvestre, ni du Parc ni de Brie n'offrirent jamais d'équivalent. Le temps des bouffons était passé. Jodelet était bien le dernier, valet de comédie, pitre de foire, insatiable goulu et fieffé poltron, célèbre par son nez de blaireau, ses longues moustaches, sa barbe noire, son ton nasillard. Avec l'aide de Scarron, il avait réussi à créer un type qui devait quelque chose au zani italien mais plus encore au gracioso espagnol. Il était par-dessus tout un fariné à la gauloise, comme Gros Guillaume, enraciné dans le terroir médiéval. Il avait d'abord mis au point ce type physique, grâce au masque, à la voix, à la verbosité et à la gestualité. Devenu populaire, ce type avait alors excité la veine comique des auteurs, connu à la fois le succès populaire et la consécration littéraire. Il était devenu « la perle des enfarinés ». Depuis quarante ans, il avait roulé sa bosse de jeu de paume en jeu de paume, de Paris à la province, aller et retour, avant de devenir la vedette du Marais que Montdory venait de créer. Après une courte escapade forcée à l'Hôtel de Bourgogne, il avait regagné le Marais, son théâtre et son public, qu'il ne devait plus quitter, traînant partout avec lui son frère l'Espy, comique sans gloire. C'est là que Molière vint le chercher. Le personnage de Jodelet avait trouvé sa vraie stature grâce à Scarron qui, entre diverses autres, écrivit, s'inspirant d'une comédie espagnole de Rojas, la farce de *Jodelet maître*, dont le succès atteignit des dimensions phénoménales. Molière admirait Jodelet depuis toujours. Dès son entrée dans la troupe, il lui fit jouer *Jodelet maître* (16 juin), puis *Jodelet prince* (25 juillet). La Grange note d'autres représentations de ces comédies cette année-là, comme si Molière eût cherché à attirer dans son théâtre l'ancien public du bouffon, la clientèle de la rue Vieille-du-Temple.

Durant son court passage dans la troupe, il dut entourer de gentillesse cet ancien prestigieux sur lequel il fondait tant d'espoir, le seul capable de l'aider à réaliser un très vieux rêve, dont il redoutait pourtant un peu sans doute la popularité.

Il construit sa comédie de telle façon qu'on ne puisse lui en contester la vedette. Il fait entrer le farceur blême au moment le plus propre à créer un rebondissement comique, mais après avoir pris pour lui-même une avance suffisante. Le génie de Molière prend son essor sur une clownerie « hénaurme », une simple clownerie pourtant. Un seul acte en prose qui dure une petite heure. Ni fourberies en tiroir comme dans *L'Etourdi*, ni intrigue romanesque comme dans *Le Dépit*. La mise en situation, dans la tradition gauloise, unique, précise et crue, d'un ridicule. La grande nouveauté réside dans l'élément satirique. *Les Précieuses* ne sont pas une satire, mais le choc explosif de la farce et de la satire leur a valu une gloire immédiate. Le dynamisme de cet acte court tient au développement de la situation, au déploiement accéléré du caractère, mais on y sent encore aujourd'hui l'abattage d'un acteur, la truculence d'un pitre, Molière, et de son faire-valoir, Jodelet. Pourtant, Molière a fait des progrès étonnants depuis *L'Etourdi*, Mascarille ne fait plus le vide autour de lui. Monsieur Loyal rageur, Gorgibus soutient le ridicule en demi-ton des deux donzelles. Alors, Mascarille entre en piste, clown au masque rubicond sous la monstrueuse perruque couronnée du minuscule chapeau décrit par Mlle Des Jardins, engoncé dans ses flots de rubans et sa tuyauterie de canons, glapissant dans sa chaise, secoué par ses porteurs, littéralement versé sur la scène, il roule, se redresse, se trémousse, fait le brouhaha sur la scène et dans la salle. Ses yeux, qui roulent sous le masque, accrochent ces faces hilares visibles au premier rang. C'est gagné ! Il reste seul à faire le coq avec les pécores. Un long moment de caquetages délirants ponctués de cocoricos stridents, avant de laisser entrer Jodelet. Il vient de prendre seul la mesure de son pouvoir. A toi de jouer, vieux compagnon ! Molière reprend le rôle de Mascarille pour la dernière fois. Il l'a épuisé. Peut-être n'en est-il pas satisfait, peut-être s'impatiente-t-il de ses limites ? Le Vicomte des *Précieuses* n'a pourtant plus rien de commun ni avec le fourbe agile de *L'Etourdi*, ni avec le lourdaud foireux du *Dépit*. Seulement un peu de la gaieté du premier, de la niaiserie du second. Tout repose sur la mascarade : Mascarille ou la mascarade. La première des variations carnavalesques sur le thème du déguisement dont le théâtre de Molière est riche. Toute mascarade change le personnage en métaphore active. Celle-ci va loin. Les deux bougres entrent costumés en scène, mais le cérémonial burlesque de leur déshabillage final est juste à l'opposé de la turquerie qui habillera Jourdain en plein théâtre. De la désacralisation du roi Richard au sacrement du pape brechtien, le théâtre se joue lui-même périodiquement dans le geste d'habiller et de déshabiller en public le personnage, que l'acteur refait sans fin pour lui-même devant la glace de sa loge, rituel de célébration et de dérision, magnificat des apparences et *de profundis* de la vérité nue. Les deux bougres se sont pris au jeu. Ils se sont crus à la fois gentilshommes et beaux esprits. Sous les habits du beau monde, on voit à plein la misère des gueux et le faux nez des pitres. Et ça nous fait rire. Eux-mêmes s'en tirent au moindre mal par une grimace à la Charlot, quand ils se retrouvent sans marquisat ni comté, dépouillés de leur braverie, restitués à eux-mêmes : « Allons camarade, allons chercher fortune ailleurs ; je vois bien qu'on n'aime ici que la vaine apparence et qu'on n'y considère point la vertu toute nue. » Il est permis de prendre la farce au tragique, mais non pas au sérieux. Pourquoi assombrir la gaieté qui fait éclater *Les Précieuses* comme un fruit trop mûr ? Tout le génie de Molière se manifeste dans cette manière unique de faire sourdre une vérité d'homme dans la dérision carnavalesque.

La fameuse préciosité y est pour quelque chose. Soulignant l'actualité de la pièce, Antoine Adam fait naître la véritable préciosité dans les années 1654-1660. La comédie de Molière prend place dans la fortune rapide du mot, parmi un ensemble d'œuvres sur le thème. Elle avait ses ennemis avant Molière, d'Aubignac, Sauval, Cotin. Elle a survécu aux *Précieuses ridicules*. Molière s'en est saisi, le temps d'une bouffonnerie triomphale. Et aussi pour prendre sa revanche. Certains cercles précieux soutenaient l'Hôtel contre lui. Molière met tout le monde dans le même sac, celui de Scapin, que Boileau n'aimait pas. On est toujours le précieux d'un autre. Les cercles précieux se renvoyaient volontiers l'injure. Tous ne se sentirent pas visés par la charge de Molière, certains même l'invitèrent à jouer la pièce chez eux. Flatté et secrètement d'accord avec plusieurs de leurs revendications, comme il devait le prouver deux ans plus tard avec *L'Ecole des femmes*, Molière s'évertua à gommer de sa pièce tout aspect de portrait réaliste. Il se sentait plus proche des grosses plaisanteries de Somaize dans son *Dictionnaire* que des fines observations de l'abbé de Pure qu'on l'accusait d'avoir pillé. Avant tout, les précieuses refusaient toute sujétion de la femme qui, à cette époque, ne quitte l'esclavage paternel que pour tomber dans l'esclavage conjugal. *L'Ecole des femmes* ne tardera pas à montrer à quel point Molière était d'accord avec elles sur ce point. Mais quand, dans *Le Cercle*, Saint-Evremond affirme, en 1656, que les précieuses font consister leur plus grand mérite « à aimer tendrement leurs amants sans jouissance et à jouir solidement de leurs maris avec aversion », il va dans le sens de Molière et met en doute comme lui cette conciliation improbable des exigences du corps et de l'amour platonique. « Comment est-ce qu'on peut souffrir la pensée de coucher contre un homme vraiment nu ? » C'est la première des deux affirmations de la nudité dans ces quarante-cinq minutes de théâtre : un homme vraiment nu, la vertu toute nue. Le jeu équivoque de Cathos — refuser la vérité crue après l'avoir complaisamment caressée de trois mots — signifie une horreur du toucher direct, un refus du contact qui ne peut que révulser Molière. Il y a dans la préciosité une défense contre l'instinct, un frein à la satisfaction, une recherche sophistiquée du plaisir maintenu au stade du désir, qu'on ne peut s'empêcher d'opposer à l'hédonisme simple et direct de Molière. Celui-ci piaffe d'impatience devant les « rites gymnastiques » qui briment et frustrent l'homme instinctuel. La différence entre les précieuses de province, représentées par Molière, et les précieuses des ruelles parisiennes, correspond à peu près à la déformation comique. Molière remplace les pecques de Paris par les pecques de province, non par prudence mondaine, mais par ce sens de la déformation comique. Le ridicule grotesque de Cathos fait apparaître le ridicule dramatique d'Armande douze ans plus tard, quand les précieuses ridicules seront devenues les femmes savantes[1].

Jodelet n'est plus à la mode

En arrivant à Paris, Molière avait compris à quel point on se démodait en province. La mode qui change sans cesse prit une importance qu'aucune époque antérieure ne lui avait encore accordée. Les coquettes se délectaient des nombreux traités qui lui étaient consacrés. Les ordonnances royales, sans cesse réitérées depuis 1656, qui interdisent aux bourgeois de porter des étoffes, des broderies, des passements garnis d'or et d'argent, restaient inopérantes. La cour lança la mode. Elle avait

1. *Sans demander la moindre autorisation à Molière, avec la complicité de l'écrivain Beaudeau de Somaize, le libraire Jean Ribou pirata le texte des* Précieuses ridicules *qu'il obtint le privilège de publier en même temps que* Les Véritables Précieuses *du même Somaize. Molière se hâta de court-circuiter Ribou avec l'aide d'un autre libraire, de Luynes, qui publia le texte de Molière précédé d'une préface au début fameux : « C'est une chose étrange qu'on imprime les gens malgré eux. »*

ses arbitres, voire ses ministres, Lauzun, Vardes, Villeroy, de Guiche, surtout Lenglée. Les hommes en étaient encore plus les esclaves que les femmes. Tout au long du règne, le costume masculin a plus évolué que la toilette féminine. Il a subi une transformation totale. Le pourpoint long, le haut-de-chausses à aiguillettes et les bottes que les hommes portaient encore sous la Régence font place au pourpoint court, qui laisse voir la chemise, à la rhingrave en forme de cotillon, aux souliers bas à boucles et talons rouges, avec cette surabondance de canons, de rubans, de fanfreluches, cette « petite oye » dont Mascarille est si fier. La guerre des boutons a éclaté. Le bouton d'étoffe y viendra à bout de l'aiguillette. De cette aberration costumière, Molière saura faire la célébration comique, de Mascarille à Jourdain. C'est en effet aux alentours de 1670 que ce costume atteindra son apothéose carnavalesque. Après la mort de Molière, il s'assagira. Cathos et Madelon sont à la fois des provinciales et des bourgeoises. Molière et ses compagnons, arrivant à Paris, se sentirent de même provinciaux et bourgeois. Ils jouèrent à se déguiser. La perruque faisait son entrée en scène en même temps qu'eux. Elle devint de plus en plus monumentale, surtout la perruque d'apparat, à la royale ou *in folio* sur les crânes rasés. Louis XIV ne l'adopta qu'en 1673, l'année où mourut Molière.

Voilà donc Molière devenu l'auteur à la mode. De quoi augmenter le nombre déjà considérable de ses ennemis ! Dire qu'il n'en a cure serait pécher par naïveté. Molière savait trouver des appuis. Contre une cabale, il se défend par une autre cabale. La république des arts au XVIIe siècle fonctionne ainsi. Nul n'y échappe. Ses affaires vont bien, de mieux en mieux même. En avril, son frère Jean meurt, il s'empresse alors de reprendre la charge de tapissier royal, qui ne lui paraît plus à dédaigner. A Pâques, Marquise du Parc et son Gros René rentrèrent au bercail, le théâtre du Marais n'avait pas répondu à leurs espoirs. On se retrouva avec joie. Molière prenait de plus en plus au sérieux son métier d'auteur. Il n'en était plus à se contenter d'adapter en français les pièces italiennes comme au temps de *L'Etourdi*. Il entendait rester fidèle pour l'instant à la farce en un acte dont le succès était assuré et qui lui permettait d'aiguiser son métier comique. Il avait donc mis en chantier sa nouvelle pièce, renonçant à la prose pétaradante et à la verve satirique des *Précieuses*, pour la forme archaïsante de la farce en vers. En vérité, elle aurait dû s'intituler *Jodelet ou Le Cocu imaginaire*, car, après son triomphe personnel en Mascarille, Molière voulait faire faire ses vrais débuts au Petit-Bourbon à l'Enfariné, lui donner la vedette dans une pièce écrite sur mesure pour lui, puisque Scarron venait de s'éclipser et n'était plus en mesure de le faire. « Se mettant en colère contre lui-même de ce que sa poltronnerie ne lui permet pas de regarder Lélie entre les deux yeux, il se punit lui-même de sa lâcheté par les coups et les soufflets qu'il se donne et l'on peut dire que, quoique bien souvent, l'on ait vu des scènes semblables, il sait si bien animer cette action qu'elle paraît nouvelle au théâtre. » Voilà bien un lazzi vieux comme le monde. Tous les batteurs d'estrade l'ont joué avec plus ou moins de brio. C'est celui du *miles gloriosus*, du franc-archer de Bagnolet, de Ruzzante, du Matamore. En 1646, il avait justement consacré la gloire de l'Enfariné dans *Jodelet duelliste* de Scarron. Patatras ! Alors que Molière avançait dans son travail, Julien Bedeau mourut le 26 mars 1660, deux mois avant la création de la pièce, après quarante ans de pitreries nasillardes. Fin du beau rêve de Molière. Plus jamais l'équipe de bouffons avec le répertoire qu'il se sentait capable d'écrire pour elle. Pourtant, il se garda d'abandonner la pochade commencée. Remplaçant Jodelet par Sganarelle, il remania le rôle en fonction de son propre emploi, esquissa à travers lui celui qui allait devenir « le bourgeois de Paris », son rôle fétiche. C'est dans *Le Cocu imaginaire* que Sganarelle passe du statut de masque, de pantin, de Guignol, à celui de personnage. Ce glissement correspond au passage de la farce-parade à la farce-comédie. La comédie du bourgeois s'inscrit en filigrane dans la farce du cocu. Molière est en marche vers le personnage fixe. Sganarelle reste planté des deux pieds dans la farce mais, dans ses profondeurs, il s'ouvre sur un ailleurs de la comédie. A la rencontre de ce personnage, l'acteur s'invente une silhouette, exagère l'épaisseur du sourcil au-dessus de l'œil rond, se couvre le visage d'une couche de blanc, emprunte sa moustache en parenthèse à Scaramouche, son maître en bouffonnerie et, comme à ce dernier, il lui suffit d'un déhanchement et d'une main qui virevolte pour devenir l'égrillard qui palpe le téton de Célie, le jaloux qui surprend sa commère, le fier-à-bras qui branle de la rapière dans le dos du rival. La comédie des fausses apparences qui submerge alors le théâtre européen commence. Dans la farce moliéresque, ce thème procède par accumulation de malentendus hilarants. Les Français traitent en farce un sujet que leurs modèles espagnols tiraient vers le pathétique. Ils ne prennent jamais tout à fait au sérieux la dimension baroque du monde. Le monde n'est qu'un théâtre de tréteaux. Les contemporains ont bien saisi l'habileté de Molière à « conduire une équivoque ». La femme de Sganarelle le croit coupable. Il se croit cocu. Lélie le prend pour le mari de Célie et celle-ci croit Lélie infidèle. Or, Sganarelle est à l'origine de tous ces malentendus par distraction et niaiserie. Il ne peut rien à rien, prisonnier de ses illusions, de sa balourdise, de sa lâcheté. Le trait essentiel de son caractère est l'impuissance. En prenant dans ce rôle la succession de Jodelet, Sganarelle va tuer jusqu'au souvenir du pauvre enfariné. Un an plus tard, La Fontaine pourra écrire son fameux quatrain :

« Nous avons changé de méthode
Jodelet n'est plus à la mode,
Et maintenant il ne faut pas
Quitter la nature d'un pas. »

Nous sommes encore en plein dans la farce, avec ses chutes en cascades, ses guignolades, ses pantalonnades, et pourtant, c'est déjà de nature qu'il s'agit, en effet. Et cela a porté. Joué pour la première fois le 28 mai, Sganarelle connut une série de trente-quatre représentations la première année. Selon les contemporains, ce fut un grand succès. En scrutant de près les recettes, Georges Couton conclut à un succès tout juste honorable. Le fait est que Molière joua *Sganarelle* jusqu'à sa mort, cent vingt-deux représentations en tout, plus que d'aucune autre de ses pièces. Autre signe du succès, Molière prit un privilège pour une édition de ses quatre premières pièces, mais il ne fit pas imprimer tout de suite *Sganarelle* pour ne pas faire tomber cette comédie dans le domaine public. Alors, le libraire Ribou refit des siennes. Il usa à la fois du plagiat (*La Cocue imaginaire* de F. Doneau) et de la piraterie (une édition du texte de Molière et un résumé scène par scène du sieur de Neufvillaine). Molière fit saisir le tout. Il se trouva des esprits chagrins pour juger la pièce en retrait sur *Les Précieuses*. Il s'en trouve encore aujourd'hui. C'est un fait qu'on ne joue guère *Le Cocu imaginaire*. En dehors des farceurs de la tradition morte depuis si longtemps, la pièce est injouable. Elle a quelque chose d'archaïque et d'exotique qui ne pourrait trouver son correctif que dans une modernité exacerbée. Quelque chose comme l'énormité et la profondeur de notre Raymond Devos. Berné et content, froussard et faraud, têtu et jobard, Sganarelle a quelque chose de lunaire, de chaplinesque. Nul n'a mieux parlé de lui qu'Antoine Adam selon lequel *Sganarelle* exprime mieux que *Les Précieuses* le génie de Molière, association intime de la parole et de la pantomime. Surtout, il atteint en nous « la zone trouble de la honte et de la peur ». Sa plainte annonce Dandin. « On dérobe son honneur au pauvre Sganarelle. » Sa misère éclate en calembours minables : « C'est mon homme, ou plutôt celui de ma femme. » Il s'insulte lui-même, s'encourage, s'apitoie sur lui-même en se dédoublant. Antoine Adam parle de son bovarysme. Sa solitude serait tragique si elle n'était grotesque. Tous les bourgeois jaloux, d'Arnolphe à Alceste, auront la même difficulté à sortir d'eux-mêmes, à communiquer avec les autres, à se faire comprendre, à se faire connaître. Peut-être Molière commence-t-il à travers lui à régler un vieux compte avec lui-même. Double fraternel et méprisé, le sien, le nôtre. Expression d'un conflit essentiel, d'une dualité irréductible, Philinte et Alceste, Don Juan et Sganarelle. Bref, sous le masque du Fariné et dans le costume de satin rouge, dans la pureté abstraite de la farce, s'opère la plus poétique des métamorphoses théâtrales. L'apparition de l'auteur sous le masque de Sganarelle, le premier des imaginaires de Molière, signale la vraie naissance du génie comique de Molière. Quand, dans une gravure fameuse, Molière salue « en habit de Sganarelle », devant qui fait-il la courbette, le public, monstre à mille têtes, le roi, hyperbole sacrée, ou lui-même, son double au miroir, glace des cérémonies, ouverture de scène ?

Ratabonnade

Soudain, Molière eut l'occasion de vérifier à la fois la bienveillance personnelle du roi à son égard et le dédain malveillant des subalternes. « Le lundi 11 octobre 1660, dit le registre de La Grange, le théâtre du Petit-Bourbon commença à être démoli par M. de Ratabon, surintendant des bâtiments du roi, sans en avertir la troupe, qui se trouva fort surprise de demeurer sans théâtre. » On est avant tout frappé par la hâte apportée à cette expulsion sans préavis. Tôt ou tard, le théâtre du Petit-Bourbon devait être démoli pour permettre la réalisation du « magnifique projet », qui prévoyait la construction d'une colonnade à cet emplacement. Mais c'est seulement cinq ans plus tard, après la venue du Bernin à Paris en 1664, qu'on se décida à adopter le plan de Claude Perrault. Et d'ailleurs, on ne démolit pas le bâtiment lui-même, mais le théâtre « fait de bois, de pierre, de plâtre » (Loret) de manière à le rendre inutilisable par Molière et par les Italiens, rentrés de leur péninsule depuis plusieurs mois. La méchante intention ne faisait donc aucun doute. On pense généralement que M. de Ratabon avait été circonvenu par les comédiens de l'Hôtel de Bourgogne. C'est là que Molière eut l'occasion de vérifier que la faveur du roi n'était pas un vain mot. Monsieur Frère demanda pour ses comédiens, privés de salle, le théâtre du Palais-Royal au roi qui l'accorda sur-le-champ, exigeant même de Ratabon qu'il procédât aux grosses réparations. La troupe de Molière fut autorisée à démonter et emporter les loges, le plateau et tout le matériel du Petit-Bourbon, à l'exception des machines de Torelli que le nouveau décorateur, Vigarani, se réserva, sous prétexte d'en équiper la salle des Tuileries. A la vérité, il les fit brûler jusqu'à la dernière, afin d'ensevelir la mémoire de son illustre prédécesseur. Italiens et Français, les gens du voyage prirent leurs cliques et leurs claques et déménagèrent de concert.

6

Le bouffon trop sérieux

Paris change

Dom Garcie de Navarre

L'Ecole des maris

Les nymphes de Vaux

Paris change

Privé de théâtre pendant trois mois, Molière lutte pour garder sa troupe qui doit continuer à jouer tout en résistant aux offres de ses concurrents, trop heureux de l'occasion. Tout le monde tient bon, on se serre les coudes autour du chef. A l'époque, une telle solidarité a été mise à l'actif de Molière. D'ailleurs, la troupe ne chôme pas. La cour n'en a que pour elle. On l'invite à jouer à Vincennes, devant le roi, chez Mazarin, chez Fouquet, à l'hôtel de la Meilleraye, chez le duc de Mercœur. Ces visites sont bien rétribuées et font de Molière un familier des grands. C'est la consécration. Devenu le divertissement des peuples et des rois, le théâtre se joue désormais aux deux pôles de la vie sociale, la cour et la ville. La vie, la carrière, l'œuvre de Molière sont soumises à l'attraction de ces pôles. Il œuvre aux confins de la tradition populaire du théâtre de rue et de la tradition royale du théâtre de fête.

La ville, sa ville, depuis son retour, il ne finit pas de s'en enchanter. L'ombre du grand-père Cressé l'accompagne. Paris a cinq cent mille habitants. La ville se transforme, s'agrandit, s'embellit. On a fini de combler les fossés de l'enceinte de Charles V. Louis XIII a entrepris de l'étendre vers l'ouest en remplaçant le rempart médiéval par des bastions. Juste avant la mort de Molière, on entreprendra de raser cette nouvelle enceinte, devenue inutile, pour aménager les nouveaux cours, ancêtres de nos grands boulevards. Beaucoup de rues continuent d'épouser le tracé sinueux des anciens chemins. On a pourtant commencé sous Louis XIII et on continue sous Louis XIV de percer des rues assez larges pour les voitures. Ces rues sont sombres, boueuses, dépourvues de trottoirs, creusées d'un caniveau central. Il reste seulement deux des vingt-six étuves que Paris comptait au Moyen Age. Les parfums italiens remplacent les bains. Les Parisiens ne disposent que d'un litre d'eau par jour et par personne, en partie amenée par deux aqueducs descendus de Belleville et du Pré-Saint-Gervais, en partie puisée dans la Seine par deux pompes, dont la plus populaire est la Samaritaine. Pas d'eau pour arroser la chaussée, déblayer les égouts à ciel ouvert où tombent régulièrement les ivrognes qui redescendent des cabarets de Montmartre et des Porcherons. D'année en année, Molière va regarder sortir de terre l'Observatoire et les Gobelins, la colonnade du Louvre, les portes Saint-Denis et Saint-Martin ; il voit se dessiner les Tuileries, planter les Champs-Elysées, construire les quais. Tumultueuse, cahotante, inextricable, la circulation change à Paris et augmente de moment en moment, de l'aube au crépuscule. Les cris des porteurs d'eau, le roulement des charrettes des maraîchers vers les Halles, le piétinement sourd des troupeaux de boucheries abasourdissent déjà les ouvriers du petit jour. Alors commence leur va-et-vient dans le désordre le plus complet, les coches, les carrosses, les chaises à porteurs, les fiacres, les omnibus à cinq sols et l'infâme vinaigrette qui apparaît en 1669. Parmi les embarras et le tintamarre ponctué par les cris des marchands ambulants qui agitent clochettes et crécelles, soufflent dans les trompes et les mirlitons, baguenaude à pied, à cheval, à dos de mules, le petit peuple de Paris, portefaix, moines, caillettes, écoliers, mendiants et tire-laine : c'est Paris-Molière.

Avec la nuit s'installent l'obscurité et le silence. Un cliquetis sur le pavé précède de peu l'apparition spectrale d'une troupe à cheval, porteurs de torches et serviteurs en armes, qui accompagne quelque dîneur attardé. Car les rues de Paris sont moins sûres que jamais. Les donneurs de sérénades voisinent avec les faiseurs de bravades comme à Venise, et l'on ramasse quinze à vingt cadavres chaque nuit... comme à Venise. Depuis Louis XIII, des ordonnances, restées lettres mortes, prescrivent d'équiper une fenêtre par maison d'une chandelle ardente, à la charge de l'occupant. Depuis peu, on peut louer à certains carrefours des porteurs de flambeaux. Il faudra attendre la création du poste de lieutenant général de police, en 1667, pour que Paris dispose d'un éclairage public. M. de La Reynie distribuera alors six mille lanternes que les habitants devront poser chaque soir à leurs fenêtres. En vingt ans de fonction, La Reynie réduira la saleté et l'insécurité de Paris. D'Argenson continuera après lui. Molière, comme tout un chacun, préfère déambuler la nuit de compagnie. Toute la troupe habite dans le même quartier. Il ne quittera plus désormais les abords du Palais-Royal et sera le voisin de l'hôtel de Rambouillet. Il restera d'ailleurs locataire de Daquin quand, trois ans plus tard, il sous-louera un appartement plus vaste dans une demeure voisine. C'est dans ce premier appartement que Molière va écrire *L'Ecole des femmes, La Critique de l'Ecole des femmes, L'Impromptu de Versailles, Le Mariage forcé, La Princesse d'Elide* et les trois premiers actes de *Tartuffe*.

Paris change et c'est un quartier en pleine rénovation que Molière habite, un quartier qui n'a cessé d'être un chantier gigantesque depuis qu'on a commencé à araser la butte Saint-Roch. Depuis des siècles, on y dépose les immondices et les gravois de tous les chantiers de la capitale. La proximité du marché aux porcs leur a valu le nom de Porcherons. Les barbiers-chirurgiens y vident le sang de leurs palettes. Mendiants, charlatans, montreurs d'ours s'y réfugient dans des masures sordides entourées de tripots, de bordels, de guinguettes où l'on débite à flots le vin de Suresnes. L'assainissement de ce quartier a commencé par la construction du Palais-Cardinal au temps de Richelieu. On vit alors sortir de terre de nobles hôtels ministériels où habitèrent Mazarin, Louvois, Colbert, Vauban. Des écrivains aussi vinrent s'installer, Corneille, La Fontaine, Mme de la Sablière, Bossuet. Tels étaient les voisins de Molière.

Son nouveau théâtre faisait partie des dépendances du Palais-Royal et appartenait au roi. En 1625, Richelieu avait fait construire son hôtel particulier sur l'emplacement de l'hôtel d'Angennes rasé par ses soins. Il avait profité en 1634 de la démolition du rempart de Charles V pour s'agrandir au nord et l'hôtel Richelieu était devenu Palais-Cardinal puis Palais-Royal. En 1639, Richelieu avait fait construire, à cheval sur le fond de l'actuelle cour Orny, une salle de spectacle de douze cents places (Sauval parle de quatre mille !). Elle avait été inaugurée en 1641 par la *Mirame* du cardinal qui fut un four. Après sa mort, cette salle avait servi à des concerts puis on l'avait plus ou moins laissée à l'abandon. L'architecte Lemercier, conseillé par l'abbé d'Aubignac, l'avait pour la première fois conçue pour le théâtre. Elle avait un curieux parterre bâti, nous dit Sauval, « en talus avec des sièges immobiles ». Donc des gradins qui n'étaient pas sans rappeler le dispositif antique ou le Théâtre olympique de Palladio. Au fond, une courbe rejoignait les premières galeries à sept mètres de haut. Des deux côtés, deux balcons dorés posés l'un sur l'autre commençaient au portique et venaient finir tout près de la scène. Tel était le théâtre du Palais-Royal au temps de sa splendeur[1]. Ainsi le voit-on sur une gravure d'Abraham Brosse où le cardinal et Louis XIII sont assis l'un à côté de l'autre sur deux fauteuils d'apparat, face à la scène, seuls au parterre. Mais quand Molière le visita la première fois, après son expulsion du Petit-Bourbon, il était en triste état. Le comédien leva instinctivement les yeux vers les poutres de la charpente, pourrie et étayée. « La moitié de la salle était découverte et en ruine. » Le roi donna à M. de Ratabon l'ordre exprès de procéder aux grosses réparations. Molière avait chargé L'Espy, frère de Jodelet, de surveiller l'aménagement du théâtre. On

1. D'après Sauval, on avait construit une grande salle pour les spectacles de cour et une petite salle de douze cents places pour la comédie. C'est cette dernière salle qui fut attribuée à Molière. Elle avait été construite entre rue et cour sur les plans de Jacques Lemercier et passait pour l'une des plus belles de Paris : vingt-sept degrés de pierre au parterre s'élevant insensiblement, « en talus avec des sièges immobiles », depuis la scène jusqu'à un portique à trois arcades qui occupait le fond de la salle. Pour la charpente, on avait dû aller chercher dans les forêts royales de Moulin huit poutres de chêne de vingt toises (quarante mètres) de haut dont trois avaient pourri à cause des infiltrations et craqué à cause de la surcharge et qu'on avait dû étayer.

répara sommairement la toiture et, en guise de plafond, on tendit une grande toile bleue soutenue par des cordages, qui devait rester en place jusqu'en 1671.

Dom Garcie de Navarre

L'ouverture du Palais-Royal eut lieu le 21 janvier 1661 avec une reprise du *Dépit amoureux* et du *Cocu imaginaire*. La recette fut médiocre, cinq cents livres. Vint la première création, *Dom Garcie de Navarre*, joué pour la première fois le 4 février 1661, dont Molière avait peut-être donné une lecture publique dès avant la représentation des *Précieuses*. La recette fut mauvaise mais non catastrophique : six cents livres. Elle tomba à soixante-dix livres à la septième. L'échec ne faisait aucun doute. Malgré son faible pour une pièce victime selon lui d'un malentendu, Molière ne s'obstina pas et la retira, non sans avoir envisagé de la faire imprimer. Au cours des années 1662 et 1663, il devait la jouer plusieurs fois à Versailles et à Chantilly, à la demande du roi et de Condé, ce qui indique que les grands du royaume partageaient pour cette comédie héroïque le faible de son auteur qui lui donna une dernière chance à la ville avant de la retirer définitivement de l'affiche. Ainsi, le public et la postérité furent-ils débarrassés une fois pour toutes d'un auteur romanesque, pâle imitateur des Italiens et des Espagnols qui, s'étant essayé timidement dans *L'Etourdi* et dans *Le Dépit amoureux*, tentait là une sortie pompeuse. Toujours timide, le nouvel auteur ne cède à son génie comique que pour de courtes farces. Il ose à peine les mettre en vers pour les hausser. Afin de dépasser le cadre de la farce, il a besoin de s'appuyer sur une œuvre étrangère, ici *Le Gelosi Fortunate del Prin-*

cipo Rodrigo d'André Cicognini, parue à Pérouse en 1654. La situation romanesque soutient l'action à elle seule. *Dom Garcie de Navarre* s'enrichit d'un travesti et d'une reconnaissance, d'un billet déchiré qui éveille les soupçons d'un prince amoureux et jaloux, d'une héroïne cornélienne doublée d'une insupportable précieuse.

Dom Garcie de Navarre n'est pas un accident dans l'entreprise moliéresque. Ni le romanesque ni la préciosité ne seront jamais absents de celle-ci, comme en témoignent *La Princesse d'Elide, Les Amants magnifiques* et, parmi les chefs-d'œuvre, *Amphitryon*. Seulement, dans *Dom Garcie*, Molière s'est passé de bouffons, de valets, de vieillards à la Pantalon. Et il ne fait pas encore appel aux divertissements conjugués de la musique et de la danse. Son échec est dû à cette double absence. Il n'y a plus qu'une intrigue raide et pleine de conventions, les accès jaloux de Dom Garcie se répétant comme les étourderies de Lélie. Le comique est rare et involontaire : c'est celui de Gros René, malencontreusement distribué dans un rôle sérieux, celui de Molière lui-même dans le rôle principal, épinglé par les contemporains et que l'auteur abandonna dès la fin de la première série de représentations. La seule à tirer son épingle du jeu fut Madeleine Béjart à l'intention de laquelle Molière a peut-être écrit la pièce, et certainement ciselé le personnage d'Elvire.

On a fait le rapprochement entre *Dom Garcie de Navarre* et *Dom Sanche d'Aragon*, paru en 1649, que Corneille avait qualifié de « comédie héroïque ». Sous ce nom, ou celui de comédie galante, Corneille d'abord, Molière ensuite, ont cherché le principe d'un théâtre sérieux, échappant en partie à la surcharge de la tragi-comédie et à la tension de la tragédie. Cette tentative confirme en Molière la nostalgie de la grandeur tragique dont il s'est senti très vite exclu. En outre, ses premiers contacts avec le public de cour ont fait naître en lui le besoin de créer un théâtre noble, miroir de la société de cour, allégorie de sa réalité corporelle idéalisée, au même titre que la peinture murale et la statuaire des jardins. L'élément précieux et l'élément romanesque échangent leurs reflets. Le ressort principal du romanesque repose dans l'incognito, le changement d'identité, la reconnaissance finale et le rétablissement de l'intégrité originelle. Poète de la cour, Molière se doit d'offrir par son théâtre au roi le reflet multiple de son image. L'introduction de la musique et de la danse, principe de la comédie-ballet, ne tarderont pas à lui permettre de renouveler avec succès la tentative qui a abouti à l'échec de *Dom Garcie*.

En attendant, le public de l'époque a boudé autant que nous cette galanterie. Impossible de la réhabiliter aujourd'hui. Ce qu'il y avait de meilleur en elle, Molière a su le réutiliser en temps voulu. On ne pense pas à ces vers isolés, réduits parfois à des hémistiches, semés dans *Tartuffe*, dans *Amphitryon* et dans *Les Femmes savantes*, mais à cette longue scène de l'acte IV, reprise presque intégralement dans *Le Misanthrope*. Ces vers sont chargés de la souffrance de Molière. Ce que Molière a peut-être écrit de plus sincère et de plus émouvant, vient de sa pièce la plus chargée de convention. C'est la preuve pour nous que quelque chose de grave et de vivant cherchait à passer dans ce qui est devenu sur la scène le plus grand four d'une carrière triomphale.

Le roi a vingt-deux ans. Mazarin meurt le 9 mars 1661. Le jeune monarque décide de gouverner sans premier ministre. Une ère nouvelle commence, rayonnante malgré la dureté des temps, puisque les années 1660-1662 sont des années d'effroyable famine dans tout le royaume. A Paris, le carnaval bat son plein et il a de quoi faire rêver le monde entier. Le jour de Carême-Prenant, le grand bastion de la porte Saint-Antoine est, au dire de Sauval, « couvert de monde pour y voir passer les masques ». Tout Paris converge vers le Marais, délaissant la promenade élégante du Cours-la-Reine. On accourt à la mascarade en carrosse découvert, les enfants galopent devant en criant : « Chie-en-lit ! » La populace masquée se mêle à la foule des bien mis. C'est la descente de la Courtille avant l'heure. Le roi, qui a suivi cette coutume en sa jeunesse, autorise les seigneurs de sa cour à courir les rues masqués. Les princes de sang forment ainsi des bandes déguisées qui se battent entre elles à coups de cordes recouvertes de taffetas rouge. Ça peut faire mal et des troupes de deux cents cavaliers s'affrontent en de véritables échauffourées. Des embouteillages monstres se forment. On parle de trois mille carrosses. Travestis en capucins et en capucines, des nobles des deux sexes courent les bals, font les fous, provoquent des scandales. Mais Molière ne peut guère se mêler à ces folies. On joue beaucoup sur les théâtres en temps de carnaval. Les courtisans se disputent les comédiens. Le roi n'est pas en reste. Il faut que la fête ait pris fin pour que ses animateurs aient envie et loisir de la faire entre eux. C'est la loi de toutes les fêtes.

Ainsi de celle qui eut lieu le 26 août 1660 pour célébrer la victoire du roi sur les frondeurs. Elle eut pour centre le pont Notre-Dame décoré. Il y eut cent mille visiteurs dont de nombreux étrangers. Louis XIV fit son entrée par la porte Saint-Antoine, venant de Vincennes. La porte gothique disparaît sous de somptueuses tapisseries au sommet desquelles un immense tableau de Beaubrun représente le roi et la reine, en divinités mythologiques, répandant sur les bourgeois les richesses d'une corne d'abondance. Le roi écouta les harangues sur une tribune d'apparat dressée à l'emplacement de la future barrière du Trône. Puis le cortège royal se mit en marche avec les corps organisés à travers Paris. Des orchestres jouaient à chacun des arcs de triomphe qui jalonnaient le parcours : les musettes du Poitou avaient été postées au pont Notre-Dame. Le Brun avait décoré la place Dauphine d'un arc dans le portique duquel la statue d'Henri IV venait s'encadrer sur un fond où se profilait la grande galerie du Louvre. A cette occasion, la troupe de Molière donna une représentation gratuite du *Dépit amoureux* et du *Médecin volant* au théâtre du Petit-Bourbon qu'elle occupait encore.

La réussite de son fils à la cour et à la ville a eu raison des dernières réticences du père. Ils se voient régulièrement avec un peu d'attendrissement bougon. Poquelin père a pris goût au théâtre et se fait inviter aux premières tant que les lassitudes du grand âge le lui permettent... A moins qu'il ne manque jamais de plaisanter son gars sur ce sacré théâtre auquel il n'entend goutte !... A chacun sa version, puisque l'Histoire se tait. Plus tard, on peut imaginer Jean-Baptiste rendant visite presque tous les jours au vieillard qu'il trouve de plus en plus souvent assoupi dans son grand fauteuil, qu'il récupérera un jour pour jouer *Le Malade imaginaire*. A la mort de son frère, il a repris la charge de tapissier royal qui ne lui paraît plus à dédaigner. Quand les affaires du vieux traversent une mauvaise passe — c'est arrivé — Jean-Baptiste est heureux de le tirer d'affaire. La chambre syndicale des libraires l'enregistre sous le nom pompeux de Jean-Baptiste Poquelin de Molière, et il sourit en se voyant bourgeois gentilhomme, quelque Dandin de la Dandinière. En tout cas, nul ne conteste son honorabilité. On est fier de le croiser, de le saluer, d'échanger quelques mots avec lui dans la rue. Il est imprimé dans les livres. Il est invité chez les grands. Il joue dans un théâtre qui jouxte le Palais-Royal. Et surtout, il est un maître du rire, un dispensateur de gaieté. Ça ne se voit guère dans les rencontres de rue. Mais sur le théâtre, quand il marche, « le nez au vent, les pieds en parenthèses et l'épaule en avant », avec sa voix de fausset, son hoquet, sa face enfarinée barrée de deux gros sourcils et d'une moustache à la Scaramouche, on ne peut lui résister. La salle croule sous les rires et, dans son fauteuil doré au Louvre et parfois en ville, le roi essuie une larme et reprend son souffle à chacun de ses lazzi. De longtemps, la France n'avait pas vu pareil bouffon. Les Italiens eux-mêmes, qui viennent de rentrer d'Italie après deux ans d'absence et qui partagent de nouveau avec lui le Palais-Royal, après un séjour de cinq mois à Fontainebleau, ressentent durement sa concurrence.

Son théâtre est le rendez-vous du Tout-Paris. Son génie comique répond exactement aux goûts et aux besoins de son temps. Selon le mot de Gérard Defaux, on assiste à la rencontre d'un homme et d'une époque. Il n'a pas encore écrit une grande comédie et déjà les contemporains jugent qu'il a égalé et même surpassé Térence. Jamais plus Molière ne réalisera sur lui une unanimité, une « approbation universelle » comme à l'époque où il n'était encore que l'auteur des *Précieuses*, de *Sganarelle* et de *L'Ecole des maris*.

Des esprits chagrins font bien quelques réserves, contestent tel ou tel aspect de son talent. On l'accuse surtout de plaire aux dépens des autres, de piller les livres satiriques, les auteurs italiens et espagnols, d'emprunter à tout le monde, d'utiliser sans innover des recettes et des situations vieilles comme le monde. A cette vieille accusation, la meilleure réponse est que l'originalité de Molière passe par l'imitation, qu'il puise à une sorte de fonds commun ce que son alchimie théâtrale va littéralement métamorphoser.

Dans *La Pompe funèbre de Scarron*, qui fait parler ce dernier par-delà la mort, l'auteur du *Roman comique* qualifie Molière de « bouffon trop sérieux ». Le mot fit aussitôt fortune. « Molière qui n'est pas rieur. » La mélancolie du grand comique a frappé ses contemporains, mais aussi son obstination à jouer les rôles tragiques, quand ni sa voix ni son tempérament ne le servaient, et encore plus sa volonté d'élever la comédie au même niveau que la tragédie et de la sortir de l'insignifiance. C'est tout cela que l'on a lu dans le masque grave que Mignard a si bien saisi. Son double échec d'acteur et d'auteur dans *Dom Garcie de Navarre* renforce la position de ceux qui lui dénient toute aptitude au genre sérieux.

Il est vrai qu'à son retour à Paris, Molière a trouvé le genre tragique en pleine crise. Le public doute de Corneille et Corneille doute de lui-même. Il se remet à écrire après un silence de six années. Mais, de *Sertorius* à *Attila*, le divorce ne fait que s'aggraver entre lui et son temps. Il prend, lui aussi, plutôt mal la montée de Molière qui accompagne son destin. En 1661, il décide de quitter Rouen et d'habiter Paris. Par malheur, la crise du genre se double d'une crise du jeu. Molière n'est pas seul à critiquer l'antique style déclamatoire des Bellerose et des Montfleury, toujours en vogue. Tous les novateurs intelligents en sont à réclamer un style de jeu plus simple, plus naturel. Molière exprimera leurs griefs avec une magnifique force parodique dans ses charges fameuses de *L'Impromptu de Versailles*. On ne peut guère mettre en doute sa volonté de réformer le jeu tragique. Fut-il seulement en avance sur son temps ? Ou bien ses propres insuffisances et celles de sa troupe l'ont-elles empêché d'imposer sa réforme ? Le fait est qu'aucun contemporain, même des plus inconditionnels, ne lui a reconnu le moindre mérite en ce domaine. Il est difficile d'aller contre une telle unanimité négative. L'histoire du répertoire de la troupe montre qu'en quatorze saisons parisiennes, elle a joué quatre-vingt-quinze pièces différentes, soit cinquante et une comédies et treize farces contre vingt-trois tragédies, quatre tragi-comédies, quatre pastorales, totalisant ainsi deux mille représentations comiques contre moins de cinq cents pour les pièces sérieuses. Celles-ci ont presque toutes fait de courtes carrières, le succès a permis aux autres de durer. Le fait est particulièrement sensible entre 1669 et 1673, période durant laquelle Molière ne joue que ses propres comédies avec des recettes élevées et constantes. Au contraire, à ses débuts, entre 1659 et 1669, il s'obstine à jouer des tragédies ; treize tragédies de Corneille figurent à l'affiche entre 1659 et 1662, sans oublier Tristan, du Ryer, Rotrou, Gilbert, Coqueteau de la Clairière, Magnon, Prade et Boyer. Les recettes laissent à désirer souvent. Il apparaît pourtant qu'il est dur pour Molière d'admettre que le tragique n'est pas dans ses cordes. Il doit même aller au bout de son erreur pour se trouver.

L'Ecole des maris

L'échec de *Dom Garcie* a aggravé une saison déjà difficile. Pressé d'obtenir un succès, Molière retrouve son bouffon familier, son héros pusillanime, Sganarelle. En quatre mois, entre février et juin, il écrit *L'Ecole des maris*, jouée pour la première fois sur le théâtre du Palais-Royal, le vendredi 24 juin 1661, et publiée en juillet. Le succès ne fait pas de doute mais il ne s'agit pas d'un triomphe. La pièce eut cinquante-huit représentations, publiques et privées, au cours de la saison, dont deux chez Fouquet. Après un départ moyen (quatre cents livres), les recettes firent une pointe à plus de onze cents livres pour osciller ensuite entre six cents et trois cents livres. Cette première grande pièce en trois actes ne tient pas dans la vie théâtrale actuelle une place à sa mesure. Elle marque en effet un moment important. Sganarelle n'est plus un pantin. Molière en fait un véritable personnage. Il pousse le bouffon à la rencontre du bourgeois. Il se retrouve à mi-chemin entre la farce, dont la pièce garde le tempo, et la grande comédie dont elle a déjà les prolongements.

Tout de suite, Molière attire l'attention sur l'accoutrement anachronique du bonhomme. En satin couleur de musc, haut-de-chausses fait justement pour sa cuisse, bon pourpoint bien long et fermé pour tenir chaud à l'estomac, manteau, fraise, ceinture et grand chapeau pour abriter le cerveau des rhumes : c'est un homme de l'ancien temps qui entre en compagnie d'un honnête bourgeois, vêtu, lui, à la mode du jour. Sganarelle s'attache aux vieux principes comme aux vieux habits. Ce n'est pas une affaire d'âge. Il a vingt ans de moins qu'Ariste qui lui-même n'est pas un barbon. Mari loup-garou face à Ariste qui n'est pas un mari complaisant, mais un homme sage. Sa méfiance se retourne contre Sganarelle, tandis que Ariste est récompensé de sa prudence. C'est par son didactisme que *L'Ecole des maris* s'élève au-dessus de la farce, pas très loin de la pièce à thèse. Molière n'a inventé ni le sujet, qui vient de l'Espagnol Mendoza, ni le titre, puisque Champfleury a inauguré la série avec *L'Ecole des cocus*. Molière est encore peu original par sa critique des maris infortunés, puisqu'elle vient après cinq siècles de satire. Pourtant, c'est un tournant si important, cette apparition du thème conjugal dans son théâtre, qu'on a parfois voulu la lier à son mariage, qui ne va pas tarder. Domesticité et conjugalité sont les deux attributs essentiels du personnage de Sganarelle. Il se peut que Molière, en le jouant lui-même, se soit quelque peu mis en jeu, ayant avec le personnage une affinité qui n'est pas seulement celle d'un comédien avec un rôle. Les propos d'Ariste reflètent quant à eux l'esprit moderne de certains cercles précieux. Il vise à créer entre lui et Léonor « une tendre amitié », une « union des cœurs où les corps n'entrent pas », qui annonce Armande. On peut douter que Molière se soit contenté d'aussi peu. La comédie, suivant sa logique, exalte la spontanéité amoureuse des jeunes gens. Isabelle est le chef de file d'un trio de femmes émancipées que le despotisme mâle conduira de l'ingénuité libertine d'Agnès à la perversité d'Angélique. En vérité, il n'y a pas d'ingénue moliéresque. La nature répond à l'oppression par la ruse et gagne. Sganarelle ne peut s'en prendre qu'à lui-même pour être devenu jouet de la comédie. Molière a fait de grands et rapides progrès. Au lieu de tomber dans l'étude de mœurs, il mise sur une certaine minceur de son personnage, sur cette distraction funambulesque qu'il souligne dans la scène 2 de l'acte II, où, frappant à la porte de Valère, Sganarelle se répond à lui-même d'entrer. Les deux amants se renvoient Sganarelle comme une balle. Isabelle surtout dirige le jeu. La balle rebondit de plus en plus vite et de plus en plus haut jusqu'à lui échapper quand Sganarelle décide de brusquer le mariage. Isabelle, avec l'habileté d'un Scapin, rétablit la situation. Avec sa nuit italienne, ses notaires, ses travestis et la déconfiture finale de Sganarelle, le troisième acte tourne à l'opéra bouffe, sans masques ni violons. En réalité, malgré sa stature de personnage, Sganarelle reste un pantin, lunaire, extravagant, le plus irréel de tous les pantins moliéresques. Avec encore l'égrillardise du cocu imaginaire et déjà une gloriole de cocu magnifique, le plus berné parce qu'il déborde de confiance en soi.

Il ne cesse d'être dupe. Alors qu'Arnolphe et Dandin, toujours avertis, se lamentent et enragent, Sganarelle jubile. Gnome hilare, il s'exalte aux apparences jusqu'à l'un de ces paroxysmes comiques dont Molière a le secret. Il faut le voir trépigner d'impatience, de méchanceté et de jubilation au dénouement quand, croyant berner son frère, il met le comble à son infortune. Jacques Copeau a raison : Térence est dépassé. Antoine Adam aussi : la comédie de mœurs a tourné court au profit d'une farce lunaire. Un petit diable a surgi du schéma initial, guignol que Molière disloque à plaisir et laisse pantelant au dénouement. Sganarelle est consubstantiel à la farce. Pour la dépasser, Molière doit dépasser

Sganarelle. Il le sait désormais. Il ne tardera pas à en tirer les conséquences. Sganarelle est à l'origine de ce sentiment que le personnage moliéresque fait naître au théâtre, entre la sympathie tragique et la répulsion comique. Une espèce de pureté maladroite les enferme tous au pays des chimères, fait d'eux des funambules, des somnambules, errant parmi les hommes. On n'escamote pas facilement une telle marionnette.

Les nymphes de Vaux

Là-dessus, Molière se trouva embarqué dans une entreprise fameuse qui finit en affaire d'Etat. Soudain, parvenu au faîte de la puissance, le surintendant des finances royales, Fouquet, considérant les travaux de son château de Vaux-le-Vicomte comme terminés, eut hâte de l'inaugurer en grande pompe et d'en donner le spectacle au roi au cours d'une fête qu'il voulut sans pareille. Ainsi serait consacrée la surprenante merveille construite par l'architecte Le Vau, le peintre Le Brun, le jardinier Le Nôtre à la tête d'une équipe composée des meilleurs spécialistes du moment. La hâte avec laquelle tout cela se fit ne fut pas étrangère à l'éblouissante réussite de la fête, apothéose de l'éphémère, que les circonstances ont changée en drame. Suggérée par Pellisson, poète, ami et coordinateur des plaisirs de Fouquet, la participation de Molière le consacra comme animateur des divertissements des grands. Il était déjà venu en visite chez Fouquet jouer *L'Etourdi* et *Le Cocu imaginaire*. Mais la décision de lui confier la composition et la direction de ce qui devait être le clou de la fête semble avoir été prise à la suite d'une représentation de *L'Ecole des maris* à Vaux en juillet 1661. Molière n'avait pas de temps à perdre. La comédie fut « conçue, faite, apprise et représentée en quinze jours ». Sans souci de mettre au point « un grand dessein », « je me servis du premier nœud que je pus trouver ». On s'avisa de « coudre » les intermèdes au sujet « du mieux qu'on pût ». Molière se laissa aller à la griserie de l'improvisation et du bricolage en équipe avec des artistes comme Le Nôtre, Torelli, Beauchamp, le maître de danse. Lully n'en faisait pas encore partie. Il sut mesurer les limites, entrevoir les perfectionnements possibles et les enrichissements futurs dont pourrait bénéficier le théâtre : il rêva d'un délai plus long, d'une autorité unificatrice plus forte. Il fit le rapprochement avec la comédie attique à cause de son chœur, pensa à peine à l'opéra italien qu'il connaissait mal, ne pouvant soupçonner qu'il était en train d'inventer le théâtre musical dont Broadway devait créer l'âge d'or au XXe siècle. Il se contenta de rêver que cette ébauche « pourrait servir d'idée à d'autres choses qui pourraient être méditées avec plus de loisir ».

Dans son avant-propos, Molière décrit les circonstances qui l'amenèrent, pour utiliser au mieux le petit nombre de danseurs dont il disposait, à intercaler entre les actes de la comédie les entrées du ballet, permettant ainsi aux danseurs de changer de costume à loisir sans interrompre le déroulement du spectacle. Il est fier en particulier d'avoir gardé l'unité de ce dernier par une invention toute simple, donner à ces intermèdes dansés le même thème qu'à la comédie, celui des fâcheux. Tous en furent enchantés, car la comédie créait entre les différentes entrées du ballet une unité que le ballet de cour n'avait jamais connue. Depuis ses débuts, depuis le fameux *Ballet comique de la reine* (1581) et surtout dans son âge d'or qui se situe entre 1648 et 1665, le ballet de cour se présente comme une succession gratuite et purement visuelle de tableaux vivants, où la musique et la poésie ne prenaient jamais leur envol. Les princes, le roi lui-même y figuraient parmi un petit nombre de danseurs professionnels, se réservant les pas difficiles, les figures compliquées, les tours acrobatiques. Pour les premiers, comptait d'abord la magnificence des costumes. De la magnificence à la somptuosité et à la surcharge, l'esprit baroque et l'esprit carnavalesque, propres au ballet, favorisaient une débauche de formes grotesques, extravagantes, fastueuses, monstres, êtres doubles. Bien des beaux esprits critiquaient l'insignifiance et la débilité de ces livrets. A Vaux-le-Vicomte, les fidèles de Fouquet s'avisèrent de demander à Molière d'y remédier.

Le 17 août 1661, le roi, que la reine mère accompagnait, en l'absence de Marie-Thérèse d'Autriche, retenue au Louvre par sa grossesse, visita le parc embelli par les grandes eaux. La Fontaine a laissé un compte rendu inspiré de ces réjouissances dans une lettre à son ami Maucroix, datée du 22 août. Après le dîner, la compagnie se rendit au bas d'une allée de sapins où, sous la grille d'eau, le théâtre avait été dressé. La scène était ornée de feuillages confondus avec ceux du parc. Une multitude de flambeaux éclairaient l'ensemble. Le Brun et Torelli s'étaient unis pour prodiguer les mirages du trompe-l'œil et de la machinerie. Un rocher sortait des eaux, chargé de musiciens. Un coquillage géant s'ouvrait, d'où jaillissait une naïade, Madeleine Béjart, qui déclama avec grâce un compliment au roi, dont Pellisson était l'auteur :

« Pour voir en ces beaux lieux le plus grand roi du
[monde,
Mortels, je viens à vous de ma grotte profonde. »

Puis la comédie, réglée par Molière, et le ballet, réglé par Beauchamp, se déroulèrent sur une musique qui était, au moins en partie, de Lully. La journée se termina par un feu d'artifice auquel succéda un orage mémorable qui firent, l'un comme l'autre, une grande impression sur le fabuliste :

« Lorsqu'on eut tiré les toiles,
Tout combattit à Vaux pour le plaisir du roi,
La musique, les eaux, les lustres, les étoiles. »

Le roi et sa suite repartirent à deux heures du matin. Tandis que Molière et sa troupe rangeaient leurs costumes dans les panières, Fouquet regarda disparaître dans la nuit le grand cirque royal, escorté de flambeaux. Il ignorait, comme tout le monde, que depuis des mois une machine infernale, destinée à l'abattre, s'était mise en marche. Suivant le conseil de Mazarin sur son lit de mort, Louis XIV avait demandé à Colbert, encore obscur, d'éplucher les comptes du surintendant et de le démasquer. Le dénouement approchait. Déjà décidée, l'arrestation de Fouquet eut lieu trois semaines plus tard, à Nantes, à la sortie du conseil royal. Un capitaine des mousquetaires, nommé d'Artagnan, l'appréhenda discrètement.

Le roi avait pu constater à Vaux ce que permettaient l'argent et le pouvoir. Il prit sur-le-champ deux décisions, d'abord mettre un terme à la réussite insolente du financier, puis bâtir à son tour une demeure dont la splendeur, inspirée de Vaux, ferait du bâtiment et des jardins, à jamais, l'archétype du palais royal.

Fouquet laissa la réputation d'un personnage frivole, débauché, malhonnête. Des études récentes ont pourtant montré qu'il n'était pas tout à fait ce modèle des dilapideurs de fonds d'Etat qu'on a vu en lui. Seule, la logique du système l'a poussé à confondre son enrichissement avec celui de la France, à bâtir cette fortune immense où le passif l'emportait de loin sur l'actif. Il avait accumulé terres, maisons, offices, moins pour y investir le fruit de ses rapines que pour substituer aux yeux des créanciers du roi son crédit personnel au crédit défaillant de l'Etat, et leur offrir des gages plus crédibles qu'un trésor désespérément vide. Mécène éclairé, fou de fêtes et d'œuvres d'art, il avait su s'entourer d'artistes qui lui sont restés fidèles bien après sa disgrâce, grandes dames comme la marquise de Sévigné, ou simples hommes de lettres comme La Fontaine. Pellisson eut le courage de publier son éloge après sa chute, ce qui lui valut d'être à son tour jeté à la Bastille. Molière n'en mentionna pas moins son nom à quelques lignes de sa dédicace au roi, quand *Les Fâcheux* parurent en librairie. L'affaire Fouquet était alors devenue affaire publique et Molière, qui n'avait rien su de ce qui se tramait, relut en leur donnant un sens prémonitoire les vers 280 et 281 de l'acte I :

« Et notre roi n'est pas un monarque en peinture,
Il sait faire obéir les plus grands de l'Etat. »

Les flambeaux s'éteignirent, les fontaines se turent. La naïade était rentrée dans sa coquille, laissant la comédienne sans masque en butte aux sarcasmes des envieux dont le nombre croissait en proportion de la gloire de son compagnon. Celle-ci fit un bond en avant avec *Les Fâcheux*. Quelques jours après la fête de Vaux, la troupe alla les jouer deux fois encore devant le roi, à Fontainebleau. Dans l'intervalle, Molière avait eu l'habileté d'enrichir sa galerie de fâcheux d'un nouveau spécimen qui lui avait été fourni par le roi en personne, du moins en fit-il circuler le bruit. Mais Molière avait d'autres soucis. Sa vie allait prendre un nouveau tournant. Au printemps de cette année 1661, à sa demande, la troupe venait de lui attribuer deux parts au lieu d'une « pour lui, et pour sa femme, s'il se mariait ». Madeleine n'y était pour rien, la pauvre. Des bruits couraient dont ses quarante ans et les dix-neuf ans d'Armande faisaient les frais. La coquille de Vaux ne tarda pas à entrer en chanson sans peur du mauvais goût. Les temps difficiles étaient venus pour la Belle Rousse, ancienne étoile de l'Illustre-Théâtre.

Donc, Molière venait d'inventer la comédie-ballet, le théâtre-fête par excellence. Or, la comédie de Molière et la fête de Fouquet furent aussitôt le lieu d'une polémique entre la fiction et le réel. Molière mettait la société de cour en comédie et la comédie sociale, elle, jouait les prolongations en coulisse. La politique suivait son cours, changeant la comédie en drame. Fouquet lorgnait vers le roi pour l'éblouir, le roi lorgnait vers Colbert pour faire tomber Fouquet. Pris dans ce jeu de regards et de miroirs, dont il ne soupçonnait pas le sens, Molière jouait le bouffon pris de court et ne sachant que faire. Il devinait vaguement, lui, le meneur de la comédie, l'ordonnateur de la fête, qu'en ce lieu de parade, livré aux apothéoses du feu et de l'eau, un autre jeu se jouait qui dépassait le sien. Il avait travaillé dans la hâte pour répondre à la demande des gens de pouvoir sans lesquels la fête n'était pas possible. Il lui arrivait de rêver aux randonnées d'autrefois avec ses compagnons de fortune. Il lui arrivait de rêver aussi aux chefs-d'œuvre à venir, à ces comédies d'un genre neuf, qui n'en finiraient d'élargir le domaine de la comédie, si on lui en laissait le temps. Tel n'avait pas été le cas pour *Les Fâcheux*. En homme du métier, Jacques Copeau a bien compris dans quelles conditions Molière a écrit sa pièce, avec quelles préoccupations : « Il pense à la réalisation. Il se dit qu'il faut avant tout faire quelque chose que les comédiens apprennent facilement. Chacun d'eux n'aura que peu de texte à réciter, et le moins possible sous forme de dialogues. Tout va découler de ce principe... Ce qui s'impose, c'est un contact momentané entre les personnages qui passent et un personnage qui, pour quelque raison, ne bougera pas du lieu où l'auteur l'a placé. » D'un crayon affûté, Molière campe donc des silhouettes, ébauche des personnages qui se contentent encore de traverser la scène, mais la peupleront demain de caractères inoubliables. En effet, sous les apparences mondaines des grandes heures de Vaux-le-Vicomte, Molière lève le thème le plus vaste, le plus riche, le plus varié de tout son théâtre, celui des *Fâcheux*. Ceux qui figurent ici sont les plus légers et les plus superficiels, mais non les moins nocifs : la précieuse, le pédant, le grand seigneur méchant poète, et le vulgaire casse-pieds. Molière les reprendra, soulignera leurs contours, en tirera d'autres de l'ombre, chargés d'ombre eux-mêmes, Philaminte, Trissotin, Oronte et Tartuffe en personne. Il se contente aujourd'hui de les rassembler en une sarabande que la comédie-ballet fait chatoyer dans la nuit claire de Vaux, devant un château tout neuf de pierre blanche. Ils ont déjà pris figure de destin. Eraste en est accablé :

> « Sous quel astre, bon dieu, faut-il que je sois né
> Pour être fâcheux ainsi assassiné. »

Molière commence par montrer le fâcheux qui casse le plaisir du théâtre. On n'échappe pas aux fâcheux. On est toujours le fâcheux de quelqu'un. Le serviteur gêne son maître, tantôt par excès de zèle, tantôt par mauvaise volonté. Le fâcheux vous sépare de votre projet, de votre vérité, de votre bonheur. Il sépare aussi Eraste de sa belle insignifiante, demain Alceste de Célimène, Molière d'Armande et de lui-même. La cour est le paradis des fâcheux. On n'y échappe pas à la malédiction d'être à tour de rôle importun et importuné. Le courtisan est fâcheux par essence. Il fait de l'autre un ennemi, de la rencontre une catastrophe, de la vie en société un enfer. Il condamne l'homme de qualité, le vrai, à s'isoler orgueilleusement. C'est une question de vie ou de mort. Molière va mourir assassiné. Pour le moment, il triomphe. Il semble même heureux. Lasse des querelles que lui cherche Madeleine, la jeune Armande, sous les traits de qui perce encore la petite Menou, est venue se jeter dans ses bras, forçant la porte de sa chambre.

7

Le fléau des cocus

Marche nuptiale

Armande

Théâtralité et conjugalité

Arnolphe

Le dossier de la querelle

Je est un autre

Marche nuptiale

Le 19 mai 1662, l'acteur François Mansac, qui jouait les capitans dans la troupe italienne, passa la soirée à boire de la limonade dans un cabaret proche du Palais-Royal, en compagnie de la nièce de Marquise du Parc qui habitait tout près de là, rue Saint-Thomas-du-Louvre[1]. Vers minuit, il reconduisit la jeune fille chez elle en lui contant fleurette. L'ami Joseph Jeraton, qui avait passé la soirée avec les deux jeunes gens, les suivait discrètement à quelques pas. C'était un de ces beaux soirs de mai qui embaument le lilas à Paris. François Mansac venait à peine de prendre tendrement congé de la jeune fille quand il fut abordé par un inconnu de haute taille que Jeraton ne put identifier dans l'ombre. Tout se passa très vite. Il y eut un cri, puis une galopade. L'agressé traversa la cour à l'entrée de laquelle attendait Jeraton. Celui-ci vit son ami se lancer en chancelant à la poursuite de l'inconnu. Il passa

1. *Madeleine Jurgens et Elizabeth Maxfield-Miller,* Cent ans de recherches sur Molière, op. cit.

près de lui, hagard et haletant. Il eut juste le temps de traverser la rue et d'aller s'effondrer sur le seuil d'une maison que Jeraton connaissait bien. C'était celle où l'illustre Molière s'était installé quelques mois plus tôt, aussitôt après son mariage. Jeraton rejoignit son ami au moment où un premier témoin, attiré par le bruit, se présenta muni d'une lanterne. Les deux hommes durent constater que Mansac, qui râlait, avait été atteint en pleine poitrine et qu'il était en train de mourir. A leur arrivée, les gens du guet trouvèrent un cadavre autour duquel s'affairaient les témoins, parmi lesquels, à la lueur des flambeaux, on pouvait reconnaître Molière, principal occupant des lieux. Celui-ci contemplait le pauvre capitan que ses fanfaronnades de scène n'avaient pas sauvé d'une mort obscure et furtive. François Mansac était un des rares acteurs français à jouer dans la troupe italienne où il s'était imposé dans ce rôle de bravache. Des meurtres comme celui-là, il y en avait vingt chaque nuit. Molière pensait à sa jeune femme. La violence était partout et le théâtre n'y échappait pas. Quelques mois plus tôt, un mardi de novembre, un certain Lesueur dit Champagne, laquais de son état, avait voulu assister au spectacle sans payer, en passant par les loges. Repoussé par un portier, il revint armé, ivre et menaçant. Le portier se défendant, plusieurs drôles vinrent à la rescousse. Une bagarre générale opposa laquais et portier. Comme on menaçait d'aller prévenir Molière, le susnommé Champagne répliqua d'une voix avinée : « Que Monsieur de Molière aille se faire foutre. » Molière et La Grange finirent par descendre calmer les esprits. Plainte fut portée. A quelque temps de là, le 25 février 1662, ce fut au tour des seigneurs Thibert, Dominique et Octavio, autrement dit Scaramouche, Arlequin et Gradelin, d'être agressés par une bande contre laquelle ils durent se défendre à coups d'épée, dans le cul-de-sac où ils s'étaient réfugiés. Puisqu'ils partageaient le même théâtre, Molière déposa en leur faveur. De semblables bagarres éclataient journellement.

Cinq jours plus tôt, Molière s'était marié.

C'était la veille de Mardi gras. Le carnaval battait son plein et le quartier des Halles s'agitait joyeusement. Ce lundi 20 février 1662, on célébra huit mariages en l'église Saint-Germain-l'Auxerrois et celui de Molière fut le premier enregistré. La cérémonie se déroula dans la discrétion. Le marié avait la quarantaine bien sonnée, la mariée vingt ans à peine. La pensée du charivari qui, par les villages, sanctionnait la mésalliance d'un vieux et d'une jeunesse, en effleura plus d'un dans l'assistance. Molière lui-même... Le père Poquelin et la veuve Béjart échangèrent un regard. Le contrat de mariage avait été signé un mois plus tôt chez Marie Hervé, en présence de maître Pain, notaire. Molière était venu en compagnie de son beau-frère. On avait déjà remarqué l'absence de Geneviève à cette cérémonie qu'elle désapprouvait. La future mariée avait reçu dix mille livres de dot, somme sans mesure avec les moyens réduits de Marie Hervé. D'instinct, les regards s'étaient portés vers Madeleine qui n'avait fait semblant de rien, mais n'en pensait pas moins. Elle songeait à ses propres vingt ans, à sa rencontre avec Jean-Baptiste, au rôle d'initiatrice qu'elle avait assumé, à celui de conseillère attentive et avisée auquel elle ne renoncerait jamais. Elle savait bien que lui, de son côté, l'idée ne l'effleurait même pas qu'elle pût le laisser tomber.

Ça fait mal, tu sais, Jean-Baptiste. Je le savais que ça finirait ainsi… mais pas avec celle-là ! J'avais accepté les autres, toutes les autres. Catherine aussi, dont tu as gardé le mari dans la troupe malgré ton antipathie, pour l'avoir, elle, la bonne fille, la fameuse comédienne. Je me suis toujours demandé ce qui s'était passé, et s'il s'était passé quelque chose, entre Marquise et toi. Ce que tu as trouvé auprès de moi, je savais que l'idée ne te viendrait même pas de le chercher ailleurs. Le meilleur, je l'ai eu, dès notre première rencontre. Et je l'ai gardé. Je l'ai encore. Je l'ai eu dans ton regard au premier rang, debout au parterre, parmi les marchands, moi de l'autre côté de la rampe. Quand tu tournais autour de ma loge, que tu farfouillais dans mes fards, tripotais mes robes sur le portemanteau, quand tu as commencé, en te barbouillant de blanc devant mon miroir, à me dire que tu voulais faire la comédie avec moi, sur un tel ton, avec une telle lumière sur l'eau de tes gros yeux tristes ! J'ai compris alors que ce que j'avais cru demander au théâtre cinq ans plus tôt, j'allais le trouver tout de bon avec toi. Je te connais bien, Jean-Baptiste. Tu aimes les femmes, tu sais leur parler, tu les séduis, tu ne leur résistes pas. Mais, au fond, tu n'as pas besoin de nous. Une seule chose compte pour toi. Une seule. Dès le premier jour, tu savais où aller. Et t'y voilà. Pas un simple baladin comme nous autres. Ni un grimaud ni un rimeur de balle comme ceux qui encombrent la ville. Mais l'héritier de Plaute et de Térence, rien de moins, dont ton ami Boileau dit même que tu les dépasses. Pourquoi crois-tu qu'elle t'a couru après, celle-là, la petite que tu as vu grandir ? Le meilleur, je l'ai eu avec les jours difficiles des Métayers et de la Croix Noire, avec la grande vadrouille au pays du soleil, et encore le chemin du retour avec la gloire au bout. Te voilà célèbre aujourd'hui. Tu rayonnes, Molière. Avant peu, tu comprendras, mon Jean-Baptiste. C'est ta vieille qui te le dit !

Armande[1]

Le mariage de Molière ! Pourquoi lever une fois de plus ce lièvre sans poils, après tant d'autres qui abordent l'affaire avec des pincettes (« Un mystère plane sur la vie de Molière. ») et concluent par une pirouette (« Ce problème ne comporte pas de solution stricte sur le plan historique. »). Armande était-elle sœur ou fille de Madeleine et, dans ce dernier cas, qui était le père ? Molière, qui aurait donc épousé sa propre fille ? La difficulté vient de ce que, dans un premier temps, les contemporains de Molière ont admis sans difficulté la maternité de Madeleine. Pourquoi mettre en doute ce que les contemporains ont cru unanimement, les uns mal intentionnés comme Racine, pour en accabler Molière, les autres, tel Boileau, pour le laver au contraire de tout soupçon ? Simplement parce qu'en 1821, on découvre des documents officiels qui attestent formellement qu'Armande était la fille de Marie Hervé. Que répliquer à ceux qui tiennent ces documents pour irréfutables ? Quels documents ? On n'a jamais

1. En mai 1659, Chapelle, qui appelait son ami « Grand homme », envoya de province un mot de condoléances à Molière après la mort de Joseph Béjart. On apprend ainsi que l'hiver avait été particulièrement éprouvant. Chapelle évoque ensuite « les particularités de vos trois grandes actrices pour la distribution des rôles » et « ce démêlé qui vous donne tant de peine » et qui devait se conclure par le départ des du Parc. Dans cette même lettre, Chapelle joignait quelques vers galants à l'intention de Mlle Menou, ajoutant que ces vers étaient « la figure d'elle et de vous », première allusion au projet de mariage avec Armande, du moins à un début d'aventure amoureuse dont le bon Chapelle a eu confidence.

retrouvé l'acte de naissance d'Armande. Rien d'étonnant à cela, d'autres manquent parmi ceux des Poquelin et des Béjart. Par contre, c'est justement l'acte de mariage, découvert en 1821 par un commissaire de police, qui déclare Armande « fille de feu Joseph Béjart et de Marie Hervé ». Tout est-il dit ? Holà ! pas si vite ! Les historiens accumulent mille raisons de mettre en doute, sinon l'authenticité de cet acte, du moins sa véracité. Pour des raisons obscures, Marie Hervé aurait fait de fausses déclarations. Et je vous en apporte la preuve. Et je vous trouve louches le montant de la dot, le testament de Madeleine et surtout les silences. Ah ! les silences, celui des comédiens, celui de La Grange qui ne mentionne même pas le mariage dans son registre, celui du même La Grange et de son compère Vinot dans la préface de 1682. Alors, on en revient en douce à la version des contemporains : Molière a épousé sans scrupule la fille de son ancienne maîtresse, d'autant plus doucement qu'il n'en découle pas nécessairement qu'il a épousé sa propre fille.

Or donc, la question est close ? Pas du tout ! Le meilleur historien actuel de Molière, Georges Couton, d'accord avec les deux auteurs de l'inestimable *Cent Ans de recherches sur Molière*, s'en tient, avec de très bons arguments, à la version officielle, la plus morale : Menou était la petite sœur chérie de Magdelon, la fille tardive de Marie Hervé, née quelques jours après la mort de son vieux papa.

Il n'y a donc pas de solution miracle. On ne peut faire l'économie d'aucune hypothèse, y compris celle du mariage incestueux. Chacun prend parti selon ses préjugés, ou plutôt suivant ses fantasmes. Il y a un fantasme de droite : le théâtre est infâme. L'inceste est infâme. Le mariage de Molière avec Armande, c'est le voyage au bout de l'infâme. Et un fantasme de gauche : la liberté humaine s'affirme dans la transgression des tabous, Molière est un héros de la liberté absolue. De Brunetière à Marguerite Duras, on trouverait sans peine les citations nécessaires.

Théâtralité et conjugalité

Peut-être faut-il situer le problème ailleurs. Il concerne l'intérêt d'un tel débat pour un projet biographique, tel que celui-ci, où l'œuvre apparaît prise en l'homme et le théâtre dans la vie. En quoi la connaissance de la vie amoureuse de Molière, si aléatoire, peut-elle aider à pénétrer le secret de sa création théâtrale ? Après vingt années d'analyse littéraire structurale sans frein, la vogue actuelle des biographies exhaustives de grands auteurs ne peut faire illusion : on n'explique ni la vie par l'œuvre ni l'œuvre par la vie, mais l'œuvre et la vie suivent deux cours parallèles et ceux-ci passent par des points homologues d'où ils échangent des signaux au passage. Dans *L'Impromptu de Versailles*, Molière avertit ses ennemis que, leur abandonnant son théâtre, il leur interdit de toucher à sa personne, rien de sa vie intime n'étant passé dans son œuvre. Molière était-il à ce point conscient de ce qu'il mettait ou non dans son œuvre ? Pas de confidences directes, soit, mais un engagement personnel dans un projet existentiel où l'œuvre et la vie, le théâtre et la vie, ne se laissent pas couper l'un de l'autre. La modernité passe par une littérature de l'Aveu. Les aveux les plus forts ne sont pas les plus confidentiels. Le théâtre de Molière en est plein et c'est aux feux de la rampe, sur le grand théâtre du monde, qu'ils se chuchotent le mieux avec un bruit d'enfer.

C'est Molière en personne qui place son mariage en situation équivoque entre deux comédies qui ont pour titre, l'une *L'Ecole des maris*, l'autre *L'Ecole des femmes*. Le passage de l'une à l'autre marque celui de la farce à la grande comédie. Quelque chose d'essentiel, de vital, vient de changer entre les deux et Arnolphe n'est pas un simple avatar de Sganarelle, avatar au sens de la mythologie indoue, une incarnation. Dans l'intervalle, le personnage moliéresque est né dans l'instant même où naissait le bourgeois. Et c'est aussi Molière qui naît une deuxième, une troisième fois. Désormais, Molière vit théâtralement. Il vient de trouver son personnage, comme auteur et comme acteur, en se trouvant lui-même. Une telle rencontre est liée au renforcement comique d'un thème, celui de la conjugalité, et au surgissement d'un pathos, celui de la jalousie. Comment ne pas être frappé de la coïncidence, et pourquoi s'étonner que les contemporains s'y soient laissé prendre. Mariage personnel de Molière et pathos conjugal de la comédie bourgeoise furent dans une proximité trop immédiate pour que l'un ne mordît pas sur l'autre. Comme nous aurons d'autres occasions de le vérifier, les plus mal intentionnés furent les plus clairvoyants. L'auteur d'*Elomire hypocondre* va jusqu'au bout du jeu des parallèles entre le théâtre et la vie, entre l'homme et le personnage :

Bary

Mais quoique par Arnolphe Agnès ainsi forgée,
Elle l'eût fait cocu, s'il l'avait épousée.

Elomire

Arnolphe commença trop tard à la forger
C'est avant le berceau qu'il y devait songer
Comme quelqu'un l'a fait.

Le Boulanger de Chalussay ne fait ici que préciser les accusations de Montfleury évoquées dans la fameuse lettre de Racine à son ami Le Vasseur, écrite au cours de la querelle de *L'Ecole des femmes* : « Montfleury a fait une requête contre Molière et l'a donnée au roi. Il l'accuse d'avoir épousé la fille et d'avoir autrefois couché avec la mère. Mais Montfleury n'est pas écouté à la cour. » Tout est parti de cette lettre qui a couru Paris, trouvant immédiatement un écho à la cour. Comme l'écrit naïvement Georges Montgrédien : « Combien on eût aimé que Racine fût un peu plus explicite ! »

L'une des pires disettes du siècle durait depuis un an. Elle connut son paroxysme au cours de l'année 1662. Les contemporains en tracèrent un tableau effrayant. Dans la moitié nord de la France, sauf en Bretagne, des pluies désastreuses provoquèrent la montée des prix. Les pauvres ne purent acheter du blé. Dans certains villages, le nombre des convois mortuaires se multiplia par cinq ou par dix. Les gens se nourrissaient de bouillies, de choux pourris, de charognes. Il y eut des cas de cannibalisme. On trouva des enfants qui s'étaient rongé les mains. A Paris, les charités de paroisse ne suffisaient plus à la tâche, les hôpitaux étaient débordés. Venus de la campagne et des banlieues, les pauvres mendiaient, fouillaient l'ordure, volaient aux étalages, mouraient dans les rues. Les filles de Monsieur Vincent aidaient les vivants à survivre, les mourants à mourir. Arpentant le pavé de Paris, Molière se disait que c'était décidément une étrange entreprise que de faire rire les honnêtes gens. Il n'en dit mot à personne mais s'enquit des besoins de ceux qui l'entouraient, veilla à ce que les moins prévoyants d'entre eux ne fussent pas trop victimes de leur insouciance. Au moment du

Carême, Bossuet prononça son fameux sermon sur l'impénitence finale et adressa un solennel avertissement aux grands du royaume : « Oui, messieurs, ils meurent de faim dans vos terres, dans vos châteaux, dans les villes, dans les campagnes... à la porte et aux environs de vos autels. C'est aux sujets à attendre et c'est aux rois à agir, eux-mêmes ne peuvent pas tout ce qu'ils veulent, mais ils rendront compte à Dieu de ce qu'ils peuvent. » Le roi a témoigné en personne de la misère qui affligea alors son royaume, mettant en valeur ses efforts pour lutter contre elle. Il fit importer du blé. Remit aux contribuables trois millions d'impôts échus. Il interdit de saisir les animaux de labour, les chars, les instruments aratoires. Selon les historiens d'aujourd'hui, le grand monarque prend ses aises avec la vérité. D'ailleurs, ceux-là même qui recevaient ses ordres profitaient de leur situation privilégiée pour spéculer. Du blé importé d'Allemagne pourrit sur place. On ne réussit jamais à combler l'écart entre la fécondité des hommes, la fertilité du sol et le retard technique.

La vie de la troupe suivait son cours. Molière resta quinze mois sans faire une création. On joua souvent *Les Fâcheux* qui continuaient de faire de bonnes recettes. De temps à autre, on reprenait *L'Ecole des maris, Sganarelle, Le Dépit, L'Etourdi* et *Les Précieuses*, avec des fortunes diverses, plutôt médiocres. Un jour de mai, La Grange nota un « four » dans son registre, sans plus de précision. Le mot était à la mode depuis 1656. Il signifie clairement que, ce jour-là, on éteignit les chandelles faute de public. En mai, en juin, en août, on fut en visite chez le roi, à Saint-Germain-en-Laye, au Louvre. Le roi lui-même vint assister à plusieurs représentations au Palais-Royal. La faveur dont jouissait

Molière éveilla une fois de plus la jalousie des Grands-Comédiens, qui sollicitèrent carrément de la reine mère la faveur d'une invitation au Louvre. Elle l'accorda, malgré la dédicace des *Précieuses ridicules*. Bref, le théâtre s'installait dans une quotidienneté attristée par les misères du temps. Dès le début de l'année, les Italiens revinrent après deux ans d'absence. Ils purent cohabiter avec Molière, mais durent se contenter des jours extraordinaires et rembourser la moitié des frais occasionnés par les travaux du Palais-Royal. Le vieux Fiorelli n'en revenait pas. Il avait quitté un débutant, il retrouvait une vedette. Scaramouche avait beau lever le pied plus haut que jamais et faire donner à fond le génial gamin de vingt ans qu'il avait ramené de là-bas, ce Domenico Biancolelli qui réinventait Arlequin, Tiberio, Thibert comme l'appelaient les Parisiens, doutait presque de retrouver un jour sa royauté de bouffon. La vie quotidienne des gens de théâtre était émaillée d'incidents, parfois graves.

Molière et Armande avaient-ils quitté, après leur mariage, la maison de la rue Saint-Thomas-du-Louvre où ils vivaient avec Madeleine et les du Parc, pour s'installer dans un premier appartement Daquin situé à quelque distance de là, au croisement des rues Saint-Honoré et Richelieu ? Le théâtre fit deux longues relâches du 26 mars au 6 avril et du 29 septembre au 21 octobre. *Les Fâcheux* parurent avec une dédicace au roi. Il y eut une édition originale de *L'Etourdi* chez Quinet, une autre du *Dépit* chez Barbin, en novembre et décembre. A la mi-décembre, un madrigal de Cotin sur un carrosse de couleur amarante courut les salons. Les amis de Molière en rirent bien fort. Jean-Baptiste s'irrita de voir les beaux esprits de Paris jouer ainsi avec le vent.

Il nota la merveille sur ses tablettes et se jura d'en tirer parti un jour.

Ses admirateurs commençaient à se demander où il en était. Son ménage, son déménagement et quoi d'autre, l'avaient-ils troublé au point de le détourner d'écrire de nouvelles comédies ? C'est de cette période, avril, que date une lettre de Chapelain où il est question d'une traduction en vers du *De Natura Rerum* de Lucrèce entreprise par Molière. Celle-ci a fait couler beaucoup d'encre. D'abord, ce travail n'a jamais vu le jour. Molière a-t-il manqué de temps pour le mener à son terme ? Ou bien l'a-t-il mis sous le boisseau par prudence ? Ce projet prouve au moins la fidélité de Molière à la philosophie, pas n'importe laquelle, toujours cette sagesse de la nature dont se réclamaient ses amis libertins. Dans cette lettre, Chapelain ne parle-t-il pas de « Molière, ami de Chapelle » ! Voilà qui rappelle le vers de François Villon : « A Paris, emprès Pontoise ». Or, Molière se préparait à frapper un grand coup. Le 26 décembre, il lançait une véritable bombe. Tout Paris ne parla plus que de sa nouvelle comédie, *L'Ecole des femmes*, née au lendemain de Noël, les comédiens ayant renoncé à célébrer la fête pour être prêts à l'heure. On ne sait presque rien des conditions dans lesquelles Molière a écrit *L'Ecole des femmes*, ni des répétitions. Une chose est sûre, il a pris son temps. Les répétitions ne duraient jamais moins de six à sept semaines. Molière montra sans doute encore plus d'exigence pour sa nouvelle comédie. On peut penser que le long relâche du 29 septembre au 21 octobre ne fut pas sans rapport avec la prochaine création. Il était sur le point de franchir une nouvelle étape, de découvrir le secret de la comédie nouvelle, celle qui serait au-delà de la frontière du comique et du tragique. Il avait besoin de tout son temps et de toutes ses forces. C'était sa huitième pièce, sa septième comédie, sa première grande comédie en cinq actes et en vers, *L'Etourdi* et *Le Dépit amoureux* n'ayant guère été que des adaptations. Le succès fut immédiat. Les dix premières représentations rapportèrent onze mille livres, soit près du double des *Précieuses ridicules* et de *L'Ecole des maris*. La pièce tint seule l'affiche jusqu'au relâche de Pâques, le 9 mars. Seul *Tartuffe* devait dépasser ce succès, dû à la perfection du jeu comique de Molière et de ses compagnons. On admira particulièrement Molière dans le rôle d'Arnolphe qu'il tournait résolument vers le comique grimaçant, et Catherine de Brie qui, à trente-trois ans, jouait Agnès avec un tel brio que le public la réclamait encore à plus de soixante ans. Mais, sans toutefois s'en rendre compte, c'est avant tout le génie comique de l'auteur que le public consacrait par ses rires et par ses brouhahas.

Des comédies de Molière, *L'Ecole des femmes* est celle dont les sources sont les plus diverses et les moins discutables. Mais elles concernent si peu le fondement de la comédie que, loin de diminuer l'originalité de Molière, elles la mettent en valeur. La source directe est *La Précaution inutile* que Scarron a traduite d'une nouvelle espagnole : on y voit un mari jaloux et déjà trompé élever pour son usage l'enfant de sa belle infidèle. Il épouse la jeune fille qui accueille le premier galant venu et, au retour du mari, met ingénument celui-ci dans la confidence. Quant à l'idée du galant qui se confie involontairement au mari, elle vient, semble-t-il, d'une des *Nuits facétieuses*, recueil de contes du seigneur Straparole, traduits de l'italien. C'est beaucoup en apparence. En fait, c'est peu. Car la trouvaille géniale de Molière, le principe de cristallisation du sujet, c'est la rencontre de ces deux thèmes que vient élargir et enrichir un troisième, la puissance illuminatrice de l'amour dont on trouverait encore des précédents chez Lope de Vega et chez d'autres. Benedetto Croce a d'ailleurs fait une découverte qui relie le premier grand chef-d'œuvre de Molière au fonds universel et inconscient du rire humain. Il s'agit d'un canevas qui appartient au répertoire ancestral de la commedia dell'arte, combinant les deux thèmes principaux de *L'Ecole des femmes* sans qu'on puisse soupçonner l'auteur du canevas et Molière de s'être copiés l'un ou l'autre. La situation de *L'Ecole des femmes* correspond donc à un archétype dont le génie de Molière a su dégager la théâtralité.

La pièce trouve le principe de sa genèse dans son théâtre même. De la réussite et des insuffisances de *L'Ecole des maris* jaillit une idée qui prend Molière au dépourvu. *L'Ecole des maris*, voilà la véritable source de *L'Ecole des femmes*. Il y a un type de problème, de situation, de personnage communs aux deux « écoles ». Pièce qui se suffit à elle-même, à mi-chemin entre la farce et la comédie, *L'Ecole des maris* n'en apparaît pas moins comme l'esquisse nécessaire à l'éclosion de la première grande comédie de Molière.

Arnolphe

On voit de pièce en pièce Molière progresser vers cette grande comédie qui, sur son propre terrain, lancera un défi à la tragédie, et vers le personnage dans l'incarnation duquel le comédien et le poète se rencontreront. A la recherche d'un personnage fixe, analogue aux masques de la commedia dell'arte, propre à justifier sa réputation de « premier farceur de France », Molière s'est détourné de Mascarille après *Les Précieuses*. Sganarelle devient son incarnation préférée. En approfondissant le fantoche du *Cocu imaginaire*, il rencontre le bourgeois jaloux de *L'Ecole des maris*, qui le mène à son tour à la rencontre d'un nouveau double, Arnolphe, qui est à la fois l'accomplissement et le dépassement de Sganarelle, condamné, lui, à ne pas dépasser la farce. Ainsi, avec Arnolphe, entre d'un bon pas sur le théâtre de Molière le premier grand rôle, le premier maniaque, le premier masque, en un mot le Bourgeois. Molière lui restera fidèle en le variant à l'infini. Il va jouer sur lui sa carrière de comédien et en faire l'axe de la plupart de ses comédies.

Arnolphe, dont le saint patron, Arnoul, Arnulphus, est devenu au Moyen Age celui des maris trompés, est en vérité le vrai écolier de la comédie. Il a tout à apprendre des femmes, de la vie, de lui-même. Amer savoir et dure leçon qui, à en juger par le « ouf » de la fin, ne lui servira de rien et dont ses successeurs ne retiendront rien. Arnolphe est le prototype du bourgeois moliéresque, un type social mais avant tout un statut. Ce statut regroupe les fonctions qui constituent l'être du bourgeois, le père, l'époux, le maître, le propriétaire. C'est un statut d'autorité fondé sur la volonté de dominer, garanti par le consensus social et par la loi. Le pouvoir d'Arnolphe s'exerce d'abord sur les choses, puis sur des êtres traités comme des choses. Il n'a pas d'autres limites que l'univers mesquin où il se calfeutre afin que son pouvoir y soit précisément sans limites. Autocrate mesquin et tyran domestique. La comédie a donc une dimension politique et les ennemis de

Molière ne s'y sont pas trompés. Là où le grand public n'a vu qu'un simple divertissement, ils ont trouvé une pièce dangereuse. Et ils ont raison aujourd'hui encore contre ceux qui, en Molière, voient quelqu'un dans le genre de Sacha Guitry, soucieux de plaire à n'importe quel prix. Arnolphe formule l'affirmation la plus stricte de l'autorité de tout le théâtre de Molière, celle du mari sur la femme. Elle concerne donc la sphère par excellence du privé, celle du foyer. Il se trouve que c'est dans ce modèle privé de l'autorité que s'enracine notre propre concept d'autorité, celui qui est en train de s'étioler sous nos yeux. Dans la *polis* grecque, où cette notion faisait complètement défaut, Platon puis Aristote ont tenté d'introduire quelque chose qui ressemblât à l'autorité. Qu'est-ce que l'autorité ? C'est tout ce qui fait obéir les gens. Pour la tradition, l'obéissance avait deux voies : la persuasion et la violence. Le mot despote lui-même (*dominus* en latin) a son origine dans le domaine privé du foyer, non dans la sphère politique. Arnolphe est le modèle du despote et dans son fameux sermon, il développe la théorie cléricalo-religieuse du despotisme familial, modèle de tous les despotismes politiques. En le ridiculisant, Molière dénonce donc à sa manière ce despotisme originel. Chez Platon, le modèle de l'autorité découle de l'inégalité naturelle entre ceux qui commandent et ceux qui obéissent. C'est cette inégalité naturelle qu'Arnolphe proclame entre l'homme et la femme. Sur elle repose le principe d'une autorité par domination dont la communauté domestique est le lieu et la relation maître-esclave le modèle.

Arnolphe est riche. Il est propriétaire d'une campagne et d'au moins deux maisons en ville. Il a de l'argent, des domestiques. La fonction du bourgeois n'est pas de produire ni de consommer, mais de posséder. Tandis que Colbert, avec l'économie capitaliste, introduit la pratique de l'investissement qui séduit autant Madeleine Béjart que Monsieur Jourdain, Arnolphe est tenté de stériliser la possession en thésaurisant. Il y échappe pour tomber dans une autre tentation qui le perdra aussi sûrement que la première perd Harpagon : il veut gouverner les consciences, dominer les êtres, changer les lois de la nature.

La manière dont Arnolphe se conduit avec Agnès éclaire sa philosophie de la condition bourgeoise. Le bourgeois est honorable. En épousant Agnès, il l'élève « au rang d'honorable bourgeoise » et fait d'elle, qui n'est rien, quelque chose. Il s'honore lui-même (d'où cette autosatisfaction sans faille), sachant que l'assentiment de ses pairs et de ses inférieurs, le monde dans lequel il respire, lui est acquis. Pourtant, il y a un doute, vers le haut, ce besoin d'être anobli. Si Molière invente ce pseudonyme, Monsieur de la Souche, c'est évidemment pour le quiproquo qui fera d'Arnolphe le confident d'Horace, mais du même coup, il révèle dans son bourgeois une faiblesse qui annonce Jourdain. La comédie du jaloux rejoint celle du bourgeois gentilhomme. La malice de Molière coince même un certain Corneille de l'Isle entre Arnolphe de la Souche et Dandin de la Dandinière. Mais Dandin a épousé une aristocrate, Jourdain veut faire de sa fille une marquise, pourquoi Arnolphe a-t-il choisi une orpheline sans dot et sans nom ?

« Je suis maître, je parle : allez, obéissez. » En parodiant ce vers de *Sertorius*, Arnolphe tourne en dérision la volonté de puissance cornélienne. La prétention d'Arnolphe à être maître de lui et de l'univers où il se calfeutre, fait de lui un personnage comique. Comment concilier son rêve de maîtrise absolue et de liberté triomphale avec la vie conjugale ? Le plus sûr moyen d'atteindre son idéal ne serait-il pas le célibat ? Dans *Le Mariage forcé*, Sganarelle, indécis comme Panurge, se demande si le bonheur bourgeois réside dans le mariage ou dans le célibat. Seulement, voilà ! Le vieux garçon est un bourgeois diminué. Le vrai bourgeois est mari, père, patron. Or, la femme, partenaire inévitable du mariage, menace le bourgeois dans ses biens (elle est dépensière), dans son pouvoir (elle est dominatrice), et surtout dans son honneur (elle est coquette et lui cocu). Qu'importe, Arnolphe saura vaincre la contradiction, être mari sans être cocu. Militant et apôtre du mariage bourgeois, Arnolphe va s'ériger en exemple, montrer que la victoire est possible. Un seul moyen : que l'homme soit tout, la femme rien. Arnolphe choisit une enfant pauvre, simple objet entre les mains de son seigneur et maître. Le projet d'Arnolphe vise l'absolu, le mariage parfait, la soumission totale de la femme. On a souvent fait la remarque qu'il y a du Prométhée et du Pygmalion dans ce Monsieur de la Souche. Il veut être le créateur, le père d'Agnès. Son œuvre ne devra rien à la nature, tout à la volonté intelligente. L'expérience doit aller à son terme, dans des conditions rigoureuses. Agnès est séquestrée physiquement (on lui défend de sortir) et spirituellement (on l'élève dans l'ignorance). Ramon Fernandez a noté qu'Agnès est prête à aimer Arnolphe comme père, non comme époux. Elle a vite fait de comprendre que, orpheline pauvre ou honorable bourgeoise, elle ne sort pas de son néant. Elle est tout au plus ce « potage » dont parle Alain, où Arnolphe ne tolère pas que d'autres trempent leurs doigts. Un vide. Un rien. Elle sait qu'elle est une « bête », un animal et une sotte. Arnolphe l'a voulu ainsi sans comprendre que l'instinct et l'ignorance réunis vont justement libérer Agnès, qui agit avec une totale spontanéité. Elle trompera Arnolphe « par bêtise », comme le prévoit Chrysalde, comme le narrait Scarron dans sa nouvelle. Or, justement, Molière a donné une tout autre fin à l'ingénuité d'Agnès. Certes, il commence par en accumuler des preuves, les puces, le petit chat, les révérences, mais ces petits riens ne font que mettre en valeur la rapidité du changement qui va toucher Agnès et seul intéresse Molière. Car Agnès change. De rien, elle devient quelqu'un. Cet avènement à la vie personnelle, à la conscience de soi, est le premier échec d'Arnolphe. La nature se venge de qui a voulu la nier. Il voulait une Agnès nouvelle, elle apparaît, mais elle n'est pas son œuvre. Quelqu'un a été plus efficace que lui. Horace ? « Horace avec deux mots en ferait plus que vous. » Oui, mais ce blondin, étourdi et coureur, n'a été lui-même qu'un instrument. Il apparaît lui-même surpris et quelque peu effrayé par le changement survenu et la responsabilité dont il se voit chargé.

> « … L'amour est un grand maître :
> Ce qu'on ne fut jamais il nous enseigne à l'être ;
> Et souvent de nos cœurs l'absolu changement
> Devient, par ses leçons, l'ouvrage d'un moment. »

Molière croit à la nouveauté de l'instant, à la fécondité des rencontres, à la créativité du temps. L'Eve nouvelle est l'œuvre de la nature elle-même. Agnès fait d'instinct tout ce qu'elle fait. Ce naturel exquis, si éloigné de l'aventure banale qu'annonçait la scène du balcon, est le pire ennemi d'Arnolphe. Dès son arrivée à

Paris, Horace, blondin en mal d'amusette, est tombé amoureux de la première jolie fille aperçue au balcon. Dans le cas d'Agnès, le coup de foudre est trop vulgaire pour désigner l'illumination qui la saisit, qui passe le pouvoir des mots et qu'elle définit si bien par son impuissance à la définir, selon la philosophie modale de Baltasar Gracián : « Certain je ne sais quoi dont je suis tout émue », Arnolphe subit une autre défaite, plus humiliante encore, puisque sa propre nature est en cause. Arnolphe est quelqu'un qui ne prend pas au sérieux l'amour, simple billevesée, invention des auteurs de roman. Si quelqu'un se croit à l'abri des surprises de l'amour, c'est lui. D'ailleurs, qui pourrait aimer ce petit monstre « une laide bien sotte » ? Or, l'Agnès qui naît de la rencontre avec Horace est une Agnès aimable, une Agnès qu'Arnolphe se met à aimer comme un fou, pour laquelle il souffre comme un damné. La métamorphose d'Arnolphe n'est ni moins profonde, ni moins surprenante que celle d'Agnès. Voilà deux êtres métamorphosés, transfigurés, révélés à eux-mêmes par une expérience foudroyante. Le contraste entre la divine surprise d'Agnès et le triste effarement d'Arnolphe plonge le comique de *L'Ecole des femmes* dans des profondeurs inhabituelles. Arnolphe ne peut pas plus s'empêcher d'aimer Agnès que celle-ci Horace. L'amour passion enchaîne Arnolphe dans la jalousie, mais libère Agnès, se change en passion de la vie, fait d'elle une personne.

Amateurs de théâtre vivant, avides de vérité humaine, les honnêtes gens rient de bon cœur. Nul en son temps n'a mis en doute l'intention comique de Molière. En vers de mirliton, à son habitude, Loret parle même de cette « … pièce aucunement instructive, / Et tout à fait récréative. »

Nous savons peu de chose de Molière acteur, sinon qu'il fut un des plus grands comiques de tous les temps, l'interprète inégalable de ses propres créatures, une sorte d'aboutissement intégral du paradoxe du comédien. Il jouait Arnolphe en ridicule. Ses ennemis lui reprochèrent de ne reculer devant aucun moyen pour faire rire. Lui-même reprend la critique de ses adversaires quand il évoque dans *La Critique* la manière dont, au Ve acte, Arnolphe « explique à Agnès la violence de son amour, avec ses roulements d'yeux extravagants, ses soupirs ridicules et ses larmes niaises qui font rire tout le monde ». On sent bien que ce rire franc du public est ce qui donne surtout du dépit aux esprits chagrins. Dans la pénombre d'une scène mal éclairée aux chandelles de la rampe et des deux lustres du plafond, avec le maquillage violent, les gestes et la voix lancés à la face du public, on peut imaginer une sorte de vieux clown expressionniste, passant sans effort du naturel le plus bouleversant à l'outrance de la caricature, à mi-chemin entre Raimu et Grock.

Alors, le couple Arnolphe-Agnès commence un long périple à travers le temps sur toutes les scènes du grand théâtre du monde[1]. On remarque d'abord que *L'Ecole des femmes* a connu une longue éclipse aux XVIIIe et XIXe siècles. Après la mort de Molière, Catherine de Brie continua à jouer le rôle d'Agnès jusqu'à sa retraite en 1685. Elle eut pour partenaires Rosimond puis Baron. Le disciple préféré de Molière transforma le rôle d'Arnolphe dans le sens de la noblesse et de la gravité.

1. *Pour une étude complète de ce problème, se reporter au livre de Maurice Descotes,* Les Grands Rôles du théâtre de Molière, *P.U.F. 1960.*

Il en fit un honnête homme. Aucun comédien important n'a marqué le rôle après lui au XVIIIe siècle. La pièce a d'ailleurs peu de succès. Voltaire la juge « inférieure en tout à *L'Ecole des maris* ». A cette époque, se produit une déviation qui a pesé lourd sur le destin de la pièce. Les comédiens se mettent en tête de jouer Arnolphe en ganache dont le grand âge et la décrépitude font un contraste repoussant avec le frais museau d'Agnès, la délurée, l'ingénue libertine. Un revirement se produit au XIXe siècle lorsque des acteurs, certains rompus aux techniques du mélodrame, tenteront d'illustrer les vers fameux de Musset sur « la mâle gaieté » de Molière. Entre 1839 — c'est Prévost qui a osé cette mode — et 1924 — Lucien Guitry monte cette comédie dans laquelle il voit « le plus haut cri de la passion charnelle » —, les meilleures représentations de *L'Ecole des femmes* ont sans doute été les moins fidèles à l'intention première de Molière. Des critiques comme Francisque Sarcey et Ferdinand Brunetière n'ont cessé de protester contre cette manie de « tourner l'œuvre presque au tragique » et de changer Arnolphe en « sacristain pleurnichard ».

Enfin, Louis Jouvet vint. Il donna rendez-vous au public de l'Athénée le 9 mai 1936 pour la première de *L'Ecole des femmes*. Tout a contribué à faire de cette représentation une redécouverte, une re-création : l'étonnant décor de Christian Bérard que Jean Cocteau venait de présenter à Jouvet, le seul décor français de l'entre-deux-guerres jugé digne de figurer dans les traités de scénographie ; l'interprétation de Louis Jouvet et celle de Madeleine Ozeray. Celui-ci, oubliant tous les commentaires et toutes les traditions, avait décidé de revenir à la pièce seule, et il y avait découvert la comédie. Il faisait rire, il riait lui-même et, par un jeu de transitions subtiles, il amenait le public à la grande scène de l'acte V où, consciemment, il frôlait le sérieux tout en évitant le pathos. Louis Jouvet se vantait à juste titre d'avoir en dix ans joué plus souvent le chef-d'œuvre de Molière qu'en trois siècles la Comédie-Française.

L'Ecole des femmes, à la différence de *L'Ecole des maris*, n'est pas une pièce à thèse. Elle n'oppose pas l'une à l'autre deux formes d'éducation féminine, deux conceptions du mariage. Chrysalde n'est pas engagé dans l'action comme l'est Ariste. Et il n'y a qu'une orpheline. Plus de symétrie. Sa pesante philosophie de la complaisance conjugale sert à conduire par ses excès Arnolphe dans ses derniers retranchements. Chrysale n'agit pas autrement face à Philaminte. Ni l'un ni l'autre ne sont porteurs d'aucune sagesse. Ils ne sont pas des raisonneurs. Mais, ici, aucun Clitandre n'est porteur d'une rationalité positive. Aucune conciliation n'est possible entre l'ironie de Chrysalde et le rigorisme d'Arnolphe, entre celui-ci et le naturel exquis d'Agnès. Rousseauiste à sa manière, Arnolphe accuse la société de dépraver l'être humain, mais il ne va pas jusqu'à penser que celui-ci soit naturellement bon. Il a voulu fabriquer une Agnès contre nature et la nature se venge. Molière dispose de quelques secondes dans la scène 3 de l'acte I pour nous présenter la sotte, l'idiote, la poupée montée de toutes pièces par Arnolphe. Elle se manifeste encore le temps d'une tirade, plus ingénue que sotte, à la scène 5 de l'acte II, mais déjà la métamorphose est en marche sous nos yeux, par une espèce d'accéléré saisissant. Entre Arnolphe et Agnès, il n'y a rien de commun. Ils sont « incompatibles », écrit

Ramon Fernandez, se souvenant du ballet monté jadis à Pézenas. Et l'on arrive ainsi à cette confrontation extraordinaire du nouvel Arnolphe, métamorphosé par la jalousie, et de la nouvelle Agnès, transfigurée par l'amour. Comment ne pas être frappé par la dureté et la froideur d'Agnès dans cette scène ? Il suffit qu'Arnolphe donne alors tant soit peu dans le pathos pour que le public se retourne contre cette jeune sotte, qui ne comprend pas qu'elle se prépare à laisser s'envoler sa meilleure chance. Cet homme mûr, forgé par la souffrance, a tout pour la rendre heureuse. Elle comprendra plus tard, trop tard, quand son jeune mari l'aura bien déçue dans sa lointaine sous-préfecture. Ainsi pensent de nombreux spectateurs que l'âge rend plus ou moins solidaires d'Arnolphe. En réalité, Agnès n'entend même plus Arnolphe. Toute communication est coupée. Molière gardait-il son tempo comique jusque dans cette scène ? On ne saurait le garantir, mais il semble que oui. La plupart des comédiens, et de nombreux commentateurs, semblent penser que Molière s'éloigne délibérément du comique. A les croire, c'est quand Molière est le moins comique qu'il est le plus profond. Paradoxe insoutenable. Quand Arnolphe lance à genoux ses soupirs et menace de s'arracher un côté des cheveux, il est plus proche du professeur Unrat dans *L'Ange bleu* que d'un amant chevronné des pièces de la Belle Epoque. Oui, la comédie atteint son sommet dans cette scène, mais elle-même culmine quand Arnolphe, à bout, se met en contradiction avec lui-même :

« Tout comme tu voudras, tu pourras te conduire :
Je ne m'explique point, et cela, c'est tout dire. »

M. Will Grayburn Moore écrit que Molière a poussé la comédie au-delà de la drôlerie, jusqu'au véritable comique. Arnolphe n'est peut-être pas drôle, mais il est profondément comique. Est comique non pas ce qui fait rire, mais ce qui contredit la raison. Arnolphe à genoux devant Agnès, Alceste suppliant Célimène sont absurdes. Si certains critiques, à propos de *L'Ecole des femmes*, inclinent à parler de tragédie, c'est qu'ils n'ont pas compris que, selon le mot de Ionesco, « le comique est tragique et la tragédie de l'homme dérisoire ».

Le dossier de la querelle

Encore liée à la farce archaïque par quelques traits, en particulier par une certaine raideur des vers, la nouvelle pièce de Molière élevait la comédie à un niveau qu'elle n'avait encore jamais atteint, mettant même en danger la primauté de la tragédie. Les frères Corneille se sentirent particulièrement menacés. Dans la voie où il s'engage, Molière va menacer des privilèges, soulever des problèmes éthiques, mettre en émoi des groupes influents, éveiller le soupçon des milieux dévots, bref entrer dans une turbulence qui ne prendra fin qu'avec le dénouement de l'affaire *Tartuffe*. La querelle de *L'Ecole des femmes* est le premier acte, à tout le moins le prologue, sans lequel cette comédie à cent actes divers est incompréhensible.

Répétons-le, on est frappé par l'unanimité enthousiaste qui entoure Molière dans ces années-là. C'est l'époque où les témoignages sont les plus nombreux et rivalisent dans l'emphase. *Le Cocu imaginaire* et *L'Ecole des maris* sont considérés comme des chefs-d'œuvre impérissables, et Molière, encore appelé par beaucoup Sganarelle, y est désigné comme le rival de Plaute et de Térence. Molière a trouvé l'art de plaire au plus grand nombre, à la cour comme à la ville, à ce public si divers que l'auteur estime n'avoir réussi qu'à condition d'avoir convaincu à la fois les gens de cour, le menu peuple et les honnêtes gens. Molière s'accommode à l'humeur et au goût de son temps. Déjà, les contemporains sont frappés par cette identité de vue entre Molière et son époque. Elle concerne la supériorité du genre comique sur le genre sérieux, l'identification de la vie à un théâtre et de l'homme à un acteur, enfin la recherche d'un naturel qui tend à rejoindre le réalisme. Aujourd'hui encore, nous ne parvenons pas à voir clairement si Molière a pratiqué la satire théâtrale parce que celle-ci était à la mode, ou si la satire est devenue à la mode parce que Molière en avait fait la substance de sa comédie. Sur tous les problèmes essentiels, Molière commence par prendre une position qui est celle de la majorité de ses contemporains.

Les choses changent avec *L'Ecole des femmes*. Le public fit fête à la pièce, mais elle fut discutée, voire déchirée à belles dents, par ceux qui se mêlaient de juger des choses. Les rivaux directs de Molière, acteurs et auteurs, se déchaînèrent par jalousie. Les Grands-Comédiens l'accusèrent de grossir ses effets pour plaire au parterre, les auteurs de ne pas respecter les règles d'Aristote. Dévoilant leurs véritables craintes, les uns et les autres opposèrent la bassesse de la comédie (moliéresque) à la sublimité de la tragédie (cornélienne), les bagatelles (ce mot à la mode pullule dans tous les textes de la querelle, y compris dans ceux de Molière) aux grands ouvrages. Les Grands-Comédiens ne souffraient pas seulement de voir le théâtre tragique déserté par un public qui se ruait au Palais-Royal. Tous se rencontraient sur ce point précis avec les milieux précieux, dont Molière n'avait guère travaillé à se concilier les bonnes grâces. Ils furent choqués, et le proclamèrent, comme Climène dans *La Critique*, par ce que Racine, ayant Molière et *L'Ecole* à l'esprit, appelait encore en 1669, dans la préface des *Plaideurs*, « les sales équivoques et ces malhonnêtes plaisanteries qui coûtent maintenant si peu à la plupart de nos écrivains et qui font retomber le théâtre dans la turpitude d'où quelques auteurs plus modestes l'avaient tiré ». Racine reprenait presque les termes de l'abbé d'Aubignac qui, tout en prenant la défense du théâtre, n'en accusa pas moins Corneille, dans sa *Dissertation sur la condamnation des théâtres*, parue en 1666, d'avoir par jalousie inspiré les ennemis de Molière. Plusieurs années après la première de *L'Ecole des femmes*, les uns et les autres accusaient donc Molière d'avoir poussé « notre théâtre à se laisser retomber dans sa vieille corruption », ajoutant que les farces impudentes et les comédies libertines ne pouvaient manquer d'attirer sur lui la honte et la condamnation.

Le dossier de la querelle, étalé sur l'année 1663, contient treize écrits. Les trois quarts d'entre eux n'appartiennent plus au domaine vivant de la littérature et concernent les seuls érudits. Les plus importants sont désormais accessibles dans l'édition du théâtre complet de la Pléiade. Restent les stances chaleureuses de Boileau qui voulut manifester son soutien avant même que la cabale, déjà à l'œuvre, ne se fût manifestée publiquement. Restent surtout les deux contributions de Molière, de loin les plus importantes, et qui, malgré leur dimension modeste, sont loin de se réduire à des curiosités ou à de petits riens. Le contraste entre cette masse d'écrits devenus de la matière morte et les deux courtes pièces de Molière où vibre encore le fouet de la satire, fait même l'intérêt de la querelle. Les ennemis de Molière ont manqué de souffle. Ah ! Si Racine ou Bossuet s'en étaient mêlés !

Lysidas est le prototype de ces auteurs, rivaux et détracteurs de Molière. Il annonce Vadius et Trissotin. On reconnaît en lui la synthèse des deux Corneille, avec prédominance de traits empruntés au moins génial et au plus vindicatif, Thomas, que la rumeur donnait pour l'instigateur de la querelle. Toutefois, les premières répliques de Lysidas sortent des *Nouvelles nouvelles* de Donneau de Visé, premier pamphlet de ce jeune loup, futur auteur du *Mercure galant*, dont Molière allait se venger en faisant de lui un ami. Il fut le meneur de jeu de la querelle à laquelle il donna trois contributions. Après les *Nouvelles nouvelles*, il revint en effet à la charge en réponse à la publication de *L'Ecole des femmes* et à la représentation de *La Critique* avec une comédie, *Zélinde*, qui ne fut sans doute pas jouée. Il récidiva une dernière fois après *L'Impromptu de Versailles* avec *La Vengeance des marquis*, qu'accompagnait une *Lettre sur les affaires du théâtre*. L'objet principal des *Nouvelles nouvelles* était de faire apparaître une critique faussement modérée de *L'Ecole des femmes*, en regroupant pour la première fois tous les griefs des esprits chagrins qui couraient les salons. Mais les interventions de Donneau de Visé ont un autre intérêt : il donne le coup d'envoi à la vie mythique de Molière en apportant la première esquisse de sa biographie et il fournit un des plus précieux documents d'époque sur le public de Molière. Au moment de la querelle de *L'Ecole des femmes*, ils sont quarante ou cinquante marchands de la rue Saint-Denis qui assistent aux premières représentations de toutes les pièces nouvelles, louant des loges pour leurs femmes, se contentant pour eux-mêmes du parterre. Donneau de Visé fut donc en la circonstance l'adversaire acharné de Molière.

Toutefois, la pièce maîtresse de la cabale est due à un autre jeune écrivailleur, Boursault, personnage plutôt sympathique, intégré au clan des Corneille sous l'impulsion desquels il écrivit *Le Portrait du peintre*. Il eut le mauvais goût de faire chanter au final la fameuse chanson de *La Coquille*, et le bon goût de la supprimer quand on imprima la pièce. Donneau de Visé, qui s'est vanté d'en être l'auteur, en cite le couplet le plus scabreux dans sa *Vengeance des marquis* :

« Coquille, dit-il, si belle et si grande
N'accommode mon limaçon
Coquille, dit-il, si belle et si grande
Demande un plus gros poisson. »

Donneau laisse d'ailleurs entendre que la chanson était antérieure à la pièce de Boursault, ce qui signifie que les chanteurs du pont Neuf l'offraient en risée aux badauds. Les allusions à la coquille de Madeleine et au limaçon de Molière, souvenir de la nymphe de Vaux-le-Vicomte, prennent un sens graveleux et ignoble, confirmé par la chanson qui courut les rues à la mort de Molière :

« Il se servit de la coquille
Et de la mère et de la fille. »

Molière voulut en juger par lui-même et eut le courage d'assister à une représentation de la pièce de Boursault à l'Hôtel de Bourgogne. Les Grands-Comédiens, pas trop fiers de leur audace, guettèrent ses réactions. Il ne broncha pas. Si l'on en croit Georges Couton, cet incident eut pour première conséquence que Madeleine

Béjart changea d'emploi. Elle demanda ou Molière lui imposa de ne plus jouer les amoureuses mais les femmes mûres. Jean-Baptiste voulut répliquer une dernière fois à ses ennemis. *L'Impromptu de Versailles* répond au *Portrait du peintre*, plus précisément à la chanson de la coquille. Le roi voulut que la création eût lieu à Versailles le 14 octobre 1663 en sa présence.

On est frappé par la gradation des attaques contre Molière. Une querelle littéraire dégénère en campagne de calomnies et les ultimes échanges tombent dans une rare bassesse. On commence par attaquer au plan du métier, accusant des « bagatelles » mal construites, mal écrites, irrégulières, de dévoyer le goût du public au détriment des « grands ouvrages », critiquant le jeu comique de Molière et de ses compagnons, jugés vulgaires. C'est de bonne guerre, dira Molière. Les choses changent dès l'annonce de *La Critique*, avant même que la pièce ne soit jouée. Des griefs, plus perfides, plus dangereux, surgissent alors. Molière traite les marquis de turlupins et menace l'ordre social. On lance l'idée que le sermon d'Arnolphe parodie directement les homélies sacrées et que la scène des maximes « choque nos mystères ». A ces insinuations venimeuses succèdent des accès de violence physique qui trahissent une haine viscérale à la mesure de l'amitié que Molière éveille dans son public, et peut-être chez le roi. Seuls Voltaire, Zola ou Sartre soutiennent la comparaison avec lui pour la hargne déchaînée. On le menace du bâton s'il joue sa *Critique*, parce que chacun connaît déjà les noms à mettre sous chacun des personnages ridiculisés par sa comédie. « Tarte à la crème » fait passer les ennemis de Molière de la violence verbale aux voies de fait. Ils furent plusieurs à se reconnaître dans ce trait.

Un jour (version Lamartinière), le duc de la Feuillade, s'avançant au-devant de Molière comme pour l'embrasser, lui saisit la tête et lui frotta le visage jusqu'au sang contre les boutons de son habit. Un autre jour, le chevalier d'Armagnac lui fit tourner grotesquement sa perruque sur le crâne (version Donneau de Visé). C'est alors que la chanson de la coquille, évoquée plus haut, s'en prit directement à l'homme et à sa vie la plus intime. Dernier épisode de la querelle de *L'Ecole des femmes*, le comédien Montfleury, égratigné dans *L'Impromptu de Versailles*, réplique par *L'Impromptu de l'Hôtel de Condé* à peu près au moment où son fils lance une attaque redoutable connue par la fameuse lettre de Racine.

Attaqué dans sa vie privée, soupçonné de menées subversives, accusé d'irréligion, Molière refusa de se battre sur le terrain de ses adversaires. Il se contenta de souligner la bassesse de leurs attaques, leur vile jalousie, la médiocrité de leurs ouvrages. En octobre 1663, dans le palais en pleine transformation, devant le roi, entouré lui-même de sa troupe, il créa *L'Impromptu de Versailles*. La comédie touchait à sa fin. Molière venait de faire revivre une séance de travail de sa troupe pour la noble assistance. On en était venu à évoquer *Le Portrait du peintre*. Armande Béjart puis Catherine de Brie lui reprochaient de ne pas user du même procédé que ses adversaires, lui suggéraient de répondre du tac au tac en répandant de semblables vilenies sur eux. Molière répondit d'abord à Catherine en la fixant du regard, puis, insensiblement, il fit face à la salle, cingla de son ironie ses rivaux blêmes de rage et réduits au silence, qui se tassaient debout derrière le beau monde et termina ainsi :

« Mais enfin, j'en ferai ma déclaration publiquement. Je ne prétends faire aucune réponse à toutes leurs critiques et leurs contre-critiques. Qu'ils disent tous les maux du monde de mes pièces, j'en suis d'accord. Qu'ils s'en saisissent après nous, qu'ils les retournent comme un habit pour les mettre sur leur théâtre et tâchent à profiter de quelque agrément qu'on y trouve, et d'un peu de bonheur que j'ai, j'y consens : ils en ont besoin et je serai bien aise de contribuer à les faire subsister, pourvu qu'ils se contentent de ce que je puis leur accorder avec bienséance. La courtoisie doit avoir des bornes ; et il y a des choses qui ne font rire ni les spectateurs ni celui dont on parle. Je leur abandonne de bon cœur mes ouvrages, ma figure, mes gestes, mes paroles, mon ton de voix et ma façon de réciter, pour en faire et dire tout ce qu'il vous plaira, s'ils en peuvent tirer quelque avantage : je ne m'oppose point à toutes ces choses, et je serai ravi que cela puisse réjouir le monde. Mais, en leur abandonnant tout cela, ils me doivent faire la grâce de me laisser le reste et de ne point toucher à des matières de la nature de celles sur lesquelles on m'a dit qu'ils m'attaquaient dans leurs comédies. C'est de quoi je prierai civilement cet honnête monsieur qui se mêle d'écrire pour eux, et voilà toute la réponse qu'ils auront de moi. »

Molière jouait Molière. Aucun rôle ne le séparait plus de lui-même. Aucun personnage ne s'interposait entre lui et son public. Sa voix, sa propre voix cinglait l'air et son regard portait plus loin que l'assistance. Au premier rang, le roi ne s'était pas départi de son impassibilité, mais une lueur s'était allumée dans ses yeux. Il y eut des coups d'œil en coin rapides sur les courtisans qu'on savait engagés dans la cabale, des sourires jaunes, des grimaces involontaires. Molière prenait soudain une autre stature. Au-delà des comédiens, au-delà de l'auteur, un homme défendait l'homme. Quelques minutes plus tôt, Brécourt venait en son nom d'annoncer : « La meilleure réponse qu'il leur puisse faire, c'est une comédie qui réussisse comme toutes ses autres. » *Tartuffe* est en route. L'affaire *Tartuffe* a commencé. L'imposteur existe, Molière vient de le rencontrer.

Je est un autre

Dans toute la querelle de *l'Ecole des femmes*, seules comptent aujourd'hui les deux contributions de Molière : *La Critique de L'Ecole des femmes* où il présente sa théorie théâtrale ou plutôt fait sienne, par souci d'équilibre et d'harmonie, une théorie qui rallie tous les doctes ; *L'Impromptu de Versailles* où il donne au public de tous les temps le rare privilège de voir vivre sa troupe, non pas comme elle est, ainsi qu'on le dit naïvement d'habitude, mais comme il la voit, comme il veut qu'on la voie.

Dans *La Critique*, Molière expose ses idées sur le genre comique, sur les rapports du comique et du tragique, et sur leur hiérarchie dans le bon fonctionnement de la manifestation théâtrale, sur le rôle du public, de la cour à la ville, des loges au parterre. En réalité, le devoir que s'inflige Molière de répondre à ses détracteurs, défendre sa pièce et donner raison au public qui l'approuve, l'oblige, contre sa tendance profonde, à théoriser ce qu'il eût sans doute préféré tenir à l'état d'intuitions claires-obscures. Nous n'avons pas là l'exposé dogmatique des idées *a priori* qui auraient guidé Molière dans son travail, seulement celles qu'il parvient à conceptualiser *a posteriori* par nécessité de s'appuyer sur des raisons générales. Encore joue-t-il au maximum de la possibilité propre au théâtre de déconstruire sa pensée, de la faire éclater dans les dires contradictoires de chaque personnage, favorables comme Uranie, Elise ou Dorante, ou au contraire hostiles : certaines objections de ses plus stupides détracteurs, Climène, le marquis, Lysidas, il se les fait aussi, et le tintamarre organisé par eux pour empêcher Dorante de répondre signifie bien que Molière lui-même, mû par un sûr instinct poétique, s'interdit de répondre, estime n'avoir pas de véritables réponses à donner à des questions qui n'en méritent peut-être pas. *La Critique* représente une aubaine pour les professeurs qui n'en finissent pas de gloser sur la théorie et sur la méthode moliéresques. Pourtant, sur tous les thèmes essentiels, qu'il s'agisse de la grande comédie, de l'utilité morale de cette dernière, de sa fonction comme miroir de la vie quotidienne de l'homme ordinaire, Molière se contente de reprendre une idée qui s'est imposée dans les milieux intellectuels libres, produit d'un humanisme à dominante aristotélicienne, et à travers cette idée, d'essayer de dire sans le dire le paradoxe de la vision comique radicale dont il rêve. Ainsi en va-t-il de l'idée fameuse de mettre les comédies au-dessus des tragédies. Antoine Adam a souligné l'importance d'un texte peu connu, *Le Parasite mormon*, écrit vers 1650, attribué d'abord à Charles Sorel puis à l'abbé La Mothe Le Vayer, ami intime de Molière, dû en tout cas à un de ces libertins, Cyrano de Bergerac, Chapelle, d'Assoucy, dont il reproduit les conversations. Dans la plus fameuse tirade de *La Critique*, Molière ne fait que reprendre dans son style inimitable les passages du *Parasite mormon* où ses amis, dix ans avant lui, tournaient en ridicule l'emphase tragique, les apostrophes aux dieux et au destin et ceux où ils discutaient savamment sur les sujets élevés et sur les sujets bas, affirmant qu'il n'y avait pas moins de mérite à faire rire qu'à faire pleurer. Obligé de s'expliquer sur le seuil de la voie nouvelle qu'il vient d'ouvrir vers la grande comédie, renonçant à sonder en profondeur son propre processus créateur, Molière choisit de présenter à son public les idées où celui-ci se reconnaîtra : ces idées lui viennent de ce groupe d'amis qu'il n'a jamais reniés. Même l'idée de mettre le comique au-dessus du tragique vient de la pensée libertine.

Quelques traits de gauloiserie rabelaisienne n'eussent pas offusqué si fort tant de gens si leur verdeur même et toute la veine comique de l'auteur n'avaient été au service d'une idée toute simple, indubitable pour Molière mais inacceptable à d'autres : l'idée que la nature est bonne parce qu'elle est en accord avec la raison, qu'instinct et raison vont de pair dans la nature humaine, que ceux qui violent l'un ou l'autre ou les deux ensemble s'exposent à la déconfiture d'Arnolphe. Les bien-pensants devaient fatalement ressentir que la morale chrétienne du mariage, renforcée par la Contre-Réforme, était atteinte par la débâcle d'Arnolphe et la transfiguration d'Agnès. Le véritable point de vue de Molière, ce n'est évidemment pas Chrysalde, ce faux sage dont le rôle est de faire rire, qui l'expose, mais Agnès. On ne saurait trouver dans les pièces de l'époque une seule scène où soit mise en cause l'idée de péché comme elle l'est par Molière dans cette pièce. En traitant un sujet interdit, Molière avait conscience de son audace. Elle consistait, non à défendre le droit pour la femme d'accéder à la vie de l'esprit — toute la littérature galante l'avait fait avant lui — mais à tourner en ridicule les tenants de la morale rigoriste. Son audace consiste à faire rire des idées qui sont au pouvoir. C'est celle des grands auteurs satiriques.

Molière a débuté par l'imaginaire de la farce pure (*La Jalousie du barbouillé*), équilibré par le monde galant des cours princières (*Dom Garcie de Navarre*), aussi irréel que l'autre. Il sait que son art du comique prend racine dans le premier plutôt que dans le second, mais qu'il doit rejoindre le réel quelque part. Il y parvient en approfondissant l'esprit bourgeois en tant qu'auteur et le personnage du bourgeois en tant qu'acteur, des *Précieuses ridicules* à *L'Ecole des femmes*. *La Critique* est née de la nécessité où il était de répondre à ses détracteurs. On aurait tort de considérer cette courte comédie comme un rien charmant, simple produit de circonstance. Elle est au contraire riche de promesses. D'abord, Molière y parle en son propre nom sous le truchement de ses simulacres, avant de faire sous peu l'apprentissage du « je » en direct dans *L'Impromptu*. Sur la lancée viendront les placets au roi, les tirades de Cléante, d'Alceste, de Don Juan, la préface de 1669, tous ces manifestes du « je » moliéresque qui vont jalonner l'affaire *Tartuffe*. En outre, Molière élargit le personnel de sa scène comique. La noblesse et la cour y font leur entrée. *La Critique* annonce et esquisse *Le Misanthrope*. La scène 5 prépare la scène des « portraits ». Molière se met personnellement en scène dans l'écrivain Damon dont l'humeur taciturne évoque pour nous Alceste. Enfin, *La Critique* a toutes les apparences d'une comédie de salon jusqu'au moment final où les personnages prennent conscience de tenir un rôle, de se jouer eux-mêmes. Alors, la comédie humaine, miroir de la société, fait place à la comédie de la comédie qui va bientôt s'épanouir dans *L'Impromptu* où l'on assiste en direct à la prise des rôles.

Ainsi, toute la querelle de *L'Ecole des femmes* annonce de loin la dernière étape de la comédie moliéresque où le théâtre de la fête et la fête du théâtre changent le monde en théâtre, tendent vers l'unité du théâtre et de la vie dans « le triomphe de la folie » dont parle Gérard Defaux. Bien mieux, pareils à ceux de Brecht, les acteurs de *La Critique* sont en quête d'un dénouement. Ils se sont rendu compte que « le théâtre dans le théâtre » détruit l'intrigue, la change en cérémonial, rend impossible le dénouement comique traditionnel (mariage, reconnaissance, réconciliation générale). Ne sachant comment finir la comédie, le seul dénouement qu'ils trouvent, c'est le repas convivial vers lequel se précipitera Scapin « avant que je meure ». Ils ne sont pas seulement, ces personnages, en quête d'un dénouement, mais aussi en quête d'auteur. C'est justement lui qui entre en scène dans *L'Impromptu de Versailles* et fait d'abord l'appel de la troupe avant de convier le public à assister à ce qui voudrait passer pour de la vie en direct mais qui reste un simulacre, d'autant plus mensonger qu'il tente de se dissimuler. Eternelle ambiguïté de la comédie *all improviso*, du théâtre de la spontanéité qu'Antonin Artaud appelait théâtre de la cruauté. Ou bien il rencontre le réalisme le plus pur, qu'il prétendait nier, par la fusion totale du personnage et de la personne, sans jamais cependant atteindre son but, condamné à demeurer jeu, masque, simulacre. Ou bien il franchit la barrière de la scène, se perd dans le public, se nie comme théâtre, et c'est l'impasse. A moins que... L'auteur qui entre en scène dans

L'Impromptu de Versailles n'est pas le même homme. En trois ans, il a inventé son type, trouvé son masque, créé son personnage. Celui-ci ne pourra garder la défroque ni le nom du cocu dérisoire. Ainsi naît Arnolphe. Ainsi naît le bourgeois. Molière sera Arnolphe, Molière sera le bourgeois, jusqu'à la fin de l'aventure de sa vie, de l'entreprise théâtrale, jusqu'à ce que le bourgeois meure en lui ou lui dans le bourgeois, sur le fauteuil d'Argan.

Or, la querelle de *L'Ecole des femmes* oblige Molière à aller plus loin, à provoquer une rupture, à rompre le cours trop uni de la rationalité au profit du génie ou de la folie. Il vient de rencontrer, enténébrant sa vie et déjà envahissant les coulisses de son théâtre, personnage plus vivant que toute personne, masque plus expressif que n'importe quel visage, simulacre plus intense que toute réalité, l'Autre absolu, le double inversé du bourgeois, le rôle que Molière n'osera pas jouer, Tartuffe. Et parce qu'il ne peut pas jouer Tartuffe, il ne jouera pas non plus Don Juan qui est à son tour le double inversé de Tartuffe. Et ne pouvant jouer ces deux-là, il jouera Alceste qui est l'Autre de tous les autres, l'Autre de tous les personnages de Molière, à l'exception de Molière lui-même. En jouant Alceste, Molière se joue lui-même, devient l'acteur de soi. Quand il entre en scène dans *L'Impromptu*, il se met en crise pour se mettre en scène, il se prépare à affronter le trio de monstres sacrés qui va donner une nouvelle dimension à son théâtre, faire de lui un champion hors catégories comme Shakespeare. Tant qu'il joue le chef de la troupe en train de faire répéter ses comédiens, il joue à jouer, il reste dans le simulacre. Quand il fait l'éloge du théâtre, miroir de la société, il se contente de faire entendre la voix de ses copains de jadis, les libertins, voix collective où la sienne est prise et reconnaissable. Mais quand, face au public, il s'adresse à « cet honnête monsieur qui se mêle d'écrire », alors il dit « je » et c'est en effet Molière en personne qui parle ; non plus un simulacre qui s'adresse à des fantoches, mais un homme à des hommes. A ce point précis, le moment théâtral rejoint l'*ecce homo* de la condition humaine. Doit-on parler d'une fusion de la personne et du personnage, dire plutôt que la personne meurt pour renaître, qu'un homme nouveau naît dans la mort sacrificielle du personnage ? Transgression de la convention théâtrale, violation des limites de la comédie, dépassement du jeu dans le jeu, du jeu dans le « je ». Molière dit « je » mais « je » est un autre. Mille ont tenté ce dépassement sur la scène, pas un ne l'a réussi, pas même le grand Artaud dont le théâtre de la cruauté n'a jamais pris corps. D'ailleurs, Molière a payé cher sa victoire, il ne s'en est jamais remis. Il a fallu que Molière joue à être Molière pour *être* un *autre* Molière, il a fallu cette transgression pour rendre possible cette formidable traversée de *Tartuffe*, de *Dom Juan* et du *Misanthrope*, par la voix de Molière, sans quoi cette trilogie imaginaire du Menteur ne serait pas le moment absolu du théâtre qu'elle est. Tout n'est-il pas déjà dit dans *La Critique* ? : « Le sermon et les maximes ne sont-elles pas des choses ridicules et qui choquent le respect que l'on doit à nos mystères ? — Les vrais dévots qui l'ont ouï n'ont pas trouvé qu'il choquât »... Choquer nos mystères, les vrais dévots, les faux dévots, les dévots... Tout le discours de l'affaire *Tartuffe* est en place. Le combat de Molière est commencé. L'enjeu est clair. Dans *L'Ecole des femmes*, il revendique le droit au plaisir pour l'être humain (« Le moyen de chasser ce qui fait du plaisir ? »). Dans *La Critique*, il revendique le droit au plaisir pour le spectateur de théâtre (« Je voudrais bien savoir si la grande règle de toutes les règles n'est pas de plaire. »). La vie, le théâtre, l'homme, l'artiste : même combat.

8

Le prince travesti

Le 5 février 1669

L'intrusion scandaleuse

Versailles

L'image du roi

Les Plaisirs de l'île enchantée

Le 5 février 1669

Le public vit d'abord apparaître une paire de souliers à rubans au bas du rideau, puis une tête à perruque bouclée dans la fente centrale, à mi-distance des deux lustres descendus à l'avant-scène. Tandis que l'allumeur de chandelles faisait signe de remonter les luminaires, on vit deux yeux fébriles rouler de gauche à droite et de bas en haut, en balayant la salle. Les loustics, debout au premier rang du parterre, commencèrent à pousser des cris d'oiseaux en reconnaissant Molière, sa moustache en parenthèse et ses sourcils touffus sur fond de blanc gras. Sur les chaises qui encombraient chaque côté de la scène, les marquis froufroutaient dans leurs dentelles. Ils l'énervaient, ceux-là ! Il parcourut les quatorze cents places, des gradins aux galeries. Complet ! Il se retourna vers La Grange : « Combien ? — Deux mille huit cent soixante livres, Monsieur. Nous n'avons jamais fait autant. » On avait doublé le prix des places. Vu l'affluence, tout donnait à croire qu'on pourrait maintenir longtemps ce tarif exceptionnel. De bonnes parts en perspective, quand viendrait l'heure du partage.

C'était le 5 février 1669. On se préparait à donner la première représentation publique de *Tartuffe*, l'œuvre maudite à laquelle le roi venait tout juste d'accorder son autorisation. Six ans de luttes pour en arriver là ! Molière n'avait cessé de travailler à cette pièce, l'avait refaite trois fois, s'était battu contre des fantômes, avait frôlé l'excommunication et peut-être pire. Il l'avait lue des dizaines de fois en visite chez le prince de Condé, chez la Palatine, chez Ninon de Lenclos. Chacune de ces lectures avait pris un sens quasi oppositionnel que Molière n'avait pas voulu. On parlait de *Tartuffe* dans toute l'Europe. D'illustres visiteurs, le légat du pape, la reine de Suède, l'avaient réclamé à leur arrivée en France. En imposant la paix de l'Eglise l'année précédente, en faisant taire, au moins officiellement, toute querelle religieuse, le pape venait de faire sauter les verrous. Le roi avait saisi l'occasion au vol. Cette pièce lui tenait à cœur. Ce Molière lui plaisait, pour l'instant autant et peut-être plus que Lully, moins bouffon que ce dernier, avec ce fond de sagesse qui troublait en lui. On riait jaune, ce soir, dans les sacristies et dans les alcôves, mais le théâtre du Palais-Royal ruisselait de lumières et frémissait d'impatience. Alors, pourquoi le sourire de Molière, et le brillant de son regard, ne se manifestaient-ils pas plus franchement ? C'est que le roi n'avait guère pris de risque en donnant son autorisation et que la comédie de ce soir n'était plus qu'un pétard mouillé. Ou presque. Jamais plus Jean-Baptiste Poquelin dit Molière ne pourrait savourer sa revanche et jouir de la déconfiture de ses pires adversaires. Le parti dévot avait perdu ses militants les plus glorieux et les plus farouches. Il se voyait provisoirement réduit au silence. Morte Anne d'Autriche, la dame galante aux ferrets de diamants, changée en bigote. Mort Conti, le prince libertin, protecteur puis persécuteur de Molière, au nom de son plaisir puis du Ciel. Mort enfin Roullé, le plus ardent des zélés indiscrets à tonner du haut de sa chaire contre Molière, à l'injurier pieusement, à le damner par charité !

Molière vérifia son costume, pourpoint, chausses et manteau de vénitienne noire, le manteau doublé de tabis et garni de dentelle d'Angleterre. Orgon est un grand bourgeois, un homme d'Etat. Bien qu'il fît son entrée seulement au troisième acte, il avait recommandé à du Croisy de se tenir prêt dès l'ouverture du rideau. Le brave, le consciencieux du Croisy, trente-cinq ans, se tenait là, dans son petit habit noir à collet blanc. Il avait posé son grand chapeau de feutre sombre à larges bords sur ses longs cheveux raides, soigneusement huilés. Tartuffe avait retrouvé sa première, sa vraie tenue, celle du 12 mai 1664, quand l'hypocrite pénétra par effraction dans ces fêtes grandioses qui inaugurèrent à la fois le règne et Versailles. Du Croisy tenait là le plus grand rôle de sa carrière. Il allait être pour jamais le créateur de Tartuffe, celui que Molière avait immédiatement désigné pour le rôle. Pourtant, du Croisy doutait lui-même que Molière eût créé le personnage en pensant à lui. Non, Tartuffe venait d'ailleurs, d'une zone d'ombre dont Molière en personne n'était pas tout à fait le maître.

L'intrusion scandaleuse

La première et la deuxième version de *Tartuffe*, disparues l'une et l'autre, encadrent *Dom Juan* et *Le Misanthrope*. En trois ans, Molière a donc écrit ces trois chefs-d'œuvre qui font de lui le champion universel du théâtre comique, en même temps que le symbole du dramaturge combattant. En plus de cette trilogie, entre 1664 et 1669, Molière a écrit *Le Mariage forcé, La Princesse d'Elide, L'Amour médecin, Le Médecin malgré lui, Mélicerte, La Pastorale comique, Le Sicilien, Amphitryon, George Dandin, L'Avare* : en tout treize pièces. Une conclusion s'impose, l'affaire *Tartuffe* est omniprésente dans la période où Molière est le plus créateur. C'est un boulet qu'il traîne, mais aussi un feu qui le brûle.

Tout avait commencé le 12 mai 1664 par l'intrusion du petit homme noir dans la fantasmagorie dorée des *Plaisirs de l'île enchantée*, à Versailles, haut lieu de la majesté royale et de la fête princière. De même que ce Tartuffe de 1664 prend tout son sens dans le déploiement de ces fêtes, ainsi l'affaire *Tartuffe* doit sa formidable charge symbolique à l'immense débat moral et religieux dans lequel elle s'insère. Grâce à lui, un incident mineur est devenu une affaire d'Etat. La comédie de Molière n'étant même pas encore en chantier, tout commence à l'aube du nouveau règne par un affrontement entre la vieille cour et la jeune cour, entre l'idéal hédonique de la vie courtisane et l'idéal ascétique de la vie dévote. D'un côté, le succès ancien et durable dans les milieux chrétiens de *L'Introduction à la vie dévote* de François de Sales (1608-1609), de l'autre la vogue récente de *L'Homme de cour* de Baltasar Gracián (1647). Toute l'Europe catholique de la Contre-Réforme est concernée. L'affaire *Tartuffe* prend place dans le remarquable renouveau religieux dont la France est le phare. Au moment même où le roi invite Molière à faire l'épreuve de *Tartuffe* sur la cour, Rancé entreprend la réforme de la Trappe. L'un des principaux animateurs de la confrérie du Saint-Sacrement, saint Vincent de Paul, renouvelle l'idée même de sainteté. Un autre dévot, le curé Olier, soupçonné d'avoir persécuté Molière au temps de l'Illustre-Théâtre, est l'auteur d'écrits spirituels dont la valeur mystique émerveillait Maurice Clavel. De nombreux laïcs, des gens du monde, ont été attirés par une religion en plein renouveau. Presque tous les grands écrivains du siècle ont consacré une part de leur temps à des œuvres spirituelles sans y être tenus. Malherbe a mis en vers les psaumes, La Fontaine le *Dies irae*, Corneille *L'Imitation de Jésus-Christ*. Racine a composé des cantiques spirituels. Molière aussi, dont on cite sans cesse une traduction en vers de Lucrèce qui n'a jamais vu le jour, a inscrit deux quatrains, dont on ne parle jamais, au bas d'une estampe à Notre-Dame de la Charité, que François Chauveau venait de réaliser pour l'église du même nom. On discutera encore longtemps des intentions véritables de Molière et de sa religion personnelle. Mais il est aussi simpliste de voir en lui un conformiste sans complexe qu'un libertin sans vergogne. Pour le moins, les choses doivent nous sembler aussi complexes qu'à lui. Il dut s'interroger plus d'une fois sur ce qu'il pensait réellement, pris dans le grand débat entre philosophie et religion que les génies de Descartes et de Pascal venaient de porter au plus haut pour des siècles.

L'Eglise catholique romaine, régénérée par le concile de Trente, célèbre la pompe triomphaliste d'une liturgie latine dont la richesse a mis trois siècles à s'épuiser. Autour d'elle, les architectes, les peintres, les sculpteurs et les musiciens théâtralisent un espace symbolique où l'esprit classique et l'esprit baroque se relaient sans relâche. Les mêmes artistes construisent dans un esprit semblable les chapelles et les palais, produisent les statues royales et les images saintes, les allégories à la gloire de Dieu et du roi, les symphonies pour les soupers et les messes solennelles. La montre royale défile en permanence entre deux mythologies iconologiques, une mythologie chrétienne qui soumet le monarque à la volonté du Très-Haut et une mythologie païenne qui le soumet à sa propre gloire.

Roi Très Chrétien et Roi-Soleil en même temps, Louis XIV danse pour la première fois en costume d'Apollon en 1658 dans *Le Ballet de la nuit*, rôle qu'il reprendra souvent par la suite. Autour de lui, les courtisans composent le chœur des astres. Les poètes usent de métaphores solaires pour évoquer le lien entre le roi et les sujets. Le monarque trône au centre de la roue en costume d'imperator, Alexandre, puis Auguste, enfin à partir du carrousel de 1662, Apollon et Roi-Soleil. Baltasar Gracián a présenté l'homme de cour comme l'achèvement de cet « homme d'ostentation » auquel il oppose « l'homme substantiel[1] ». Dieu ayant conféré à ses créatures le paraître en même temps que l'être, le paraître appartient à l'être et inversement. Le paraître et l'artifice sont des secondes natures qui deviennent la vraie nature de l'homme de cour, pur produit de l'un et de l'autre. Dans le monde des reflets et des fantasmes, les choses sont ce qu'elles paraissent, elles n'ont d'autre être que leur paraître, la justice paraît juste, la raison raisonnable, la vérité vraie, elles brillent du seul éclat de leur apparence. Ainsi se définit le rôle du Roi-Soleil. Cette métaphore insiste moins sur le feu purificateur, sur la chaleur vitale, que sur la

1. *Vladimir Jankélévitch,* « Le je ne sais quoi et le presque rien », La Manière et l'occasion, *vol. 1, Seuil, 1980.*

lumière et l'éclat, le regard et le reflet. L'être du paraître dans le roi concurrence l'être de l'être dans le dieu caché. De miroir en miroir, l'œil du roi porte aux limites de l'univers, sonde les cœurs, dissipe le chaos, fait jaillir la vérité. Dans la tirade finale de *Tartuffe*, l'exempt parle du « prince dont les yeux se font jour dans les cœurs ». Mais Jankélévitch a montré que le Soleil des baroques est « moins une allégorie de l'invisible qu'une lumière ostentatoire illuminant le Théâtre du Monde : le soleil fait la roue comme le paon, scintille comme le diamant, s'épanouit comme la rose ». La métaphore du Roi-Soleil mêle l'image classique de la vérité dévoilée par un rayon scrutateur et l'image baroque du théâtre du monde illuminé par une lumière ostentatoire. Voilà pourquoi le roi est un paon, un diamant, une rose. On remarquera combien ces images sont proches de la poésie de Jean Genet. Dans *Miracle de la rose*, Jean Genet insiste justement sur ce qu'il nomme « l'importance de l'idée royale chez les enfants » : « Il n'est pas un gosse ayant eu sous les yeux l'histoire de France de Lavisse ou de Bayet, qui ne se soit cru dauphin ou quelconque prince du sang. » Et du fond de la délicate réprobation où il écrit, l'écrivain refuse de « confondre la mégalomanie de Métayer avec mon goût profond de l'*imposture*, qui me faisait rêver, m'introduisant dans une famille puissante » (*C'est nous qui soulignons*). Le rêve de royauté relève de l'imposture. Un seul possède la royauté légitime, celui qui possède la plénitude creuse du paraître, qui atteint d'emblée à la dignité de pur simulacre. Hormis celui-là, tous sont des bâtards. Tartuffe est un personnage « de souche baroque » selon l'expression de Jean Rousset. Il devait faire son entrée en scène par les coulisses de Versailles, dans le trompe-l'œil de la fête.

Dans une France en paix, que le jeune roi a pris la décision de gouverner sans ministre, le début du règne est vécu comme un retour de l'Age d'or.

L'histoire devient mythe et celui-ci allégorie. Le mythe perd ainsi en pouvoir incantatoire ce qu'il gagne en efficacité rationnelle. Une équivalence abstraite s'établit entre les figures, Apollon, Auguste, Cicéron, que les créateurs combinent chaque fois de manière différente. Les décors des spectacles et des fêtes puisent sans fin leur inspiration dans *Les Métamorphoses* d'Ovide, dont la fortune a survécu au Moyen Age. La version française de *L'Iconologie* du chevalier Ripa se présente comme un dictionnaire inépuisable d'allégories mis à la disposition des écrivains, des dramaturges, des architectes, des peintres, des statuaires. Des arcs éphémères aux marbres des jardins, l'art monarchique tient un double discours allégorique et idéologique, présent dans tous les détails. Rien n'y échappe au sens, ni rien au spectacle. Les abstractions n'en ont jamais fini d'avoir à parler et à représenter. Tout est allégorie, et l'idéologie aussi s'épuise dans l'allégorie. De partout, avenue de la ville, allée du parc, galerie du palais, le courtisan voit la statue et la statue le voit. La statue ou tout autre signe, tout autre fragment de la présence royale, fronton du palais, grille du parc.

Molière est entré dans la mouvance de Versailles.

Les travaux débutent en 1661. Louis le Grand fait de la fête, du château et des jardins des moyens de gouvernement autant que des lieux de divertissement. Colbert, qui ne l'a jamais aimé, reproche à Versailles de tenir le roi éloigné de sa capitale. Il admet pourtant que le goût des constructions sert autant la gloire du roi que son plaisir. « Rien ne sert davantage la grandeur et l'esprit des princes que les bâtiments et toute la postérité les mesure à l'aune de ces superbes maisons qu'ils ont élevées pendant leur vie. » Ou la guerre ou les palais, les deux de préférence. C'est tout le Grand Siècle qui affiche un extraordinaire sens du monumental. Molière, qui toute sa vie dressa le décor de ses fêtes royales au milieu des chantiers, ne manquait jamais d'évoquer ces monuments de l'esprit que le dogme classique édifiait en permanence, de Malherbe à Descartes :

« Beaux et grands bâtiments d'éternelle structure,
Superbes de matière et d'ouvrages divers,
Où le plus digne roi qui soit dans l'univers
Aux miracles de l'art fait céder la nature. »

Malherbe chante ici Fontainebleau, un des modèles de Versailles. Il est clair pour nous, modernes, que Versailles a plus fait pour la gloire du Grand Roi qu'aucune de ses autres actions. Le règne s'incarne en ce fabuleux ensemble et, pour les siècles des siècles, l'idée même de palais se confond avec lui. Il n'a que Venise pour rivale. Selon le mot de Dangeau, Louis XIII avait construit sur son domaine de chasse « un petit château de cartes pour n'y plus coucher sur la paille ». Louis XIV modifiera très lentement le château de son père, enveloppant ce qui restait du modeste pavillon de chasse originel du plus bel ensemble de bâtiments à toits plats et à terrasses qui ait jamais été conçu. La décision de commencer les travaux, le jeune roi la prit à vingt-trois ans, aussitôt après la mort de Mazarin, au début de ses amours avec mademoiselle de La Vallière, et surtout après la chute de Fouquet. Nous l'avons vu suivre la naissance rapide de Vaux-le-Vicomte dont le château et les jardins préfigurent Versailles. Elle l'aide à préciser l'idée, qui sera la sienne, du palais idéal, voué aux idées de magnificence et d'éternité : toits plats à terrasses associés aux toits hauts à la française, galeries de circulation à balustrades comme à Chambord. De Vaux-le-Vicomte, Louis XIV gardait en mémoire la fête célébrée par La Fontaine, le théâtre portatif de Le Brun, la comédie-ballet de Molière, les feux d'artifice de Torelli. Tous les collaborateurs de Fouquet furent peu à peu embauchés pour Versailles, à commencer par les trois grands, Le Vau, Le Brun et Le Nôtre. Ses douze châteaux royaux disséminés à travers la France, Louis les a vus et revus au cours de son périple de 1659, quand il allait à la rencontre de l'infante d'Espagne, sa future épouse. Il invente un art occidental, nourri de l'Antiquité. L'imitation de l'Italie est un point de départ, rien de plus, rapidement dépassé. Le goût du roi s'épure en se simplifiant quand vient le temps des économies. Toute l'Europe s'efforce d'imiter ce modèle unique de faste et de magnificence.

Le Versailles de Louis XIV est considéré comme achevé en 1678, cinq ans après la mort de Molière. Quatre ans de plus, et en 1682, le roi s'y fixe à jamais. Les amours royales ont rythmé les différentes étapes de l'entreprise. Le premier Versailles, modeste encore, fut celui de mademoiselle de La Vallière (1664). Les travaux commencés après la paix d'Aix-la-Chapelle (1668) donnent naissance au Versailles de Le Vau et de madame de Montespan. La paix de Nimègue (1678) aboutira au troisième Versailles, celui de la Maintenon. La carrière de Molière coïncide avec les deux premiers, avec *Les Plaisirs de l'île enchantée* de 1664 (*La Princesse d'Elide*) et *Le Grand Divertissement* de 1668 (*George Dandin*) qui marquent les deux sommets de cette esthétique de la magnificence. Après la fête de 1668, Louis XIV décidera la construction du Château neuf qui « enveloppera » le Château vieux du côté des jardins, et le maintiendra du côté des cours, couronnant une entreprise où l'on reconnaît le désir de concilier l'humble fidélité au père et l'affirmation orgueilleuse de soi. Une troisième série de fêtes aura lieu en 1674, quelques mois après la mort de Molière, dont on jouera *Le Malade imaginaire* sans lui.

Les plus belles fêtes, les plus nombreuses aussi, datent du premier Versailles, celui de Molière, comme si l'inachèvement des jardins, qui faisait de ceux-ci un « work in progress », avait encouragé le roi à multiplier les occasions d'édifier ces constructions somptueuses, fragiles, éphémères, propres aux fêtes. Après 1682, les jardins sont devenus trop beaux pour les exposer aux déprédations de la fête.

Mais en 1660, la muse de Loret fait encore rimer Versailles avec broussailles. A partir de 1661, c'est un immense chantier. En vingt ans, une armée de travailleurs fait surgir des jardins merveilleux, d'innombrables fontaines et un palais immense d'une terre ingrate et fangeuse. Refrain connu. Il faut lutter en permanence contre la boue et en même temps fournir au monstre magnifique les millions de tonnes d'eau dont il a besoin. Sans relâche, il faut voiturer des pierres, creuser des fossés, monter des échafaudages. Du vivant de Molière, le roi se contenta de visiter Versailles, d'y faire des séjours, d'y donner des fêtes. Chaque visite est l'occasion d'une fête, chaque fête crée une apothéose. En ces circonstances, il s'agit d'abord de camoufler les travaux, escamoter les remuements de terre, les entassements de pierre, les échafaudages. Toute une scénographie en trompe-l'œil métamorphose Versailles. Des architectures fragiles, des murailles de toile, des milliers de plantes vertes, d'orangers et de fleurs en pot dissimulent le chantier, tracent un parcours pour le cortège royal, à l'écart du bric-à-brac et du chaos. Versailles n'est plus alors qu'un gigantesque simulacre. Chaque fête permet à Louis XIV d'entrouvrir son domaine, de dévoiler un peu sa nouvelle conquête. Longtemps, il donna l'impression que, protégeant la modestie du château paternel, il libérait son goût du faste dans le parc, ce palais de plein air. Louis XIV et Le Nôtre étudient de concert le paysage pour en faire ressortir la grandeur. Le parterre occidental s'ouvre sur des perspectives de plus en plus illimitées auxquelles, par-delà le bassin d'Apollon, le Grand Canal donnera bientôt la dimension de l'infini. Les jardins se déploient et s'embellissent à une cadence que le château suit avec peine. Dans l'esprit de Louis XIV, Versailles n'aurait-il pas été d'abord un jardin ? La statuaire des bosquets chante comme les plafonds peints la mythologie du Roi-Soleil. A lire les textes, on ne sait jamais si la scène a lieu à l'abri ou en plein air. Les bosquets se nomment salles ou cabinets, sont équipés de plafonds, meublés de buffets, tables, guéridons ; les festins, les bals ont chacun leur « salle ». Versailles est un parc d'attractions où trois génies de l'illusion, Molière, Lully et Le Nôtre ont mis le meilleur d'eux-mêmes. Molière se complaît à ces jeux de la nuit et du jour, de la lumière et de l'eau, dans les bosquets de verdure, dans les grottes de rocaille. Il aime jouer avec les fanfares et les symphonies de Lully, les machines volantes et les changements à vue de Vigarani, les fontaines de Francini, les costumes de Jean Berain, les voix et les pas de Beauchamp. Apothéose de l'éphémère, dont les décors et les simulacres ont souvent servi de modèles aux installations définitives. Ainsi sont nées bien des merveilles, comme le bosquet de la Colonnade que Molière n'a pas connu.

En conflit avec la théâtralité italienne et fascinée par elle, sa scène à machine, son décor en trompe-l'œil, son dispositif frontal, la fête de Versailles mêle le rêve et la réalité, joue sur tous les pouvoirs de l'illusion, insère le théâtre dans la nature. Les invités vont de surprises en surprises, de bosquets en bosquets, rencontrent au cours de leur promenade un salon de verdure, un pavillon orné de fontaines, un théâtre improvisé. La perspective des allées s'ouvre tantôt sur un trompe-l'œil de toile peinte, tantôt sur un alignement de fausses statues, tantôt sur la colonnade de la façade, tantôt sur l'infini gris-bleu du ciel et de l'eau.

Le Vau, Vigarani, Berain, Le Brun, Guardon travaillent aux aménagements de Vincennes, des Tuileries (la Salle des machines), avant de se consacrer à Versailles. Le fameux Carrousel du Louvre précède de deux ans la première fête de Versailles. Du vivant de Louis XIV, Versailles ne possédera jamais une salle de spectacle digne de ce nom. Les grands appartements se prêtent mal aux représentations. Les comédies-ballets de Molière, les opéras de Lully sont joués dans le parc ou dans la partie basse du château en cas de pluie. Au mois d'octobre 1663, la cour fait son premier long séjour à Versailles. Molière y fait sa première apparition, le roi ayant requis le concours des comédiens de Monsieur. Ceux-ci transportent leur matériel sur des chariots. Ils jouent *Sertorius, Dom Garcie de Navarre, L'Ecole des maris, Les Fâcheux*. Nous avons vu *L'Impromptu de*

Versailles faire sensation en cette occasion. Les représentations eurent lieu sur un petit théâtre hâtivement dressé dans un renfoncement au fond du vestibule de l'appartement du roi. Les musiciens prirent place sur une seconde estrade, à l'autre bout de la galerie, derrière le public. C'est donc à eux que Molière fit face lors de sa fameuse apostrophe.

Louis XIV établit sa cour sur un pied de faste inconnu jusque-là. Il lui impose pourtant des conditions d'inconfort incroyable, la trimballant d'un château à l'autre, au gré des mises en chantier. Les travaux du Louvre rejettent le roi vers les Tuileries, qu'il doit quitter bientôt pour trouver refuge à Vincennes. Il commence à fréquenter Saint-Germain. Il vit au milieu des contrastes. Un jour, on expose les plus belles tapisseries, les plus beaux meubles et les plus beaux joyaux des collections royales. Le lendemain, les coffres s'entassent jusque dans l'appartement du roi. En bonne place dans ce capharnaüm princier, le bric-à-brac haut en couleur des comédiens.

L'image du roi[1]

A y regarder de près, l'essentiel du règne de Louis XIV tient en une douzaine d'années, de 1661 à 1672. L'étrange entreprise du fils du tapissier se confond avec cette décennie de grandeur monarchique, de splendeur royale, qui a subjugué toute l'Europe et vu Versailles naître des marais. Tout Molière, presque tout Racine,

1. *Cf. J.-M. Apostolides,* Le Roi-Machine, *éd. de Minuit, 1981. Louis Marin,* Le Portrait du roi, *éd. de Minuit, 1981. Et surtout J.-P. Neraudau,* L'Olympe du Roi-Soleil, *Belles Lettres, 1986.*

La Rochefoucauld, les premiers carêmes et les premières oraisons funèbres de Bossuet, les premières satires de Boileau et les premiers livres de fables de La Fontaine, le bonhomme mal aimé de la cour. Dès 1661, le roi récupère l'équipe de Vaux-le-Vicomte. Au titre d'intendant des finances pour Colbert, il ajoute celui de surintendant des bâtiments. Il répare, agrandit, construit un peu partout. Il fait venir le Bernin de Rome, que Claude Perrault supplante. En 1670, en dépit de Colbert, le roi est décidé à s'installer à Versailles. Molière ne connaîtra pas le Versailles de Mansart, dont l'aménagement traduit, aux yeux des historiens, une vision de la monarchie absolue de droit divin, totalement centralisatrice et magnifiée par le corps imaginaire du roi, ses effigies, ses statues, sa présence magique : « L'Etat, écrit déjà Voltaire, devint un tout régulier dont chaque ligne aboutit à Versailles. » Les historiens modernes ont montré, eux, que la société d'Ancien Régime n'avait jamais eu les moyens de sa politique. D'où l'entreprise de faire rayonner le plus loin possible l'image royale afin de combler par magie les failles du système. En deux domaines pourtant, celui-ci a bien fonctionné, la cour et la république des arts et des lettres, deux domaines où le rituel magique a remarquablement renforcé, sous le nom d'étiquette, l'efficacité de l'appareil bureaucratique. Un trait des sociétés archaïques se superpose à la marque de l'Etat moderne : « Il était au milieu des arts et des lettres, comme dans la fameuse Galerie des glaces, et partout il retrouvait l'image de sa personne », écrivait Eugène Despois en 1882 (*Le Théâtre français sous Louis XIV*). Au lever du rideau, apparaît donc le portrait en pied du roi. A l'instar des meilleurs historiens actuels, je renvoie le lecteur aux pages sublimes d'Ernest Lavisse sur ce sujet. Il suffit d'en résumer le plus propre à faire comprendre le lien privilégié qui va naître entre le Roi-Idole et le Comédien-Etoile. Contemplons de face mais sans fascination le personnage du roi. Il passe pour très beau, bien bâti, robuste, bon cavalier, bon danseur, habile aux joutes, courageux à la guerre, conteur fascinant. On a toujours quelque mal à faire, dans les témoignages de l'époque, le partage entre l'éloge sincère et la basse flatterie. Le jeune roi commence par faire l'unanimité en sa faveur. Plus tard, les langues vipérines siffleront. Il est d'une courtoisie célèbre dans toute l'Europe, même avec les chambrières. Son intelligence fait davantage problème : « Il avait l'âme plus grande que l'esprit », écrit le petit duc. Son éducation a souffert des troubles de la Fronde. Il se méfie de tout et de tous. En son for intérieur, il partage le mépris de La Rochefoucauld pour la nature humaine. Il a appris à dissimuler et à mentir. Il saisit la moindre occasion de faire un obligé. La cour est le lieu où chacun n'existe que dans la mesure où le regard du maître se pose sur lui : « C'est un homme que je ne vois pas », telle est la phrase qui rejette au néant celui de qui il a noté l'absence. Il a de lui-même l'image d'un roi universel, bienfaiteur et patron. « Tous les yeux sont attachés sur lui seul, écrit-il dans ses *Mémoires*, on ne fait rien que par lui seul, on ne croit s'élever qu'à mesure qu'on s'approche de sa personne ou de son estime ; tout le reste est stérile. » On en vient à se demander, comme Lavisse, si le roi est l'image de Dieu ou Dieu celle du roi. L'époque confond presque la monarchie divine et la monarchie humaine, cède au vertige de les voir se refléter indéfiniment l'une dans l'autre. Louis XIV surtout, dont l'orgueil est « énorme, invraisemblable, pharaonique », ne peut plus distinguer en soi entre l'homme et le roi. Croire en soi revient pour lui à croire en sa royauté de nature. Il joue en permanence le personnage du roi sur le théâtre de la royauté. « L'hommage est dû aux rois, ils font ce qu'il leur plaît » : telle est la première phrase de sa première page d'écriture. Il fut l'amant de sa propre gloire. Mais tout son siècle, toute la France d'alors, aime autant que lui la gloire, la France, c'est-à-dire trois ou quatre cent mille anciens élèves des jésuites, formés dans les écoles au décodage des allégories, dressés à substituer une culture latine, déracinée de son terroir, à la langue maternelle détournée de tout savoir quotidien, domestique, prosaïque. C'est ce même savoir prosaïque que la comédie de Molière, située aux confins de la cour et de la ville, tente de récupérer, non sans prendre ses distances. Aux humbles gisants royaux du Moyen Age, le Grand Siècle substitue les cavaliers à l'antique, orgueilleusement dressés aux carrefours des rues, des allées, au bout de chaque perspective, au centre de tout espace circulaire. Tout le travail de l'homme de cour consiste à contempler la personne royale. Les essayistes d'aujourd'hui n'en finissent pas de broder sur le thème du roi-spectacle, du roi-machine, du gouvernement scénographique. Tout en se plaçant au-dessus d'elle, le roi se dit membre de la noblesse. L'étiquette est l'instrument de sa domination sur elle et la cour constitue à son tour le noyau de domination par lequel il règne sur tous les royaumes, exploitant les antagonismes, s'appuyant sur ceux qui ne seraient rien sans lui, favorites, bâtards, ministres. Il réalise ainsi le sommet symbolique d'une société hiérarchisée dans ses moindres manifestations, où l'on parle aussi bien de la « maison » d'un bourgeois, de « l'hôtel » d'un grand, du « palais » d'un prince. De la haute à la « basse-cour », chacun, ne pouvant asseoir l'affirmation de sa préséance par l'exercice d'un pouvoir réel, le fait nécessairement par l'ostentation de signes extérieurs, l'exhibition de symboles onéreux, l'affirmation hautement différenciée de certaines qualités sociales que nous avons le tort d'envisager sous le seul angle de l'esthétique. Entre l'appartement de société voué au confort intime et l'appartement de parade voué à l'étiquette, se creuse le clivage entre le public et le privé, la vie de cour relevant des deux à la fois.

Dans une telle société, la condition d'artiste reste précaire. On n'est ni homme de lettres ni comédien, mais trésorier, officier, valet de chambre ou tapissier du roi, comme Molière, à cheval sur la cour et la ville. La profession d'artiste et d'homme de lettres paraît avoir été tenue pour très inférieure à la moindre fonction, surtout de cour. Personne ne peut mettre en doute la supériorité de la naissance sur l'esprit. Dans les documents d'époque, on dit « le sieur Racine, trésorier du roi » et le « sieur Poquelin, tapissier et valet de chambre du roi ». Cependant, si des liens privilégiés se créent entre le roi et son comédien, ils ont nécessairement le poète, le comédien pour médiateur. C'est pourquoi les modernes les mettent en doute et les rejettent dans le mauvais goût des images d'Epinal.

Les Plaisirs de l'île enchantée

La cour de 1660, sans être encore le nid d'embrouilles qu'elle deviendra plus tard, est divisée en deux camps qui se disputent l'être symbolique du roi. La vieille cour, animée par la reine mère, revendique le Roi Très Chrétien, en lutte ouverte contre la jeune cour, conduite par Henriette d'Angleterre, Madame épouse de Monsieur, qui se réclame du Roi-Soleil : les dévots contre les libertins, la société cléricale contre la société de fêtes et de plaisirs. Molière est pris entre les deux feux. Il dédie, non sans flagorner, *L'Ecole des femmes* à Anne d'Autriche, mais il fait l'éloge de l'amour sans frein dans *La Princesse d'Elide*. Il a écrit quinze comédies pour la cour et seize pour la ville. La cour a ignoré délibérément quelques-unes des plus incontestables réussites destinées d'abord à la ville (*Les Précieuses ridicules, L'Ecole des femmes, Dom Juan, Le Misanthrope, L'Avare, Les Femmes savantes*). A l'opposé, la ville a fait fête à presque toutes les grandes réussites de cette « dramaturgie de Versailles », vouée au plaisir et à la fête, affranchie de tout souci de la morale et du réel (*Les Fâcheux, Le Mariage forcé, Le Sicilien, Amphitryon, Le Bourgeois gentilhomme, Les Amants magnifiques*). Molière stigmatise la cour dans ses marquis, et la ville dans ses cocus. Alceste est presque un bourgeois, Orgon presque un gentilhomme, Chrysale s'embourgeoise à plaisir, Jourdain s'ennoblit sans vergogne. Au soir du 12 mai 1664, *Tartuffe* rend à jamais célèbre l'intrusion scandaleuse du théâtre de la ville dans la dramaturgie de Versailles. Quand le bonhomme en noir s'avança parmi les miroirs et les marbres de la galerie que ne dissimulait guère un décor de fortune, les deux partis ennemis de la cour se défièrent du regard sous les perruques poudrées.

La cour, c'est d'abord le Louvre, au moins du vivant de Molière, et la ville, d'abord Paris. Colbert eût voulu que Louis XIV réservât à l'embellissement du Louvre le plus clair de l'énergie et des richesses qu'il consacrait à Versailles, afin de maintenir un lien vivant entre la cour et la ville. Le roi passa l'hiver au Louvre. A partir de février commencèrent, dans une relative intimité, les réjouissances de la période longue du carnaval. Le roi commanda deux spectacles-ballets à ses deux troupes françaises favorites. Le 13 février, les comédiens de l'Hôtel de Bourgogne lurent le prologue des *Amours déguisées*, où le roi dansa. Molière les avait devancés de deux semaines en créant *Le Mariage forcé*, sa seconde comédie-ballet, l'une des plus accomplies, dans laquelle il est permis de voir une véritable farce musicale, ancêtre de l'opéra bouffe, tant le tempo est vif, et souple l'enchaînement des jeux comiques et des divertissements. C'est une des rares fois où Molière a pu conduire tout à sa guise. La représentation eut lieu sans apparat dans l'appartement bas de la reine, avec un personnel réduit. Comme à l'accoutumée, on mêla danseurs professionnels et courtisans. Le roi dansa la troisième entrée en costume de bohémien, accompagné de trois danseurs en bohémiennes, dont le marquis de Rassan en gitane ! Lully conduisit le charivari burlesque de la fin. Ainsi allait le théâtre au temps du carnaval. Les comédies-ballets de Molière en devenaient les pièces maîtresses. Molière jouait pour la troisième fois Sganarelle en costume olive doublé de gros vert. Il apportait une fois de plus avec lui le thème de la conjugalité et l'esprit de la farce. Fut-il vraiment la vedette du spectacle ? Avec *L'Ecole des maris*, Sganarelle venait d'atteindre une limite difficile à franchir. Dans *Le Mariage forcé*, il n'a ni la fourberie étourdissante ni l'extravagance d'un grand premier bouffon. Il assume plutôt un rôle d'animateur, de meneur de jeu. Emule de Panurge, il consulte deux philosophes au sujet de son mariage. Mme Dussane a montré que les deux pédants, figures éternelles de la farce, correspondent, eux, à deux types traditionnels de bouffons : le gesticulateur volubile et l'indolent à l'élocution lente. René du Parc, Edme de Brie, du Croisy durent se les partager. Le seul vrai bouffon des trois était Gros René. La cour fut enchantée, le public bourgeois aussi quand Molière reprit la pièce à la ville avec son ballet. Les recettes ne tardèrent pas à baisser. Inutile de chercher à comprendre, les chiffres parlent seuls au registre de La Grange. Molière enragea d'entendre des réflexions comme celle-ci, rapportée par Grimarest : « Cet homme aime à parler au peuple. Il n'en sortira jamais. Il croit encore être sur son théâtre de campagne. »

Dans *L'Impromptu de l'hôtel de Condé*, dont le privilège est daté du 15 janvier 1664, Montfleury, qu'on ne saurait suspecter de complaisance, décrit l'entrée en scène de celui qu'il nomme « le fléau des cocus et des bouffons du temps », ajoutant seulement qu'il fait rire dans ses rôles tragiques encore plus que dans les comiques :

« Il vient le nez au vent,
Les pieds en parenthèse et l'épaule en avant,
Sa perruque qui suit le côté qu'il avance,
Plus pleine de laurier qu'un jambon de Mayence,
Les mains sur le côté d'un air peu négligé,
La tête sur le dos, comme un mulet chargé,
Les yeux fort égarés, puis débitant ses rôles,
D'un hoquet éternel sépare ses paroles. »

A en croire Montfleury, Molière joue la tragédie en bouffon accompli. Il a un don extraordinaire d'imitateur comique. On reconnaît immédiatement le portrait-charge et l'on a en même temps l'intuition de l'éternelle condition comique de l'homme. Vers cette époque, Turon de la Reynie écrit à un ami que, depuis l'apparition de Molière, « la France ne le cède pas à l'Italie ». Cependant, la vie suit son cours. Brécourt quitte la troupe. Hubert y entre. Les du Parc louent à leur tour un appartement rue Saint-Thomas-du-Louvre. La bande à Molière se regroupe autour du patron. Hélas, le pauvre Gros René n'aura guère de temps pour jouir de son nouveau logement. Molière regarde son Armande changer avec les premiers succès. Est-ce la plus exquise féminité qui s'épanouit en elle ? Ou la coquette perce-t-elle ? Il l'a mise enceinte. Elle donne le jour à un garçon, Louis, qui a pour parrain Louis XIV et pour marraine Henriette d'Angleterre. La jeune cour protège son bouffon. Le 20 mars, Vigarani, aussi vaniteux que génial, signe un marché pour une grosse livraison de bois à Versailles. De grandes fêtes se préparent. Molière, lui, est tout à sa prochaine comédie, celle dont il avait à demi-mot laissé percer le projet dans *L'Impromptu*. Il voudrait s'y consacrer entièrement, dans le calme. Au lieu de cela, elle provoque des remous bien avant d'être achevée. A la date du 17 avril, les annales de la confrérie du Saint-Sacrement la signalent à l'attention de ses membres : « On parla fort ce jour-là à procurer la suppression de la méchante comédie de *Tartuffe*. Chacun se chargea d'en parler à ses amis qui avaient quelque crédit à la cour pour empêcher sa représentation. » L'affaire *Tartuffe* commence avec cet entrefilet. La cabale des dévots vient de se mettre en branle. Aujourd'hui encore, la question se pose : qui a prévenu les confrères que Molière se préparait à mettre les dévots en comédie ? L'auteur était conscient du travail qui lui restait à fournir avant de montrer sa pièce au public. Il était même contraint de la ranger momentanément pour conduire à bien en toute hâte *La Princesse d'Elide*, clou de la fête annoncée. Il sait déjà que le temps lui manquera pour la mettre entièrement en vers. Il se retient de pester contre ses maîtres exigeants. Il a encore en mémoire sa réplique de *L'Impromptu* : « Les rois n'aiment rien tant qu'une prompte obéissance... Il vaut mieux s'acquitter mal de ce qu'ils nous demandent que de ne s'en acquitter pas assez tôt. »

Pour *La Princesse d'Elide*, Molière retrouve son esquisse d'un théâtre miroir de la cour, abandonnée depuis l'échec de *Dom Garcie*. Il n'a jamais publié à part cette comédie aristocratique qui semblait avoir cessé de lui appartenir et qui parut, jusqu'en 1734, à sa place, dans la relation des fêtes, écrite, pense-t-on, par Perrault et somptueusement illustrée par Israël Sylvestre. On est dès l'abord frappé par l'importance du rôle joué par Molière dans le déroulement de ces fêtes. Certes, pour la mise en œuvre, il fut aidé par Le Nôtre qui mit à sa disposition ronds-points, portiques, allées, bosquets et bassins ; Vigarani qui anima les montagnes, dressa les palais de toiles peintes, puis les fit s'écrouler, fit surgir des eaux les îles musicales, évoluer les monstres, fulgurer aux vents de la nuit les débris du palais d'Alcine ; Lully enfin qui répandit un concert permanent de cuivres et de violons parmi les feuillages, les fontaines, les plans d'eau. Molière n'apparaît pas moins comme le vrai roi de la fête, double carnavalesque du souverain en personne. En présence de ce dernier, il défila sur un char allégorique en dieu Pan, incarnation de l'hédonisme païen, devant une assistance où trônaient quelques-uns des plus illustres meneurs de la cabale des dévots. Il proclame le droit d'aimer sans entraves : « Rien n'est si beau que d'aimer », en prélude au « La grande affaire, c'est le plaisir. » C'est ce que, dans sa vieillesse, Boileau appellera des « lieux communs de morale lubrique ». Organisateur des *Plaisirs de l'île enchantée*, Molière est le symbole du « mauvais choix du roi ».

La troupe séjourna à Versailles du 30 avril au 22 mai. Elle occupa le foyer central de la fête qui, prévue pour trois jours, se prolongea jusqu'au 12 mai. Elle tint le rôle principal dans le cortège du premier jour, créa *La Princesse d'Elide* le soir du second jour, récita les vers de Marigny et de Benserade dans le ballet du troisième, reprit *Les Fâcheux* le dimanche sur un des théâtres doubles du Salon du roi, termina par *Le Mariage forcé* le lundi. La veille de la clôture, eut lieu à l'improviste la création de *Tartuffe* en trois actes.

Le roi avait chargé le duc de Saint-Aignan de mettre au point le scénario global de la fête, tiré de *Orlando furioso* de l'Arioste : le chevalier Roger, joué par Louis XIV, et ses compagnons sont retenus prisonniers dans le palais enchanté de la magicienne Alcine. Pour les distraire dans leur captivité dorée, on leur offre une course de bague, une comédie, un ballet. Les six entrées de celui-ci terminèrent la première partie du programme, seule prévue à l'origine. Lors de la dernière entrée, le chevalier Roger mit fin aux enchantements à l'aide d'une bague magique qui fit trembler l'île et mit le feu au palais de la magicienne. L'épilogue de ce spectacle-ballet fut donc l'occasion d'un prodigieux feu d'artifice que l'auteur de la relation décrit avec un lyrisme inspiré : « Il semblait que le ciel, la terre et l'eau fussent tous en feu et que la destruction du superbe palais d'Alcine, comme la liberté des chevaliers qu'elle y retenait en prison, ne se pût accomplir que par des prodiges et des miracles. La hauteur et le nombre des fusées volantes, celles qui roulaient sur le rivage et celles qui sortaient de l'eau après s'y être enfoncées, faisaient un spectacle si grand et si magnifique que rien ne pouvait mieux terminer les enchantements qu'un si beau feu d'artifice, lequel ayant enfin cessé après un bruit et une longueur extraordinaires, les coups de boîte qui l'avaient commencé redoublèrent encore. » On remarque l'absence de toute couleur dans cette évocation. On n'utilisait encore que des fusées blanches. Ce clou avait été précédé d'autres merveilles, comme ce cortège du premier jour qui vit défiler le char, orné d'or et de pierreries, au sommet duquel trônait La Grange en Apollon, ayant à ses pieds le Siècle d'or (Armande Béjart), le Siècle d'argent (Hubert), le Siècle d'airain (Catherine de Brie) et le Siècle de fer (du Croisy). Pour la collation qui suivit, aux flambeaux, on vit les quatre saisons apporter en cortège les mets correspondant à leurs attributs : le Printemps (Thérèse du Parc) sur un cheval arabe, l'Eté (René du Parc) sur un éléphant, l'Automne (La Thorillière) sur un chameau et l'Hiver (Louis Béjart) sur un ours. Dans l'espace fantasmé des jeux, on vit ainsi les princes se changer en héros, les comédiens en dieux, puis les dieux se mêler aux hommes, les princes aux saltimbanques. Six ducs, deux comtes, quatre marquis, un prince, le roi en personne accompagné de D'Artagnan animèrent la mascarade. Le roi joua de multiples personnages, héros de légende, fils respectueux, époux déférent de deux reines, auxquelles les fêtes étaient officiellement dédiées, amant de la belle La Vallière, leur destinataire réelle, enfin

Roi-Soleil en pleine gloire, sous les regards de toute la cour, de tout le royaume, de l'Europe entière.

Sous les déguisements successifs du dieu Pan et du bouffon Moron, Molière se laissa aller à ces charmes, ces ravissements, ces enchantements que l'usure des mots a pour nous affadis, aux côtés d'Armande qui fut à tour de rôle Diane et Princesse. Il se fit le complice ébloui des princes travestis et des machinistes qui font se confondre le théâtre et la vie. Les éléments se prêtèrent au jeu. Le narrateur note que Versailles n'avait pas encore « cette grande étendue qui se remarque en quelques autres palais de Sa Majesté » ! Par contre, les jardins étaient déjà sans rivaux et firent merveille. Par chance, il ne tomba pas une goutte d'eau. On en fut quitte avec un peu de vent qui donna aux intendants l'occasion de monter avec dextérité en un moment les bâtiments de toile et de bois parés aux couleurs de la fête. On avait aménagé un rond où aboutissaient quatre allées entre de hautes palissades, orné de quatre portiques, de festons enrichis d'or, de peintures aux armes de Sa Majesté et d'une quantité prodigieuse de bougies qu'on eut tôt fait de remplacer par des flambeaux de cire. La cour ne comptait encore que six cents personnes. Accaparés par la parade, l'ostentation, le simulacre, gênés par l'exiguïté du château, les responsables négligèrent quelque peu le confort des hôtes. Plus d'un dut finir la nuit dans son carrosse. « Tous les courtisans étaient enragés, note avec malice la marquise, car le roi ne prenait soin d'aucun d'eux et messieurs de Guise et d'Elbeuf n'avaient quasi un trou pour se mettre à couvert. » Molière, comme les autres, dut improviser. Cependant, *La Princesse d'Elide*, toute circonstancielle qu'elle soit, n'est pas une œuvre mineure, une bluette galante. Pièce maîtresse de ce théâtre héroïque esquissé par *Dom Garcie*, la comédie des amours princières et de la mauvaise foi amoureuse, ces variations subtiles sur le plaisir d'aimer sans contrainte et le refus d'aimer sans contrôle, créent un passage entre la préciosité et le marivaudage. L'acte V, hallali d'une princesse qui ne veut s'avouer une vérité éclatante pour tous, qui tente d'esquiver la sujétion amoureuse sans satisfaire sa rivale, est un moment rare dans la comédie de Molière, aussi réussi que les fameux « dépits amoureux ». Avec l'aide de son ministre et de son bouffon, Euryale investit le cœur de la princesse par une stratégie amoureuse qui feint l'indifférence à l'amour pour éveiller la jalousie de l'autre. Surtout, Molière construit cette fois la comédie héroïque autour du couple roi-bouffon comme dans les théâtres espagnol et élisabéthain. Moron, rôle que Molière s'est réservé avec gourmandise, est un véritable bouffon shakespearien. Il joue aux confins du proche et du lointain, du palais et de la forêt, des princes galants et des animaux sauvages. Chanteur et mime, il fait entrer le public dans un monde farfelu où la scène des ours est d'un comique assez poétiquement absurde pour qu'Alfred Jarry l'ait délibérément imitée dans *Ubu roi* : « Eh ! eh ! Monseigneur, tout doux s'il vous plaît ! Là, là, là. Ah ! Monseigneur, que Votre Altesse est jolie et bien faite ! Elle a tout à fait l'air galant et la taille la plus mignonne du monde. Ah ! beau poil, belle tête, beaux yeux brillants et bien fendus !... » Mais ce n'est pas tout. Fils d'un prince et d'une rustre, Moron se vante de sa bâtardise et rappelle au prince qu'il est aussi son demi-frère. Il y a du Thersite en lui, et les bâtards royaux sont déjà à l'ordre du jour. Auprès de ce bouffon, Armande joue la princesse. C'est son premier grand rôle, celui qui fit d'elle, à vingt-deux ans, la star de ces fêtes où elle fut tour à tour le Siècle d'or, la Princesse d'Elide, la magicienne Circé. La légende veut que sa coquetterie commença alors à blesser l'amour de Jean-Baptiste et à gâter son plaisir de jouer. Le procès d'Armande commence à peine.

9

Le personnage d'homme de bien

Histoire de trois placets

Le premier placet

Le deuxième placet

Le troisième placet

Le personnage et le rôle

Le masque

Le dramaturge combattant

Histoire de trois placets

Dans sa première édition, la relation officielle des *Plaisirs de l'île enchantée*, parue en janvier 1665, relatait et justifiait l'interdiction de *Tartuffe*. Ce passage fut maintenu dans les éditions suivantes, quoi qu'il eût perdu toute espèce d'actualité. Il touche le fond du problème sur un point capital : « Quoiqu'elle eût été trouvée très divertissante [la comédie de Molière], le roi connut tant de conformité entre ceux qu'une vaine ostentation des bonnes œuvres n'empêche pas d'en commettre de mauvaises, que son extrême délicatesse pour les choses de la religion ne put souffrir cette ressemblance du vice avec la vertu qui pouvaient être prises l'une pour l'autre. » Le lecteur appréciera la prudente conclusion du morceau : « Et quoiqu'on ne doutât point des bonnes intentions de l'auteur, il la défendit pourtant en public et se priva soi-même de ce plaisir, pour n'en point abuser à d'autres, moins capables d'en faire un juste discernement. »

D'abord, l'accord fut total entre le roi et Molière. Le premier multiplia les manifestations de sa faveur dans une période où la querelle de *L'Ecole des femmes* valut au second un certain nombre d'avanies. En novembre 1663, il loua le comédien présent à son lever, devant Racine qui nota le fait avec une certaine perfidie : « J'en ai été bien aise pour lui ; il a été bien aise aussi que j'y fusse présent. » Deux mois plus tard, le roi accepta d'être le parrain de son premier enfant. Vers ce temps-là aussi, prend place une des « trois grandes » anecdotes moliéresques. Ayant appris que les officiers de sa chambre refusaient de manger à la table du contrôleur de la bouche en compagnie d'un bouffon, Louis invita Molière à partager son en-cas de nuit et lui servit lui-même une aile de poulet en public. D'innombrables réfutations savantes ne sont pas venues à bout de cette historiette qu'un vieux médecin avait le premier racontée au père de Mme Campan, dame de compagnie de Marie-Antoinette.

Les efforts d'Anne d'Autriche pour faire rayer la nouvelle comédie du programme des fêtes de Versailles étaient restés vains. Le roi et Molière avaient même décidé ensemble cette mise à l'épreuve d'un *Tartuffe* inachevé. Mais, pour finir, le roi donnait raison aux dévots. Le coup était dur pour Molière. Après la longue querelle de *L'Ecole des femmes*, le comédien-tapissier était à la recherche d'un succès incontestable pour réduire au silence ses adversaires et faire vivre la troupe. Et on le réduisait, lui, au silence.

Le premier placet

Plus de deux mois s'étaient écoulés depuis l'interdiction. Loin de passer inaperçue, l'affaire avait été évoquée dans la *Gazette* qui appartenait aux jésuites, dans le compte rendu de l'assemblée de la Compagnie du Saint-Sacrement, dans *La Muse historique* du 24 mai. Tandis que la situation stagnait et que Molière s'évertuait à terminer sa comédie, il reçut un nouvel encouragement du roi sous forme d'une gratification, quatre mille livres à la troupe, deux mille à lui-même, pour les représentations de *La Princesse d'Elide*. De son côté, Boileau-Despréaux publia le 12 juillet sa *Satire numéro II* où il se contenta de louer assez dérisoirement Molière pour la facilité, la richesse et la variété de ses rimes. Au cours de ces semaines, le cardinal Chigi, légat pontifical, demanda à entendre une lecture de *Tartuffe* par Molière. « *E un altra scena* », dit le légat en riant quand la lecture eut été un moment interrompue par des dévotes en quête d'indulgences. Chigi se montra fort satisfait. Le 21 juillet, Molière accompagna le roi à Fontainebleau où la troupe devait représenter *La Princesse d'Elide*, toujours en présence du cardinal-légat.

C'est au cours de ce séjour que l'affaire prit un tournant décisif. Qui était Roullé ? Peut-être un membre de la Compagnie du Saint-Sacrement, mais ce n'est pas sûr ; sans aucun doute un fanatique dont les outrances finirent par gêner ses amis mêmes ; à ce point que, quelques semaines plus tard, les annales de la fameuse compagnie consignèrent la décision prise « de ne rien écrire contre la comédie de *Tartuffe* », de faire le silence sur elle « de peur d'engager l'auteur à la défendre ». Le 1er ou le 2 août, La Grange, excité, s'en vint avertir Molière :

« Avez-vous entendu parler de l'ouvrage du curé Roullé ?
— Qui est Roullé ?
— Le curé de Saint-Barthélemy. Vous ne le connaissez pas.

— Eh bien ?

— Le bruit court que son ouvrage de théologie *L'Homme glorieux ou Les Dernières Perfections de l'homme achevées par la gloire éternelle* vient de sortir chez Gourault.

— Et alors ?

— Au dernier moment, il l'a fait précéder d'une préface au roi où, dit-on, il vous assaisonne de la belle manière. »

Le patron fit un geste d'insouciance. Il avait trop à faire avec les derniers préparatifs du spectacle. Il lâcha tout de même à son fidèle second : « Tâche de t'en procurer un exemplaire. » Quelques heures plus tard, il compulsait avec agacement l'ouvrage qui avait commencé de circuler dans les milieux bien informés. Il ne tarda pas à être édifié. La préface en question était un morceau de haute flagornerie intitulé « Le roi glorieux au monde, ou Louis XIV, le plus glorieux de tous les rois du monde ». Après avoir loué sans retenue le monarque pour sa lutte contre les impies et les libertins, le bon apôtre s'en prenait, sans le nommer, au dernier venu, à celui qu'il tenait désormais pour le plus fameux de tous, notre Jean-Baptiste en personne : « Un homme, ou plutôt un démon vêtu de chair et habillé en homme, et le plus signalé impie et libertin qui fût jamais dans les siècles passés, avait assez d'impiété et d'abomination pour faire sortir de son esprit diabolique une pièce toute prête d'être rendue publique en la faisant monter sur le théâtre, à la dérision de toute l'Eglise et au mépris du caractère le plus sacré et de la fonction la plus divine et au mépris de ce qu'il y a de plus saint dans l'Eglise, ordonné du Sauveur pour la sanctification des âmes, à dessein d'en rendre l'usage ridicule, contemptible, odieux. Il méritait par cet attentat sacrilège et impie un dernier supplice exemplaire et public, et le feu même, avant-coureur de celui de l'enfer... » De multiples citations n'ont guère atténué la violence et la haine de cette diatribe qui fit sursauter Molière. Ainsi, le saint homme, non content de le vouer par avance au feu de l'enfer, en appelait à la justice royale et au bûcher de l'Inquisition. Il se garda d'en rire. Ces rodomontades pouvaient n'être pas sans conséquences. Tous ceux dont les idées, les conduites, les écrits « sentaient le libertinage » couraient des risques réels. Molière résolut de répliquer vite et fort.

Que ce fût au Louvre ou à Versailles, ceux qui avaient une requête à présenter au roi déposaient leurs placets tous les lundis dans la grande salle des gardes. Au temps de Molière, Louis XIV se tenait encore en personne derrière la table. Molière déposa le sien dans les premiers jours d'août. Le roi avait chaque jour l'occasion d'échanger avec lui quelques mots au cours des répétitions et des préparatifs des fêtes. On ne sait de quel œil le roi le vit venir, s'il lui accorda même un regard. L'affaire *Tartuffe* commençait à l'agacer. Il avait pourtant prévenu Molière : « N'attaquez pas les dévots. Ce sont gens implacables. » Qu'attendait-on de lui ? Qu'il donnât l'autorisation de monter sur le théâtre une pièce inachevée ? Qu'il fît taire les calomnies par la menace ? « Sire, le devoir de la comédie étant de corriger les hommes en les divertissant, d'attaquer par des peintures ridicules les vices de son siècle. » A quoi tendaient ces phrases précautionneuses ? « Les grimaces étudiées de ces gens de bien à outrance »... Qui désigne-t-il ainsi, Madame sa Mère, Monseigneur l'Archevêque, Monsieur le Président ? « Les friponneries couvertes de ces faux-monnayeurs en dévotion... » Te tairas-tu, bouffon ? « Leur zèle contrefait et leur charité sophistique. » En voilà trop, Molière ! Celui-ci entreprend maintenant de démontrer qu'il s'est attaché à bien faire la distinction entre les vrais dévots et les francs hypocrites. Pourquoi feint-il d'ignorer qu'il revient à un « franc hypocrite » d'avoir assez d'habileté pour prendre toutes les apparences d'un « vrai dévot » ? Peut-il s'étonner que toutes ses précautions se soient révélées vaines ? Il va jusqu'à mettre le roi personnellement en cause : « On a profité, Sire, de la délicatesse de votre âme sur les matières de religion et l'on a su vous prendre par l'endroit seul que vous êtes prenable. » De quoi se mêle-t-il ? En quoi le roi serait-il prenable ? Le tiendrait-on pour niais ? Et le roi s'avoue à lui-même qu'il n'a, il est vrai, d'abord rien trouvé à redire d'une comédie qui a « par ailleurs reçu l'approbation de Monsieur le Légat et de Messieurs les Prélats ». (En 1669, Molière écrira Messieurs *nos* Prélats comme pour annexer à sa cause les évêques français.) En revanche, Louis admire sans réserve la verve avec laquelle Molière se déchaîne contre le livre de Roullé (d'où sort-il, celui-là ?) : « On voit un livre composé par le curé de... » (La version imprimée en 1669 a tu le nom de la paroisse, mais le texte du placet livrait ce nom, Saint-Barthélemy.) Molière se donne même le luxe de corriger la copie injurieuse en en faisant un véritable morceau de style : « Ma comédie, sans l'avoir vue, est diabolique et diabolique mon cerveau ; je suis un démon vêtu de chair et habillé en homme, un libertin, un impie, digne d'un supplice exemplaire. Ce n'est pas assez que le feu expie en public mon offense, j'en serais quitte à trop bon marché : le zèle charitable de ce galant homme de bien n'a garde de demeurer là ; il ne veut point que j'aie de miséricorde de Dieu, il veut absolument que je sois damné, c'est une affaire résolue. » Il semble que Molière se croie déjà sur le théâtre ! Et puis, voici enfin un ton qui plaît au roi : « [Les rois éclairés] voient comme Dieu, ce qu'il nous faut et savent mieux que nous ce qu'ils doivent nous accorder. » Louis ne se doute pas, lisant ces lignes, que le comédien-poète y trace l'esquisse des dernières répliques du *Tartuffe* définitif.

Le deuxième placet

Il semble qu'il n'y ait eu aucune réaction immédiate à cette polémique. Le roi se trouvait au centre d'une lutte d'influences. D'un côté, les adversaires de *Tartuffe*, regroupés autour de la reine mère, Anne d'Autriche, l'archevêque de Paris, Hardouin de Péréfixe, et l'ancien protecteur de Molière, le prince de Conti, devenu son ennemi implacable. De l'autre, les défenseurs de la pièce, le prince de Condé qui la fit jouer deux fois en privé chez la Palatine, puis chez lui à Chantilly, Monsieur, frère du roi, Ninon de Lenclos chez qui Molière donna plusieurs lectures. Condé était pour ce dernier un protecteur puissant et fidèle, mais compromettant. Sa réputation de libertin n'était plus à faire. On savait qu'il ne faisait pas ses pâques. Il devait sa célébrité presque autant à la profanation de la Vraie Croix qu'à la victoire de Rocroi. Comme tant d'autres, il devait se réconcilier sur le tard avec l'Eglise et mourir pieusement. Néanmoins, Molière se réclamera de lui dans la préface de 1669.

Pour le moment, il s'occupait de donner à la pièce sa forme définitive. Lors des *Plaisirs de l'île enchantée*, il avait présenté un *Tartuffe* en trois actes. Après trois siècles, on ignore toujours s'il s'agissait d'une pièce en trois actes terminée, ou des trois premiers actes de la pièce que nous connaissons. Dans ce débat sans issue, des arguments jouent en faveur de chaque thèse. A s'en fier au registre de La Grange, aucun doute n'est possible, on a représenté à Versailles « trois actes de *Tartuffe* qui étaient les trois premiers ». Les trois premiers actes de *Tartuffe* forment en effet un tout et prennent fin sur le triomphe de l'hypocrite. C'est un schéma habituel chez Molière : démasqué, le fourbe retourne la situation en sa faveur. Voilà une situation burlesque. C'est la conclusion à laquelle se rallient de grands érudits comme Gustave Michaut et Georges Couton. Maurice Béjart les a rejoints quand il a monté ce *Tartuffe* en trois actes à la Comédie-Française dans le cadre d'une soirée consacrée aux *Plaisirs de l'île enchantée*. En somme, Molière a peut-être conçu d'abord un projet de comédie-farce en trois actes qu'il a pu par la suite porter sans peine à cinq, afin de lui conférer la dignité d'une grande comédie, seule propre à apaiser le tollé général. Pourtant, dans un livre âprement discuté, un universitaire américain, Cairncross[1] (*Molière, bourgeois et libertin*), a soutenu que les trois actes de ce premier *Tartuffe* n'étaient pas les trois premiers, mais, en gros, les actes I, III et IV du *Tartuffe* actuel. Selon cet éminent moliériste, la comédie de Molière aurait donc subi une véritable mutation. D'une charge élémentaire contre un type comique aussi inoffensif en apparence que le moine paillard du Moyen Age, joué peut-être en ce

1. *J. Cairncross,* Molière bourgeois et libertin, *Droz, 1956.*

premier temps par Gros René, Molière aurait fait une satire morale, dure et cruelle, une pièce engagée, une arme pour l'esprit humain. C'est alors que du Croisy aurait hérité du rôle. Comment en juger, puisque René du Parc mourut à la fin du mois d'octobre 1664 ? Cependant, la farce du cocu trompé par un dévot était déjà assez corsée pour avoir mis en émoi la cabale. L'on peut même penser que le surgissement des *vrais* dévots sur la route de Molière changea du tout au tout la figure du *faux* dévot. Toutes les singularités dramaturgiques découlent peut-être de là ; et d'abord la principale, l'absence de l'hypocrite durant les deux premiers actes. On attend *Tartuffe* comme on attend Godot. Tout au long de ces deux actes, il n'est question que de lui qui ne vient pas. Il est là, quelque part, dans cette maison étrangère dont il est le clandestin. Depuis *L'Ecole des femmes*, Molière maîtrise pleinement son métier de dramaturge. Il sait que l'importance d'un personnage ne se mesure pas seulement au volume de sa présence en scène ni à la longueur de son texte, mais que la dynamique théâtrale peut être donnée d'une autre manière, en unifiant présence et absence, attente et surprise. Molière ne cesse donc de remanier son texte en ce sens. Afin de désamorcer en partie la bombe, il ajoute deux actes à la pièce qu'il termine par un heureux dénouement. On joue encore un *Tartuffe* en trois actes chez Monsieur, à Villers-Cotterêts, le 20 septembre 1664. Deux mois plus tard, le 29 novembre, la pièce comportait ses cinq actes quand elle fut représentée au Raincy, chez la Palatine, pour le prince de Condé. Pourtant, Molière n'est pas satisfait. En octobre 1665, après bien des hésitations, il accepte de jouer une nouvelle version au Raincy, à propos de laquelle Condé soulève la question d'un quatrième acte inachevé. L'auteur a donc remis encore une fois sa pièce en chantier. Dans l'intervalle, il avait écrit *Dom Juan* qui fit un triomphe, mais disparut presque aussitôt de l'affiche (février 1665). Voilà un nouveau coup dur. Molière n'insiste pas, abandonne *Dom Juan* mais continue de se battre pour *Tartuffe*. En 1666, son auteur tient encore la comédie pour inachevée, lors même que la reine de Suède la réclame. Toute l'Europe en parle. On devine que des transactions sont en cours, des compromis en vue. Molière traverse un passage à vide. Plus de deux ans ont passé depuis l'interdiction. Malade, il cesse de jouer. On le dit même sur le point de trépasser. Il a acheté ou loué une maison de campagne à Auteuil où il vit séparé d'Armande qu'il rencontre seulement dans son théâtre et il crée avec elle *Le Misanthrope*, le 4 juin 1666.

Soudain, l'affaire *Tartuffe* rebondit. Le 6 août 1667, Desfontaines écrit à de Lionne : « Molière donna hier la première représentation de son *Imposteur* qui n'est autre que *Tartuffe* qu'il appelle présentement Panulphe. Si Votre Excellence était en état de venir entendre cette pièce, je crois qu'elle y prendrait du plaisir. Il en donne demain la seconde représentation mais je crains que ce ne soit la dernière ; les petits collets y sont si maltraités que je ne doute point qu'ils ne fassent tous leurs efforts pour la faire supprimer. » Il est bien question ici de la première et unique représentation publique de *Tartuffe* au Palais-Royal avant 1669. Jusqu'alors, hormis quelques privilégiés invités aux représentations et lectures privées, nul n'avait pu lire ni voir la pièce. Voici que le public peut enfin juger le résultat des divers remaniements et tâtonnements de Molière. Il a remplacé l'hypocrite par l'imposteur, Tartuffe par Panulphe, le petit collet, ecclésiastique de bas étage, par un homme du monde portant épée et grand collet de dentelles. Il a obtenu du roi une autorisation verbale, ou une promesse vague, juste avant le départ de celui-ci pour la campagne des Flandres. La première de *L'Imposteur* fut annoncée à la hâte. On afficha complet. Et, comme le craignaient les plus avertis, il n'y eut pas de seconde représentation. Le premier président de Lamoignon qui, en l'absence du roi, exerçait l'autorité administrative et judiciaire suprême, envoya un huissier du Parlement signifier aux comédiens l'interdiction de *L'Imposteur*. Selon les historiens, Lamoignon fut un esprit éclairé, ami des écrivains, de Boileau en particulier, mais aussi un homme d'ordre, demeuré proche de la confrérie du Saint-Sacrement, malgré la dissolution de cette dernière. La surprise de Molière ne dépassa guère celle de tout un chacun. On s'attendait à cette interdiction. Pour lui, s'y ajouta le sentiment d'une odieuse brimade à sa dignité d'écrivain. Il rédigea sur-le-champ son deuxième placet au roi. Sa plume tremblait d'indignation ; la conscience de s'adresser au plus grand roi du monde ne le troublait pas. A ce moment précis, l'affaire *Tartuffe* prend une allure plus dramatique, se met à ressembler à un film d'action. Reportons-nous au registre de La Grange : « 6 août 1667. Un huissier de la cour du Parlement est venu de la part du premier président, M. de Lamoignon, défendre la pièce. Le 8, le sieur de La Thorillière et moi, de La Grange, sommes partis en poste pour aller trouver le roi au sujet de la dite défense. Sa Majesté était au siège de Lille en Flandre où nous fûmes très bien reçus. Monsieur nous protégea à son ordinaire et Sa Majesté nous fit dire qu'à son retour à Paris, il ferait examiner la pièce de *Tartuffe* et que nous la jouerions. Après quoi, nous sommes revenus. Le voyage a coûté mille livres à la troupe. » En pure perte ? Ils furent très bien reçus, mais non par le roi. Ils revinrent avec une vague promesse qu'ils présentèrent au retour à leurs camarades comme une assurance ferme. Molière, lui, sut tout de suite à quoi s'en tenir. De fait, *Tartuffe* devait attendre deux ans encore pour être joué. Le roi laissait pourrir l'affaire. Pourquoi Molière n'est-il pas allé présenter lui-même son placet ? Seul, il avait une petite chance de rencontrer le souverain qui tenait pour peu de chose les ennuis de *Tartuffe* face à ses soucis de gloire et de guerre. Louis parcourut le billet de Molière à la hâte, avant de donner sa réponse. Il le relut à loisir après le départ des deux envoyés, étonné, irrité et aussi émerveillé par la liberté de ton de son cher comédien-tapissier. Molière savait doser remarquablement les marques d'un respect absolu et l'affirmation sans détour de sa dignité d'écrivain. *Tartuffe* était devenu, à n'en plus douter, une affaire d'Etat. Ce langage-là, on allait bientôt le retrouver dans la bouche de Don Juan, d'Alceste, de Cléante. A chaque mot, des masques tombaient. Voilà qui est parlé. Abasourdi, le roi relit ces mots : « Il est très assuré, Sire, qu'il ne faut plus que je songe à faire des comédies si les Tartuffe triomphent. » Ne devrait-il pas se fâcher devant l'audace du bouffon ? Il n'en fait rien. Soudain, il tombe sur la formule finale : « Puissé-je au retour d'une campagne si glorieuse... faire rire le monarque qui fait trembler toute l'Europe. » Alors, Louis veut voir à quoi ressemble un roi qui rit, pas n'importe quel roi, Louis le Grand, Roi-Soleil, lui, l'incarnation vivante de la majesté royale, solennelle et redoutable. Il se voit en son miroir, ouvre un large bec et reprend aussitôt son air impassible.

Le troisième placet

Le registre de La Grange indique que la troupe fut un mois et demi sans jouer. Pendant que La Grange et La Thorillière cavalaient vers les Flandres, Molière tenta une démarche auprès de Lamoignon, en compagnie de Boileau-Despréaux, son familier et celui du président. La rencontre eut bien lieu. Fait seulement problème l'authenticité du mot prononcé par Molière en la circonstance : « *L'Imposteur* ne sera pas joué. Monsieur le Président ne veut pas qu'on le joue. » Les historiens modernes le tiennent pour une boutade inventée de toutes pièces, sous prétexte que, sur le tard, Boileau en nia l'authenticité à Brossette. Dans son *Histoire de la littérature du XVIIe siècle*, Antoine Adam tient bon contre tous : « Nos historiens écartent avec mépris, comme légendaire, le mot que la tradition prête à Molière... Est-on si certain que ce soit une légende ? Un texte de 1681 prouve du moins que la tradition était dès cette date fixée. » Il est probable que Molière, s'il a prononcé ce mot, l'a fait *en privé* et non, comme l'affirme la légende, sous la forme d'une annonce au public massé devant son théâtre pour assister à la deuxième représentation de *L'Imposteur*. Chose certaine, Lamoignon opposa une fin de non-recevoir aux deux hommes en usant d'un argument bien connu : « Il ne convient pas à des comédiens d'instruire les hommes sur les matières de la morale chrétienne et de la religion ; ce n'est pas au théâtre de se mêler de prêcher l'Evangile. » Selon Brossette, à cette réplique qui le prenait de court, Molière « demeura entièrement déconcerté » et quand il voulut parler, « il ne fit que bégayer ». Le grief de Lamoignon fut souvent par la suite repris contre Molière et on en trouve trace jusque dans les discours chrétiens d'une époque toute récente. Molière se mêle de ce qui ne le regarde pas. Imprégné d'esprit mondain, il ne sait pas de quoi il parle et il en parle en esprit partisan et superficiel. Comme l'écrit Godeau dans un sonnet célèbre :

« Pour changer leurs mœurs et régler leur raison
Les chrétiens ont l'Eglise et non pas le théâtre. »

Molière ne cessera de protester contre cette exclusive, affirmant qu'il sait de quoi il parle, et revendiquant pour le théâtre le droit de s'en mêler, au nom des honnêtes gens, authentiques chrétiens.

En adressant son second placet au roi, Molière ignorait le texte du mandement de l'archevêque Hardouin de Péréfixe, daté du 11 août 1667, destiné à être lu au prône dans les églises paroissiales. Il est fameux par la condamnation qui vise la comédie de Molière : « Avons fait et faisons très expresses inhibitions et défenses à toutes personnes de notre diocèse de représenter, lire ou entendre réciter la dite comédie, sous quelque nom et quelques prétextes que ce soit, et ce sous peine d'excommunication. » Il ne faut pas tout dramatiser dans l'affaire *Tartuffe*, ni exagérer la portée de cette condamnation. Quelques mois plus tard, à propos d'une autre affaire de même nature, un petit abbé la tournait en dérision : « Il en ira de celle-ci comme du *Tartuffe* de Molière qu'on a défendu sous peine d'excommunication et qu'on recommence à jouer présentement. » L'ecclésiastique, de toute évidence, évoque là des représentations privées. D'une tout autre portée fut la publication, le 20 août, sans privilège ni achevé d'imprimer, de la *Lettre sur la comédie de L'Imposteur.* On en ignore l'auteur, mais on a tout lieu de croire que ce remarquable morceau de critique émane de l'entourage immédiat de Molière, qu'il fut écrit sous son contrôle et avec sa totale approbation. C'est la meilleure preuve que nous possédions du haut niveau de réflexion théorique qui soutient la comédie moliéresque, encore si proche par ailleurs des tréteaux de la foire. Le voilà exposant sa théorie du comique, sans provocation inutile ni reculade honteuse. Il lui faut à tout prix éviter de mettre en péril la promesse royale d'autoriser la comédie à la fin de la campagne des Flandres. L'auteur divise la lettre en deux parties, la première étant consacrée à la relation de la représentation du 5 août. Il n'a donc vu la pièce qu'une fois, mais il a eu le manuscrit en main. La seconde partie est constituée, selon les propres termes de l'auteur, par deux réflexions, l'une tendant à laver la comédie de Molière de tout soupçon d'impiété, l'autre développant une théorie du comique, un « discours du ridicule », du plus haut intérêt pour nous, bien que l'auteur le considère comme une simple ébauche.

La première partie de la lettre a pour principal intérêt de nous faire connaître l'état de cette seconde version de *Tartuffe*, dont le texte a disparu. De nombreuses différences de détail plus ou moins importantes entre le texte actuel et l'action de 1667 résumée par la lettre montrent que la pièce a subi un remaniement aussi considérable entre 1667 et 1669 qu'entre 1664 et 1667. Le plus important concerne le rôle de Cléante et le contenu de ses discours. C'est alors que Cléante a cessé d'être le sermonneur un peu ridicule et ennuyeux auquel on tente en général de réduire ce type de personnage, d'Ariste à Chrysalde, dont le premier Cléante devait encore se rapprocher. A partir de 1667, Molière a voulu qu'il y ait sur scène un « sage », un « honnête homme », un « véritable homme de bien », auquel le spectateur s'identifie, en qui il reconnaisse le porte-parole de l'auteur. On approuve ce qu'il approuve. On condamne ce qu'il condamne. Par lui, le spectateur est présent sur la scène aux côtés de l'auteur. Cléante prend en 1667 une dimension passionnée, personnelle, polémique, dont il était auparavant dépourvu. Il ne parle plus en faveur de son temps, comme Ariste et Chrysalde, avec le souci de flatter ses faiblesses, il ose « parler contre les mœurs du siècle », avec la volonté d'éclairer, de persuader, de corriger.

C'est à travers le raisonneur que la comédie révèle sa vocation didactique. Ce personnage tire en permanence la leçon de l'histoire pour en faire profiter le public et, par son biais, la société. Adversaires et partisans de *Tartuffe* sont d'accord sur l'influence que le théâtre exerce sur les mœurs, néfaste pour les uns, utile et irremplaçable pour les autres. Molière ne met pas en doute la nature essentiellement morale de la comédie. Elle a une double utilité, prévention et correction. Parfois, comme au XVIIe siècle, l'affirmation de cette visée morale tombe dans le moralisme vulgaire. Pourtant, à travers les siècles, les artistes ont toujours eu à cœur de reprendre à propos de leur art le mot de Pascal sur la philosophie, qu'elle ne vaut pas une heure de peine, à moins d'aider les hommes à vivre. Tous pensent que c'est bien ainsi, ajoutant seulement que l'art vrai se moque de l'art comme la morale de la morale.

La première partie de la *Lettre sur L'Imposteur* a un intérêt surtout documentaire. Il en va autrement des deux réflexions qui structurent la seconde partie. L'auteur commence par répondre à ceux qui condamnent *Tartuffe* pour l'unique raison que la pièce parle religion et que, selon un mot de Lamoignon qui résume une opinion largement répandue, le théâtre n'est pas un lieu où il faille enseigner l'Evangile. C'est donc à toute la tradition théâtrale depuis la tragédie antique qu'il se réfère pour justifier son point de vue. Puis l'auteur esquisse ce qu'il nomme son « traité du ridicule ». Molière est conscient que la perspective comique, née de la farce, est devenue depuis *L'Ecole des femmes*, un point de vue sur l'homme tout entier. Il revendique le droit pour la comédie de sonder les abîmes de l'homme, sans recourir à cet ébranlement poétique des mots qui émerveille chez Shakespeare. Le comique naît simplement du sentiment du ridicule, mais celui-ci ne se réduit pas au rire qu'il provoque. C'est quelque chose de riche et de complexe, dont les critiques commencent à peine à explorer les profondeurs, à la suite de G.M. Moore (*Molière, A New Criticism*), en rapprochant la sagesse comique de Molière du nouveau théâtre de Ionesco et de Beckett, où le tragique et le comique sont les paroxysmes l'un de l'autre. L'honnête homme du Siècle vit selon les normes de la raison et de la natures confondues. La conduite ridicule est par essence déraisonnable.

« Les hommes sur ce point sont étrangement faits,
Dans la juste nature on ne les voit jamais,
La raison a pour eux des bornes trop petites ;
En chaque caractère ils passent les limites. »

C'est le trait qui rassemble Tartuffe et Alceste aux yeux des Cléante et des Philinte. Le paradoxe de la sagesse comique, c'est que le sentiment de mépris éprouvé par le spectateur pour le personnage ridicule s'accompagne de la joie d'échapper au ridicule par la connaissance de ce manque de raison qui le constitue. Or, le juste milieu est l'exact point de vue qui permet à Molière d'organiser la perspective comique. Tout son siècle privilégie le niveau moyen, la mesure, le juste milieu, et non seulement Molière. Cléante, Elmire, Philinte et les autres expriment toute la sagesse adulte de l'époque. Après l'échec de la Fronde, moment de démesure, a commencé la déconstruction du héros cornélien, du mystique pascalien, du sage stoïcien. Venue de l'*Ethique à Nicomaque*, une morale du juste milieu se change en quête d'une « commune médiocrité ». Pascal lui-même écrit : « C'est sortir de l'humanité que sortir du milieu. La grandeur d'âme est de savoir s'y tenir. » Gérard Defaux remarque que cette médiocrité envahit pour finir la vision aristocratique du monde elle-même. La médiocrité apparaît comme une vertu du chrétien pour François de Sales, du philosophe pour La Mothe Le Vayer, de l'honnête homme pour Molière. Peu avant le 26 septembre de cette même année 1664, mourut, tué par les médecins, l'abbé La Mothe Le Vayer, ami personnel de Boileau et de Molière, passionnément attaché à ce dernier pour lequel il avait la plus vive admiration. Sa mort brutale bouleversa son vieux père, âgé de soixante-seize ans, illustre représentant du libertinage érudit, longuement évoqué dans les premiers chapitres de ce livre. Ses œuvres complètes venaient d'être publiées en 1662. Bouleversé à son tour par le décès du fils et par le chagrin du père, Molière écrivit un sonnet qui parut seulement après sa propre mort, dont il a repris deux quatrains dans *Psyché*. Nul ne songe à nier aujourd'hui l'influence directe de La

Mothe Le Vayer sur Molière. Toute une partie de la sagesse comique vient de là. Gérard Defaux en donne un exemple remarquable. Dans un opuscule intitulé *Des habits et de leurs modes différentes*, La Mothe Le Vayer tient un discours proche de celui du raisonneur moliéresque. « La vertu, écrit-il, consiste dans une certaine médiocrité qui fait un milieu entre deux extrêmes. » Quand Ariste déclare dans *L'Ecole des maris* :

« Il vaut mieux souffrir d'être au nombre des fous,
Que du sage parti se voir seul contre tous »,

il fait écho à La Mothe Le Vayer qui résume toute une tradition sceptique en ces termes : « Les plus advisez sont ceux qui, pour s'accommoder à l'usage, suivent librement et en riant les folies du commun. » Pascal se contente de renforcer l'effet de ce lieu commun en jouant génialement sur les mots : « Les hommes sont si nécessairement fous que ce serait être fou par un autre tour de folie de n'être pas fou. »

Le mandement de l'archevêque et la lettre sur *L'Imposteur* avaient porté le débat devant le public. Le roi avait plus ou moins promis d'autoriser *L'Imposteur* à son retour. Du moins pouvait-on interpréter ainsi sa réponse évasive aux messagers de Molière. Quand il revint de guerre, il se contenta de laisser les choses en l'état et d'adoucir les effets de la sentence d'excommunication. Les dévots essayèrent de tourner le *statu quo* à leur avantage, y parvinrent pendant dix-huit mois. La fermeture du théâtre avait fait sensation. Elle dura plusieurs semaines. Molière avait disparu. Il avait loué sa maison d'Auteuil et s'y était retiré avec la petite Esprit-Madeleine, une servante engagée sur place, et la fidèle La Forest qui faisait la cuisine les jours où il recevait ses amis. Enfin, le Palais-Royal rouvrit ses portes le 25 septembre avec *Le Misanthrope*. La *Gazette* de Robinet claironna ce retour sur son mirliton :

« Molière reprenant courage,
Malgré la bourrasque et l'orage
Sur la scène se fait revoir. »

Curieusement, le même Robinet devait à nouveau annoncer la présence de Molière sur scène comme une surprenante nouveauté trois mois plus tard, petite incohérence chronologique que les historiens n'ont guère relevée.

« Veux-tu, lecteur, être ébaudi ?
Sois au Palais-Royal mardi.
Molière que l'on idolâtre
Y remonte sur son théâtre. »

Dans les mois qui suivirent, la troupe créa *Amphitryon, George Dandin, L'Avare*. Les ennuis de toutes sortes n'entravaient guère l'activité créatrice de Molière. Dès le 28 novembre, *Tartuffe* commença à ressortir de la clandestinité. Deux représentations eurent lieu à Paris et à Chantilly pour le prince de Condé, toujours lui ! Les grands se disputaient la pièce maudite et légendaire. Il semble même que Molière, assuré à présent de la jouer officiellement à plus ou moins brève échéance, ait évité de la galvauder dans un trop grand nombre de représentations privées, moins avantageuses que les autres. Il n'en fallait pas douter, les choses bougeaient. Le roi avait réussi à persuader l'archevêque de lever son interdiction. Surtout, les rangs ennemis se clairsemaient à vue d'œil. Les animateurs de la fameuse confrérie, interdite depuis 1666, disparaissaient les uns après les autres dans la trappe. Anne d'Autriche et le prince de Conti tombèrent la même année, celui-ci juste avant la parution de son *Traité de la comédie et des specta-*

cles selon la tradition de l'Eglise, où, entre autres platitudes, il s'en prenait violemment à son ancien protégé, à propos de *L'Ecole des femmes* et de *Dom Juan*, sans mentionner *L'Imposteur*. Enfin, le 1er janvier 1669, le pape Clément IX fit remettre solennellement à Louis XIV par son légat un bref qui décrétait la paix de l'Eglise. Une médaille commémora l'événement qui mettait fin, au moins officiellement, à la querelle entre le pape de Rome et le roi de France, touchant principalement le problème janséniste. Faut-il voir un lien entre cette paix et le fait que Molière mit cinq jours plus tard *Tartuffe* à l'affiche avec l'approbation du roi ? Mikhaïl Boulgakov a posé la question pertinente : « Qui m'expliquera pourquoi une pièce qui n'avait pu être représentée en 1664 et 1667, put l'être en 1669 ? »

Molière, qui suivait les événements jour après jour, se tenait prêt pour ce changement de situation qui, arrachant sa pièce aux bourrasques de la haute politique, la restituait tout simplement à la vie du théâtre, à laquelle elle ajoutait un chef-d'œuvre. On mit sur-le-champ *Tartuffe* en répétition. Depuis longtemps, le rôle-titre était attribué à du Croisy. Ce rôle dépassait peut-être les possibilités de cet excellent comédien. Molière le lui confia néanmoins, à la fois pour donner la grande chance de sa vie à ce collaborateur dévoué, et afin d'atténuer, peut-être, quelque peu la dimension scandaleuse du personnage. Ce dernier n'était plus l'homme du monde de 1667, pas davantage le petit collet de 1664, on le retrouvait en directeur laïc portant l'habit noir commun aux ecclésiastiques et aux hommes de plume, un escroc dangereux. La distribution réserve quelques surprises. Molière, qui n'avait jamais envisagé de jouer le rôle de Tartuffe, créa son premier « grand bourgeois » en la personne d'Orgon qui, par la présence en scène et le caractère comique, tend à supplanter le rôle-titre. Armande Béjart obtint le plus beau rôle féminin, celui de la sage Elmire. Madeleine, vouée désormais aux soubrettes plantureuses, fut Dorine. Conformément à la tradition, Molière confia le rôle de vieille, Mme Pernelle, à un homme, Louis Béjart, le boiteux. Tout se passa comme s'il n'y avait jamais eu d'affaire *Tartuffe*. Molière avait gagné son pari de jouer la pièce un jour ou l'autre. Les dévots faisaient provisoirement le dos rond. *Tartuffe* fit salle comble pendant trente-sept représentations. Les recettes battirent tous les records. *Tartuffe* parut en librairie le 23 mars. Un mois jour pour jour après la première, Molière faisait parvenir au roi un troisième placet, très bref, plein de verve. Après s'être félicité que le roi l'eût réconcilié avec les dévots, il demandait la faveur d'une seconde réconciliation, avec les médecins, en la personne du docteur Mauvillain, dont il avait l'honneur d'être le patient, pour le fils duquel il sollicitait un canonicat. Le fils du médecin de Molière fut nommé chanoine.

Le personnage et le rôle

L'Imposteur est scandé par une succession de surprises. Pendant les deux premiers actes, le cagot retarde son entrée en scène. Le panégyrique de ses suppôts et la diatribe de ses censeurs se renforcent pour Cléante, personnage-témoin, porte-parole de Molière, du public, des honnêtes gens. Quand le bonhomme apparaît enfin, le spectateur reçoit un choc. Le Tartuffe de Dorine était une caricature. C'était aussi un résidu du Tartuffe de 1664. Celui qui prend la parole au troisième acte est bien plus complexe... Nouvelle surprise, à la fin du même acte. Sur le point d'être démasqué, Tartuffe sauve les apparences, reprend possession d'Orgon. Démasqué tout de bon à la fin du quatrième acte, il lance un dernier défi à ses adversaires, brave l'évidence qui le condamne. Survient un ultime coup de théâtre au dénouement, l'œil scrutateur du roi ayant révélé le passé criminel de Tartuffe. Celui-ci mène donc le jeu, de surprise en surprise, jusqu'au suprême avatar qui le surprend à son tour et le réduit au silence.

Selon le mot de Jacques Scherer, sa présence est celle d'un rôle plus que d'un personnage. Il est d'abord présent par son nom, ce nom qui le rattache mystérieusement à la commedia dell'arte, par son étymologie latine, *tartuffio*, la truffe. Tartuffe est un personnage constamment nommé, son nom indéfiniment répété peuple même le lieu de son absence au cours des deux premiers actes et finit par agir comme une essence d'être : « Vous serez tartuffiée ! » Molière prolonge ce temps paradoxal où Tartuffe est objet de fantasme, de crainte, de désir. La longue scène du dépit amoureux semble destinée à faire oublier momentanément jusqu'au nom de l'ennemi, pour renforcer l'effet de surprise à son arrivée. Jusqu'à celle-ci, Tartuffe n'existe que dans le discours des autres. Puis il est là, en chair et en os, mais sa présence comporte une absence, et son discours un silence. Il module son discours en fonction de l'effet à produire sur ses interlocuteurs. Molière a privé Tartuffe du moindre soliloque. Nous n'entendons jamais le discours secret qu'il se tient à lui-même. Rien qui évoque le fameux : « Rentre en toi-même... » de Corneille. Tartuffe n'est jamais seul avec lui-même. Ses deux moments de vérité sont-ils ceux qu'il passe seul avec Elmire aux actes III et IV ? Pas autant qu'il le croit, d'ailleurs, puisque, chaque fois, quelqu'un l'épie, Damis au troisième acte, Orgon au quatrième. Au cinquième, le regard du roi en personne perce Tartuffe à jour. La seconde grande scène de son rôle le met seul à seul en présence d'Orgon. La seule scène d'intimité vraie du couple est celle qui met en présence l'un de l'autre Orgon et Tartuffe à la fin de l'acte III. Or, c'est une scène d'extase amoureuse, de communion mystique, qui, dans la version originale, se référait directement à la passion du Christ. Tartuffe « se déclare » en présence d'Elmire, mais c'est en présence de Tartuffe qu'Orgon le fait. De là à soupçonner une homosexualité, au moins platonique, il n'y a qu'un pas que les metteurs en scène modernes franchissent souvent. La maison d'Orgon tend à se fermer en huis clos. Seul Cléante assure une aération permanente, commentant le cours du monde dans un discours ouvert. Sans lui, la maison d'Orgon serait vraiment un vase clos, un nœud de vipères livré à la monstrueuse présence de Tartuffe. On n'est plus sur le tréteau de la farce de plein vent, encore sensible dans *L'Ecole des femmes*, ce lieu de rencontre que représentait si bien le décor de Christian Bérard, ouvert-fermé, entré-sorti, montré-caché. Désormais, la comédie devient le royaume autarcique et autiste du bourgeois moliéresque, un magasin à fantasmes.

Le masque

Le Grand Siècle consacre la rupture du théâtre occidental avec la tradition du masque que la commedia dell'arte a mystérieusement ressuscitée au XVIe siècle.

Molière aussi a peut-être joué ses premières farces sous le masque. Dans le même temps, le Grand Siècle livre la vie sociale au grand jeu des masques. La société de cour est une société masquée, dont l'étiquette définit le code. L'hypocrisie devient la base de la vie de cour et à travers celle-ci de la vie sociale dans son ensemble. Le visage devient à lui-même son propre masque, exhibant la hiérarchie des rôles et des apparences. L'acteur social est à tout moment en train de jouer un personnage. L'imposteur est par excellence celui qui se fait passer pour ce qu'il n'est pas. Tartuffe joue le personnage d'homme de bien. Le jeu des masques est une dimension essentielle de la condition humaine. Il faut traverser le masque pour être soi, un soi, un sujet. Le rêve d'un homme sans masques se confond avec celui d'une société entièrement transparente à elle-même, c'est un rêve totalitaire. En Tartuffe, le jeu se bloque, déraille. Personne ne met en doute l'imposture de Tartuffe. Chacun fait confiance à Dorine qui le charge sans scrupule. En entendant Orgon s'attendrir sur son étalage de dévotion à l'église, nous suivons Cléante qui voit là affectation et outrance. Plus on examine l'hypocrisie de Tartuffe, moins elle paraît simple. Elle fascinait Stendhal qui, suivant à la trace Tartuffe, a rencontré Julien Sorel, fils du peuple qui use de l'hypocrisie comme de sa seule arme contre une société qui l'exclut de son jeu promotionnel. Georges Bernanos centrait sa lecture sur le tragique du croyant qui a perdu la foi et continue les mêmes gestes sans lesquels sa vie n'a plus aucun sens. Tartuffe est condamné à mal jouer, à dire la vérité du mensonge. Il se donne pour ce qu'il n'est pas, ne sachant plus qui il est. Il joue par vertige.

D'où le sens incantatoire des redondances que l'on a reprochées à la tirade de Cléante :

> « Hé, quoi ? Vous ne ferez nulle distinction
> Entre l'hypocrisie et la dévotion ? », etc.

Le masque ne joue bien son rôle qu'à condition de s'avouer comme masque sans trahir le personnage.

> « Au travers de son masque on voit à plein le [traître…
> Cependant sa grimace est partout bienvenue. »
> (*Le Misanthrope*, I., 1.)

C'est ce qui se passe avec Tartuffe, dont l'hypocrisie entre en conflit avec son désir. Il joue sur tous les sens du mot *posséder* : tenir en main l'objet du désir (la cassette), duper un naïf (Orgon), connaître charnellement un être (Elmire). Une explication dialectique du comportement de Tartuffe conduit à douter que le projet de cocufier Orgon soit le projet vulgaire d'un escroc de bas étage. Tout désir est désir d'être. En la personne d'Orgon, Tartuffe désire l'être qui lui fait défaut sous ses diverses formes, honorabilité bourgeoise (partager la vie d'Orgon), de richesse (s'emparer de ses biens) et, au plus haut degré de l'être, Elmire, la vertu aimable, la sagesse heureuse, la sérénité et l'harmonie. Posséder Elmire revient à posséder l'être dans sa plénitude. On a parfois cherché à réhabiliter Tartuffe. Ce genre d'opération est assez au goût du jour, mais on ne peut jamais la mener à terme. Tartuffe est irrécupérable. Il peut fasciner, séduire au besoin, mais seulement la part maudite de l'être. En tout cas, dans le dernier état de la pièce, il ne ressemble guère au portrait-charge dessiné à gros traits par Dorine. Dans l'entourage de Molière, on semble en avoir pris conscience. La *Lettre sur L'Imposteur* déclare : « Il ferait presque pitié. »

C'est dans sa déclaration d'amour à Elmire que Tartuffe est le plus sincère. Il sait dès lors qu'il va à sa perte mais il y va. Tout son projet dépend de ce coup d'audace qui est aussi un moment de vérité. Une sorte de néoplatonisme lui inspire un langage érotico-mystique :

« Et je n'ai pu vous voir, parfaite créature,
Sans admirer en vous l'auteur de la nature. »

Franchise truquée. Langage pourri. Tartuffe ne saurait combler l'écart entre la sublimité des propos et la précision du pelotage. La *Lettre sur L'Imposteur* ne s'y méprend pas : « Tartuffe se met à lui conter fleurette en termes de dévotion mystique. » Avec raison, Jules Lemaître a souligné en son temps les résonances baudelairiennes d'un tel discours. Rapprocher Tartuffe et Baudelaire est, par force, flatteur pour l'un, blessant pour l'autre. La culture théologique de Tartuffe est aussi remarquable que son style, l'une et l'autre légèrement désuets et datant d'un demi-siècle, comme Sainte-Beuve fut le premier à le noter. En prêtant à Tartuffe un langage proche de François de Sales, Molière situe son discours dans le champ du religieux authentique et atteste sa propre culture. Il lui permet de lever le masque sans se mettre à découvert, de dévoiler son désir sans étaler son obscénité. Chacun de ses discours s'achève par un aveu dont le scandale est atténué par l'appareil métaphysique du langage qui le soutient.

« Et c'est en nous qu'on trouve, acceptant notre [cœur,
De l'amour sans scandale et du plaisir sans peur.
Tout est dit jusqu'à l'aveu final,
Et ce n'est pas pécher que pécher en silence. »

Entre ces deux vers, le comédien de sa propre vie parcourt son chemin de croix et rencontre Don Juan sur sa route. Le vrai libertin et le faux dévot l'entourent comme les deux larrons du Golgotha. De grands metteurs en scène modernes, Antoine Vitez, Ariane Mnouchkine, ont pressenti le jeu de doubles et de simulacres christiques que la dialectique de la vie et du théâtre instaure chez Molière. Dans l'interstice de *Tartuffe* et de *Dom Juan* commence cet attentat contre l'image de Dieu en l'homme, dont parle Gilbert Lely, qui va conduire à Sade et sur lequel va se fonder le sens le plus profond de la modernité. Il reste à tenter de préciser dans quelle mesure Molière a pu prendre conscience de l'enjeu.

Le dramaturge combattant

La seule phobie de certains critiques pour tout ce qui engage les idées dans la vie les pousse à nier cette évidence : l'auteur de *Tartuffe* est un écrivain engagé. L'écrivain engagé est bien tout clairement celui qui écrit pour dénoncer un abus, défendre une cause, attaquer un pouvoir et qui fait cela sans masque. L'attitude de Molière est plus complexe. Il ne s'engage pas dans l'affaire *Tartuffe* comme Voltaire dans l'affaire Callas, Zola dans l'affaire Dreyfus. Il ne se sert pas du théâtre, il engage celui-ci dans la vie. Il ne se bat pas pour des idées, mais pour le sens même de la vie. L'œuvre de Molière refuse l'anonymat, l'irresponsabilité, l'intemporalité. Elle met en cause des conduites concrètes en respectant les complexités de l'histoire. Forçant les limites du jeu théâtral, Molière parle pour lui-même et au nom des honnêtes gens, c'est-à-dire du public. Il renvoie le public à lui-même. Cléante, Don Juan, Alceste parlent, mais la même voix se fait entendre à travers leurs discours, parfois en les violentant, au cours de ces cinq années, la voix de Jean-Baptiste Poquelin dit Molière. Il suffit de citer *Dom Juan* (1665) : « Je me ferai le vengeur des intérêts du ciel et, sous ce prétexte commode, je pousserai mes ennemis, je les accuserai d'impiété et saurai déchaîner contre eux des zèles indiscrets qui, sans connaissance de cause, crieront en public contre eux, qui les accableront d'injures et les damneront hautement de leur autorité privée. »

Molière (premier placet, 1664) : « Je suis un démon vêtu de chair, un libertin, un impie digne d'un supplice exemplaire [...]. Le zèle charitable de ce galant homme de bien [...] veut absolument que je sois damné. »

Cléante dans *Tartuffe* (1669) : « [...] qui savent ajuster leur zèle avec leurs vices / Sont prompts, vindicatifs, sans foi, pleins d'artifices, / Et pour perdre quelqu'un couvrent insolemment / De l'intérêt du ciel leur fier ressentiment... / Des intérêts du ciel, pourquoi vous chargez-vous ? »

Molière dans la préface de 1669 : « Suivant leur louable coutume, ils ont couvert leurs intérêts de la cause de Dieu. [...] Ils n'en veulent pas démordre, et tous les jours encore, il font crier en public des zélés indiscrets qui me disent des injures pieusement et me damnent par charité. »

Dom Juan : « L'hypocrisie est un vice à la mode et tous les vices à la mode passent pour vertu. Le personnage d'homme de bien est le meilleur de tous les personnages et la profession d'hypocrite a de merveilleux avantages. »

Molière, dans la préface de 1669 : « Ils se sont effarouchés d'abord et ont trouvé étrange que j'eusse la hardiesse de jouer leurs grimaces et de vouloir décrier un métier dont tant d'honnêtes gens se mêlent. »

Alceste dans *Le Misanthrope* (1667) : « Nommez-le fourbe, infâme et scélérat maudit, / Tout le monde en convient et nul n'y contredit. / Cependant sa grimace est partout bienvenue, / On l'accueille, on lui rit, partout il s'insinue. »

Les formules reviennent comme des leitmotive : intérêts du ciel, zélés indiscrets, damner pieusement. Molière et ses personnages parlent le même langage. Les mots, les formules, les métaphores glissent d'un discours à l'autre. Ce qu'on entend en eux, c'est une voix, une seule, celle de Molière, la même et toujours autre, l'homme-acteur de son propre théâtre et de sa propre vie. Entre l'homme et ses simulacres, entre le théâtre et la vie, le dramaturge combattant fait entendre non seulement, comme le dit Claudel, le sens des mots et le son de la voix, mais encore le sens de la voix qui n'est pas forcément dans les mots qu'elle dit et le son des mots qui ne passe dans aucune voix, qu'aucune voix d'aucun acteur n'épuisera jamais, mais où l'on reconnaît toujours la voix originelle du seul Molière, l'auteur-acteur.

Quel est le vrai nom de Tartuffe ? A qui Molière s'en prend-il au juste ? A la cabale des dévots et à la confrérie du Saint-Sacrement ? Antoine Adam en doute. Georges Couton le croit et pense avoir établi définitivement les faits. C'est lui qui a raison. Mais la figure de Tartuffe est complexe, contradictoire, incohérente même. Molière a voulu qu'il fût gros de son histoire mouvementée et de son origine ambiguë. Il présente des caractéristiques jansénistes contredites par des traits de jésuitisme. Il a un côté Machiavel et un versant Raspoutine. Il est protégé par la cabale mais, à la différence de celle-ci, il fréquente les gueux plutôt que les grands. Monsieur Loyal est un personnage louche. Il flotte un relent de mafia sur toute cette histoire. Orgon s'est mis dans de vilains draps et cette affaire laissera des traces. *Tartuffe* est le fruit monstrueux d'une sociologie religieuse où le sublime et l'immonde sont constamment emmêlés. Et la cabale des dévots est bien au cœur de l'affaire.

Le XVIe siècle avait vu la Réforme protestante répondre à la décadence de la chrétienté en instaurant un christianisme plus intérieur et plus personnel, par un retour à l'esprit des premières communautés ecclésiales. L'Eglise catholique attendit le concile de Trente (1545-1563) pour entreprendre à son tour son renouvellement interne. Le concile poursuivit un triple effort : définir l'essence du christianisme comme amour, affirmer l'autorité centrale de l'Eglise, intégrer le christianisme à la vie personnelle et à la vie sociale des gens. De ce dernier projet relève l'affaire *Tartuffe*. Les grands écrits spirituels du Moyen Age, écrits en latin, étaient destinés aux moines. Au XVIIe siècle, on voit se multiplier des livres écrits en français et destinés aux laïcs. Ce sont de véritables manuels destinés à la création et à la formation d'une catégorie de chrétiens voués à Dieu et à la réalisation intégrale de leur christianisme au sein même de leur vie laïque : les dévots. Avec eux, naît le modèle historique du militant, que les militants politiques n'ont fait qu'imiter par la suite. Les dévots se battent sur un projet de cléricalisation intégrale de l'individu et du groupe qui aura son symétrique dans le projet de politisation intégrale des révolutionnaires. *L'Introduction à la vie dévote* de saint François de Sales, publiée en 1662, fut leur « petit livre rouge » et le resta tout au long du siècle[1]. Un tel projet suppose une réforme des mœurs que s'appliquent à promouvoir des prédicateurs, Bossuet et Bourdaloue, des apôtres, saint Vincent de Paul, des confréries laïques comme la confrérie du Saint-Sacrement. En face d'eux, ils trouvent les libertins qui nient la religion, les rationalistes qui la mettent entre parenthèses, et les mondains, chrétiens et non libertins, croyants et non athées, qui parlent comme Cléante, prônant après Montaigne la séparation de la vie et de la religion, de la théologie et de la morale, de l'Eglise et de l'Etat. L'évolution aura pour terme, selon ceux-ci, la sécularisation de la société terrestre. Les mondains veulent jouir honnêtement de tous les plaisirs de la vie en se démarquant des libertins sur leur gauche et des dévots sur leur droite. Ils ont pour but d'établir le code du conformisme moral et social qui permettra de vivre honnêtement en société. A les entendre, rien ne doit distinguer le dévot des autres

1. *Dans un long chapitre d'un livre récent, Francine Mallet établit par une étude serrée l'influence sur Molière de saint François de Sales qui fit preuve, en publiant en français* L'Introduction à la vie dévote *dès 1609, de la même audace que Descartes en 1637 avec son* Discours de la méthode, *traduit en vers par Corneille en 1663 ; canonisé en 1664, l'année même où commence l'affaire* Tartuffe. *Ce ne peut être par hasard que Molière place des citations de cet auteur dévot dans la bouche de Cléante certes, mais aussi de Tartuffe, d'Orgon, puis d'Elvire. François de Sales recommande textuellement de ne pas recevoir la fausse monnaie avec la bonne, de ne pas claironner ses aumônes, de ne pas imiter saint Macaire qui se punit d'avoir tué une mouche. Surtout, il prêche une religion de tolérance qu'on retrouve dans la bouche de Cléante, de même que son discours du Parfait et Pur Amour nourrira la tirade d'Elvire. Cléante rétablit le vrai visage de la piété salésienne travesti par Madame Pernelle et Orgon, comme le fait Molière face aux dévots qui ont fait de* L'Introduction à la vie dévote *leur bible après avoir longtemps controversé, pour ne pas dire vilipendé, son auteur. Certes, on pourra toujours soutenir qu'il s'agit là de rajouts tardifs destinés à rendre présentable la pièce maudite. Peut-être. Et alors ? Nul n'en a fait et n'en fera la preuve, vu l'ignorance où nous sommes des textes de 1664 et de 1667. D'ailleurs, aucun grand auteur en a-t-il eu jamais fini de lutter contre les malentendus à coups de mises au point successives ?*

hommes dans son comportement social. La prédilection de Louis XIV, de la jeune cour et d'un large secteur de la haute bourgeoisie pour l'humanisme des mondains, fit de ceux-ci la cible des dévots dont le projet de christianisme intégral visait à substituer l'idéal du dévot à celui de l'honnête homme, à investir par la religion toutes les zones de la vie laïque, dénonçant en particulier les moindres manquements à la décence. Ainsi se constitua un « parti dévot », intégriste, fondamentaliste, traditionaliste, qui s'érigea en pouvoir plus ou moins occulte, espionnant les notables et les détenteurs d'autorité, prenant parti pour le roi d'Espagne contre le roi de France, pour les frondeurs contre Mazarin. C'est celui-ci qui, vers 1658-1659, parla à Colbert d'une « cabale des dévots », que les érudits du XIXe siècle ont, à tort ou à raison, identifiée à la confrérie du Saint-Sacrement[1].

En 1627, Henri Levis, duc de Ventadour, pair de France, avait eu l'idée de fonder une société de « personnes du monde » qui se consacreraient à faire progresser la religion catholique. Cette société prit forme deux ans plus tard. Elle comprenait des ecclésiastiques comme Vincent de Paul, Olier ; des évêques comme Bossuet, Pavillon, Godeau, Hardouin de Péréfixe ; des magistrats comme Lamoignon, Voyer d'Argenson, Lefèvre d'Ormesson ; de grands seigneurs comme le duc de Nemours, le prince de Conti. Rien que du beau monde ! La société prit le nom de confrérie du Saint-Sacrement et se réunit une fois par semaine, le jeudi,

1. *Voir la solide étude, déja ancienne, de R. Allier,* La Cabale des dévots, *et les deux livres de F. Baumal,* Molière et les dévots, *1919,* Tartuffe et ses avatars, *1919 ; dans l'édition de la Pléiade, G. Couton fait une remarquable mise au point qui exploite au maximum les papiers des compagnies marseillaise et lyonnaise, récemment découverts.*

jour de la Présence Réelle. Elle commença par tenir ses statuts secrets pour ne pas éveiller la jalousie des ordres réguliers, la susceptibilité des évêques, la défiance des parlements et du gouvernement. Elle prenait ainsi l'allure d'une véritable franc-maçonnerie cléricale. En vain, Louis XIII avait essayé d'obtenir pour elle une autorisation en règle de l'archevêque de Paris. Revenue de ses frasques d'antan, Anne d'Autriche fut toujours son meilleur appui, d'abord contre Mazarin, puis contre Colbert. La confrérie agissait par personnes interposées, tenues le plus souvent dans l'ignorance du rôle qu'on leur faisait jouer. Elle consacrait une très grande part de ses efforts à des œuvres de charité. Ses membres visitaient les galériens et les prisonniers. Elle mit en œuvre une ébauche d'assistance publique, connut une de ses plus grandes réussites avec l'Hôpital général. Les controverses que celui-ci entretient encore à notre époque montrent l'ambiguïté de cette entreprise. Et certes, la confrérie du Saint-Sacrement fut toujours aiguillonnée par un souci d'hygiène sociale qui la poussa encore à lutter contre la débauche et la licence morale, à fonder les missions étrangères, à s'attaquer au protestantisme, ce dont nul ne lui fit reproche à l'époque. En revanche, une partie de la noblesse lui garde rancune d'avoir obtenu de Louis XIV un édit solennel contre le duel, les parlements s'irritèrent de la police occulte exercée par elle sur les particuliers, encourageant la dénonciation et la correction fraternelle dans son combat contre l'indécence, contre le blasphème, contre l'abus du tabac, etc. En 1645, vingt ans avant *Tartuffe*, la compagnie comptait vingt-quatre succursales en province, cinquante et une en 1658. Le succès même de l'entreprise, la maladresse et les excès de zèle de quelques-uns de ses agents soulevèrent contre elle l'opposition de ceux qui tenaient à garder une séparation entre la vie religieuse et la vie civile. Le médecin protestant Guy Patin, un Rétif de La Bretonne sans génie, dénonça le péril que les dévots représentaient selon lui, dans ses lettres, vers 1660 : « Paris est plein de faux prophètes... On ne vit jamais plus de religion et de moinerie, et jamais si peu de charité... Tous ces gens-là se servent du nom de Dieu pour faire leurs affaires et tromper le monde. La religion est un grand manteau qui met bien des fourbes à couvert. » Ne dirait-on pas un commentaire de la comédie de Molière ? Or, Guy Patin va plus loin. Il désigne nommément l'aile marchante du parti dévot, et, par contrecoup, ceux que devait mettre en cause Molière quelques années plus tard : « Il y avait ici de certaines gens qui faisaient des assemblées clandestines, sous le nom de confrérie du Saint-Sacrement... Ils mettaient le nez dans le gouvernement des grandes maisons, ils avertissaient les maris de quelques débauches de leurs femmes. » En 1660 justement, la confrérie fut plus ou moins dissoute par Mazarin.

Que Molière vise particulièrement l'action de la confrérie dans *Tartuffe*, un rapide coup d'œil sur la pièce suffit à le montrer. Tartuffe, Orgon, Mme Pernelle portent les mêmes condamnations que les confrères contre les bals, les cadeaux, les promenades, les visites mondaines, le jeu, etc. Le mouchoir tendu à Dorine est une allusion sans fard à certaine campagne « des gorges découvertes » comme le geste de Sganarelle au début de *Dom Juan* est un défi à la campagne de la confrérie contre le tabac. Dans *Tartuffe, Dom Juan, Le Misanthrope*, la cabale protège Monsieur Loyal, les ennemis de Don Juan et le franc scélérat avec qui Alceste a procès.

Tartuffe fournit la preuve qu'un grand théâtre de combat est possible, qu'un tel théâtre participe directement à l'histoire en train de se faire sans renoncer à cette universalité ni à cette supratemporalité qui sont le propre des grandes œuvres. Mais comment Molière en est-il venu à s'en prendre de front à la puissante confrérie du Saint-Sacrement ? Nous l'avons suffisamment accompagné pas à pas dans ses pérégrinations et ses luttes pour le comprendre. Il faut remonter loin. L'Illustre-Théâtre s'était déjà heurté à Olier, curé de Saint-Sulpice. Dans ses randonnées de province, la troupe a plus d'une fois rencontré les dévots sur sa route. En 1659, Molière se trouvait à Lyon quand toute la ville retentit des agissements de Crétenet, barbier et directeur de conscience, chef de secte promis tour à tour par les évêques à l'excommunication puis à la canonisation. On n'attendit pas la mort de Molière pour faire un rapprochement entre Tartuffe et Crétenet, mort en 1666. Les contemporains de Molière citaient encore Charpy, abbé de Sainte-Croix, faussaire, auteur mystique, personnage bernanosien, séducteur de sa pénitente, Gabriel Roquette, qui précéda Talleyrand sur le siège épiscopal d'Autun, illustre soupirant de Ninon de Lenclos. En insistant sur tous ces cas, on ne prétend pas remonter une fois de plus aux « sources » de Molière, encore que ces exemples historiques paraissent plus probants que les quelques sources littéraires (*La Macette* de Mathurin Régnier) citées d'habitude. Ils ont l'avantage de souligner l'extraordinaire vraisemblance de Tartuffe, sa présence vive à l'histoire de son temps. En pleine affaire *Tartuffe*, tout Paris parla de l'aventure du prêtre italien Pierre Cazotti, séducteur de l'épouse du comédien qui l'accueillait chez lui. Un autre ecclésiastique italien, de comédie, Sébastien Locatelli, dans son *Voyage en France*, use du vocabulaire érotico-mystique de Tartuffe : « Mon penchant pour les femmes m'avait contraint à me prosterner plusieurs fois devant l'autel de la Beauté pour y adorer le Créateur et peut-être la créature. » En 1667, on ne voit plus Tartuffe imiter le réel, mais celui-ci imiter Tartuffe. On a même cherché à atteindre la vérité dans des zones plus sulfureuses. Du vivant des deux hommes, on a chuchoté que le prince de Conti avait inspiré Molière. Il est vrai qu'on a aussi soupçonné le prince d'avoir fourni le modèle de Don Juan. Nombreux furent ceux qui mirent en doute la conversion de Conti qui, en 1658, dans la région de Bordeaux, fit jeter au couvent une femme de mauvaise vie. On ne saurait imaginer Molière mettant en scène de sang-froid un prince du sang. D'ailleurs, il ne pouvait connaître son appartenance à la puissante société secrète. Néanmoins, la pression quasi permanente exercée sur sa vie par la personnalité de Conti, protecteur libertin puis adversaire fanatique, a pu contribuer puissamment à la vraisemblance historique de son personnage. Il a même pu l'encanailler en milieu bourgeois afin d'égarer tout soupçon.

Georges Couton a montré avec force que la querelle de *Tartuffe* s'aggravait du fait qu'autour d'elle se développait la querelle du théâtre. Entre 1665 et 1669, Nicole, d'Aubignac, Racine, le prince de Conti, Bossuet lui-même, qui ébauche alors ses maximes, ont soulevé le problème de la comédie. Tous reprochent à Molière de compromettre un long effort de redressement et de réhabilitation de la comédie. Molière a dit assez clairement que son but était de faire rire les honnêtes gens, donc les mondains. L'amour de la comédie était un de leurs signes de ralliement. Il avait à leur intention forcé le passage de la farce de tréteaux à la grande comédie en 1662. Pour leur joie, il avait montré le ridicule des idées d'Arnolphe sur le mariage chrétien. Il ne lui était sans doute pas venu à l'esprit que les dévots le prendraient très mal, l'éducation des filles et l'institution du mariage fournissant les deux piliers de la catholicité intégrale dont ils rêvaient. Croyant s'en prendre à des manies, Molière venait de piquer au vif des susceptibilités militantes, des mentalités fanatiques. C'est au cours de la querelle de *L'Ecole des femmes* qu'il a vu surgir le personnage du dévot dans sa perspective comique. Personnage d'une autre trempe que les précieuses et les pédants auxquels il s'en était encore pris. « Les dévots sont gens implacables. » On l'avait prévenu. Le roi en personne. L'idée de les provoquer en les ridiculisant dans une farce, de manière à les faire rire de leur propre double grotesque, le faisait frétiller d'impatience. Il les montrerait comme de braves imbéciles sincères manipulés par quelques esprits machiavéliques. Molière avait surestimé leur sens de l'humour. Les dévots ne se reconnurent pas en Tartuffe, mais bien en Orgon, parce que celui-ci parlait leur langage face à Cléante qui, lui, bafouait leur plus cher principe, l'intégration de la religion à tous les gestes de la vie quotidienne. Molière peut bien prétendre le contraire, il ne s'en prend pas seulement à l'hypocrisie, mais au militantisme, au prosélytisme sous toutes leurs formes. Les ennemis de Molière ont raison, non ses amis qui louvoient pour donner le change. Le plus acharné est aussi le plus clairvoyant, Bourdaloue, dont l'analyse n'a jamais été dépassée : « Comme la fausse dévotion, écrit-il, tient en beaucoup de choses de la vraie, comme la fausse et la vraie ont je ne sais combien d'actions qui leur sont communes, comme les dehors de l'une et de l'autre sont presque tous semblables, il est non seulement aisé mais d'une suite presque nécessaire que la même raillerie qui attaque l'une attaque l'autre. » Eh oui ! mon révérend père ! A vous aussi l'honneur, Monseigneur Hardouin de Péréfixe, qui écrivez dans votre ordonnance de 1667 : « Une comédie très dangereuse, d'autant plus capable de nuire à la religion que, sous prétexte de condamner l'hypocrisie ou la fausse dévotion, elle donne lieu d'accuser indifférement tous ceux qui font profession de la plus solide piété. »

Molière continue de croire, ou fait semblant de croire, à la rassurante frontière entre l'apparence et la réalité, le masque et le visage, l'attitude extérieure et la vie intérieure. Il a tort. Il n'a pas assez lu Gracián. Il ne sait pas encore que le roi veut faire de la future Galerie des glaces son fabuleux jeu de miroirs, son kaléidoscope d'images, le sanctuaire inhabité de la vie de cour, quintessence de la vie mondaine. *Tartuffe* implique une double impossibilité pour le dévot, celle d'avoir un comportement extérieur de dévot sans devenir un imposteur, celle d'être montré comme tel sur une scène. Ni acteur social ni personnage de théâtre. La dévotion est une disposition toute intérieure de l'âme qui exclut pour le dévot toute possibilité de s'exprimer comme tel tant sur le grand théâtre du monde que sur celui de la comédie. Cléante peut bien théoriser la différence entre le vrai et le faux dévot avec exemples à l'appui. Tous ces Ariston et ces Périandre ne changent rien au fait que Molière est hors d'état de donner une existence théâtrale, d'amener à la présence scénique un vrai dévot.

Bref, de faire du dévot un personnage de théâtre. C'est l'idée que le dévot puisse avoir un comportement propre à être montré sur la scène que Molière condamne. Il importe peu que le dévot soit sincère (et stupide) comme Orgon, ou menteur (et habile) comme Tartuffe. Le comportement dévot contient nécessairement une menace pour l'Autre, un risque de culpabilisation, un viol de conscience. Il est clair que Molière tient toute forme de fanatisme pour pure hypocrisie. Qu'est le fanatisme sinon la certitude inébranlable de posséder à soi seul toute la vérité, la fin justifiant les moyens ? Le machiavélisme est lié au fanatisme et érige l'hypocrisie en loi de gouvernement. Plus les ennemis de Molière frappent fort, plus ils voient juste. C'est bien l'idéal du dévot que Molière combat, le personnage d'homme de bien, comme il dit magnifiquement, ce modèle proposé depuis un demi-siècle, à la suite de saint François de Sales, par ce parti de croyants, ces militants vertueux et sincères qui animaient la confrérie du Saint-Sacrement. Une telle évidence n'implique pourtant pas que le porte-parole de Molière, Cléante, soit un voltairien avant la lettre, ni Molière un libre penseur qui s'ignore. Nous ne saurons sans doute jamais ce que Molière pensait réellement. Cependant, *Tartuffe* gagne un supplément de sens à l'hypothèse qui ferait de Molière un mal-pensant, un contestataire de l'intérieur. Chacun sait que c'est de préférence à ces purs, à ces militants trop exigeants, que les appareils de parti réservent d'ordinaire leurs coups les plus durs et les plus bas. *Tartuffe* n'est ni une pièce à clefs ni une pièce de circonstance, c'est une œuvre secrète.

10

Le grand seigneur méchant homme

Généalogie

Sganarelle

Elvire

Récidive

Généalogie

Les grands dramaturges ont su garder intacte aux héros de tragédie la dimension qui les enracine dans le fonds archaïque des cultures. Trois d'entre eux forment la trinité prestigieuse du mythe luciférien par lequel l'Occident resserre le lien qui unit dès leur naissance l'origine de l'homme et l'origine du mal. Dans leur essence théâtrale, ces trois-là impliquent la démesure orgueilleuse de l'homme, sa tentative vaine d'atteindre l'absolu dans sa condition originelle. Prométhée, qui défie les dieux en livrant aux hommes le secret de vaincre leur finitude, plonge dans le fond primitif de la culture grecque. Faust, qui, pour posséder le savoir absolu, fait alliance avec le mal, naît quelque part dans le Moyen Age chrétien. Don Juan, dont la fonction est de proclamer par défi sa liberté de jouir, est le seul des trois à ne pas venir de la nuit des temps. Tout commence vers 1620, peu avant la naissance de Molière, quand le moine espagnol Tirso de Molina, frère de l'ordre de la Merci, écrivit l'histoire de Don Juan Tenorio dans une pièce en trois « journées » intitulée *El Burlador de*

Sevilla y convidado de piedra. Où Tirso a-t-il pris son sujet ? Nous n'en savons rien. Peut-être dans la chronique orale des faits divers de son temps. Il manque à son Don Juan quelques-uns des traits essentiels du mythe. Il n'est ni athée, ni révolté contre la société. Mais Tirso a su doter son histoire d'éléments qui, par la suite, sont devenus constitutifs de la légende : Don Juan choisit ses victimes féminines dans deux classes sociales, la haute noblesse et la basse paysannerie, il est flanqué d'un valet, il fait naufrage, il tue un commandeur, il dîne avec la statue du commandeur et meurt foudroyé.

Le mythe de Don Juan s'est constitué au foyer de la tradition théâtrale de trois nations : l'Espagne, l'Italie et la France ; c'est un mythe latin. D'Espagne, la légende commença par passer en Italie. Les pièces littéraires qu'elle inspira n'ont pas laissé de traces, à deux exceptions près : une tragi-comédie de Giliberto publiée en 1652 dont le texte a disparu, une autre de Cicognini dont une édition existait déjà en 1666. Ni l'une ni l'autre n'ont contribué à la mythification de Don Juan. Paradoxalement, ce sont les troupes populaires de la commedia dell'arte qui ont mis celle-ci en marche en développant les virtualités comiques du valet, tantôt Brighella, tantôt Arlequin, toujours joué par le premier bouffon de la troupe. En 1660, Scaramouche amena en France son nouvel Arlequin de vingt ans, Domenico Biancolelli. Dominique écrivit un canevas de farce, *Il Convitato di pietra*, connu grâce à la traduction que Thomas Gueulette en fit au début du XVIIIe siècle. La troupe italienne jouait cette farce au Palais-Royal quand l'affaire *Tartuffe* commença. C'est même à son propos que le prince de Condé fit au roi la réponse que Molière rapporte dans la préface de 1669 : « La comédie de Scaramouche joue le Ciel et la Religion, dont ces messieurs ne se soucient point ; mais celle de Molière les joue eux-mêmes ; c'est ce qu'ils ne peuvent souffrir. »

En France, la légende de Don Juan fut portée au théâtre vers l'époque où la troupe de Molière s'installa à Paris (1658). D'abord, un certain Dorimond, comédien de campagne assez obscur, joua et publia à Lyon en 1658 *Le Festin de pierre ou Le Fils criminel.* Peu après, un autre comédien plus connu, Villiers, écrivit pour l'Hôtel de Bourgogne une tragi-comédie en cinq actes et en vers qui portait le même titre que la pièce de Dorimond dont elle était une refonte. Villiers jouait lui-même le valet Philippin.

Molière entra en scène à son tour. Malgré les bruits avant-coureurs d'une cabale, il avait été pris de court par l'interdiction du 12 mai 1664. Dans ses cartons, il n'avait qu'une pièce inédite, *La Princesse d'Elide.* Pendant toute la première partie de la saison 1664-1665, la troupe va tenir grâce à *La Thébaïde* de Racine, créée sans succès le 20 juin et à *La Princesse d'Elide*, reprise avec succès à la ville à partir du 9 novembre. La dernière représentation de cette comédie-ballet a lieu le 4 janvier 1665. Entre cette date et la première de *Dom Juan*, un mois et demi, la troupe ne fait que des reprises médiocres des *Fâcheux*, du *Cocu imaginaire*, du *Dépit amoureux*, de *L'Ecole des maris.* Elle traverse une passe difficile, après une période prospère qui l'avait vue passer en moins de cinq ans de dix à quatorze unités, six femmes au lieu de quatre, huit hommes au lieu de six. Engagé en 1662, Brécourt quitte Molière pour l'Hôtel de Bourgogne. Il est remplacé par Hubert qui va jouer Mme Pernelle et tous les rôles de vieilles. En retour,

Molière renonce à remplacer René du Parc qui vient de mourir. Ce vieux compagnon de toujours le secondait dans les tâches de direction. Molière se contente de confier désormais la fonction d'orateur à La Grange. Il laisse vacante la place de l'épouse de du Croisy, comédienne médiocre qui fut d'abord exclue des parts, puis définitivement écartée de la scène. Elle dut néanmoins rester dans la troupe, puisque le patron se préparait à confier à son mari le rôle de Tartuffe, le plus beau de sa carrière. Ils restaient à douze, cinq comédiennes et sept comédiens. On s'est demandé pourquoi Molière avait ainsi réduit l'effectif de sa troupe. Il semble avoir tenté de maintenir le niveau des parts en diminuant leur nombre. La diminution était due à la fois à la baisse des recettes aux guichets et à la raréfaction des visites chez les « grands ». La part est passée de près de quatre mille livres en 1661-1662 à trois mille livres en 1665. Cette baisse ne devait être enrayée que par le triomphe de *Tartuffe* en 1669. Molière se prépare donc à réparer les dégâts en frappant un grand coup. *Dom Juan* a toutes les apparences d'un sujet à succès. Molière a vu les trois pièces jouées à Paris. Il se met au travail et fait feu de tout bois. Il prend pourtant son temps, nonobstant le bruit qui court selon quoi il aurait écrit la pièce à la hâte, sous la pression des comédiens qui l'auraient poussé à traiter un sujet à la mode. Pour la première fois, Molière casse ici le dogme classique au profit d'une esthétique baroque d'éclatement et de discontinuité de l'action, inhabituelle dans la tradition théâtrale française, mais accordée à un sujet qu'il a entrepris de pousser au-delà des limites où l'ont tenu ses prédécesseurs. C'est aussi la première fois qu'il écrit une grande comédie en prose, et ce choix n'est sans doute pas, lui non plus, étranger au sujet qu'il s'apprête à traiter. Que l'on compare seulement la langue de son *Dom Juan* avec les lourds alexandrins de Dorimond et de Villiers, et l'on verra que le langage du séducteur, la prose de Molière, est bien « cette langue vive, concrète, dont chaque mot passe la rampe, tandis que l'action en volée de bois vert, pétarade sur les planches », décrite par Michel Leiris[1]. La discontinuité de l'action et le choix de la prose n'ont donc rien à voir avec cette soi-disant précipitation qui aurait condamné *Dom Juan* à devenir cette pièce « mal faite, disparate, incohérente », dont parle Emile Faguet. La découverte récente du « devis des ouvrages de pintures (*sic*) », nous apprend même que, dès le 13 décembre 1664, Molière, qui s'intéresse fort à ces problèmes, a prévu le système de décors successifs de la pièce et qu'il a, à cette occasion, rompu avec son décorateur habituel, Jean Crosnier, pour passer un contrat avec deux autres peintres, Jean Simon et Jean Prat. Le devis montre aussi que Molière voyait grand et riche pour la mise en scène du Palais-Royal.

D'ailleurs, Molière n'eut pas l'occasion de représenter la pièce dans un autre théâtre. Ce n'est pas tout. Il y a lieu de croire que le projet de *Dom Juan* s'est mis à germer dès le lendemain de l'interdiction de *Tartuffe*. Depuis, Molière est entièrement immergé dans l'Affaire. En lui, ni l'acteur ni le dramaturge n'échappent à celle-ci. Il ne cesse de compléter, de remanier *Tartuffe*. Il travaille aussi déjà au *Misanthrope*, dont il lit le premier acte à Boileau en ce même mois de juillet 1664. Perfectionniste, Molière aime le travail bien fait et n'en finit pas de reprendre ses ouvrages. Il souffre de travailler dans la hâte, comme cela lui arriva trop

1. *Préface de* L'Age d'homme.

souvent. « Je ne suis pas au nombre de ces esprits sublimes dont vous parlez, dit-il un jour à Boileau, mais tel que je suis, je n'ai jamais rien fait en ma vie dont je sois véritablement content. » Voici donc une constatation surprenante : par suite des circonstances, Molière a plus ou moins mené de front trois projets. *L'Imposteur* ne le quitte plus. Mais déjà il lui oppose Alceste qu'il voit sortir vaincu d'un monde où Tartuffe triomphe. Mais l'auteur sait-il vraiment tout cela d'avance, connaît-il déjà l'issue du combat ? Or, voilà qu'un troisième personnage surgit au détour de la querelle. L'attaque du curé Roullé a atteint Molière de plein fouet. Quelques jours après la publication du factum clérical, il en reprend les termes exacts dans son premier placet : « Je suis un démon vêtu de chair et habillé en homme, un libertin, un impie, digne d'un supplice exemplaire. » Par un simple dérapage comique du vocabulaire, il anticipe sur le portrait de Don Juan par Sganarelle : « Un diable, un Turc, un hérétique qui ne croit ni ciel, ni saint, ni dieu, ni loup-garou... Un pourceau d'Epicure... Un vrai Sardanapale... » Athée et jouisseur, le personnage du libertin entre en scène. Il vient des confins de la vie et de la littérature. Avant même de l'emprunter à Tirso de Molina, ou plutôt à ses imitateurs italiens et français, Molière l'a vu se profiler à l'arrière-plan de l'affaire *Tartuffe* comme il avait vu celui-ci se dessiner à l'arrière-plan de la querelle de *L'Ecole des femmes*. L'étrange entreprise n'en finit pas de croiser avec la vie.

A n'en point douter, Don Juan est libertin. On peut seulement se demander si son libertinage est fondé sur le matérialisme, comme le donne à entendre son célèbre 2 + 2 = 4, ou s'il est d'essence métaphysique ; si son athéisme est une négation radicale de Dieu ou bien un défi permanent destiné à obliger ce dernier à se manifester ; si son libertinage de mœurs fait de lui un jouisseur ou son libertinage intellectuel un penseur ; si la transformation du libertin en hypocrite est conforme ou non à la logique du mythe et du personnage ; s'il compromet ou non Molière dans son libertinage ; s'il doit plus au modèle espagnol de Tirso de Molina, ou bien au modèle français du libertinage flamboyant des années 1660. Ces questions indéfiniment répétées par les moliéristes depuis cinquante ans ont fini par s'émousser quelque peu. Le *Dom Juan* de Molière est franco-espagnol. Il vient de cette Espagne éternelle rêvée par le théâtre français, fantasme dont les Espagnols eux-mêmes ne parviennent pas à se débarrasser, n'en ayant jamais fini ni avec *Le Cid* de Corneille ni avec la *Carmen* de Bizet. Mais d'abord, le grand seigneur méchant homme entre en scène dans le sillage de Tartuffe, il suit l'imposteur comme son ombre. Il fallait que ce couple contre nature se constituât jusqu'à se fondre en Don Juan, devenu lui-même un hypocrite, pour que surgît le troisième personnage de la grande trilogie moliéresque, Alceste, le seul des trois joué par Molière. L'identification de Molière à Alceste achèvera bientôt la mystérieuse alchimie théâtrale commencée par l'identification de Don Juan à Tartuffe. Grâce à celle-ci, on quitte l'imaginaire du théâtre pour rejoindre le vécu de la vie, sans oublier que la vie est elle-même rêvée et le théâtre vécu.

Pour l'instant, il est question de Tartuffe, tous les tartuffes du temps de Molière dont l'imposture consiste à condamner le théâtre au nom de la morale chrétienne que Molière les accuse de bafouer dans le secret de leur conduite, à cause de cette perpétuelle absence de charité commune à tous les intégrismes. L'imposture de Tartuffe consiste encore à s'ériger en défenseur exclusif des intérêts du ciel. « Ma comédie s'est vue foudroyée. » Il y a *Tartuffe*, la comédie foudroyée ; et puis Don Juan, le personnage foudroyé ; enfin, Molière, le comédien foudroyé. A travers sa comédie, c'est lui, Molière, le libertin, qu'on cherche à atteindre. « Tout ce que j'ai pu faire pour me sauver moi-même de l'éclat de la tempête. » Les textes moliéresques de cette époque parlent beaucoup de foudre, de tempête, de feu, ce feu qui a encore brûlé Etienne Dolet en 1546, Giordano Bruno en 1600, qui a failli consumer Théophile de Viau en 1623. Dans cette affaire, Molière a pris peur, d'une peur qui l'a galvanisé. A peine calmée la tornade, il repart de plus belle, il s'accroche à *Tartuffe*, mais surtout il se met à écrire *Dom Juan*. Il se prend pour Don Juan. Il joue à être le libertin que les autres veulent qu'il soit. Il va montrer sur le théâtre ce qu'est vraiment un libertin, mêlant dans la figure du « grand seigneur méchant homme » l'archétype du *burlador* espagnol et le modèle du libertinage flamboyant à la française, qui triomphe alors dans l'entourage du jeune roi. Cependant, le comédien refuse de s'approprier Don Juan comme il a refusé Tartuffe. Pas pour une banale question d'emploi. Il est arrivé à Molière de jouer les rois de tragédie à contre-emploi, à ses risques et périls. Non, il pense plutôt que le risque est si grand à jouer de tels monstres qu'il faut des comédiens capables de les jouer sans s'identifier à eux, inférieurs mêmes à leur personnage. L'auteur en lui s'épouvante déjà de les avoir inventés. De quel fond obscur les a-t-il tirés ? Qu'en serait-il si le comédien s'avisait de les jouer ?

La Grange et du Croisy, excellents acteurs mais non monstres sacrés, feraient excellemment ce qu'il attendait d'eux, laisser une part de leurs ténébreux personnages à la charge des spectateurs. Néanmoins, pour habiter réellement la scène, de tels personnages doivent échapper à l'auteur comme au comédien. Il y a en eux ce côté fauve qu'on lâche évoqué par Jarry. Il faut que l'acteur laisse s'échapper une part mystérieuse de lui-même et se dévoile aux autres. Il faut l'un et l'autre. Dans la troupe, Molière seul en était capable. Il n'a voulu être ni Tartuffe ni Don Juan, il a été immédiatement Alceste.

Sganarelle

En Don Juan, l'auteur montrera donc celui que les autres voient en lui, tandis que l'acteur entrera dans la comédie en s'identifiant comiquement à Sganarelle, serviteur et bouffon. Dans la tradition tragi-comique, le bouffon mène le jeu, triomphalement pour le fourbe, catastrophiquement pour le balourd. Mais ici ? Qui mène le jeu, le maître ou le valet, le héros ou le bouffon, Don Juan ou Sganarelle ? Se fiant aux apparences, la tradition décrète que c'est Don Juan. Or, Molière le condamne à jouer sous le regard de son valet, son double dérisoire, son moule en creux. La tragi-comédie de *Dom Juan* est hantée par les doubles. Le valet émane du maître et lui du valet. Chacun est le bouffon de l'autre, mais Don Juan est le bouffon d'un bouffon. Il ne se contemple jamais dans sa stature héroïque. Chacun de ses gestes, chacune de ses postures, de ses répliques sont immédiatement doublés comiquement par Sganarelle, mis en dérision par lui avec la plus désarmante bonne foi, avant de se refléter dans le regard du public, de se dissoudre dans la transparence du regard royal. La figure héroïque de Don Juan échappe aussi bien à la version édifiante que, par prudence, cherchent à accréditer Molière et ses amis, qu'à sa version militante et subversive, rendue inoubliable par les grands interprètes de notre temps, Louis Jouvet et Jean Vilar.

Dans la souquenille de Sganarelle, Molière jette en scène un regard ambivalent sur le grand seigneur méchant homme. Il y a un aspect du libertin qui fascine Molière, un autre qui le révulse. Dans ce théâtre dont le roi est un bourgeois, Don Juan introduit une dimension seigneuriale et par le biais de la légende espagnole, dévoie la pièce aristocratique dont Molière n'a jamais jeté à la poubelle l'esquisse, malgré l'échec de *Dom Garcie de Navarre*. La vocation normale de ce genre de pièce, dont *La Princesse d'Elide* fournit le modèle, est de pousser à son terme la sublimation de l'amour. Au contraire, *Dom Juan* démythifie l'aventure amoureuse, en fait à la fois un jeu de carnaval et une transgression sacrilège. Homme des privilèges, libéré de tout souci roturier, ceux de la vie civile, le grand seigneur n'a plus à défier que les tabous de la morale et de la religion, les lois de Dieu et des hommes. Sa liberté est celle du bon plaisir. La pièce a trouvé sa vraie dimension pour la première fois au début des années cinquante, dans la crise de l'humanisme moderne, quand les héros du mélodrame existentialiste dissertaient à n'en plus finir sur la possibilité de changer la vie en destin : « Le secret douloureux des dieux et des rois, c'est que les hommes sont libres… Quand une fois la liberté a explosé dans une âme d'homme, les dieux ne peuvent plus rien contre cet homme-là. » Il y a deux cents pages de développement dans *L'Etre et le Néant* derrière ces deux répliques des *Mouches*. Molière est plus discret. Non seulement il proclame l'athéisme de Don Juan, un athéisme qui réclame l'existence de Dieu pour mieux la nier ; mais il lie la négation de Dieu à l'affirmation de sa liberté criminelle, de sa révolte, il revendique d'avance son échec. La contradiction inhérente à l'athéisme militant, c'est que Dieu en personne doit assister à sa propre négation. A l'inverse du verbe de Dieu qui crée le monde, le verbe de l'athée abolit Dieu.

Homme des privilèges, Don Juan est aussi l'homme du mépris. Il faut aux comédiens, pris par leur rôle, beaucoup de talent pour dissimuler ce mépris qui risque de les priver de la sympathie du public. Séduisant et odieux, pareil au *Mauvais Vitrier* de Baudelaire, le grand seigneur méchant homme est prêt à risquer une éternité de souffrance pour une seconde de jouissance. Chacun de ses défis tend à prouver que Dieu n'existe pas, qu'il peut impunément tout faire. Sa liberté explose en brisant autour de lui les êtres au lieu de les libérer, comme le veut la version progressiste du personnage. Toute interprétation révolutionnaire travestit la vérité profonde de la pièce. La présence constante de Sganarelle aux côtés de Don Juan change cette tragédie en farce, cette procession de victimes en parade de fantoches. Mettre en scène *Dom Juan* revient à créer un vertige théâtral, à abolir la scénographie de la Contre-Réforme catholique dans une commedia dell'arte sacrilège où Sganarelle-Molière retrouve la fonction primitive du bouffon. Le sieur de Rochemont l'a très bien compris en faisant son monstrueux amalgame : « Molière... habillé en Sganarelle, qui se moque de Dieu et du Diable, qui joue le Ciel et l'Enfer, qui souffle le froid et le chaud, qui confond la vertu et le vice, qui croit et ne croit pas, qui pleure et rit, qui reprend et approuve, qui est censeur et athée, qui est hypocrite et libertin, qui est homme et démon tout ensemble. » Trente ans plus tard, au nom du Ciel, Bossuet offre la mort du bouffon en exemple du châtiment qui guette l'homme qui rit et qui fait rire : « Il passa des plaisanteries du théâtre, parmi lesquelles il rendit presque le dernier soupir, au tribunal de celui qui dit : "Malheur à vous qui riez, car vous pleurerez." »

Elvire

Aucune analyse unidimensionnelle ne peut épuiser *Dom Juan*. Toute une part de l'œuvre résiste à une tentative de réduction carnavalesque. Certains personnages lui échappent plus ou moins complètement. Presque entièrement en ce qui concerne Elvire, à cause d'une sorte de caractère claudélien sur lequel l'ironie donjuanesque n'a pas de prise réelle. Moins nettement pour Don Louis, le père, figure cornélienne déjà ébranlée par le principe trivial de la comédie moliéresque. En mal d'innovation à tout prix, quelques metteurs en scène ont tenté de présenter Elvire en enquiquineuse, Don Louis en ganache. Fantaisies vaines dont la pièce fait toujours les frais. Ces personnages sont mus par une conviction absolue, portés par leur émotion. Au premier acte, Elvire est encore une furie, une épouse offensée, qui ne parle que de son honneur. Mais au quatrième acte, elle est parvenue à un véritable état de sainteté. Son aventure avec Don Juan l'a définitivement détachée du monde. Elle n'aime plus Don Juan qu'en

Dieu et n'a plus qu'une pensée, l'arracher à la damnation éternelle. Louis Jouvet exigeait que la comédienne joue Elvire comme une apparition mystique, une Annonciation : « Elle vient de loin... Elle a eu brusquement cette visitation... Elle est partie tout de suite, de nuit, n'importe comment... Elle est portée par ce qu'elle a à dire... C'est quelqu'un qui délivre un message malgré lui. » François de Sales pour Louis Jouvet, Thérèse d'Avila pour Jacques Copeau. Molière oblige les interprètes à placer la barre très haut.

Devant la femme et le vieillard qui incarnent en sa présence les valeurs chrétiennes traditionnelles, Don Juan libère les traits les plus modernes de son personnage, ceux qui ont de quoi nous surprendre encore aujourd'hui, ceux qui l'éloignent le plus du modèle espagnol pour le rapprocher des roués de la Régence, et même des immoralistes sadiens. En reprenant le sujet de *Dom Juan* à son propre usage, Molière souligne ces traits d'un modernisme scandaleux : l'insolence filiale, le refus de rembourser ses dettes, le goût pervers des larmes et de la souffrance de l'autre dans l'érotisme. Il le fait passer du libertinage sentimental au libertinage intellectuel. Il est le premier à montrer le séducteur en action au deuxième acte. Puis il s'en détourne pour concentrer la lumière sur le provocateur, l'ennemi de Dieu et de la société. La liberté de Don Juan a quelque chose de vertigineux. Il ne tient pas en place. Il parcourt le monde en tournant en rond, la mer, la forêt, la ville, l'eau, la terre, le feu, entre l'abjecte soumission des hommes et la scandaleuse absence de Dieu. Il marche sur le vide. Antoine Vitez faisait résonner le plateau sous ses pas. Il ne peut s'appuyer sur aucune nature humaine permanente. Au lieu d'agir parmi les humains, il gesticule sur un théâtre d'ombres. Il va de geste en geste, il court après ses masques, heureux d'avoir au moins « un témoin du fond de son âme et des véritables motifs qui l'obligent à faire les choses ». Celui-ci, Sganarelle, est moins sot et moins bon bougre qu'il n'en a l'air. Il pousse Don Juan vers son destin, plutôt qu'il ne le suit. Il sait son Don Juan sur le bout du doigt et le change à tout moment en acteur de son propre personnage : « Vertu de ma vie, comme vous débitez ! » Il abandonne les attributs de son emploi habituel, le mariage, le cocuage, la condition bourgeoise, l'état sédentaire pour devenir serviteur, célibataire et aventurier. Mais il est plus Sganarelle que jamais. Tournant par sa seule présence toute sagesse en dérision, atteignant par là à une forme de sagesse. C'est lui qui, par sa réplique finale, change en farce la tragédie de Don Juan. Jusqu'au bout, Sganarelle est dans le secret de son maître. Il reste là pour témoigner de lui après sa disparition. Mais le maître sera seulement ce que le valet voudra qu'il soit. Qu'est-ce qui tient Sganarelle lié à Don Juan jusqu'au bout ? La peur du grand seigneur méchant homme, comme il le dit à Guzmán ? L'espoir de toucher enfin ses gages qui explique l'ignoble couac de la fin ? La fascination de ce double glorieux qui multiplie à sa place dans le monde les défis dont lui-même est incapable ?

Que signifie dès lors l'hypocrisie de Don Juan ? Avant Molière, c'était un personnage louche et faux, plus proche de l'aventurier que du grand d'Espagne, hypocrite seulement par accident, quand les circonstances l'y obligeaient, pour échapper à ses ennemis, jamais avec cette liberté provocatrice dont Molière l'a doté. Certains critiques accusent Molière d'avoir trahi le mythe en imposant au personnage ce retournement spectaculaire. Il nous semble au contraire que l'hypocrisie arrache à jamais Don Juan à l'insignifiance. A l'abri du masque, le libertin vit enfin pleinement sa liberté. Dans le fameux discours casuiste du quatrième acte de *Tartuffe*, l'imposteur parle bien au nom de la cabale des dévots. « Et ce n'est pas pécher que pécher en silence. » Pour des raisons d'ordre social et moral, l'Eglise préfère nettement l'hypocrite au pécheur scandaleux. Dans la période où Molière menait le combat de *Tartuffe* et de *Dom Juan*, la courtisane Ninon de Lenclos, arrivée à la quarantaine, sentit que le siècle la pressait de dissimuler. On lui permettait de vivre comme elle l'entendait à condition de sauver les apparences et d'éviter le scandale. Il n'était plus de bon ton de mépriser les lois divines et humaines comme vingt ans plus tôt, pour se distinguer de la foule des imbéciles. En 1665, Don Juan est déjà démodé. Tartuffe est plus moderne que lui. C'est justement ce que le libertin comprend à la fin de la comédie. Certes, en faisant de lui un hypocrite, Molière semble vouloir détacher complètement le public de lui. Il n'a pas réussi, puisque Don Juan continue à fasciner. Qui croit à l'hypocrisie de Don Juan ? Son propre père est dupe. Carlos reste circonspect. A la limite, toute différence s'efface entre Tartuffe, qui est un ancien Don Juan, et Don Juan, ce nouveau Tartuffe. S'il n'y a pas plus de différences entre ces monstres, Tartuffe est le plus fort, il a gagné, Don Juan n'existe pas, n'a jamais existé. Son exhibitionnisme, sa bravade perpétuelle, sa provocation permanente le rendaient inauthentique. Il a toujours joué pour un autre, Dieu, son surmoi, rien que des doubles, rien que des masques et surtout Sganarelle. La pompe baroque de sa mort l'escamote dans la machinerie théâtrale, parmi les fumées et les feux d'Arcanson. L'homme de cendres devient un pantin de son sous le regard réducteur de Sganarelle. Il a voulu forcer Dieu à trahir son secret. Il emporte ce secret dans la mort. *Dom Juan* est une pièce profondément ambiguë. Donneau de Visé affirmait déjà que la moitié de Paris avait douté que le *burlador* méritât le châtiment que le ciel lui inflige, alors que le faisait rire aux éclats ce Molière costumé en Sganarelle qui scandalisait le sieur de Rochemont bien plus que Don Juan lui-même. Le comique est une dimension immédiate de la pièce et il éclate dans la présence du bouffon auprès du maître. A lui, donc à la farce, revient le dernier mot. Difficile de dire après cela ce qu'est exactement cette pièce, une comédie héroïque, une tragi-comédie, ou la fusion nouvelle de la farce et de la tragédie, du profane et du sacré, la plus étrangère qui soit à l'esprit du classicisme français et pourtant l'un de ses plus beaux fleurons.

Le Don Juan de Molière se distingue de tous les autres par son insertion dans la réalité vivante de son temps. Il correspond à la révolte d'une partie de la noblesse contre les impératifs de la morale chrétienne, contre une tentative d'instauration d'ordre moral. Son échec est vérifié par l'histoire. Le libertinage flamboyant n'a pas trouvé d'issue. La liberté de Don Juan n'est pas la bonne, mais elle semble à Molière la meilleure manière de défier Tartuffe. L'histoire de Don Juan se joue aux confins du monde comme les drames de Shakespeare. L'eau, la terre, le feu sont les principes de son décor. Molière y retrouve miraculeusement l'ironie pascalienne pour évoquer le tragique de la mort. « Ce que je trouve admirable, c'est qu'un homme qui s'est passé, durant sa vie, d'une assez simple demeure, en veuille avoir une si magnifique pour quand il n'en a plus que faire. » Mais Don Juan pose sur tout ce qu'il touche sa froideur, sa dureté, son inhumanité. La forêt elle-même semble se pétrifier à mesure qu'il la parcourt, jusqu'à la rencontre de l'invité de pierre. Enfin, le feu du ciel change Don Juan en sa propre statue : l'homme foudroyé, la liberté calcinée, tels que les jouait Jean Vilar. Don Juan est un diamant noir, une cristallisation monstrueuse dans une œuvre simple, saine et joyeuse. La pièce bafoue en corps tous les cocus qui la font parfois passer pour vulgaire aux yeux des délicats et cependant, elle est la plus étrangère qui soit à toute *Ecole des maris* et des femmes. Néanmoins, Sganarelle y jette un œil torve sur la perruque poudrée du petit marquis cynique, séducteur d'Armande. Cette aristocratie du mal échappe complètement à Molière. Il ne se reconnaît pas dans le libertin que les autres voient en lui.

Récidive

D'abord surpris, pendant qu'ils répétaient la pièce, de travailler une grande comédie écrite en prose pour la première fois, les comédiens de la troupe eurent bientôt la certitude qu'elle était digne de *L'Ecole des femmes* et du *Tartuffe* foudroyé. Ils soupçonnèrent aussi qu'ils allaient au-devant de nouvelles difficultés. On discutait toujours ferme dans la troupe, malgré l'immense admiration que les uns et les autres portaient au patron. Du moins dans les périodes heureuses où ils allaient de succès en succès grâce à ses comédies. Ils s'inquiétaient bien de constater que le Palais-Royal ne parvenait pas à faire le plein en jouant les meilleurs auteurs de son temps. Seules les comédies du directeur lui valaient gloire et prospérité. Seulement, même là, les choses semblaient en train de se gâter. Les bouffonneries de Sganarelle-Molière ne rassuraient guère les comédiens qui sentaient bien qu'une fois de plus, leur chef touchait là à des matières dangereuses. Craignant même pour la survie de la troupe, quelques-uns auraient voulu l'amener à faire des retouches, des coupures, des adoucissements. Molière se taisait. Il était venu revoir le spectacle de Scaramouche et de Dominique, avait bien ri, s'était entretenu avec les deux Italiens après la représentation. Il arriva pensif à la répétition suivante. Il exigea que la prose de son Don Juan pétillât sur la scène comme un feu de fagots. Le patois des paysans, dont *Le Pédant joué* de Cyrano de Bergerac (1654) lui avait donné l'idée, devait sonner comme une démythification de la prose seigneuriale, elle-même dénuée de toute préciosité. Don Juan devait quitter insensiblement son débit sentencieux (« Tudieu, comme vous débitez ! Il semble que vous avez appris cela par cœur et vous parlez tout comme un livre ! ») pour entrer dans le discours dénonciateur du dernier acte où Molière tenait à faire entendre sa propre indignation. Dans cette tirade prodigieuse, comme dans celle de *L'Impromptu de Versailles*, Molière renoue avec la tradition de l'*agôn* aristophanesque, étranger à la tradition française. C'est le moment où le coryphée relève son masque, s'adresse à visage découvert au public et, à travers ce dernier, apostrophe la société. Il se rendait compte combien il était osé de prendre le grand seigneur méchant homme pour porte-parole, de faire passer par sa bouche l'apostrophe la plus personnelle de l'auteur à son public depuis la tirade de *L'Impromptu*, de faire entendre sur le théâtre une apologie de l'hypocrisie, vice à la mode, dont chaque mot se changeait instantanément en acte d'accusation. Molière fut intraitable. L'excellent La Grange eut bien du mal à le satisfaire. Il y eut des répétitions orageuses. Deux ou trois fois, le patron congédia tout le monde, restant pour travailler seul à seul avec celui qu'il considérait déjà comme son successeur.

A la mi-janvier, les décors furent livrés au théâtre. Jean Simon et Pierre Prat, les décorateurs, avaient bien travaillé. Malgré la situation difficile de la troupe et l'interdiction de *Tartuffe*, ou plutôt à cause d'elles, Molière avait devancé le goût du public pour le grand spectacle. Pour la première fois, le Palais-Royal rivalisait avec le théâtre du Marais dont il était d'habitude le parent pauvre sur le plan de la machinerie. L'habileté de ses techniciens ferait le reste. Chacun des six décors comportait un nombre variable de châssis, trois ou cinq de chaque côté, dont la hauteur allait en diminuant. Le premier représentait un palais avec sa façade, et en second plan un jardin. Le deuxième présentait un « hameau de verdure » avec une grotte s'ouvrant sur la mer. Sur les châssis du troisième était peinte une forêt au bout de laquelle on apercevait un temple. Le quatrième décor faisait voir l'intérieur de ce temple, le cinquième la chambre de Don Juan. Les dix châssis du dernier décor évoquaient une ville et sa porte. On avait mis six semaines à construire cette scénographie qui coûta neuf cents livres à la troupe avec ses bandes d'air et ses frises, représentant des nuages et des voûtes.

Quand le décor fut en place, on choisit les costumes. « Il s'est entendu admirablement aux habits des acteurs », a noté Charles Perrault à propos de Molière, remarque qui mérite d'être relevée. Le public de l'époque appréciait avant tout la richesse, l'éclat, l'élégance des costumes. Il se souciait peu de l'exactitude historique, pas même de la cohérence entre les différentes parties d'un costume. D'accord avec son vieil adversaire d'Aubignac, Molière était un partisan de la rigueur. Il est vrai, la comédie exigeait moins de faste, posait moins de problèmes que la tragédie. Le patron se méfiait surtout de la fantaisie et de la coquetterie des comédiennes. On procéda donc à la revue des costumes que chacun s'était fait faire ou offrir à l'occasion des représentations à la cour. Pour Sganarelle, Molière choisit un jupon de satin aurore, une camisole de toile à parements d'or, un pourpoint de satin à fleurs.

Jamais il n'avait été question de créer *Dom Juan* devant le roi. Annoncée la veille par Loret dans sa gazette, la première représentation eut donc lieu au Palais-Royal, le 15 février, au moment du carnaval. Elle se donna devant une salle comble et enthousiaste. La recette s'éleva à mille huit cent trente livres, le prix des places ayant peut-être été doublé. Le jour même, la cabale se déchaîna : « Tout Paris s'entretient du crime de Molière », dit le premier vers d'un sonnet anonyme qui courut le jour même les rues et les ruelles. On s'en prenait d'abord à la scène 2 de l'acte III, la scène du pauvre. Episode qui a peut-être été inspiré à son auteur par un trait du chevalier de Roquelaure. Pressé par ses proches et pris de court, Molière coupa la partie la plus osée de cette scène dès la seconde représentation qui eut lieu le 17 février, jour de Mardi gras. Le succès se confirma aux représentations suivantes, atteignant un record à la cinquième avec une recette de deux mille trois cent quatre-vingt-dix livres, une des plus élevées de la troupe.

Molière et ses camarades ne pouvaient constater sans inquiétude ce décalage entre le succès public et la violence des attaques de bouche à oreille. Le roi et l'archevêque se taisaient. Molière pressentait une catastrophe. Elle ne tarda pas à se produire. On continua ainsi jusqu'au 20 mars, date à laquelle le théâtre ferma pour le relâche de Pâques. On avait joué *Dom Juan* quinze fois. On avait remis les places au tarif ordinaire et les recettes avaient normalement baissé à cause du carême. Que se passa-t-il pendant la fermeture ? L'amputation de la scène du pauvre n'avait pas suffi. Dans la première quinzaine d'avril, Molière reçut d'une mystérieuse autorité le conseil pressant de renoncer à *Dom Juan*. Il n'insista pas. A la réouverture, le 14 avril, la pièce avait disparu de l'affiche, remplacée à la hâte par *Le Cocu imaginaire, L'Ecole des maris, L'Ecole des femmes* qui firent des recettes dérisoires. Une atmosphère de panique régnait dans la troupe. Le libraire Billaine avait demandé un privilège pour l'impression de la pièce. Cette procédure obligatoire s'apparentait fort à une censure préventive. Le privilège fut accordé le 11 mars, Billaine le fit enregistrer le 24 mai, mais il ne l'utilisa jamais. C'est le plus étonnant de l'affaire. Molière a refusé de se battre pour *Dom Juan* comme il l'avait fait pour *Tartuffe*. A-t-il jugé la cause perdue d'avance et compris trop tard que ce nouveau scandale dépassait celui de *Tartuffe* ? A-t-il jugé impossible de se battre sur deux fronts et renoncé à défendre *Dom Juan* qui comptait moins pour lui que *Tartuffe* ? On ne le saura sans doute jamais. En avril parut la première édition anonyme d'un libelle : *Les observations sur une comédie de Molière intitulée Le Festin de pierre*. Parue en mai, la deuxième édition porte en titre la mention : « Par le sieur de Rochemont ». Il s'agit bien sûr d'un pseudonyme. Depuis trois siècles, on dispute sur l'identité de ce sieur de Rochemont. A notre époque, Antoine Adam a reconnu dans ce factum la main de Port-Royal, peut-être celle de Nicole en personne. Georges Couton penche plutôt pour la confrérie du Saint-Sacrement et le prince de Conti. A cette date, Conti et Nicole avaient sans doute achevé leurs *Traités de la comédie*, destinés à paraître l'un en 1666 et l'autre en 1667. La mode était de chercher querelle au théâtre au nom de la religion, et Molière était au centre de ces querelles. Nous ne savons si le poète-comédien a identifié l'auteur de ce *factum* dont le succès contribua, c'est certain, à la disparition du chef-d'œuvre maudit. Il laissa sans illusion deux inconnus sans talent répliquer platement au sieur de Rochemont. Et le silence tomba sur *Dom Juan* jusqu'à la mort de Molière. Le 12 juin, la troupe était de nouveau à Versailles où elle joua dans le parc, sur un théâtre garni d'orangers, *Le Favori*, pièce de Mlle Des Jardins, une vieille amie de Molière. Celui-ci improvisa au prologue le rôle d'un marquis ridicule qui voulait monter de force sur la scène. A-t-il rencontré le roi en cette occasion ? Quelle fut l'attitude du souverain à l'égard du récidiviste ? L'Histoire ne dit rien. La Grange, qui a consigné les orangers dans son registre, reste silencieux sur ce point.

11

L'homme aux rubans verts

Le chef-d'œuvre maltraité

Retour des Fâcheux

L'impasse

La maladie

Troubles conjugaux

L'Amour médecin

L'habit vert

La scène des portraits

Les quatre antinomies

Pour ce que rire...

Alceste et Caligula

Le dépassement héroïque

Le piège

Les incompatibles

Au-delà du miroir

Le bouc émissaire

Sortie de l'acteur

L'acteur de soi

Le chef-d'œuvre maltraité

Le 23 mars 1666 parut à Paris, chez Gabriel Quinet, la première édition collective originale des œuvres de M. de Molière en deux tomes. Le premier contenait *Les Précieuses ridicules, Le Cocu imaginaire, L'Etourdi, Le Dépit amoureux*. Dans le deuxième, on trouvait *Les Fâcheux, L'Ecole des maris, L'Ecole des femmes, La Critique de L'Ecole des femmes, La Princesse d'Elide*. Ni *L'Impromptu de Versailles*, ni *Tartuffe* ni *Dom Juan* ne figurent dans cet ensemble. Chaque volume était orné d'un frontispice de François Chauveau, représentant Molière dans quelques-uns de ses rôles comiques préférés, Mascarille, Sganarelle et Arnolphe. Sur le frontispice du tome I, on voit nettement le demi-masque de cuir sombre porté par Mascarille. L'année précédente, Molière avait inscrit deux quatrains pieux au bas d'une estampe commandée par les frères de la Charité au même François Chauveau, pour commémorer l'institution de la confrérie de l'Esclavage de Notre-Dame-de-la-Charité. Molière, homme à l'amitié chaleureuse, ne manquait jamais une occasion de manifester sa fidélité aux artistes de renom avec lesquels il avait collaboré. Pierre Mignard et François Chauveau étaient de ceux-là.

Quelques mois plus tard, il donna au Palais-Royal la première représentation du *Misanthrope*, qu'il avait mis en chantier en 1664, aussitôt après l'interdiction de *Tartuffe*, et abandonné un moment pour écrire et monter *Dom Juan*, mis à son tour sous le boisseau. Aucun doute : la carrière du *Misanthrope*, à la création, fut tout sauf brillante. Entre le 4 juin et le 21 octobre 1666, la nouvelle pièce eut trente-quatre représentations. La recette des deux premières, où le prix des places avait été doublé, s'éleva à mille six cent dix-sept livres, pour connaître ensuite une chute rapide. On constate que, sauf pour les quatre représentations du début de septembre, le jumelage du *Misanthrope* et du *Médecin malgré lui*, à partir du 6 août, ne fit pas remonter sensiblement les recettes. Ainsi, l'un des fleurons du classicisme n'a pas remporté le succès mérité. Grimarest a cru en déceler la raison : « On n'aimait point tout ce sérieux qui est répandu dans cette pièce. » Parmi les nombreux témoins consultés par le premier biographe de Molière, son principal informateur était Baron qui venait de débarquer gamin dans la troupe. Dès la onzième représentation, *Le Misanthrope* aurait dû être arrêté, étant tombé trois fois. Molière maintint la pièce jusqu'à la vingtième. Mais la troupe y perdit de l'argent.

Retour des Fâcheux

En dehors des comédies galantes, *Le Misanthrope* est la seule pièce où Molière prenne au sérieux l'amour entre un homme et une femme au point d'en faire le nœud de l'action. Il n'est d'ailleurs pas sans signification que des scènes entières du *Misanthrope* soient rescapées de *Dom Garcie de Navarre*. La manière dont Molière traite le conflit amoureux entre cet homme et cette femme apparente plus *Le Misanthrope* à une comédie de Marivaux ou de Musset, voire au meilleur théâtre de boulevard, qu'à une tragédie de Racine.

Au premier abord, *Le Misanthrope* apparaît comme un prolongement et un approfondissement de la situation des *Fâcheux*. Alceste a rendez-vous avec Célimène comme Argaste avec Orphise. Le salon de Célimène joue le même rôle que la croisée du parc, ce carrefour des rencontres manquées. La situation d'Alceste ne diffère guère de celle d'un fâcheux parmi les fâcheux, d'un marquis parmi d'autres. A ceci près que l'enjeu de la partie est vital : question de vie ou de mort, apogée ou impasse de la comédie.

« Et je ne viens ici qu'à dessein de lui dire
Tout ce que là-dessus ma passion m'inspire. »

D'acte en acte, la situation se reproduit à l'identique et, comme Dandin après lui et à l'opposé de Scapin, Alceste doit avouer pour finir que les dieux sont contre lui :

« Il semble que le sort, quelque soin que je
[prenne,
Ait juré d'empêcher que je vous entretienne. »

Pourtant, l'importance de celui-là ne doit pas faire oublier l'autre enjeu, ni que le procès, évoqué en clair à la première scène et au dernier acte, traverse toute la comédie parallèlement au conflit avec Célimène. La manière discrète de Molière laisse pourtant deviner qu'il s'agit pour Alceste, dans ce procès, non d'une banale affaire de mur mitoyen, mais d'une grave atteinte à ses intérêts les plus élevés, à sa dignité d'homme, sans doute même à son honneur d'écrivain. Son adversaire est un dévot soutenu par la cabale qui fait courir le bruit qu'il est l'auteur d'un « livre abominable », capable de lui attirer les pires ennuis. Bref, Alceste a, comme Molière, une « affaire Tartuffe » sur les bras. Or, l'affaire du « livre abominable » éclate juste au moment où Alceste paraît enfin en mesure de s'expliquer avec Célimène. A la fin de la pièce, ayant rompu avec elle et perdu son procès, Alceste quitte le monde et la scène. Son double échec l'a mis dans une impasse. *No exit.* Il va « nulle part ». Son départ équivaut à une mise à mort comme celui de Bérénice. *Le Misanthrope* ou la vie bloquée. La frontière entre le comique et le tragique s'effondre.

On a souvent reproché à Alceste de ne dénoncer que les abus qui le touchent personnellement. Mais l'histoire récente a assez montré que seul parle avec justesse des événements les plus dramatiques, celui qui a été directement impliqué en eux et qui sait prendre ses distances. La parole de vérité naît d'un équilibre difficile entre l'intérêt subjectif le plus intime et l'intérêt de tous le moins abstrait : « L'ami du genre humain n'est point du tout mon fait. » Héros culturel, Alceste rejoint le héros tragique par la voie de l'idéal cornélien, lequel est voué par nature à une double action, exaltation de la passion amoureuse et mise en jeu de grands intérêts publics : Célimène et le procès, Armande et Tartuffe, Célimène et Alceste, Armande et Molière.

L'impasse

Personnage typique de l'idéal classique, Alceste a une dimension romantique virtuelle qui s'actualisera chez

Rousseau et chez ses héritiers. Il suffit aussi d'un rien pour faire basculer le personnage et la vie de Molière dans le romantisme. L'interdiction de jouer *Tartuffe*, suivie de peu par la mise sous le boisseau de *Dom Juan*, place Molière dans une situation intenable. Le chef de troupe est le premier concerné. Il a besoin de pièces nouvelles. Il n'a pas encore découvert l'auteur capable d'enrichir son répertoire de façon durable : ni Coqueteau de la Clairière, ni Magnon, ni Gilbert, ni Boyer ne remplissent les salles. Au bout de dix représentations, les pièces sont usées. Restent les pièces tombées dans le domaine public. En juin 1664, Molière donne sa chance à un jeune inconnu dont il a deviné le talent, Jean Racine, rencontré chez des amis communs. Sa *Thébaïde* est un four. Molière veut pourtant lui offrir une seconde chance. Il se prépare à monter sa seconde tragédie, *Alexandre*, nettement supérieure à la première. Il ne se fait pourtant aucune illusion sur la recette. Bien que les théâtres ne paient pas d'ordinaire les auteurs débutants, Molière a offert à Racine, pour chacune de ses deux premières pièces, deux parts comme à un auteur chevronné. C'est vraiment qu'il a besoin d'auteurs !

Ses seuls vrais succès, il les doit à ses propres comédies. Le public et les comédiens les réclament. Son dernier succès, *L'Ecole des femmes*, remonte à trois ans. Il a mis *Le Misanthrope* en chantier mais il est résolu de laisser mûrir à loisir ce sujet qui se nourrit, plus que les autres, de ses propres difficultés. En décembre 1665 éclate l'affaire d'*Alexandre* qui fait perdre à Molière ses dernières illusions. La troupe du Palais-Royal jouait la tragédie de Racine depuis deux semaines quand l'Hôtel de Bourgogne, qui l'avait répétée en secret avec la complicité de l'auteur, l'afficha à son tour. Pendant dix jours, on joua *Alexandre* simultanément sur deux théâtres. On connaît d'autres exemples de semblables concurrences. Racine devait en souffrir à son tour deux fois, avec *Bérénice* et *Phèdre*. Mais il s'agissait d'auteurs différents. Le comportement de Racine à l'occasion d'*Alexandre* n'a pas d'équivalent. Le conflit qui opposa alors les deux géants du classicisme aggrava le pessimisme naturel de Molière.

Au cours de cette période, celui-ci ne cessa de déménager, sans rimes ni raisons apparentes, toujours dans les limites de son quartier habituel. En juin 1664, il quitta l'appartement qu'il occupait dans l'immeuble de Daquin pour un autre, plus vaste, côté cour. C'est là que mourut le petit Louis. Pour une raison mal connue, sans doute un conflit avec le célèbre médecin, Molière se vit contraint de déménager neuf mois plus tard, à la naissance de Madeleine-Esprit, qui fut baptisée le 4 août 1665 à Saint-Eustache et non à Saint-Germain-l'Auxerrois. Il devint alors le voisin de La Grange, rue Saint-Honoré, pour un temps si bref qu'on se demande si La Grange ne l'a pas tout simplement hébergé. Dès octobre 1665, en effet, Molière regagna la rue Saint-Thomas-du-Louvre et loua un corps de logis dans une maison proche de la Seine, légèrement en retrait des grilles actuelles des jardins du Louvre. Ce petit hôtel indépendant témoigne de la prospérité ascendante de Molière. Il n'y demeura d'ailleurs que quelques mois, puisque, en janvier 1666, on le trouve installé pour six ans, toujours rue Saint-Thomas-du-Louvre, dans la maison de la veuve Bruslon, dont le cinquième étage était déjà occupé par Geneviève Béjart et son mari, et le deuxième par le ménage de Brie.

Molière occupa six pièces, quatre au troisième étage et deux au quatrième, qu'il sous-loua à Madeleine. La bande à Molière se resserrait sur elle-même. Jean-Baptiste ne devait quitter ce logis qu'à la mort de Madeleine (février 1672). Il y écrivit toutes ses pièces, du *Médecin malgré lui* aux *Femmes savantes*. Au plus fort de ses ennuis, il vit mourir son fils Louis, âgé de dix mois (novembre 1665), et sa sœur Marie-Madeleine (mai 1665), Geneviève Béjart épouser Léonard de Loménie, bourgeois de Paris (novembre 1664) et naître sa fille Madeleine-Esprit (août 1665), la seule qui lui ait survécu.

La maladie

Ces contretemps de sa vie privée furent aggravés par une soudaine détérioration de sa santé. Il semble être tombé gravement malade pour la première fois vers cette époque. Le théâtre resta fermé du 27 décembre 1665 (dernière d'*Alexandre*) au 21 février 1666 (reprise de *L'Amour médecin*). Une semaine après la réouverture, un huguenot, Elie Richard, écrivait à un autre huguenot, Elie Bouhereau, que la brochure de *L'Amour médecin*, vendue trente sols, ne valait guère plus, et il ajoutait : « Molière, qu'on a cru mort, se porte bien. » Les médecins font donc une double entrée, dans la comédie de Molière et dans sa vie. La santé du corps moliéresque devient un thème majeur des études moliéresques. Trois réseaux de correspondance parcourent le sujet Molière : les amours ou les femmes, le roi ou Versailles, la maladie ou les médecins. Il est impossible d'apporter la preuve irréfutable que Molière a subi les premières atteintes de la maladie à la fin de l'année 1665. Le bruit en a seulement couru alors et il court encore. Il suffit de constater que *Le Misanthrope* (4 juin 1666) est très précisément encadré par *L'Amour médecin* (14 septembre 1665) et par *Le Médecin malgré lui* (6 août 1666). Où finit l'histoire, où commence la légende ? La sarabande des médecins s'ébranle : « Et maintenant il nous faut un médecin, des médecins, beaucoup de médecins. Vite, qu'on aille quérir des médecins en quantité. »

Troubles conjugaux

Mais au premier plan des soucis de Molière, on met ses supposés déboires de mari. Il devient le mal-aimé, le supplicié de l'amour. Presque tous les biographes pensent pourtant que, hormis la différence d'âge, le ménage débuta sous de bons auspices et que les jeunes époux goûtèrent un vrai bonheur avant de s'entre-déchirer. Banale histoire, en somme ! Fière d'être l'élue, Armande, nous confie Grimarest renseigné par Baron, « crut même être au rang d'une duchesse ». Deux fois plus âgé qu'elle, Molière était flatté par la vanité de sa jeune épouse. Armande fut son seul grand amour et il en souffrit toute sa vie. Tout en lui portant une sincère affection, elle était bien incapable de le rendre heureux. Presque aussitôt, tous deux révélèrent, elle son naturel de coquette, lui son tempérament jaloux. Il aima de plus en plus passionnément une femme qui, à n'en pas douter, l'aimait de moins en moins. Génial et surmené, il découvrait un petit être avide de briller, de plaire et de jouir, comédienne jusqu'au bout des ongles, folle de théâtre et jouant ses multiples rôles jusqu'au vertige, incapable de lui apporter le bonheur et le réconfort qu'il attendait du mariage au milieu de ses luttes et de ses soucis. Une perspective conformiste et misogyne donne donc tous les torts à Armande. Mais lui-même dut se révéler très vite plus fatigant et plus difficile à vivre que ses admirateurs veulent bien l'admettre. Etait-il assez lucide pour s'en rendre compte ? Sinon, aurait-il pu inventer Alceste ?

Après un an de vie commune, dans ses *Nouvelles nouvelles*, Donneau de Visé fait la première allusion aux difficultés conjugales des nouveaux époux. Dans *L'Impromptu de l'Hôtel de Condé*, Montfleury accuse Molière de ressembler à Sganarelle et à tous les cocus de son théâtre. Dans *La Vengeance des marquis*, Donneau récidive et nous montre le poète assistant à une représentation du *Portrait du peintre* de Boursault au milieu de trente et un cocus. L'auteur de *La Fameuse Comédienne* situe les premières infidélités d'Armande au printemps de 1664 et cite trois noms : l'abbé de Richelieu, poète galant ; le comte de Guiche, libertin notoire, et Lauzun, futur époux de la Grande Demoiselle. Georges Mongrédien se donne bien du mal pour récuser ces allégations, inconciliables selon lui avec les faits connus. En revanche, Antoine Adam tient ce témoignage, avec quelques autres, pour très précieux parce que, sans prétendre à des révélations bouleversantes, ils constatent une opinion « générale, admise, indubitable » que l'un d'eux résume ainsi : « Armande Béjart a toujours vécu en adultère public. » Mongrédien, quant à lui, partage l'indulgence de Grimarest, lequel retient seulement contre Armande sa coquetterie. Coupable ou non, elle prêta à la médisance et fit naître cette jalousie que les ennemis de Molière, ceux que ses succès empêchaient de dormir, exploitèrent sans vergogne à partir de 1663.

En l'absence de toute confidence et de témoignage irréfutable, on gratifie Molière d'une légende flatteuse d'amour-passion et de tourment sans merci. Parmi ces témoignages, il en est un tardif (il date de 1688) et visant surtout à nuire à Armande : *Les Intrigues de Molière et celles de sa femme ou La Fameuse Comédienne*, plus connu sous ce sous-titre, que les biographes citent en abondance, mais que Georges Couton n'a pas jugé digne de figurer dans son édition de la Pléiade. Ce pamphlet met dans la bouche de Molière une longue confidence à Chapelle qui, selon l'expression consacrée, « sonne vrai ». De ce long morceau, tenu en grande estime par Jacques Copeau, citons ces quelques lignes : « Je me suis déterminé à vivre comme si elle n'était pas ma femme, mais si vous saviez ce que je souffre, vous auriez pitié de moi [...]. Toutes les choses du monde ont du rapport avec elle dans mon cœur : mon idée en est si fort occupée que je ne sais rien, en son absence, qui m'en puisse divertir. Quand je la vois, une émotion et des transports qu'on peut sentir, mais qu'on ne saurait exprimer, m'ôtent l'usage de la réflexion. Je n'ai plus d'yeux pour ses défauts, il m'en reste seulement pour ce qu'elle a d'aimable. » Certes, ces lignes semblent paraphraser en prose certains propos d'Alceste. Mais qui peut prétendre en avoir terminé avec ce jeu de doubles, Alceste-Molière ?

Celui-ci finit par se réfugier dans son travail qui, nous le savons, ne lui apporta pas toutes les satisfactions espérées. Il entra dans une profonde mélancolie qui frappa ses proches et qui s'apparente pour les modernes à un début de névrose, dont l'apparition coïncida avec les premiers symptômes du mal qui devait l'emporter. Il aménagea sa vie tant bien que mal, exigeant et tyran-

originale le 15 janvier 1666. Il les fait suivre de ces quelques mots qui sonnent comme un manifeste : « Les comédies ne sont faites que pour être jouées. » Lisette mène ce jeu, mais pas jusqu'au bout. Presque toujours, la comédie médicale débouche sur le travestissement carnavalesque du faux médecin. D'ordinaire, celui-ci est pris en charge par le Ridicule ou par le Fourbe. Ici, il n'est l'affaire ni de Sganarelle ni de Toinette, mais du jeune premier, Clitandre. Dès lors, la ruse devient moins burlesque que poétique. Elle agit par magie. Elle fait du théâtre le vrai remède aux maux de l'homme : « Je guéris par des paroles, par des sons, par des lettres, par des talismans et par des anneaux constellés. » Au nom de Molière lui-même, le magicien poétique conduit son cortège de danseurs et de musiciens venu d'un *Songe d'une nuit d'été* : « Ce sont des gens que je mène avec moi et dont je me sers tous les jours pour pacifier avec leurs harmonies les troubles de l'esprit. »

L'habit vert

Enfin, Alceste vient. Molière a joué le rôle à la création. Il passe pour avoir en la circonstance sacrifié la moustache en parenthèse qu'il avait empruntée à Scaramouche. A vrai dire, on possède une seule preuve de cette prise de rôle, la description du costume d'Alceste dans l'inventaire posthume de Molière. « Une boîte où sont les habits du *Misanthrope*, consistant en hauts-de-chausses et justaucorps de brocart rayé or et soie gris, doublé de tabis, garni de ruban vert ; la veste de brocart d'or ; les bas de soie et jarretières. » Célimène appelle Alceste « l'homme aux rubans verts ». Quand ils montent *Le Misanthrope* en costumes modernes, selon une mode récente, les metteurs en scène sont obligés d'affubler le personnage d'une cravate ou d'une pochette verte, pour garder au texte un reste de sens. Les rubans verts ne sont pas une lubie du costumier de Molière. L'identification entre Alceste et Molière commence par le vert. Cette couleur figure dans la plupart des costumes de Molière, dix sur vingt-cinq connus, ceux de ses rôles, ceux qu'il porte dans la vie, le décor de ses appartements. Monsieur Jourdain porte les mêmes rubans qu'Alceste. Pourceaugnac, lui aussi, est équipé de vert, jarretières, plumes, écharpe. Aucun doute, Molière aime le vert. Dans les textes du XVIIe siècle, celui-ci apparaît comme la couleur de l'extravagance. Elle fut peut-être tout simplement à la mode. On la repère à plusieurs reprises dans les costumes d'Armande. Les comédiens sont volontiers superstitieux. Mais les rubans verts d'Alceste sont particulièrement voyants. Leur vert est signalétique. En l'appelant l'homme aux rubans verts, Célimène le désigne comme un bourru, un fantasque. Comment éviter de croire que le vert crée un lien de plus entre Alceste et Molière, entre l'acteur et son personnage ?

On tient Alceste pour son rôle clef, à cause de l'importance de la pièce, de sa fonction de chef-d'œuvre absolu, de sa place dans l'affaire *Tartuffe*. Mais Molière n'a pas toujours joué ce rôle. Selon Marc Fumaroli, seulement dans la première série de représentations. Pour la reprise de 1672, il le laissa à Baron, alors âgé de dix-neuf ans. Molière en avait quarante-cinq à la création. Depuis lors, Alceste est ballotté entre ceux qui voient en lui un rôle d'homme mûr et ceux qui entendent préserver sa jeunesse. La pièce se contente de mentionner les vingt ans de Célimène qui les revendique avec l'énergie de celle qui sait toucher un point sensible chez Alceste. Pourquoi Molière, à huit mois de sa mort, a-t-il confié son plus beau rôle à un acteur de dix-neuf ans, son disciple préféré sans doute, du moins Baron a-t-il tout fait pour qu'on le croie ? Les personnages du *Misanthrope* constituent un milieu homogène qui tranche sur celui des comédies bourgeoises. Tout y est beauté, jeunesse, noblesse, élégance. L'éventail des âges va de vingt à trente ans environ. Alceste peut prétendre plaire à la fois à la très « jeune » Célimène, pourtant veuve et maîtresse de maison, et à la « vieille » Arsinoé. Lui-même paraît plus que son âge, on le traite en aîné. Pourtant, à cinquante ans, affaibli par la maladie, Molière a pu penser qu'il trahissait son double. Il l'a confié à un tragédien qui paraissait, lui aussi, plus que ses dix-neuf ans.

La scène des portraits

Alceste est poursuivi par une fatalité dérisoire. Il s'agite, s'empêtre, gaspille son énergie là où un Don Juan et un Scapin se jouent des êtres et des choses en danseurs agiles. *Le Misanthrope* est construit sur un schéma double dont chaque donnée a un précédent dans la dramaturgie de Molière. D'un côté, un homme cherche à rencontrer une femme pour une explication décisive que les importuns ne font que retarder : schéma des *Fâcheux*. De l'autre, dans le salon d'une mondaine, les oisifs du beau monde disputent des affaires du siècle : schéma de *La Critique de L'Ecole des femmes*. *Le Misanthrope* se présente donc d'abord comme un tableau de société, le salon de Célimène comme un microcosme, d'où se détache le double drame vécu par Alceste, son amour et son procès.

Psychologie et sociologie sont les deux données réalistes auxquelles les analyses conformistes réduisent d'ordinaire la pièce : une comédie de caractères doublée d'une comédie de mœurs. A l'opposé du huis clos, le salon de Célimène est un lieu de passage, de va-et-vient. Toute la pièce repose sur un jeu d'entrées et de sorties. Elle s'ouvre et se ferme sur une marche fracassante d'Alceste. La scène devient le microcosme d'une société de la conversation, école de la médisance, critique mondaine et commérage, éloge (exagéré) et blâme (systématique), le premier étant le prélude inéluctable de l'autre. « Il est de mes amis... » Ce tableau de mœurs atteint son apogée dans la scène des portraits (II,5) dont on trouve l'esquisse dans *La Critique*. D'ailleurs, cette scène court d'ébauche en ébauche à travers les actes I (Philinte : « Quoi ! Vous iriez dire à la vieille Emilie ?... ») et II (Alceste : « Mais, dites-moi, au moins, Madame, par quel sort... ? ») jusqu'à ce grand numéro où Célimène bat tout le monde. La technique du portrait démolit la personne à mesure qu'on dessine le personnage. Nul n'y échappe, à titre de sujet ou d'objet, ni Philinte, ni Alceste, à l'exception de la douce Eliante qui, aux vers 711-730, se livre à la contre-épreuve. Accessoirement, le portrait donne une forme d'existence virtuelle à quelques personnages de plus. Le petit monde de Célimène se déchire au milieu d'une population innombrable dont les portraits tirent quelques spécimens du non-être sans les amener jusqu'à l'être-là de l'existence théâtrale. Donc, *Le Misanthrope* illustre bien la vocation mimétique du théâtre, sa fonction de reflet du réel. Et pourtant, ce point de vue est incomplet.

Du vivant de Molière, ses proches ont cru le reconnaître en Alceste et Armande en Célimène. La Grange précise dix ans après la mort de son patron : « On peut dire qu'il a joué tout le monde, puisqu'il s'est joué le premier en plusieurs endroits sur des affaires de sa famille et qui regardaient ce qui se passait dans son domestique. » On a vite fait de passer d'une telle vue des choses à une interprétation exclusivement réaliste de la pièce, au risque de réduire celle-ci à un tableau de famille, avec passage aux aveux. Tel est justement le piège que nous tend Molière. Les critiques se contentent trop souvent, soit de récuser toute interprétation « subjectiviste », soit de tout ramener, à l'opposé, à une dramatisation de la vie privée et sociale. Toute entreprise réductrice vient pourtant buter sur une évidence que François Mauriac a formulée mieux que quiconque : « *Le Misanthrope*, si vanté, réduit à lui-même, ne serait pas le chef-d'œuvre qu'il est si, après trois cents ans, une nappe de douleur ne l'alimentait et si nous n'en avions conscience à chaque instant. »

Alceste paraît sur un fond d'antinomies qui alimentent la critique depuis des décennies. Il est ridicule et émouvant, sincère et imposteur, il a raison et tort en même temps, il est Molière et son contraire. Ainsi l'a voulu Molière. Au travers de ses contradictions, on ne peut mettre en doute sa souffrance ni que celle-ci rejoigne la souffrance de Molière. Idée commune aux meilleurs exégètes, Jacques Copeau, Ramon Fernandez, Jacques Guicharnaud, Gérard Defaux : la vie douloureuse de Molière joue un rôle capital dans la genèse de son œuvre.

Le rire n'est pas une donnée immédiate du *Misanthrope*. Les contemporains s'en sont aperçus les premiers, les uns pour s'en émerveiller et décréter que Molière n'avait rien fait de plus humain, les autres pour s'offusquer de « tout le sérieux qui est dans la pièce ». Il se trouvera toujours des metteurs en scène pour monter des *Misanthrope* sérieux qui n'aboliront jamais tout soupçon de ridicule, et d'autres des *Misanthrope* drôles, dont le comique grincera toujours quelque peu. Dans les années trente, Ramon Fernandez remarquait déjà que « le public aujourd'hui ne rit plus au *Misanthrope* ». Mais *Le Misanthrope* a-t-il jamais provoqué autre chose que ce « rire dans l'âme » dont parlait Donneau de Visé ? Il s'agit bien d'un rire « à l'intérieur », mais à l'intérieur de la comédie, donc fictif. Ce ne sont pas les spectateurs mais les personnages qui rient. Dans le salon de Célimène, ébauche de société idéale, le rire est de rigueur, manifestant à la fois l'harmonie du groupe et la béatitude des individus. Ce bonheur euphorique est au plus haut chez Célimène, qui goûte jusqu'à l'ivresse le chatoiement de l'instant, le miroitement de son image dans les glaces et dans les regards, les intermittences du cœur qui sont déjà du siècle suivant et qu'Eliante analyse avec finesse :

« Son cœur de ce qu'il sent n'est pas bien sûr [lui-même.
Il aime quelquefois sans qu'il le sache bien,
Et croit aimer aussi alors qu'il n'en est rien. »

Or, le sérieux d'Alceste menace ce rire, cette harmonie, ce bonheur. « Malheur à vous, vous qui riez. »

Alceste parle au nom des grands pessimistes chrétiens du siècle, Pascal, Bossuet, La Rochefoucauld, Bérulle, Olier, les jansénistes. Alceste ne rit jamais, ni des autres, ni avec eux. Les autres ne le font pas rire. On ne le voit qu'en colère. Il entre en scène indigné au premier acte. Il en sort hors de lui à la fin du cinquième. Et l'on peut se demander avec Ramon Fernandez si, par Alceste, Molière ne prend pas conscience qu'il est en train de perdre le sens du comique, de mettre le principe même de la comédie en péril. Tel est le paradoxe du *Misanthrope*.

Molière y met la comédie en crise.

Dans le monde où rire est de rigueur, malheur à qui ne rit pas. Le sérieux d'Alceste fait rire Philinte qu'Alceste appelle Monsieur le Rieur (« Je ris des noirs accès où je vous envisage »), Célimène (« Il me divertit quelquefois »), les marquis (« Je ne croyais pas être si plaisant que je suis »). Une philosophie spontanée, pour qui les hommes « sont nés pour la société », prône le sourire et les embrassades, tout ce que précisément Alceste condamne et qui passe pour simple politesse, instance inaugurale de toute vie sociale. Gérard Defaux se réfère sur ce point à l'abbé de Bellegarde et à Vaumanière. Il est vrai que le premier écrivait ses *Réflexions sur le ridicule* en 1687, l'autre son *Art de plaire dans la conversation* en 1701. L'un et l'autre avaient sans doute Alceste en tête. De telles références prouvent tout au plus l'impact du *Misanthrope* sur la théorie sociale de la fin du XVIIe siècle. Molière a nourri la pensée de son temps. L'homme est fait pour vivre en société. Il doit donc la rendre possible, accepter le jeu, assumer ses masques. Par son refus obsessionnel de toute forme de mensonge, Alceste représente une menace pour les autres. « Il ne laisse jamais personne mentir un peu », dit d'un lointain émule d'Alceste un personnage de Nathalie Sarraute. Alceste s'oppose en tout à Philinte qui sauvegarde sa liberté d'esprit derrière un regard ironique porté sur le monde. Le malentendu entre les deux hommes est sans remède. Philinte s'accroche à l'amitié d'Alceste qui n'a jamais un mot amical pour lui, évitant toutefois de créer l'irréparable entre eux, comme s'il était bien aise, à l'instar de Don Juan, d'avoir un témoin de son âme. Alceste ne communique avec les autres que sur le ton de l'accusation, du réquisitoire, de la question. Jacques Guicharnaud a souligné que la pièce repose sur un conflit entre l'esprit de jeu et l'esprit de sérieux, entre l'esprit de légèreté et l'esprit de profondeur, entre regard superficiel et regard pénétrant. Ajoutons que ce trait place la pièce de Molière au cœur du débat historique qui va se développer et s'aggraver entre la fin du XVIIe siècle et la Révolution française. Quelque chose mettra toujours Alceste du parti de Rousseau contre Voltaire et Diderot, de Saint-Just contre Danton, à savoir ce rêve impossible de transparence, de vertu, de perfection dont Molière soupçonne la présence en lui. Il se soumet lui-même à la justice comique. *Le Misanthrope* est la pièce où, par un retournement dialectique, unique dans l'histoire, Molière remet en question, au cœur de l'affaire *Tartuffe*, ce rôle de redresseur de torts qu'il avait assigné à la comédie depuis *L'Ecole des femmes*, rôle dont par exemple La Grange n'a jamais douté. Molière est bien décidé à aller jusqu'au bout, tout en sachant qu'ensuite, quelque chose de fondamental aura changé dans son univers comique.

Depuis le XVIIIe siècle, le public a pour Alceste les yeux de Rousseau. Il en fait un héros. Il n'est pas loin d'accuser Molière d'avoir tenté de le ridiculiser. Il admire son énergie à dénoncer la comédie mondaine, les illusions et les mensonges sur lesquels elle repose, les faiseurs de protestations hypocrites, les donneurs d'embrassades frivoles, la prostitution de l'estime et de l'amitié. Le même public adhère à son « utopie de sincérité » qui oppose un autre type de relation entre les hommes à la « société idéale » ébauchée dans le salon de Célimène. En prônant la parfaite adhérence du visage à l'âme, du discours au sentiment, en défendant le mystère du Moi (« On ne voit point les cœurs »), son unicité (« Je veux qu'on me distingue »), Alceste prend le contre-pied des valeurs de l'honnête homme dans sa version de 1667. Il ouvre la voie à l'individualisme moderne. Il annonce Rousseau (« Si je ne suis pas meilleur, du moins suis-je autre »). La comédie mondaine tend tout entière à noyer l'individu dans son milieu élitaire, en définissant l'être par le paraître, la personne par le rôle. Le public moderne ne comprend pas toujours qu'en donnant une dimension héroïque à l'homme qui veut abolir toute contamination de la vie par le théâtre, Molière se met lui-même en question.

Molière se garde d'ailleurs de prendre parti entre Alceste et Philinte. Face à Alceste, Philinte fait l'éloge de la raison, de la mesure, du jeu social comme vraie nature de l'homme. Molière n'est pas un héros de l'absurde. Il veut que le monde ait un sens. Il sait que ce sens est lié à la possibilité d'une société, donc au respect du jeu social. Il veut à la fois vivre en vérité, vivre en société et faire du théâtre. Comment accommoder cette triple exigence avec la triple tautologie d'Alceste, être sincère, être homme, être soi ? *Le Misanthrope* appartient à cette catégorie d'œuvres maîtresses où le dramaturge incarne ses contradictions en des personnages contradictoires, doubles incompatibles l'un avec l'autre, doubles de l'auteur lui-même, Octave et Cœlio, Caligula et Cherea, Hugo et Hœderer. Il y a du Caligula en Alceste et du Cherea en Philinte. Le côté Caligula d'Alceste le pousse à mettre le sens du monde en péril, fait de lui une menace pour les autres, y compris pour Molière qui finit par le sacrifier, non sans mauvaise conscience, en le restituant à l'ordre comique qui ne veut point de héros.

Le dépassement héroïque

Et pourtant ! Poussé par le souci de hausser la comédie au niveau de la tragédie, Molière tente l'impossible pour donner à son personnage une dimension de héros. Alceste a quelque chose de la démesure tragique mais il n'est pas tragique. Les forces profondes de la comédie moliéresque semblent refuser tout dépassement, héroïque ou mystique, de la condition humaine. Molière ici s'accorde avec son temps. Finies les grandes aventures spirituelles qui ont marqué la première moitié du siècle. Sous peu, elles paraîtront des mystifications. Leur abaissement rejoindra celui auquel le roi va contraindre la noblesse de cour. La magnanimité cornélienne, la nuit mystique de Pascal grandissent l'homme ou l'abaissent pour le grandir, le poussant à la démesure et à la déraison. Les meilleurs moliéristes l'ont noté depuis longtemps. « Le dialogue Pascal-

Molière au pied d'une croix, qu'imaginait Sainte-Beuve, devrait se compléter par un dialogue Corneille-Molière devant une épée. » (Ramon Fernandez.) Molière fait du bourgeois, de l'homme ordinaire, le fondement de l'ordre comique. Dans cet ordre-là, l'homme indigné, Alceste, ne se heurte plus aux dieux, mais aux casse-pieds. La fatalité comique est dérisoire et humiliante.

Toutefois, un élément inattendu vient tout ébranler. Molière rencontre l'imposteur sur son chemin. L'apparition de Tartuffe donne à la comédie une dimension nouvelle et change le ridicule en vice. Elle déshumanise l'homme, tourne la vérité en mensonge, fait du personnage un masque errant parmi les masques. Le mal est humain, moral, social. Le malheur de l'homme vient de l'homme et reste à la mesure de son insignifiance. Molière découvre qu'on ne peut pas rire de tout et que faire rire les honnêtes gens est une étrange entreprise, celle de sa vie. Le personnage doit s'évader de sa condition comique pour atteindre la démesure du héros. C'est son énergie protestataire qui définit celui-ci. Sous l'homme social par excellence, l'honnête homme, Molière découvre l'individu et la personne, sa frustration, son angoisse, son désir d'absolu, sa vertu protestataire. Face à Tartuffe, de l'intérieur même de la comédie, Don Juan et Alceste protestent au nom de la grandeur de l'homme seul aux prises avec l'absence, avec l'imposture, l'un au nom de la liberté, l'autre au nom de la vérité. Ce jeu de doubles renvoie Tartuffe à Don Juan aussi bien qu'à Alceste, l'imposture à l'absence, la vérité à la liberté, et tous à leurs contraires.

Or, l'entreprise se solde par un échec. Alceste perd à la fois Célimène et son procès. Tartuffe triomphe avec la caution de Philinte.

Le piège

Marc Fumaroli remarque que Molière construit une comédie autour d'une personnage qui récuse le théâtre, art auquel il doit la vie, auquel Molière a voué la sienne. Alceste dénonce explicitement la comédie sociale et implicitement le théâtre-miroir du monde. De reflet en reflet de reflet, la démarche d'Alceste vise donc à abolir à la fois le théâtre et le monde. Or, la justice de l'arroseur arrosé, immanente à la comédie, veut qu'il s'escamote lui-même en cédant au théâtre. Aucun personnage de Molière n'est plus théâtral que celui-là. Les autres acteurs de la comédie sont ses spectateurs. Dès la première scène, Philinte décèle le piège auquel Alceste s'est pris :

> « Je vous dirai tout franc que cette maladie
> Partout où vous allez donne la comédie,
> Et qu'un si grand courroux contre les mœurs du [temps
> Vous tourne en ridicule auprès de bien des gens. »

Aux yeux de Philinte, la fureur polémique fait d'Alceste un acteur tragique et un personnage comique. Sa théâtralité convulsive menace aussi bien l'art de la comédie, que Molière incarne sur le théâtre réel du monde, que l'art de vivre en société que Célimène incarne dans le monde imaginaire du théâtre. Elle menace avant tout son statut de héros.

L'histrionisme d'Alceste le met parfois en contradiction avec lui-même. Il est le premier à trahir son utopie de sincérité en usant de prudence avec Oronte : « Je ne dis pas cela, mais enfin, lui disais-je. » Malgré ses protestations de rigueur morale, il entre dans le jeu d'Arsinoé en acceptant de sa main le billet de Célimène. Enfin, tout en dénonçant cette école de la médisance, il finit par se lancer à son tour dans le jeu des portraits et par dévorer les absents à belles dents. On ne finirait pas de relever les occasions où sa bonne foi est prise en défaut. Selon le regard porté sur lui, on le dira plus préoccupé du bonheur de Célimène, ou bien dominateur et possessif au point de mettre à profit l'écroulement final de celle-ci pour exiger qu'elle le suive au désert. Mais surtout, aux yeux de Molière comme du public, ce héros de la vérité, ce tombeur de masques, passe du positif au négatif quand il devient clair qu'il refuse le jeu social auquel les mondains font une confiance aveugle, puisque leur existence en dépend. Molière se joint à eux et entend démontrer que les grands discours sur les grandes causes ne réussissent jamais à masquer complètement le petit jeu des intérêts. Au-dessus de la comédie, le ciel des valeurs reste vide. Dieu n'est jamais nommé. Le roi l'est deux fois, d'une façon presque insultante, par des courtisans, Oronte (« On sait qu'auprès du roi je fais quelque figure ») et Acaste (« Fort aimé du beau sexe et bien auprès du maître »). Alceste triche lui aussi. Il n'a qu'un vrai moment de pure sincérité, celui où il s'effondre devant Célimène comme un acteur qui ôterait son masque en scène. Sganarelle surgit des cendres de Diogène, pathétique et dérisoire :

« Efforcez-vous ici de paraître fidèle,
Et je m'efforcerai, moi, de vous croire telle. »

Il rejoint alors Arnolphe. Ce n'est peut-être pas drôle, mais c'est profondément comique, écrit à ce sujet W.G. Moore.

Les incompatibles

Molière traite avec sérieux le conflit d'Alceste avec le monde en l'axant sur deux affaires, son idylle avec Célimène, son procès avec un dévot. On a déjà eu l'occasion de souligner l'importance du procès. La mention directe du livre abominable renforce l'homologie entre Alceste et Molière, au point de la rendre hallucinante. Théâtralement toutefois, le procès ne peut faire le poids, du fait que l'adversaire d'Alceste ne paraît jamais en scène. Cette relégation en coulisse de l'émule de Tartuffe souligne son caractère clandestin. Par contre, l'action se déroule toute en présence de Célimène. Il est donc normal que le conflit amoureux ait fini par occulter le procès. Il n'y a pas d'autre personnage dont Molière ait pris à ce point l'amour au sérieux. Des trois grands jaloux de son théâtre, Arnolphe est dérisoire, Dandin déplaisant, seul Alceste attire la sympathie. Des hommes qui l'entourent, la dernière scène prouve qu'Alceste est le seul dont l'amour ait quelque importance pour Célimène. Tel est leur drame : jetés par le destin dans les bras l'un de l'autre, mais tout à fait incompatibles. Pire, ce que l'une est par nature destinée à faire, la société mondaine, l'autre est par nature destiné à le défaire. Leur rencontre est vouée à l'échec.

Au-delà du miroir

S'il s'en était tenu à mettre la comédie au rang de la tragédie, Molière se serait seulement montré fidèle aux auteurs du *Parasite mormon*, ses amis de jadis. Par l'éloge de la comédie-miroir, il parle en leur nom et prend la comédie au sérieux. Il ouvre la voie qui, de Marivaux à Tchekhov, va pousser le théâtre occidental vers le réalisme. Mais il ne s'en tient pas là. Il dépasse la notion de miroir. Il opère une percée vers une véritable transmutation ontologique du théâtre et de la vie. Décidément, Mauriac a raison : *Le Misanthrope* « ne serait pas ce chef-d'œuvre si vanté » si, par-delà la souffrance de Molière, on n'atteignait la zone redoutable où sont transgressées les conventions et les frontières qui fondent le théâtre occidental. D'une structure frivole, la comédie de salon, Molière fait surgir une sorte de monstre qu'après trois siècles on continue de prendre pour le morceau de choix des forts en thème. En un temps où Molière et Armande vivent séparés, ne se rencontrent plus qu'au théâtre pour jouer, Alceste dit à Célimène dans la langue de l'alexandrin ce que Molière n'est plus capable de dire à Armande dans la prose du quotidien. Le vers du *Misanthrope* solennise jusqu'au rite d'empêchement l'absence de communication entre Molière et Armande. Les comédiens deviennent les personnages. Ils entrent dans la comédie. Molière savait que le public ferait un rapprochement simpliste entre leur couple et le couple Alceste-Célimène. Dès les premières lectures de la pièce, Madeleine, La Grange, peut-être Armande aussi, ont dû lui en toucher quelques mots. Il a passé outre.

Le bouc émissaire

Le malin génie de Descartes, l'illusionnisme du baroque, la société de cour, le salon de Célimène relèvent de la poétique du masque, c'est-à-dire d'une réflexion sur l'aptitude à distinguer le réel du non-réel. Le XVIIe siècle est hanté par le problème du subjectif et de l'objectif. Du masque et du visage. La vie de cour n'est plus un masque imposé de l'extérieur. Le simulacre se fait chair et se fait verbe. Le courtisan dissimule son absence d'être sous la grimace du visage et sous la distorsion du discours. L'étiquette commande même le sourire. Mais la vie de cour demandant un art de dissimuler en permanence, le courtisan découvre un jour, dans son miroir, que le masque a pris la place de son visage, qu'il est devenu sa seconde nature. Selon Norbert Elias, l'homme de cour a conscience de son masque ; il s'agit donc d'hypocrisie, non d'aliénation. A quoi l'on peut répliquer que, le masque étant devenu une seconde nature, l'homme masqué, tout lucide qu'il soit, ne sait plus lui-même où finit le réel, où commence l'artifice. Il s'agit donc bien d'aliénation autant que d'imposture. Est-il Tartuffe ou Don Juan, Julien Sorel ou Lorenzaccio, Hamlet le prince ou Hamlet le fou, le fou ou le bouffon ?

Dans *Tartuffe*, comédie de l'homme masqué, seul Tartuffe est masqué. Dans *Le Misanthrope*, comédie des masques, seul Alceste n'en porte pas. Le visage découvert d'Alceste fait de lui un monstre, une aberration vivante, un autre masque, un masque sauvage, dans la compagnie des masques policés. Sa nudité est obscène, scandaleuse, provocatrice. D'un côté en effet, Alceste illumine par sa présence le salon de Célimène. Tous les membres de la compagnie, à l'exception des marquis, cherchent à être vus, reconnus de lui. Les trois femmes sont amoureuses de lui, Philinte essuie ses rebuffades pour rester son ami, Oronte le flagorne afin de le devenir. Alceste est le double paradoxal de chacun d'entre eux, qu'il renvoie à son miroir : Eliante-Philinte, Célimène-Arsinoé, Acaste-Clitandre. Il déclenche un formidable kaléidoscope d'images et de doubles.

En revanche, chacun a conscience qu'Alceste constitue un danger pour le petit monde de Célimène, microcosme de la cour. Alceste est accueilli dans le salon de Célimène par une réaction double et contradictoire, pôle attractif en tant qu'élément dynamisant du groupe, pôle répulsif en tant que menace pour sa cohésion. C'est un exemple de la situation type décrite par Bateson sous le nom de « double contrainte », *double bind* (Gregory Bateson, 1904-1980, *Vers une écologie de l'esprit*, Paris, 1977-1980), caractérisée par « une situation où l'autre émet deux genres de messages dont l'un contredit l'autre ». Dans une telle situation, les messages parviennent nécessairement déformés. Personne ne comprend personne. Il en résulte une impasse de la communication, avec à terme un risque de schizophrénie. C'est tout le vaste système de la vie et de la mort, de la raison et de la déraison, qui est en jeu. Ainsi en va-t-il dans l'univers bloqué du *Misanthrope*. Alceste est incapable de vivre cet accueil contradictoire, de le comprendre, de se comprendre en lui, d'y être soi. La psychose le guette et la dissolution de son moi. Par un geste de régression infantile, il se réfugie « dans un petit coin sombre avec son noir chagrin ». Philinte repère aussitôt le risque de dédoublement : « C'est une compagnie étrange pour attendre. »

L'intuition psychiatrique de Molière est ici aussi sûre que son intuition théologique dans *Tartuffe*. La névrose d'Alceste menace ses proches. Sous son influence, le réalisme de Philinte prend des allures de cynisme et de nihilisme, qui ne sont pas dans la droite ligne du personnage. Dans le débat tragédie-comédie, Philinte sait seulement qu'entre le dieu, l'homme et l'animal, la frontière n'a jamais été tracée. Le risque de retour au chaos vient de la tentation de faire de l'homme un dieu au risque de le faire retomber dans la bestialité. La solution : laisser les dieux et les animaux ce qu'ils sont, des métaphores de l'inachèvement de l'homme.

« Et mon esprit enfin n'est pas plus offensé
De voir un homme fourbe, injuste, intéressé,
Que de voir des vautours acharnés de carnage,
Des singes malfaisants et des loups plein de rage. »

Célimène surtout est en danger. Dans le délabrement final de son salon, œuvre de sa vie, l'extrémisme d'Alceste ne lui laisse d'autre choix que la fuite au désert en compagnie d'un homme plus vieux que son âge, au comportement infantile. Son admirable cri : « La solitude effraie une âme de vingt ans », est la seule réponse possible à la paranoïa (« Trahi de toutes parts, accablé d'injustice ») qui pousse son partenaire à s'expulser lui-même, à mimer le geste victimaire que les autres n'ont fait qu'esquisser. La seule allusion au désert donne un sens mystérieux à ce geste final de sécession. En renonçant à vivre en société, l'atrabilaire renonce à la vie tout court. Son auto-expulsion est une mise à mort rituelle, celle du bouc émissaire. Molière sacrifie l'homme aux rubans verts. Il suffit au metteur en scène de confier le rôle à un acteur jeune, d'aspect fragile et rêveur, pour arracher Alceste à la tradition du bourru et faire de lui une victime sacrificielle, ou même, non sans abus, une figure du Christ, un idiot dostoïevskien. Qu'on ne dise pas que c'est là trahir Molière. Toute tentative récente de revenir au bourru traditionnel a banalisé *Le Misanthrope*. A peu près au même moment que Vitez, Ariane Mnouchkine a donné le même sens à la mort de Molière dans son film. Les « sorties » d'Arnolphe et de Tartuffe ne pouvaient avoir un sens sacrificiel aussi pur. Celle d'Alceste préfigure la sortie finale de Molière, son silence au seuil de l'interminable déclin du règne, la fin de l'âge d'or royal, la chute du masque sur les décombres du carnaval curial, sous le regard impitoyable de Saint-Simon, le petit-duc, double miniaturisé de l'homme aux rubans verts.

Sortie de l'acteur

Or, comme la mort de Don Juan, loin de diminuer le personnage, cet échec du héros le grandit aux yeux du public, qui s'attache encore plus au héros malheureux, plus grand que ce qui l'écrase. Pourtant, cet échec met en péril le principe même de la comédie. Pour lui faire réintégrer l'ordre comique, il faut et il suffit que l'acteur ne soit jamais tout à fait à la hauteur de son rôle, qu'il soit l'artisan inconscient de son échec, qu'il se mette sans cesse en contradiction avec lui-même tout en paraissant l'ignorer. Il suffit surtout de ces deux derniers vers prononcés par Philinte, parfois escamotés à la représentation, le plus souvent étouffés par les applaudissements d'un public occupé à saluer la sortie héroïque d'Alceste. On devine trop bien que ses amis finiront par ramener Alceste, tête basse, dans le salon de la coquette où l'on prendra de moins en moins ses foucades au sérieux. Au dénouement tragique, Molière en oppose un autre qui le contredit comiquement, comme le cri de Sganarelle — « Mes gages ! » — tournait en dérision la mort du libertin foudroyé.

Molière sait en effet que la mort symbolique d'Alceste est un simulacre. Sa sortie annonce celle d'Oreste dans *Les Mouches* de Sartre, c'est une sortie d'acteur. Il croit accomplir un acte, il fait seulement un geste qui ne change rien dans le monde. L'homme qui voulait abolir la théâtralité de l'homme social se prend au piège de cette même théâtralité. C'est d'ailleurs de là que la comédie salonnière du *Misanthrope* tire sa charge d'humanité. La fiction comique de l'atrabilaire amoureux relève de la poétique du théâtre, et du paradoxe du comédien. Prendre l'un dans l'autre le salon de Célimène et le tréteau de Molière, donner à vivre sur la scène à Molière et à Armande ce qu'Alceste et Célimène jouent au salon, changer les personnages de la comédie en acteurs et faire des comédiens les vrais personnages de la comédie : chassé-croisé sans fin du mal-être des uns et des autres, la vie authentique, la vérité de l'être, étant avec ceux qui jouent ouvertement et non avec ceux qui prétendent le contraire.

L'acteur de soi

Au principe de l'alchimie théâtrale, on trouve deux forces, la présence corporelle de l'acteur, la cérémonie au sens rituel de la célébration. Le jeu de l'acteur confronte l'homme à son problème essentiel, posséder la clef de soi. Pas d'autre vérité pour lui que celle de son personnage. Il meurt à lui-même pour renaître autre. Dans *Crayonné au théâtre*, Mallarmé voit dans le théâtre une « transfiguration en vérité ». C'est quand, sur la scène intérieure, l'homme est « l'acteur de soi », que le jeu du théâtre atteint sa plénitude. De cet acteur de soi, Hamlet était pour Mallarmé le modèle. « Hamlet extériorise sur les planches ce personnage unique d'une tragédie intime et occulte. » Mallarmé prétendait retrouver Hamlet sur le théâtre du monde en la personne de Villiers de L'Isle-Adam. « Histrion véridique, je le fus de moi-même ! De celui que nul n'atteint en soi, excepté à des moments de foudre. » *Le Misanthrope* est l'un de ces moments de foudre. Molière y est l'histrion véridique de lui-même. Il dit « je », comme dans *L'Impromptu de Versailles*, mais *je* est un *autre*.

Intervenant au moment où la vie de Molière est bloquée, *Le Misanthrope* représente une aventure unique de l'esprit comique. Il se situe au-delà de la banale identification d'Alceste à Molière. Alceste représenterait même plutôt l'opposé de Molière qui n'a jamais prétendu, ni comme comédien ni comme courtisan, rompre en visière à tout le genre humain. Montaigne a écrit quelque part que, dans la multitude des rôles assumés par lui, tout homme joue le sien. C'est Jacques Copeau qui rappelle ce mot, à propos justement de Molière, auteur-acteur comme chacun sait. Entre ce qu'il éprouve et ce qu'il représente, une transmutation mystérieuse fait qu'il joue mieux Alceste que tout autre rôle, qu'il le joue au point d'être de plus en plus Alceste, comme on dit par exemple aujourd'hui que Madeleine Renaud *est* de plus en plus Winnie. Nous ne saurons plus jamais comment Molière *était* Alceste, sinon qu'il avait renoncé à la moustache de Scaramouche et, à croire Boileau, que son rire était aigu et grinçant. Peu de chose en somme.

En fait, Molière n'est pas Alceste. Il le devient pour se délivrer de lui. Le théâtre est toujours plus ou moins un exorcisme, une catharsis. Vient le « moment de feu » où l'artiste en personne *entre dans son œuvre*. C'est le principe même de l'autoportrait du peintre. Ceux de Rembrandt et de Van Gogh montrent que l'autoportrait est aux antipodes du réalisme. L'artiste y représente son double inconnu de lui, puisqu'il naît justement de cette opération. Molière s'invente lui-même en Alceste. Il devient son propre personnage, entre dans son propre univers comique, il se donne à lui-même le sacre du ridicule.

Revenons à Mallarmé. Il reconnaît en Hamlet le personnage unique, donc l'élément déterminant de ce « théâtre pur » par quoi ce que Mallarmé nomme le « mystère » se distingue du « drame ». L'auteur d'*Igitur* a eu l'intuition que le théâtre, dans sa forme-limite, doit s'abolir dans la réalité mentale et dans l'écriture, à la fois « inhérent à l'esprit » et « inséré au livre ». Les esprits les plus exigeants se sont toujours demandé si *Phèdre* et *Le Misanthrope* étaient bien faits pour être joués sur une scène matérielle, ou si le véritable lieu de leur « mise en scène » n'était pas purement mental. « Tu ne seras jamais Alceste, il ne faut pas essayer de jouer Alceste », déclare Louis Jouvet à l'un de ses élèves dans *Molière et la comédie classique*. Il pense cela de tous les héros classiques, précisément parce qu'ils sont doublement héroïques, en tant qu'éternels, en tant que sublimes. Toutefois, Alceste se situe au-delà de tous, par son caractère unique. Mallarmé a d'ailleurs vu poindre le personnage unique dans le classicisme français et, avec lui, la possibilité inouïe d'une unité du théâtre et de la pensée : « Les trois fameuses unités, écrit Albert Thibaudet, n'étaient pour Mallarmé que les trois marches vers un piédestal vide, vers une quatrième unité demeurée tout idéale, celle du personnage. »

Derrière tous les personnages de Molière, il en est un en qui l'homme Molière cherche à s'incarner pour incarner l'homme dans une vérité qui ne soit ni divine ni bestiale, seulement humaine. Par Alceste, Molière parvient presque à cette incarnation de l'homme en vérité, arraché définitivement à l'ordre comique qui l'humilie. S'il réussissait à s'incarner dans Alceste, Molière élèverait la comédie au rang de la tragédie et, réinventant le théâtre, conférerait à son personnage cette sublimité qui est l'apanage du héros tragique. Or, une part essentielle de ce personnage invisible réside dans le raisonneur. Molière découvre que le discours de la sagesse vraie émane, contradictoire, de la raison et de la passion ; que la dualité Alceste-Philinte est irréductible ; que leurs discours sont incompatibles et inséparables. L'impossible unité du personnage reflète une autre unité impossible, celle de Molière avec lui-même. Dans *Le Misanthrope*, Molière joue son impuissance à être soi, à trouver la clef de soi, à posséder la sagesse.

Ce jeu-là, lui seul, l'auteur-acteur, pouvait le jouer. D'où l'impossibilité de jouer Alceste, puisque Alceste n'existe pas, faute d'incarner une sagesse à laquelle Molière n'est jamais parvenu. Quelque chose de la sagesse frôlée devait passer, quelquefois, dans le jeu de Molière lui-même en train de jouer Alceste. Bien que Molière ait affirmé que « les pièces ne sont faites que pour être jouées », *Le Misanthrope* est injouable. Ce que les comédiens jouent d'ordinaire sous ce titre, comédie de caractère ou comédie de salon, a peu à voir avec le chef-d'œuvre impossible, à la fois « inhérent à l'esprit » et « inséré au livre ». La vérité inaccessible du chef-d'œuvre flotte quelque part entre la mise en scène du lecteur et la lecture du metteur en scène, entre le mot et le jeu, puisque Molière, dans sa réalité vivante d'homme (bonheur et sagesse de Molière) et d'acteur (le jeu de Molière), s'est aboli à jamais au plus secret du texte incorruptible de l'œuvre.

12

L'humain le moins humain

L'adieu à Sganarelle

Sganarelle a fait sa dernière apparition. Malgré la baisse rapide des recettes, Molière a maintenu *Le Misanthrope* seul à l'affiche pour une série de vingt et une représentations. La tradition veut qu'il ait tenté de soutenir sa comédie défaillante en y joignant *Le Médecin malgré lui* après le 1er août. *Le Médecin* commença par remplacer tout simplement *Le Misanthrope* qui fut d'abord accouplé à *La Mère Coquette* de Donneau de Visé, puis au *Favori* de Mlle Des Jardins, puis aux *Fâcheux*. Enfin, le 3 septembre, *Le Misanthrope* et *Le Médecin malgré lui* furent programmés ensemble. Les recettes remontèrent enfin. Le même soir, Molière jouait donc Alceste et Sganarelle, rude performance pour un homme affaibli. Passant de la chaumine de Sganarelle à la forêt et à la demeure bourgeoise de Géronte, l'action fait fi de l'unité de lieu et renoue avec la tradition des tréteaux. Depuis 1661, au moins, La Grange notait dans son registre la présence au répertoire de la troupe d'une farce intitulée tantôt *Le Fagotier* (en 1661), tantôt *Le Médecin par force* (en 1664). *Le Médecin malgré lui* est donc peut-être le dernier état d'un scénario qui aurait pour source lointaine le fabliau médiéval du *Vilain Mire*. Les trois thèmes comiques principaux de celui-ci — vengeance d'une femme qui fait passer son mari pour médecin, guérison d'une princesse qui a avalé une arête, séance de thérapie collective à l'hôpital — se retrouvent à peine déguisés dans de multiples productions du folklore universel. Molière s'est même souvenu d'un passage du *Pantagruel*, *La Farce de la femme mute*. Sans se fatiguer, il a repris le cadre de *L'Amour médecin*. Dans les deux comédies, la feinte malade s'appelle Lucinde et l'amoureux se déguise en apothicaire. Ne peut-on admettre que, confronté au demi-échec du *Misanthrope*, Molière s'est hâté de tirer une comédie en trois actes de son vieux scénario ?

Celle-ci ne marque pas une rupture complète avec son fantoche de prédilection. Jusqu'à sa mort, il jouera *L'Ecole des maris, L'Amour médecin, Le Médecin malgré lui, Le Mariage forcé*, surtout *Le Cocu imaginaire*, auquel il manifeste une étonnante fidélité, partie pour plaire à son public, partie pour des raisons plus obscures. Mais c'en est fini de toute tentative d'engager Sganarelle en de nouvelles aventures. Il le quitte sans lui avoir conféré le sacre qu'il réserve à un autre bouffon, Scapin. Depuis sa naissance incertaine au cours des randonnées provinciales, avec son patronyme à l'italienne, inconnu pourtant au bataillon de la commedia dell'arte, Sganarelle a fait six apparitions en six ans. Il occupa en force les années-*Tartuffe*, 1664-1667. Au cours des trois années qui le séparaient de sa précédente incarnation dans *L'Ecole des maris*, il avait troqué le satin rouge du cocu pour la serge jaune et verte du fagotier, costume de perroquet dans lequel Simonin le représenta vers

1666 saluant un public invisible. Molière s'était accoutumé à endosser régulièrement ce rôle, à porter ce masque dont il avait emprunté le teint blême et la moustache à Scaramouche. Les aventures de Sganarelle avaient commencé à se constituer en cycle. Leur protagoniste, double ambigu de l'acteur-auteur, disparaissait avant d'être parvenu au type à l'italienne. Déjà, le bourgeois perçait sous Sganarelle, et la mince pellicule du masque ne résistait guère à la poussée. Le petit homme absurde devenait trop fort pour la farce. Hors de celle-ci, pas de salut pour Sganarelle. Depuis des années, il servait de faire-valoir aux grands masques de la tradition burlesque, les pédants et les médecins, auxquels, depuis le lointain brouillon du *Médecin volant*, son sort paraît lié. Eternel dupe des fourbes en tout genre, il se livrait aux prestiges nouveaux de la comédie-ballet, foyer de la fête royale. Sur ces entrefaites, *Dom Juan* lui avait procuré son plus grand rôle en même temps qu'une étonnante mutation de son personnage. Lui, le bourgeois, il était sacré bouffon en devenant valet, entraîné par son seigneur et maître d'aventure en aventure, de conquête en conquête, de défi en défi. Quand, avec *Le Médecin malgré lui*, il retrouva la farce, son seul royaume, il parut revenu de tout. Ce Sganarelle-là ne doit rien ni à l'Espagne ni à l'Italie. Comme le clown anglais, c'est un paysan, rustre de fabliau, fils de Rabelais, frère de Gros Guillaume, joyeux drille et cabot insolent, cynique et gouailleur, amateur de bonne chère, bons vins, beaux tétons et beaux écus sonnants. Plus rien de subversif en lui. Même la satire des médecins perd avec lui sa virulence. A peine un trait comme celui-ci : « Ici, on peut gâter un homme sans qu'il en coûte rien. » Tout à fait à l'aise avec ce fantoche, Molière se tient quitte envers lui. Il prend congé. Une grosse blague de la carogne préfigure même le destin du pitre : « Mon pauvre mari, faut-il que tu te laisses mourir en présence de tant de gens ? »

La déchirure

Entre juin 1666 et février 1667, Molière a créé *Le Misanthrope, Le Médecin malgré lui, L'Amour peintre, L'Amour médecin, La Pastorale* et *Mélicerte* : six comédies, d'inégale importance il est vrai, mais en huit mois. Puis un silence de dix mois, jusqu'à la première représentation d'*Amphitryon*, le 13 janvier 1668. Entre deux, il a tenté en vain de jouer *Tartuffe* dans sa nouvelle version. Au cours de l'année 1668, il va donner *L'Imposteur* deux fois en représentation privée, pour le prince de Condé, à Chantilly. Il sait que la pièce finira par être autorisée, et que l'échéance approche. Louis XIV cherche un biais pour annuler la sentence d'excommunication. Il a peut-être mis Molière dans la confidence.

Or, Molière traverse une crise. Il a entrepris de faire rire les honnêtes gens, et d'abord « ces personnes qui nous impriment le respect et ne rient que quand elles veulent », entre toutes « un grand roi qui fait trembler la terre ». Le rire populaire fait sa joie, le rire royal fait sa gloire. Faire rire est une obsession chez lui : pour oublier les injustices du sort, les misères du temps, les horreurs de l'ordre établi, la condition mortelle des grands et des petits. Sans le rire, le monde n'est pas vivable. Molière est prêt à tout pour faire rire la cour et la ville, le Roi-Soleil et la cuisinière La Forest. Héritier des farceurs du pont Neuf, il n'a jamais dédaigné les grosses ficelles du rire populaire, les plaisanteries scatologiques, les blagues obscènes, les gauloiseries ;

pas plus que les bastonnades et les coups de pied au cul ; ni les cocus, ni les bossus, ni les bègues, ni les boiteux ; ni la colique ni la quinte. Il est des moyens plus raffinés pour faire rire. Il les a tous utilisés, il en a inventé, il a l'intuition d'un rire à venir, d'un comique moderne. Si sa science des techniques du rire est remarquable, son sens du comique l'est encore plus. Il est littéralement possédé par la vision comique de l'homme qui se fonde sur la disconvenance des conduites humaines. « La disconvenance est l'essence du ridicule », écrit le porte-parole de Molière dans *La Lettre sur L'Imposteur*. Elle réside dans l'écart, impossible à combler, entre le désir et le pouvoir, entre l'idéal et la réalité, dans la faillite de la volonté, dans l'éternel ballet des incompatibles qui emporte dans son tourbillon le bourgeois en habit de serge, l'homme aux rubans verts, le rustre en bonnet de nuit. Tel est le dernier mot de l'étrange entreprise, un comique qui fait à la fois rire et penser. Pas de rire sans pensée. En retour, pas de pensée sans rire. Comme s'il n'y avait pas incompatibilité entre les deux. La pensée tue le rire. D'ordinaire, Molière procède à un savant dosage du tragique et du comique, atténuant le premier quand il menace le second. Si les metteurs en scène d'aujourd'hui mettent plus d'habileté à manier le tragique de Molière que son comique, ce n'est pas pour le trahir, comme le disent leurs détracteurs, mais par excès de fidélité. Ils vont au bout du comique, là où, selon le mot de Ionesco, celui-ci devient plus tragique que le tragique, vérité soutenable seulement sous le masque, mais Molière lui-même n'a pas toujours réussi à la masquer, moins encore au moment de l'affaire *Tartuffe*.

Les souffrances ridicules d'Alceste n'ont guère fait rire son public, ni le vice grotesque d'Harpagon, ni la vanité comique de Jourdain. Chacun de ces rôles est l'occasion pour lui d'essayer un nouveau masque. Grandi dans le culte de la magnanimité cornélienne et de la rationalité cartésienne, Molière vit, en même temps que son drame personnel, la double faillite de la volonté et de la raison humaines sur le triomphe desquelles repose le sens du monde.

Il voit désormais en l'homme un vaincu, responsable de son échec, victime de soi. Dans l'affaire *Tartuffe*, il a lui-même l'impression d'avoir à se battre toujours contre plus fort que lui, d'être battu d'avance. Atteint dans sa dignité d'homme et d'artiste, il plie sous l'humiliation.

Donc, Molière sent que ce rare équilibre entre le rire et la pensée lui échappe. Molière, qui ne s'est jamais pris au sérieux, est peut-être sur le point de se prendre au tragique, peut-être de devenir amer, comme le suggère Antoine Adam. Pas plus que le mystique, le génie n'échappe à la nuit du doute. Comme Shakespeare, entre Hamlet et le roi Lear, il ne croit plus en l'homme parce qu'il ne croit plus en lui-même. Alors Molière relit les maîtres, Plaute et Térence, pour retrouver chez eux les lois du comique, le secret du rire : Plaute surtout, en ce moment précis, qu'il lit ou relit dans l'édition bilingue de l'abbé de Marolles, parue en 1658. Il en tire coup sur coup *Amphitryon* et *L'Avare*.

Quelque chose d'irréversible a commencé de suivre son cours. Après les fêtes de Saint-Germain et *Le Ballet des muses* en 1667, Molière est tombé à nouveau malade. Il a dû prendre un long repos. Sur le conseil de Mauvillain, son médecin, il s'est installé à la campagne. Mauvillain l'a mis au régime lacté. Il ressemble désormais au portrait que Le Boulanger de Chalussay va dessiner de lui dans deux ans, à la caricature saisissante des médecins de Pourceaugnac. Molière tente d'exorciser la maladie par le rire. Il raille la fluxion d'Harpagon, l'hypocondrie de Pourceaugnac, l'entérite d'Argan. Sa toux est la plus forte. Il ne la contrôle plus. Il décide d'en jouer, avec la même verve qu'il met à utiliser la claudication irrémédiable de Louis Béjart, l'hilarité irrésistible de la Beauval. Il y a fort à parier que Jean-Baptiste sait désormais à quoi s'en tenir. Il se sait condamné, ignorant seulement le délai dont il dispose. Armande et lui ne se rencontrent plus qu'au théâtre. C'est loin d'elle, dans sa maison d'Auteuil, qu'il termine *Amphitryon*. Au bas du jardin, coule la Seine. Molière héberge à demeure Chapelle que quelques amis, Boileau, La Fontaine, Lully, Rohault, viennent rejoindre pour un soir. Ils soupent ensemble, passent la nuit à philosopher et à boire. Le plus souvent, pris par la maladie ou le travail, Molière se retire tôt à l'étage. Grimarest a laissé le récit d'une de ces soirées, que les historiens tiennent aujourd'hui pour fidèle et révélateur. Au cours d'une de ces beuveries nocturnes et au terme d'un débat sur la vanité de toute chose, les amis de Molière décident de concert d'aller se jeter dans la Seine pour prouver leur mépris de la vie. Le jeune Baron, qui se trouvait là et qui les écoutait religieusement, va prévenir Molière dans sa chambre. Le patron descend, rattrape les ivrognes au bord de l'eau, les persuade de rentrer se coucher afin d'accomplir un si bel exploit en pleine lucidité et en sa compagnie !

La galerie des masques

Certains critiques ont émis l'avis qu'après 1667, le génie de Molière n'est plus égal à lui-même. Ils paraissent déçus par l'une ou l'autre, parfois toutes les comédies qu'il écrit alors. Elles ne leur paraissent plus tout à fait à la hauteur de *L'Ecole des femmes*, de *Dom Juan*, du *Misanthrope*. A les croire, Molière renonce à la vocation didactique du théâtre, qui donnait son accent unique à l'étrange entreprise. Il abandonne tout engagement, toute audace, ne s'aventure plus dans les matières dangereuses qui avaient fait de lui l'ennemi numéro un des dévots. Il réserve ses dernières pointes satiriques aux intellectuels dans *Les Femmes savantes*, aux médecins dans *Pourceaugnac* et dans *Le Malade imaginaire*. Pas de quoi déclencher une seconde affaire *Tartuffe*.

Quelques-uns vont jusqu'à insinuer que Molière se survit à lui-même, qu'il est mort cinq ans trop tard. L'un tient qu'*Amphitryon* « n'est absolument pas un chef-d'œuvre » (A. Adam). L'autre trouve aux scènes de *L'Avare* un air de déjà vu (R. Fernandez). Presque tous ont soutenu que *Le Bourgeois gentilhomme* était « bâti à la diable ». Dès le XVIIe siècle, Huyghens a imposé l'idée durable que *George Dandin* était une comédie « faite à la hâte et peu de chose ». On n'a voulu voir dans *Les Fourberies de Scapin* qu'une « farce imitée de Térence », dans *Les Femmes savantes* qu'« un de ces sujets heureux, point compromettants, où l'auteur peut sans mauvaise foi flatter le goût de sécurité morale des spectateurs ». Enfin, on a réduit *Le Malade imaginaire* à une caleçonnade médicamenteuse. On affirme que Molière pille les anciens, plagie ses contemporains, se répète à l'envi.

Le public, lui, ne s'y trompe pas. Des mises en scène récentes l'ont encore prouvé. A quelques-unes des dernières comédies de Molière, de grands metteurs en scène ont su donner une dimension nouvelle. Grâce à Jacques Copeau, Scapin est redevenu un grand premier rôle ; grâce à Charles Dullin, *L'Avare* est autre chose qu'un numéro d'acteur ; grâce à Roger Planchon, nous avons reconnu en *George Dandin* une comédie sociale, profonde et cruelle. Sous le masque de leur classicisme, *Les Femmes savantes* et *Le Malade imaginaire* fascinent les nouveaux metteurs en scène par leur ambiguïté et leur étrangeté.

Certes, la comédie de Molière change. Il reste engagé mais son engagement n'est plus le même. Le lieu de son engagement n'est plus le monde mais son propre théâtre. Chacun de ses grands premiers rôles — il les joue tous — devient un masque, un de ses masques, plus proche du double magique des sociétés totémiques que du simulacre de cuir des Italiens. De la double fonction du masque, dissimuler et simuler, l'Imposteur ne retenait que la première, il se cachait sous le masque du dévot.

Désormais, la fonction du masque moliéresque s'inverse. Comme le masque sacré, il révèle, il montre, il exhibe la face invisible du monstre, la part inhumaine de l'homme. L'Avare est de tous les humains l'humain le moins humain. Les autres aussi. Galerie des monstres, parade des masques, cérémonial totémique, telle est la nouvelle comédie moliéresque. A l'Imposteur qui se fait passer pour ce qu'il n'est pas, succède l'Imaginaire qui se prend pour ce qu'il n'est pas. Le rôle appartient maintenant au possédé, au fou, au maniaque. Réveillant une tradition tombée en sommeil, Molière recrée le grand théâtre de la folie universelle. Renonçant à guérir l'homme, il le fait rire de ses propres folies, dans une apothéose dont le final signifiera la fin d'un monde, la fin du vieux monde. Il commence par plonger dans la nuit de son propre doute.

Il écrit des comédies noires. D'autres l'ont noté avec Ramon Fernandez : « C'est un monde cynique, indifférent au bien et au mal, que nous présentent *Amphitryon*, *Dandin*, *L'Avare*. »

Le véritable Amphitryon...

Dès le mois de novembre 1666, le bruit courut que le roi « avait quelque dessein » sur Athénaïs de Mortemart, marquise de Montespan. En juillet 1667, l'ambassadeur du duc de Savoie annonça partout que la disgrâce de la La Vallière était assurée et que la Montespan allait lui succéder. Favorisée par Mme de Montausier, que la rumeur accusa de jouer ici les maquerelles, et par l'ineffable Lauzun, « la passion du roi éclata entièrement dans le voyage que la reine fit en Flandre pendant la campagne de 1667 » (Mémoires de La Fare). On était en pleine guerre de Dévolution. La Thorillière et Brécourt se préparaient à partir pour la Flandre afin de remettre au roi le deuxième placet de Molière. Mme de Montespan était du voyage. La belle Athénaïs fit d'abord semblant de résister. Tout ce qui touchait à la cour suivait avidement, jour après jour, presque d'heure en heure, les péripéties, vraies ou fausses, de la petite histoire qui fait la grande politique, l'intronisation d'une nouvelle maîtresse au lit du roi s'apparentant toujours à une affaire d'Etat. Au début, M. de Montespan se comporta en homme de goût et évita l'esclandre. Il savait que bien des maris et des mères enviaient son sort. Quand la belle eut cédé, dans les premières semaines de 1668, le roi envoya le mari guerroyer dans le Roussillon. Le cocu ne commença à se plaindre qu'une fois certain de ne pas retirer tous les avantages qu'il était en droit d'attendre de sa nouvelle situation. Entre-temps, la nouvelle pièce de Molière, *Amphitryon*, fut créée le 13 janvier 1668. Curieusement, cette comédie de cour, cette pièce à machines dont l'action se passe dans une Olympe qui imite Versailles, fut jouée à la ville, avant de l'être trois jours plus tard devant la cour qui lui fit grise mine.

L'intrigue royale était notoire, mais à l'époque, nul n'a fait, publiquement du moins, le rapprochement avec la comédie de Molière. Arguant du fait que la liaison n'était sans doute pas consommée dans le temps où Molière écrivait sa pièce, et que le premier texte touchant au sujet date de 1835, une certaine critique s'obstine à nier tout lien entre l'infortune du marquis et celle d'Amphitryon. Or, chronologiquement, la pièce de Molière et l'intrigue royale sont imbriquées l'une dans l'autre. Pour des moliéristes éminents, comme Antoine Adam et Georges Couton, tout l'intérêt de la pièce semble même résider dans cette imbrication. De nombreux « branchés » de l'époque ont bien dû murmurer les deux célèbres vers :

> « Un partage avec Jupiter
> N'a rien du tout qui déshonore. »

Il se pourrait bien même que Louis XIV ait acquiescé clairement à l'entreprise du poète, soucieux d'affirmer sa liberté morale face à la cabale déchaînée et déjà assurée d'obtenir une sentence d'excommunication contre *Tartuffe*. Mais alors, pourquoi le roi n'a-t-il pas exigé d'avoir la primeur de la nouvelle pièce ? Et si Molière a cru que ses multiples allusions amuseraient la cour, il s'est bien trompé, puisque les courtisans ont boudé sa comédie. Il y a là un mystère.

L'originalité d'*Amphitryon* tient principalement en deux traits : l'emploi des machines et l'utilisation du vers libre. Les premières firent sensation malgré le sous-équipement technique du théâtre du Palais Royal. Ni la machine volante pour Mercure, ni le char de la Nuit, ni le char de Jupiter ne passèrent inaperçus. Quant aux vers libres, ou plutôt irréguliers, ils confèrent pour les modernes son charme propre à *Amphitryon*. Ces vers participent à la première en date des mises en question de l'alexandrin classique. Il s'agissait bien d'ouvrir une voie à une poésie plus légère, plus aérée, entre la prose et l'alexandrin conçus comme deux formes opposées de langage. Le vers irrégulier s'était déjà imposé comme l'instrument de la poésie badine. Molière entre dans ce mouvement deux ans après Corneille qui avait usé du même mètre dans *Agesilas* et trois ans après La Fontaine qui avait ainsi composé ses *Contes* et qui, en cette même année 1668, fit paraître son premier livre de *Fables*.

On est mal renseigné sur la distribution. On ne s'explique pas l'absence probable d'Armande. Le rôle de Sosie correspond à l'emploi habituel de Molière. Dans l'inventaire *post mortem* de ses costumes, on a identifié, grâce au bonnet, celui de Sosie dans le somptueux ensemble ainsi décrit : « Un tonnelet de taffetas vert, avec une petite dentelle d'argent fin, une chemisette du même taffetas, deux cuissards de satin rouge, une paire de souliers avec les laçures garnies d'un galon d'argent, avec un bas de soie céladon, les festons, la ceinture et le jupon, et un bonnet brodé d'or et argent fin. »

Dans cette comédie galante sans musique, dans cette pièce à machines sans ballet, on serait tenté, n'était la dérision qui la traverse, de reconnaître ce théâtre aristocratique, miroir de la cour, à la réalisation duquel Molière n'a jamais renoncé. Jupiter y développe un discours précieux de rhétorique amoureuse, le seul retenu par Giraudoux, parfumant à l'eau de rose le bon plaisir de Don Juan. Justement, la pièce tourne en dérision les relations de cour, celles des inférieurs avec les supérieurs, des serviteurs avec les maîtres, des hommes avec les dieux. Au sommet de la hiérarchie, Jupiter, en bas, Sosie. Dans *Les Morales du Grand Siècle*, Paul Bénichou a analysé cette hiérarchie qui procède par couples de deux types, le couple mari-femme et le couple maître-serviteur. Au centre de la comédie, le jeu des doubles introduit un troisième modèle, marqué par l'inégalité dans la similitude, le couple dieu-homme, Amphitryon et Jupiter, Mercure et Sosie. Un seul personnage reste égal à lui-même, n'affrontant aucun double divin, Alcmène. Avec Elmire et Elvire, elle réalise cette unité harmonieuse de l'être à laquelle seules les femmes accèdent chez Molière.

Sosie est la grande réussite d'*Amphitryon*, incarnation de Sganarelle, avatar particulièrement intéressant du valet-Protée, masque de Molière, comme lui sujet et témoin ironique de la comédie des grands. Quand le bouffon est un esclave, Sosie et Hali, il entre en scène en gémissant sur sa condition. Il reprend les plaintes de Moron et de Clitidas qui ne sont pas sans analogie avec celles de Molière dans *L'Impromptu de Versailles*. Bien des traits, anodins chez Plaute et chez Rotrou, frisent l'insolence chez Molière :

> « Notre sort est beaucoup plus rude
> Chez les grands que chez les petits...
> Vingt ans d'assidu service
> N'en obtiennent rien pour vous... »

Comme Sganarelle, Sosie est plus proche du gracioso que du zani. Mieux que le valet de Don Juan, il exerce sa verve sur les grands, dieux ou hommes. Le mythe du surhomme et la naissance légendaire d'Héraclès introduisent dans l'histoire un élément de gravité religieuse sensible dans la tragi-comédie de Plaute. Antoine Adam se moque des critiques qui trouvent plus de comique dans l'œuvre latine que dans la pièce française. L'irrespect de Molière à l'endroit des dieux antiques, hérité des burlesques italiens et français, rend ses anachronismes plus amusants et plus subtils que chez Plaute. Les dieux sont les premiers à ne pas se prendre au sérieux. Toute leur grandeur tient dans leur apparence, et ils doivent « [...] sans cesse / Garder le décorum de la divinité. »

L'équipe Sosie-Amphitryon n'est pas aussi bien soudée que l'équipe Sganarelle-Don Juan. Sosie est seul. Cette aventure ne le concerne pas. Il a tout à y perdre. L'intervention des dieux travestis en humains le sépare de lui-même. Il assiste à l'éclatement de son moi. « Je me suis d'être deux senti l'esprit blessé. » Mercure lui impose la présence d'un moi supérieur qui tyrannise l'inférieur :

« Ce moi plus robuste que moi,
Ce moi qui le seul moi veut être,
Ce moi de moi-même jaloux. »

Face à ce double supérieur, Sosie affirme sa dignité d'homme ordinaire :

« Je fais le bien et le mal tour à tour
Je viens de là, vais là, j'appartiens à mon maître. »

Menacé de perdre son identité :

« Et l'on me désosie enfin
Comme on vous désamphitryonne. »

Résistant d'abord au nom de la raison :

« Etre ce que je suis est-il en ta puissance ?
Et puis-je cesser d'être moi ? »

Cédant enfin au vertige :

« Près de moi, par la force, il est déjà Sosie,
Il pourrait bien encore l'être par la raison. »

Alors il quête la permission d'être quelque chose, à défaut de quelqu'un, littéralement l'ombre de lui-même :

« Je te serai partout une ombre si soumise
Que tu seras content de moi. »

Ce dédoublement n'est pas sans rapport avec celui de l'acteur et de son personnage. Molière, Sosie, Mercure — le comédien, le valet et le dieu — forment un personnage à visage unique et réalité triple. D'ailleurs, Mercure parle comme l'acteur sous son fard :

« Je lui donne à présent congé d'être Sosie,
Je suis las de porter un visage si laid,
Et je m'en vais au ciel avec de l'ambroisie
M'en débarbouiller tout à fait. »

A ce stade, Molière paraît balancer entre célébrer le sacre de l'acteur ou dénoncer son aliénation. Tantôt, avec le roi des métamorphoses divines, il cherche à « goûter toutes sortes d'états », tantôt avec Sosie, il pleure la perte de son moi. Le pirandellisme commence ici.

Nul n'y trouve son compte, malgré tout l'art de dorer la pilule. Au dénouement, Alcmène est absente et Amphitryon garde le silence. Au sommet de sa gloire, Jupin n'a plus d'autre partenaire que Sosie. L'infiniment grand, du sommet de sa hauteur, et l'infiniment petit, du fond de sa bassesse, n'ignorent pas que cette comédie, divine et royale, est pure politique, simple rhétorique, et que :

« Le véritable Amphitryon
Est l'Amphitryon où l'on dîne. »

Molière aussi aimerait bien que cette sagesse de table d'hôte, ce mot à la Rabelais, suffise à tout. Dans cette histoire, les hommes ordinaires n'ont jamais été que les doubles dégradés des dieux et des grands, conscients de leur infériorité vitale, et pas seulement sociale. En Sosie s'incarne pour la première fois la misère de la condition humaine réduite à elle-même.

Le paysan parvenu

La troupe presque au complet logeait désormais dans la maison Brûlon. Suivant son amant Racine, Marquise du Parc était passée à l'Hôtel de Bourgogne où elle venait de remporter un triomphe dans *Andromaque*. Molière, qui, en dépit de tout, admirait Racine et pardonnait tout à Marquise, éprouva un serrement en songeant que cette création aurait pu avoir lieu chez lui. Il ne pouvait s'empêcher de se féliciter d'avoir donné sa première chance à ce jeune ambitieux.

Le 19 février 1668, la campagne éclair du prince de Condé en Franche-Comté se terminait par une complète victoire. Le traité d'Aix-la-Chapelle mit fin à la guerre de Dévolution. Lille, Douai et Charleroi devinrent françaises. La gloire de Louis était à son zénith, ses amours avec Mme de Montespan au beau fixe. La paix de l'Eglise régla provisoirement les difficultés religieuses et apaisa les querelles. Molière sentit que l'heure de *Tartuffe* était proche. Il ne manqua pas d'insérer dans l'édition originale d'*Amphitryon*, parue le 3 mars, un sonnet « Au roi sur la conquête de la Franche-Comté », respectant pleinement ses obligations de poète pensionné :

« Et tu mets moins de temps à faire les conquêtes
Qu'il n'en faut pour les bien louer. »

En juillet, le roi décida de donner une grande fête à Versailles pour célébrer la victoire et la paix. *Le Grand Divertissement royal* eut lieu le 15 juillet, selon le registre de La Grange (le 16, selon Robinet, le 19 selon la *Gazette*, le 18 selon Félibien). Le roi n'avait pas offert pareille fête à sa cour depuis *Les Plaisirs de l'île enchantée*. On en connaît le détail par une relation de Félibien, historiographe du roi. Molière se chargea de rédiger le préambule du livret-programme qu'on distribua aux spectateurs. La fête fut encore évoquée par Loret dans sa gazette, plus mirlitonesque que jamais, par Robinet dans sa lettre et, d'une plume merveilleusement légère, par La Fontaine dans *Les Amours de Psyché et de Cupidon*. C'est une de celles que nous connaissons le mieux. *Le Grand Divertissement* se présentait comme une pastorale avec chants et danses, dans laquelle Molière enchâssa les trois actes de sa comédie *George Dandin ou Le Mari confondu*. L'ensemble formait une comédie-ballet dont Lully, à son habitude, avait écrit la musique et Beauchamp réglé les ballets. Une fois encore pris de court, Molière travailla dans la hâte. Il écrivit tous les textes. La troupe gagna Versailles le 10 juillet, cinq jours avant la fête. Le Vau venait de prendre la direction des travaux de Versailles. Le roi avait pris la décision de bâtir le Château neuf et l'on avait commencé à creuser le grand canal. Les jardins avaient grandi et prenaient belle allure en cette mi-juillet. Le duc de Créqui, premier gentilhomme de la chambre, était chargé de tout ce qui regardait la comédie. Le maréchal de Bellefond, premier maître d'hôtel, prit soin de la collation et du souper. Comme surintendant des bâtiments, Colbert fit construire et embellir les divers lieux de la fête qui se déroula de nuit et prit fin sur des illuminations et un immense feu d'artifice accompagné de jeux d'eau. Elle eut lieu en présence d'une foule énorme, puisque sur les dix heures du soir, le roi fit ouvrir toutes les portes « afin qu'il n'y eût personne qui ne prît part au divertissement » (Félibien). Les milliers de curieux, qui s'écrasaient aux grilles et suivaient la fête de loin comme une fantasmagorie étrange sécrétée par la nuit, se ruèrent alors dans le parc. On avait servi aux invités une collation à laquelle ils ne touchèrent presque pas et qu'on laissa à la discrétion du petit peuple. Les chroniqueurs ont rivalisé d'enthousiasme pour décrire le gaspillage auquel les gens se livrèrent sur les palais de massepain et les montagnes de confiture.

Après quoi, *Le Grand Divertissement* débuta au salon de verdure où l'on avait dressé le théâtre. « Il était couvert de feuillée par-dehors et par-dedans paré de riches tapisseries [...]. Du haut du plafond pendaient trente-deux chandeliers de cristal portant chacun dix bougies de cire blanche. » L'ouverture de scène était encadrée par deux statues, la Paix à droite, la Victoire à gauche, placées entre deux colonnes torses de bronze et de lapis environnées de feuilles d'or. Trois mille invités étaient installés quand Leurs Majestés prirent place sous le haut dais dressé au milieu du parterre. La toile se leva sur un décor de jardins dont la perspective illusionniste se confondait avec les vrais bosquets, leurs palissades, les architectures de bronze, les corbeilles, un canal, des jets d'eau.

Dans son préambule, Molière montre moins d'enthousiasme que dans la préface de *L'Amour médecin*, usant de prudence pour présenter le nouveau divertissement dont son *Dandin* était le pivot. « Notre nation n'est guère faite à la comédie en musique et je ne peux répondre comme cette nouveauté réussira. » Le plus difficile était toujours de créer un lien vraisemblable entre la comédie et les intermèdes dansés. Molière en semble plutôt satisfait : « Les deux parts du spectacle sont si bien unies à un même sujet qu'elles ne font qu'une seule pièce et ne représentent qu'une seule action. » Or s'il est un point sur lequel la postérité a marqué son désaccord, c'est bien celui-là. Les intermèdes de ballet ont toujours paru artificiellement rattachés à une action réaliste qui contredit leur fantaisie. Molière lui-même attendit trois mois avant de reprendre au Palais-Royal sa pièce dépouillée de tout appareil musical. La plupart des metteurs en scène suivent sa trace. Quelquefois, on évoque les préparatifs d'une fête villageoise. La pièce donne une indication dans ce sens : « Je ne suis venu, déclare Lubin, que pour voir la fête de demain. » L'ensemble du divertissement se présente comme une pastorale où interviennent des bergers déguisés en valets de fête, une bergère en larmes, des bateliers. Au dénouement, Dandin, qui veut « s'aller jeter dans l'eau la tête la première », est emporté dans une sarabande de bergers et de satyres à la tête desquels Bacchus fait parade. Tous chantent :

« Et faisons répéter aux échos d'alentour
Qu'il n'est rien de plus doux que Bacchus et
[l'amour. »

La comédie paysanne, la pastorale champêtre, la bacchanale satyrique, les écus, le vin et l'amour suffisent à garantir aux yeux de Molière l'unité harmonieuse du mélange rural. Le réalisme de la comédie est renforcé par le contraste avec la fausse fête, laquelle s'évertue à reproduire et à amplifier la vraie fête, la présence de la cour. Tout cela prend sens à la cour, devient injouable à la ville, encore plus de nos jours. Molière semble avoir été de cet avis, lui qui, dans le programme, mentionne à peine sa propre comédie, réservant ses louanges à la musique de Lully et aux danses de Beauchamp.

George Dandin passe pourtant aujourd'hui, et à juste titre, pour une des grandes réussites de Molière, dont la noirceur et la cruauté ont quelque chose de saisissant et de très moderne. *George Dandin* répète trois fois le même schéma, chaque acte amplifiant le précédent et rendant plus claire la contradiction dans laquelle le paysan parvenu s'est enfermé en épousant une « demoiselle ». Les metteurs en scène n'ont pas à forcer le texte pour faire ressortir les rapports conflictuels de classes. Les thèmes de la mésalliance, de l'émancipation féminine, du déclassement des parvenus, annoncent le théâtre de situations du siècle suivant où l'appartenance de classe compte plus que les caractères. Des noms de théâtre qui soulignent ordinairement le côté fictif de ses personnages, Molière ne garde guère que Clitandre et Angélique. Pour les autres, il prend des noms qui sentent le terroir. Le nom même des Sotenville traduit leur être. Du Moyen Age à Rabelais, Dandin désigne un bourgeois de robe. En le dotant d'un prénom, Molière le change en bourgeois de la terre, comme le grand-père Cressé. Cette histoire de cocu efface presque le souvenir de *La Jalousie du barbouillé* d'où il semble être parti. Dans la trilogie des jaloux, après Arnolphe et Alceste, Dandin occupe une place à part. Lui est marié. Seul cocu à part entière de cette œuvre, son infortune aggrave encore le vice des couples mal assortis. Or ce bourgeois gentilhomme, en avance de deux ans sur l'autre, n'est pas une victime, et il le sait, car il est lucide : « Vous l'avez voulu, George Dandin, vous l'avez voulu. » A la différence d'Arnolphe, et surtout d'Alceste, sa douleur ne nous touche pas. Il a épousé Angélique par vanité, sans lui demander son accord, et il a tenté de la séquestrer. Il réagit en bourgeois lésé dans ses privilèges de mâle, de mari, de propriétaire. Nous ne saurons jamais si Angélique est sincère quand elle promet de s'amender : Dandin ne lui laisse aucune chance.

Le mal de Dandin est réel et profond. Il ne sait pas souffrir. Son malheur ne nous touche pas, mais il est malheureux. Avec une sorte d'impudeur, Molière projette son propre échec sur ce couple atroce, puisqu'il joue le rôle de Dandin et Armande celui d'Angélique. Toute humanité se dégrade autour d'eux. Victime de ses parents et de son époux, la femme est pétrie de perversité et n'a d'angélique que le prénom. Les Sotenville sont sordides. Clitandre est un roué, Lubin un mélange d'abruti et de sournois. Mais Molière met une grande part de son génie dans le rôle extraordinaire assigné au patronyme de George Dandin. Tout autant que dans son bien, c'est par son nom que celui-ci est bafoué, outragé, dépossédé : « On s'offense de porter mon nom. » Il a vendu son bien contre un titre qui sert à travestir son nom : « De quoi y ai-je profité, je vous prie, que d'un allongement de nom, et au lieu de George Dandin, d'avoir reçu par vous le titre de Monsieur de la Dandinière ? » Il se raccroche désespérément à ce nom, l'interpelle, le vouvoie, comme pour s'assurer que ce nom existe encore, qu'il est encore audible, capable de lui apporter une preuve phonétique de son existence. Il est aussi obsédé par le besoin, non seulement d'avoir la preuve de son infortune, mais de la faire éclater aux yeux de tous. Le bourgeois croit à ce qu'il voit. Or, le monde visible trahit George Dandin. Dans ce scénario à répétition, trois fois la carogne retourne les apparences contre lui et il finit par se laisser surprendre en posture de coupable. Arnolphe aux genoux d'Agnès, Alceste aux genoux de Célimène, Dandin aux genoux d'Angélique : une des postures favorites de l'acteur-auteur. Avec la dernière image — George Dandin en chemise et bonnet de nuit, la chandelle à la main, implorant le pardon d'Angélique — on touche le fond de la comédie noire, de la déréliction farcesque. Le hasard n'est pas seul en cause quand, neuf ans après la mort de Molière, sans avoir jamais vu la pièce, Bourdaloue dénonce George Dandin comme une œuvre du diable : « Le comble du désordre, c'est que les devoirs, je dis les devoirs les plus généraux et les plus inviolables chez les païens mêmes, soient maintenant des sujets de risée. Un mari sensible au déshonneur de sa maison est un personnage que l'on joue sur le théâtre. Une femme adroite à le tromper est l'héroïne que l'on y produit : des spectacles où l'impudence le masque et qui corrompent plus de cœurs que jamais les prédicateurs de l'Evangile n'en convertiront, c'est ceux auxquels on applaudit. » Aucune autre époque, partisans et adversaires confondus, n'a fait un acte de foi pareil à celui-là dans l'efficacité de la comédie.

L'Avare

Le 25 mai 1668, Molière se vengea de Racine en montant une méchante pochade de Subligny, *Andromaque ou La Folle Querelle*, représentée dix-huit fois. Subligny menait campagne avec quelques autres contre le jeune rival heureux du vieux Corneille. Tout en se mêlant à l'une des cabales peu ragoûtantes dont l'époque a le secret, Molière ne désespérait pas de jouer un jour une autre tragédie de cet arriviste génial. En novembre, *Les Plaideurs* furent sifflés à l'Hôtel de Bourgogne. Molière assista à la seconde représentation et fustigea les siffleurs à la sortie. Grimarest, informé par Baron, laisse entendre que Racine avait promis de donner *Bérénice* à Molière, et qu'il le déçut une seconde fois. Antoine Adam tient cette information pour fondée.

La vie quotidienne du théâtre était parfois agitée. Un curieux document, concernant une plainte déposée par Louis Béjart le 23 août, nous apprend que, quelques jours plus tôt, le dimanche 19, un portier avait été tué à l'entrée du théâtre. De ce meurtre et de ses circonstances, on ne sait rien, sinon que le théâtre fit relâche pendant une semaine, à cause de « l'insulte faite à tous les comédiens ».

Jacques Rohault, médecin et physicien, beau-fils de l'éditeur de Descartes, ami intime et habitué d'Auteuil où il poursuivait pendant des nuits entières avec les familiers de Molière des débats philosophiques copieusement arrosés, avait écrit un *Discours sur la fièvre* et un *Traité de physique* dont les titres figurent sur l'inventaire *post mortem* de Molière. Par deux fois, le 31 août et le 31 décembre, celui-ci eut recours à ce sage cartésien et prêta par son intermédiaire à son père les onze mille livres nécessaires aux réparations de la maison de l'Image Saint-Christophe où il était venu habiter. Cette demeure était dans un si piteux état qu'il s'agissait plutôt de la reconstruire. Le bonhomme avait soixante-quatorze ans. Ses affaires allaient mal. A présent, son aîné était plus riche que lui. Molière ne voulait pas que sa famille sût que le prêt venait de lui. Elle ne le découvrit qu'après sa mort.

Entre le 31 août et le 31 décembre, dates de cette double opération, exactement le 9 septembre, *L'Avare* fut créé au théâtre du Palais-Royal. En souvenir des débuts difficiles, la renommée eut vite fait de reconnaître Jean II Poquelin en Harpagon. On a depuis longtemps fait justice de cet amalgame. Loin d'accuser son père de ladrerie, Jean-Baptiste n'avait jamais oublié que le brave homme avait passé outre à son immense déception au moment où son gars faisait le choix qu'on sait. On a calculé que le prétendu Harpagon avait alors remis à son fils la somme de mille neuf cent trente livres, tout compris, grâce à laquelle l'entêté avait pu suivre sa lubie. Et voilà qu'ayant déjà mis *L'Avare* en répétition, Jean-Baptiste usait d'une ruse délicate pour avancer au vieillard la somme dont il avait besoin.

Pas plus que le geste de son père, il n'avait oublié le supplice de l'argent réservé à ceux qui tentent l'aventure théâtrale. André Antoine a parlé du « martyre de l'argent imposé à ceux qui, assez follement, tentent de sortir des sentiers battus ». C'est bien toute son expérience de l'endettement et de l'usure que Molière a mise dans *L'Avare*. Au temps de l'Illustre-Théâtre, Marie Hervé, Madeleine Béjart, Jean-Baptiste et ses camarades étaient vite devenus les proies des hommes d'affaires. Pour une histoire de « deux rubans verts brodés d'or et d'argent, l'un en satin, l'autre en drap vert », donnés en caution d'un prêt de deux cent quatre-vingt-onze livres, une dame Levé poursuivit Molière jusqu'à son retour de province. Une prêteuse à gages, Antoinette Simoni, avait assigné les comédiens et fait saisir les plus beaux costumes de la troupe après la dispersion de l'Illustre-Théâtre, en remboursement d'un prêt usuraire de cinq cent vingt-sept livres. Enfin Molière avait été jeté en prison, rappelons-le, pour une note à payer de cent cinquante-cinq livres. Il passa une partie de sa vie à payer les dettes de l'Illustre-Théâtre.

Harpagon n'est pas seulement « la forme économique du bourgeois » que Paul Bénichou voit en lui. Celle-ci reste inachevée. Elle correspond au financier, au fermier général, au receveur de tailles, dont le type s'épanouira après 1680, à un système qui se mettra vraiment en place vers 1725. Le financier va faire une apparition furtive dans quelques mois avec M. Harpin dans *La Comtesse d'Escarbagnas*. Dans le développement de l'économie capitaliste, depuis le Moyen Age, le capital marchand puis le capital manufacturier ont succédé au capital usurier comme moteur de l'économie. En pratiquant l'usure et le prêt à gages, en entassant les hardes dans son grenier, les écus dans ses coffres, en enterrant sa cassette dans son jardin, Harpagon se rattache à la phase archaïque de cette économie. Il n'a rien en commun ni avec Volpone qui hasarde sa fortune sur les mers, ni avec Turcaret qui spécule à la bourse. Harpagon s'enlise dans le bric-à-brac d'une vie domestique à la fois confinée et disloquée par son vice. De toutes les comédies de Molière, *L'Avare* est celle où la figuration et les accessoires sont les plus abondants. Le mémoire de Mahelot énumère : « Il faut deux chiquenilles, des lunettes, un balai, une batte, une cassette, une table, une chaise, une écritoire, du papier, une robe, deux flambeaux sur la table du cinquième acte. » Ce côté renfermé, poussiéreux, sordide, encourage les commentateurs et les metteurs en scène à multiplier les rapprochements entre la pièce de Molière et les romans de Balzac, avec au besoin une touche mauriacienne : « Comme on a prisé les hardes et calculé les intérêts, on évalue les durées de survie », écrit Georges Couton qui conclut : « Cela pue à la fois l'argent et le cadavre. » « Et le sexe », est-on tenté d'ajouter, songeant à Frosine, l'entremetteuse, à Marianne, la fausse ingénue, et au barbon amoureux. Mais peut-on prendre sérieusement l'inclination amoureuse d'Harpagon ? Elle n'entre dans la logique du personnage que si on décèle en lui l'influence de la comédie latine et de la commedia dell'arte. Les autres bourgeois de la grande comédie sont tous des avatars de Sganarelle. Harpagon, lui, vient en droite ligne des Vecchi italiens comme Géronte. Jusqu'à sa silhouette longiforme et son habit noir qui évoquent Pantalon. Sur les célèbres gravures du recueil Fossard, Pantalon est plusieurs fois représenté en état de lubricité explosive : c'est une des sources de son comique. Au départ, l'amour d'Harpagon pour Marianne n'est rien d'autre : attachement lubrique d'un vieillard à une chair jeune. Il ne lui dit pourtant aucune de ces gaillardises habituelles aux barbons. Il s'empêtre même dans un compliment galant, que Molière reprendra pour Monsieur Jourdain. La passion d'Harpagon est triste et dévorante. Le public rit surtout des lazzis dont Molière parsème le jeu dans ces scènes. Si Goethe a pu parler de « tragique » et de « grandeur » à son sujet, c'est que le vice de l'Avare détruit toute humanité en lui et autour de lui. Molière ne lui pardonne pas de mettre en danger le bonheur des jeunes, pis, de corrompre leur jeunesse. Tous sont détériorés comme dans *George Dandin*, à ceci près que le mal est ici plus sournois. L'ambiguïté des conduites et des propos, le cynisme de Cléante, l'irrespect d'Elise, l'hypocrisie tactique de Valère, la louche ingénuité de Marianne, n'apparaissent qu'aux lecteurs et aux spectateurs les plus attentifs. Les autres les prennent pour de bonnes âmes. Valère, qui finit en gentilhomme, s'est conduit en intrigant et en aventurier. Son apologie de l'hypocrisie et du masque (acte I, scène 1) vaut celle de Don Juan.

Sur le commencement de la pièce pèsent, comme un malheur récent, l'absence de la mère et la mutation catastrophique du père, dont les orphelins sont atterrés comme si elle venait de les surprendre. La gravité des premières scènes qui précèdent l'arrivée clownesque d'Harpagon et de La Flèche est souvent mal comprise par les metteurs en scène qui sont tentés d'appuyer sur le thème de la vieillesse. Molière en a multiplié les signes à dessein dans l'apparence d'Harpagon : les aiguillettes, la fraise, les lunettes. Harpagon est d'un autre âge, d'une autre race. Récemment, Roger Planchon et Michel Serrault ont placé l'avarice à la fin et non au commencement : comment son veuvage change brutalement un brasseur d'affaires en ladre, sous l'effet du vieillissement et de la solitude. L'Avare devient l'aboutissement naturel de ces veufs remariés à des femmes jeunes, Orgon, Argan. La vieillesse révèle Harpagon à lui-même en le changeant en avare et en barbon lubrique. Les deux plus belles scènes dressent le père et le fils l'un contre l'autre, dans un affrontement dont le caractère comique passe nécessairement par le filtre du tragique. Dans l'une (II.2), le fils découvre que son père est l'usurier qui le gruge (thème de l'argent). Dans l'autre (IV.3), le père découvre que son fils aime la même femme que lui (thème du sexe). « Je ne suis pas fâché de cette aventure », ose clamer Harpagon insulté par son fils. On dirait que Molière a perdu toute confiance en l'homme. On admire sans échapper à une certaine gêne. Cette tentation du mépris est nouvelle chez lui.

La vraie difficulté de *L'Avare* réside dans l'omniprésence monstrueuse du protagoniste. Aucune Agnès, aucune Célimène pour lui faire contrepoids. La figure du raisonneur n'est même pas esquissée, et donc aucune morale n'est explicitée. Molière laisse le spectateur seul avec le vice solitaire. La pièce risque de devenir un solo, ce que Dullin appelait « une série de sketches pour Harpagon ». La mise en scène doit lutter avec l'histrionisme du personnage, souvent renforcé par celui de l'acteur. Celui-ci doit, en jouant gros, donner l'impression qu'il pourrait en faire encore plus et qu'il s'arrête avant le « plus » insupportable.

La comédie a connu un renouveau remarquable depuis cinquante ans. Les grands Harpagons ont été des Harpagons très comiques, ceux de Charles Dullin, de Jean Vilar, de Michel Serrault tout récemment. Ils soulevaient d'immenses rires dans une comédie que l'on juge couramment sinistre. Et en effet, Molière redoute d'avoir perdu le sens du comique. Il va voir chez le vieux Plaute comment celui-ci fonctionne. Il pille Plaute comme il pille Boisrobert et toute la commedia dell'arte, au point qu'on se demande ce qui reste de lui dans tout ça. Or il a mis de lui ce qu'il y a de plus profond dans un homme, sa peur de la déchéance, sa crainte de la mort vivante. Il a encore quatre ans à vivre, plein de projets, la sensation grandissante du vide et du néant. Il ne croit plus, mais plus du tout, au *castigat ridendo mores*. L'insondable détresse des pitres qui vont mourir ! Chaque soir, il tousse à fendre l'âme, il grimace de douleur, et « ils rient ». Alors, il combine un de ces cocktails explosifs de rire et de terreur, de jubilation et de mort, à faire trembler Carnaval. Et il se place au centre lui-même, pétard allumé, avec sa « grosse toux », ses « mille tintouins » et sa hargne de vieux con hilare qui va tout faire péter.

Pourceaugnac limogé

Or, *L'Avare* ne connaît pas le succès. Les salles sont à demi vides. Le roi ne le fait pas jouer à Versailles. On reproche à Molière d'avoir écrit cinq actes de prose. Ce n'est pourtant pas la première fois ! Et *Dom Juan* ? Oui, mais c'est bien la première fois qu'il choisit à loisir de faire de la prose le langage d'une grande comédie de caractères. Voilà donc un nouveau combat à livrer : imposer la prose comme langage, désormais privilégié, de la grande comédie.

Entre *L'Avare* (9 septembre 1668) et *Monsieur de Pourceaugnac* (6 octobre 1669), treize mois s'écoulent sans création. Le 5 février1669, *Tartuffe* peut enfin être représenté. L'affaire *Tartuffe* est close. Le succès en efface toutes les traces, sauf en Molière qui reste durement marqué. *Tartuffe, L'Avare, George Dandin, Le Misanthrope* et encore *Tartuffe* se relayèrent à l'affiche de la troupe. Le 17 septembre, elle suivit la cour à Chambord pour la saison de chasse. Elle devait y rester jusqu'au 20 octobre. Au cours de ce long séjour, on donna un divertissement dont le clou fut la création de *Monsieur de Pourceaugnac*, comédie-ballet en trois actes et en prose. Comme à l'accoutumée, Lully en écrivit la musique, et fit à cette occasion ses débuts de comédien dans un rôle de médecin où ses mimiques et son débit à l'italienne mirent le public en joie. Bien que créé dans le cadre d'une fête royale, *Monsieur de Pourceaugnac* est la plus triviale des comédies de Molière. Il est vrai que Saint-Simon a fait confidence de quelques plaisanteries de salon, avec clystères et purgatifs, qui prouvent que les dames ne faisaient pas la fine bouche devant ces grosses joyeusetés. Molière se fit plaisir à passer des subtiles impertinences d'*Amphitryon* à la scatologie ubuesque de *Pourceaugnac*.

« Est-ce que nous jouons ici la comédie ? » Molière place sa pièce sous le signe du théâtre. Il n'y est question que de comédie, d'acteurs, de rôles, de machines. C'est un jeu-poursuite inventé pour empêcher un mariage honni. Monsieur de Pourceaugnac, gentilhomme limousin, débarque à Paris en vue d'épouser Julie, que son père lui a promise mais qui aime Eraste. Sbrigani, homme d'intrigue napolitain, aidé de Lucette et de Nérine, se charge de le décourager et de l'obliger à regagner le Limousin. La fine équipe de fourbes ne laisse aucun répit à la dupe et la tourne en bourrique. Monsieur de Pourceaugnac n'a pourtant commis aucune faute. Il est seulement d'une naïveté et d'une vanité à toute épreuve. Il a surtout le tort d'exhiber une apparence et un nom ridicules. « Monsieur de Pourceaugnac ! Cela se peut-il souffrir ? Non, Pourceaugnac est une chose que je ne saurais supporter, et nous lui jouerons tant de pièces, nous lui ferons tant de niches sur niches, que nous renvoyerons à Limoges Monsieur de Pourceaugnac. » La pièce entre en délire. Au premier acte, Pourceaugnac est poursuivi par deux médecins qui le tiennent pour fou et veulent soigner sa

« mélancolie hypocondriaque » en couchant en joue son arrière-train avec leurs seringues. Au second acte, il est en butte aux criailleries de ses deux prétendues épouses, l'une de Pézenas, l'autre de Saint-Quentin, dont les marmots réclament leur papa dans leurs patois respectifs. Au troisième acte, il s'est travesti en femme pour fuir, et deux Suisses le poursuivent de leurs assiduités ! Il disparaît enfin sans demander son reste.

Sbrigani mène le jeu. Avec lui, s'opère le passage du valet italien, de Mascarille à Scapin : « Nous autres fourbes de première classe. » Il a son équipe de drôles, non seulement les deux gaillardes qui le secondent, mais l'amoureux transi qui ment comme un arracheur de dents, et l'amoureuse qui joue les luronnes avec aplomb. Molière abandonne ce rôle en or à du Croisy et se réserve celui de Léonard de Pourceaugnac. L'acharnement de Sbrigani et de ses acolytes font de lui un pantin de carnaval et pour finir, un bouc émissaire chassé de la ville. Mise à mort symbolique, joyeuse et cruelle.

Michelet tenait *Pourceaugnac* pour une farce « horrible », Pierre Brisson la trouvait « sinistre ». L'intervention des médecins la rend encore plus lourde. Molière se livre à une charge aussi féroce que dans *L'Amour médecin* : « Il faut qu'il crève ou que je le guérisse… Il me faut un médecin et je prendrai qui je pourrai. » De comédie-ballet en comédie-ballet, Molière attaque, mord et fait mal. Il va jusqu'à se donner lui-même en spectacle, livre en pâture aux charlatans son masque abîmé, sa carcasse délabrée : « Ces yeux rouges et hagards… » « Cette habitude de corps menue, grêle, hagarde. » Il présente son derrière aux clystères. Il se trémousse en jupons, il éructe, il s'époumone, il se vide : « Il faut déterger, déterger, déterger. » Il prend sur ses épaules affaiblies tout le ridicule du monde. Il dit et fait n'importe quoi. Après le discours trop lourd, trop dense, de Tartuffe, de Don Juan et d'Alceste, Molière débarrasse le langage du soin de signifier. Paroles sans suite, sonorités folles : après le jargon médical, voici le picard, le flamand, le suisse, l'italien, le sabir, les grommelots des comédiens. Pour finir dans la fatrasie : « Des médecins habillés de noir. Dans une chaise. Tâter le pouls. Comme ainsi soit. Il est fou. Deux gros joufflus. Grands chapeaux. Bon di Bonda. Six pantalons. Taratata. Taratata. Alegramente Monsu Pourceaugnac. Apothicaire. Lavement. Prenez, Monsieur, prenez, prenez. Il est bénin, bénin, bénin. C'est pour déterger, déterger, déterger. Piglia lo su Signor Monsu. Piglia lo. Piglia lo. Piglia la su. » (II.4.)

C'est pourtant dans cette mascarade sans frein, où le sens meurt dans la dérision, où la gaieté baigne dans le noir, que Molière lance son manifeste hédoniste sur lequel la comédie prend fin. Il sonne comme une provocation. Ce distique est répété trois fois en écho à un autre, manifeste érotique celui-là, écho du premier, écho de lui-même, écho d'un écho :

> « Soyons toujours amoureux,
> C'est le moyen d'être heureux. »

C'est folie d'être amoureux, mais c'est sagesse d'être fou.

> « Lorsque pour rire on s'assemble
> Les plus sages ce me semble
> Sont ceux qui sont les plus fous. »

On n'a jamais pris vraiment au sérieux cette apologie du délire et de l'ivresse chantée par un Egyptien et une

Egyptienne de mascarade. Les flonflons et les froufrous de la comédie-ballet les ont noyés pour des siècles dans l'insignifiance. Ils ont pourtant quelque chose de baudelairien avant l'heure. Comme si le monde, tel qu'il est, avait déjà cessé d'être supportable à Molière.

13

Le grand cérémonial

Benserade

Le Ballet des muses

Restructuration culturelle

Les Amants magnifiques

L'architecture éphémère

La vie suit son cours

Soliman Aga

La prose de Monsieur Jourdain

Le grand mamamouchi

Benserade

Dans *George Dandin*, dans *L'Avare* et dans *Monsieur de Pourceaugnac*, le comique de Molière touche le fond. Il y a un rire noir de la farce qui rejoint le sang noir de la tragédie. Sur ce rire-là, Molière vient s'échouer sciemment. Son comique s'est vidé de toute illusion sur l'aptitude du théâtre à corriger l'homme. Or *George Dandin* et *Monsieur de Pourceaugnac* se rattachent l'un et l'autre au genre le plus gratuit, engendré par la fête royale. La mascarade cruelle se joue sur un théâtre éphémère, dressé dans un jardin ou dans un salon. Dans ces années-là se produit une accélération de la comédie-ballet, dont la courte histoire — 1661-1672 — se confond avec l'aventure théâtrale de Molière. Onze comédies-ballets sur quinze comédies, entre 1666 et 1672. On a vu comment Molière en avait trouvé le principe par hasard à l'occasion des *Fâcheux* : faire intervenir les entrées de ballet entre les actes, pour donner aux danseurs le temps de changer de costume, sans rompre le fil, donc en justifiant les intermèdes dansés dans le scénario de la comédie. La comédie-ballet est l'œuvre d'un trio de génie, Molière, Lully, Beauchamp. La musique est en train de s'émanciper complètement des danseries de la Renaissance. Le ballet classique va naître de la substitution de danseurs professionnels aux amateurs illustres. De l'avis même de Molière, le principal intérêt de la comédie-ballet réside dans les intermèdes. Lui-même met la comédie et ses paroles au service de la musique et de la danse. Il sait s'accorder ainsi au désir du souverain.

Lully collaborait avec Molière depuis *Le Mariage forcé* (1664). En six ans, ils ont composé ensemble neuf comédies-ballets, autant de parties de plaisir entre les deux Baptiste. Molière, devenu riche, eut assez de confiance en Lully pour lui prêter en 1671 onze mille livres destinées à la construction d'un bel hôtel particulier à l'angle de la rue Sainte-Anne et de la rue des Petits-Champs, où il se dresse encore de nos jours. Lully était un boute-en-train : « Fais-nous rire, Baptiste ! » s'exclamait Molière tout en préparant dans ses scenarii l'intervention aussi naturelle que possible de la musique et de la danse. A cette fin, il introduit une sérénade dans *Le Sicilien*, une leçon de danse dans *Le Bourgeois gentilhomme*, des fêtes dans *La Princesse d'Elide*, dans *George Dandin*, dans *Les Amants magnifiques*. Il varie les genres. *Le Bourgeois* et *Le Malade* sont des comédies de mœurs, *Dandin* et *Pourceaugnac* des farces. Molière écrit même une pastorale. Avec *Psyché*, tragédie-ballet, on touche à la frontière de l'opéra. Mais surtout, la comédie-ballet ouvre la voie à la comédie musicale qui connaîtra son âge d'or à Broadway. A l'époque de Molière, son registre privilégié est pourtant la comédie héroïque, dont les protagonistes sont des princes amoureux, dont les amours sont empêchées par la jalousie, l'amour-propre ou la différence de rang. *La Princesse d'Elide* et *Les Amants magnifiques* sont de parfaits exemples du genre. *Mélicerte* est une pastorale héroïque, petite merveille méconnue et inachevée. Dans *La Princesse d'Elide* et dans *Les Amants magnifiques*, on reconnaît le modèle de *Dom Sanche d'Aragon* : « J'ajoute à cette comédie l'épithète d'héroïque pour satisfaire aucunement à la dignité des personnages », déclarait Corneille dans l'épître de *Dom Sanche*. Déçu, mais non découragé par l'échec de *Dom Garcie de Navarre*, Molière n'avait jamais renoncé à créer ce théâtre tragico-héroïque dont il rêvait au début de sa carrière. La comédie-ballet donne forme à ce théâtre aristocratique, miroir de la vie de cour, qui réclame le cadre somptueux du parc et du palais, le climat de la fête royale, la présence mythique du prince. Molière s'aventure sur la voie où s'engagera après lui le Marivaux du *Prince travesti*.

Depuis le début du règne, Benserade s'était assuré le monopole des ballets de cour avec Lully. En 1653, la cour s'était divisée en deux camps : les Uraniens partisans du sonnet *Uranie* de Voiture, et les Jobelins, partisans du *Job* de Benserade. Celui-ci s'était rendu célèbre par ses épigrammes. Quand le roi lui demanda de collaborer avec Molière, il prit et garda jusqu'en 1668 la haute main sur la conception des livrets et la rédaction des vers de circonstance, où il multipliait avec esprit les allusions personnelles. Il fut par excellence le chantre de l'éphémère et, pendant vingt ans, il mit en petits vers la chronique de la célébration royale. Il maîtrisait comme personne l'allégorie, mode principal d'expression de la propagande monarchique. Il se manifesta une dernière fois pour le *Ballet de Flore*, lors de la fête de février 1668. Par la suite, on ne vit plus jamais le roi danser en costume. Ce jour-là, habillé en Apollon, le visage masqué d'or, Louis descendit du ciel sur une machine. Il commanda aux quatre éléments, à la Terre (le marquis de Rassan) de produire des fleurs, à l'Eau (le danseur Beauchamp) d'arroser les campagnes, à l'Air (le comte d'Armagnac) de dissiper les nuages, au Feu (le marquis de Villeroy) de rentrer dans sa sphère. Ce ballet constitue un tournant dans l'idéologie spectaculaire de la monarchie. Après cela, Benserade fut supplanté par Molière, au terme d'une lutte sourde dont Grimarest s'est fait l'écho. Il paraissait manquer du sérieux exigé par la nouvelle étiquette. Colbert chargea des créatures à lui, Le Brun et Perrault, d'organiser la propagande monarchique sur des bases rationnelles. Durant quelques années, Molière put se croire du petit lot des élus, sans avoir été la créature de personne. Quelques années seulement... Sa gloire et sa prospérité sont alors à leur sommet. Dans les mirlitonnades inimitables de Robinet, il a « le vent en poupe » et :

« Sous le nom d'Orgon
Amasse pécune et renom. »

Jusqu'à sa mort, les parts des comédiens sont supérieures à quatre mille livres. En 1670, Louis XIV porte à sept mille livres la pension de la troupe. Elle reçoit douze mille livres pour se rendre deux fois à Saint-Germain en septembre 1669. Molière fut responsable des réjouissances du carnaval de 1670 au cours duquel il créa *Les Amants magnifiques*. En octobre 1669, *Pourceaugnac*, en octobre 1670, *Le Bourgeois gentilhomme* firent tomber chaque fois douze mille livres dans la caisse commune.

Le Ballet des muses

Benserade était encore en fonction quand il composa *Le Ballet des muses* pour les fêtes offertes à la fin du deuil de la reine mère. La troupe de Molière, les comédiens de l'Hôtel de Bourgogne et les Italiens les animèrent. Le ballet s'étendit sur une période de trois mois, du 2 décembre 1666 au 19 février 1667, entre Avent et Carême, au cours de laquelle il connut plusieurs remaniements. Il comportait au début treize entrées. Pour chacune des neuf muses avait lieu une entrée de chacun des douze arts. La troisième entrée — dédiée à Thalie — était fournie par *Mélicerte*, tirée d'un épisode galant du *Grand Cyrus*. Le sous-titre, *Comédie pastorale héroïque*, laisse entendre que Molière entendait faire de *Mélicerte* une comédie de cour comme *La Princesse d'Elide*. Molière n'en avait écrit que les deux premiers actes quand le roi la réclama. La fête passée, il jugea inutile de la terminer. Etrange désinvolture qu'il faut peut-être attribuer tout simplement à une sorte de loi du genre. La chose légère s'évanouit dans l'air avant d'avoir pris forme, inachevée dès son principe, susceptible de mille fins. Au centre de la pastorale, l'aventure amoureuse entre Mélicerte et Myrtil fut l'occasion pour Baron, rentré à treize ans dans la troupe, de jouer un rôle que Molière avait créé pour lui. C'est au cours de ces représentations que les relations entre Armande et le jeune garçon s'envenimèrent. Un jour, elle le gifla alors qu'il la défiait, fort de la prédilection que lui marquait Molière. Fou de rage, Michel Baron quitta la troupe précipitamment et Molière, blessé de sa froideur subite, ne fit rien pour le retenir. Cette affaire a fait couler beaucoup d'encre, de la plus trouble. L'un des remaniements consista précisément, faute d'un interprète pour Myrtil, à remplacer, le 5 janvier 1667, *Mélicerte* par *La Pastorale comique*, dont le texte ne fut jamais publié ; un autre à ajouter une quatorzième entrée, le

14 février, *Le Sicilien ou L'Amour peintre*, de loin la contribution la plus intéressante de Molière à cet ensemble de fêtes.

Sous le prétexte que l'intrigue, dans une Messine pseudo-orientale, provoque la rencontre d'un barbon sicilien, d'une esclave grecque, d'un gentilhomme français et d'un cavalier espagnol, Molière a nommé Hali le fourbe du *Sicilien*. Il laissa ce rôle à La Thorillière et se réserva celui du barbon. Dans cette fantaisie légère, où la nuit, l'Orient, la musique, introduisent une note féerique, shakespearienne, rare chez Molière, Hali enrichit le personnage du fourbe traditionnel. Pestant contre sa condition, l'esclave s'affranchit de celle-ci par la seule grâce de son jeu, entre en fourberie comme on entre en transe : « Le courroux du point d'honneur me prend. Et il ne sera pas dit qu'on triomphe de mon adresse. » Il y a du lutin, du Puck, de l'Ariel en lui. Son cortège de musiciens transfigure les apparences, théâtralise l'espace : « Voici, tout juste, un lieu propre à servir de scène ; et voilà deux flambeaux pour éclairer la comédie. » Un *midsummer's night dream* sous un ciel habillé en Scaramouche. Seulement Hali ne maintient pas sa morgue jusqu'au bout. Dès la mi-temps, il est hors jeu, tout en luttant pour rester de la partie : « Il ne sera pas dit que je ne serve de rien dans cette affaire-là. » Seul un artifice lui permet de revenir en scène pour quelques minutes. Sans lui, la comédie perd un peu le fil poétique qui faisait jusque-là le charme du *Sicilien*.

Restructuration culturelle

La comédie-ballet joue un rôle à part dans l'immense entreprise de restructuration culturelle qui est à l'œuvre depuis le début du règne personnel de Louis, préparée dès la fin du XVIe siècle. Le savoir, les arts, les spectacles s'institutionnalisent sous l'égide de la monarchie, confisqués peu à peu par l'Etat, au point qu'artistes et écrivains ne conçoivent plus leur rôle en dehors de son service. Colbert charge des hommes clefs, Chapelain pour les lettres, Le Brun pour les arts plastiques, d'assurer la mainmise du pouvoir royal sur la culture et de donner à l'image du roi une transcendance politique qui prend place dans l'Histoire et non dans le ciel. L'éloquence, la peinture, les médailles, la tapisserie, les gravures, les monuments, les spectacles composent une grandiose histoire du roi, une « mise en spectacle » de sa personne qui reste fidèle en gros à la mythologie solaire, puisque, depuis le carrousel de 1662, Louis est le Roi-Soleil, mais qui se libère peu à peu de l'appareil antique et païen, de la surcharge allégorique traditionnelle. Au lieu de le représenter torse nu et emplumé à l'antique, les peintres font désormais son portrait en grand costume du sacre ou en chef de guerre à la tête de ses armées. Les historiographes, dont Racine et Boileau, consignent ce récit par écrit. André Félibien est chargé de l'historiographie des bâtiments et se complaît à la description des fêtes officielles du régime. Les comédies-ballets y jouent pendant quelques années un rôle d'élection, dans l'attente du triomphe exclusif et outrancier de Lully avec son opéra.

Dans cette entreprise, affirmer la primauté absolue de la langue française et celle de la personne créatrice du prince revient au même : « Il n'y a en France, écrit Charles Perrault, que le pur français, ou pour mieux dire, que le langage de cour qui puisse être employé dans un ouvrage sérieux. » A l'instar de la monnaie, le langage doit être marqué du sceau princier. Les intellectuels n'ont à faire preuve ni d'originalité ni de liberté. Louis XIV seul crée. Les artistes sont des instruments dociles « qui résonnent quand le roi les touche ». En revanche, les écrivains et les artistes s'anoblissent pendant que, de leur côté, les nobles ne dérogent plus quand ils s'illustrent dans les arts. Avec son sonnet, Oronte est un moderne, et Clitandre, fier de son inculture, un attardé de l'ancien temps.

Avant tout, Louis XIV utilise la noblesse comme signe de son pouvoir. Dans ses *Mémoires*, il a expliqué comment sa présence corporelle lui permettait de tenir l'esprit et les cœurs « plus fortement peut-être que par les récompenses et les bienfaits ». Dans les discours de la mythologie solaire, le sujet du roi est un miroir qui réfléchit la lumière du pouvoir. Ainsi l'alchimie royale engendre du même élan le poète de cour et l'homme de cour, deux figures du courtisan. Ils se retrouvent sur un certain pied d'égalité dans les académies royales où, perdant leur spécificité de bourgeois et d'aristocrate, ils gagnent le statut d'honnête homme. A défaut, ils dégénèrent en bourgeois gentilshommes comme Jourdain ou en nobles déchus comme les Sotenville et Pourceaugnac. Le roi enferme sa noblesse dans un enclos, Versailles, où le seul langage admis est celui du prince, et la seule fonction la représentation. Un univers de simulacres remplace définitivement les valeurs chevaleresques de la féodalité. Par mutations successives, le tournoi se change en carrousel puis en ballet équestre : le cirque est au bout. Pareillement, la danse aristocratique devient ballet de cour qui fait place à son tour à la comédie-ballet. Les antiques rites de chevalerie deviennent peu à peu l'affaire des professionnels du spectacle. L'enfermement de la noblesse dans l'espace clos de la cour, de la fête, de l'étiquette, provoque la disparition d'un art d'amateurs propice à l'improvisation.

Les Amants magnifiques

En février 1670, Robinet et Loret donnèrent un aperçu éclatant du sérieux avec lequel ils remplissaient leur tâche de versificateurs de la chronique mondaine. Rendant compte, l'un dans sa lettre, l'autre dans sa *Gazette*, du divertissement royal pour lequel Molière avait écrit *Les Amants magnifiques*, ils en attribuèrent la paternité à Benserade et louèrent sans retenue la grâce et la majesté du souverain dans le ballet. Or, pour la première fois, celui-ci avait passé commande à Molière, non à Benserade. D'autre part Molière avait bien écrit deux poèmes pour les deux entrées réservées au roi, mais celui-ci s'y fit remplacer par le comte d'Armagnac et par le marquis de Villeroy. Louis XIV ne dansa plus jamais dans les ballets de cour. C'était une révolution. Boileau devait expliquer sur le tard ce renoncement par les deux vers de *Britannicus*, joué en décembre 1669, qui accusaient Néron de s'exhiber sur le théâtre. Cette abstention désola d'autant plus Molière que le monarque lui avait fourni en personne l'argument de sa pièce : « Deux princes rivaux qui, dans le champêtre séjour de la vallée du Tempé, où l'on doit célébrer la fête des jeux pythiens, régalent à l'envi une jeune princesse et sa mère de toutes les galanteries qui se peuvent aviser. » Pour l'animer, se souvenant peut-être d'une aventure manquée entre Lauzun et la Grande Demoiselle, mais plus sûrement encore de *Dom Sanche d'Aragon*, Molière inventa un troisième soupirant, soldat sans naissance, qui gagne la belle sans avoir à se battre. Maître du spectacle, Molière commanda la musique à Lully, les danses à Beauchamp, et sut faire les couplets rimés dans la tradition de Benserade. Il sut surtout sortir la comédie galante de ses conventions, en jouant lui-même le rôle du bouffon, Clitidas. Il fit chorus avec le cartésien Sostrate et la princesse Eriphile contre les charlataneries de l'astrologue Anaxarque et lança quelques impertinences bien sonnées sur les avanies auxquelles s'expose tout bouffon royal : « Paix ! Impertinent que vous êtes !... Je vous l'ai dit plusieurs fois, vous vous émancipez trop, et vous prenez de certaines libertés qui vous joueront un mauvais tour : je vous en avertis ; vous verrez qu'un de ces jours, on vous donnera du pied au cul et qu'on vous chassera comme un faquin. Taisez-vous, si vous êtes sage. » Grâce à cet émule de Moron et à la figure touchante de la princesse Eriphile, *Les Amants magnifiques* tiennent une place de choix entre les comédies dorées de Shakespeare et les princes travestis de Marivaux. On touche pourtant un point mystérieux de l'histoire du théâtre. Alors que le public anglais découvrait peu à peu les comédies de Molière traduites en « langue anglicane », notre Jean-Baptiste Poquelin n'a problablement jamais soupçonné l'existence de son illustre rival.

L'architecture éphémère

Le grand divertissement royal du 18 juillet 1668 avait offert la première occasion de réduire la surcharge allégorique habituelle à ces fêtes. Le plan des jardins de Versailles, dessiné à cette occasion, montre le parcours qui avait conduit les invités d'un lieu à l'autre. Choisis par le roi deux mois à l'avance, les emplacements se trouvaient de part et d'autre de l'allée royale, aux grandes intersections. Le spectacle avait pris l'allure d'une perpétuelle tromperie nocturne sur les lieux, les éléments, les êtres. Les espaces s'emboîtaient les uns dans les autres. Le goûter avait d'abord eu lieu dans une salle de verdure, à mi-chemin entre les bosquets et le château : cinq longues tables disposées en éventail à l'amorce des cinq allées. Sans transition, on était passé d'une allée du parc à une salle de théâtre close. Le rideau s'était ouvert sur une scène qui renvoyait au public l'image des jardins qu'il venait de quitter. Après la représentation de *George Dandin* et au terme d'un parcours labyrinthique dans la nuit, les invités avaient découvert un nouveau décor de lumière sur l'emplacement actuel du bassin de Cérès où Le Vau avait dressé un édifice octogonal, la salle de bal traitée en rocaille. A la sortie du bal, les invités s'étaient trouvés devant le spectacle féerique du parc illuminé. Les statues, encore absentes, avaient été remplacées par des transparents multicolores. A la suite du roi, le cortège enchanté était parvenu au château auquel on avait substitué un véritable édifice de lumière. Enfin, un gigantesque feu d'artifice avait embrasé le parc de tous les côtés à la fois.

Cette fête avait précédé de peu la transformation de la façade sur les jardins, la nomination de Le Vau à la direction des travaux de Versailles, le début du creusement du grand canal. Les eaux s'étaient multipliées et les jets ajoutés au grand rondeau occidental qui devait donner naissance, deux ans plus tard, au bassin d'Apollon. Fasciné, Carlo Vigarani a raconté dans ses lettres le détail des préparatifs. En cette seule journée, le roi avait dépensé cent dix-sept mille livres, soit le tiers des sommes dépensées cette année-là pour Versailles.

Décors de théâtre, décors de fêtes, constructions provisoires, simulacres appartiennent à cette architecture éphémère qui n'est soumise à aucun impératif de solidité, sa durée allant de quelques heures à quelques années. Utilisant des matériaux périssables, elle encourage les expériences, l'audace, la fantaisie, le baroque. Structure existant par elle-même, elle est liée à la fête, au jeu, au rite. La coûteuse merveille de la grotte de Thétis fut démontée après la mort de Molière et ses éléments décoratifs furent réutilisés longtemps après pour l'ornementation des bosquets. Molière s'émerveilla plus d'une fois de voir Le Nôtre, Le Brun et leurs équipes commencer à transposer en dur les constructions éphémères des fêtes de cour. L'esprit de la fête s'inscrivait peu à peu dans l'aménagement du palais et des jardins, s'offrant de plus en plus au regard et de moins en moins à la participation. L'admirable bosquet de la Colonnade réalise en marbre de trois couleurs une décoration de bois et de toile plusieurs fois mise en place pour des fêtes.

La vie suit son cours

La vie tout court rejoint la vie de cour, le bouffon du roi fait la navette entre la cour et la ville. Le 19 février 1669, Jean II Poquelin mourut à soixante-quinze ans. Il était revenu habiter la maison de l'enseigne Saint-Christophe que la générosité discrète de son aîné lui avait permis de remettre en état à la fin de l'année précédente. Tout différend entre eux avait disparu. Le bonhomme était fier de son rejeton et Jean-Baptiste était fier de sentir la fierté de son père, quand ils arpentaient les rues du vieux quartier. Paris changeait, pas assez pourtant pour blesser la mémoire des hommes de ce temps-là qui ne se complaisaient guère dans la nostalgie et le regret. Après la mort du tapissier, on dressa l'inventaire de ses biens et la maison fut louée à un fripier. La succession se révéla délicate à régler, à cause des créances et des hypothèques en cours. Au fil des années, Jean-Baptiste avait vu mourir quatre de ses cinq frères, quatre de ses cinq sœurs. Seuls survivaient Nicolas et Catherine-Espérance.

Madeleine se sentait vieille. Elle occupait avec sa mère les deux chambres que lui sous-louait Molière dans la maison Brûlon. Elle avait dit adieu au théâtre, sans doute en jouant le rôle de Nérine dans *Pourceaugnac*, peut-être plus tôt, avec Cléanthis dans *Amphitryon*, ou Frosine dans *L'Avare*. De bonne heure elle avait pris le pli de gérer ses propres affaires et celles de ses proches. Elle avait amassé une fortune confortable. Dans sa retraite, le temps qu'elle ne consacrait pas aux affaires d'argent, elle l'employait à écouter Molière et à lui dispenser les conseils qu'il attendait d'elle. Elle commença à se préoccuper du salut de son âme. Marie Hervé mourut à soixante-seize ans le 9 janvier 1670. On l'enterra à sa demande au charnier Saint-Paul auprès de son fils Joseph. Comme elle avait tout en commun avec sa fille, il n'y eut pas d'inventaire.

Le 16 avril 1670, La Grange note dans son registre : « Il y eut du changement dans la troupe. Le sieur Béjart, par délibération de toute la troupe, a été mis à la pension de mille livres et est sorti de la troupe. Cette pension a été la première établie à l'exemple de celle qu'on donne aux auteurs de la troupe de l'Hôtel de Bourgogne. » Ainsi Louis Béjart, sieur de l'Eguisé, le plus mystérieux des Béjart, celui qui a fait de La Flèche un « chien de boiteux » inoubliable, renonçait au théâtre pour devenir officier au régiment de La Ferté. Jusqu'à sa mort, en 1676, la troupe lui paiera cette pension, la première du genre.

Soliman Aga

L'institution monarchique structure la vie sociale. Le roi crée le système communautaire comme le soleil crée le système planétaire. L'image du Roi-Soleil est bien antérieure à Louis XIV et on la trouve déjà dans *Richard II*. La métamorphose sacralisante du prince a lieu dans la cérémonie du sacre au cours de laquelle le roi meurt comme homme et ressuscite comme dieu, dissimulant la forme humaine sous la profusion des symboles. Le costume est donc l'outil de cette métamorphose. Le costume sacral est d'essence orientale. Alexandre, dit-on, l'emprunta à la Perse, et de là, il passa à Byzance puis aux cours européennes.

La fête royale inscrit dans l'espace et dans le temps civils la représentation d'un ordre social dont la personne royale est la clef de voûte. Elle a pour première fonction d'exhiber la présence réelle du monarque, de renforcer le lien social, d'assurer prospérité et bonheur par la continuité des institutions. En 1670, par leur côté public et populaire, les grandes entrées royales comptaient encore, pour peu de temps, parmi les solennités les plus importantes. La plus grandiose suivait la cérémonie du sacre, mais chaque événement marquant du règne offrait prétexte à répéter les principaux rites de la réception des rois et des reines de France. Chaque fête publique se présente alors comme une « montre ». Les grands se donnent en spectacle au peuple en toute occasion, procession, cortège, mascarade. Il y a chaque fois une métamorphose dont le cheval est l'instrument vivant. Le harnachement somptueux dissimule la séparation entre l'homme et la bête. Des monstres fabuleux défilent.

Les entrées d'ambassadeurs méritent une mention spéciale. D'abord elles sont fréquentes et se produisent à intervalles réguliers. Chaque fois qu'un souverain étranger a des difficultés avec le roi de France, il envoie une ambassade. Par le luxe de ses équipages et l'importance de sa suite, le nouvel ambassadeur cherche à éblouir le peuple de Paris et à affirmer la magnificence de son souverain. Les ambassades orientales, persanes et turques, à cette débauche de luxe, ajoutaient l'exotisme du carnaval et de la foire.

En 1670, les rapports entre la France et l'Empire ottoman traversent une crise. Les Turcs traitent ostensiblement les ambassadeurs par le mépris. Ils viennent même d'emprisonner, puis de renvoyer chez lui, le représentant de Louis XIV. Celui-ci a répliqué par la rupture des relations diplomatiques. L'expansionnisme ottoman est à l'origine de cette crise qu'a marquée l'aide apportée par la France à l'empereur d'Autriche qui a, grâce à elle, remporté la victoire du Saint-Gothard sur les Turcs en 1664, puis aux Vénitiens qui ont fini néanmoins par capituler à Candie. Tous ces événements ont mis les Turcs à la mode. Dans les derniers jours de 1669, paraît la traduction d'un ouvrage anglais de Ricaut, *Histoire de l'état présent de l'Empire ottoman*. Le Grand Turc décide alors de faire un geste pour rétablir les relations diplomatiques normales et d'envoyer un ambassadeur extraordinaire, Soliman Aga. Dès le mois de juillet 1669, La Fontaine annonce à une princesse de ses amis la nouvelle qui court déjà à Paris. L'ambassadeur de la Sublime Porte débarque le 1er novembre à Toulon. Les badauds de Paris se ruent par milliers à la porte Saint-Antoine où doit se faire la jonction entre les deux délégations. Le roi de France veut impressionner son hôte par l'opulence de son accueil et justifier la réputation de la France dans ce domaine. On a dressé un arc de triomphe à la porte Saint-Antoine et le parcours du cortège est décoré jusqu'au Louvre de guirlandes et de girandoles. Mêlé à la foule, Molière regarde défiler le régiment de la cavalerie royale, suivi d'une escouade d'agas portant de longues barbes et de somptueuses pelisses, armés de lances et de fusils. Derrière eux, l'imam efendi, chapelain, et le Kapigidlar Kerkudassi, premier secrétaire d'ambassade, précédant le fils du sultan monté sur une jument à la bride garnie d'or et de pierreries, et porteur de la lettre de son père. Enfin Soliman Aga lui-même, monté sur un magnifique étalon de Bagdad, couvert de harnais de divan, coiffé d'un vaste turban de cérémonie et vêtu d'un surtout doublé de martre zibeline.

Pour se mettre à la hauteur de ce défilé triomphal, le roi avait fait venir à Saint-Germain un curieux personnage, le chevalier d'Arvieux, qui avait passé douze ans chez les Turcs dont il parlait la langue. Il avait rapporté de ses voyages de nombreuses anecdotes et des costumes. Il racontait les unes et revêtait les autres à la veillée avec un art consommé qui faisait pouffer Monsieur Frère et la marquise de Montespan. Dans ses *Mémoires*, le chevalier a raconté ces soirées joyeuses.

Malgré une mise en garde de D'Arvieux, on crut bon de recevoir l'envoyé du Grand Turc selon l'étiquette orientale. De Lionne, ministre des Affaires étrangères, l'accueillit déguisé en vizir et couché sur une estrade camouflée en sofa. Sans aller aussi loin que lui dans la mascarade, Louis XIV prit néanmoins place sur le trône dans une tenue extraordinaire : « Revêtu de brocart d'or, mais tellement recouvert de diamants qu'il semblait environné de lumière, en ayant aussi un chapeau tout brillant, avec un bouquet de plumes des plus magnifiques. » La cérémonie fut un four. Une rumeur malintentionnée prétendit que les Français prirent pour un grand personnage un fonctionnaire subalterne, ancien jardinier du sérail, avec lequel le sultan avait monté une farce propre à déconsidérer le Roi-Soleil. Soliman Aga se fâcha quand celui-ci refusa de se lever pour recevoir le message de son maître. Il affecta de ne rien voir du faste ainsi étalé, osant soutenir « que le cheval du sultan, lorsqu'il allait à la mosquée, pour la prière du vendredi, était plus richement orné que le roi de France ». Le quiproquo découvert, il fallut se débarrasser du farceur. Mais quand celui-ci prit discrètement congé de ses hôtes, le 30 mai 1670, ayant réussi à exaspérer tout le monde, la Turquie était à la mode. La comédie-ballet du *Bourgeois gentilhomme* trouve là son origine. Il n'y a aucune raison de mettre en doute le récit qu'en fait d'Arvieux dans ses *Mémoires* : « Comme l'idée des Turcs, que l'on venait de voir à Paris, était toute récente, le roi crut qu'il serait bon de les faire paraître sur la scène. Sa Majesté m'ordonna de me joindre à MM. Molière et Lully pour composer une pièce de théâtre où l'on pût faire entrer quelque chose des habillements et des manières des Turcs. »

Aux trois compères, le roi commanda donc une comédie-ballet où il serait fait place à une turquerie. D'Arvieux était spécialiste. Lully avait déjà composé un ballet turc. Il leur restait à mettre Molière au courant : « Je me rendis à cet effet au village d'Auteuil où M. de Molière avait une maison très jolie. » (D'Arvieux.) Les trois hommes travaillèrent tout l'été dans une ambiance de fête. D'Arvieux était intarissable sur les Turcs, leurs costumes, leurs coutumes. Lully mimait ses récits et Molière riait à gorge déployée. Il fut entendu très vite que Lully jouerait le rôle du mufti et animerait la cérémonie turque. Pour la création des comédies-ballets, la saison de chasse de Chambord concurrençait désormais le carnaval et la mascarade y devenait une tradition. Le travesti de Pourceaugnac faisait déjà date. *Le Bourgeois gentilhomme* est une comédie bourgeoise en cinq actes dont les deux derniers actes plongent dans le cérémonial burlesque de la turquerie. Le livret de 1670 témoigne pourtant qu'elle fut jouée en trois actes à la création, le mardi 14 octobre. La cour réclama la pièce à Chambord les jeudi, lundi et mardi suivants, puis à Saint-Germain les 8 et 16 novembre, avant la reprise du Palais-Royal où les recettes passèrent tout de suite mille livres. On ne peut donc se fier à Grimarest quand il soutient que *Le Bourgeois gentilhomme* a commencé par déplaire. Ce fut au contraire un des plus incontestables succès de Molière. La troupe s'était déchaînée dans une atmosphère d'improvisation et de charivari contrôlés, maîtrisés, animés par la présence de Lully qui composa la musique, dirigea les musiciens, mena la sarabande turque autour du faux mamamouchi, mettant le public en joie par ses gambades, ses grimaces, son filet de voix. La jovialité qu'on prête à Monsieur Jourdain, sa face lunaire, font oublier le portrait que tracent de Molière à cette époque *Monsieur de Pourceaugnac* et *Elomire hypocondre*. Quel fut en ce moment précis son état de santé ? Je ne crois pas indispensable d'admettre avec Antoine Adam que Molière a prêté au Bourgeois sa fébrilité inquiète de grand malade. Avouons plutôt notre ignorance !

Molière était revenu à la tradition du travesti pour les rôles de vieilles femmes. Louis Béjart parti en retraite, Hubert lui succéda et joua le rôle de Madame Jourdain. En composant la scène des tailleurs, Molière avait en mémoire le rire communicatif de la Beauval, sa nouvelle recrue. Il n'avait pas prévu pourtant qu'elle s'étoufferait de rire en l'apercevant dans son costume d'apparat, avec les fleurs en en-bas. Il se garda de la réprimander et compta sur la même hilarité tous les soirs, et c'est ce qui arriva.

Le Bourgeois gentilhomme est d'abord une grande comédie parée, notait déjà quelqu'un au XVIIIe siècle, « de toutes les richesses domestiques ». Entre « les deux tourelles légères » formées, selon Copeau, l'une par les deux premiers actes, l'autre par la turquerie et le dénouement, se noue et s'approfondit la comédie bourgeoise dans le corps central du troisième acte, plus massif. Pourtant, bien des critiques ont mis en doute le sérieux de cette construction et l'importance réelle de la pièce aux yeux de Molière. Ni étude sociale, ni étude de caractère, « la pièce est bâtie à la diable », soutient Antoine Adam. Loin de voir en elle un chef-d'œuvre, Pierre Gaxotte la considère comme une sorte de monstre piquant à étudier. Il n'y a ni actes, ni scènes et les sketches se succèdent sans lien logique entre eux. L'action ne commence vraiment qu'au troisième acte. Les caractères manquent de cohérence. Dorante débute en aigrefin et finit avec la sympathie du public. Ce qui paraîtrait évident et naturel chez Shakespeare surprend et choque dans une œuvre que l'on veut à tout prix soumettre à l'esthétique classique. Mais nul ne conteste la réussite exceptionnelle des divertissements, développements plutôt qu'intermèdes, grâce auxquels le personnage central baigne dans un éclairage fantasque, l'action aérée flottant dans l'irréel comme une montgolfière sur un cortège de carnaval. Jacques Copeau parle de « merveilleux psychologique ». *Le Bourgeois gentilhomme* pousse ainsi la comédie-ballet à l'hyperbole. Même la scène 10 du dépit amoureux au troisième acte, souvent condamnée pour son caractère gratuit et réitératif (c'est la troisième du genre), prend sens de « rappel », pas de paroles parmi les pas de danse. Auger parlait dès 1820 à son sujet de quatuor dansé, de marches et contremarches réglées par un maître de ballet. En grand connaisseur, Copeau admirait surtout la manière dont la comédie prend son élan au quatrième acte avec l'entrée de Covielle : « Monsieur, je ne sais pas si j'ai l'honneur d'être connu de vous… », et le bond qu'elle fait alors en pleine fantaisie sur la fameuse réplique : « Vous savez que le fils du Grand Turc est ici. » C'est ce que le grand metteur en scène appelle une « passe de voltige ». En bon zani napolitain dansant, habile au parler macaronique, frère des Mascarille, Hali, Sbrigani, le dernier avant Scapin, leur maître à tous, Covielle a prévenu la compagnie : « Il s'est fait depuis peu une grande mascarade qui vient le mieux du monde ici, et que je prétends faire entrer dans une bourle que je veux faire à notre ridicule. Cela sent un peu la comédie ; mais avec lui, on peut hasarder toute chose, il n'y faut point chercher tant de façons et il est homme à y jouer son rôle à merveille, à donner aisément dans toutes les fariboles qu'on s'avisera de lui dire. J'ai les acteurs, j'ai les habits tout prêts : laissez-moi faire seulement. » Une fois de plus, le courroux du point d'honneur saisit le fourbe. La scène frémit comme un manège qui s'ébranle. La comédie réaliste explose au ciel comme une fusée géante.

Le grand mamamouchi

Tous les critiques ne sont pas d'accord. Boulgakov, admirateur enthousiaste de Molière, se fait sévère : « Je dois noter que la partie turque de la pièce ne soulève en moi aucun enthousiasme particulier. » De fait, ce cérémonial burlesque rend mal à la lecture, tombe souvent à la représentation. Il faudrait retrouver la démesure originelle de Molière, en costume de mamamouchi, et de Lully en mufti, affublés de turbans aussi volumineux que des citrouilles, se faisant rire l'un l'autre, la tête encore pleine de ce qui s'était passé au Louvre, quelques mois plus tôt. D'Arvieux avait consacré toute une semaine chez Baraillon, maître tailleur, à la fabrication des costumes et des turbans.

C'est un moment unique que celui où la bouffonnerie prend comme une mayonnaise, où la fantasmagorie burlesque s'empare de la satire bourgeoise et la transfigure. Il faut remonter à *La Nuit des rois* de Shakespeare pour retrouver quelque chose d'analogue. Avant que n'intervienne Covielle, *Le Bourgeois gentilhomme* est encore soumis au comique noir de *Dandin* et de *L'Avare*, dans le discours cynique et mercantile des professeurs de danse et de musique, dans le galimatias du philosophe, dans le libertinage de Dorante et de Dorimène. Bourgeois parmi les bourgeois de Molière, Jourdain met encore en péril par sa folie le bonheur de ses proches, mais l'euphorie où il baigne est communicative. Il n'y a aucune méchanceté en lui. Molière sort de l'amertume délivré de ses illusions sur l'homme et sur le théâtre. Monsieur Jourdain est incurable. Molière se contente de le neutraliser en l'enfermant dans le délire doré de sa folie. Au dénouement, il caresse son turban comme Harpagon sa cassette. Il s'enivre de son personnage, son déguisement lui colle à la peau, il joue et délire sous l'œil complice des siens. Après Tartuffe, version pernicieuse du menteur, Molière met à nu sa version inoffensive, Jourdain, qui ment pour embellir la réalité. Il rêve sa vie. Il gagne même la sympathie du public en l'armant contre Tartuffe. Ce n'est pas la seule raison. Il accumule comme tout bourgeois, mais aussi il dilapide (néanmoins, il tient le compte exact de ce que lui doit Dorante). Dans un monde livré aux prudes, aux coquettes, aux habiles, aux hypocrites, il est ignare, sincère et maladroit. Il croit pouvoir, grâce à l'argent, acquérir le sens de la vie, savoir et noblesse, et guérir de son insuffisance d'être. Deux critiques, J. Brody et O. de Mourgues le définissent même comme un « artiste manqué », souffrant d'une « insuffisance esthétique », d'où il tire son ridicule. En tout cas, il part de zéro. Il reprend la question du savoir à l'almanach, il découvre que son langage quotidien, la prose, qu'il parle depuis plus de quarante ans sans le savoir, suffit à le sauver de la déréliction.

« Et comme l'on parle, qu'est-ce donc que cela ?

— De la prose.

— Quoi ! Quand je dis : Nicole, apportez-moi mes pantoufles et me donnez mon bonnet de nuit, c'est de la prose !

— Oui, Monsieur.

— Par ma foi, il y a plus de quarante ans que je dis de la prose sans que j'en susse rien ! »

En ce héros du prosaïsme et de la pantoufle, la victoire de la prose et du quotidien se confond avec celle de la comédie. Quand il eut perdu le moindre doute sur sa vocation comique, Molière cessa de tenir la prose pour subalterne. Molière a inventé la comédie-ballet qui passera avec lui, ouvrant la voie à l'opéra, seul vrai triomphateur du mouvement qui insère le théâtre dans le divertissement royal. Gérard Defaux suggère que Molière fut entraîné contre son gré dans une inflation de décors et de machines par le goût du roi, par la présence de Lully, par la retraite de Benserade. Confitures, jeux d'eau et feux d'artifice : la saveur du mets et l'éclat de la lumière sont à eux-mêmes leur propre fin, s'abolissant dans l'instant. Molière n'aime pas plus les bergers que Monsieur Jourdain : « Il faut que j'apprenne à chanter comme tout le monde », dit l'un des bergers de *Mélicerte* par dérision. Il faut désormais, pour réussir, se mêler un peu « de musique et de danse » comme le Sicilien. Dans *Les Amants magnifiques*, Molière révèle l'envers de la fête, en démonte le mécanisme. Il donne la victoire au simple mérite de Sostrate, homme vrai, sur les titres ostentatoires des princes rivaux et au franc-parler de Clitidas sur l'imposture de l'astrologue. Serait-ce pour avoir perçu la malice que le roi a refusé de paraître dans le ballet ? Gérard Defaux n'hésite pas à dater de là le commencement de sa disgrâce. En tout cas, Molière ne traite pas pareillement le divertissement de cour et la comédie-ballet. Il met à nu les mécanismes et montre l'envers du décor d'un genre dont la cour fait son délice. Mais il rêve bien d'enrichir sa comédie des prestiges de la danse et de la musique, non sans hésitations ni remords, comme le prouveront sous peu *Les Femmes savantes*. L'œuvre de Molière impressionne par sa cohérence dans la diversité. Il y a en elle une dimension critique et réflexive qui l'amène plusieurs fois au bord du théâtre sur le théâtre. Elle tend à se mettre elle-même en question. Molière n'a jamais cédé aux opportunistes qui abusent de son adage fameux, « la grande règle est de plaire », pour justifier leur complaisance au succès et au profit faciles. Il fait au contraire partie du tout petit nombre qui n'a jamais dérogé aux exigences profondes de l'art et a toujours préféré le désert à la poursuite du succès à n'importe quel prix. Avec son rêve vécu de comédie-ballet, Molière n'a jamais biaisé. Un instant, dans les fastes de la fête royale, *Le Bourgeois gentilhomme* ouvre ce rêve aux dimensions de la comédie humaine, contre les artifices de la pastorale et de la comédie galante. Le prosaïsme du pantouflard relie Molière à son personnage. Pas plus que lui-même, nul d'entre nous ne peut se désolidariser de lui.

Cette manière pour l'auteur-acteur de se compromettre dans le personnage ridicule, d'y compromettre l'homme universel avec soi, est tout à fait remarquable. Aussi, les contemporains n'ont-ils pas manqué de chercher à tout prix des points communs entre Monsieur Jourdain et tel chapelier amoureux, ou Colbert, ou le roi lui-même. Jourdain, Colbert, Molière, tous fils de drapiers ! Le bourgeois gentilhomme, le ministre tout-puissant, le comédien du roi, tous mamamouchi en puissance ! Le bourgeois gentilhomme est alors une sécrétion naturelle de la société française. L'anoblissement n'est pas seulement flatteur, il est payant puisqu'il exempte des impôts roturiers. Corneille demandait dans un sonnet à Louis XIV confirmation de sa noblesse. Et la législation pourchassait les faux nobles, nombreux. « Chaque bourgeois y croyait trouver son voisin peint au naturel », écrit Grimarest à propos de la comédie de Molière.

Alors Colbert ? Et pourquoi pas ? Une telle caricature du ministre n'a rien d'impossible. Comme le remarque Antoine Adam, on pouvait se moquer de tout le monde, à condition d'épargner la maison du roi. D'ailleurs, le roi lui-même est-il tout à fait à l'abri d'une malice ? Le jeu subtil des intrigues et des protections de cour permet peut-être de faire passer aux yeux des uns une satire du tout-puissant ministre pour une innocente parodie de la mascarade du Louvre, et aux yeux des autres la démythification de la mégalomanie royale pour un coup d'épingle dans la baudruche ministérielle. La cérémonie turque commence par évoquer les danses des derviches tourneurs. Mais depuis longtemps, on a souligné les ressemblances avec la réception des chevaliers de Notre-Dame-du-Carmel dont d'Arvieux était membre — serment sur le missel — et d'autres avec le rituel du sacre des évêques — imposition de l'Evangile sur la tête. On peut certes objecter que toutes les cérémonies d'intronisation se ressemblent et que Molière disposait d'un choix réduit de rites. Justement ! Il sait fort bien, comme on disait dans l'affaire *Tartuffe*, qu'on ne peut viser l'un sans toucher l'autre. Il n'a sans doute pas en vue d'offrir aux générations à venir la mascarade d'un monarque absolu ivre de sa grandeur. Mais, ne supportant plus la folie des grandeurs des riches, des puissants, prisonniers de leur personnage, engoncés dans leur uniforme, « pris dans la glace des cérémonies » selon le mot de Genet, n'ayant certes pas la prétention sacrilège de parodier une cérémonie religieuse, il montre l'envers de tout cérémonial, de toute vie sociale, réduite à ces rites sans sens que dénonçait Alceste. Le théâtre étant lui-même fait de ces rites, de ces cérémonies, de ces simulacres, Molière construit la fête du théâtre sur la dérision du théâtre, du moins ce théâtre mondain dont le même Alceste s'est exclu. Costume et ballet sont les outils de cette transfiguration qui va s'amplifiant de la robe de chambre d'indienne à l'habit de cour aux fleurs en en-bas et de celui-ci au travestissement turc, parodie du costume du sacre. Une même amplification va du fameux menuet à la turquerie et de celle-ci au ballet des Nations qui clôt le spectacle.

Dans le ballet des Nations, le délire du bourgeois s'ouvre aux dimensions de l'univers. Le théâtre du monde débouche sur ce théâtre total dont le rêve a commencé pour Molière à la première esquisse des *Fâcheux*. Depuis Montaigne, l'exotisme est un moyen commode de déguiser la critique des esprits libres. La Sorbonne veille au grain comme le prouve la polémique consécutive à la publication de l'ouvrage du père Leblond sur la Chine. Parmi les intimes de Molière, figure depuis les années de jeunesse Bernier, le plus grand voyageur du siècle. Le carnaval turc du *Bourgeois gentilhomme* n'est pas aussi innocent qu'il en a l'air. Mais il n'a rien d'explosif. Pour que la bombe éclate, il faudra attendre Montesquieu et ses *Lettres persanes*, cinquante ans plus tard.

14

Je hais les cœurs pusillanimes...

La vie tout court

Psyché

Voilà ma scène faite

L'habile ouvrier de ressort et d'intrigue

Le sacre de Scapin

La scène est à Naples

La vie tout court

« Ô nuit désastreuse ! Ô nuit effroyable, où retentit tout à coup comme un éclat de tonnerre cette étonnante nouvelle : Madame se meurt ! Madame est morte ! » La voix du prédicateur roule dans la basilique de Saint-Denis, en présence du prince de Condé et de Marie-Thérèse venue incognito. L'Aigle de Meaux est en train de prononcer l'oraison funèbre d'Henriette-Anne d'Angleterre, duchesse d'Orléans, épouse de Monsieur, frère du roi qui, murmure-t-on, eut un moment un penchant pour sa belle-sœur, morte à vingt-six ans. Le bruit court qu'elle a été empoisonnée. Dans l'assistance, Molière est triste en pensant à celle qui accepta jadis sa dédicace de *L'Ecole des femmes* et qui fut la marraine de l'infortuné petit Louis.

Le théâtre suivait son cours, la troupe réduite à onze comédiens, sept hommes et quatre femmes, les parts se tenant régulièrement au-dessus de quatre mille livres depuis le triomphe de *Tartuffe*. Cette prospérité constante autorisa Molière à procéder à de nouveaux engagements. Peu après le départ en retraite de Louis Béjart et de Madeleine, il fit rappeler par lettre de cachet le jeune Michel Baron qui baguenaudait en province depuis quatre ans dans la troupe d'un nommé Filandre, bien connu des historiens du théâtre. Une caution de trois cents livres permit au jeune homme de racheter ses costumes. La gifle d'Armande avait chassé de la troupe un garnement de treize ans, Molière retrouvait un Apollon de dix-sept, dont le talent ne laissait plus aucun doute. Le patron résolut de le traiter comme son propre fils et d'en faire un grand comédien. Il commença par lui confier le rôle de Domitian dans *Tite et Bérénice* de Corneille, dont le succès rivalisa avec son homologue racinien. Molière ne put néanmoins s'empêcher de trouver que cet insupportable Racine avait bien du génie. *Le Misanthrope* et *Bérénice*, un théâtre où il ne se passe rien, et Corneille à mille lieues de ce théâtre-là !

On a cru longtemps que Baron avait rejoint la troupe de Molière avec deux autres nouveaux engagés, Jean Pitel, sieur de Beauval, et sa seconde épouse, Jeanne Olivier Bourguignon, fille du même Filandre, dont elle avait dû forcer le consentement pour épouser l'homme de sa vie. En réalité Baron avait fait retour au sérail depuis déjà deux mois, quand une seconde lettre de cachet enjoignit aux Beauval de quitter sur-le-champ la troupe du duc de Savoie pour entrer dans celle du Palais-Royal. La troupe était de nouveau au complet. Molière engagea même un gagiste, homme à tout faire, Châteauneuf, pour remplacer Croisac. Henry Réveillon de Châteauneuf était le fils de Pierre Réveillon de Châteauneuf, qui avait été membre de la troupe de Dufresne jusqu'à sa mort en 1656, et frère de cette Catherine Réveillon sur laquelle veillaient Molière, Armande et les de Brie depuis son plus jeune âge, l'ayant aidée à s'établir couturière. En engageant le nouveau Châteauneuf dans cet emploi modeste, Molière eut le sentiment de faire un peu plus son devoir envers son lointain compagnon de tournée, mort jadis à la tâche, déjà veuf et laissant deux orphelins.

Cette même année 1670 fut marquée par une agression inouïe contre Jean-Baptiste, à l'abri d'une anagramme grossière, Elomire. Il n'avait donc pas encore découragé la haine et l'envie ! Un certain Le Boulanger de Chalussay écrivit une comédie en trois actes, intitulée *Elomire hypocondre ou Les Médecins vengés*, dont on n'est pas certain qu'elle ait été jouée. L'édition originale parut « chez Charles de Sercy, au Palais, au sixième pilier de la Grand-Salle, à la bonne foi couronnée ». Les recherches de Madeleine Jurgens (''Qui était Le Boulanger de Chalussay ?'', in *Revue d'histoire du théâtre*, 1972) ont donné du crédit aux affirmations de ce personnage qui paraît bien renseigné sur la jeunesse, sur les débuts et sur la vie actuelle de Molière. Tout indique chez lui une volonté acharnée de nuire à celui-ci et à Madeleine, un souci opposé de ménager Armande tout en insinuant qu'elle est bien l'épouse de son père. Le Boulanger essaie aussi d'exploiter des tensions réelles ou imaginaires et de semer la division dans la troupe du Palais-Royal. On devine que, comme l'écrit Georges Couton, « il a écrit son *Elomire* avec des ragots de coulisse ». Alors, un auteur, un comédien, un rival jaloux ? Il vient de bien loin, ce grief d'avoir rabaissé le théâtre au rang de la farce et d'avoir fait retomber les comédiens dans l'infamie d'où Corneille les avait tirés ! La mystérieuse langue de vipère dresse enfin un saisissant portrait d'Elomire en malade qui corrobore celui que Molière a esquissé dans *Monsieur de Pourceaugnac*.

Nous sommes donc à la fin de 1670. Molière a encore deux courtes années à vivre et cinq comédies à écrire, dont trois comédies-ballets. A vrai dire, la première, *Psyché*, créée devant le roi le 17 janvier, est qualifiée par son auteur de tragédie-ballet. Entre la création dans la salle des Machines aux Tuileries et la première représentation au Palais-Royal le 24 juillet suivant, Molière a donné le 24 mai la première des *Fourberies de Scapin*. La troisième création de 1671, *La Comtesse d'Escarbagnas*, encore une comédie-ballet, eut lieu à Saint-Germain-en-Laye le 2 décembre. 1672 fut marqué par une seule pièce nouvelle, *Les Femmes savantes*, le 11 mars, puis par la rupture entre Molière et Lully dont la probable disgrâce de Molière auprès du roi semble avoir été la conséquence. Enfin, début 1673, Molière eut tout juste loisir de donner les quatre premières représentations du *Malade imaginaire*. Toutes ces créations eurent lieu dans des circonstances particulières.

On créa *Psyché* dans la plus vaste salle de Paris, sept mille places, la plus somptueuse aussi, équipée par Vigarani de la plus extraordinaire machinerie italienne du temps. Inaugurée en 1662 avec *Ercole amante*, opéra de Buti, la salle des Machines avait pourtant une acoustique si mauvaise qu'on l'avait abandonnée. Désireux de la remettre en service et d'y planter à nouveau le décor des enfers, conservé au garde-meuble depuis *Ercole amante*, Louis XIV commanda des sujets à Molière, Racine et Quinault. Racine proposa un *Orphée*, Quinault un *Enlèvement de Proserpine*. Molière gagna le concours avec *Psyché*.

La Fontaine venait de publier *Les Amours de Psyché et de Cupidon* en 1669, d'après Apulée. En Italie, puis en

France, le sujet était popularisé par les arts plastiques et par le théâtre auquel il avait fourni des thèmes de pastorales, de drames, d'opéras. Pour des raisons inconnues et bien qu'il eût mis *Psyché* en chantier un an à l'avance, une fois de plus, Molière fut pris de court. Selon l'avis de son libraire, « il avait dressé le plan et réglé la disposition », c'est-à-dire organisé la mise en scène. Il mit en vers lui-même « le prologue, le premier acte et la première scène du second, la première scène du troisième ». Il confia la composition des paroles chantées à Quinault. Le grand Corneille accepta de mettre en vers l'ensemble de la pièce, ce qui ne lui prit pas plus de quinze jours. Ce bricolage insolite, pour aboutir à un chef-d'œuvre riche de quelques-uns des plus beaux vers d'amour de la poésie française, trouble les spécialistes. Beaucoup tiennent Corneille pour le véritable auteur de *Psyché*. Jacques Copeau admire l'humilité de Molière devant le service de sa charge et considère qu'il s'est délibérément effacé devant son collaborateur. Peut-être a-t-il voulu rendre justice à Corneille qui n'avait pas été convié au concours. Pour Georges Couton, il n'en est rien. Dans ce genre d'entreprise, le texte ne vaut guère par lui-même. Molière a tout conçu. « Un auteur du XVIIe siècle estimait, lorsque le plan était établi, que sa pièce était pratiquement terminée. » Pour le public contemporain, le mérite de l'entreprise revenait bien à Molière et à ses collaborateurs pour les machines, la danse et la musique. Autrement dit, le véritable auteur est le metteur en scène, donc Molière. Affirmations aventureuses et, d'ailleurs, vaine querelle. En théorie, la scène 3 de l'acte III revient à Corneille. Mais la merveilleuse confidence de Psyché :

« Un je ne sais quel feu que je ne connais pas.
… Et je dirais que je vous aime,
Seigneur, si je savais ce que c'est que d'aimer »,

répète en écho l'aveu d'Agnès : « Certain je ne sais quoi dont je suis tout émue. » Vladimir Jankélévitch a bien montré que le je-ne-sais-quoi et le presque-rien sont dans l'air du temps. Corneille s'efface aussi humblement devant Molière que celui-ci devant lui. Il se coule dans le génie de son rival. Il épouse sa modulation. A travers eux, le siècle exprime son génie.

Les représentations données pendant le carnaval dans la salle des Machines furent fastueuses à souhait. Résumant le sentiment général, l'envoyé du duc de Savoie évoqua l'opéra italien comme on parlerait aujourd'hui avec un brin d'ironie de superproduction hollywoodienne. Selon ce témoin, « l'on voit bien qu'ils se soient réduits maintenant à suivre en ces sortes de choses les sentiments des Italiens ». Qui, ils ? Le roi, Colbert, Molière ? Jacques Copeau, dont on connaît la préférence pour le tréteau nu, laisse entendre que Molière dut se forcer pour adhérer à ce genre de spectacle. Sait-on ? Il entreprit des travaux au Palais-Royal avant d'y présenter *Psyché*. Le faux plafond de toile bleue cachait mal depuis douze ans le triste état de la toiture et de la charpente. On profita des travaux de réfection pour mettre la scène en état de recevoir les grands spectacles à machines. Il semble qu'on ait exagéré l'ampleur de ces travaux qui durèrent tout juste un mois et leur coût, quatre mille trois cent cinquante-neuf livres à la charge de la troupe et autant pour les Italiens que leur cohabitation obligea à partager les frais. Jacques Copeau suppose même que c'est sous la pression de Scaramouche que Molière se décida à procéder à ces installations.

Cette dépense devait se révéler vaine. La nouvelle salle rénovée fut inaugurée par la reprise de *Psyché* le 24 juillet 1671. Elle obtint un succès considérable, trente-huit représentations entre le 24 juillet et le 25 octobre, trente-trois mille onze livres de recette. Dans sa gazette, Robinet affirme que le spectacle était le même qu'aux Tuileries. Georges Couton en doute. Il en veut pour preuve que, dans le troisième intermède, quatre amours et quatre zéphyrs dansèrent au lieu de huit aux Tuileries. N'est-ce pas oublier que cette économie de la moitié correspond au changement de dimension des deux salles ? Un sûr instinct artistique guida Molière en la circonstance. Si le metteur en scène fit bien son ouvrage (et comment en douter ?), les spectateurs ne durent s'apercevoir de rien.

Sous le regard de Molière qui jouait Zéphyre, Armande était Psyché et Baron l'Amour. Elle avait vingt-neuf ans, lui dix-huit. Quatre années avaient passé depuis certaine gifle. Il y avait un côté Chérubin dans ce garnement. L'histoire ne dit pas ce qu'il mit de lui-même dans ce rôle et de quel œil il la contemplait en murmurant les vers brûlants du troisième acte :

> « Les rayons du soleil vous baisent trop souvent,
> Vos cheveux souffrent trop les caresses du vent.
> [...] L'air même que vous respirez
> Avec trop de plaisir passe par votre bouche ;
> Votre habit de trop près vous touche ;
> Et sitôt que vous soupirez,
> Je ne sais quoi qui m'effarouche
> Craint parmi vos soupirs des soupirs égarés. »

S'il se passa quelque chose entre eux, comme le bruit en courut, si le jeu risqué du théâtre jeta dans les bras l'un de l'autre la fameuse comédienne et le jeune monstre sacré, ce fut un feu de paille. Il est acquis aujourd'hui que vers la fin de 1671, les deux époux se rapprochèrent l'un de l'autre pour ne plus se séparer.

Voilà ma scène faite

Chaque carnaval est devenu l'occasion d'un divertissement royal dans lequel prend place une comédie-ballet. A l'automne, la saison de chasse à Chambord donne à son tour naissance à une mascarade de théâtre. En chaque occasion, Molière se dépense jusqu'à l'épuisement. Il faut tout mettre au point à la dernière minute. Entre deux carnavals au Louvre, à Versailles, à Saint-Germain, la visite d'hôtes illustres crée de nouvelles occasions de fêtes. Gaston d'Orléans n'avait guère eu de peine à se consoler de la mort tragique de son épouse. Pourtant Louis XIV voulut soulager son deuil en le remariant très vite. Anne de Gonzague, princesse Palatine, suggéra le nom de sa nièce, Charlotte-Elisabeth de Bavière. La nouvelle Palatine éprouva du chagrin à quitter son cher Palatinat natal pour venir s'enfermer dans une cour qui l'ennuyait d'avance et vivre avec un mari qui n'aimait pas les femmes. Le fort tempérament de la princesse n'allait pas tarder à la rendre célèbre.

Pour accueillir la nouvelle épouse de Monsieur son frère, le roi commanda à ses fournisseurs habituels un grand divertissement. Pour composer *Le Ballet des ballets*, ceux-ci mirent bout à bout les plus belles entrées dansées à la cour pendant les années précédentes. Molière écrivit une farce, *La Comtesse d'Escarbagnas*, et une pastorale, aujourd'hui perdue. L'ensemble fut présenté à Saint-Germain-en-Laye le 2 décembre 1671, puis repris au Palais-Royal le 8 juillet 1672. *Le Ballet des ballets* avait alors été remplacé par *Le Mariage forcé, L'Amour médecin* et une farce perdue, *Le Feint Lourdaud.* Molière ne jouait pas de rôle dans *La Comtesse d'Escarbagnas*, dont le rôle échut à Marotte, Marie Ragueneau, avant d'être repris en travesti par Hubert.

« La scène est à Angoulême », une petite ville de province, le côté limousin, balzacien, de certaines moliérades, lointain souvenir des tournées. La comtesse d'Escarbagnas a la folie des grandeurs depuis qu'elle a fait un voyage à Paris. La comtesse est le double inversé de Pourceaugnac. Bientôt, dans *Les Fourberies de Scapin*, Molière donnera l'indication symétrique : « La scène est à Naples. » Angoulême, Naples, deux exotismes opposés pour la même théâtralisation du monde. D'emblée, la comtesse ridicule est désignée par Julie comme fiction comique : « Un aussi bon personnage qu'on en puisse mettre sur le théâtre. » On repère facilement les différents niveaux de la comédie. La comtesse se prend à son propre personnage. Le vicomte joue le sien par dérision. Tous se regroupent devant le théâtre improvisé sur lequel les comédiens jouent la pastorale. L'arrivée de Monsieur Harpin bouscule la convention de ce théâtre de salon. Le personnage du financier fait une rapide incursion dans la comédie moliéresque. Il y a du Turcaret et du Turelure en lui. « Monsieur le Receveur ne sera plus pour vous Monsieur le Donneur. » Il casse le jeu, impose son propre théâtre, peaufine sa sortie de scène : « Voilà ma scène faite, voilà mon rôle joué, serviteur à la compagnie ! » Dans ce mince divertissement, Molière approfondit sans s'appesantir, plus librement qu'ailleurs, la problématique des rapports entre l'homme et le théâtre. La logique de la farce finit toujours par rejoindre celle du bouc émissaire, entre un prologue qui tend les « ressorts », noue les « intrigues », met en place « la machine » d'un dénouement dont Molière prend plaisir à souligner l'artifice, parce que « les comédies veulent de ces sortes de choses ».

L'habile ouvrier de ressort et d'intrigue

Le 24 mai 1671, Molière offrit au public du Palais-Royal la primeur des *Fourberies de Scapin*, comédie en trois actes et en prose. Il les joua dix-huit fois entre mai et juillet. Les recettes baissèrent régulièrement, malgré les louanges de Robinet. La pièce ne fut jamais jouée devant le roi et elle disparut de l'affiche jusqu'à la mort de Molière qui donne l'impression de ne l'avoir guère soutenue. Il tenait en personne le rôle-titre. A ses côtés, La Thorillière joua le rôle de Sylvestre et Catherine de Brie celui de Hyacinthe. On retrouva le rire de Mlle Beauval dans la gitane Zerbinette. Baron et Hubert interprétèrent Octave et Léandre. Du Croisy et La Grange sortirent de leur emploi pour jouer les vieillards Géronte et Argante. D'une phrase du *Mercure galant* en 1736, affirmant à propos de ces personnages que « c'est la seule pièce restée au théâtre où l'usage du masque se soit conservé », on a déduit que La Grange et du Croisy avaient joué sous le masque. On a soutenu la même chose de Molière dans le rôle-titre. Quoi qu'il en soit, deux ans avant sa mort, Scapin ramène Molière à l'origine de son théâtre, au temps où, auteur débutant, il écrivait une simple adaptation de *L'Inavvertito*. Dans l'original, le vieillard Beltrame avait pour serviteur Scappino, rôle tenu par Francesco Gabrieli. A l'époque, Molière avait donc changé ce valet d'intrigues, fourbe et rusé, en Mascarille. Avec Scapin, il retrouve sa véritable identité. Scappino était resté au second plan des zani de la commedia dell'arte, loin derrière Brighella, dont il est sans doute la version bolonaise, auquel il emprunte habit et manteau blancs à brandebourgs verts. Coiffé d'un feutre à plumes à visière démesurée, flanqué d'un sabre de bois, on le voit parmi les Balli di Sfessania de Callot se disputer avec le capitan Zerbino pour une fiasque posée à terre. Le Scappino italien et le Scapin français ont pour lointain ancêtre le Phormio de Térence que les contemporains considéraient, plus que Plaute, comme le maître de Molière. Cependant, Phormio est, comme les prédécesseurs de Scapin, Hali, Covielle, Sbrigani, une figure épisodique, une esquisse de rôle. Avec Scapin, on passe du rôle à l'emploi, et même, si l'on en croit Copeau, au grand premier rôle. On le compare généralement à Arlequin, à Don Juan, à Figaro. Un aboutissement, une apothéose de la farce éternelle, aux points de rencontre de la comédie latine, du fabliau médiéval et de la commedia dell'arte. Donc, en apparence, une simple succession de stratagèmes empruntés au fond commun de la tradition comique, une intrigue soumise aux conventions du genre et réduite au strict nécessaire. Pour quelques-uns, l'analyse ne va pas plus loin. Déjà, Boileau n'y reconnaissait pas l'auteur du *Misanthrope*. Certains de nos contemporains, par exemple Gérard Defaux, y voient une survivance du passé, une forme morte à laquelle Molière ne croit plus, dans le cadre de laquelle il ne peut plus rien inventer. Seule la comédie-ballet serait, pour lui, à cette époque, un domaine ouvert à la découverte. Pourtant, Molière se réserve jalousement le rôle de Scapin. Depuis l'éclatement de l'équipe Mascarille-Jodelet après *Les Précieuses ridicules*, la hiérarchie traditionnelle du premier et du second zani, le fourbe et le balourd, a cessé de jouer dans la comédie moliéresque. *Les Fourberies* lui redonnent vie dans le duo Scapin-Sylvestre, le balourd cédant le pas chez celui-ci au spadassin, puisque La Thorillière, interprète du rôle, était, au dire de Robinet, « un furieux porte-rapière ».

Donc Molière retrouve le rôle vedette du fourbe à l'italienne qu'il avait délaissé depuis *L'Etourdi*, donnant Hali le Sicilien à La Thorillière, Sbrigani le brigand à du Croisy et Covielle le Calabrais à un inconnu. Il avait au contraire montré une prédilection pour les valets de comédie, proches du badin médiéval, Sganarelle et Sosie, et les bouffons apparentés au gracioso espagnol, Moron et Clitidas. Mascarille restait donc vers 1670 son seul grand rôle à l'italienne. Il reprenait *L'Etourdi* régulièrement en 1666, 1668, 1669. Il venait d'ailleurs de donner une série de représentations de sa première comédie, en 1670, reprise de contact, presque répétition générale. Molière aurait-il écrit *Les Fourberies* à la hâte pour soutenir la galanterie trop raffinée de *Psyché* par un comique plus populaire ? Le lecteur sait ce qu'il advint : la représentation de *Psyché* au Palais-Royal fut un triomphe et l'échec des *Fourberies* est indéniable. La pièce ne devait prendre son élan qu'à la mort de son auteur. Echec mystérieux : ou bien le public a partagé pour la scapinade le dédain de Boileau, ou bien quelque circonstance a joué contre elle. Puisque Scapin en est le meneur de jeu omniprésent et que la comédie et le rôle sont un festival permanent de vélocité verbale, gestuelle et intellectuelle, ne faudrait-il pas mettre en cause l'interprète principal, Molière en personne ? Voilà bien un des rôles les plus lourds du répertoire, un rôle qui exige à la fois la vitalité incomparable des mimes et des sauteurs italiens et l'agilité intellectuelle d'une machine à la française apte à saisir au vol la moindre idée, la situation la plus furtive pour en tirer d'emblée une conclusion miraculeuse. Il y faut la grande forme, un état de grâce. Molière a quarante-neuf ans. De notre temps, de merveilleux acteurs-mimes, Marcello Moretti, Ferrucio Soleri, ont largement passé cet âge, joué *Arlequin serviteur de deux maîtres* comme on n'a jamais vu, comme on ne verra sans doute jamais jouer *Les Fourberies de Scapin* en France. Mais, à quarante-neuf ans, Molière avait perdu une partie de sa forme. Sous l'effet de la maladie, le miraculeux bouffon du *Cocu imaginaire* avait pris un sérieux coup de vieux, comme l'attestent les passages célèbres de *Pourceaugnac*, de *L'Avare* et d'*Elomire hypocondre*. Par émulation, il s'est réservé un rôle qui lui permettait de relever le défi des Italiens, mais qui outrepassait ses forces. Depuis douze ans qu'il partageait son théâtre avec le vieux Tiberio Fiorelli et le jeune Domenico Biancolelli, il mourait d'envie de leur rendre hommage et de leur lancer en même temps un défi, à eux, ses camarades, Scaramouche, soixante-trois ans, et Arlequin, trente et un ans, à la commedia dell'arte qui promenait ses masques et ses lazzis à travers l'Europe depuis plus d'un siècle, à la tradition comique italienne qui lui avait tant donné.

On devine le combat de Molière avec lui-même, de l'auteur avec l'acteur, de l'homme avec la maladie et l'usure, dans la composition même des *Fourberies de Scapin*. Présent du début à la fin de la comédie, il se ménage un répit au troisième acte après la scène du sac, dont tout acteur sait d'expérience qu'elle laisse son interprète à bout de souffle. C'est alors que Zerbinette lui permet de se reposer en racontant ses exploits à Géronte sans savoir que celui-ci vient d'en être la victime. Cette scène fait double emploi avec une action dont le spectateur vient d'être témoin. Outre qu'elle fournit à la Beauval une occasion de mettre en valeur son rire, elle avait en son temps pour principal avantage de permettre à Molière de récupérer des forces.

La France est devenue la seconde patrie des comédiens italiens. Fiorelli et Biancolelli n'ont pas remis les pieds en Italie depuis quinze ans. Ils sont des vedettes, comme Molière, qui sait le public capable de basculer à tout moment en leur faveur. La commedia dell'arte, l'ancienne troupe italienne sont à leur zénith. La cour et la ville n'en ont que pour elles. Scaramouche et Arlequin sont de prodigieux virtuoses. La commedia perd peu à peu son sens originel, sa saveur populaire, son jeu collectif sans vedettariat. Certains masques comme Brighella et Pantalon déclinent. D'autres montent. Scaramouche et Arlequin sont de ces derniers. Biancolelli achève la métamorphose d'Arlequin, de second zani en dieu du théâtre, de valet en prince, le vêt de son costume de lumière à losanges, le fait danser, étinceler, bondir et retomber dans une pluie de rire.

Les aventures d'Arlequin forment un cycle de scenarii que la comédie littéraire — *commedia sostenuta* — n'a jamais pu récupérer à son profit. Au contraire, le cycle des fourberies de Scapin se ferme sur lui-même dans la durée d'une seule pièce à l'écriture rigoureuse, véritable épure de la comédie. Molière a tiré la leçon de *L'Etourdi*. Scapin ne prend plus le risque de fatiguer le public par un étalage gratuit de virtuosité surabondante comme Mascarille. Il prouve son génie en deux fourberies qui ont le même but : soutirer aux vieillards l'argent dont les fils ont besoin. Dans une troisième aventure, il s'offre une vengeance personnelle. Dans un raccourci comique, il évoque enfin le quartaut de vin, la bague volée, le loup-garou, autant de scenarii virtuels qui le demeureront. Scapin oscille entre le type et le caractère, s'il est vrai que le type est « un être capable de se répéter, grâce à la fixité de son caractère » (Gustave Attinger).

Les comédiens de la troupe italienne, éberlués, regardèrent Molière, auteur-acteur, tirer de la commedia dell'arte, leur œuvre, leur tradition, l'œuvre accomplie et achevée qu'il était dans sa nature de refuser d'être. L'histoire ne dit pas comment ils réagirent à son échec, quel regard fusa par les trous de leur masque, quel sourire ou quelle moue se dessina au bas du simulacre de cuir.

Le sacre de Scapin

Si la plupart des critiques ont adopté l'attitude dédaigneuse de Boileau, de grands hommes de théâtre, Préville au XVIIIe siècle, Copeau de nos jours, ont reconnu dans *Les Fourberies* une pièce infiniment plus importante qu'elle ne paraît au premier regard. Ils ont attribué une signification profonde à cette apothéose française de la comédie italienne.

D'abord, Scapin est un avatar de premier ordre du valet de comédie. Sa condition servile l'expose aux coups de pied au cul, aux galères, aux étrivières ; elle le marque d'un complexe de couardise et d'audace, d'impertinence et de flatterie. Au lieu de dénoncer l'injustice de sa condition, la bassesse de son état, comme Sganarelle et Sosie, il s'en fait gloire et forme avec Léandre le couple maître-valet idéal de la comédie moliéresque après le couple Don Juan-Sganarelle. Mais il en inverse le rapport : la dimension seigneuriale passe dans le serviteur, le fantoche, c'est le maître. Scapin se tire des pires difficultés avec l'aisance de Don Juan. Sous son insouciance joyeuse, il cache une volonté de puissance et, sur le surplus de jouissance qu'il gagne à triompher de l'adversité, il tient un discours proche de celui du grand seigneur méchant homme : « Un bonheur tout uni nous devient ennuyeux ; il faut du haut et du bas dans la vie ; et les difficultés qui se mêlent aux choses réveillent les ardeurs, augmentent les plaisirs. » La fourberie est son sacre. Elle substitue le sacre de l'intelligence à celui de la naissance et de la fortune. Elle est un don des dieux : « J'ai sans doute reçu du ciel un génie assez beau... » Roi des fourbes fourbissimes, fourbes de première classe, *fourbum imperator*. Le « nous autres, fourbes de première classe » de Sbrigani sonne dans sa bouche comme « mes pareils » et « ceux de ma race » dans celle du héros cornélien.

Le nom de Scapin est dérivé du verbe *scappare*, échapper. Il s'échappe, il s'en tire... Mais d'abord, il surgit, il apparaît. Octave confie ses ennuis à Sylvestre. Soudain Scapin est là : « Qu'est-ce, Seigneur Octave ? Qu'avez-vous ? » D'où sort-il ? D'une barcasse, tiré de sa sieste vagabonde par un bruit de voix ? Ou d'une coulisse, tiré du néant par le frémissement d'une intrigue à mener ? L'instinct du théâtre et du jeu au maximum. Entre deux machines, il chôme, il retourne au néant, il cesse d'exister comme tel fantoche du *Soulier de satin*. Certains traits de son être le rapprochent de l'animal, d'autres du dieu, presque rien de l'homme. Tantôt Scapin s'avance de sa démarche souple et canaille de bel animal, tout à son plaisir de vivre dans l'instant, sans souci ni projet. Chez cet « habile ouvrier de ressort et d'intrigue », le plaisir d'inventer et d'agir a remplacé le moteur habituel du parasite de la comédie latine et italienne, l'intérêt personnel. La soif et la faim qui tenaillent en permanence Arlequin et Sganarelle, le besoin d'argent qui les fait vivre la main tendue, le désir amoureux qui les colle au premier jupon, lui sont étrangers. En trois actes, il ne vide pas une bouteille, ne touche aucune bourse pour lui, ne lutine aucun minois. Il semble décrassé de tout souci propre aux humains. Par là, il se rapproche du dieu. Il y a quelque chose de désincarné en lui. Comme Hali et comme Sbrigani, Italiens du Nord et du Sud, il est de race élue. L'art de la fourberie est un don des dieux qui fait de lui un dieu. Chaque fois que la rencontre se produit, que l'aventure lui fait signe au détour d'une rue, il ne sera pas dit qu'il ne serve de rien dans une affaire. Le courroux du point d'honneur le saisit. Le voilà en transe. Le dieu entre en lui. Cela porte un très beau nom : enthousiasme. Il se sent échapper au vulgaire et fait la différence entre la *combinazione* sublime et la basse fourberie :

« J'ai sans doute reçu du ciel un génie assez beau pour toutes les fabriques de ces gentillesses d'esprit, de ces galanteries ingénieuses à qui le vulgaire ignorant donne le nom de fourberies. » Il les appelle gentillesses et galanteries. L'art de la *combinazione* embellit le monde, adoucit la vie, leur conférant à l'un et à l'autre une grâce surnaturelle. Servant les amants, trompant les barbons, Scapin arrange les affaires des amoureux, fait triompher la jeunesse, remet le monde dans le bon sens, joue le rôle de la providence.

S'il échoue, s'il se fait prendre, c'est que les dieux jaloux lui ont lancé un défi, l'obligeant à se surpasser, le poussant vers l'hybris. Un ennemi invisible le provoque, son propre double, un moi supérieur de lui-même jaloux. Avec sa condition servile, Scapin assume pleinement les servitudes de la quotidienneté. L'un des siens, Mercure, est à la fois valet et dieu. Le dieu en lui fascine et écrase Sosie, son double balourd, comme Scapin fascine et écrase Sylvestre. Valet et dieu, ses deux moi sont pareils à deux clowns de chaque côté d'un miroir sans glace. A peine a-t-il cessé de voler au septième ciel de la *combinazione*, il retrouve sa condition de pauvre diable et se fabrique une sagesse à la mesure de la médiocrité commune : « Je ne suis jamais revenu au logis que je ne me sois tenu prêt à la colère de mes maîtres, aux réprimandes, aux injures, aux coups de pied au cul, aux bastonnades, aux étrivières ; et ce qui a manqué à m'arriver, j'en ai rendu grâce à mon beau destin. » Il doit à son ancêtre Brighella cette touche de férocité, de canaillerie, de scélératesse même qui l'a brouillé avec la justice. Ils ont eu des démêlés ensemble, elle en a fort mal usé avec lui et avec la bande qui traîne en sa compagnie sur le port, en quête de coups fourrés, trouvant des engagements de fortune, Sylvestre, Nérine, Carles, les deux porteurs de la fin. « Repris de justice et démoralisateur de la jeunesse », le juge Copeau. Dépité par l'ingratitude du siècle, Scapin a résolu de ne plus rien faire. Mais voilà, rusé, fourbe et cruel, il est sans méchanceté et sans calcul. L'appel de l'aventure étouffe en lui toute prudence. Sa profession de foi est sans ambiguïté : « Je hais les cœurs pusillanimes qui, pour trop prévoir les suites des choses, n'osent rien entreprendre. » Pas d'erreur possible, autant que par Alceste et par Don Juan, la part imprudente de Molière s'exprime par Scapin et l'on doit prendre au sérieux ses propos destinés à faire rire. Ils font de l'univers un jeu.

L'audace du fourbe renforce sa ruse. Le héros tragique prend le destin de front et se brise, le personnage comique fonce tête baissée dans l'obstacle et se casse le nez dessus. Le fourbe trompe le destin, contourne l'obstacle et s'échappe. Il a le courage de sa lâcheté. Démasqué, Scapin avoue à genoux ses mauvais tours mais ce faisant, se donne le luxe d'étaler au grand jour sa malice et le ridicule de Léandre. Son sens du jeu lui donne la victoire. Il ne prend au sérieux ni les dieux, ni le monde, leur œuvre, ni l'homme, leur jouet. Il se sent une complicité joyeuse avec les uns et les autres : « Il semble que le ciel… » Le fourbe change le monde en une comédie dont il plante le décor. « Voici tout juste un lieu propre à servir de scène. » (Hali.) Il transforme les hommes en acteurs : « J'ai les acteurs. J'ai les habits tout faits. Laissez-moi faire seulement. » (Covielle.)

La scène est à Naples

La mise en abysse de la comédie, le théâtre réfléchissant le théâtre ne constituent pas un thème central de Molière. Nous l'avons pourtant repéré çà et là au cours de son œuvre. Tartuffe, Don Juan et Alceste sont, chacun à sa manière, des avatars de l'acteur de soi sur le théâtre du monde. Mais le théâtre dans le théâtre est rarement cité au premier degré. Ce thème prend pourtant du relief dans les farces-ballets de la fin des années soixante et il aurait peut-être connu une apothéose si Molière avait entrepris de développer *La Comtesse d'Escarbagnas* dont la carrière encadre *Les Fourberies de Scapin*. S'il ne l'a pas fait, c'est peut-être qu'il pensait que *L'Illusion comique* restait, après trente-cinq ans, le *nec plus ultra* du genre. Scapin n'évoque jamais en clair le thème du théâtre, de l'acteur, de la comédie. Mais l'univers hostile des êtres et des choses, la sottise des uns, la malveillance des autres, tout fait tremplin pour son génie. « La scène est à Naples. » Place au théâtre ! Sorti de scène, revenu en coulisse, Scapin tombe dans un néant existentiel. C'est dans un état de chômage et de vacance qu'Octave le rencontre. Aussitôt, le démon socratique de la fourberie s'empare de lui. Le bel animal s'éveille, s'étire, frétille et commence à danser. La danse change le monde en théâtre. Sous son insouciante gaieté, une volonté de puissance est à l'œuvre, et sous son ingéniosité sans faille, un pouvoir démiurgique. Scapin s'en tient au premier degré de la théâtralisation du monde, celui qui change la rue en tréteau, la vie en parade, les humains en pantins. De ce théâtre de foire, le démiurge en costume à brandebourgs tire les ficelles.

A deux ans de la sortie de scène de son auteur, tel est l'aboutissement provisoire de la comédie moliéresque, héritière lointaine de la comédie latine, sœur de la commedia dell'arte, où les fils bravent les pères, où les valets trompent les maîtres. *Les Fourberies de Scapin* mettent à nu le schéma de farce sur lequel sont construites les grandes comédies bourgeoises, telles *L'Avare, Tartuffe, Les Femmes savantes*. Aujourd'hui, Scapin prend place entre Prospero et Figaro, à la fois thaumaturge et factotum. Son côté Figaro permet à Molière d'approfondir la perspective comique, d'introduire dans la farce de tréteaux « le spectacle d'une classe sociale qui se défait à la fois par la faiblesse des pères et par la légèreté consécutive de leurs fils » (Pierre-Aimé Touchard). Son côté Prospero révèle, sous les lazzis de la foire, la mortelle insignifiance de l'homme, son désir vital de plénitude et d'harmonie, que l'illusion seule peut apaiser. Scapin ne cherche pas à guérir l'homme. Il s'accommode de la faiblesse des pères, de la légèreté des jeunes gens. Sous son costume, Molière fait la nique à Molière. C'est bien lui qui a cru que la comédie pouvait guérir l'homme, l'améliorer, glorifier son image. Le joyeux drille lui fait comprendre que le seul remède à l'absurde est le rire. Pour faire passer ce message, Molière abandonne sans les renier les données traditionnelles de sa comédie et parle en donnant la parole à celle qui, réfutant le texte écrit, fait seulement confiance au masque, à l'improvisation, à la saltation : la commedia dell'arte.

Molière s'attache alors à enrichir d'un genre neuf et essentiel le règne triomphal dont il est l'un des principaux animateurs, à fondre dans la comédie-ballet les prestiges réunis de la musique et de la danse, dont les professeurs du *Bourgeois gentilhomme*, dans un discours néoplatonicien de dérision, faisaient la base de la politique, soutenant que tous les malheurs des hommes, les revers de l'histoire, les bévues de la politique, les échecs de la guerre, « tout cela n'est venu que faute de savoir la danse et la musique ». Pourtant, le chef-d'œuvre de la comédie de cour, *Amphitryon*, ne fait appel ni à la symphonie ni au ballet. Et surtout, *Les Fourberies de Scapin* sont une comédie-ballet sans musique, sans chorégraphie et sans machines. S'il est vrai qu'au lieu de pousser Molière vers la machinerie lourde, la comédie-ballet devait pour lui évoluer vers l'union profonde et nue de la poésie, de la musique et de la danse, alors il faut bien considérer *Les Fourberies de Scapin* comme un aboutissement. D'ailleurs, dans le *no man's land* culturel du Français moyen, elles passent pour une comédie-ballet : Scapin est un maître danseur. Au moment où la comédie italienne commence à se complaire elle-même dans les changements à vue, les truquages, le merveilleux et le fantastique, Molière écrit une farce-ballet qui fera feu des quatre fers sur le tréteau nu où Copeau la montera au début des années vingt.

Dans son sens le plus ancien, le mot machine désigne les inventions, ce que Scapin appelle les galanteries ingénieuses, les ruses du fourbe. Par la suite, il a désigné la machine industrielle, la machine de l'homme, la machine animale, la machine du monde, l'ouvrage du génie et, bien sûr, les merveilleuses machines de la scène d'illusion, œuvres des grands *ingeniori* italiens, Torelli et Vigarani. *Les Fourberies de Scapin* ramènent la pièce à machines vers l'apothéose de l'intelligence. Sur le tréteau nu de Scapin, les objets s'apprivoisent, deviennent accessoires ludiques. Les victimes viennent se prendre au piège de lumière : « Il semble que le Ciel, l'un après l'autre, les amène dans mes filets. » Fantoches élégants ou pantins sans grâce, les *pupazzi* font trois petits tours, manipulés par l'agile montreur. Bientôt, leur présence, si légère qu'elle soit, est de trop. Dans l'extase du jeu, Scapin les abolit, les escamote dans le fameux sac où il s'enveloppe, les change « en un paquet de quelque chose », pour jouer à lui seul tous les rôles, parler toutes les langues, multiplier sa présence aux quatre pôles du théâtre du monde. S'il y parvenait, Scapin toucherait cette dimension héroïque que Molière cherche dans ses rôles. Mais il n'y parvient pas. Il franchit sans les voir les limites du jeu, la marionnette sort du sac, le surprend, le démasque. Le sacre de Scapin reste inachevé. Molière reste prisonnier de la comédie. Il meurt symboliquement et comiquement, le crâne fendu par la chute d'un objet contondant, comme ce Cyrano, seize ans avant lui, à qui Molière a emprunté la plus célèbre scène des *Fourberies*. Sa mort joyeuse prend la forme d'un triomphe. « Qu'on me porte au bout de la table en attendant que je meure. » Pour la première fois, il parle de bouffe, de grande bouffe. Enroulé autour de son crâne, un faux pansement le déguise en mamamouchi.

15

Oui, mon corps est moi-même

Madelon s'en va

Les Femmes savantes

Les Verdurin au Marais

La trahison des clercs

Le héros prosaïque

Madelon s'en va

Depuis 1667, il a pris l'habitude de se rendre, entre deux représentations, à Auteuil, dans la maison qu'il a louée à Jacques de Grou, sieur de Beaufort, à l'emplacement du n°2 de la rue principale, à l'angle actuel des rues Rémusat et Théophile-Gautier. En réalité, il n'a loué que le premier étage, donnant sur un beau parc dont il a l'usage, et encore, par économie, sans écurie et sans remise. C'est là qu'il vit avec la petite Esprit-Madeleine, le jeune Baron et l'inévitable Chapelle. Pour le servir, une blanchisseuse au nom inconnu, une jardinière, la Revigote, et une certaine Martine pour l'ordinaire de la cuisine. Les jours de gala, la fidèle La Forest vient de la rue Saint-Thomas-du-Louvre. Depuis des années, il vit au régime lacté. Mais Baron a bon appétit. Et il y a tous les invités de Chapelle, qui sont aussi ses amis, Despréaux, Jonzac, Nantouillet, Lully et le bon Jacques Rohault, esprit libre. Depuis la belle époque du cabaret de la Croix-Blanche qui, vers 1660, les avait vus se réunir rue de Bercy, près du cimetière Saint-Jean, pour de gargantuesques et substantifiques beuveries, Molière a renoncé à voir un jour Chapelle reprendre les savants travaux de son maître Gassendi, avec lequel il a collaboré dans sa jeunesse. Le drôle est toujours entre deux vins. Molière ne lui fait même plus la morale. Il n'a jamais autant d'esprit qu'à demi ivre. Molière se plaît à ses délires, à ses pitreries, à ses diamants noirs noyés dans des flots d'insanités. Quand il en a assez, il plante là le gai parasite et monte travailler dans sa chambre.

Il adore sa fillette à qui le grand air profite. Les progrès du jeune Baron le réjouissent. Cette ambiance convient bien à son état d'esprit actuel qui ne le porte guère à l'optimisme. Trop de choses l'affligent au troisième et au quatrième étage de la maison Brûlon, l'indifférence d'Armande avant tout, mais aussi la transformation de Madeleine depuis qu'elle a pris sa retraite et que la vieille Marie Hervé est morte. Elle a fait ses adieux au public en jouant Nérine dans *Pourceaugnac*. Elle se porte mal et ne songe plus qu'à son salut éternel. Molière la trouve un peu bigote. Elle demande rarement des nouvelles du théâtre. Habitant l'immeuble, Catherine de Brie et Geneviève Béjart lui font des visites de plus en plus brèves, gênées par le mince intérêt qu'elle montre aux choses de la comédie. Elle suit pourtant encore de près les travaux de Jean-Baptiste. Elle sait qu'il a mis en chantier une grande comédie en cinq actes et en vers, la première depuis *Le Misanthrope*. Il veut y satiriser les femmes savantes, les méchants auteurs, prendre sa revanche sur ceux qui l'ont injurié jadis, l'abbé Cotin entre autres. Ah ! celui-là ! Elle le sait satisfait de son travail, mais désireux de prendre tout son temps. Finies les courses contre la montre. De tout cela, il lui parle à chacune de ses visites, toujours pressé pourtant de regagner sa campagne.

Toutefois, ses amis ne furent pas sans remarquer un changement d'attitude chez Jean-Baptiste au cours de l'année 1671. Les longues promenades dans les rues d'Auteuil et dans les allées du parc, les soirées d'amis copieusement arrosées par Chapelle pendant que lui-même buvait son lait, les menus incidents de la vie locale, une plainte du sieur de Beaufort contre son jardinier coupable d'avoir agressé et blessé gravement son gendre en présence de Molière et de Chapelle, l'ivrogne tombant à bras raccourcis sur son vieux valet en l'accusant d'insolence, les manigances de Lully, un familier d'Auteuil prêt à tout pour arriver à ses fins, rien ne suffit à détourner Molière de son constant souci. Armande lui manque de plus en plus, la campagne commence à l'ennuyer, la petite fille réclame de plus en plus souvent sa maman. Quand il retrouve celle-ci au théâtre, elle lui paraît elle-même changée, rêveuse, soucieuse, plus belle encore.

Ils eurent d'abord des échanges muets, de longs regards, de temps à autre un sourire, puis quelques mots. Depuis *Psyché*, les rapports entre Armande et Baron étaient sans équivoque. Une ou deux fois, Molière et Armande rentrèrent ensemble à pied. Au début de l'hiver 1671, la réconciliation était accomplie. Ils reprirent la vie commune au troisième étage de la maison Brûlon. Armande s'aperçut alors que la santé de Jean-Baptiste avait continué de se détériorer. La nuit, il réveillait toute la maisonnée par sa toux. En janvier 1672, Armande annonça à Molière qu'elle était grosse.

La gloire du comédien-auteur était au zénith. Alors que Chapelain, chargé par Colbert depuis 1663 d'attribuer chaque année des gratifications aux gens de lettres, avait opéré des coupes sévères dont furent victimes, entre autres, Cotin et Ménage qui le prirent fort mal, Molière reçut très régulièrement la sienne, mille livres environ par an pendant dix ans. A la date du 16 avril 1671, le rôle des dépenses royales mentionne l'ordre de paiement de la pension de sept mille livres aux comédiens du Palais-Royal pour 1670, « compris mille livres pour deux comédiens augmentés en leur troupe ». Il s'agit de Baron et de Jeanne Olivier-Bourguignon dite Beauval, entrés avec parts entières dans la troupe en 1670. Un nouvel ordre de paiement de sept mille livres est mentionné le 13 février 1672 au titre de 1671. Il avait entendu parler, Robinet en avait même tiré une mirlitonnade, de l'honneur que les comédiens de Londres venaient de lui réserver en jouant plusieurs de ses comédies en anglais, devant Henriette d'Angleterre. Le harangueur de la troupe avait commencé par faire son éloge « en son anglicane langue ». Et voilà que le bruit courait (*Gazette d'Amsterdam*, 12 août 1671) qu'un abbé de cour, converti par *Tartuffe*, s'était retiré au couvent après avoir distribué sa fortune aux pauvres et légué dix mille livres à Molière. Au grand dam des dévots, provisoirement réduits au silence, la pièce maudite passait presque désormais pour une œuvre édifiante.

Depuis toujours, il tenait ses comptes avec soin. C'est en adressant un sourire au portrait de Jean II Poquelin, au souvenir de leurs démêlés anciens, qu'il faisait la somme approximative de ses revenus : parts de comédien, 51 150 livres ; parts d'Armande, 46 200 livres ; droits d'auteur, 60 000 livres ; droits d'édition, 4 000 livres ; pensions royales, 10 000 livres ; charge de tapissier, 4 400 livres, soit 175 750 livres en tout, 12 500 livres en moyenne par an (en quatorze ans, jusqu'à sa mort). Dans ce total, remarquait Molière, les droits d'auteur et la charge de tapissier du roi représentaient une part bien modeste ! Lui et Madeleine, dont le séparait désormais un seul étage, comparaient parfois leurs comptes et constataient avec satisfaction qu'ils n'avaient pas lieu d'être jaloux l'un de l'autre. Ils avaient bien conduit leurs affaires. Madeleine avait toujours su gérer elle-même les siennes, faire circuler son argent et celui des autres. Jusqu'au bout, elle fit des prêts aux particuliers. Elle s'était parfois lancée dans des affaires de grande envergure, comme celle qui l'associa, en 1665, à deux tanneurs pour monter une entreprise de fabrication de cuir de Russie située dans la grand-rue du faubourg Saint-Victor. Sentant proche sa fin et désirant faire d'Armande son unique héritière, elle avait mis au point un curieux arrangement avec Pierre Mignard, afin de mieux protéger ses intérêts.

Le 9 janvier, « gisante au lit », elle se décida à rédiger son testament par lequel elle instituait Armande sa légataire universelle. Elle léguait une petite part de ses biens à Louis, quatre cents livres de rente viagère à chacun de ses frères et sœurs, et surtout remettait son argent à Pierre Mignard en le chargeant d'acheter des terres dont les revenus seraient perçus par Armande et, après elle, par sa fille. On s'est étonné qu'il ne fût question ni de Molière ni de l'entreprise de cuir de Russie. Des codicilles prévoyaient en outre le legs d'une somme destinée à assurer le versement de cinq sols chaque jour à cinq pauvres en souvenir des cinq plaies de N.-S. J.-C., et l'ensevelissement de Madeleine au charnier Saint-Paul où reposaient déjà Joseph Béjart et Marie Hervé.

Quelques semaines plus tard, à la mi-février 1672, Molière lisait *Araspe et Simandre*, nouvelle tout juste parue chez Claude Barbin (rééditée en 1959 chez Aubanel, Avignon), quand il tomba sur le passage qu'on lui avait signalé[1]. Il en fut si diverti que l'idée lui vint d'aller en faire la lecture à son amie. Il gravit l'escalier en courant et demeura atterré à l'entrée de la chambre où elle sommeillait en râlant. Le masque de la mort, pensa-t-il, cloué sur place, son livre inutile à la main, car il ne songeait plus à faire sa lecture.

« Que voulais-tu me dire ? murmura Madeleine en ouvrant les yeux.

— Rien, je venais seulement prendre de tes nouvelles.

— Eh bien ! tu vois... » dit-elle, sans lui laisser d'illusions. Esquissant un geste, elle ajouta : « Tu m'as apporté un livre ! C'est gentil ! » Molière acquiesça, chercha la page, et commença à lire à voix basse :

« ''On donne des prix au mérite dont bien souvent la seule imagination est la règle et le fondement. Par exemple, à Molière. Vous savez le bien qu'on en dit et qu'il passe pour un homme aussi spirituel qu'il y en ait en France. Vous nous disiez même, l'autre jour au bal, à ma nièce et à moi, sur le sujet des comédies, que c'était un original qu'on ne copierait jamais. Comme on vous prit à danser, je n'eus pas le temps de vous dire ma pensée, et ce discours ne se remit plus alors sur le tapis ; mais maintenant, il faut que je vous dise tout court que cet homme-là n'a pas le sens commun !

— Pas le sens commun ? repris-je alors avec précipitation. Bon Dieu, Madame, pensez-vous bien à ce que vous dites ? — Oui, oui, j'y pense, me répondit-elle. Je vous soutiens qu'il n'a point d'esprit ; et je m'en vais vous en donner une preuve où il n'y a point de

1. *Georges Mongrédien, Recueil des textes et des documents du XVIIe siècle sur Molière.*

réplique. J'allai un jour pendant mon procès voir la comédie de *L'Arabe*, ce n'est pas ce dont je veux parler, car dans la vérité la pièce est assez jolie. — Ne voudriez-vous point dire de *L'Avare* ? lui répartis-je fort civilement. — De *L'Avare*, soit, reprit-elle. Quand elle fut finie, Molière vint sur le bord du théâtre avec son habit de Tabarin et salua fort civilement des emplumés qui étaient dans la loge du roi. Je lui fis une révérence fort honnête, de celle où j'étais tout vis-à-vis, et nous avons, Dieu merci, de quoi nous distinguer. Mais il ne me regarda pas, et vous voulez après cela qu'il ait de l'esprit ?'' »

Molière se tut. Madeleine sourit longuement et plongea tout aussi longuement son regard dans celui de son vieux compagnon. Il redescendit lentement, ému et désemparé. Il s'assit à sa table de travail et entreprit d'écrire. La plume lui tomba des mains. N'y pouvant plus tenir, il se prit la tête à deux mains et laissa les larmes couler sur la feuille vierge. Madeleine était déjà morte pour lui.

Il était temps de se préparer à partir pour Saint-Germain où la troupe devait jouer *La Comtesse d'Escarbagnas* pour la septième fois devant le roi.

C'était le 17 février, au cœur du carnaval. Au même moment, mourait Madeleine qui s'était depuis longtemps mise en paix avec Dieu et avait renoncé solennellement à son métier de comédienne. Molière prit à peine le temps d'effacer son fard et d'ôter le costume de Turc qu'il portait dans le Ballet des ballets. Il rentra en hâte à Paris. Sur le trajet du retour, il regarda le voyage des comédiens, toute leur vie, à lui et à elle, se profiler dans la campagne blafarde que son carrosse traversait. Mardi gras battait son plein. En cette fin d'après-midi hivernale, un soleil exsangue tombait à bout de force sur les toits du Louvre. Les masques pataugeaient dans la neige boueuse. Il pénétra dans la chambre funéraire. Le beau visage de Madeleine rayonnait sur l'oreiller, d'une blancheur de marbre au milieu de sa chevelure plus blonde encore d'être mêlée de neige. Un beau masque figé. Si calme, si impassible, vidé de tous ses rôles, on en cherchait en vain la trace, ni les hauts cris des princesses tragiques, ni le rire des soubrettes, ni la majesté troublante des nymphes de Vaux et de Versailles. Elle avait cessé de jouer les nymphes après les moqueries de 1663, puis le rire de Nicole-Beauval avait éclipsé celui de Dorine. La prochaine servante, celle des *Femmes savantes*, porterait son vrai nom, Martine, tout comme Madelon avait porté le sien dans *Les Précieuses ridicules*. Ainsi va la vie ! Il fallait m'attendre, Madelon ! Tu n'aurais guère attendu, tu sais. Je me fais peur à moi-même quand je me regarde les faire rire, ceux à qui nous aurons donné notre vie à coups de grimaces et de postures. Tu m'avais tout appris, Madelon. Il ne pleurait pas. Il s'était vidé de son chagrin quelques jours plus tôt. Mais il commença ce jour-là son long voyage au bout de la désolation. Un an, jour pour jour.

Compte tenu de la vie édifiante qui fut la sienne dans les derniers temps, nulle difficulté ne s'opposa à l'inhumation en terre sainte de « Damoiselle Magdeleine Béjart ». C'est Molière qui signa l'acte de transport du corps de Saint-Germain-l'Auxerrois à Saint-Paul, qui était la paroisse des Béjart depuis le début du siècle. Il signa aussi l'acte d'inhumation. Un mois plus tard, Geneviève Béjart et Armande, munies d'une procuration de leurs époux respectifs, Léonard de Loménie de

Villaubrun et Jean-Baptiste Poquelin, dit Molière, assistèrent à la levée des scellés et à l'inventaire après décès de Madeleine. Les sept feuillets de cet inventaire énumèrent pour 490 livres de meubles, 50 livres de linge, 948 livres de vaisselle d'argent, 227 livres de bijoux, 17 809 livres en deniers comptants, des papiers, et une liste de trente-cinq habits de théâtre pour une valeur de 983 livres : costumes de velours, de taffetas ou de satin, jupes de toile d'or, de moire ou de soie, mantes de crêpe garnies de dentelles ou de broderies d'or et d'argent, bouquets de plumes, garnitures de rubans, nuages et flots de couleurs, feu, cerise, aurore, tout le clinquant du théâtre jetait là ses derniers feux. Marinette, Madelon, Lisette, Dorine, Frosine, Nérine, mais aussi la nymphe des *Fâcheux*, la Diane de *L'Ile enchantée*, la Nuit d'*Amphitryon* avaient déposé là leur chrysalide. La garde-robe de Madeleine était loin d'égaler en splendeur celle de La Grange qui dépassait les mille cinq cents livres. Du temps de l'Illustre-Théâtre, elle avait gardé le costume de son plus beau rôle, celui d'Epicharis dans *La Mort de Sénèque* de Tristan l'Hermite.

Les Femmes savantes

Molière se remit au travail. La troupe reprit *Psyché* qui tenait l'affiche depuis des mois et faisait encore des recettes de mille trois cents à mille quatre cents livres en 1671, quand les reprises de *Tartuffe* atteignaient difficilement quatre cents livres en novembre 1672. Ce n'est pourtant pas une pièce à grand spectacle que Molière créa le 11 mars 1672, trois semaines après la mort de Madeleine, mais une comédie en cinq actes et en vers, *Les Femmes savantes*. Les recettes furent très bonnes, de sept cent vingt-sept livres à mille six cent quatre-vingt-seize livres, jusqu'au relâche de Pâques, après quoi elles déclinèrent rapidement. Le roi vit la pièce à Saint-Cloud le 11 août, à Versailles le 17 septembre. La cour lui fit un succès d'estime.

Un esprit nouveau était en train de changer la république des lettres, avec des hommes comme Donneau de Visé et Thomas Corneille. Quinault et, à sa suite, Boyer, avaient été les premiers à mendier les approbations. Quand les ennemis de Molière l'accusent de multiplier les visites, les lectures privées, et d'aller jusqu'à vendre des billets à prix réduit, ils ne font que lui imputer des pratiques dont bien d'autres étaient coutumiers. Certains auteurs mobilisent leurs amis, dressent des listes de passages à applaudir. C'est ainsi qu'Acaste et Clitandre font le brouhaha aux bons endroits. La camaraderie littéraire fait des progrès avec l'apparition des premières gazettes littéraires, le *Journal des savants*, *Le Mercure galant*. Les gazetiers crient au chef-d'œuvre avant d'avoir vu la pièce. D'autres font le silence sur celles qu'ils veulent couler. On assiste à la naissance des critiques professionnels. Guéret en compte une trentaine à Paris dans ces années-là (*La Promenade de Saint-Cloud*, 1669). Ils encensent ou ils dénigrent au gré de leur humeur ou de leur intérêt. On les accuse de faire payer leurs services. En cette même année 1672, Donneau de Visé crée *Le Mercure galant*, peu de temps avant la première des *Femmes savantes*, dans le but de fournir au public parisien et provincial des nouvelles de la cour et de la ville. Dès le début, il prend le parti des modernes contre les anciens, encourage la vogue des mondanités et des galanteries. Il s'était acharné contre Molière au temps de la querelle de *L'Ecole des femmes*. Il s'était réconcilié avec lui par la suite et le soutenait en toute occasion. C'est lui qui annonça dans *Le Mercure galant* du 25 mai 1672 que Molière avait donné l'espérance, « il y a tantôt quatre ans, de faire représenter au Palais-Royal une pièce comique de sa demande qui fût tout à fait achevée ».

Alors que triomphent la comédie-ballet et son faste de théâtre total, pour lequel il vient à grands frais d'équiper la salle du Palais-Royal, c'est donc à une comédie classique en cinq actes et en vers, la première en six ans, que Molière consacre ses efforts les plus suivis. C'est son avant-dernière pièce. Si l'on croit Donneau, il l'aurait donc mise en chantier en 1668. Il l'a sans doute terminée dès le 31 décembre 1670, date à laquelle il demande un privilège pour sa publication. Il attend tout de même encore deux ans avant de la mettre en répétition. Il s'agit donc bien d'un projet de longue haleine, mûrement réfléchi, réalisé à loisir, peaufiné, fignolé. Trop peut-être. Pressé par une urgence dont il n'a pas livré le secret, Molière veut écrire un véritable, un incontestable chef-d'œuvre. Au lieu de cela, il réalise une œuvre qui a presque fait l'unanimité des moliéristes contre elle. Antoine Adam y voit sa plus mauvaise pièce avec *Dom Garcie de Navarre*. Georges Couton lui trouve quelque chose d'apprêté et d'un peu froid qu'il impute à son manque de spontanéité. Gérard Defaux y cherche en vain la cohérence, l'unité d'intention, la netteté du trait, la transparence qui caractérisent les meilleures réussites de Molière. On pourrait multiplier ces citations, typiques de la critique universitaire, qui tendent à faire passer *Les Femmes savantes* pour ennuyeuses et scolaires, ce qu'elles ne sont pas, bien au contraire, pour les hommes de théâtre qui les ont toujours montées avec grand succès, à croire que les princes qui nous enseignent fréquentent peu de nos jours les grands théâtres subventionnés.

Les Femmes savantes ne marquent pas seulement le retour de Molière à la grande comédie en cinq actes et en vers. Malgré tout l'intérêt qu'il porte, depuis 1667, à la théâtralisation du monde par la comédie-ballet, il n'a pas renoncé, et en voilà la preuve, à la comédie psychologique et morale. La comédie n'a pas de plus haute fonction pour lui que de censurer les mœurs, les vices et les ridicules du temps. C'est par là qu'elle règne. Il en demeure le maître et le prouve en écrivant sur le tard la plus régulière de ses comédies.

Seulement voilà ! Aucun moliériste n'a jamais placé *Les Femmes savantes* au sommet d'une œuvre où son auteur rêvait sans doute qu'elle prît place d'emblée en cette fin de partie dont il sentait le dénouement proche. C'est la comédie mal-aimée de Molière. Un charisme lui manque. Elle a en tout cas les femmes contre elles. Celles-ci comprennent mal que l'auteur qui, en 1662, faisait preuve d'une telle compréhension à leur égard dans *L'Ecole des femmes*, en soit venu, dix ans plus tard, aux outrances réactionnaires des *Femmes savantes*. Même la trop fameuse juste mesure du raisonneur est ici prise en défaut. On n'a pas le choix. Il n'y a personne à approuver clairement, ni la moindre raison de choisir entre la vulgaire suffisance de Chrysale :

« Il n'est pas bien honnête, et pour beaucoup de [causes,
Qu'une femme étudie et sache tant de choses.
Faire aller son ménage, avoir l'œil sur ses gens,
Et régler la dépense avec économie,
Doit être son étude et sa philosophie. »

Et la fausse modération de Clitandre :

« Je conçois qu'une femme ait des clartés de tout,
Mais je ne lui veux point la passion choquante
De se rendre savante afin d'être savante. »

Il est pourtant possible de percer quelque peu les véritables intentions de Molière. Le discours de Chrysale est plein de réminiscences des propos de son vieil ami La Mothe Le Vayer sur les femmes. C'est celui-ci qui, dans ses *Promenades en neuf dialogues* de 1663, citait ces gens « qui trouvent une femme assez savante quand elle sait bien discerner le haut-de-chausses du pourpoint de son mari ». Dans sa *Prose chagrine*, le vieux sage sceptique stigmatisait « les fous lettrés », « la sottise cultivée » en général. Clitandre, lui, parle comme Gassendi qui reprochait à Descartes d'oublier son corps et de se croire au-dessus de la condition humaine : « Vous reniez ce qui est humain, moi je ne m'y crois pas étranger. » Molière se souvient donc de ses amis, de ses lectures philosophiques, et en prêtant de tels propos à Chrysale, il leur donne un sérieux inattendu, en même temps qu'il souligne avec malice une bassesse un rien complaisante du matérialisme de certains de ses amis libertins. Chrysale pantoufle entre son haut-de-chausses et sa guenille, près de son pot et de son rôt. Il y a du Chrysale en Molière comme il y a du Turelure en Claudel. Inutile de s'en offusquer ou d'en déduire que Molière se résume à Chrysale et Claudel à Turelure. Chrysale tolère un Vaugelas où mettre son rabat, mais Molière se met en fureur quand il découvre que son valet s'est servi de Lucrèce pour y mettre le sien ! Il ressort de là que la philosophie de Chrysale vient en partie des esprits libres chers à Molière, sa misogynie aussi.

Mais c'est Mlle de Scudéry, l'oracle des ruelles, qui parle comme Clitandre en 1653 dans *Le Grand Cyrus* : « Je veux bien qu'on dise d'une femme de mon sexe qu'elle sait cent choses dont elle ne se vante pas, qu'elle a l'esprit fort éclairé... Mais je ne veux pas qu'on puisse dire d'elle : c'est une femme savante[1]. »

Molière ne chercherait-il pas à brouiller les pistes, à rendre la tâche ardue, voire impossible, aux exégètes à venir, pressés d'ouvrir toutes les serrures avec une seule clef ?

Les défauts qu'ils trouvent à cette pièce infortunée, ne feraient-ils pas aussi sa force et son originalité ? Plus encore qu'une comédie classique, *Les Femmes savantes* sont une comédie bourgeoise, imprégnée d'esprit bourgeois du début à la fin, la première de ce type dans le théâtre de Molière. Mais cet esprit bourgeois s'exprime non par la prose de Monsieur Jourdain, mais par l'alexandrin d'Alceste. Comme si elle cherchait son identité propre à travers d'autres structures moliéresques, elle se présente comme la reprise de ces structures destinées à accoucher d'autre chose. Les femmes savantes, Trissotin et Chrysale se disputent donc le premier rôle. La nature de la comédie change chaque fois que chacun d'eux se hisse au premier plan et que le centre de gravité se déplace. Fondamentalement, la satire des *Précieuses ridicules* faisait corps en 1659 avec la farce la plus directe. Fondamentalement, la comédie bourgeoise des *Femmes savantes* tend vers le drame bourgeois dont elle accouche au début du cinquième acte dans le huis clos et le clair-obscur de la rencontre Henriette-Trissotin, sommet de la comédie.

1. La Fontaine ne dit pas autre chose dans une lettre écrite à sa femme en 1663, au cours de son voyage en Limousin : « Ce n'est pas une bonne qualité pour une femme d'être savante ; et c'en est une très mauvaise d'affecter de paraître telle. » (Cité par Jean Orieux dans son La Fontaine.*)*

Le *Dictionnaire des précieuses* de Somaize (1660) et *Le Cercle des femmes savantes* (1663) permettent de mesurer l'importance que les salons prennent dès 1660 dans la vie intellectuelle du pays. Cette constatation renforce l'idée que *Les Femmes savantes* sont une reprise amplifiée des *Précieuses ridicules* dont Bélise assure la permanence comique dans la nouvelle pièce. On a encore plus de peine à donner une explication satisfaisante du passage des idées féministes de *L'Ecole des femmes* à l'antiféminisme des *Femmes savantes*. Molière continue à lutter contre la préciosité en tenant compte de la vulgarisation scientifique et philosophique répandue récemment en milieu féminin. De multiples conférences et des livres mettent désormais la science et la philosophie à portée d'un public de non-spécialistes, les femmes surtout, dont le rôle se situe alors à mi-chemin de celui qu'on attribua aux travailleurs au temps de Vilar et celui que joue aujourd'hui le public de la télévision. Sottes, maladroites, snobs et prétentieuses, Molière s'est montré impitoyable envers ses femmes savantes, plus féroce envers elles, en tout cas, qu'à l'égard de son bourgeois gentilhomme. Un début de misogynie ? Ne vise-t-il pas plutôt des personnes, obligeant les acteurs sociaux de son temps à se reconnaître dans le miroir de la comédie ? L'Hôtel de Rambouillet, par exemple ? L'idée en est venue aux contemporains, quoiqu'un seul auteur, auquel on ne peut se fier, cite la marquise à propos de Philaminte. L'incomparable Arthémis était morte le 27 décembre 1665 et, depuis quinze ans, son hôtel ne s'ouvrait plus qu'aux intimes. Georges Couton ne partage pas la conviction d'Antoine Adam qui, en Philaminte, a reconnu formellement Mme de la Sablière, cousine des Tallemant, mariée à un financier artiste et bel esprit, dont elle vivait séparée depuis 1667. D'une vaste culture, connaissant parfaitement le grec, étudiant l'astronomie. Son salon était fréquenté par les gassendistes et les anticartésiens. Selon Antoine Adam, les historiens l'ont fait passer à tort pour une femme sans mœurs. Elle recueillit chez elle et assura la subsistance de La Fontaine, tombé dans la débine, avant de finir pieusement en 1680. D'autres salons célèbres étaient des bastions d'opposition et de libre pensée. Mme des Loges recevait des protestants chez elle, et Mme du Plessis-Guénégaud, qui avait encouragé Racine, Boileau et Molière à leurs débuts, des jansénistes. Molière lui-même fréquentait avec Boileau chez Ninon de Lenclos et chez Mme Le Bel de Bussy, sa voisine du quartier Saint-Roch. Il savait à quoi s'en tenir sur la qualité de ces grandes dames. C'est pourquoi, dans sa chronique du *Monde* à propos d'une récente mise en scène des *Femmes savantes* due à Catherine Hiégel, Michel Cournot allait jusqu'à parler d'ingratitude et de mauvaise action. Sans aller aussi loin, les historiens de la littérature reconnaissent que l'on assiste dans ces années-là à un lent et modeste acheminement vers le siècle des Lumières. Cette société galante présente déjà des traits que l'on croyait apparus seulement au XVIIIe siècle. Les femmes jouissent d'une grande liberté. En général, cette génération tend à se libérer des formes morales et de leurs contraintes, surtout celles du mariage. En dépit des apparences, la galanterie recule, les compliments passent de mode, les hommes s'attachent de moins en moins aux rites d'une politesse cérémonieuse, encore chère à Philinte ; ils vont se distraire dans les cent vingt-deux jeux de paume et dans les innombrables tripots parisiens où beaucoup de femmes les rejoignent, tant la fureur du jeu est répandue.

Sans doute, mais en quoi cela concerne-t-il le message profond de la comédie de Molière, à laquelle, au nom de sa divine fraîcheur, tant de gens sont enclins à dénier toute profondeur ? La vérité de la comédie est à chercher du côté des salons bourgeois dont Georges Mongrédien souligne avec raison le rôle. Ces salons ont véritablement formé le goût public et on leur doit l'apparition de ce public d'honnêtes gens, le parterre de Molière, dont le jugement compte plus désormais pour les auteurs que les règles des doctes. *Les Femmes savantes* prennent leur véritable sens dans le mouvement qui pousse les salons à déborder l'aristocratie et à gagner la société bourgeoise du Marais. Georges Mongrédien donne en exemple Mme Pilou, « hirsute et masculine [qui] crie son mépris des duchesses ». Or Molière a réservé le rôle de Philaminte à un homme, Hubert ! Philaminte ressemble plus à Mme Verdurin qu'à Arthémis, certes. Dans sa maison de la rue des Oiseaux, Madeleine de Scudéry, Sapho des ruelles, fait le lien entre les deux milieux. Elle reçoit le gratin des poètes galants, des alcôvistes de qualité qui fréquentent aussi les salons du grand monde. D'autres bourgeoises se disputent le menu fretin, les Vadius et les Trissotin. On théorise sur l'amour platonique, on explore les zones inconnues de la Carte du Tendre, on dénonce la tyrannie des maris, on fait du féminisme de salon en modulant la musique des sphères sur un mirliton et en coupant les cheveux en quatre. Ce monde des salons bourgeois n'a eu ni son Saint-Simon ni son Proust.

D'où l'intérêt de la pièce de Molière. Fréquentant quelques-uns de ces salons, et pour cause, puisque nul, même pas Alceste, ne leur échappe, Molière ne sait où donner de la tête. Au temps des *Précieuses ridicules*, il avait fait rire tout Paris des fariboles que les pecques cultivaient en toute licence. Avec *L'Ecole des femmes*, il avait rejoint le combat des Précieuses pour l'émancipation des femmes. Dix ans plus tard, il est las des abus des uns et des autres. Il dénonce la perversion du goût, l'affadissement de la littérature, la banalisation du savoir par une culture salonnarde qui n'est pas sans rapport avec notre culture médiatique. D'authentiques écrivains, de véritables savants, de vrais professionnels sont contraints de travestir leur art, de parodier leur savoir, pour subsister et obtenir les subventions indispensables à la poursuite de leurs travaux.

Ce n'est pas tout. Les premiers signes d'une large diffusion du cartésianisme se manifestent à partir de 1660 et l'on en voit des traces dans *Les Femmes savantes*. Le parti cartésien, non content de s'occuper de physique et de philosophie, entend intervenir dans la vie intellectuelle et dans le développement de la littérature. Bien avant la présentation des *Femmes savantes*, les contemporains ont signalé l'existence des salons cartésiens tenus par des femmes du monde. Mlle Descartes, nièce du philosophe, la fille de Mme de Sévigné, d'autres Armandes de vingt-cinq ans, professent d'ardentes convictions cartésiennes. De hauts magistrats, de grands seigneurs se sont joints à elles. Le rayonnement de l'école suscite de vives résistances à l'université, à l'archevêché, à la faculté de théologie. En août 1671, l'archevêque de Paris signifie aux facultés de théologie, de médecine et de droit d'avoir à s'en tenir à la doctrine « portée par les règlements et statuts de l'université », la doctrine aristotélicienne. Molière songe même un instant à écrire une comédie sur cette affaire. Il y renonce et laisse ses amis Bernier et Boileau répliquer seuls à l'arrêt par une *Requête* ridicule et par un *Arrêt burlesque*. Les amis de Molière entendent plus stigmatiser le zèle des aristotéliciens que prendre la défense des cartésiens. Le cartésianisme en effet offusque tout autant que l'aristotélisme les disciples de Gassendi parmi lesquels on retrouve Bernier et La Mothe Le Vayer. Le salon de Mme de la Sablière est leur citadelle. Mais ces oppositions ne peuvent rien contre un engouement général. La période 1660-1668 est celle où l'influence du cartésianisme s'impose dans le domaine politique et juridique, où l'on attend désormais d'une monarchie autoritaire et éclairée l'organisation rationnelle de la société, comme dans le domaine des arts et lettres, où elle renforce l'autorité du dogme classique. Au lieu d'être le fruit d'une sagesse acquise, comme au temps de Chapelain, les règles se déduisent désormais des principes éternels, d'une évidence rationnelle, avec la rigueur des formules mathématiques, réduisant à rien la part de la liberté, du mystère, de la fantaisie.

La trahison des clercs

Le personnage de l'écrivain a failli devenir le protagoniste de la comédie des *Femmes savantes* et la satire de la vie littéraire son sujet central. Deux jours avant la première, Mme de Sévigné annonce que Molière va lire chez le cardinal de Retz sa comédie de *Trissotin* « qui est une charmante pièce » (9 mars 1672) et c'est sous ce titre que La Grange prend peu à peu l'habitude de la mentionner dans son registre. Sous prétexte que la marquise, peut-être par malice, écorche le nom du personnage, on suggère parfois que Molière a d'abord nommé sans équivoque les deux cuistres Tricotin et Magius, avant de leur choisir des noms moins transparents. Les contemporains ne s'y sont pas trompés. Trissotin, le triple sot, c'est l'abbé Cotin et Vadius, Ménage. Cette personnalisation, qui renoue avec l'esprit de la sotie et de la satire ancienne, est pour beaucoup dans le succès de la pièce. Le Menagiana prétend que La Thorillière s'était affublé d'un vieil habit de Cotin trouvé chez un fripier, et d'un masque à sa ressemblance. Surtout, preuve aveuglante, le sonnet à la princesse Uranie et l'épigramme sur le carrosse amarante sont pris presque textuellement dans les œuvres imprimées de l'abbé, parues en 1659, 1663, 1665. Le jour même où Mme de Sévigné écrivait à sa fille, Molière fit une harangue au public du Palais-Royal, jurant que sa vieille querelle avec Cotin n'autorisait personne à chercher des « applications » dans sa comédie. C'est vrai, Molière avait maints sujets d'en vouloir au poète-abbé. Dès 1659, *La Ménagerie* montre son auteur, Cotin en personne, excitant l'ire de Molière contre Ménage. *La Ménagerie* avait été rééditée en 1666. Dans la querelle de *L'Ecole des femmes*, Ménage et Cotin semblent avoir été les premiers à accuser Molière d'impiété. En 1666, dans *La Critique désintéressée sur les satires du temps*, Cotin s'en prenait d'une façon transparente aux comédiens en général, à Molière en particulier : « Que peut-on répondre à des gens qui sont déclarés infâmes par les lois, même des païens ? »

A la sortie du *Misanthrope*, Ménage et Cotin seraient allés « sonner le tocsin » pour annoncer « que Molière jouait ouvertement Montausier » (l'abbé d'Olivet). Enfin et surtout, Cotin était la bête noire de Boileau et du petit groupe d'esprits libres dont Molière faisait partie. Despréaux prend l'abbé pour tête de Turc en 1665 dans la satire III et en 1668 dans la satire IX. Les doctes de notre temps disputent à l'envi pour décider s'il faut ou non attribuer à Cotin ces répliques à Boileau que sont *La Satire des satires, Le Discours satirique, La Critique désintéressée.*

Agé de soixante-huit ans, académicien depuis 1654, Cotin était en 1672 au sommet de sa carrière. La gloire de l'écrivain éclipsait celle du prédicateur. Il est un bon exemple d'un type d'homme de lettres en vogue, l'abbé carriériste, auquel se rattachent aussi d'Aubignac, Ménage, de Pure. Cotin vaut sans doute mieux que la réputation qu'il doit à Molière et à Boileau. Lui-même s'est repenti d'avoir gardé dans ses œuvres complètes les balivernes dont Molière a fait sa pâture. Autre est le cas de Ménage, bon historien de la langue française, helléniste de poids, polémiste redoutable, qui avait eu avec d'Aubignac, Gilles Boileau et l'abbé Cotin des prises de bec retentissantes. La scène des sonnets est bien connue, quoiqu'on ne soit pas tout à fait sûr que Ménage y ait été le partenaire de Cotin. Molière a tout fait pour rendre le doute impossible. En 1672, il lui montre plus d'indulgence qu'à Cotin qui ne se remit jamais de l'agression et mourut dix ans plus tard sans avoir répliqué.

« L'écrivain est un mauvais sujet de comédie » soutient Ramon Fernandez à propos de cette affaire. Avec un sûr instinct comique, Molière détourne la satire des gens de lettres vers la satire des salons, au cœur de laquelle il fait surgir ses deux « masques » de cuistres. Il suffit de comparer avec les scènes symétriques des *Précieuses ridicules* pour constater que, dans l'acte II des *Femmes savantes*, sa verve satirique met en branle un jeu de vérité qui tire tout son sens de son lien avec la réalité des acteurs sociaux. Ensuite, Vadius est escamoté et Cotin change de personnage, devient ce qu'il est, la réincarnation de Tartuffe, figure de l'imposture intellectuelle.

Vadius et Trissotin sont un mélange de cuistres et de poètes galants. Ménage et Cotin mêlent aussi, on l'a vu, la cuistrerie et la galanterie. Mais ils sont d'authentiques savants, des polémistes redoutables, des animateurs de la vie intellectuelle. Ils appartiennent à des coteries, participent à des cabales, comme Boileau, comme Molière. Les unes et les autres se rattachent à des courants intellectuels influents, à travers lesquels le roi, Colbert, la Faculté, l'Eglise sont concernés. Molière attaque de front deux écrivains, dont un savant en *us*, rayés en 1667 de la liste des gratifications aux hommes de lettres sur laquelle continuèrent de figurer Molière et Boileau. On ne sait quelle avait été la réaction de Cotin à cette mesure, mais Ménage avait répliqué vertement, s'en prenant nommément à Colbert et rappelant qu'on l'imprimait dans toute l'Europe : « Aux yeux de Colbert, je ne suis ni savant ni bel esprit. » Ménage et Cotin se consolèrent mutuellement :

« Si la France pouvait connaître votre esprit…
— Si le siècle rendait justice aux bons esprits. »

On ne peut se tromper sur l'apostrophe fameuse de Clitandre :

« Il semble à trois gredins dans leur petit cerveau
Que pour être imprimés et reliés en veau
Les voilà dans l'Etat d'importantes personnes,

Qu'avec leur plume ils font le destin des
[couronnes,
Qu'au moindre petit bruit de leurs productions,
Ils doivent voir chez eux voler les pensions. »

C'est le ton des *Satires*. Comme Boileau, Molière défend la dignité de l'écrivain. Mais il fait aussi plaisir à Colbert. Ses parts d'auteur et d'acteur lui rapportent dix fois ce que lui donne son libraire. La plupart des écrivains, sans fortune personnelle, sans droits d'auteur, ne recevant que les maigres sommes que les libraires veulent bien leur verser, sont condamnés à vivre d'expédients, à quémander quelques gratifications à coups d'épîtres dédicatoires, à se faire embaucher comme secrétaires, bibliothécaires ou précepteurs. Une époque a pris fin avec la chute de Fouquet. Le mécénat privé a cédé la place au mécénat royal, moins coulant et plus chiche. Par la force des choses, les clercs noircissent du papier, sont polygraphes, commencent à donner dans le roman-fleuve après avoir fourni en copie les recueils collectifs qui passent de mode après 1670. Tout concourt, à l'heure où le salon bourgeois de Philaminte accueille les laissés-pour-compte, à faire de l'écrivain de métier un marginal, un parasite et un raté. Molière ne se sent rien de commun avec ces gens-là.

Le héros prosaïque

Le côté régulier, académique, de la nouvelle comédie apparaît surtout dans l'équilibre des principaux rôles. Le rôle de Chrysale, le plus en vue, est assez court, deux cent trente vers sur mille sept cent cinquante. Absent du premier acte, il prononce quelques vers au troisième, au quatrième et au cinquième. Chrysale épuise les deux tiers de son rôle au second acte, dans une immense tirade, l'une des plus longues du théâtre de Molière. C'est pourtant l'un des grands rôles de Molière et une des figures majeures du bourgeois. Tout l'esprit bourgeois de la comédie se condense en lui.

Depuis *L'Ecole des femmes*, tous les grands ridicules étaient des bourgeois. Cela faisait de Molière, aux yeux de certains, une sorte de Flaubert partageant le dédain de la cour pour sa classe d'origine. Molière se rangeait à l'avis de Mme Jourdain pour qui le bourgeois doit se tenir à sa place qui est subalterne. Dans sa comédie, abondent les parvenus, tous odieux ou grotesques. L'attitude de Molière n'en reste pas moins ambiguë. Elle échappe à tout conformisme. Le bourgeois est né de Sganarelle qui est né de la farce. Sganarelle reste éternellement le double dérisoire du bourgeois et celui de Molière, qui livre avec lui une sorte de lutte avec l'ange. Acteur, il se sent bien dans la peau du bourgeois, jouant à frôler sous l'oripeau théâtral la tentation bourgeoise, pour mieux l'exorciser.

D'ordinaire, le bourgeois de Molière est trahi par les valeurs de la tradition auxquelles il a fait une confiance aveugle. Il vit dans la terreur d'être cocu comme Arnolphe, volé comme Harpagon, malade comme Argan, et il dilapide son énergie vitale dans la préservation frileuse de son honneur, de ses biens, de sa santé. Ces monomaniaques sont des masques, des totems monstrueux, figures emblématiques situés au-delà du bien et du mal. Le raisonneur ne se risque même plus en la compagnie de la plupart d'entre eux. Même à ceux-là, Molière ne manifeste pas la hargne de Flaubert pour les siens. Ils sont fous, chimériques, odieux tant qu'on veut, jamais méprisables. Molière reconnaît en eux l'image grossie jusqu'à la caricature de l'échec qui guette sa classe. En ce moment crucial, il se retourne sur eux comme sur le passé de sa race, car c'est peut-être plus une question de race que de classe. L'itinéraire du bourgeois s'inscrit entre le quartier de la cathédrale à Beauvais et le pilier des Halles. Tous marchands drapiers. « Il y a de sottes gens qui me veulent dire qu'il a été marchand. — Un marchand ! C'est pure médisance, il ne l'a jamais été. » La tentation du reniement avant le chant du coq. Tous ces parvenus, paysans enrichis et bourgeois gentilshommes. Et le tissu de la France profonde avec ses contradictions : le sens inné des affaires avec la routine des méthodes, l'appât du gain avec le souci de la sécurité ; le goût de spéculer sur les idées générales et le soin de sa guenille. Tout cela, que Molière a enfoui au fond de ses os, explique les singularités qui ruinent la régularité de cette comédie régulière entre toutes, ces ruptures admirées chez Shakespeare, critiquées chez lui : Philaminte revêche au début, presque sympathique pour finir ; Martine baragouinant son patois pour commencer, pérorant ensuite avec aplomb, sans parler de ce qui rend Henriette moins avenante et Armande moins peste que leur premier abord ; et surtout Chrysale, si pusillanime d'emblée, si sûr de lui ensuite.

Plus rien ne subsiste en lui du despote domestique auquel ses congénères nous ont habitués. Ce pantouflard renverse l'ordre bourgeois traditionnel. C'est lui qui, par amour du calme, subit sans réagir la tyrannie féminine. Or Molière célèbre ce roi sans royaume, élève une statue au héros trivial et prosaïque. Gloire à l'homme tranquille qui assume sa médiocrité sans honte ni orgueil. Le bourgeois rapporte tout à son corps qui absorbe, digère, assimile l'être matériel du monde. Entre Sganarelle qui vante l'habit à l'ancienne qui tient le ventre au chaud, et Argan terrorisé par la putréfaction en lui des matières, Chrysale lance son acte de foi : « Oui, mon corps est moi-même. » Chaque représentation des *Femmes savantes* permet de le vérifier : si épais que soit son esprit, Chrysale emporte toujours l'adhésion du public, et non seulement des mâles. L'humanité ordinaire salue en lui son héros, le héros de la médiocrité satisfaite, de la trivialité triomphale, aux prises avec les prétentions de l'esprit. Il donne sa revanche à la bête sur l'ange. L'échec de Don Juan et d'Alceste est définitif. Ni héroïsme cornélien ni angoisse pascalienne, tout dépassement de la condition humaine sombre dans le ridicule. Toute fatalité est dérisoire, c'est là le fondement de l'ordre comique. Chrysale est le premier de tous à assumer pleinement ce refus de l'héroïsme. Il y a de l'héroïsme à cela.

16

Contrefaire le mort

Chagrins et tracas

Le fauteuil d'Argan

Diafoirades

La tête et le ventre

Sortie de l'acteur

Ci-gît Molière

Chagrins et tracas

La mort de Madeleine ne fut pas seule à endeuiller cette année 1672, la dernière que Molière parcourut d'une Saint-Sylvestre à l'autre. La vie continuait avec ses hauts et ses bas, mais le destin prenait pour lui désormais la forme du malheur. Au mois de mars, après de longues fiançailles à la mode des comédiens, Charles Varlet de La Grange se décida à épouser Marie Ragueneau, la Marotte de *Tartuffe*, fille du pâtissier-poète que Rostand a rendu célèbre. Marotte avait suivi son père quand, ruiné, le pâtissier avait rejoint la troupe de Molière à Lyon en 1654. Les deux nouveaux époux avaient le même âge, trente-trois ans. A ce moment, la fortune de La Grange s'élevait déjà à trente-six mille cent vingt-six livres. Marotte se trouva aussitôt enceinte.

Armande étant grosse de six mois, Molière se résolut à quitter la maison Brûlon où, devenue veuve, Geneviève Béjart était sur le point de se remarier avec Jean-Baptiste Aubry, fils du maître paveur qui était resté l'ami de Molière depuis qu'il l'avait aidé au temps de l'Illustre-Théâtre. Ni sa présence rue Saint-Thomas-du-Louvre ni celle des de Brie ne pouvaient combler le vide creusé par les morts de Marie Hervé et de Madeleine. Jean-Baptiste voulait déménager avant l'accouchement d'Armande. Le 26 juillet, il signa un bail de six ans, pour un loyer de mille trois cents livres par an, à dater du 1er octobre, avec René Baudelet, tailleur et valet de chambre de la reine, pour un hôtel particulier situé à l'emplacement du numéro 40 de la rue de Richelieu, à six numéros de l'actuelle fontaine Molière. Fermé par une porte cochère sur la rue de Richelieu, ce logement donnait directement sur les jardins du Palais-Royal, la rue Montpensier n'existant pas encore. L'hôtel comprenait un entresol et trois étages que Molière occupa à l'exception du troisième. Il disposait ainsi de trois caves, une cuisine, une écurie, quatre entresols, du premier et du deuxième étage, ainsi que de la moitié du grenier. Armande avait sa chambre au premier, Molière au second. Pour la première fois, il était luxueusement logé. Il affichait les signes de sa réussite, à l'exception des chevaux et du carrosse, puisqu'il se contentait d'une chaise à porteurs.

Molière a habité ce logement six mois à peine et Pierre Melèse, qui en a étudié longuement la disposition, pense qu'il n'avait pas fini de l'aménager à sa mort[1]. Les quatre parois de la grande salle de compagnie au premier étage, dont les trois fenêtres donnaient sur la rue de Richelieu, étaient équipées d'une « tenture de tapisserie de camelot façon Chine à bandes de taffetas vert ». On retrouve le fameux vert ailleurs, taffetas aurore et vert à l'intérieur du dôme, paravent de serge verte, rideaux de taffetas blanc et vert garnis de franges aux

1. *Pierre Melèse, "Les demeures parisiennes de Molière", in* Le Mercure de France, *n°1122, février 1957.*

fenêtres. Des meubles à pieds d'aigle de bronze doré, un grand clavecin, des tableaux, des tapis de Turquie, une vaisselle d'argent, une autre de porcelaine de Hollande, des coffres et des armoires abondamment garnis de linge fin, une bibliothèque d'environ trois cent cinquante volumes, répartie entre Auteuil et Paris, où l'on trouve la Bible, les poètes latins et grecs, un dictionnaire de philosophie, quarante volumes de comédies françaises, italiennes, espagnoles, mais aucune pièce de Shakespeare, quand les siennes étaient traduites et jouées couramment en langue « anglicane ».

Le 1er octobre fut baptisé en l'église Saint-Eustache Jean-Baptiste, dont la naissance donnait un petit frère à Madeleine-Esprit et scellait la réconciliation, qui s'annonçait durable, entre Molière et Armande. Décidément, celle-ci avait changé. Elle venait d'atteindre la trentaine, se préoccupait sincèrement du délabrement physique de son époux, prenait en charge avec La Grange l'administration du théâtre. Hélas ! Le petit Jean-Baptiste mit tout juste dix jours pour parcourir le chemin de l'humaine condition, du berceau à la tombe. Ses parents accompagnèrent le petit cercueil à Saint-Eustache, dans l'automne parisien dont l'enchantement doré augmentait leur chagrin.

Le 12 décembre, ce fut au tour de Marie Ragueneau de mettre au monde deux jumelles qui moururent aussitôt à un jour de distance. Peut-être Molière fut-il encore plus touché par la mort, dans les derniers jours de l'année, à l'âge de cinquante-deux ans, de Jacques Rohault, qui lui avait servi quatre ans plus tôt de truchement pour aider son père à remettre en état la maison de *L'Image Saint-Christophe*. Les deux hommes étaient liés par une amitié si profonde que Molière eut le pressentiment que le sage cartésien allait lui préparer sa propre place. Jean-Baptiste Poquelin, tapissier du roi, paroissien de Saint-Eustache, vivait désormais au jour le jour. Comme Madeleine, il commençait à songer à son salut. Il prit un directeur de conscience ! Au début de l'année, était mort, à l'âge de quatre-vingt-neuf ans, François La Mothe Le Vayer, avec lequel il s'était toujours senti une parenté d'esprit et une intimité de pensée qui équilibrait pour lui l'influence de ses autres amis libertins.

Pendant ce temps, se poursuivaient les intrigues de Lully, son musicien attitré, reçu avec les intimes dans la maison d'Auteuil. Séduit par la faconde du talentueux Florentin aux mœurs douteuses, dont l'ambition ne s'embarrassait d'aucun scrupule, le roi le comblait de faveurs et ne résistait pas à ses sollicitations. Or Lully était insatiable. Après avoir obtenu le monopole des concerts à la cour, il entendait se réserver celui de l'opéra. Il est possible que Molière ait eu le premier l'idée de demander au roi le privilège de l'opéra, en proposant une association à Lully qui, le devançant, l'obtint pour lui tout seul.

Le 28 juin 1669, un ecclésiastique besogneux, habitué de la prison pour dettes, l'abbé Perrin, associé à l'organiste Cambert, avait obtenu des lettres patentes pour une académie de musique. Peu après, pressé par les huissiers, Perrin vendit ses droits à Jean de Gratouilhet, intendant de la musique du duc d'Orléans et à Henri Guichard, fils du valet de chambre de Gaston d'Orléans. C'est alors que Lully décrocha des lettres patentes lui transférant le privilège pour cette académie. Ce privilège portait permission « de faire seul des dances, ballets, concerts de luts, tuorbes, violons et toutes sortes d'instruments de musique et autres choses, et défense à tous autres d'en faire ni exercer pour les causes et raisons qu'il déduira en tant et lieu ». On en était là en 1672 quand Lully prétendit exercer ce privilège qui portait atteinte aux comédiens, puisqu'il leur interdisait de faire « aucunes représentations accompagnées de plus de deux airs et de deux instruments sans sa permission par écrit ».

C'est contre cette prétention que s'élevèrent les comédiens de Molière, avec l'accord tacite de leur chef, en portant plainte collectivement contre Lully le 20 mars. Indépendamment de leur démarche, Molière, qui venait de faire au théâtre du Palais-Royal les coûteux travaux que l'on sait en vue d'y donner les spectacles musicaux à grande mise en scène, s'adressa directement au roi qui modifia ce que le privilège avait d'excessif. Contraint provisoirement de réduire ses prétentions, Lully devait prendre sa revanche aussitôt après la mort de Molière.

Celui-ci n'avait vraiment pas besoin de tous ces tracas. Il sentait sa santé se dégrader de jour en jour. Si l'on en croit la requête d'Armande après sa mort, « M. Bernard, prêtre habitué en l'église Saint-Germain, lui avait administré les sacrements à Pâques dernier ». Phrase sibylline ! S'agit-il des derniers sacrements, comme semble le croire Copeau ? En tout cas, celui-ci se trompe quand il affirme que Molière n'a pas joué le rôle de Chrysale dans *Les Femmes savantes* les 11 et 12 août suivant. La représentation du 11 a été donnée normalement à Saint-Cloud, chez Monsieur. Mais celle du lendemain, au théâtre du Palais-Royal, a bel et bien été annulée. « Néant. M. de Molière étant indisposé », note seulement La Grange.

Il faut que l'état de santé du grand comique ait au plus haut point inquiété tous ses amis pour que tous les témoignages aient situé vers cette époque, début décembre de la même année, deux mois avant l'issue fatale, l'une des plus célèbres anecdotes de la légende moliéresque. Boileau le trouva un jour « fort incommodé de sa toux et faisant des efforts de poitrine qui semblaient le menacer d'une fin prochaine ». La joie que Molière montra à le voir encouragea le satirique à lui dire tout haut ce que beaucoup pensaient tout bas : « Renoncez à la représentation. N'y a-t-il que vous dans la troupe qui puisse exécuter les premiers rôles ? Contentez-vous de composer et laissez l'action théâtrale à quelques-uns de vos camarades ; cela vous fera plus d'honneur dans le public. » Outré, Molière explosa entre deux accès de toux : « Ah ! Monsieur ! Que me dites-vous là ? Il y a un honneur pour moi à ne point quitter. » Boileau se le tint pour dit et bougonna en lui-même : « Plaisant point d'honneur à se noircir le visage tous les jours pour se faire une moustache de Sganarelle et à dévouer son dos à toutes les bastonnades de la comédie ! ».

Le fauteuil d'Argan

Le 1er août 1672, Louis XIV revenait de trois mois de guerre en Hollande. Conduite par Condé et Turenne, la campagne avait été illustrée par des « exploits victorieux », notamment par la prise de Maëstricht et le passage du Rhin qui donnèrent lieu à un déferlement d'hyperboles louangeuses. Boileau, pour sa part, se hissa au niveau des rodomontades du Matamore de *L'Illusion comique* :

« Par ses vastes exploits son bras voit tout soumis ;
Il quitte les armes
Faute d'ennemis »,

chante Flore dans le prologue du *Malade imaginaire*. En réalité, la victoire de Louis se heurta à l'inondation qui arrêta le roi en Hollande, et Guillaume d'Orange réussit en peu de temps à liguer contre lui le Brandebourg, le Danemark, l'empereur et le roi d'Espagne. Selon l'usage, chacun ne se prépara pas moins à « le délasser dans ses nobles travaux ». Pour sa part, Molière conçut le projet d'une « comédie mêlée de musique et de danses » intitulée *Le Malade imaginaire*. Tout avait été prévu, le prologue surtout qui n'a aucun lien avec la comédie, pour qu'elle fût créée devant le roi à Versailles, peu après son retour de Hollande. Après une visite à Saint-Cloud et une autre à Versailles, la troupe commença les répétitions de la nouvelle comédie. Or Molière sut bientôt qu'on ne ferait pas appel à ses services. Le temps passait. Molière espéra un moment que le roi réclamerait sa participation aux réjouissances du carnaval. Il n'en fut rien. *Le Malade imaginaire* parut pour la première fois sur scène à la ville, au théâtre du Palais-Royal, le 10 février 1673, et ne fut jamais joué à la cour du vivant de Molière. Pierre Gaxotte est bien le seul à douter que les manœuvres de Lully aient réussi à mettre Molière en disgrâce. Celui-ci s'était préparé dès longtemps à ce coup terrible. L'auteur-interprète de Sosie et de Moron, ces bouffons, savait à quoi s'en tenir sur l'inconstance de la faveur royale. Du jour au lendemain, elle accélérait vertigineusement le cours de la roue de la fortune, abaissait les uns, élevait les autres. L'illustre exemple de Fouquet et tant d'autres était présent à toutes les mémoires. Mais l'épreuve était redoutable pour un pitre à gages. Molière ne comprit que peu à peu ce qui lui arrivait. Il vécut trop peu de temps encore pour nous assurer qu'il finit par s'en remettre. Il y a tout lieu de craindre au contraire que ce mauvais coup ne l'ait rendu encore plus vulnérable. Il commanda la musique de sa nouvelle pièce à M.A. Charpentier qui avait déjà composé celle de *La Comtesse d'Escarbagnas*.

Diafoirades

Le Malade imaginaire n'est après tout qu'une comédie-ballet en trois actes. La dernière pièce de Molière a toutes les apparences d'une pièce secondaire. Il a bâti son intrigue à peu de frais, se contentant de reprendre un schème qui lui a déjà beaucoup servi, commun aux grandes comédies et aux farces : un père veut marier sa fille contre son gré à l'homme qui flatte son idée fixe ou son vice : un dévot, un gentilhomme, un médecin. Il reprend, à peine retouchées, des scènes entières de pièces antérieures. Et la cérémonie finale répète, sous une autre forme, la cérémonie turque du *Bourgeois gentilhomme*. Jeux de tréteaux, jeux de masques, « le carnaval autorise cela ». Sur le point de prendre congé, Molière retrouve Tabarin. Diafoirus, Purgon, Fleurant, les noms aussi sentent le lavement. « On voit bien que vous avez coutume de ne parler qu'à des culs », disait Béralde à Fleurant dans une première version. Mais Molière élève la tabarinade au niveau du grand art. La dernière pièce est la première à atteindre la grande comédie au cœur de la farce et, plus rare encore, la farce au cœur de la grande comédie. En voyant *Le Malade imaginaire*, on n'éprouve jamais le sentiment d'académisme inhérent aux *Femmes savantes*. Le rire des bouffons y dévale en torrent. Après *L'Ecole des femmes*, la comédie moliéresque avait quitté la place publique pour se calfeutrer dans le huis clos de la maison bourgeoise où Tartuffe traque Elmire et Trissotin Henriette. A partir de 1668, la comédie-ballet change le monde en théâtre, ouvre le mur du fond sur les délices de la fête et les délires de l'imaginaire. Or voici que *Le Malade imaginaire* remonte à la parade originelle. Argan se pelotonne dans son fauteuil comme au « bas-ventre de Maman » (Beckett). Le tréteau est à la fois son berceau et sa tombe.

Alors, la farce la plus grosse est aussi la comédie la plus accomplie. Béline est un Tartuffe femelle et son notaire Bonnefoy vaut le Monsieur Loyal du cagot. Scapin trouve enfin son pendant féminin en Toinette et Angélique domine de loin le lot des jeunes filles. Mais surtout Molière s'aventure *off limits* et, plusieurs fois, transgresse les lois non écrites de la dramaturgie classique. Trois fois, d'une manière éblouissante. La scène de la petite Louison est unique dans la littérature du temps. Philippe Ariès[1] y voit la preuve que les relations entre les adultes et les enfants ont changé. Non, c'est le rapport de Molière à l'enfance qui est en cause. D'abord la sienne, l'enfant qui a perdu sa mère à sept ans. Puis, ses propres enfants. Des trois, il n'a sauvé que la fille, Madeleine-Esprit, qui mourut inconnue à cinquante-deux ans. Pas facile d'être la fille de Molière ! Il a sorti cette scène du plus profond de lui-même. C'est la petite Beauval qui jouait le rôle de Louison.

Les imprécations de Purgon (III.5) menacent Argan des maladies les plus dégoûtantes de l'appareil digestif.

1. *Philippe Ariès*, L'Enfant sous l'Ancien Régime.

Cette énumération nosologique rejoint celle de Thersite dans *Troïlus et Cressida* et celle de Cebes dans *Tête d'or* par lesquelles Shakespeare et Claudel dénoncent l'absurde condition de l'homme. Georges Couton a montré que la source directe de cette scène se trouve dans les aphorismes d'Hippocrate « mis en vers français par le sieur de Launay » (Rouen, 1642). Dans la pièce de Molière, la scène prend une dimension expressionniste. Purgon devient un grand sorcier, un exorciste bouffon, qui lance un anathème contre Argan, coupable de sacrilège. (Déjà, Sganarelle accusait Don Juan de blasphémer la médecine.) Projeté symboliquement par les mots de maladie en maladie, Argan se traîne en posture de suppliant et d'excommunié. Il prend la médecine pour une magie.

Enfin, pour la première fois depuis *L'Impromptu*, hormis une brève allusion dans *Le Misanthrope*, Molière intervient nominalement, lui et sa maladie, dans sa propre comédie, d'une manière qui accentue le caractère unique du *Malade imaginaire* (acte III, scène 3).

Argan : « Par la mort du diable ! Si j'étais les médecins, je me vengerais de son impertinence et je le laisserais mourir sans recours. Il aurait beau faire et beau dire, je ne lui ordonnerais pas la moindre petite saignée, le moindre petit lavement, et je lui dirais : Crève ! Crève ! Cela t'apprendra une autre fois à te jouer de la Faculté. »

Béralde : « Vous voilà bien en colère contre lui. »

Argan : « Oui, c'est un malavisé et si les médecins sont sages, ils feront ce que je dis. »

Béralde : « Il sera encore plus sage que vos médecins, car il ne leur demandera pas de secours. »

Argan : « Tant pis pour lui s'il n'a pas recours aux remèdes. »

Béralde : « Il a ses raisons pour n'en point vouloir et il soutient que cela n'est permis qu'aux gens vigoureux et robustes et qui ont des forces de reste pour porter les remèdes avec la maladie ; mais que pour lui, il n'a justement de la force que pour porter son mal. »

Béralde parle ici par le truchement de Molière et c'est Molière, par le truchement d'Argan, qui s'en prend à lui-même, à ses attaques continuelles contre les médecins, pas toujours faciles à distinguer des attaques contre la médecine. Ne viennent-elles pas de le brouiller avec son ami Bernier, médecin lui-même, qui depuis des années poussait le même cri d'alarme que lui et accusait la médecine de s'enliser dans le verbalisme ?

On a attribué trop souvent à Molière le scepticisme radical de Montaigne qui réduisait la médecine à une mystification empruntant les formes du sacré, dont une partie de l'humanité a su se passer : « Il n'est nation qui n'ait été plusieurs siècles sans la médecine, et les premiers siècles, c'est-à-dire les meilleurs et les plus heureux ; et du monde la dixième partie ne s'en sert pas encore à cette heure ; infinies nations ne la connaissent pas, où l'on vit plus sainement et plus longuement qu'on ne fait ici. » (*Essais*, livre II, chap. 37.)

Il faut laisser faire la nature. Ceux qui doivent guérir guérissent. Les meilleurs remèdes ne sauveront pas les autres et contribuent plus sûrement à les tuer. Marc Soriano rapproche cette attitude de celle d'Ivan Illitch, parce que l'une et l'autre, au terme de leur logique, en arrivent à nier des évidences comme l'allongement de l'espérance de vie et la disparition des épidémies mortelles. Depuis Antoine Adam, tous les commentateurs soulignent l'importance de cette réplique de Béralde : « Les ressorts de notre machine sont des mystères, *jusques ici*, où les hommes ne voient goutte. » Molière est un homme de progrès. Il a pour amis des médecins éclairés comme Mauvillain et Bernier, des cartésiens comme Rohault et Boileau, qui l'ont aidé à tempérer son pyrrhonisme et son gassendisme. Le spectacle réjouissant de la folie universelle ne l'empêche pas de continuer à croire à la raison : « Je crois à la raison », dit-il en serrant les poings, comme le Galilée de Brecht. Des découvertes capitales sont faites à son époque par les savants de l'Europe entière. William Harvey a découvert la circulation du sang, Sanctorius le mécanisme de la transpiration, Olof Rudbeck le rôle de l'intestin, Gilson vient d'étudier l'anatomie du foie, Malpighi la nature des tissus et la fonction des vaisseaux capillaires. Tous se sont heurtés à l'immobilisme et au verbalisme de la Faculté, à la routine du corps médical, à son ignorance prétentieuse, à son aristotélisme aveugle. Molière croit aux découvertes de son siècle. Il reprend les arguments de *L'Arrêt burlesque* que l'année précédente Boileau a composé contre Morel, docteur à la forte mâchoire, qui avait tenté, en vain d'ailleurs, de faire condamner le cartésianisme par la Faculté. Les Diafoirus père et fils sont la caricature irrésistible du parti d'Aristote. Le fils a pris parti dans une thèse contre la circulation du sang. Contre « les prétendues découvertes de notre siècle », le père et le fils s'en tiennent aux « opinions de nos anciens ». Les médecins sont impuissants contre la maladie à cause des limites provisoires de la science. Molière leur reproche seulement de dissimuler leur ignorance sous un galimatias prétentieux de latin et de grec. Formés à la rhétorique aristotélicienne, ils savent tout juste « définir et diviser », « énumérer et subdiviser », mais là, ils sont imbattables. Langage et habit font le médecin. N'importe qui peut se revêtir de ces apparences, Sganarelle, ou mieux, Toinette, domestique changée en savant, femme travestie en homme. Molière rappelle l'impuissance actuelle de la médecine à soulager les vraies maladies, non seulement celles du corps, mais aussi de l'âme. Lui aussi, naguère, il prétendait guérir les mœurs par la comédie ! *Castigare ridendo mores* ! Il en est bien revenu ! Faire rire, oui, plus que jamais, mais sans espoir de guérir personne. C'est par son incurabilité même que le malade est risible.

La tête et le ventre

Béralde et Toinette sont sûrs qu'Argan se porte comme un charme. Mais les pionniers de la psychiatrie, au XIXe siècle, Pinel et Charcot, ont reconnu en lui un hypocondriaque et un mélancolique. Depuis, on a d'autant moins mis en doute sa névrose et le caractère psychosomatique de son mal qu'il ne peut tousser sans faire tousser Molière. En diagnostiquant « le poumon », Toinette désigne justement l'organe atteint chez Molière.

Argan est perturbé en deux parties de son corps, le ventre et la tête. Comme tous les grands bourgeois ridicules de Molière, il est frappé d'impuissance à vivre de plain-pied avec la vérité objective : les uns trichent avec elle, les imposteurs ; les autres s'illusionnent sur elle, les imaginaires. Argan est victime d'une double illusion : il croit en Béline, il croit en la médecine. Le guérir consisterait à l'amener à reconnaître l'imposture de Béline et celle de la médecine. Réussi pour l'une, raté pour l'autre. Au dénouement, plus victime que jamais des apparences, il ne doute pas d'avoir réalisé magiquement, grâce au cérémonial d'intronisation, l'unité magique du malade et du médecin.

Argan ne connaît pas sa folie. Par contre, il est hyperconscient du trouble corporel dont il se croit atteint. Humeurs et matières. Drogues et clystères. Ce malade dégoûtant est le véritable aboutissement clinique du bourgeois moliéresque. « Oui, mon corps est moi-même. » Le bourgeois se nourrit de la pure matière du monde dont son corps est le tabernacle. La névrose d'Argan naît de cette croyance mystique. Il vit dans la terreur de sentir ses entrailles encombrées de matières impures. A l'imagerie culinaire de Chrysale, il substitue une imagerie excrémentielle. Il se défait de l'intérieur. Il a somatisé son trouble dans les parties les plus faibles de son corps, le ventre et la tête.

Molière sait bien qu'Argan est malade et il sait qu'il l'est lui-même. « *Le Malade imaginaire* est une œuvre écrite et jouée par un vrai malade », écrit Marc Soriano[1]. Il sait encore que sa maladie est connue de tous, que ses ennemis raillent en public sa pâleur et sa toux comme il l'a fait lui-même dans *Pourceaugnac* et dans *L'Avare*. D'où un jeu de miroirs qui va le conduire à mettre comiquement le théâtre en rapport avec la mort à un double niveau. D'une part, Argan va feindre comiquement la mort pour ressusciter guéri de son illusion conjugale. D'autre part, ce jeu le concerne, lui : « N'y a-t-il pas quelque danger à contrefaire le mort ? » Il fait de la mort un jeu. Il décide de jouer sa mort, de jouer la mort, de mourir en jouant, de jouer à en mourir. D'autres comédiens sont morts à la tâche. La mort de

1. *Marc Soriano, in* Cahiers de recherche Université Paris VII, *n°3, 1977-1978.*

Molière seule a changé sa vie en destin, a changé le théâtre en destin de Molière et fait de la vie le double du théâtre. Omniprésente dans l'art baroque, la mort savait qu'elle devait le prendre en scène au moment précis où il la narguerait. Ce thème revient comme un leitmotiv dans les innombrables épitaphes parues à sa mort.

« J'ai joué la mort et la mort m'a joué[1]. »

Sortie de l'acteur

La mort de Molière et la création du *Malade imaginaire* sont à jamais prises l'une dans l'autre, comme un miroir qui aurait renvoyé une image sans réfléchir. Laquelle est la vérité de l'autre ? Molière meurt. Remontons en arrière. On ne sait presque rien de sa santé avant 1665. La Grange le dit de constitution robuste. D'autres témoignages renforcent le sien. Les années de lutte et de calomnie sont aussi celles de la maladie. On parle pour la première fois de maladie en 1666, au temps de *L'Amour médecin*. Un cycle de pièces sur les mœurs médicales se constitue alors. On peut penser que la maladie de Molière a éclaté au milieu de 1665 et qu'il a éprouvé le besoin de consulter à ce moment-là. On a le sentiment qu'une altération s'est produite. La plupart des biographes parlent de fatigue, de surmenage. Ils n'en savent rien. Autant que la coupable insuffisance des médecins, c'est la déchéance du malade qui est en cause. On dirait qu'il s'est installé dans la maladie.

Quelle maladie, au fait ? Les témoignages de Grimarest, de Le Boulanger Le Chalussay et ses propres

1. *Georges Mongrédien,* op. cit.

pièces concordent : une tuberculose accompagnée de ce qu'on nomme, au XVIIe siècle, mélancolie hypocondriaque, puis neurasthénie, aujourd'hui syndrome dépressif, ou dépression nerveuse chronique. Molière a succombé à une tuberculose pulmonaire, peut-être héréditaire, dont l'anévrisme de Rasmussen est une complication assez fréquente. Il est mort d'une rupture d'anévrisme de l'artère pulmonaire dans une caverne tuberculeuse[1]. D'ordinaire, la mort est foudroyante. Si l'hémorragie qui a étouffé Molière a commencé bien après la cessation des efforts qu'il avait faits pour jouer son rôle, c'est peut-être parce que la poche anévrismale s'est d'abord fissurée et ne s'est rompue qu'un peu plus tard. Il est mort étouffé.

Le récit le plus complet est celui de Grimarest. Nos historiographes tiennent tout ce que ce dernier rapporte pour suspect. Il a écrit son livre trente-deux ans après la mort de Molière. Il n'avait pu interroger ni Armande ni La Grange, disparus depuis des années. Son informateur, presque unique, fut Baron qu'on soupçonne d'avoir cherché à se donner constamment le beau rôle, à se faire passer pour le confident et le disciple bien-aimé. Force est pourtant de lui faire confiance, parce que les autres récits, particulièrement la requête d'Armande à l'archevêque de Paris rédigée le lendemain du décès, corroborent le sien, à quelques détails près.

Le lecteur est tout de même frappé par quelques anomalies : l'absence totale de La Grange dont Baron semble avoir pris la place, absence d'autant plus surprenante que ne tarde pas à être là Jean Aubry, le fils du paveur, beau-frère de Molière, qu'on était allé pré-

1. *Cf. René Thuillier,* La Vie maladive de Molière, *Paris, 1932.*

venir dans la maison Brûlon, au voisinage de laquelle La Grange habitait. Il ne faut pourtant pas oublier que le sinistre cortège était venu directement du théâtre où le patron avait eu un malaise à la fin de la quatrième représentation du *Malade imaginaire*.

Mais il est temps de renouer le fil des événements. On était donc au matin du vendredi 17 février 1673, jour anniversaire de la mort de Madeleine. On avait joué trois fois *Le Malade imaginaire* depuis une semaine. Les recettes étaient excellentes, 1 992 livres le 10, 1 459 livres le 12, 1 879 livres le 14. A n'en pas douter, c'était un succès. Dans l'intervalle, Molière avait aussi joué Sganarelle dans *L'Ecole des maris* et dans *Le Cocu imaginaire*. Le mercredi et le jeudi étaient réservés aux Italiens. Molière avait donc pu garder la chambre. Or, malgré ces deux jours de repos, son état avait empiré. Baron était venu aux nouvelles. Il fut accueilli par deux religieuses du couvent de Sainte-Claire d'Annecy, venues, selon la coutume, quêter pour le carême à Paris et, comme leur couvent était éloigné, elles logeaient dans la maison de la rue de Richelieu. Armande apprit à Baron que le patron n'était pas bien du tout. Il avait même renoncé à l'accompagner à l'église Saint-Germain-l'Auxerrois pour la messe anniversaire de la mort de Madeleine. Le patron les réclama tous les deux. Il leur tint un discours amer, quasi désespéré : « Tant que ma vie a été mêlée également de douleur et de plaisir, je me suis cru heureux, mais aujourd'hui, je suis accablé de peines sans pouvoir compter sur aucun moment de satisfaction et de douceur, je vois bien qu'il me faut quitter la partie ; je ne puis plus tenir contre les douleurs et les déplaisirs qui ne me donnent pas un instant de relâche. » Il se tut et parut réfléchir. Puis il ajouta, gardant les yeux clos : « Mais qu'un homme souffre avant de mourir ! Cependant, je sens bien que je finis. » Une larme roula sur sa joue. Baron vit qu'Armande était bouleversée et il en fut ému lui-même. Voyant Molière dans cet état, ils le supplièrent de renoncer à jouer ce jour-là. Il leur répondit : « Comment voulez-vous que je fasse ? Il y a cinquante pauvres ouvriers qui n'ont que leur journée pour vivre. Que feront-ils si l'on ne joue pas ? Je me reprocherais d'avoir négligé de leur donner du pain un seul jour, le pouvant faire absolument. » C'est alors, n'en déplaise à Baron, qu'il fit venir La Grange auquel il demanda de lever le rideau à quatre heures précises, faute de quoi il ne serait pas en mesure de jouer et il faudrait rembourser le public. Les retards étaient en effet fréquents et disproportionnés. Ce jour-là, la toile était levée et les lustres allumés quand Molière arriva, et la quatrième représentation du *Malade imaginaire* commença, en présence du prince de Condé, toujours fidèle. Elle se déroula à peu près normalement. Molière eut pourtant quelque mal à jouer jusqu'au bout. Au moment où il lança la réplique : « N'y a-t-il pas quelque danger à contrefaire le mort ? », La Grange en costume de Cléante et Baron qui ne jouait pas se jetèrent un regard en coulisse. En prononçant le troisième *juro* de la cérémonie finale, le comédien fut pris d'une convulsion qu'il réussit à transformer en grimace comique, sentant que le public avait remarqué son trouble. La sarabande des médecins alla néanmoins à son terme. Comme à travers un voile, Molière voyait leurs ombres, grandies et déformées par les lumières de la rampe, danser sur les châssis du décor comme des oiseaux de mauvais augure. Grimaçant, roulant les yeux, expectorant son latin macaronique, il était en transe et martelait les bras de son fauteuil en scandant :

« Clysterium donare
Postea saignare
Ensuitta purgare. »

Quelques minutes plus tard, au moment où il prononçait les premiers vers du *bacalarius* :

« Grandes doctores doctrinae
De la rhubarbe et du séné »,

il vomit un flot de sang. Il y eut un brouhaha dans la salle. Rideau ! hurla La Grange tandis que Baron se précipitait. Molière s'enveloppa dans une robe de chambre et gagna la loge de Baron, soutenu par deux des siens. Il était blanc comme un linge et frissonnait : « J'ai un froid qui me tue », murmura-t-il. Baron lui mit les mains dans son propre manchon pour les réchauffer. Le prince était parti, après avoir fait prendre de ses nouvelles. Il fallait faire vite. La nuit était tombée depuis longtemps. Des flambeaux accompagnèrent la course de la chaise qui emportait Molière par un réseau de rues étroites entre le théâtre du Palais-Royal et la rue de Richelieu, de l'autre côté des jardins que hantaient encore par petits groupes les masques du carnaval. Installé dans sa chambre, il refusa le bouillon fort que sa femme tenait toujours prêt et réclama à La Forest un morceau de fromage de parmesan qu'il mangea avec un peu de pain. Ensuite, on le mit au lit. Armande lui posa la tête sur un oreiller rempli d'une drogue somnifère. De nouveau, le sang jaillit de sa bouche. Comprenant que la fin approchait, Jean Aubry, qui venait d'arriver, envoya un valet et une servante chercher un prêtre de Saint-Eustache, sa paroisse. Ils revinrent bredouilles, annonçant que MM. Lenfant et Lechat, prêtres habitués, refusaient de se déplacer pour un comédien. Jean Aubry prit à son tour le chemin du presbytère. Pendant ce temps, Molière entrait en agonie, veillé par les deux religieuses. Armande et Baron attendaient à l'étage du dessous, dans la salle de compagnie.

Chacun imagine à sa guise la fantasmagorie confuse et incohérente qui a pu envahir la tête du mourant. Dans le film d'Ariane Mnouchkine, il voit par fragments kaléidoscopiques les scènes de sa vie qui préfigurent son aventure théâtrale, la fête des Rois quand il était petit, des corps juvéniles qui roulent dans la neige, le char des comédiens lancé dans le vent. Dans le livre de Boulgakov[1], ce sont des images plus étranges qui hantent Molière mourant, le sieur de Modène, premier amant de Madeleine, essuyant le sang sur son visage et se dégageant à grand-peine de dessous son cheval abattu à la bataille de la Marfée. Puis la boule pourpre du soleil s'enfonçant dans les eaux du Rhône aux accents du luth de D'Assoucy.

Et si c'étaient quatre philosophes, saouls comme des Polonais, descendant se noyer dans un fleuve dont la rive recule sans fin devant eux ? Ou un spectateur, un seul, au premier rang d'une salle aux banquettes, aux loges et aux balcons déserts, devant un rideau rouge qui ne se lève jamais ? Ou un grand seigneur méchant homme, répétant inlassablement : « Deux et deux sont quatre », en comptant sur ses doigts ?

N'y pouvant plus tenir, Armande et Baron étaient montés juste quand les deux nonnes en prière se levaient au son d'un sinistre gargouillis. Molière, barbouillé de

1. *Mikhaïl Boulgakov,* Le Roman de Monsieur de Molière, *Paris, 1972.*

sang, jeta sur eux un regard éperdu, tenta de dire quelque chose, crispa sa main sur le drap. Quel acteur ! ne put s'empêcher de penser Baron en contemplant le masque impassible dont La Grange fermait les paupières. Quand Jean Aubry revint de Saint-Eustache avec le prêtre habituel qu'il avait réussi à sortir de son lit, un certain M. Paysant, Jean-Baptiste Poquelin dit Molière était mort. Il était dix heures du soir. Selon La Grange, environ trois quarts d'heure s'étaient écoulés depuis qu'il s'était rompu une veine. Les comédiens de la troupe, prévenus on ne sait par qui, arrivaient l'un après l'autre.

Ci-gît Molière

Par la faute des curés, Molière était mort sans confession et sans avoir abjuré sa profession de comédien. Le curé de Saint-Eustache se saisit de ce prétexte pour refuser de l'inhumer en terre sainte. Après les médecins, les dévots se vengeaient. Armande se démena, avec l'aide du père François Loiseau, curé d'Auteuil, un peu janséniste, qui s'était lié d'amitié avec Molière à l'époque où celui-ci résidait au village. Il accompagna Armande, d'abord chez Harlay de Champvallon, archevêque de Paris, puis, devant sa mauvaise volonté, chez le roi en personne qui fit dire au prélat « d'éviter l'éclat et le scandale ». Puisque la terre consacrée s'étendait jusqu'à quatre pieds de profondeur, on creuserait jusqu'à cinq pieds pour Molière et le tour serait joué ! Harlay de Champvallon se soumit avec la plus mauvaise grâce du monde. Il décréta que Molière serait inhumé de nuit, sans service solennel et en dehors de la paroisse Saint-Eustache. L'inhumation eut lieu quelques jours plus tard, le 21 février à neuf heures du soir. Il se produisit un incident bizarre. Une foule de cent cinquante individus plutôt louches se rassembla devant la maison funèbre. Qui étaient ces gens ? Il y eut des cris, des sifflets. Devant cette manifestation « spontanée », quelqu'un suggéra à Armande de se montrer à la fenêtre, de dire aux manifestants le genre d'homme qu'était en vérité Molière, de distribuer un peu d'argent. Tout rentra dans l'ordre. A neuf heures, le cortège démarra. C'était très beau à cause des centaines de flambeaux portés par les assistants. *La Gazette d'Amsterdam* parla de sept à huit cents personnes, sans compter les centaines de pauvres qui s'étaient mêlés à elles. Dans la foule, on reconnaissait Pierre Mignard, Jean de La Fontaine, Boileau et Chapelle, chacun portant un flambeau. Les amis de Molière étaient en larmes, et Chapelle, qui n'avait pas bu, était sur le point de défaillir. Précédant le cercueil, trois ecclésiastiques marchaient en silence. Porté par quatre prêtres, le cercueil était escorté par six enfants de chœur en bleu, portant d'énormes cierges dans des chandeliers d'argent. Surmonté de ses lumières tremblotantes, le cortège gagna le cimetière Saint-Joseph qui se trouvait à la hauteur des numéros 140-144 de la rue Montmartre. A son passage, quelqu'un demanda qui était le mort à une virago qui répondit : « Eh ! C'est ce Molière ! » A quoi une autre commère répliqua vertement de sa fenêtre : « Comment, malheureuse ! Il est bien Monsieur pour toi ! »

Boileau était en train de trouver les premiers vers de son *Epître VII* qu'il cadençait au rythme de ses pas :

« Avant qu'un peu de terre obtenu par prière,
Pour jamais dans la tombe eût enfermé
[Molière... »

La tombe de Molière ! Boulgakov rappelle un détail curieux que l'on ne trouve jamais mentionné par les historiographes : « Sa femme fit couvrir sa tombe d'une dalle de pierre et commanda que l'on apporte au cimetière cent fagots de bois afin que les sans-logis puissent se réchauffer. Sitôt que l'hiver se fit rigoureux, un énorme bûcher se mit à flamber sur cette dalle ! A la chaleur, la pierre se fendit et éclata. Le temps dispersa ses débris[1]. » Je finissais par croire à une invention poétique du romancier russe introduisant le thème du feu dans la légende de Molière, jusqu'au jour où je découvris que Jacques Hillairet avait aussi fait mention de ce détail, en citant un texte dont il ne donne pas la référence. C'était deux ou trois ans après la mort de Molière.

Beaucoup plus tard, la plupart des parents, des amis de Molière étant morts, le roi, devenu très vieux, se promenait un jour dans le parc de Versailles en compagnie de Boileau, encore un peu plus vieux que lui. Le monarque demanda au poète quel était le plus rare des grands écrivains qui avaient honoré la France sous son règne, et Boileau nomma Molière. Louis XIV le regarda, surpris, et dit : « Je ne le croyais pas, mais vous vous y connaissez mieux que moi. »

Le temps disperse tous les débris. Impossible de reconnaître la tombe de Molière. La tradition finit par rapporter comme certitude que la poète avait été inhumé dans un angle du cimetière et que La Fontaine — dont le corps reposait aux Saints-Innocents — occupait la place de Molière au pied de la croix. En 1792, sous la Révolution, on exhuma les présumés ossements du comique et du fabuliste, et on les transporta dans deux

1. *Mikhaïl Boulgakov,* op. cit.

sarcophages au musée des Monuments français, avant de les enterrer au Père-Lachaise où les visiteurs vont aujourd'hui se recueillir devant deux tombes moussues et disjointes, qui ne conservent que des ossements anonymes, sous les arbres de l'Avenue transversale n° 1.

Rien ne reste de Molière. Aucune des maisons habitées par lui au cours de sa vie, ni la maison des Singes ni la maison à l'enseigne de Saint-Christophe aux Halles, ni les maisons de la rue Saint-Thomas-du-Louvre sur l'emplacement de laquelle s'étend la place du Carrousel, ni l'hôtel particulier de la rue de Richelieu où il est mort, rasé à la veille de la Révolution française. Aucun des théâtres où il a joué ne subsiste, ni les jeux de paume des Métayers et de la Croix Noire, disparus au début du siècle dernier, ni la salle du Petit-Bourbon qui a fait place à la colonnade du Louvre, ni le théâtre du Palais-Royal qui a brûlé en 1763.

Plus troublant encore. Il n'a laissé aucun manuscrit, aucune lettre, seulement quelques signatures au bas d'actes notariés. Georges Couton soutient qu'il n'y a là rien d'anormal. On a gardé peu de lettres du XVIIe siècle. La marquise de Sévigné est une exception, elle destinait ses lettres au public. Molière n'a pas écrit de Mémoires, ni rédigé un journal, ni tenu le registre de la troupe, il a laissé ce soin à La Grange et à Hubert. Il faut bien évoquer une fois de plus l'histoire, rapportée par l'historien Georges Lenôtre, de ce paysan venu en charrette, sous l'Empire, de Feucherolles, village de Seine-et-Oise où Armande Béjart vivait à la fin de sa vie avec son second mari. Sa charrette était chargée de manuscrits, « les papiers de M. Molière », qu'il voulait remettre aux autorités compétentes. C'était dimanche. Tous les ministères étaient fermés. Personne ne voulut de son chargement qu'il jeta à la Seine avant de rentrer dans son village. Vrai ou faux.

Rien ne reste de Molière, que son œuvre. Rien de lui n'échappe au théâtre, mais il élargit le théâtre aux dimensions du monde. Le gamin de Paris et le baladin des provinces ont trop parcouru les rues de la grand-ville et les routes du plat pays, hanté les foires et les fêtes royales, les boutiques et les salons, pour n'avoir pas fait du théâtre un jeu avec la vie, et de la vie un jeu avec le théâtre. Le grand écrivain met le meilleur de lui-même dans chacun de ses personnages. Aucun n'est son porte-parole, mais tous prennent à quelque degré la forme de ses chimères, de ses idées, de ses passions. Mais si l'auteur dramatique n'échappe pas plus qu'un autre à ses personnages, ses personnages, eux, lui échappent, s'échappent dans la spécificité de l'existence scénique qui les voue à la miraculeuse trahison des comédiens. « Les pièces ne sont faites que pour être jouées. » Molière se cherche lui-même ailleurs que dans le bronze et le marbre des statues qui veillent à l'entrée des théâtres, ou dans l'alignement de ses œuvres complètes sur les rayons des bibliothèques. Il y a des débris, une poussière d'or, que le temps n'a pas dispersés. Molière vit désormais dans l'ombre de chacun de ses interprètes, respire encore la poussière odorante des coulisses, partage la fièvre des dernières répétitions et la fête des grandes premières. Le théâtre et lui échangent leur substance, leur histoire, leur naissance. Le récit biographique devient le chant des origines. Il y a le Molière volant de la légende, comme il y a le Médecin volant de la farce. C'est avec lui que nous avons rendez-vous chaque soir.

D'abord, Molière travaille sur la matière même de son siècle : « Il faut peindre d'après nature », « faire reconnaître les gens de votre siècle ». A un moment où le public se lasse de la grandeur cornélienne, il oppose la comédie à la tragédie, non comme un genre à l'autre, mais comme la vérité à l'artifice. Il abandonne un peu la folle liberté des bouffons dont l'imaginaire illuminait les tréteaux dans le crépuscule du pont Neuf, de la place Dauphine, de la foire Saint-Germain : « Jodelet n'est plus à la mode. » Tout en prenant conscience de donner à la comédie une dimension nouvelle, Molière découvre que celle-ci mord sur le monde réel, touche les hommes de son siècle, met en cause des conduites concrètes, des groupes sociaux, des personnes vivantes. C'est l'étrange entreprise de faire rire les honnêtes gens, dans laquelle l'exigence réaliste et l'exigence morale vont de pair. Malgré sa fidélité à Montaigne et à Gassendi, Molière croit à la raison, au progrès, à la possibilité d'améliorer l'homme, la vie, la société. Or, au terme de sa trajectoire, la vérité, comme une balle, touche le réel, rebondit sur l'homme, met Molière et la comédie avec lui en danger. Il faut vraiment récuser par parti pris toute forme de théâtre engagé pour refuser d'admettre qu'entre 1664 et 1669, Molière se bat pour quelque chose contre quelqu'un, avec ses moyens d'homme de théâtre. Ce sommet du théâtre est d'ailleurs aussi une limite. Pris dans les contradictions de son temps, Molière parle un langage de dénonciation qui confond le théâtre et la vie. C'est Molière lui-même qui parle par Cléante, Don Juan et Alceste, aussi directement que dans le placet de 1667 et dans la préface de 1669. Dans cette dramatisation de la vie, dupe passionnée de Tartuffe en Orgon, témoin dérisoire de Don Juan en Sganarelle, double vertigineux d'Alceste, Molière achève sa métamorphose d'acteur-auteur en auteur-acteur.

Or le théâtre de Molière forme un tout, tout à la fois jeu avec les masques et combat contre les masques. D'une part, Molière arrache avec les masques de Tartuffe et de Trissotin ceux de tous les imposteurs. D'autre part, il révèle la métamorphose du visage humain en masque monstrueux sous la poussée du vice et de la sottise, d'Harpagon à Jourdain. Une seule fois, il tente de mettre à nu le vrai visage de l'homme sous la mince pellicule qui dérobe Alceste à lui-même. Ainsi le métier du théâtre conduit Molière à la poétique du théâtre. L'homme de théâtre se transfigure en homme-théâtre. Avant *L'Ecole des femmes*, le théâtre plante ses tréteaux face à la vie maintenue à distance. Dans l'affaire *Tartuffe*, la vie envahit le théâtre. Du *Bourgeois gentilhomme* aux *Fourberies de Scapin*, le théâtre envahit la vie. Versailles est le lieu des mascarades de la fête et des intrigues de la cour. Comédien du roi, Molière rêve de brouiller à jamais les frontières entre la vie et le jeu et de créer un théâtre total, à la mesure de l'irréalité de l'existence. Mais, dans le décor le plus baroque, dans la mascarade la plus folle et jusqu'au cœur du grand cérémonial qui emprisonne à jamais Jourdain et Argan dans leur délire et leur déguisement, Molière n'oublie pas de glisser le petit homme qui rappelle l'homme à sa vérité d'homme. Son Prospero, son Figaro s'appelle Scapin, un de ses derniers rôles, qui manipule à vue sur les tréteaux de la commedia dell'arte tous les Gérontes de la comédie moliéresque. Faisant de la vie un jeu, il en fait un aussi de la mort, de sa mort, et c'est le même. Molière joue à en mourir, il joue jusqu'à la mort et jusqu'à ce que la mort le joue. « Singe de la vie, singe de la mort. » Shakespeare côté cour, Molière côté jardin, la vie est une tragédie burlesque et une comédie triste, deux places vides à l'entrée où le théâtre occidental fait parade pour attirer le public. A la fin des comédies de Molière, les acteurs sortent de leurs personnages et l'auteur s'arrange pour que toute la troupe soit là pour saluer le public. Molière fait la harangue en costume de Sganarelle. Son rôle commence et finit par ce contact direct avec le public, par l'improvisation et la parole vivante.

Mais le temps emporte les débris et le théâtre, lieu de l'éphémère, cède au vertige du temps. Lequel trahit le mieux le théâtre : le comédien qui l'engloutit dans l'éphémère du jeu jusqu'à en mourir, ou l'écrivain qui lui confère la fausse éternité de l'écriture ? Molière fut les deux. Où est le vrai Molière ? Le jeu sans l'écriture s'abolit dans l'instant qui passe. L'écriture sans le jeu s'empoussière dans les éditions rares et part en morceaux dans les livres de poche. Dans une culture où la notion de tradition théâtrale n'a jamais existé, nous ne gardons jamais que la part écrite, la part du texte. L'écrivain Molière est éternel, mais qu'est-ce que l'écrivain Molière sans le comédien dont le temps a dispersé les débris, dissous les gestes, effacé les mimiques, aboli la prodigieuse présence ? Peut-être est-il malgré tout caché quelque part dans le texte, prisonnier magique de l'écriture, comme Ariel de son arbre et c'est le génie des Prospero de la fête théâtrale de savoir l'en libérer pour quelques soirs. Autrement, les cendres de Molière flottent dans l'air de Paris comme une chanson des rues, la romance d'Alceste à la grand-ville, un air d'accordéon, une plainte d'orgue de Barbarie qui rejoint Villon et Prévert.

Post-scriptum

Molière et ses metteurs en scène

Pendant tout le XVIIIe siècle et la majeure partie du XIXe siècle, la représentation des pièces de Molière porta la marque de ses grands interprètes, la mise en scène étant réduite à une mise en place et à une direction d'acteurs assurées presque toujours par le membre le plus ancien ou le plus illustre de la distribution. Aucune trace de l'idée toute moderne que le metteur en scène doit réaliser cette écriture scénique de l'œuvre qui, échappant à l'auteur, traduit concrètement une vision personnelle et originale pouvant au besoin jouer l'esprit contre la lettre ou, à l'opposé, la lettre contre l'esprit du texte. Au cours de cette longue période, la Comédie-Française eut presque l'exclusivité de cette œuvre, si bien que l'histoire du théâtre de Molière se confond en partie avec celle de l'illustre compagnie. On n'a cessé de s'y référer à une prétendue tradition moliéresque qui ne remontait jamais au-delà du XVIIIe siècle. Le seul lien entre Molière vivant et la tradition qui se réclamait de lui fut le comédien Baron qui, au cours d'une longue carrière plusieurs fois interrompue, jouait encore le rôle d'Alceste quarante ans après la mort de son maître. Les grands interprètes de Molière furent rares après lui au XVIIIe siècle et apparurent vers la fin de cette période. Grandmesnil, Mollé, Préville eurent pour pendant féminin Adrienne Lecouvreur qui fut une inoubliable Célimène.

La tradition

En réalité, le théâtre de Molière connaissait alors une éclipse qui durait encore au temps de Musset, comme l'atteste son poème *Une Soirée perdue*. Alors que s'affirmaient de nouveaux interprètes géniaux, comme Mlle Mars, ou seulement talentueux, comme Provost, la génération romantique mit à la mode « la mâle gaîté » de l'auteur du *Misanthrope*, ne commençant par rire que pour finir en larmes. C'est alors que l'université s'en mêla, amalgama le moraliste raisonneur cher à Voltaire et le rêveur mélancolique des enfants du siècle, présenta Molière à des générations de lycéens formés au moule du lycée napoléonien comme un ratiocinateur bougon, un rabâcheur de morale bourgeoise, de juste milieu, de bon sens rassis. Devenue Maison de Molière, la Comédie-Française fit alliance avec les doctes. Vers les années 1880, de très grands comédiens y imposèrent pour longtemps cette vision bourgeoise du personnage molièresque : Edmont Got (Arnolphe), Emilie Dubois (Agnès), Suzanne Reichenberg (Agnès), Blanche Beretta (Agnès), Coquelin Cadet (Harpagon), Louise Contat (Célimène), Cécile Sorel (Célimène). Au début de notre siècle, cette tradition restait forte, secouée en dehors de la Maison par quelques anticonformistes, tel Lucien Guitry, dont le Tartuffe à l'accent auvergnat fit bondir les notaires en 1920. La Comédie-Française a d'ailleurs poursuivi dans cette voie traditionnelle jusqu'à une date récente, grâce à d'excellents acteurs comme Signoret, André Brunot, Fernand Ledoux, Louis Seigner, Pierre Dux, Berthe Bovy, Annie Ducaux, Mony Dalmès.

L'ère du metteur en scène

Les choses se sont mises à changer à mesure que l'importance des metteurs en scène grandissait. En France, il fallut plus de temps au metteur en scène pour imposer sa primauté et, d'autre part, les classiques, donc Molière, furent plus souvent que les modernes son cheval de bataille à cause de leur prestige, de leur richesse et... de leur docilité.

Un universitaire, Gustave Lanson, et un homme de théâtre, Jacques Copeau, en soulignant l'importance de la farce dans le métier comique de Molière, ont insufflé une vie nouvelle à son théâtre. Puisque la convention le liait au sérieux bourgeois et à la mélancolie romantique, pouvait-on mieux le restituer au théâtre vivant qu'en retrouvant au cœur même de son génie comique la farce, le jeu de tréteaux, la fête ? Dès la première saison du Vieux-Colombier (octobre 1913), Jacques Copeau faisait de *L'Amour médecin* le coup d'envoi de son entreprise de rénovation : jeu physique et concret de formes et de gestes, personnages aux couleurs vives, comme peints sur la toile gris perle, avec « un grand diable bègue », le Macroton du jeune Louis Jouvet. Par la suite, Jacques Copeau devait monter *L'Avare* (1913), *La Jalousie du barbouillé* (1914), *Le Médecin malgré lui* (à New York en 1920), *Les Fourberies de Scapin*

(1920), *Le Misanthrope* (1922), avant de se consacrer à une monumentale édition du théâtre complet de Molière. Il a soumis une fois pour toutes le théâtre de Molière à la leçon du tréteau nu : « Le tréteau est déjà l'action, il matérialise la forme de l'action et lorsque le tréteau est occupé par les comédiens, lorsqu'il est pénétré par l'action même, il disparaît. »

Compagnons de Jacques Copeau au Vieux-Colombier, Charles Dullin et Louis Jouvet lui restèrent fidèles par-delà la rupture. Des quatre hommes du Cartel, ils furent les seuls à travailler sur Molière. Dans toute sa carrière, Charles Dullin a d'ailleurs joué une seule pièce de lui, *L'Avare*, qu'il avait jouée au Vieux-Colombier dès 1913. Il en fit une mise en scène à l'Atelier en 1920, qu'il reprit de saison en saison jusqu'à sa mort. *L'Avare* et *Volpone* le tiraient d'affaire chaque fois que l'Atelier menaçait ruine. Par sa mise en scène et par son interprétation d'Harpagon, Dullin restait fidèle à la farce latine « qui seule permet de grossir les traits sans pervertir le sens » (Jean Duvignaud).

Le 25 janvier 1936, Louis Jouvet donnait au théâtre de l'Athénée, dans un admirable décor mobile de Christian Bérard, la première d'une *Ecole des femmes* qui allait jouer pour lui pendant de nombreuses années, à côté de *Knock*, le même rôle que *L'Avare* pour Dullin. Six mois plus tard, il donnait aux Annales une conférence sur « l'interprétation de Molière » qui devait marquer un point de non-retour dans l'histoire de la mise en scène moliéresque. Pour Jouvet, il s'agit de « jouer la situation d'abord et d'y laisser libre le personnage ». Rejetant le philosophe, le moraliste, le tapissier du roi, il ne garde que « l'athlète complet », fou de théâtre. Après la guerre, privé de Giraudoux, Louis Jouvet a consacré ses dernières années à Molière. Il monta *Dom Juan* (1947) dans un dispositif somptueux de Bérard et *Tartuffe* dans un décor austère de Braque (1950).

Cinq ans avant celui de Jean Vilar, le *Dom Juan* de Louis Jouvet révéla l'extraordinaire modernité du chef-d'œuvre maudit de Molière. On ne critiqua guère que le rôle effacé de Sganarelle et la lourdeur baroque du dénouement. Par contre, ni la critique ni le public ne comprirent le parti pris qui poussa Jouvet à assombrir *Tartuffe* au point d'étouffer complètement la comédie, comme devait le faire Roger Planchon quinze ans plus tard.

On a beaucoup joué Molière dans l'immédiate après-guerre et dans un esprit neuf, même à la Comédie-Française où Pierre-Aimé Touchard, administrateur de 1947 à 1953, confia de nombreuses mises en scène à Jean Meyer : la plus marquante fut celle du *Bourgeois gentilhomme*, dominée par le décor de Suzanne Lalique et par l'interprétation de Louis Seigner. A la même époque, l'éclectisme raffiné de Jean-Louis Barrault ne lui a pas permis de marquer de façon durable l'histoire du théâtre de Molière. Le grand événement des années cinquante est le *Dom Juan* de Jean Vilar, qui avait presque débuté, très discrètement, pendant l'Occupation, avec une première mise en scène de cette pièce. Monté d'abord à Avignon, puis au T.N.P., en 1953, *Dom Juan* fut un temps fort de la grande fête théâtrale que Jean Vilar anima au T.N.P. dans ces années-là, avec *Le Cid, Lorenzaccio, Richard II* et *Le Prince de Hombourg*. Jamais l'austère nudité vilarienne ne fut plus efficace, faisant jouer l'une sur l'autre, par un contraste magnifique, la tragédie comique du maître et la bouffonnerie tragique du valet. Ce fut en effet la plus grande réussite de ce spectacle que de rétablir l'équilibre entre le maître et le valet, grâce à Daniel Sorano qui faisait de Sganarelle « le moule en creux » (Roland Barthes) de *Dom Juan*. Dans les débuts du T.N.P., Jean Vilar monta *L'Avare* en farce de tréteaux et ne fut pas compris. Mais en 1963, pour ses adieux au public du T.N.P., Jean Vilar fit une nouvelle mise en scène de la même pièce et remporta cette fois un triomphe.

La nouvelle vague

Alors survint la nouvelle vague des metteurs en scène, d'abord soumis à l'influence de Brecht, puis aux modes qui se sont succédé au cours des deux décennies suivantes. Le réalisme brechtien, superbement assimilé, marquait le *George Dandin* de Roger Planchon en 1958. On y sentait le foin sur fond de lutte des classes. La première mise en scène de *Tartuffe*, en 1962, soulignait le sens érotico-mystique de la pièce dans l'un des plus beaux décors que le théâtre ait jamais vus (René Allio). Interprètes du rôle principal en alternance, Michel Auclair et Roger Planchon inaugurèrent une mode durable : faire jouer les grands premiers rôles de Molière (Don Juan, Tartuffe, Alceste) par des acteurs jeunes et séduisants, presque des jeunes premiers. La seconde mise en scène de *Tartuffe* (1976) délaissa le décor de René Allio pour un autre, moins inspiré mais plus conforme à la nouvelle conception de Roger Planchon. Elle consistait en gros à substituer le modèle Robert Wilson (*Le Regard du sourd*) au modèle brechtien. Ce changement est apparu pleinement dans l'immense spectacle en deux soirées au cours duquel on jouait le *Dom Juan* de Molière et l'*Athalie* de Racine (1644 et

1691) dans le même décor, comme une réflexion continue sur la société théocratique rêvée par le milieu catholique issu de la Contre-Réforme. Les mises en scène de Roger Planchon ont dominé nettement la période post-vilarienne de la mise en scène moliéresque. Chaque réalisation de Jean-Paul Roussillon à la Comédie-Française (*L'Avare, George Dandin, L'Ecole des femmes, Les Femmes savantes, Tartuffe*) arrache un peu plus Molière au conformisme traditionnel du lieu, en le poussant vers le réalisme noir.

En 1978, en même temps que sortait sur les écrans le superbe film d'Ariane Mnouchkine consacré à Molière, Antoine Vitez révélait au public la plus grande entreprise moliéresque de ces dernières années : les quatre grandes pièces de Molière (*L'Ecole des femmes, Tartuffe, Dom Juan, Le Misanthrope*) montées comme une tétralogie. Les mêmes acteurs, d'une pièce à l'autre, s'efforçant d'établir des analogies entre leurs différents personnages ; tous élèves de Vitez, tous plus jeunes que les rôles traditionnels. La vogue de Vitez atteignait alors son sommet. Créé à Avignon, repris à Paris, joué dans toute la France et à l'étranger, ce festival Molière a passionné et irrité à la fois. Au-delà de la sophistication du jeu, il reste la « mise à mort » comique du « bouc émissaire » qui se manifeste dans la disparition finale d'Arnolphe, de Tartuffe, de Don Juan et d'Alceste. Antoine Vitez y voit à la fois la préfiguration de la mort de Molière et la figuration de celle du Christ. Plus que toute autre, la figure du *Misanthrope* — joué comme un « idiot » dostoïevskien — sortait magnifiée de cette vision discutable mais passionnante.

D'autres mises en scène récentes méritent d'être mentionnées : le *Dom Juan* de Patrice Chéreau en 1969, le

Pourceaugnac de Philippe Adrien en 1980, *Le Bourgeois gentilhomme* du Grand Magic Circus, la même année, puis celui de Jean-Luc Boutté à la Comédie-Française en 1986, *Le Misanthrope* de Jean-Pierre Vincent à la Comédie-Française. Toutes résolument marquées par l'esprit de la modernité, elles ne font pas nécessairement oublier d'autres plus anciennes, plus modestes, telles *L'Ecole des femmes* et *Le Misanthrope* que Pierre Dux monta aux mardis de l'Œuvre dans les années soixante. On n'a jamais autant joué Molière que depuis vingt ans. Une statistique récente le met en tête des représentations données à Paris et en province, loin devant Shakespeare. Bien des jeunes animateurs de province jouent les iconoclastes à la manière de Planchon et de Chéreau à leurs débuts. Les nouvelles générations d'enseignants et d'enseignés ne font pas tous la différence entre ceux qui s'en prennent à la « statue » de Molière et ceux qui s'attaquent au visage de Molière en personne. Il devient de plus en plus difficile d'assister à une mise en scène sage et modeste, fidèle à la fois à l'esprit et à la lettre, propre à servir de point de référence pour les autres rencontres.

Chronologie

Molière

L'enfance

1621. — En avril, à l'église Saint-Eustache, Jean II Poquelin (parfois orthographié Pouguelin) épouse Marie Cressé.

1622. — Le 15 janvier, Jean III Poquelin, futur Molière, né le 13 ou le 14, est baptisé à l'église Saint-Eustache. Pour le distinguer de son cadet Jean IV, né en 1624, on l'appellera Jean-Baptiste. Il aura trois frères, Louis (né en 1623), Jean (né en 1624) et Nicolas (né en 1627), et deux sœurs, Marie (née en 1625) et Marie-Madeleine (née en 1627).

1626. — Mort de Jean I, grand-père paternel.

L'époque

1621. — La guerre de Trente Ans bat son plein. La France reste neutre. Naissance de La Fontaine. Pierre Corneille étudie à Rouen. Louis XIII a vingt et un ans, il est majeur depuis huit ans. Le 5 septembre, Richelieu est nommé cardinal. En 1624, il entrera au Conseil du roi et commencera à lutter contre les protestants.

1622. — Naissance de Pascal. Formation du trio de l'Hôtel de Bourgogne. Corneille a seize ans.

1624. — Révolte des croquants du Quercy.

1625. — Flirt d'Anne d'Autriche avec Buckingham.

1626. — Soutenus par l'Angleterre, les protestants s'agitent. La France signe un traité de paix avec l'Autriche et l'Espagne. La *Sylvie* de Mairet.

1627. — Naissance de Bossuet. Fondation de la compagnie du Saint-Sacrement. Siège de La Rochelle, fief des protestants. La ville tombe l'année suivante. La

	paix d'Alès consacre la soumission des protestants.
	1628. — Mort de Malherbe.
1629. — Le grand-père maternel, Louis Cressé, achète une maison à Saint-Ouen.	1629. — Première pièce de Corneille, *Mélite*. Richelieu devient « principal ministre ».
1630. — La sœur de Molière, Marie, meurt à l'âge de cinq ans.	1630. — Mort d'Agrippa d'Aubigné. Début de la lutte contre l'Autriche.
1631. — Le 22 avril, Jean II Poquelin, père de Molière, achète la charge de valet de chambre ordinaire et de tapissier du roi, dont le précédent titulaire était son frère Nicolas.	1631. — Théophraste Renaudot publie le premier numéro de sa *Gazette*.
1632. — Le 11 mai, mort de Marie Cressé, mère de Molière. Jean-Baptiste a dix ans. Marie Cressé est inhumée au charnier des Saints-Innocents.	1632. — Rébellion, arrestation et exécution de Montmorency.
1633. — Le 11 avril, Jean Poquelin se remarie avec Catherine Fleurette, fille d'un carrossier. De ce second mariage de son père naîtront trois demi-sœurs pour Molière. Mort de son frère Louis, âgé de dix ans.	1633. — Mort de Gaultier-Garguille, Gros-Guillaume et Tabarin, farceurs. Naissance de Lully. Abjuration de Galilée.
1634. — Mort de sa demi-sœur Catherine à l'âge de un an.	1634. — La *Sophonisbe* de Mairet. Naissance de Mme de La Fayette. *La Place Royale* de Corneille. Mort de Bruscambille, farceur. Assassinat de Wallenstein.
1635. — Jean-Baptiste entre au collège de Clermont (lycée Louis-le-Grand) tenu par les jésuites. Il y a pour condisciples François Bernier et Chapelle.	1635. — Fondation de l'Académie française. Louis XIII entre en guerre avec Philippe IV d'Espagne. Ouverture du théâtre du Marais. Campanella, auteur de *La Cité du soleil*, est accueilli en France.
1636. — Jean-Baptiste a quatorze ans. Naissance et mort de sa demi-sœur Marguerite. Le 12 novembre, mort de sa belle-mère Catherine Fleurette. Madeleine Béjart achète une maison avec jardin rue de Thorigny, tout près du théâtre du Marais.	1636. — Création de *L'Illusion comique* puis du *Cid*. Naissance de Boileau. Saint-Cyran est directeur spirituel de Port-Royal. Complot de Gaston d'Orléans contre Richelieu. L'empereur déclare la guerre à la France. Le 7 août, prise de Corbie par les Espagnols. La *Marianne* de Tristan l'Hermite.

La vocation

1637. — Le père de Jean-Baptiste demande pour celui-ci la survivance de la charge de tapissier et de valet de chambre du roi. Jean-Baptiste prête serment quatre jours plus tard. Il a quinze ans.

1637. — Descartes publie le *Discours de la méthode*, écrit en français.

1638. — Mort de son grand-père maternel, Louis Cressé. Madeleine Béjart a un enfant du baron de Modène.

1638. — Le 5 septembre, naissance de Louis, futur Louis XIV. Campanella salue cette naissance à la manière de Virgile dans la 5e *Bucolique* : Règne de Saturne. Mythe solaire.

1639. — Jean-Baptiste quitte le collège de Clermont dans les derniers mois de l'année.

1639. — Naissance de Jean Racine.

1640. — Au cours de cette période, Molière se lie avec la famille Béjart.

1640. — Arrivée à Paris de Tiberio Fiorelli, dit Scaramouche. *Horace* et *Cinna* de Corneille. Prise d'Arras. Occupation de Turin et de la Savoie.

1641. — On est sans nouvelles de Molière. Peut-être est-ce à cette époque qu'il fait des études de droit à Orléans. Il y a peut-être eu un carnaval à Orléans, mais pas de violences policières ! (Cf. le film d'Ariane Mnouchkine...)

1641. — Alliance de la France avec le Portugal. Ordonnance de Louis XIII sur le théâtre et les comédiens. Esprit de Rémond de Marmoiron, baron de Modène, est blessé à la bataille de la Marfée, perdue par les alliés du duc de Guise dont il fait partie. Les *Méditations métaphysiques* de Descartes. Les jésuites interdisent l'enseignement cartésien dans leurs collèges.

1642. — Molière est devenu l'amant de Madeleine Béjart. Naissance d'Armande Béjart. Voyage du roi à Narbonne : Molière fait peut-être partie de sa suite, remplaçant son père. Il annonce à celui-ci qu'il veut devenir comédien. Il se retrouve sans argent sur le pavé de Paris. Il brigue un emploi chez le charlatan Barry. Il s'installe chez les Béjart, rue de Thorigny.

1642. — *La Mort de Pompée* et *Le Menteur* de Corneille. Exécution de Cinq-Mars. Mort de Richelieu. La France annexe le Roussillon.

L'Illustre-Théâtre

1643. — En janvier, Jean-Baptiste renonce à la charge de tapissier du roi au profit de son frère. Le 6 janvier, Jean II Poquelin lui octroie six cent trente livres pour sa part dans la succession maternelle. Le 30 juin, Molière signe, avec les Béjart et les autres membres de la troupe, le contrat de fondation de l'Illustre-Théâtre. Le 12 septembre, location du jeu de paume des Métayers, près de la porte de Nesle (rue Mazarine). Pendant les travaux, la troupe va jouer à Rouen à l'occasion de la foire Saint-Romain. De retour à Paris, le 28 décembre, trois jours avant l'ouverture, la troupe fait paver le sol devant le théâtre par Léonard Aubry.

1643. — *La Suite du Menteur*. Mazarin est fait cardinal. 14 mai : mort de Louis XIII. Louis XIV devient roi à cinq ans. Anne d'Autriche est régente. 19 mai : Condé remporte la victoire de Rocroi.

1644. — Le 1er janvier, l'Illustre-Théâtre ouvre ses portes. 14 janvier : le théâtre du Marais est incendié. Août : pour la première fois, Jean-Baptiste signe *Molière*. Il semble avoir pris la direction de la troupe. Décembre : l'échec des premiers spectacles force l'Illustre-Théâtre à s'installer au jeu de paume de la Croix Noire, sur la rive droite. De menus succès et la protection de Gaston d'Orléans ne diminuent pas les dettes qui s'accumulent. Le sieur Jean Pommier, créancier, tient la troupe pieds et mains liés.

1644. — Condé et Turenne remportent la bataille de Nördlingen. Ouverture du Congrès de Westphalie.

1645. — Mai : Pommier traîne Molière en justice. Août : le marchand de chandelles Antoine Fausser le fait emprisonner au Châtelet pour deux factures impayées. Le paveur Léonard Aubry se porte caution pour lui. Décembre : Molière est libéré. C'est la fin de l'Illustre-Théâtre. Molière quitte Paris le premier. Le père Poquelin rembourse le paveur Aubry.

1645. — Campagne de Turenne au pays de Bade. Naissance de La Bruyère.

Les années de province

1646. — Pendant un an, aucun témoignage sur Molière lui-même. Le 2 janvier, Madeleine Béjart quitte Paris. 12 mai : contrat pour le transport de Nantes à Rennes des bagages des comédiens du duc d'Epernon, dont Madeleine et Molière font partie. 12 octobre : le poète Magnon recommande Madeleine Béjart au duc d'Epernon à Bordeaux. La troupe est dirigée par Charles Dufresne avec lequel Madeleine a joué autrefois. Entre douze et quinze troupes de « comédiens de campagne » sillonnent la France.

1647. — La troupe est à Toulouse en juillet, à Carcassonne en octobre, le 24 octobre à Albi.

1647. — Début de la Fronde des parlements. *Remarques sur la langue française* de Vaugelas.

1648. — Le 19 avril, Dufresne loue le jeu de paume de Fontenay-le-Comte, dans la région de Nantes. Le 23 avril, le nom de Molière apparaît pour la première fois. On lui refuse, à lui et à ses camarades, l'autorisation de jouer, le gouverneur de la Meilleraye étant malade. Le 18 mai, la troupe peut enfin jouer. Le 8 juin, la troupe joue à Fontenay-le-Comte. 11 juin : à Nantes, Molière signe un acte de baptême. 1er novembre : à Poitiers, on enterre la femme de Dufresne.

1648. — 28 août : arrestation du conseiller Broussel à Paris. Journée des barricades. Des parlements de province frondent les gouverneurs. Parlement de Bordeaux contre le gouverneur de Guyenne. Révolte des Pitauds en Gascogne. Victoire de Condé sur les Espagnols à Lens. 24 octobre : traité de Westphalie qui donne l'Alsace à la France. Mort de Voiture. Mort de Guillot-Gorju, farceur.

1649. — Le 4 mai, la troupe reçoit soixante-quinze livres pour avoir joué à Toulouse. Juin-août : le père de Molière règle ses dettes. La troupe est à Montpellier. Le 3 octobre, à Vienne, location d'un salon de l'Hôtel-Dieu pour jouer la comédie. Le 8 novembre, à Poitiers, on lui interdit de jouer « attendu les misères du temps et la cherté des blés ». Fin décembre : un baptême à Narbonne.

1649. — De 1649 à 1652, quatre étés pourris entraînent la rareté des récoltes et la cherté des prix. Fin de la Fronde des parlements. La Fronde des princes commence. *Le Grand Cyrus* de Mlle de Scudéry. *Le Roman comique* de Scarron.

1650. — 10 janvier : Narbonne. 13 février : Agen. 8 août : Toulouse. 17 décembre : Pézenas. Compromis dans la Fronde, le duc d'Epernon perd le gouvernement de Guyenne et cesse de patronner la troupe. Dufresne en abandonne la direction à Molière, mais reste avec ses camarades. Catherine Leclerc (de Brie) entre dans la troupe et épouse Edme Villequin, dit de Brie, qui en faisait peut-être déjà partie.

1650. — Arrestation des princes. La Fronde se développe. Turenne se range avec les Frondeurs. Mort de Descartes à Stockholm. En août, alors que la troupe est à Toulouse, le roi et Mazarin cernent Bordeaux qui capitule.

1651. — La sœur de Molière se marie à Paris. Molière signe une quittance de six cent trente livres à son père. Le 17 décembre, la troupe reçoit quatre mille livres des états du Languedoc. Signature de Molière. La troupe est à Vienne, puis à Carcassonne.

1651. — Février : Mazarin fuit Paris. C'est le moment le plus dramatique. Louis XIV est déclaré majeur à treize ans. Condé s'allie à l'Espagne. Il prend le gouvernement de Guyenne. Turenne revient au parti du roi.

1652. — Janvier : lettre de D'Assoucy à Molière. 12 août : la troupe est à Grenoble où Molière et Madeleine sont parrain et marraine du fils des de Brie. 19 décembre : Lyon.

1652. — Combats de la porte Saint-Antoine. Victoire de Turenne sur Condé. Le 1er juillet, l'armée royale arrive à la porte Saint-Antoine, où Mademoiselle fait tirer le canon de la Bastille. Le 4 juillet se crée un gouvernement insurrectionnel. En octobre, l'armée entre enfin dans Paris. C'est à Bordeaux que les troubles durent le plus longtemps. Condé, Conti et Madame de Longueville s'agitent. C'est l'Ormée.

1653. — En février, à Lyon, René Berthelot, dit du Parc, épouse Marquise de Gorla, fille d'un charlatan. En septembre, la troupe est à Pézenas. Elle vient jouer au château de la Grange-des-Prés, près de Pézenas, devant le prince de Conti. Malgré la concurrence inopinée d'un certain Cormier, et grâce à l'intervention du poète Sarrasin et du secrétaire Cosnac, la troupe de Molière est retenue. A partir de ce

1653. — En juillet, Bordeaux capitule. Fin de la Fronde. A Londres, Cromwell devient lord-protecteur. Fouquet est nommé surintendant des Finances.

moment, ils prennent le titre de comédiens de M. le prince de Conti et sont recommandés aux états du Languedoc pour lesquels ils joueront chaque année. Ils se partagent entre Lyon et Pézenas.

1654. — Du 7 décembre 1653 au 31 mars 1654, la troupe joue pour les états du Languedoc. Janvier : Montpellier. Mars : Lyon. Septembre : elle semble avoir eu des difficultés à Vienne. Le père de Molière loue la maison à l'enseigne de saint Christophe, sise aux piliers des Halles, à son fils Jean III.

1654. — Abdication de la reine Christine de Suède.

1655. — Molière crée *Le Ballet des incompatibles* à Béziers (février) et *L'Etourdi* à Lyon (été). Il fait donc ses débuts d'auteur. Il rencontre les Comédiens-Italiens, dont Beltrame, auteur de *L'Inavvertito*. Il accueille pour trois mois d'Assoucy qui les accompagne, par le Rhône, à Avignon (octobre), puis à Pézenas (novembre). Madeleine fait plusieurs prêts à des personnalités de Montpellier et souscrit pour dix mille livres à l'emprunt des états du Languedoc.

1655. — Les solitaires de Port-Royal sont dispersés.

1656. — Janvier : Jean IV Poquelin, frère de Molière, se marie. Février : Molière signe un reçu de six mille livres aux états du Languedoc qui décident de ne plus verser de pension à la troupe. Février, mai : Narbonne. Août : Bordeaux. Novembre : Béziers. Décembre : Bordeaux, Agen, Béziers, Pézenas. Chappuzeau écrit que la troupe de Molière vaut bien désormais celle de l'Hôtel de Bourgogne. Le prince de Conti a demandé à la troupe d'aller l'attendre à Bordeaux, puis il va à Paris, d'où il revient converti, à la suite d'une grave maladie.

1657. — Premier portrait de Molière, par Sébastien Bourdon (musée Cantini, Marseille.) Molière devient l'ami de Pierre Mignard à Avignon. Le prince de Conti retire sa protection à la troupe de Molière (lettre du 15 mai). Février : Lyon. Avril : Nîmes. Mai : Lyon. Juin-juillet-août : Dijon. Octobre : Pézenas. Décembre : Lyon.

1657. — La France et l'Angleterre s'allient contre l'Espagne.

Le retour à Paris

1658. — Janvier : Lyon, où a lieu l'enterrement d'un enfant des du Parc. Février : la troupe est à Grenoble pour le carnaval. Les messieurs Consuls et du Conseil menacent d'enlever les affiches parce qu'ils n'ont pas demandé la permission de les poser. 1er mai : Lyon. De cette époque date une série de portraits de Molière dus à Nicolas et Pierre Mignard (musée d'Aix-en-Provence, Comédie-Française, Chartres, Chantilly, Vienne). Le 19 mai, Thomas Corneille écrit qu'on les attend à Rouen. Le 6 juin, ils jouent au jeu de paume de Braques où ils sont attaqués par une bande de valets. Un blessé. Ils restent à Rouen de juin à octobre. Corneille l'aîné écrit les *Stances à Marquise*. Madeleine et Molière font des voyages à Paris. Madeleine sous-loue le théâtre du Marais (projet sans suite). Molière réussit à faire patronner la troupe par Monsieur, grâce à Daniel de Cosnac, ancien secrétaire du prince de Conti. Octobre : la troupe arrive à Paris par le coche, après avoir confié soixante-dix quintaux de bagages au coche d'eau *La Belle Image* (dont le capitaine se nomme Gorgibus), qui accoste au quai de l'Ecole, à l'Arche-Bourbon.

1658. — Victoire de Turenne sur les Espagnols devant Dunkerque. Mais ce sont les Anglais, alliés des Français, qui s'emparent de la ville. Mort de Cromwell. A Bordeaux, Conti, membre zélé de la compagnie du Saint-Sacrement, fait enfermer une femme accusée de mauvaises mœurs. « Ce fut là le commencement de la mauvaise humeur qui s'émut contre les dévots. »

Molière et les Béjart logent sur ce même quai, dans la maison de l'Image Saint-Germain, puis dans celle de la Belle-Epine, à deux pas du Louvre et du théâtre du Petit-Bourbon. 24 octobre : la troupe fait ses débuts dans la salle des Gardes du Louvre (salle des Cariatides), devant le roi et Monsieur. On joue *Nicomède*, puis une farce perdue, *Le Docteur amoureux*. Le roi accorde la salle du Petit-Bourbon à Molière, en alternance avec la troupe de Scaramouche. Il jouera les lundis, mercredis, jeudis et samedis, jours extraordinaires, et versera mille cinq cents livres aux Italiens comme participation aux frais.
2 novembre : ouverture du Petit-Bourbon avec *L'Etourdi*, un succès. Puis une série d'échecs avec *Heracleus*, *Rodogune*, *Cinna*. Décembre : Le succès revient avec *L'Etourdi* et *Le Dépit amoureux*.

1659. — 13 avril (Pâques) : Dufresne se retire à Argentan où il mourra vers 1684. Molière a des problèmes de préséance avec ses comédiennes Madeleine, Marquise et Catherine. Les du Parc quittent la troupe pour le Marais. Molière engage Jodelet et son frère L'Espy. Charles Varlet de la Grange et Philbert Gassot du Croisy entrent aussi dans la troupe pour y jouer les jeunes premiers. La Grange commence à tenir le registre de la troupe. 26 mai : mort de Joseph Béjart à quarante-deux ans. Juillet : la troupe italienne regagne la péninsule. Désormais, les comédiens de Monsieur jouent les jours ordinaires, mardi, vendredi et dimanche. 4 octobre : les du Parc sont de retour et signent un nouveau contrat de quatre ans à comp-

1659. — Novembre. La France signe la paix des Pyrénées avec l'Espagne. Le Roussillon, la Cerdagne, une partie de l'Artois sont annexés à la France. Pourparlers de mariage entre Louis XIV et Marie-Thérèse.

ter de Pâques 1660. 18 novembre, la première représentation des *Précieuses ridicules* remporte un triomphe. Dans une lettre à Molière, Chapelle évoque une idylle entre son ami et une certaine Mlle Menou qui ne peut être qu'Armande.

1660. — 29 janvier : publication des *Précieuses ridicules* avec une préface de Molière. 21 février : le Petit-Bourbon joue gratuitement (comme les autres théâtres) *Le Dépit amoureux* pour la paix. 26 mars (Vendredi saint) : mort de Jodelet. Les du Parc font leur rentrée dans la troupe qui comporte douze parts. 28 mai : première représentation du *Cocu imaginaire*. Triomphe. Molière prend un privilège pour *L'Etourdi*, *Le Dépit*, *Le Cocu*, *Dom Garcie*. 6 avril : Jean IV Poquelin, frère cadet de Molière, meurt à trente-six ans. Molière reprend la survivance de la charge de tapissier. Il habite avec d'autres comédiens de la troupe place du Palais-Royal, dans l'ancien corps de garde. 11 octobre : M. de Ratabon, surintendant des bâtiments du roi, décide de démolir le théâtre du Petit-Bourbon pour construire la colonnade du Louvre. Le roi accorde le théâtre du Palais-Royal à Molière. La remise en état demande trois mois pendant lesquels la troupe, restée fidèle à Molière, joue beaucoup en visite. Une épigramme anonyme appelle Molière « un bouffon trop sérieux ».

1660. — Charles II rentre à Londres. Mariage de Louis XIV avec Marie-Thérèse. Fermeture des Petites Ecoles de Port-Royal. Louis XIV fait brûler *Les Provinciales* de Pascal. Réuni en assemblée, le clergé de France condamne le jansénisme. La compagnie du Saint-Sacrement déclenche un scandale à Caen. Un arrêt du parlement interdit les sociétés secrètes.

Les nymphes de Vaux

1661. — 2 janvier : ouverture du Palais-Royal avec *Le Dépit amoureux*. 4 février : échec de *Dom Garcie de Navarre*. Vers le 25 avril,

1661. — Mort de Mazarin. Colbert entre au Conseil. En novembre, Fouquet est arrêté par D'Artagnan sur ordre du roi. Le Vau

Molière demande et obtient deux parts au lieu d'une, s'il se marie. 24 juin : première représentation de *L'Ecole des maris*. 17 août : création des *Fâcheux* à Vaux-le-Vicomte, pour le surintendant Fouquet, en présence du roi. 1er septembre : Molière s'installe dans la maison du docteur Daquin, rue Saint-Thomas-du-Louvre, où il est rejoint par les Béjart. 4 novembre : création des *Fâcheux* au Palais-Royal.

commence les travaux de Versailles. Mlle de La Vallière devient favorite du roi.

La querelle de *L'Ecole des femmes*

1662. — 23 janvier : signature du contrat de mariage entre Molière et Armande. 20 février : mariage religieux à Saint-Germain-l'Auxerrois. 25 février : plainte des comédiens français et italiens contre des valets qui ont provoqué des troubles au théâtre du Palais-Royal. Achevé d'imprimer des *Fâcheux*. 12 mai : François Mansard, dit le Capitan, est assassiné de nuit devant la maison de Molière. Publication d'un recueil de comédies de Molière. 16 décembre : madrigal de Cotin sur « un carrosse de couleur amarante ». 26 décembre : première représentation de *L'Ecole des femmes*.

1662. — La disette qui dure depuis trois ans atteint son paroxysme et fait des milliers de victimes. La Lorraine et Dunkerque sont annexées à la France. Bossuet prêche le carême sur le thème de la pénitence. La Vallière se retire quelque temps dans un couvent de Chaillot.

1663. — 9 février : *L'Ecole des femmes* déclenche une querelle. Les *Nouvelles Nouvelles* de Donneau de Visé. 17 mars : édition de *L'Ecole des femmes* avec une dédicace à Anne d'Autriche. 1er juin : première de *La Critique de l'Ecole des femmes* au Palais-Royal. Molière reçoit une gratification de mille livres au titre de « bel esprit ». Juillet : Molière écrit son *Remerciement au roi*. 14 octobre : création de *L'Impromptu de Versailles* devant le roi. 4 novembre : première de *L'Im-*

1663. — Prise du comtat Venaissin. De Lionne est nommé secrétaire d'Etat aux Affaires étrangères.

promptu au Palais-Royal. 17 novembre : attaque contre Molière dans *Le Portrait du peintre* de Boursault. Molière assiste à la représentation. Louis XIV félicite Molière en présence de Racine. Dans une requête au roi, Montfleury accuse Molière d'avoir épousé sa propre fille. 16 décembre : représentation de *L'Impromptu de l'Hôtel de Condé*, de Montfleury, à l'Hôtel de Bourgogne.

L'affaire Tartuffe

1664. — 12 janvier : naissance de Louis, fils de Molière. 29 janvier : première représentation du *Mariage forcé* au Louvre. 28 février : baptême de Louis. Le roi est parrain et Madame marraine. Mars : Brécourt quitte la troupe après un séjour de quelques mois et va à l'Hôtel de Bourgogne. Avril : la compagnie du Saint-Sacrement essaie d'arrêter avant la première la comédie *Tartuffe*. A Pâques, Hubert entre dans la troupe. Molière confie les harangues à La Grange. 6 au 13 mai : la troupe participe aux *Plaisirs de l'île enchantée*. 8 mai : création de *La Princesse d'Elide*. 12 mai : première à Versailles de *Tartuffe*, en trois actes. Interdiction royale. 20 juin : première de *La Thébaïde*, première pièce de Racine, au Palais-Royal. 12 juillet : *Satire II* de Boileau (éloge de Molière). Chigi, légat pontifical, assiste à une lecture de *Tartuffe* et l'approuve. 1er août : libelle du curé Roullé, "Le roi glorieux au monde". Premier placet de Molière au roi. Septembre : sonnet de Molière pour la mort de l'abbé La Mothe Le Vayer. 20 septembre : la troupe joue *Le Tartuffe* en trois actes à Villers-Cotterêts par ordre de Monsieur. Octobre : mort

1664. — Dispersion des religieuses de Port-Royal. Condamnation de Fouquet. Les dévots déclenchent des mouvements contre les théâtres en province, notamment à Toulouse.

de René du Parc. La troupe joue à Versailles du 13 au 25. 11 novembre : inhumation du petit Louis. 25 novembre : la troupe joue *Tartuffe* en cinq actes, au Raincy, chez la princesse Palatine, par ordre du prince de Condé. Reçu mille livres. 3 décembre : marché passé avec les peintres Simon et Prat pour les décors de *Dom Juan*.

1665. — 15 février : première représentation de *Dom Juan*. 20 mars : quinzième et dernière représentation de *Dom Juan*. Relâche de Pâques. La pièce ne sera pas reprise malgré le succès. 10 mai : observations du Sr de Rochemont sur *Dom Juan*. 18 mai : mort de Marie-Madeleine Poquelin, sœur de Molière. 12 juin : la troupe joue *Le Favori* de Mlle Des Jardins à Versailles. Fin juillet : réponse aux observations du Sr de Rochemont. 4 août : baptême d'Esprit-Madeleine, fille de Molière. Le parrain et la marraine sont le baron de Modène et Madeleine Béjart. 14 août : la troupe reçoit une pension de sept mille livres et devient troupe du roi. 14 septembre : première représentation de *L'Amour médecin* à Versailles. Premiers échos de la maladie de Molière. 22 septembre : *L'Amour médecin* au Palais-Royal. Bossuet attaque l'hypocrisie dans son sermon sur le Jugement dernier et, contre Molière, affirme que l'hypocrisie n'est pas le seul fait de certains dévots. Octobre : Molière vient habiter dans la maison Millet, au centre de la rue Saint-Thomas-du-Louvre. 8 novembre : Molière joue de nouveau *Tartuffe* au Raincy. 4 décembre : première d'*Alexandre* au Palais-

1665. — Colbert est nommé contrôleur général des Finances. Les Français occupent Saint-Domingue. Publication des *Maximes* de La Rochefoucauld.

Royal. 18 décembre : la pièce de Racine est jouée aussi à l'Hôtel de Bourgogne. Molière écrit deux quatrains pieux pour une image de François Chauveau, auteur des frontispices de l'édition partielle de son œuvre.

29 décembre 1665-21 février 1666 : le théâtre fait relâche pendant cinquante-cinq jours. Molière est très malade, le bruit de sa mort a couru.

Le Misanthrope

1666. — 15 janvier : achevé d'imprimer de *L'Amour médecin*. 21 février : réouverture du Palais-Royal. 23 mars : parution des œuvres de Molière en deux volumes avec frontispices de F. Chauveau. 11 avril : clôture de Pâques. Le théâtre ferme un mois pour une raison inconnue. 4 juin : première représentation du *Misanthrope*. 6 août : première du *Médecin malgré lui*. Fin août : la querelle sur la moralité du théâtre, animée par Nicole, Desmarets, Racine, rebondit avec l'abbé d'Aubignac qui s'en prend à Molière et à la comédie dans sa "Dissertation sur la condamnation des théâtres". 18 décembre : publication posthume du *Traité de la comédie* de Conti. Du 1er décembre 1666 au 20 janvier 1667, la troupe participe au *Ballet des Muses* à Saint-Germain. Le 2 décembre, elle joue *Mélicerte*. L'abbé Cotin attaque les comédiens dans sa *Critique désintéressée*. Simonin fait « le vray portrait de M. de Molière en habit de Sganarelle ».

1666. — 20 janvier : mort d'Anne d'Autriche. 20 février : mort du prince de Conti.

1667. — 5 janvier : *La Pastorale comique* remplace *Mélicerte* dans le *Ballet des Muses*. 14 avril : le *Ballet des Muses* s'enrichit de la comédie-ballet *Le Sicilien*. 29 mars : entraînée par Racine, Marquise du Parc passe à l'Hôtel de Bourgogne. 16 avril : le bruit court à nouveau que Molière « se trouve à l'extrémité ». Long relâche. 5 août : unique représentation de *Panulphe ou l'Imposteur*. L'archevêque Hardouin de Péréfixe « interdit toute représentation et lecture publique et privée sous peine d'excommunication ». La Grange et La Thorillière portent le "deuxième placet" au roi qui se trouve devant Lille pour la campagne de Flandre. La troupe reste sept semaines sans jouer. 21 août : Molière a loué la maison d'Auteuil. Episode du dîner et du suicide philosophique d'Auteuil. 25 septembre : réouverture du théâtre. *Attila* de Corneille. 19 novembre : Marquise du Parc crée *Andromaque* à l'Hôtel de Bourgogne.

1668. — 13 janvier : *Amphitryon* au Palais-Royal. Février : sonnet de Molière sur la conquête de la Franche-Comté. 18 mars-13 avril : clôture de Pâques. 5 juillet : première de *George Dandin* à Versailles (Grand Divertissement royal). 31 août : première de *Monsieur de Pourceaugnac* à Chambord. 15 novembre : *Monsieur de Pourceaugnac* au Palais-Royal. 13 décembre : *Britannicus* à l'Hôtel de Bourgogne.

1668. — La marquise de Montespan devient la favorite du roi. Louvois devient secrétaire d'Etat à la Guerre. Conquête rapide de la Franche-Comté par Condé. Traité d'Aix-la-Chapelle avec les Espagnols. Lille, Douai, Charleroi deviennent françaises. La France abandonne la Franche-Comté. Fin de la guerre de Dévolution. La paix de l'Eglise met officiellement fin aux querelles religieuses.

1669. — 5 février : *Tartuffe* est autorisé. Première représentation au Palais-Royal. 19 février : mort du père de Molière à 75 ans. 23 mars : achevé d'imprimer de *Tartuffe*. 9 avril : achevé d'imprimer de *La Gloire du Val-de-Grâce*, hommage à Mignard. 9 au 30 avril : clôture de Pâques.

1669. — Colbert devient secrétaire d'Etat à la Maison du roi. Le roi limite la portée de l'édit de Nantes. 1er novembre : ambassade turque de Soliman Aga. Le chevalier d'Arvieux sert de truchement.

L'ère de la comédie-ballet

1670. — 4 janvier : *Elomire hypocondre* de Le Boulanger de Chalussay.

1670. — Traité de Douvres avec l'Angleterre.

Décès de Marie Hervé, mère de Madeleine Béjart, inhumée dans les charniers Saint-Paul. 4 février : première des *Amants magnifiques* à Saint-Germain dans le cadre du Divertissement royal. 23 mars au 18 avril : relâche de Pâques. Louis Béjart quitte la troupe avec une pension. Baron fait sa rentrée avec une part. Juillet : engagement de Beauval et de sa femme Jeanne Olivier-Bourguignon, dite Beauval, avec une part et demie. 14 octobre : première du *Bourgeois gentilhomme* à Chambord. 21 novembre : première de *Bérénice* de Racine à l'Hôtel de Bourgogne. Première de *Tite et Bérénice* de Corneille au Palais-Royal.

1671. — D'Assoucy essaie en vain de se faire confier la musique de *Psyché*. 17 janvier : première de *Psyché* dans la Salle des machines des Tuileries, devant le roi. 18 mars au 15 avril : relâche de Pâques. Molière fait aménager la salle du Palais-Royal pour y donner *Psyché* et autres pièces à musique et à machines. 24 mai : *Les Fourberies de Scapin* au Palais-Royal. 24 juillet : première de *Psyché* au Palais-Royal. 2 décembre : création de *La Comtesse d'Escarbagnas* à Saint-Germain pour le mariage de Monsieur avec la princesse Palatine.

1671. — Arnaud de Pomponne devient ministre des Affaires étrangères.

1672. — 9 au 14 janvier : Madeleine Béjart rédige son testament en faveur d'Armande. 17 février : mort de Madeleine Béjart, enterrée avec sa mère. 11 mars : création des *Femmes savantes* au Palais-Royal. 29 mars : Lully obtient un privilège pour une académie royale de musique. Interdiction à toute autre personne de faire chanter

1672. — Guerre de Hollande conduite par Turenne et Condé. L'inondation arrête Louis XIV. Coalition du Brandebourg, du Danemark, de l'Empire et de l'Espagne contre la France. Boileau célèbre le passage du Rhin. Louvois entre au Conseil. *Bajazet* de Racine à l'Hôtel de Bourgogne.

aucune pièce de vers en musique. La troupe de Molière proteste auprès du roi qui lui accorde le droit d'employer six chanteurs et douze instrumentistes. 22 avril : Lully réussit à faire ramener ce droit à deux chanteurs et six instrumentistes, sans danseurs. Juillet : Molière loue la maison Baudelet, rue de Richelieu. Armande vit de nouveau avec lui. 8 juillet : première de *La Comtesse d'Escarbagnas* au Palais-Royal. 20 septembre : les pièces mises en musique par Lully deviennent sa propriété. 1er octobre : baptême de Pierre Jean-Baptiste Poquelin. 12 octobre : enterrement de Pierre Jean-Baptiste Poquelin, qui a vécu dix jours.

1673. — 10 février : première du *Malade imaginaire* au Palais-Royal. 12 et 14 février : deuxième et troisième représentations du *Malade imaginaire*. 17 février : quatrième représentation. Molière meurt dans la nuit. 22 février : Armande porte une requête au roi. Après l'intervention de Louis XIV auprès de l'archevêque, Molière est inhumé de nuit au cimetière Saint-Joseph. 24 février : Baron reprend le rôle d'Alceste. 13 au 21 mars : inventaire après décès de Molière. 21 mars : clôture de Pâques. La Thorillière, Baron, les Beauval quittent la troupe. 30 avril : Lully pousse son avantage. Il obtient l'usage exclusif du Palais-Royal. 9 juillet : la nouvelle troupe du roi naît de la fusion de la troupe de Molière et de celle du Marais. Elle est installée rue Guénégaud (rue des Fossés-de-Nesle).

1674. — 18 juillet : *Le Malade imaginaire* est joué pour la première fois devant le roi en plein air, devant la grotte de Thétis, à Versailles.

1677. — 31 mars : Armande Béjart se remarie avec le comédien Guérin

1680. — 21 octobre : le roi fusionne la troupe de l'Hôtel de Bourgogne et la troupe de Guénégaud. La Comédie-Française est née.

1689. — 18 avril : la nouvelle troupe s'installe dans la nouvelle salle des Fossés-Saint-Germain (rue de l'Ancienne-Comédie).

1700. — 30 novembre : mort d'Armande Béjart.

1723. — Mort d'Esprit-Madeleine Poquelin, épouse Montalant, fille de Molière dont la postérité s'éteint avec elle.

1792. — La Révolution exhume les prétendus restes de Molière et de La Fontaine.

1817. — Ces restes sont inhumés au Père-Lachaise.

Bibliographie

Bibliographie ancienne

XVIIe siècle

1. *Les Œuvres de M. de Molière, revues, corrigées et augmentées*, Thierry, Barbin, Trabouillet, 8 vol., Paris, 1682. Dès le XVIIe siècle, Tralage, neveu du lieutenant criminel La Reynie, attribue cette édition à La Grange et Vinot, l'un étant le comédien de Molière, l'autre son ami. Cette édition est précédée d'une vie de Molière. Les tomes 7 et 8, sous le titre d'*Œuvres posthumes*, donnent pour la première fois les pièces qui pour des raisons diverses n'avaient pas été publiées du vivant de l'auteur : *Dom Garcie de Navarre*, *L'Impromptu de Versailles*, *Dom Juan*, *Mélicerte*, *Les Amants magnifiques*, *La Comtesse d'Escarbagnas*, et le texte authentique du *Malade imaginaire*. C'est sans doute Vinot, amateur d'estampes et de tableaux, qui s'assura de la collaboration de Brissart pour les dessins et de Sauvé pour les gravures.

2. *Le Registre de La Grange (Charles Varlet, sieur de)*, 1660 à 1673, édité par Edward et Grace Young, Droz, 1967, 2 vol., et par Sylvie Chevalley en fac-similé, éd. Minkoff, Genève, 1972.

3. *Registre de Hubert (29 avril 1672-21 mars 1673)*, réimprimé et commenté par Sylvie Chevalley, in *Revue d'histoire du théâtre*, n°1 et 2, 1973.

4. Le Boulanger de Chalussay, *Elomire hypocondre ou les Médecins vengés*, Ch. de Sercy, Paris, 1670.

5. Mlle Des Jardins, *Récit en prose et en vers de la farce des "Précieuses"*, Cl. Barbin, Paris, 1660.

6. Donneau de Visé, *Nouvelles Nouvelles*, Paris, 1663. *Zélinde ou la Véritable Critique de l'Ecole des femmes*, 1663.

7. Felibien, *Relation de la fête de Versailles du XVIII juillet 1668*.

8. La Mothe Le Vayer (François de), *Œuvres*, 1662.

9. Tabarin, *Œuvres complètes avec les rencontres, fantaisies et coq-à-l'âne facétieux du baron Gratelard*, Paris, 1868, 2 vol.

10. Saint François de Sales, *Introduction à la vie dévote*, Le Seuil, Paris, 1962.

11. D'Argenson, *Annales de la compagnie du Saint-Sacrement*, éd. Dom. Beauchet, 1900.

12. Abbé d'Aubignac, *La Pratique du théâtre*, éd. P. Martino, Paris, 1927.

13. *Dissertation sur la condamnation des théâtres*, Paris, 1694.

14. Conti, *Traité de la comédie et des spectacles selon la tradition de l'Eglise*, L. Billaire, Paris, 1666.

Deux ouvrages récents ont joué un rôle essentiel dans l'accès aux sources directes :

15. Madeleine Jurgens et Elizabeth Maxfield-Miller, *Cent Ans de recherches sur Molière, sur sa famille et sur les comédies de la troupe*, Imprimerie nationale, Paris, 1963. Documents d'état civil et notariés dont l'évocation recrée le monde privé et professionnel de Molière.

16. Georges Mongrédien, *Recueil des textes et des documents du XVIIe siècle sur Molière*, C.N.R.S., Paris, 1965, 2 vol.

XVIIIe siècle

17. *Œuvres de Molière*, nouvelle édition, Paris, 1734, 6 vol. in-4°, avec un portrait de Molière par Coypel gravé par Lépicié, des estampes d'après Boucher, des vignettes d'après Boucher, Oppenordt, Blondel. Texte présenté par les soins de Marc-Antoine Jolly avec un certain nombre de jeux de scène qui faisaient partie de la tradition. Pour cette édition, Voltaire avait écrit une *Vie de Molière* et des notices qui furent refusées par l'éditeur et ne furent publiées qu'en 1765 dans une autre édition parue à Amsterdam.

18. J.L. Gallois, sieur de Grimarest, *Vie de M. de Molière*, 1705. Ce témoignage précieux et discuté a été réédité par Léon Chancerel (La Renaissance du livre, Paris, 1907) puis par Georges Mongrédien (Brient, Paris). On la trouve aussi dans l'édition en 5 vol. du Club français du livre, 1959, due à l'auteur du présent livre.

XIXe siècle

La critique du XIXe siècle, érudite, rationaliste, moralisatrice, confondant morale et littérature, a joué un rôle capital dans le destin du théâtre de Molière. Imposant l'image d'un âge d'or de la culture occidentale dominé par le théâtre classique français, elle a fait de Molière un penseur et un moraliste, défenseur du bon sens bourgeois insupportable aux esprits passionnés et novateurs. Elle est dominée par la Sainte Trinité sorbonnarde formée par Nisard (1806-1888), qui engendra Brunetière (1849-1906), qui engendra Lanson (1857-1934). Mais la haute érudition moliéresque culmine avec ces deux entreprises :

19. Louis Moland, *Molière et la comédie italienne*, Didier, 1867.

20. La monumentale édition de Despois et Mesnard, dans la collection des Grands Ecrivains de France, Hachette, 1873-1900, 13 vol. in-12 et un album. Elle reste l'édition de référence. A signaler

encore, de l'un de ses deux responsables :

21. Eugène Despois, *Le Théâtre sous Louis XIV*, Hachette, 1874.

22. La revue *Le Moliériste* a paru d'avril 1878 à mars 1889 (10 vol.). Le rédacteur en chef était Georges Monval, auteur d'une utile *Chronologie de Molière*, Flammarion, Paris, 1897.

23. E. Soulié, *Recherches sur Molière et sur sa famille*, Paris, 1863.

Bibliographie moderne

Elle est littéralement gigantesque. On ne peut qu'opérer ici un choix.

Editions modernes du théâtre complet de Molière

On retiendra surtout celles qui suivent :

Jacques Copeau, La Cité des livres, 1926-1929, 10 vol.

Gustave Michaut, Imprimerie nationale, 11 vol.

René Bray, coll. Textes français, éd. Belles Lettres, 1935-1952, 8 vol.

René Bray, Club du meilleur livre, 3 vol. Edition importante terminée par Jacques Scherer après la mort de René Bray.

Alfred Simon, Club français du livre, 1959, 5 vol. Cette édition reproduit la préface de l'édition de 1882, la *Vie* de Grimarest et la série complète des planches d'Israel Sylvestre pour *Les Plaisirs de l'île enchantée*.

Georges Couton, coll. la Pléiade, Gallimard, 1971, 2 vol. La meilleure édition actuellement disponible.

A signaler encore :

L'intégrale des *Œuvres complètes de Molière*, Seuil, 1962, 1 vol. Préface de Pierre-Aimé Touchard.

L'édition du Livre de poche, 1963, 4 vol. Présentée par Marcel Jouhandeau et Maurice Rat.

Les Vies de Molière

Georges Bordenave, *Molière génial et familier*, Robert Laffont, 1967.

Mikhaïl Boulgakov, *Le Roman de M. de Molière*, trad. du russe, Champ libre, Paris, 1972, et Folio/Gallimard, n°378.

Pierre Brisson, *Molière, sa vie dans ses œuvres*, Gallimard, 1942.

Béatrice Dussane, *Un Comédien nommé Molière*, Plon, 1936.

Ramon Fernandez, *La Vie de Molière*, Gallimard, 1930, rééd. par les soins de son fils, Dominique Fernandez, sous le titre *Molière ou l'essence du génie comique*, Grasset, 1979.

Pierre Gaxotte, *Molière*, Flammarion, 1977.

Paul Ménard, *Notice biographique sur Molière*, tome 10 de l'édition Despois-Mesnard, 1889.

Louis Moland, *Molière, sa vie, ses ouvrages*, 1887.

Georges Mongrédien, *La Vie privée de Molière*, Hachette, 1950.

Molière en son temps

1. Le théâtre

Antoine Adam, *Histoire de la littérature française au XVIIe siècle* (4 vol.), surtout le tome 3. Un monument, un ouvrage indispensable.

Jacques Arnavon, *Notes sur l'interprétation de Molière*, Plon, 1923.

Gustave Attinger, *L'Esprit de la commedia dell'arte*, la Baconnière, Neuchâtel, 1950.

Henri Bidou, *Comment jouer Molière*, Paris, 1928.

Ernest Buysse, *Le Théâtre des Jésuites*, Paris, 1880.

René Bray, *Molière, homme de théâtre*, Mercure de France, 1954.

Léon Chancerel, "Molière et ses camarades italiens", in *Théâtre*, cahier IV, éd. du Pavois, 1945.

Maurice Descotes, *Les Grands Rôles du théâtre de Molière*, P.U.F., 1960.

Eugène Despois, *Le Théâtre français sous Louis XIV*, Hachette, 1882.

Louis Jouvet, *Molière et la comédie classique*, Pratique du théâtre, Gallimard, 1965. De ces cours de Jouvet au Conservatoire, Brigitte Jacques a tiré récemment le spectacle *Elvire-Jouvet*.

Gustave Lanson, "Molière et la farce", in *La Revue de Paris*, mai 1901.

J. Paris Lough, *Theatre Audiences in the XVIIth and XVIIIth Centuries*, Oxford University Press, 1957.

Karl Mantzius, *Molière, les théâtres, les publics et les comédiens de son temps*, trad. du danois, Paris, 1908.

Pierre Melèse, *Le Théâtre et le public à Paris sous Louis XIV. 1659-1715*, Droz, 1934.

Louis Moland, *Molière et la comédie italienne*, Didier, 1867.

Georges Mongrédien, *Les Grands Comédiens au temps de Molière*, Hachette, 1927.

Georges Mongrédien, *La Vie quotidienne des comédiens au temps de Molière*, Hachette, 1950.

Georges Mongrédien, *Dictionnaire biographique des comédiens français au XVIIe siècle*, C.N.R.S., 1961.

Vito Pandolfi, *Histoire du théâtre*, Marabout-Université, Paris, 1969, 5 vol.

Jacques Scherer, *La Dramaturgie classique en France*, Nizet, 1950.

2. Louis XIV et Versailles

René Alleau, *Guide du Versailles mystérieux*, Tchou, 1977.

Ph. de Beaussant, *Versailles-Opéra*, Gallimard, 1981.

R.P. Guillou, *Versailles ou le Palais du soleil*, Plon, 1963.

Simone Hoog, *Manière de montrer les jardins de Versailles par Louis XIV*, éd. par la réunion des Musées nationaux, 1982.

Ernest Lavisse, *Louis XIV*, Tallandier, 1978, 2 vol. (D'après *L'Histoire de France*, 1900.)

Pierre de Nolhac, *La Création de Versailles*, Paris, 1925-1926.

P. Verlet, *Versailles*, Paris, 1961.

3. Vie quotidienne

Emile Magne, *La Vie quotidienne sous Louis XIII*, Hachette, 1948.

Georges Mongrédien, *La Vie quotidienne sous Louis XIV*, Hachette, 1948.

J. Wilhem, *La Vie quotidienne au Marais*, Hachette, 1966..

Etudes générales sur Molière

Jacques Audiberti, *Molière*, l'Arche, 1973, rééd. Livre de poche n°3484.

John Cairncross, *Molière*, Droz, Genève, 1956.

J.P. Collinet, *Lectures de Molière*, Colin, Paris, 1974.

Jacques Copeau, *Registres II. Molière*, N.R.F., Paris, 1976.

R. Danilo, *Essai sur le comique de Molière*, Berne, 1950.

Gérard Defaux, *Molière ou les Métamorphoses du comique*, French Forum Publishers, 1980.

Maurice Descotes, *Molière et sa fortune littéraire*, Ducros, 1976.

Emile Faguet, *En lisant Molière*, Hachette, 1914.

Jacques Guicharnaud, *Molière, une aventure théâtrale*, Gallimard, 1963.

Marcel Gurvith, *Molière ou l'Invention comique. La métamorphose des thèmes et la création des types*, Minard, Paris, 1966.

J.D. Hubert, *Molière and the Comedy of Intellect*, Berkeley, 1962.

Roger Ikor, *Molière double*, P.U.F., 1977, rééd. Livre de poche n°3227.

Paul Janet, *La Philosophie dans les comédies de Molière*, Didot, 1872.

René Jasinski, *Molière*, Hatier, 1969.

H.C. Lancaster, *A History of French Dramatic Literature in the Seventeenth Century*, Baltimore, 1936. 3e partie, t. 1 et 2, "The Period of Molière 1659-1672".

Raymond Laubreaux, *Molière*, Seghers, 1973.

Gustave Michaut, *Les Débuts de Molière*, Hachette, 1925. I : La jeunesse. II : Les luttes. (Ouvrage inachevé.)

W.G. Moore, *Molière, A New Criticism*, Oxford, 1949.

Alfred Simon, *Molière par lui-même*, Microcosme/Seuil, 1957.

Etudes spécialisées

A. Adam, *Les Libertins au XVIIe siècle*, Buchet-Chastel, 1964.

René Allier, *La Cabale des dévots*.

Francis Baumal, *Molière et les dévots*, 1919.

Francis Baumal, *Tartuffe et ses avatars*, 1919.

Jean Calvet, *Essai sur la séparation de la religion et de la vie*, I : *Molière dans le drame spirituel de son temps*, Nizet, 1980.

J. Cairncross, *Molière, bourgeois et libertin*, Nizet, 1963.

James Doolittle, *The Humanity of Molière's "Don Juan"*.

Georges Garapon, *La Fantaisie verbale et le comique dans le théâtre français du Moyen Age à la fin du XVIIe siècle*, Paris, 1957.

Georges Garapon, "Sur les dernières comédies de Molière", in *L'Information littéraire*, n°10-11, 1er juillet 1958.

Gendarme de Bevotte, *La Légende de Don Juan*, Hachette, 1906.

Georges Mongrédien, *La Querelle de "L'Ecole des femmes"*, Didier, 1971, 2 vol.

Robert Ottorville, *"Dom Juan" de Molière*, Larousse, 1972.

Maurice Pelisson, *Les Comédies-Ballets de Molière*, 1914, rééd. dans « les Introuvables », 1976.

René Pintard, *Le Libertinage érudit dans la première moitié du XVIIe siècle*, Boivin, 1943.

M. Raynaud, *Les Médecins au temps de Molière*, 1862.

Micheline Sauvage, *Le cas Don Juan*, Seuil, 1953.

Jacques Scherer, *Sur le "Dom Juan" de Molière*, Sedes, 1967.

Pour une étude approfondie du comique moliéresque

Jean Apostolidès, *Le Roi-Machine, spectacle et politique au temps de Louis XIV*, éd. de Minuit, 1981.

Mikhaïl Baktine, *L'Œuvre de François Rabelais et la culture populaire au Moyen Age et sous la Renaissance.*

Gregory Bateson, *Vers une écologie de l'esprit*, Seuil, 1977 et 1980, 2 vol.

Paul Benichou, *Morales du Grand Siècle*, Gallimard, 1948.

Henri Bergson, *Le Rire. Essai sur la signification du comique*, P.U.F., 1919.

René Bray, *La Formation de la doctrine classique en France*, Nizet, 1951.

Norbert Elias, *La Société de cour*, Calmann-Lévy, 1974.

Michel Foucault, *Histoire de la folie à l'âge classique*, Gallimard, 1972.

René Girard, *Le Bouc émissaire*, Grasset, 1982.

Pierre Goubert, *Louis XIV et 20 millions de Français*, Fayard, 1966.

Pierre Goubert, *100 000 Provinciaux au XVIIe siècle*, Flammarion, 1968.

Vladimir Jankélévitch, *Le je-ne-sais-quoi et le presque rien*, Seuil, 1980, 3 vol.

J.L. Labatut, *Louis XIV, roi de gloire*, Imprimerie nationale, 1984.

M. Mac Gowran, *L'Art du ballet de cour, 1581-1643*, C.N.R.S., 1964.

Louis Marin, *Le Portrait du roi*, éd. de Minuit, 1981.

Charles Mauron, *Des métaphores obsédantes au mythe personnel. Introduction à la psychocritique*, Corti, 1963.

M.C. Moine, *Les Fêtes à la cour du Roi-Soleil*, Paris, 1984.

Jean Rousset, *L'Intérieur et l'Extérieur*, Corti, 1968.

Ouvrages collectifs et numéros spéciaux

AUMLA, journal de l'Australian University Language and Literature Association, mai 1973.

J. Brody, "Esthétique et société chez Molière", in *Dramaturgie et société*, C.N.R.S., 1968, 2 vol.

Marc Fumaroli, "Microcosme comique et microcosme solaire. Molière, Louis XIV et *L'Impromptu de Versailles*", in *Revue des sciences humaines*, n°145, 1972.

"Gloire de Molière", *Europe*, nov.-déc. 1972.

"Molière et Lully", *XVIIe siècle*, n° 98-99, 1973.

Revue d'histoire littéraire de la France, sept.-déc. 1972.

Revue d'histoire du théâtre, n°1 et 2, 1973, n°1-2-3, 1974.

Revue des sciences humaines, n°152, oct.-déc. 1973.

Ouvrages comportant des chapitres consacrés à Molière

Erich Auerbach, *Mimesis*, Berne, 1946, trad. française Gallimard, 1968.

Paul Benichou, *Morales du Grand Siècle*, Paris, 1948.

Geneviève Bollène, *Le Peuple par écrit*, 1986.

Georges Poulet, *Etudes sur le temps humain*, Plon, 1969.

Livres récents

Georges Begou, *Le Prince et le Comédien*, Lattès, 1985.

Pierre Bonvallet, *Molière de tous les jours*, Pré-aux-Clercs, 1985.

Francine Mallet, *Molière*, Grasset, 1986.

Robert Manuel, *Merci Molière*, Pygmalion, 1985.

Jacques Truchet, *Thématique de Molière*, ouvrage collectif, Sedes, 1985.

Index

Index des œuvres et personnages cités

Index des principaux noms

IMPRIMERIE BRODARD ET TAUPIN À LA FLÈCHE
DÉPÔT LÉGAL NOVEMBRE 1995. N° 25990 (6412M-5)

Collection Points

R1. Le Tambour, *par Günter Grass*
R2. Le Dernier des Justes, *par André Schwarz-Bart*
R3. Le Guépard, *par Giuseppe Tomasi di Lampedusa*
R4. La Côte sauvage, *par Jean-René Huguenin*
R5. Acid Test, *par Tom Wolfe*
R6. Je vivrai l'amour des autres, *par Jean Cayrol*
R7. Les Cahiers de Malte Laurids Brigge *par Rainer Maria Rilke*
R8. Moha le fou, Moha le sage, *par Tahar Ben Jelloun*
R9. L'Horloger du Cherche-Midi, *par Luc Estang*
R10. Le Baron perché, *par Italo Calvino*
R11. Les Bienheureux de La Désolation, *par Hervé Bazin*
R13. Cela s'appelle l'aurore, *par Emmanuel Roblès*
R16. La Traque, *par Herbert Lieberman*
R17. L'Imprécateur, *par René-Victor Pilhes*
R19. Moi d'abord, *par Katherine Pancol*
R20. Un jour, *par Maurice Genevoix*
R21. Un pas d'homme, *par Marie Susini*
R22. La Grimace, *par Heinrich Böll*
R23. L'Age du tendre, *par Marie Chaix*
R24. Une tempête, *par Aimé Césaire*
R25. Moustiques, *par William Faulkner*
R26. La Fantaisie du voyageur *par François-Régis Bastide*
R27. Le Turbot, *par Günter Grass*
R28. Le Parc, *par Philippe Sollers*
R29. Ti Jean L'horizon, *par Simone Schwarz-Bart*
R30. Affaires étrangères, *par Jean-Marc Roberts*
R31. Nedjma, *par Kateb Yacine*
R32. Le Vertige, *par Evguénia Guinzbourg*
R33. La Motte rouge, *par Maurice Genevoix*
R34. Les Buddenbrook, *par Thomas Mann*
R35. Grand Reportage, *par Michèle Manceaux*
R36. Isaac le mystérieux (Le ver et le solitaire) *par Jerome Charyn*
R37. Le Passage, *par Jean Reverzy*
R38. Chesapeake, *par James A. Michener*
R40. Candido, *par Leonardo Sciascia*
R42. L'Honneur perdu de Katharina Blum *par Heinrich Böll*
R43. Le Pays sous l'écorce, *par Jacques Lacarrière*
R45. Les Trois Jours du cavalier, *par Nicole Ciravégna*
R47. Fort Saganne, *par Louis Gardel*

R48. La Ligne 12, *par Raymond Jean*
R49. Les Années de chien, *par Günter Grass*
R51. Senilità, *par Italo Svevo*
R52. Trente Mille Jours, *par Maurice Genevoix*
R53. Cabinet Portrait, *par Jean-Luc Benoziglio*
R55. Une comédie française, *par Érik Orsenna*
R56. Le Pain nu, *par Mohamed Choukri*
R57. Sarah et le Lieutenant français, *par John Fowles*
R58. Le Dernier Viking, *par Patrick Grainville*
R59. La Mort de la phalène, *par Virginia Woolf*
R62. L'Enfant de la mer de Chine, *par Didier Decoin*
R63. Le Professeur et la Sirène
par Giuseppe Tomasi di Lampedusa
R64. Le Grand Hiver, *par Ismaïl Kadaré*
R65. Le Cœur du voyage, *par Pierre Moustiers*
R67. Kamouraska, *par Anne Hébert*
R68. Machenka, *par Vladimir Nabokov*
R70. Cités à la dérive, *par Stratis Tsirkas*
R71. Place des Angoisses, *par Jean Reverzy*
R72. Le Dernier Chasseur, *par Charles Fox*
R73. Pourquoi pas Venise, *par Michèle Manceaux*
R76. Le Canard de bois (Les Fils de la Liberté, I)
par Louis Caron
R77. Jubilee, *par Margaret Walker*
R78. Le Médecin de Cordoue, *par Herbert Le Porrier*
R79. Givre et Sang, *par John Cowper Powys*
R80. La Barbare, *par Katherine Pancol*
R82. Gerardo Laïn, *par Michel del Castillo*
R83. Un amour infini, *par Scott Spencer*
R84. Une enquête au pays, *par Driss Chraïbi*
R85. Le Diable sans porte (tome 1 : Ah, mes aïeux !)
par Claude Duneton
R86. La Prière de l'absent, *par Tahar Ben Jelloun*
R87. Venise en hiver, *par Emmanuel Roblès*
R88. La Nuit du Décret, *par Michel del Castillo*
R89. Alejandra, *par Ernesto Sabato*
R90. Plein Soleil, *par Marie Susini*
R91. Les Enfants de fortune, *par Jean-Marc Roberts*
R92. Protection encombrante, *par Heinrich Böll*
R93. Lettre d'excuse, *par Raphaële Billetdoux*
R94. Le Voyage indiscret, *par Katherine Mansfield*
R95. La Noire, *par Jean Cayrol*
R96. L'Obsédé (L'Amateur), *par John Fowles*
R97. Siloé, *par Paul Gadenne*
R98. Portrait de l'artiste en jeune chien, *par Dylan Thomas*
R99. L'Autre, *par Julien Green*

R100. Histoires pragoises, *par Rainer Maria Rilke*
R101. Bélibaste, *par Henri Gougaud*
R102. Le Ciel de la Kolyma (Le Vertige, II) *par Evguénia Guinzbourg*
R103. La Mulâtresse Solitude, *par André Schwarz-Bart*
R104. L'Homme du Nil, *par Stratis Tsirkas*
R105. La Rhubarbe, *par René-Victor Pilhes*
R106. Gibier de potence, *par Kurt Vonnegut*
R107. Memory Lane *par Patrick Modiano, dessins de Pierre Le-Tan*
R108. L'Affreux Pastis de la rue des Merles *par Carlo Emilio Gadda*
R109. La Fontaine obscure, *par Raymond Jean*
R110. L'Hôtel New Hampshire, *par John Irving*
R111. Les Immémoriaux, *par Victor Segalen*
R113. Le Temps d'un royaume, *par Rose Vincent*
R114. Poisson-chat, *par Jerome Charyn*
R115. Abraham de Brooklyn, *par Didier Decoin*
R117. Les Enfants du sabbat, *par Anne Hébert*
R118. La Palmeraie, *par François-Régis Bastide*
R119. Maria Republica, *par Agustin Gomez-Arcos*
R120. La Joie, *par Georges Bernanos*
R121. Incognito, *par Petru Dumitriu*
R122. Les Forteresses noires, *par Patrick Grainville*
R123. L'Ange des ténèbres, *par Ernesto Sabato*
R124. La Fiera, *par Marie Susini*
R126. Le vent souffle où il veut, *par Paul-André Lesort*
R127. Si j'étais vous..., *par Julien Green*
R128. Le Mendiant de Jérusalem, *par Elie Wiesel*
R129. Mortelle, *par Christopher Frank*
R130. La France m'épuise, *par Jean-Louis Curtis*
R132. Le Dialogue des Carmélites, *par Georges Bernanos*
R134. La Rencontre des hommes, *par Benigno Cacérès*
R135. Le Petit Monde de Don Camillo *par Giovanni Guareschi*
R136. Le Masque de Dimitrios, *par Eric Ambler*
R137. L'Ami de Vincent, *par Jean-Marc Roberts*
R138. Un homme au singulier, *par Christopher Isherwood*
R139. La Maison du désir, *par France Huser*
R140. Moi et ma cheminée, *par Herman Melville*
R141. Les Fous de Bassan, *par Anne Hébert*
R142. Les Stigmates, *par Luc Estang*
R143. Le Chat et la Souris, *par Günter Grass*
R144. Loïca, *par Dorothée Letessier*
R145. Paradiso, *par José Lezama Lima*
R146. Passage de Milan, *par Michel Butor*

R147. Anonymus, *par Michèle Manceaux*
R148. La Femme du dimanche
par Carlo Fruttero et Franco Lucentini
R149. L'Amour monstre, *par Louis Pauwels*
R150. L'Arbre à soleils, *par Henri Gougaud*
R151. Traité du zen et de l'entretien des motocyclettes
par Robert M. Pirsig
R152. L'Enfant du cinquième Nord, *par Pierre Billon*
R153. N'envoyez plus de roses, *par Eric Ambler*
R154. Les Trois Vies de Babe Ozouf, *par Didier Decoin*
R155. Le Vert Paradis, *par André Brincourt*
R156. Varouna, *par Julien Green*
R157. L'Incendie de Los Angeles, *par Nathanaël West*
R158. Les Belles de Tunis, *par Nine Moati*
R159. Vertes Demeures, *par Henry Hudson*
R160. Les Grandes Vacances, *par Francis Ambrière*
R161. Ceux de 14, *par Maurice Genevoix*
R162. Les Villes invisibles, *par Italo Calvino*
R163. L'Agent secret, *par Graham Greene*
R165. Le Grand Escroc, *par Herman Melville*
R166. Lettre à un ami perdu, *par Patrick Besson*
R167. Evaristo Carriego, *par Jorge Luis Borges*
R168. La Guitare, *par Michel del Castillo*
R169. Épitaphe pour un espion, *par Eric Ambler*
R170. Fin de saison au Palazzo Pedrotti, *par Frédéric Vitoux*
R171. Jeunes Années. Autobiographie 1, *par Julien Green*
R172. Jeunes Années. Autobiographie 2, *par Julien Green*
R173. Les Égarés, *par Frédérick Tristan*
R174. Une affaire de famille, *par Christian Giudicelli*
R175. Le Testament amoureux, *par Rezvani*
R176. C'était cela notre amour, *par Marie Susini*
R177. Souvenirs du triangle d'or, *par Alain Robbe-Grillet*
R178. Les Lauriers du lac de Constance, *par Marie Chaix*
R179. Plan B, *par Chester Himes*
R180. Le Sommeil agité, *par Jean-Marc Roberts*
R181. Roman Roi, *par Renaud Camus*
R183. Le Château des destins croisés, *par Italo Calvino*
R184. Le Vent de la nuit, *par Michel del Castillo*
R185. Une curieuse solitude, *par Philippe Sollers*
R186. Les Trafiquants d'armes, *par Eric Ambler*
R187. Un printemps froid, *par Danièle Sallenave*
R188. Mickey l'Ange, *par Geneviève Dormann*
R189. Histoire de la mer, *par Jean Cayrol*
R190. Senso, *par Camillo Boito*
R191. Sous le soleil de Satan
par Georges Bernanos

R192. Niembsch ou l'immobilité, *par Peter Härtling*
R193. Prends garde à la douceur des choses
par Raphaële Billetdoux
R194. L'Agneau carnivore, *par Agustin Gomez-Arcos*
R195. L'Imposture, *par Georges Bernanos*
R196. Ararat, *par D. M. Thomas*
R197. La Croisière de l'angoisse, *par Eric Ambler*
R198. Léviathan, *par Julien Green*
R199. Sarnia, *par Gerald Basil Edwards*
R200. Le Colleur d'affiches, *par Michel del Castillo*
R202. John l'Enfer, *par Didier Decoin*
R203. Les Chambres de bois, *par Anne Hébert*
R204. Mémoires d'un jeune homme rangé
par Tristan Bernard
R205. Le Sourire du Chat, *par François Maspero*
R207. La Nuit américaine, *par Christopher Frank*
R208. Jeunesse dans une ville normande
par Jacques-Pierre Amette
R209. Fantôme d'une puce, *par Michel Braudeau*
R210. L'Avenir radieux, *par Alexandre Zinoviev*
R211. Constance D., *par Christian Combaz*
R212. Épaves, *par Julien Green*
R213. La Leçon du maître, *par Henry James*
R214. Récit des temps perdus, *par Aris Fakinos*
R215. La Fosse aux chiens, *par John Cowper Powys*
R216. Les Portes de la forêt, *par Elie Wiesel*
R217. L'Affaire Deltchev, *par Eric Ambler*
R218. Les amandiers sont morts de leurs blessures
par Tahar Ben Jelloun
R219. L'Admiroir, *par Anny Duperey*
R221. La Créature, *par Étienne Barilier*
R223. La Gloire de Dina, *par Michel del Castillo*
R224. Poisson d'amour, *par Didier van Cauwelaert*
R225. Les Yeux fermés, *par Marie Susini*
R226. Cobra, *par Severo Sarduy*
R227. Cavalerie rouge, *par Isaac Babel*
R228. Tous les soleils, *par Bertrand Visage*
R229. Pétersbourg, *par Andréi Biély*
R230. Récits d'un jeune médecin, *par Mikhaïl Boulgakov*
R231. La Maison des prophètes, *par Nicolas Saudray*
R232. Trois Heures du matin à New York
par Herbert Lieberman
R234. Adrienne Mesurat, *par Julien Green*
R235. Jusqu'à la mort, *par Amos Oz*
R236. Les Envoûtés, *par Witold Gombrowicz*
R237. Frontière des ténèbres, *par Eric Ambler*

R238. Les Deux Sacrements, *par Heinrich Böll*
R239. Cherchant qui dévorer, *par Luc Estang*
R240. Le Tournant, *par Klaus Mann*
R241. Aurélia, *par France Huser*
R242. Le Sixième Hiver
par Douglas Orgill et John Gribbin
R243. Naissance d'un spectre, *par Frédérick Tristan*
R244. Lorelei, *par Maurice Genevoix*
R245. Le Bois de la nuit, *par Djuna Barnes*
R246. La Caverne céleste, *par Patrick Grainville*
R249. Juliette, chemin des Cerisiers, *par Marie Chaix*
R250. Le Baiser de la femme-araignée, *par Manuel Puig*
R251. Le Vésuve, *par Emmanuel Roblès*
R253. Palomar, *par Italo Calvino*
R254. Le Visionnaire, *par Julien Green*
R255. La Revanche, *par Henry James*
R256. Les Années-lumière, *par Rezvani*
R257. La Crypte des capucins, *par Joseph Roth*
R258. La Femme publique, *par Dominique Garnier*
R259. Maggie Cassidy, *par Jack Kerouac*
R260. Mélancolie Nord, *par Michel Rio*
R261. Énergie du désespoir, *par Eric Ambler*
R264. L'Ouverture des bras de l'homme
par Raphaële Billetdoux
R265. Méchant, *par Jean-Marc Roberts*
R266. Un policeman, *par Didier Decoin*
R267. Les Corps étrangers, *par Jean Cayrol*
R269. Dara, *par Patrick Besson*
R270. Parias, *par Pascal Bruckner*
R271. Le Soleil et la Roue, *par Rose Vincent*
R272. Le Malfaiteur, *par Julien Green*
R273. Scarlett si possible, *par Katherine Pancol*
R274. Journal d'une fille de Harlem, *par Julius Horwitz*
R276. La Chasse à la licorne, *par Emmanuel Roblès*
R278. Minuit, *par Julien Green*
R279. L'Enfer, *par René Belletto*
R280. Et si on parlait d'amour, *par Claire Gallois*
R281. Pologne, *par James A. Michener*
R283. La Nuit du solstice, *par Herbert Lieberman*
R284. Place de Sienne, côté ombre
par Carlo Fruttero et Franco Lucentini
R285. Meurtre au comité central
par Manuel Vázquez Montalbán
R286. L'Isolé soleil, *par Daniel Maximin*
R287. Samedi soir, dimanche matin, *par Alan Sillitoe*
R288. Petit Louis, dit XIV, *par Claude Duneton*

R289. Le Perchoir du perroquet, *par Michel Rio*
R290. L'Enfant pain, *par Agustin Gomez-Arcos*
R291. Les Années Lula, *par Rezvani*
R292. Michael K, sa vie, son temps, *par J. M. Coetzee*
R293. La Connaissance de la douleur
par Carlo Emilio Gadda
R294. Complot à Genève, *par Eric Ambler*
R295. Serena, *par Giovanni Arpino*
R297. Le Premier Regard, *par Marie Susini*
R299. La Vie fantôme, *par Danièle Sallenave*
R300. L'Enchanteur, *par Vladimir Nabokov*
R301. L'Ile atlantique, *par Tony Duvert*
R303. Le Manège espagnol, *par Michel del Castillo*
R304. Le Berceau du chat, *par Kurt Vonnegut*
R306. Les Fontaines du grand abîme, *par Luc Estang*
R307. Le Mauvais Lieu, *par Julien Green*
R308. Aventures dans le commerce des peaux en Alaska
par John Hawkes
R309. La Vie et demie, *par Sony Labou Tansi*
R310. Jeune Fille en silence, *par Raphaële Billetdoux*
R311. La Maison près du marais, *par Herbert Lieberman*
R312. Godelureaux, *par Eric Ollivier*
R313. La Chambre ouverte, *par France Huser*
R315. Les Silences ou la vie d'une femme
par Marie Chaix
R317. Le Levantin, *par Eric Ambler*
R318. Beno s'en va-t-en guerre, *par Jean-Luc Benoziglio*
R319. Miss Lonelyhearts, *par Nathanaël West*
R320. Cosmicomics, *par Italo Calvino*
R321. Un été à Jérusalem, *par Chochana Boukhobza*
R323. L'Amazone, *par Michel Braudeau*
R324. Le Mystère de la crypte ensorcelée
par Eduardo Mendoza
R325. Le Cri, *par Chochana Boukhobza*
R326. Femmes devant un paysage fluvial, *par Heinrich Böll*
R327. La Grotte, *par Georges Buis*
R328. Bar des flots noirs, *par Olivier Rolin*
R329. Le Stade de Wimbledon, *par Daniele Del Giudice*
R330. Le Bruit du temps, *par Ossip E. Mandelstam*
R331. La Diane rousse, *par Patrick Grainville*
R332. Les Éblouissements, *par Pierre Mertens*
R333. Talgo, *par Vassilis Alexakis*
R334. La Vie trop brève d'Edwin Mullhouse
par Steven Millhauser
R335. Les Enfants pillards, *par Jean Cayrol*
R336. Les Mystères de Buenos Aires, *par Manuel Puig*

R337. Le Démon de l'oubli, *par Michel del Castillo*
R338. Christophe Colomb, *par Stephen Marlowe*
R339. Le Chevalier et la Reine, *par Christopher Frank*
R340. Autobiographie de tout le monde, *par Gertrude Stein*
R341. Archipel, *par Michel Rio*
R342. Texas, tome 1, *par James A. Michener*
R343. Texas, tome 2, *par James A. Michener*
R344. Loyola's blues, *par Erik Orsenna*
R345. L'Arbre aux trésors, *par Henri Gougaud*
R346. Les Enfants des morts, *par Henrich Böll*
R347. Les Cent Premières Années de Niño Cochise *par A. Kinney Griffith et Niño Cochise*
R348. Vente à la criée du lot 49, *par Thomas Pynchon*
R349. Confessions d'un enfant gâté *par Jacques-Pierre Amette*
R350. Boulevard des trahisons, *par Thomas Sanchez*
R351. L'Incendie, *par Mohammed Dib*
R352. Le Centaure, *par John Updike*
R353. Une fille cousue de fil blanc, *par Claire Gallois*
R354. L'Adieu aux champs, *par Rose Vincent*
R355. La Ratte, *par Günter Grass*
R356. Le Monde hallucinant, *par Reinaldo Arenas*
R357. L'Anniversaire, *par Mouloud Feraoun*
R358. Le Premier Jardin, *par Anne Hébert*
R359. L'Amant sans domicile fixe *par Carlo Fruttero et Franco Lucentini*
R360. L'Atelier du peintre, *par Patrick Grainville*
R361. Le Train vert, *par Herbert Lieberman*
R362. Autopsie d'une étoile, *par Didier Decoin*
R363. Un joli coup de lune, *par Chester Himes*
R364. La Nuit sacrée, *par Tahar Ben Jelloun*
R365. Le Chasseur, *par Carlo Cassola*
R366. Mon père américain, *par Jean-Marc Roberts*
R367. Remise de peine, *par Patrick Modiano*
R368. Le Rêve du singe fou, *par Christopher Frank*
R369. Angelica, *par Bertrand Visage*
R370. Le Grand Homme, *par Claude Delarue*
R371. La Vie comme à Lausanne, *par Erik Orsenna*
R372. Une amie d'Angleterre, *par Anita Brookner*
R373. Norma ou l'exil infini, *par Emmanuel Roblès*
R374. Les Jungles pensives, *par Michel Rio*
R375. Les Plumes du pigeon, *par John Updike*
R376. L'Héritage Schirmer, *par Eric Ambler*
R377. Les Flamboyants, *par Patrick Grainville*
R378. L'Objet perdu de l'amour, *par Michel Braudeau*
R380. Le Labyrinthe aux olives, *par Eduardo Mendoza*

R381. Les Pays lointains, *par Julien Green*
R383. L'Écrivain public, *par Tahar Ben Jelloun*
R385. Les Lèvres nues, *par France Huser*
R386. La Famille de Pascal Duarte, *par Camilo José Cela*
R387. Une enfance à l'eau bénite, *par Denise Bombardier*
R389. Tarabas, *par Joseph Roth*
R390. Replay, *par Ken Grimwood*
R391. Rabbit Boss, *par Thomas Sanchez*
R392. Aden Arabie, *par Paul Nizan*
R393. La Ferme, *par John Updike*
R394. L'Obscène Oiseau de la nuit, *par José Donoso*
R395. Un printemps d'Italie, *par Emmanuel Roblès*
R396. L'Année des méduses, *par Christopher Frank*
R397. Miss Missouri, *par Michel Boujut*
R398. Le Figuier, *par François Maspero*
R399. La Solitude du coureur de fond, *par Alan Sillitoe*
R402. La Croyance des voleurs, *par Michel Chaillou*
R403. Rock Springs, *par Richard Ford*
R405. Tara, *par Michel del Castillo*
R406. L'Homme à la vie inexplicable, *par Henri Gougaud*
R407. Le Beau Rôle, *par Louis Gardel*
R408. Le Messie de Stockholm, *par Cynthia Ozick*
R409. Les Exagérés, *par Jean- François Vilar*
R410. L'Objet du scandale, *par Robertson Davies*
R411. Berlin mercredi, *par François Weyergans*
R412. L'Inondation, *par Evguéni Zamiatine*
R413. Rentrez chez vous Bogner !, *par Heinrich Böll*
R414. Les Herbes amères, *par Chochana Boukhobza*
R415. Le Pianiste, *par Manuel Vázquez Montalbán*
R416. Une mort secrète, *par Richard Ford*
R417. La Journée d'un scrutateur, *par Italo Calvino*
R418. Collection de sable, *par Italo Calvino*
R420. Lacenaire (un film de Francis Girod)
par Georges Conchon
R421. Œuvres pré-posthumes, *par Robert Musil*
R422. Merlin, *par Michel Rio*
R423. Charité, *par Éric Jourdan*
R424. Le Visiteur, *par György Konrad*
R425. Monsieur Adrien, *par Franz-Olivier Giesbert*
R426. Palinure de Mexico, *par Fernando Del Paso*
R427. L'Amour du prochain, *par Hugo Claus*
R428. L'Oublié, *par Elie Wiesel*
R429. Temps zéro, *par Italo Calvino*
R430. Les Comptoirs du Sud, *par Philippe Doumenc*
R431. Le Jeu des décapitations, *par Jose Lezama Lima*
R432. Tableaux d'une ex, *par Jean-Luc Benoziglio*

R433. Les Effrois de la glace et des ténèbres
par Christoph Ransmayr
R434. Paris-Athènes, *par Vassilis Alexakis*
R435. La Porte de Brandebourg, *par Anita Brookner*
R436. Le Jardin à la dérive, *par Ida Fink*
R437. Malina, *par Ingeborg Bachmann*
R438. Moi, laminaire, *par Aimé Césaire*
R439. Histoire d'un idiot racontée par lui-même
par Félix de Azúa
R440. La Résurrection des morts, *par Scott Spencer*
R441. La Caverne, *par Eugène Zamiatine*
R442. Le Manticore, *par Robertson Davies*
R443. Perdre, *par Pierre Mertens*
R444. La Rébellion, *par Joseph Roth*
R445. D'amour P. Q., *par Jacques Godbout*
R446. Un oiseau brûlé vif, *par Agustin Gomez-Arcos*
R447. Le Blues de Buddy Bolden, *par Michael Ondaatje*
R448. Étrange séduction (Un bonheur de rencontre)
par Ian McEwan
R449. La Diable, *par Fay Weldon*
R450. L'Envie, *par Iouri Olecha*
R451. La Maison du Mesnil, *par Maurice Genevoix*
R453. Le Photographe et ses Modèles, *par John Hawkes*
R454. Rendez-vous sur la terre, *par Bertrand Visage*
R455. Les Aventures singulières du soldat Ivan Tchonkine
par Vladimir Voïnovitch
R456. Départements et Territoires d'outre-mort
par Henri Gougaud
R457. Vendredi des douleurs, *par Miguel Angel Asturias*
R458. L'Avortement, *par Richard Brautigan*
R459. Histoire du ciel, *par Jean Cayrol*
R461. L'Orgie, la Neige, *par Patrick Grainville*
R462. Le Tueur et son ombre, *par Herbert Lieberman*
R463. Les Grosses Rêveuses, *par Paul Fournel*
R465. Les Marches du palais, *par David Shahar*
R466. Les hommes cruels ne courent pas les rues
par Katherine Pancol
R467. La Vie exagérée de Martín Romaña
par Alfredo Bryce-Echenique
R468. Les Étoiles du Sud, *par Julien Green*
R469. Aventures, *par Italo Calvino*
R471. Sous le soleil jaguar, *par Italo Calvino*
R472. Les cyprès meurent en Italie, *par Michel del Castillo*
R473. Kilomètre zéro, *par Thomas Sanchez*
R474. Singulières Jeunes Filles, *par Henry James*
R475. Franny et Zooey, *par J. D. Salinger*

R476. Vaulascar, *par Michel Braudeau*
R477. La Vérité sur l'affaire Savolta, *par Eduardo Mendoza*
R478. Les Visiteurs du crépuscule, *par Eric Ambler*
R479. L'Ancienne Comédie, *par Jean-Claude Guillebaud*
R480. La Chasse au lézard, *par William Boyd*
R481. Les Yaquils, *suivi de* Ile déserte, *par Emmanuel Roblès*
R482. Proses éparses, *par Robert Musil*
R483. Le Loum, *par René-Victor Pilhes*
R484. La Fascination de l'étang, *par Virginia Woolf*
R485. Journaux de jeunesse, *par Rainer Maria Rilke*
R486. Tirano Banderas, *par Ramón del Valle-Inclán*
R487. Une trop bruyante solitude, *par Bohumil Hrabal*
R488. En attendant les barbares, *par J. M. Coetzee*
R489. Les Hauts-Quartiers, *par Paul Gadenne*
R490. Je lègue mon âme au diable
par Germán Castro Caycedo
R491. Le Monde des merveilles, *par Robertson Davies*
R492. Louve basse, *par Denis Roche*
R493. La Couleur du destin
par Carlo Fruttero et Franco Lucentini
R494. Poupée blonde
par Patrick Modiano, dessins de Pierre Le-Tan
R495. La Mort de Lohengrin, *par Heinrich Böll*
R496. L'Aïeul, *par Aris Fakinos*
R497. Le Héros des femmes, *par Adolfo Bioy Casares*
R498. 1492. Les Aventures de Juan Cabezón de Castille
par Homero Aridjis
R499. L'Angoisse du tigre, *par Jean-Marc Roberts*
R500. Les Yeux baissés, *par Tahar Ben Jelloun*
R501. L'Innocent, *par Ian McEwan*
R502. Les Passagers du Roissy-Express
par François Maspero
R503. Adieu à Berlin, *par Christopher Isherwood*
R504. Remèdes désespérés, *par Thomas Hardy*
R505. Le Larron qui ne croyait pas au ciel
par Miguel Angel Asturias
R506. Madame de Mauves, *par Henry James*
R507. L'Année de la mort de Ricardo Reis, *par José Saramago*
R508. Abattoir 5, *par Kurt Vonnegut*
R509. Comme je l'entends, *par John Cowper Powys*
R510. Madrapour, *par Robert Merle*
R511. Ménage à quatre, *par Manuel Vázquez Montalbán*
R512. Tremblement de cœur, *par Denise Bombardier*
R513. Monnè, Outrages et Défis, *par Ahmadou Kourouma*
R514. L'Ultime Alliance, *par Pierre Billon*
R515. Le Café des fous, *par Felipe Alfau*

R516. Morphine, *par Mikhaïl Boulgakov*

R517. Le Fou du tzar, *par Jaan Kross*

R518. Wolf et Doris, *par Martin Walser*

R519. La Course au mouton sauvage, *par Haruki Murakami*

R520. Adios Schéhérazade, *par Donald Westlake*

R521. Les Feux du Bengale, *par Amitav Ghosh*

R522. La Spéculation immobilière, *par Italo Calvino*

R523. L'homme qui parlait d'Octavia de Cadix
par Alfredo Bryce-Echenique

R524. V., *par Thomas Pynchon*

R525. Les Anges rebelles, *par Robertson Davies*

R526. Nouveaux Contes de Bustos Domecq
par Jorge Luis Borges et Adolfo Bioy Casares

R527. Josepha, *par Christopher Frank*

R528. L'Amour sorcier, *par Louise Erdrich*

R529. L'Europe mordue par un chien, *par Christophe Donner*

R530. Les hommes qui ont aimé Evelyn Cotton
par Frank Ronan

R531. Agadir, *par Mohammed Khaïr-Eddine*

R532. Brigitta, *par Adalbert Stifter*

R533. Lune de miel et d'or, *par David Shahar*

R534. Histoires de vertige, *par Julien Green*

R535. Voyage en France, *par Henry James*

R536. La Femme de chambre du Titanic, *par Didier Decoin*

R537. Le Grand Partir, *par Henri Gougaud*

R538. La Boîte noire, *par Jean-Luc Benoziglio*

R539. Le Prochain sur la liste, *par Dan Greenburg*

R540. Topkapi, *par Eric Ambler*

R541. Hôtel du lac, *par Anita Brookner*

R542. L'Aimé, *par Axel Gauvin*

R543. Vends maison, où je ne veux plus vivre
par Bohumil Hrabal

R544. Enquête sous la neige, *par Michael Malone*

R545. Sérénissime, *par Frédéric Vitoux*

R547. Les Girls du City-Boum-Boum, *par Vassilis Alexakis*

R548. Les Rives du fleuve Bleu, *par Emmanuel Roblès*

R549. Le Complexe polonais, *par Tadeusz Konwicki*

R550. La Patte du scarabée, *par John Hawkes*

R551. Sale Histoire, *par Eric Ambler*

R552. Le Silence des pierres, *par Michel del Castillo*

R553. Une rencontre en Westphalie, *par Günter Grass*

R554. Ludo & Compagnie, *par Patrick Lapeyre*

R555. Les Calendes grecques, *par Dan Franck*

R556. Chaque homme dans sa nuit, *par Julien Green*

R557. Nous sommes au regret de..., *par Dino Buzzati*

R559. Nouvelles démesurées, *par Adolfo Bioy Casares*

R560. Sylvie et Bruno, *par Lewis Carroll*
R561. L'Homme de Kiev, *par Bernard Malamud*
R562. Le Brochet, *par Eric Ambler*
R563. Mon valet et moi, *par Hervé Guibert*
R564. Les Européens, *par Henry James*
R565. Le Royaume enchanté de l'amour, *par Max Brod*
R566. Le Fou noir *suivi de* Le Poing fermé, *par Arrigo Boito*
R567. La Fin d'une époque, *par Evelyn Waugh*
R568. Franza, *par Ingeborg Bachmann*
R569. Les Noces dans la maison, *par Bohumil Hrabal*
R570. Journal, *par Jean-René Huguenin*
R571. Une saison ardente, *par Richard Ford*
R572. Le Dernier Été des Indiens, *par Robert Lalonde*
R573. Beatus Ille, *par Antonio Muñoz Molina*
R574. Les Révoltés de la « Bounty »
par Charles Nordhoff et James Norman Hall
R575. L'Expédition, *par Henri Gougaud*
R576. La Loi du capitaine, *par Mike Nicol*
R577. La Séparation, *par Dan Franck*
R578. Voyage autour de mon crâne, *par Frigyes Karinthy*
R579. Monsieur Pinocchio, *par Jean-Marc Roberts*
R580. Les Feux, *par Raymond Carver*
R581. Mémoires d'un vieux crocodile, *par Tennessee Williams*
R582. Patty Diphusa, la Vénus des lavabos
par Pedro Almodóvar
R583. Le Voyage de Hölderlin en France
par Jacques-Pierre Amette
R584. Les Noms, *par Don DeLillo*
R585. Le Châle, *par Cynthia Ozick*
R588. Mr. Stone, *par V. S. Naipaul*
R589. Loin de la troupe, *par Heinrich Böll*
R590. Dieu et nous seuls pouvons, *par Michel Folco*
R591. La Route de San Giovanni, *par Italo Calvino*
R592. En la forêt de longue attente, *par Hella S. Haasse*
R593. Lewis Percy, *par Anita Brookner*
R594. L'Affaire D., *par Charles Dickens*
Carlo Fruttero et Franco Lucentini
R595. La Pianiste, *par Elfriede Jelinek*
R596. Un air de famille, *par Michael Ondaatje*
R597. L'Ile enchantée, *par Eduardo Mendoza*
R598. Vineland, *par Thomas Pynchon*
R599. Jolie, la fille !, *par André Dubus*
R602. Le Déménagement, *par Jean Cayrol*
R603. Arrêt de jeu, *par Dan Kavanagh*
R605. La Belle Affaire, *par T. C. Boyle*
R609. Une femme en soi, *par Michel del Castillo*

R610. Le Parapluie jaune, *par Elsa Lewin*
R611. L'Amateur, *par André Balland*
R612. Le Suspect, *par L. R. Wright*
R613. Le Tueur des abattoirs, *par Manuel Vázquez Montalbán*
R614. Mémoires du Capitán Alonso de Contreras
par Alonso de Contreras
R615. Colère, *par Patrick Grainville*
R616. Le Livre de John, *par Michel Braudeau*
R617. Faux Pas, *par Michel Rio*
R618. Quelqu'unbis est mort, *par Jean-Luc Benoziglio*
R619. La Vie, quelque part, *par Anita Brookner*
R620. Iblis ou la Défroque du serpent
par Armande Gobry-Valle
R621. Fin de mission, *par Heinrich Böll*
R622. Les Mains vides, *par Maurice Genevoix*
R623. Un amour de chat, *par Frédéric Vitoux*
R624. Johnny s'en va-t-en guerre, *par Dalton Trumbo*
R625. La Remontée des cendres, *par Tahar Ben Jelloun*
R626. L'Enfant chargé de songes, *par Anne Hébert*
R628. La Terre et le Sang, *par Mouloud Feraoun*
R629. Le Cimetière des fous, *par Dan Franck*
R630. Cytomégalovirus, *par Hervé Guibert*
R631. La Maison Pouchkine, *par Andreï Bitov*
R632. La Mémoire brûlée, *par Jean-Noël Pancrazi*
R633. Le taxi mène l'enquête, *par Sam Reaves*
R634. Les Sept Fous, *par Roberto Arlt*
R635. La Colline rouge, *par France Huser*
R636. Les Athlètes dans leur tête, *par Paul Fournel*
R637. San Camilo 1936, *par Camilo José Cela*
R638. Galíndez, *par Manuel Vázquez Montalbán*
R639. China Lake, *par Anthony Hyde*
R640. Tlacuilo, *par Michel Rio*
R641. L'Élève, *par Henry James*
R642. Aden, *par Anne-Marie Garat*
R644. Dis-moi qui tuer, *par V. S. Naipaul*
R645. L'Arbre d'amour et de sagesse, *par Henri Gougaud*
R646. L'Étrange Histoire de Sir Hugo et de son valet Fledge
par Patrick McGrath
R647. L'Herbe des ruines, *par Emmanuel Roblès*
R648. La Première Femme, *par Nedim Gürsel*
R649. Les Exclus, *par Elfriede Jelinek*
R650. Providence, *par Anita Brookner*
R651. Les Nouvelles Mille et Une Nuits, vol. 1
par Robert Louis Stevenson
R652. Les Nouvelles Mille et Une Nuits, vol. 2
par Robert Louis Stevenson

R653. Les Nouvelles Mille et Une Nuits, vol. 3
par Robert Louis Stevenson
R654. 1492. Mémoires du Nouveau Monde, *par Homero Aridjis*
R655. Lettres à Doubenka, *par Bohumil Hrabal*
R657. Cassandra, *par John Hawkes*
R658. La Fin des temps, *par Haruki Murakami*
R659. Mémoires d'un nomade, *par Paul Bowles*
R660. La Femme du boucher, *par Li Ang*
R661. Anaconda, *par Horacio Quiroga*
R662. Le Polygone étoilé, *par Kateb Yacine*
R663. Je ferai comme si je n'étais pas là, *par Christopher Frank*
R665. Un homme remarquable, *par Robertson Davies*
R666. Une sécheresse à Paris, *par Alain Chany*
R667. Charles et Camille, *par Frédéric Vitoux*
R668. Les Quatre Fils du Dr March, *par Brigitte Aubert*
R669. 33 Jours, *par Léon Werth*
R670. La Mort à Veracruz, *par Héctor Aguilar Camín*
R671. Le Bâtard de Palerme, *par Luigi Natoli*
R672. L'Ile du lézard vert, *par Eduardo Manet*
R673. Juges et Assassins, *par Michael Malone*
R674. L'Enfant de Port-Royal, *par Rose Vincent*
R675. Amour et Ordures, *par Ivan Klíma*
R676. Rue de la Cloche, *par Serge Quadruppani*
R677. Les Dunes de Tottori, *par Kyotaro Nishimura*
R678. Lucioles, *par Shiva Naipaul*
R679. Tout fout le camp !, *par Dan Kavanagh*
R680. Les Sept Solitudes de Lorsa Lopez
par Sony Labou Tansi
R681. Le Bout du rouleau, *par Richard Ford*
R682. Hygiène de l'assassin, *par Amélie Nothomb*
R683. Le Crime des pères, *par Michel del Castillo*
R684. Les Adieux, *par Dan Franck*
R686. Annam, *par Christophe Bataille*
R687. L'Homme de la passerelle, *par Isabelle Jarry*
R688. Bambini, *par Bertrand Visage*
R689. Nom de code : Siro, *par David Ignatius*
R690. Paradis, *par Philippe Sollers*
R693. Rituels, *par Cees Nooteboom*
R694. Félidés, *par Akif Pirinçci*
R695. Le Trouveur de feu, *par Henri Gougaud*
R696. Dumala, *par Eduard von Keyserling*
P1. Cent Ans de solitude, *par Gabriel García Márquez*
P2. Le Chevalier inexistant, *par Italo Calvino*
P3. L'Homme sans qualités, tome 1, *par Robert Musil*
P4. L'Homme sans qualités, tome 2, *par Robert Musil*
P5. Le Monde selon Garp, *par John Irving*

P6. Les Désarrois de l'élève Törless, *par Robert Musil*
P7. L'Enfant de sable, *par Tahar Ben Jelloun*
P8. La Marche de Radetzky, *par Joseph Roth*
P9. Trois Femmes *suivi de* Noces, *par Robert Musil*
P10. Un Anglais sous les tropiques, *par William Boyd*
P11. Grand Amour, *par Erik Orsenna*
P12. L'Invention du monde, *par Olivier Rolin*
P13. Rastelli raconte..., *par Walter Benjamin*
P14. Ce qu'a vu le vent d'ouest, *par Fruttero & Lucentini*
P15. L'Appel du crapaud, *par Günter Grass*
P16. L'Appât, *par Morgan Sportès*
P17. L'Honneur de Saint-Arnaud, *par François Maspero*
P18. L'Héritage empoisonné, *par Paul Levine*
P19. Les Égouts de Los Angeles, *par Michael Connelly*
P20. L'Anglais saugrenu, *par Jean-Loup Chiflet*
P21. Jacques Chirac, *par Franz-Olivier Giesbert*
P22. Questions d'adolescents, *par Christian Spitz*
P23. Les Progrès du progrès, *par Philippe Meyer*
P24. Le Paradis des orages, *par Patrick Grainville*
P25. La Rage au cœur, *par Gérard Guégan*
P26. L'Homme flambé, *par Michael Ondaatje*
P27. Ça n'est pas pour me vanter, *par Philippe Meyer*
P28. Notre homme, *par Louis Gardel*
P29. Mort en hiver, *par L. R. Wright*
P30. L'Exposition coloniale, *par Erik Orsenna*
P31. La Dame du soir, *par Dan Franck*
P32. Le Monde du bout du monde, *par Luis Sepúlveda*
P33. Brazzaville Plage, *par William Boyd*
P34. Les Nouvelles Confessions, *par William Boyd*
P35. Comme neige au soleil, *par William Boyd*
P36. Hautes Trahisons, *par Félix de Azúa*
P37. Dans la cage, *par Henry James*
P38. L'Année du déluge, *par Eduardo Mendoza*
P39. Pluie et Vent sur Télumée Miracle
par Simone Schwarz-Bart
P40. Paroles malvenues, *par Paul Bowles*
P41. Le Grand Cahier, *par Agota Kristof*
P42. La Preuve, *par Agota Kristof*
P43. La Petite Ville où le temps s'arrêta
par Bohumil Hrabal
P44. Le Tunnel, *par Ernesto Sabato*
P45. La Galère : jeunes en survie, *par François Dubet*
P46. La Ville des prodiges, *par Eduardo Mendoza*
P47. Le Principe d'incertitude, *par Michel Rio*
P48. Tapie, l'homme d'affaires, *par Christophe Bouchet*
P49. L'Homme Freud, *par Lydia Flem*

P50. La Décennie Mitterrand
1. Les ruptures
par Pierre Favier et Michel Martin-Roland
P51. La Décennie Mitterrand
2. Les épreuves
par Pierre Favier et Michel Martin-Roland
P52. Dar Baroud, *par Louis Gardel*
P53. Vu de l'extérieur, *par Katherine Pancol*
P54. Les Rêves des autres, *par John Irving*
P55. Les Habits neufs de Margaret
par Alice Thomas Ellis
P56. Les Confessions de Victoria Plum, *par Anne Fine*
P57. Histoires de faire de beaux rêves, *par Kaye Gibbons*
P58. C'est la curiosité qui tue les chats, *par Lesley Glaister*
P59. Une vie bouleversée, *par Etty Hillesum*
P60. L'Air de la guerre, *par Jean Hatzfeld*
P61. Piaf, *par Pierre Duclos et Georges Martin*
P62. Lettres ouvertes, *par Jean Guitton*
P63. Trois Kilos de café, *par Manu Dibango*
en collaboration avec Danielle Rouard
P64. L'Ange aveugle, *par Tahar Ben Jelloun*
P65. La Lézarde, *par Édouard Glissant*
P66. L'Inquisiteur, *par Henri Gougaud*
P67. L'Étrusque, *par Mika Waltari*
P68. Leurs mains sont bleues, *par Paul Bowles*
P69. Contes d'amour, de folie et de mort, *par Horacio Quiroga*
P70. Le vieux qui lisait des romans d'amour, *par Luis Sepúlveda*
P71. Rumeurs, *par Jean-Noël Kapferer*
P72. Julia et Moi, *par Anita Brookner*
P73. Déportée à Ravensbruck
par Margaret Buber-Neumann
P74. Meurtre dans la cathédrale, *par T. S. Eliot*
P75. Chien de printemps, *par Patrick Modiano*
P76. Pour la plus grande gloire de Dieu, *par Morgan Sportès*
P77. La Dogaresse, *par Henri Sacchi*
P78. La Bible du hibou, *par Henri Gougaud*
P79. Les Ivresses de Madame Monro, *par Alice Thomas Ellis*
P80. Hello, Plum !, *par Pelham Grenville Wodehouse*
P81. Le Maître de Frazé, *par Herbert Lieberman*
P82. Dans la peau d'un intouchable, *par Marc Boulet*
P83. Entre le ciel et la terre, *par Le Ly Hayslip*
(avec la collaboration de Charles Jay Wurts)
P84. Sur la route des croisades, *par Jean-Claude Guillebaud*
P85. L'Homme sans postérité, *par Adalbert Stifter*
P86. Le Nez de Mazarin, *par Anny Duperey*
P87. L'Alliance, tome 1, *par James A. Michener*

P88. L'Alliance, tome 2, *par James A. Michener*
P89. Regardez-moi, *par Anita Brookner*
P90. Si par une nuit d'hiver un voyageur, *par Italo Calvino*
P91. Les Grands Cimetières sous la lune, *par Georges Bernanos*
P92. Salut Galarneau !, *par Jacques Godbout*
P93. La Barbare, *par Katherine Pancol*
P94. American Psycho, *par Bret Easton Ellis*
P95. Vingt Ans et des poussières, *par Didier van Cauwelaert*
P96. Un week-end dans le Michigan, *par Richard Ford*
P97. Jules et Jim, *par François Truffaut*
P98. L'Hôtel New Hampshire, *par John Irving*
P99. Liberté pour les ours !, *par John Irving*
P100. Heureux Habitants de l'Aveyron et des autres départements français, *par Philippe Meyer*
P101. Les Égarements de Lili, *par Alice Thomas Ellis*
P103. Cadavres incompatibles, *par Paul Levine*
P104. La Rose de fer, *par Brigitte Aubert*
P105. La Balade entre les tombes, *par Lawrence Block*
P106. La Villa des ombres, *par David Laing Dawson*
P107. La Traque, *par Herbert Lieberman*
P108. Meurtres à cinq mains, *par Jack Hitt avec Lawrence Block, Sarah Caudwell, Tony Hillerman, Peter Lovesey, Donald E. Westlake*
P109. Hygiène de l'assassin, *par Amélie Nothomb*
P110. L'Amant sans domicile fixe *par Carlo Fruttero et Franco Lucentini*
P111. La Femme du dimanche *par Carlo Fruttero et Franco Lucentini*
P112. L'Affaire D., *par Charles Dickens, Carlo Fruttero et Franco Lucentini*
P113. La Nuit sacrée, *par Tahar Ben Jelloun*
P114. Sky my wife ! Ciel ma femme !, *par Jean-Loup Chiflet*
P115. Liaisons étrangères, *par Alison Lurie*
P116. L'Homme rompu, *par Tahar Ben Jelloun*
P117. Le Tarbouche, *par Robert Solé*
P118. Tous les matins je me lève, *par Jean-Paul Dubois*
P119. La Côte sauvage, *par Jean-René Huguenin*
P120. Dans le huis clos des salles de bains, *par Philippe Meyer*
P121. Un mariage poids moyen, *par John Irving*
P122. L'Épopée du buveur d'eau, *par John Irving*
P123. L'Œuvre de Dieu, la Part du Diable, *par John Irving*
P124. Une prière pour Owen, *par John Irving*
P125. Un homme regarde une femme, *par Paul Fournel*
P126. Le Troisième Mensonge, *par Agota Kristof*
P127. Absinthe, *par Christophe Bataille*
P128. Le Quinconce, vol. 1, *par Charles Palliser*

P129. Le Quinconce, vol. 2, *par Charles Palliser*
P130. Comme ton père, *par Guillaume Le Touze*
P131. Naissance d'une passion, *par Michel Braudeau*
P132. Mon ami Pierrot, *par Michel Braudeau*
P133. La Rivière du sixième jour (Et au milieu coule une rivière) *par Norman Maclean*
P134. Mémoires de Melle, *par Michel Chaillou*
P135. Le Testament d'un poète juif assassiné, *par Elie Wiesel*
P136. Jésuites, 1. Les conquérants *par Jean Lacouture*
P137. Jésuites, 2. Les revenants *par Jean Lacouture*
P138. Soufrières, *par Daniel Maximin*
P139. Les Vacances du fantôme, *par Didier van Cauwelaert*
P140. Absolu, *par l'abbé Pierre et Albert Jacquard*
P141. En attendant la guerre, *par Claude Delarue*
P142. Trésors sanglants, *par Paul Levine*
P143. Le Livre, *par Les Nuls*
P144. Malicorne, *par Hubert Reeves*
P145. Le Boucher, *par Alina Reyes*
P146. Le Voile noir, *par Anny Duperey*
P147. Je vous écris, *par Anny Duperey*
P148. Tierra del fuego, *par Francisco Coloane*
P149. Trente Ans et des poussières, *par Jay McInerney*
P150. Jernigan, *par David Gates*
P151. Lust, *par Elfriede Jelinek*
P152. Voir ci-dessous : Amour, *par David Grossman*
P153. L'Anniversaire, *par Juan José Saer*
P154. Le Maître d'escrime, *par Arturo Pérez-Reverte*
P155. Pas de sang dans la clairière, *par L. R. Wright*
P156. Une si belle image, *par Katherine Pancol*
P157. L'Affaire Ben Barka, *par Bernard Violet*
P158. L'Orange amère, *par Didier Van Cauwelaert*
P159. Une histoire américaine, *par Jacques Godbout*
P160. Jour de silence à Tanger, *par Tahar Ben Jelloun*
P161. La Réclusion solitaire, *par Tahar Ben Jelloun*
P162. Fleurs de ruine, *par Patrick Modiano*
P163. La Mère du printemps (L'Oum-er-Bia) *par Driss Chraïbi*
P164. Portrait de groupe avec dame, *par Heinrich Böll*
P165. Nécropolis, *par Herbert Lieberman*
P166. Les Soleils des indépendances, *par Ahmadou Kourouma*
P167. La Bête dans la jungle, *par Henry James*
P168. Journal d'une parisienne, *par Françoise Giroud*
P169. Ils partiront dans l'ivresse, *par Lucie Aubrac*
P170. Le Divin Enfant, *par Pascal Bruckner*

P171. Les Vigiles, *par Tahar Djaout*
P172. Philippe et les Autres, *par Cees Nooteboom*
P173. Far Tortuga, *par Peter Matthiessen*
P174. Le Dieu manchot, *par José Saramago*
P175. Molière ou la Vie de Jean-Baptiste Poquelin
par Alfred Simon
P176. Saison violente, *par Emmanuel Roblès*
P177. Lunes de fiel, *par Pascal Bruckner*
P178. Le Voyage à Paimpol, *par Dorothée Letessier*
P179. L'Aube, *par Elie Wiesel*
P180. Le Fils du pauvre, *par Mouloud Feraoun*
P181. Red Fox, *par Anthony Hyde*
P182. Enquête sous la neige, *par Michael Malone*
P183. Cœur de lièvre, *par John Updike*
P184. La Joyeuse Bande d'Atzavara
par Manuel Vázquez Montalbán